Los hombres que no amaban a las mujeres

MILLENNIUM 1

Stieg Larsson

Los hombres que no amaban a las mujeres

MILLENNIUM I

Stieg Larsson

Traducción
de Martin Lexell
y Juan José Ortega Román

Ediciones Destino
Colección Áncora y Delfín

Obra editada en colaboración con Ediciones Destino – España

Título original: *Män som hatar kvinnor. Millennium I*

Ilustración de la portada: © Gino Rubert

© 2005, Stieg Larsson
Obra publicada originalmente en Suecia por Norstedts
Traducción publicada con el acuerdo de Norstedts Agency

© 2010, Ediciones Destino, S.A. – Barcelona, España
© Martin Lexell y Juan José Ortega Román,
por la traducción del sueco

Derechos reservados

© 2008, 2010, Editorial Planeta Mexicana, S.A. de C.V.
Bajo el sello editorial DESTINO M.R.
Av. Presidente Masarik núm. 111, 2o. piso
Colonia Chapultepec Morales
C.P. 11570 México, D.F.
www.editorialplaneta.com.mx

Primera edición impresa en España: junio de 2008
Primera edición impresa en España en este formato: junio de 2010
ISBN: 978-84-233-4272-3

Primera edición impresa en México: enero 2009

Para venta exclusiva en México, Estados Unidos,
Centroamérica y el Caribe
Primera edición impresa en México en este formato: agosto de 2010
ISBN: 978-607-07-0456-7

Impreso en los talleres de Litográfica Ingramex, S.A. de C.V.
Centeno núm. 162, colonia Granjas Esmeralda, México, D.F.
Impreso en México - *Printed in Mexico*

Prólogo

Viernes, 1 de noviembre

Se había convertido en un acontecimiento anual. Hoy el destinatario de la flor cumplía ochenta y dos años. Al llegar el paquete, lo abrió y le quitó el papel de regalo. Acto seguido, cogió el teléfono y marcó el número de un ex comisario de la policía criminal que, tras jubilarse, se había ido a vivir a orillas del lago Siljan. Los dos hombres no sólo tenían la misma edad, sino que habían nacido el mismo día, lo cual, teniendo en cuenta las circunstancias, sólo podía considerarse una ironía. El comisario, que sabía que la llamada se produciría tras el reparto del correo, hacia las once de la mañana, esperaba tomándose un café. Ese año el teléfono sonó a las diez y media. Lo cogió y dijo «hola» sin más.

—Ya ha llegado.

—Y este año, ¿qué es?

—No sé de qué tipo de flor se trata. Haré que me la identifiquen. Es blanca.

—Sin ninguna carta, supongo.

—No. Nada más que la flor. El marco es igual que el del año pasado. Uno de esos marcos baratos que puede montar uno mismo.

—¿Y el sello de corrcos?

—De Estocolmo.

—¿Y la letra?

—Como siempre: letras mayúsculas. Rectas y pulcras.

9

Con esas palabras ya estaba todo dicho, así que permanecieron callados durante algo más de un minuto. El ex comisario se reclinó en la silla, junto a la mesa de la cocina, chupeteando su pipa. Sabía perfectamente que ya nadie esperaba de él que hiciera la pregunta del millón, esa que pondría de manifiesto su gran ingenio y arrojaría nueva luz sobre el caso. Eso ya pertenecía al pasado; ahora la conversación entre los dos viejos se había convertido más bien en un ritual en torno a un misterio que nadie en el mundo tenía el más mínimo interés por resolver.

El nombre latino era *Leptospermum (Myrtaceae) rubinette*. Se trataba de una planta bastante insignificante, con pequeñas hojas parecidas a las del brezo y una flor blanca, de dos centímetros, con cinco pétalos. En total tenía unos doce centímetros de alto.

La especie era originaria de los bosques y las zonas montañosas de Australia, donde crecía entre grandes matas de hierba. En Australia la llamaban *Desert Snow*. Más tarde, una especialista de un jardín botánico de Uppsala constataría que se trataba de una flor poco común, raramente cultivada en Suecia. En su informe, la botánica explicaba que la planta estaba emparentada con la *Leptospermum flavescens* y que a menudo se confundía con su prima, la *Leptospermum scoparium*, considerablemente más frecuente, que crecía por doquier en Nueva Zelanda. La diferencia, según la experta, consistía en que la *Rubinette* presentaba, en los extremos de los pétalos, un pequeño número de puntos microscópicos de color rosa, que le daban un tono ligeramente rosáceo.

En general, la *Rubinette* era una flor asombrosamente humilde. Carecía de valor comercial. No poseía ninguna propiedad medicinal conocida ni provocaba efectos alucinógenos. No era comestible, tampoco servía como condimento y resultaba inútil para fabricar tintes vegetales.

En cambio, tenía cierta importancia para los aborígenes de Australia, quienes, por tradición, consideraban sagradas la región de Ayers Rock y su flora. Por lo tanto, el único objeto existencial de la flor parecía ser el de alegrar el paisaje con su caprichosa belleza.

En su informe, la botánica de Uppsala comentaba que si la *Desert Snow* era rara en Australia, en Escandinavia resultaba simplemente excepcional. No había visto jamás un ejemplar, pero, tras consultar a unos colegas, pudo saber que se habían realizado intentos de introducir la planta en unos jardines de Gotemburgo y que, quizá, a título individual, fuera cultivada en pequeños invernaderos por amantes de las flores y aficionados a la botánica. Las dificultades de su cultivo en Suecia se debían a que requería un clima suave y seco; además, debía estar en el interior durante la época invernal. El suelo calizo resultaba inapropiado y, por si fuera poco, necesitaba que el agua se le suministrara desde abajo, para que la absorbiera la raíz directamente. En fin, exigía muchas atenciones.

En teoría, el hecho de que se tratara de una flor poco común en Suecia tendría que haberle facilitado el rastreo de su procedencia, pero en la práctica resultaba una tarea imposible. No había registros en los que buscar ni licencias que examinar. Nadie sabía cuántos botánicos o jardineros anónimos habrían intentado cultivar una planta tan delicada; podía tratarse de una sola persona o de centenares de aficionados que tuvieran semillas o plantas. Éstas quizá habían sido compradas personalmente o por correo a algún floricultor o jardín botánico de cualquier lugar de Europa. Incluso cabía la posibilidad de que se hubieran recogido directamente durante algún viaje a Australia. En otras palabras, identificar a esos cultivadores entre los millones de suecos con un pequeño invernadero o una maceta en la ventana del salón era una misión imposible.

Aquella flor tan sólo era una más de la larga serie de misteriosas flores que siempre llegaban en un sobre acolchado el 1 de noviembre. La especie variaba todos los años, pero siempre se trataba de flores hermosas y, en general, relativamente raras. Como de costumbre, la flor estaba prensada, puesta meticulosamente sobre un papel de acuarela y enmarcada con un cristal y un marco sencillo de 29 x 16 centímetros.

El misterio de las flores nunca llegó a ser conocido por los medios de comunicación ni por el público, sino tan sólo por un reducido círculo de personas. Tres décadas antes, la llegada anual de la flor había sido objeto de análisis no sólo por parte de expertos en huellas dactilares y grafólogos del Laboratorio Nacional de Investigación Forense e investigadores de la policía criminal, sino también por parte de un grupo de familiares y amigos del destinatario. Ya sólo quedaban tres personajes en escena: el anciano que cumplía años, el ex comisario y, naturalmente, el desconocido que enviaba el regalo. Además, como los dos primeros tenían una edad muy avanzada, y ya iba siendo hora de que se fueran preparando para lo inevitable, pronto el círculo se vería aún más reducido.

El ex comisario era un perro viejo bastante curtido. Jamás se olvidaría de su primera intervención, que consistió en arrestar a un guardagujas ferroviario, completamente borracho, antes de que provocara una desgracia. Durante su carrera profesional había enchironado a cazadores furtivos, maltratadores de mujeres, estafadores, ladrones de coches y conductores ebrios. Había tratado con ladrones y atracadores, camellos, violadores y, por lo menos, con un dinamitero medio loco. Había participado en nueve investigaciones de asesinatos u homicidios. Cinco de ellos fueron el típico caso en el que el mismo homicida llama a la policía y, lleno de remordimientos, confiesa que ha matado a su mujer, a su hermano o a algún otro allegado. Tres casos llegaron a ser objeto de investigaciones más amplias; dos se resolvieron en el plazo de dos o tres días y uno, con la ayuda de la Brigada Nacional de Homicidios, al cabo de dos años.

El noveno caso había quedado resuelto desde un punto de vista policial; es decir, los investigadores sabían quién era el asesino pero las pruebas no eran determinantes, de modo que el fiscal decidió no presentar cargos. Al cabo de algún tiempo, para gran indignación del comisario, el caso prescribió. No obstante, al volver la vista atrás el comisario podía contemplar, en su conjunto, una impresionante carrera, razón por la cual debería sentirse satisfecho con lo que había conseguido.

Pero se sentía cualquier cosa menos satisfecho.

El comisario tenía una espina clavada con el caso de las flores prensadas, el frustrante caso sin resolver al que, sin lugar a dudas, había dedicado más tiempo.

La situación resultaba más absurda aún porque, tras haberse sumido literalmente miles de horas en profundas cavilaciones tanto de servicio como en su tiempo libre, ni siquiera era capaz de determinar con seguridad que se hubiera cometido un crimen.

Los dos hombres sabían que la persona que había enmarcado la flor había usado guantes; por eso no se detectaban huellas dactilares ni en el marco ni en el cristal. Sabían que sería imposible dar con el remitente. Sabían que el marco podía comprarse en cualquier tienda de fotografía o papelería del mundo. Simplemente no había por dónde empezar. Y el sello de correos variaba; la mayoría de las veces era de Estocolmo, pero en tres ocasiones provino de Londres, dos de París, otras dos de Copenhague, una vez de Madrid, una de Bonn, y otra, el sello más desconcertante de todos, de Pensacola, Estados Unidos. Mientras todas las demás ciudades eran capitales conocidas, Pensacola les resultó tan desconocida que el comisario tuvo que buscarla en un atlas.

Tras despedirse, el hombre que cumplía años se quedó sentado un largo rato contemplando la bella flor, desprovista de significado, originaria de Australia, y cuyo nombre seguía sin conocer. Luego levantó la mirada hacia la pared situada detrás de su mesa de trabajo. Allí colgaban cuarenta y tres flores prensadas y enmarcadas, dispuestas en cuatro filas de diez cuadros cada una, más una fila inacabada, con sólo cuatro. En la fila superior faltaba una flor; el lugar número nueve estaba vacío. La *Desert Snow* se convertiría en el cuadro número cuarenta y cuatro.

No obstante, por primera vez ocurrió algo que no se ajustaba a la pauta de los anteriores años. De pronto, inesperadamente, el viejo rompió a llorar. Él mismo se sorprendió del repentino ataque emocional que le había acometido después de casi cuarenta años.

PRIMERA PARTE

Incitación

Del 20 de diciembre al 3 de enero

El dieciocho por ciento de las mujeres de Suecia
han sido amenazadas en alguna ocasión
por un hombre.

Capítulo 1

Viernes, 20 de diciembre

El juicio, inevitablemente, ya había terminado y todo lo que se había podido decir estaba ya dicho. Ni por un momento le cupo la duda de que lo iban a declarar culpable. El fallo se hizo público, por escrito, el viernes a las diez de la mañana; ya sólo quedaba el análisis final de los reporteros que esperaban en el pasillo del juzgado.

Mikael Blomkvist los vio a través de la puerta abierta y se detuvo un instante. No quería hablar de la sentencia que acababa de recoger, pero sabía, mejor que nadie, que las preguntas resultaban inevitables, y que debían ser hechas y contestadas. «Así es como se siente un delincuente al otro lado del micrófono», pensó. Algo incómodo, irguió la cabeza y se esforzó en sonreír. Los periodistas le correspondieron y le saludaron amablemente con movimientos de cabeza, casi avergonzados.

—A ver... *Aftonbladet, Expressen,* la agencia TT, TV4... ¿Y tú de dónde eres...? ¡Anda!, del *Dagens Industri.* Me he hecho famoso —constató Mikael Blomkvist.

—Danos una buena frase, *Kalle* Blomkvist —dijo el reportero de uno de los dos grandes periódicos vespertinos.

Mikael Blomkvist, cuyo nombre completo daba la casualidad de que era Carl Mikael Blomkvist, se obligó, como siempre, a no hacer muecas de desaprobación al escuchar su apodo. En una ocasión, hacía veinte años, cuando tenía veintitrés y acababa de empezar su primer trabajo como periodista —una sustitución de verano—, Mikael Blomkvist, sin mérito alguno, y por puro azar, desenmascaró a una banda de atracadores de bancos que, durante dos años, había cometido cinco espectaculares atracos. No cabía duda de que se trataba de la misma banda en todas las ocasiones; su especialidad era entrar con un coche en pequeñas poblaciones y robar uno o dos bancos con una precisión prácticamente militar. Llevaban máscaras de látex que representaban a personajes de Walt Disney, razón por la que se les bautizó, en una jerga policial no del todo exenta de lógica, como la banda del Pato Donald. No obstante, los periódicos la rebautizaron como la banda de los Golfos Apandadores, que les pegaba más, teniendo en cuenta que, en dos ocasiones, sin ninguna consideración y sin preocuparles aparentemente la seguridad de las personas, dispararon varios tiros al aire para amenazar a la gente que pasaba o que les parecía demasiado curiosa.

El sexto atraco se cometió en la provincia de Östergötland en pleno verano. Se dio la circunstancia de que un reportero de la radio local se hallaba en el banco precisamente cuando se produjo el golpe y reaccionó como correspondía a su oficio. En cuanto los atracadores abandonaron el banco se fue a una cabina telefónica y llamó a la radio, dando así la noticia en directo.

Mikael Blomkvist estaba pasando unos días con una amiga en la casa de campo que los padres de ella tenían cerca de Katrineholm. Ni siquiera cuando fue interrogado por la policía pudo explicar con exactitud por qué había relacionado los hechos, pero en el mismo momento en que escuchó la noticia le vino a la mente un grupo de cuatro chicos instalados en una casa situada a unos doscientos metros de la suya. Un par de días antes, cuando él y su amiga iban de camino al quiosco de helados, los había visto jugando al bádminton en el jardín.

Lo único que vio fue a cuatro jóvenes rubios y atléticos en pantalón corto y con el torso desnudo. Resultaba evidente que eran culturistas, pero había algo más en aquellos jugadores de bádminton que llamó su atención, quizá porque el partido se estaba jugando, a pesar del sofocante calor provocado por un sol abrasador, con una energía tremendamente intensa. No parecía un simple pasatiempo.

No había ninguna razón objetiva para sospechar que se tratara de atracadores de bancos, pero, aun así, Mikael dio un paseo y se sentó en una colina con vistas a la casa, que en ese momento parecía vacía. Llegaron al cabo de unos cuarenta minutos y aparcaron un Volvo en la entrada. Parecían tener prisa y cada uno llevaba una bolsa de deporte, tal vez un indicio de que, simplemente, habían estado nadando. Sin embargo, uno de ellos volvió al coche y recogió un objeto que cubrió rápidamente con una cazadora. Incluso desde el lugar en el que se encontraba, relativamente lejano, Mikael pudo ver que se trataba de un auténtico AK4 de los de toda la vida, justo el tipo de arma con el que acababa de estar casado durante un año de servicio militar, de modo que llamó a la policía e informó de su descubrimiento. Así se inició el asedio de la casa, que duró tres días. La noticia fue ampliamente cubierta por los medios de comunicación con Mikael en primera fila, lo que le permitió cobrar una generosa retribución como *freelance* de uno de los grandes periódicos vespertinos. La policía instaló su centro de operaciones en una caravana situada en el jardín de la casa donde Mikael se alojaba.

La consagración que todo joven periodista necesita en su profesión le vino a Mikael de la mano de la banda de los Golfos Apandadores. La cara negativa de la fama fue que el vespertino de la competencia no pudo resistirse a usar el titular «*El superdetective Kalle* Blomkvist resolvió el caso». El texto, de tono ligeramente burlón, estaba redactado por una columnista de cierta edad y contenía al menos una docena de referencias al personaje de Kalle Blomkvist, el joven detective creado por la famosa escritora Astrid Lindgren. Para colmo de males, el periódico ilustraba el artículo con una foto borrosa en la que Mikael, con la boca semiabierta y el dedo índice levantado, parecía darle instrucciones a un agente uniformado. En realidad, no hacía más que indicarle el camino al retrete.

Poco importaba que Mikael Blomkvist jamás hubiera usado su primer nombre, Carl —mucho menos su apodo *Kalle*—, ni firmado ningún artículo como Carl Blomkvist. Desde ese momento, para su propia desesperación, fue conocido entre sus compañeros de profesión como *Kalle* Blomkvist; un epíteto pronunciado con provocadora mofa, no con verdadera maldad, pero tampoco de manera muy agradable. Con todo el respeto para Astrid Lindgren, por mucho que le encantaran sus libros odiaba el apodo. Fueron necesarios varios años y méritos periodísticos de bastante más relevancia para que dejaran de llamarlo así. Y todavía se sentía incómodo cada vez que lo oía.

Así que sonrió serenamente y miró al reportero del vespertino a los ojos.

—Bah, invéntate tú algo. Siempre les pones mucha imaginación a tus textos.

El tono no resultaba, en absoluto, desagradable. Los peores críticos de Mikael no habían acudido y todos los allí presentes se conocían más o menos bien. Una vez colaboró con uno de ellos y en otra ocasión, en una fiesta, hacía ya algunos años, casi consiguió ligarse a «la de TV4».

—Te machacaron bien allí dentro —le soltó *Dagens Industri*, que, al parecer, había enviado a un joven suplente.

—Bueno, sí —reconoció Mikael. Difícilmente podría afirmar otra cosa.

—¿Y cómo te sientes?

A pesar de lo tenso de la situación, ni Mikael ni los periodistas más veteranos pudieron evitar sonreír por la pregunta. Mikael intercambió una mirada con «la de TV4». Los periodistas serios siempre habían sostenido que esa pregunta —«¿cómo te sientes?»— era la única que los periodistas deportivos bobos eran capaces de hacer al deportista jadeante al otro lado de la meta. Pero acto seguido recobró la seriedad.

—No puedo más que lamentar que el tribunal no haya llegado a otra conclusión —contestó de manera algo formal.

—Tres meses de prisión y ciento cincuenta mil coronas de indemnización por daños y perjuicios. Una sentencia que debe de resultar dura —dijo «la de TV4».

—Sobreviviré.

—¿Vas a pedirle disculpas a Wennerström? ¿A darle la mano?

—No, no creo. Mi idea sobre la ética empresarial del señor Wennerström no ha cambiado.

—¿Así que sigues pensando que es un sinvergüenza? —se apresuró a preguntar *Dagens Industri*.

Tras aquella pregunta se escondía una cita acompañada de un devastador titular, y Mikael podría haber mordido el anzuelo si el reportero no le hubiese advertido del peligro al acercar su micrófono con un entusiasmo algo excesivo. Meditó la respuesta un instante.

El juez acababa de dictaminar que Mikael Blomkvist había calumniado al financiero Hans-Erik Wennerström, así que la condena impuesta fue por difamación. El juicio había concluido y Mikael no tenía intención de recurrir la sentencia. Pero ¿qué pasaría si, imprudentemente, repitiese sus declaraciones en las mismas escaleras del juzgado? Mikael decidió que no quería averiguarlo.

—Consideré que tenía buenas razones para publicar aquellos datos. El juez lo ha visto de otro modo y, naturalmente, debo aceptar que el proceso jurídico haya seguido su curso. Ahora vamos a comentar la sentencia detenidamente en la redacción antes de decidir qué hacer. No tengo nada más que añadir.

—Pero se te olvidó que un periodista debe probar sus afirmaciones —dijo «la de TV4» con un deje de dureza en la voz.

No podía negar lo que ella decía. Habían sido buenos amigos. Su cara mostraba indiferencia, pero Mikael creyó detectar en sus ojos una sombra de decepción y rechazo.

Mikael Blomkvist siguió contestando a los periodistas durante un par de interminables minutos más. La pregunta tácita que flotaba en el aire y que nadie se atrevía a hacer —quizá porque resultaba vergonzosamente incomprensible— era cómo había podido redactar un texto tan desprovisto de sustancia. Los periodistas allí presentes, a excepción del suplente de *Dagens Industri*, eran ya veteranos con una dilatada experiencia profesional. Para ellos la respuesta a aquella pregunta iba más allá del límite de lo concebible.

TV4 colocó a Mikael ante la cámara situada delante de la entrada del juzgado para poder hacerle las preguntas algo apartados de los demás. La periodista mostró más amabilidad de la que se merecía y la entrevista contó con las suficientes declaraciones para contentar a todo el mundo. La historia —resultaba inevitable— daría lugar a numerosos titulares, pero Mikael hizo un esfuerzo para recordar que no se trataba del suceso más importante del año. Los reporteros ya tenían lo que querían y volvieron a sus respectivas redacciones.

Mikael había pensado dar un paseo, pero era un día de diciembre muy ventoso y, además, había cogido frío durante la entrevista. Al encontrarse solo en las escaleras del juzgado levantó la mirada y descubrió a William Borg bajando de su coche, donde había permanecido mientras duró la entrevista. Sus miradas se cruzaron; acto seguido William Borg sonrió.

—Ha merecido la pena venir hasta aquí sólo para verte con ese papel en la mano.

Mikael no contestó. Conocía a William Borg desde hacía quince años. Una vez trabajaron juntos como reporteros suplentes de economía en un diario matutino. Tal vez se debiera a una falta de química personal, pero lo cierto es que allí se asentó la base de su eterna enemistad. A ojos de Mikael, Borg no sólo era un pésimo periodista, sino también una persona mezquina, vengativa y pesada, que incordiaba a los que le rodeaban con chistes y bromas estúpidas, y que hablaba con desprecio de los reporteros de más edad, evidentemente mucho más experimentados. En especial le caían mal las reporteras veteranas. Tuvieron una primera discusión, a la que le sucedieron otros enfrentamientos, hasta que su antagonismo se convirtió en un asunto personal.

Luego, a lo largo de los años, Mikael y William Borg se encontraron con cierta regularidad, pero no fue hasta finales de los años noventa cuando se hicieron enemigos de verdad. Mikael publicó un libro sobre el periodismo económico, con numerosas citas de una serie de estúpidos artículos que llevaban la firma de Borg. En la versión de Mikael, Borg era caracterizado como un perfecto pedante que lo entendía todo al revés y que escribía artículos-homenaje a empresas puntocom al borde de la quiebra. A Borg no le hizo ninguna gracia el análisis de Mikael, y en un encuentro casual en un bar del barrio de Söder faltó poco para que se liaran a puñetazos. Por las mismas fechas, Borg abandonó el periodismo para trabajar de informador —cobrando un sueldo considerablemente más alto— en una empresa que, para colmo, estaba dentro de la esfera de intereses del industrial Hans-Erik Wennerström.

Estuvieron mirándose el uno al otro durante un buen rato; luego Mikael se dio la vuelta y se marchó. Ir al juzgado sólo para reírse a carcajadas de él era muy típico de Borg.

Mientras iba andando, pasó el autobús 40 y subió, más que nada para alejarse del lugar cuanto antes. Bajó en Fridhemsplan y se quedó en la parada indeciso, con la sentencia aún en la mano. Finalmente, decidió cruzar la calle hasta el Kafé Anna, al lado del garaje de la jefatura de policía.

Menos de medio minuto después de haber pedido un *caffè latte* y un sándwich empezó el boletín informativo en la radio. Su historia se comentó en tercer lugar, después de la de un terrorista suicida en Jerusalén y la noticia de que el gobierno había constituido una comisión investigadora para estudiar la presunta formación de un cártel en el sector de la construcción.

Esta misma mañana el periodista Mikael Blomkvist de la revista *Millennium* ha sido condenado a tres meses de cárcel por haber difamado gravemente al industrial Hans-Erik Wennerström. En un artículo sobre el llamado «caso Minos», publicado a principios de año, Blomkvist afirmaba que Wennerström empleó fondos públicos —destinados a inversiones industriales en Polonia— para el tráfico de armas. Mikael Blomkvist también ha sido condenado a pagar ciento cincuenta mil coronas de indemnización por daños y perjuicios. En un comunicado, Bertil Camnermarker, abogado de Wennerström, dice que su cliente está contento con la sentencia. «Se trata de un caso de difamación sumamente grave», ha manifestado.

La sentencia tenía veintiséis páginas. Daba cuenta de las razones por las que Mikael había sido declarado culpable de quince casos de grave difamación al empresario Hans-Erik Wennerström. Mikael hizo sus cálculos y llegó a la conclusión de que cada uno de los cargos de la acusación por los que había sido condenado valía diez mil coronas y seis días de cárcel, sin contar las costas judiciales y la retribución de su abogado. Le faltaban fuerzas para calcular a cuánto ascenderían los gastos, pero al mismo tiempo reconoció que podría haber sido peor; ya que el tribunal lo había absuelto de siete cargos.

A medida que iba leyendo los términos de la sentencia le invadió una sensación cada vez más pesada y desagradable en el estómago. Le sorprendió. Desde el mismo momento en el que se inició el juicio sabía que si no se producía un milagro, lo iban a condenar. No le cabía la menor duda y ya se había hecho a la idea. Asistió a los dos días del juicio de manera bastante despreocupada; además, durante once días, sin sentir nada en especial, estuvo esperando a que el tribunal terminara con sus deliberaciones y redactara el documento que tenía en las manos. Y ahora, una vez concluido el proceso, un malestar empezó a apoderarse de él.

Al darle el primer mordisco al sándwich tuvo la sensación de que la miga le crecía en la boca. Le costó tragar y lo apartó.

Era la primera vez que condenaban a Mikael Blomkvist por un delito; nunca había sido sospechoso de nada, ni acusado por nadie. Si la comparaba con otras, la sentencia le parecía insignificante, un delito sin importancia. Al fin y al cabo, no se trataba de un robo a mano armada, un homicidio o una violación. Sin embargo, desde el punto de vista económico, la condena impuesta le dolía. *Millennium* no era precisamente el buque insignia de los medios de comunicación con fondos ilimitados —la revista vivía al límite—, pero la sentencia tampoco suponía una catástrofe. El problema residía en que Mikael era uno de los socios de *Millennium* a la vez que, por idiota que pudiera parecer, ejercía tanto de escritor como de editor jefe de la revista. Mikael pensaba pagar la indemnización, ciento cincuenta mil coronas, de su propio bolsillo, lo cual daría al traste prácticamente con la totalidad de sus ahorros. La revista respondería de las costas judiciales. Administrando los gastos con prudencia, saldría adelante.

Meditó la posibilidad de vender su casa, cosa que le partiría el corazón. A finales de los felices años ochenta, durante un período en el que contaba con un trabajo estable y unos ingresos relativamente decentes, se puso a buscar un domicilio fijo. Vio muchas casas y descartó la mayoría antes de dar con un ático de sesenta y cinco metros cuadrados en Bellmansgatan, justo al principio de la calle. El anterior propietario había iniciado una reforma para convertirlo en una vivienda habitable, pero le salió un trabajo en una empresa puntocom del extranjero y Mikael pudo comprar aquella casa a medio reformar por un buen precio.

Mikael rechazó los bocetos del arquitecto y terminó la obra él mismo. Apostó por el baño y la cocina, y decidió no reformar el resto. En vez de poner parqué y levantar tabiques para hacer una habitación independiente, acuchilló las viejas tablas del suelo, encaló directamente los toscos muros originales y cubrió las imperfecciones más visibles con un par de acuarelas de Emanuel Bernstone. El resultado fue un *loft* completamente abierto, con un salón-comedor junto a una pequeña cocina americana y un espacio para dormir ubicado tras una librería. La vivienda tenía dos ventanas de buhardilla y una ventana lateral con vistas a los tejados que se extendían hasta la bahía de Riddarfjärden y Gamla Stan. También se podía ver un poquito de agua de Slussen y el Ayuntamiento. En la actualidad no habría podido comprar una casa así, de modo que quería conservarla.

Pero el riesgo de perderla no era nada en comparación con el tremendo golpe profesional que acababa de sufrir, cuyos daños tardaría mucho tiempo en reparar… si es que era posible.

Se trataba de una cuestión de confianza. En el futuro, muchos editores se lo pensarían más de una vez antes de publicar un texto firmado por él. Seguía teniendo suficientes amigos en la profesión que comprenderían que había sido víctima de las circunstancias y de la mala suerte, pero a partir de ahora no podía permitirse ni el más mínimo error.

Lo que más le dolía, no obstante, era la humillación.

Tenía todas las de ganar, pero, aun así, perdió contra un gánster de medio pelo con traje de Armani. Un maldito y canalla especulador bursátil. Un *yuppie* con un abogado famoso que se había pasado todo el juicio con una burlona sonrisa en los labios.

¿Cómo diablos podían haberle salido tan mal las cosas?

El caso Wennerström empezó, de modo muy prometedor, en la bañera de un velero Mälar-30 amarillo la noche de *Midsommar*, fiesta del solsticio de verano, hacía ahora un año y medio. Todo fue fruto de la casualidad: un ex colega periodista, actualmente informador de la Diputación provincial, quiso impresionar a su nueva novia y, sin reflexionar demasiado, alquiló un Scampi para pasar un par de días de navegación improvisada, aunque romántica, por el archipiélago. Tras oponer cierta resistencia, la novia, recién llegada de Hallstahammar para estudiar en Estocolmo, se dejó convencer con la condición de que su hermana y el novio de ésta también los acompañaran. Ninguno de ellos había pisado jamás un barco de vela. Pero el verdadero problema era que el amigo informador, en realidad, tenía bastante menos experiencia como marinero que entusiasmo por la excursión. Tres días antes de partir llamó desesperadamente a Mikael y lo convenció para que los acompañara como quinto tripulante, el único con verdaderos conocimientos de navegación.

Al principio la propuesta no le hizo mucha gracia, pero acabó aceptando ante la expectativa de pasar unos días placenteros en el archipiélago y de disfrutar de buena comida y una agradable compañía, como se suele decir. No obstante, sus esperanzas se frustraron y el viaje fue más desastroso de lo que hubiera imaginado jamás. Navegaron por una ruta bonita, pero poco emocionante, a una velocidad de apenas cinco metros por segundo, subiendo desde Bullandö y pasando por Furusund. Aun así, la nueva novia del informador se mareó enseguida. La hermana se puso a discutir con su novio y nadie mostró el menor interés por aprender lo más mínimo de navegación. Pronto quedó claro que esperaban que Mikael se encargara del barco mientras los demás le daban consejos bienintencionados, pero en su mayoría absurdos. Después de pasar la primera noche en una cala de Ängsö, estaba dispuesto a atracar en Furusund y volver a casa en autobús. Sólo las súplicas desesperadas del informador le hicieron quedarse en el barco.

A eso de las doce del día siguiente, lo suficientemente pronto para que todavía quedaran algunos sitios libres, amarraron en el embarcadero de Arholma. Prepararon la comida y, mientras terminaban de comer, Mikael reparó en un M-30 amarillo de fibra de vidrio que estaba entrando en la cala, deslizándose sólo con la vela mayor. El barco hizo un suave viraje mientras el capitán buscaba un hueco en el embarcadero. Mikael echó un vistazo a su alrededor y se dio cuenta de que el espacio entre su Scampi y un barco-H que había a estribor era, probablemente, el único hueco; el estrecho M-30 cabría allí, aunque algo justo. Se puso de pie en la popa y señaló con el brazo; el capitán del M-30 levantó la mano en señal de agradecimiento y se dirigió rumbo al embarcadero. «Un navegante solitario que no tenía intención de molestarse en arrancar el motor», pensó Mikael. Escuchó el ruido de la cadena del ancla y unos segundos después vio arriar la vela mayor, mientras el capitán se movía como una culebra para mantener el timón derecho y al mismo tiempo preparar la amarra de proa.

Mikael subió a la borda y le tendió una mano, dispuesto a prestarle ayuda. El navegante hizo un último cambio de rumbo y entró deslizándose sin ningún problema, casi completamente parado, hasta la popa del Scampi. Hasta que el recién llegado no le dio la cuerda a Mikael no se reconocieron; una sonrisa de satisfacción se dibujó en sus rostros.

—¡Hombre, Robban! —exclamó Mikael—. ¿Por qué no usas el motor? Así no les rascarías la pintura a todos los barcos del puerto.

—¡Hola, Micke! Ya decía yo que me sonaba esa cara. No me importaría usarlo si arrancara. El condenado se me murió hace dos días en Rödlöga.

Se dieron la mano por encima de las bordas.

En el instituto de Kungsholmen, en los años setenta —hacía ya una eternidad—, Mikael Blomkvist y Robert Lindberg habían sido amigos, incluso íntimos amigos. Como pasa a menudo con los viejos compañeros de estudios, la amistad acabó después del día de la graduación. Cada uno tiró por su camino y durante los últimos veinte años apenas si se habían visto en media docena de ocasiones. En aquel momento, cuando se encontraron inesperadamente en el embarcadero de Arholma, habían pasado por lo menos siete u ocho años desde la última vez. Se observaron el uno al otro con curiosidad. Robert estaba bronceado, tenía el pelo enmarañado y una barba de dos semanas.

De repente, Mikael se sintió de mucho mejor humor. Cuando el informador y sus bobos acompañantes subieron hacia la tienda del pueblo, al otro lado de la isla, para celebrar la noche de *Midsommar* bailando en la explanada alrededor del mayo, él se quedó en la bañera del M-30, charlando con su viejo amigo de instituto en torno a unos arenques y unos chupitos de aguardiente.

En algún momento de la noche, tras abandonar la lucha contra los mosquitos de Arholma, tristemente célebres, y trasladarse a la cabina, la conversación, después de un considerable número de chupitos, se convirtió en un amistoso duelo verbal sobre la ética y la moral en el mundo de los negocios. Los dos habían elegido carreras profesionales que, de alguna manera, tenían que ver con la economía del país. Robert Lindberg pasó del instituto a la Escuela Superior de Economía de Estocolmo y, desde allí, dio el salto al sector bancario. Mikael Blomkvist se graduó en la Escuela Superior de Periodismo y llevaba gran parte de su vida profesional dedicándose a revelar y denunciar dudosas operaciones, precisamente en el ámbito de la banca y de los negocios. La conversación empezó a girar en torno a lo moralmente defendible en ciertos contratos blindados de los años noventa. Después de haber defendido valientemente algunos de los casos más llamativos, Lindberg dejó el vaso y, muy a su pesar, tuvo que reconocer que en el mundo de los negocios, seguramente también habría algún que otro corrupto cabrón. De pronto miró a Mikael seriamente.

—Tú que eres periodista de investigación y te ocupas de fraudes económicos, ¿por qué no escribes algo sobre Hans-Erik Wennerström?

—Ignoraba que hubiera algo que decir sobre él.

—Busca. Tienes que buscar, joder. ¿Qué sabes del programa CADI?

—Pues que era una especie de programa de subvenciones que en los años noventa ayudó a la industria de los países del Este a levantarse. Se suspendió hace un par de años. No he escrito nada sobre eso.

—Las siglas significan Comité de Ayuda para el Desarrollo Industrial, un proyecto que tuvo apoyo gubernamental y fue dirigido por representantes de una decena de grandes empresas suecas. El CADI recibió garantías estatales que le permitieron poner en marcha una serie de proyectos acordados con los gobiernos de Polonia y de los Países Bálticos. El sindicato LO hizo su pequeña aportación como avalista para reforzar también el movimiento sindical obrero en el Este, siguiendo las pautas del modelo sueco. Formalmente se trataba de un proyecto de apoyo al desarrollo basado en los principios de ayuda como forma de incentivar el progreso, lo cual les daría a los regímenes del Este la oportunidad de sanear su economía. Sin embargo, en la práctica se trataba de que ciertas empresas suecas recibieran subvenciones estatales para entrar y establecerse como socios de empresas de países del Este. Aquel maldito ministro de los democristianos era un entusiasta partidario del CADI. Se abrió una fábrica papelera en Cracovia, se reformó una industria metalúrgica en Riga, una fábrica de cemento en Tallin... La dirección del CADI, compuesta por pesos pesados del mundo de la banca y de la industria suecas, repartió el dinero.

—¿Te refieres al dinero de los contribuyentes?

—Alrededor del cincuenta por ciento provenía de subvenciones estatales; el resto lo pusieron los bancos y la industria. Pero no pienses que se trataba de una labor sin ánimo de lucro. Los bancos y las empresas contaban con sacar una buena tajada. Si no, el tema no les hubiese interesado una mierda.

—¿De cuánto dinero estamos hablando?

—Espera, hombre; escúchame. El CADI estaba compuesto principalmente por compañías suecas de toda la vida que querían entrar en los mercados del Este, importantes sociedades como ABB, Skanska y similares. En otras palabras, nada de empresas especuladoras.

—¿Me estás diciendo que Skanska no se dedica a especular? ¿No despidieron acaso al director ejecutivo de Skanska por dejar que uno de sus chavales especulara y perdiera quinientos millones buscando dinero rápido? ¿Y qué te parecen sus histéricos negocios inmobiliarios en Londres y Oslo?

—Sí, bueno; en todas las empresas del mundo hay idiotas, pero ya sabes a lo que me refiero. Por lo menos son empresas que producen algo concreto. La columna vertebral de la industria sueca y todo ese rollo...

—¿Y qué pinta Wennerström en esto?

—Wennerström es la gran incógnita. A ver, es un tipo que surgió de la nada, que no tiene ningún pasado en la industria pesada y que realmente no pinta nada en esos círculos, pero ha amasado una colosal fortuna en la bolsa y la ha invertido en empresas ya consolidadas. Digamos que ha entrado por la puerta de atrás.

Mikael se sirvió un chupito de aguardiente Reimersholms y se acomodó en la cabina pensando en lo que sabía de Wennerström, lo cual, en realidad, no era gran cosa. Había nacido en algún lugar de Norrland, donde fundó una empresa inversora en los años setenta. Ganó su buen dinero y se trasladó a Estocolmo, donde hizo una carrera meteórica durante los felices años ochenta. Creó el Grupo Wennerström, que, al abrir oficinas en Londres y Nueva York, se rebautizó como Wennerstroem Group, de modo que la empresa empezó a aparecer en los mismos artículos de prensa que Beijer. Negociaba con acciones y opciones, y especulaba con la forma de ganar dinero rápido. No tardó en aparecer en la prensa del corazón como uno más de esos numerosos nuevos ricos propietarios de un ático en Strandvägen, una magnífica residencia veraniega en Värmdö y un yate de veintitrés metros de eslora que, en su caso, compró a una estrella retirada del tenis con problemas de solvencia. En realidad, no era más que un simple contable, pero la de los ochenta fue la década de los contables y de los especuladores inmobiliarios. Y Wennerström no destacó más que otros; más bien al revés, siguió siendo una figura relativamente anónima entre Los Grandes Chicos. Carecía de las rimbombantes maneras de Stenbeck y no se prostituía en la prensa como Barnevik. Rechazaba los negocios inmobiliarios y, en su lugar, invertía masivamente en el antiguo bloque comunista. Cuando se desinfló la burbuja económica de los noventa y todos los altos cargos, uno tras otro, se vieron obligados a cobrar sus contratos blindados, la empresa de Wennerström se las arregló sorprendentemente bien. Ni el más mínimo escándalo. «*A Swedish success story*», tituló el mismísimo *Financial Times*.

—Era 1992. De repente Wennerström se puso en contacto con el CADI y les comunicó que quería dinero. Presentó un plan, aparentemente bien arraigado entre las partes interesadas de Polonia, con el fin de crear una empresa que fabricara envases para la industria alimentaria.

—O sea, una fábrica de latas de conserva.

—No exactamente, pero algo por el estilo. No tengo ni idea de a quién conocía en el CADI, pero salió sin problemas con sesenta millones de coronas.

—Esto empieza a ponerse interesante. Déjame adivinar: fue la última vez que alguien vio ese dinero.

—No —replicó Robert Lindberg, y esbozó una sonrisa antes de animarse con un poco más de aguardiente—. Lo que sucedió después fue digno de una lección magistral de contabilidad. Wennerström fundó realmente una industria de embalajes en Polonia, en Lodz, para ser más exacto. La empresa se llamaba Minos. El CADI recibió unos alentadores informes durante el año 1993; luego… silencio. De repente, en 1994, Minos se vino abajo.

Para ilustrar el hundimiento de la empresa, Robert Lindberg dio un golpe en la mesa con la copa vacía.

—El problema del CADI era que no existía ningún tipo de procedimiento sobre cómo rendir cuentas de esos proyectos. Te acuerdas del espíritu de la época, ¿no? Todo ese optimismo cuando cayó el muro de Berlín: que se instauraría la democracia, que la amenaza de guerra nuclear ya era historia y que los bolcheviques se iban a convertir en capitalistas de la noche a la mañana. El gobierno quería afianzar la democracia en el Este. Todos los capitalistas querían subirse al tren y ayudar a construir la nueva Europa.

—No sabía que los capitalistas estuvieran tan dispuestos a dedicarse a hacer obras de caridad.

—Créeme, estamos hablando del sueño húmedo de cualquier capitalista. Quizá Rusia y los países del Este constituyan, después de China, el mercado restante más grande del mundo. A la industria no le importaba ayudar al gobierno, especialmente porque las empresas sólo tenían que responder de una pequeña parte de los gastos. En total, el CADI se comió más de treinta mil millones de coronas de los contribuyentes. El dinero volvería en forma de futuras ganancias. Formalmente el CADI era una iniciativa del gobierno, pero la influencia de la industria era tan grande que, en la práctica, la dirección del CADI trabajaba de manera independiente.

—Entiendo. Pero ¿aquí hay material para un artículo o no?

—Paciencia. Cuando los proyectos se pusieron en marcha no hubo problemas para financiarlos. Suecia aún no había sido golpeada por la crisis surgida a raíz de la enorme subida de los intereses. El gobierno estaba contento porque con el CADI se pondría de manifiesto la gran aportación sueca a favor de la democracia en el Este.

—¿Y todo esto pasó con el gobierno de derechas?

—No metas a los políticos en esto. Se trata de dinero e importa una mierda si los que designan a los ministros son socialistas o de derechas. Así que adelante, a toda pastilla. Luego llegaron los problemas de divisas y después unos chalados llamados los nuevos demócratas (sin duda te acordarás del partido Nueva Democracia) empezaron a quejarse de que no había transparencia en lo que hacía el CADI. Uno de sus payasos confundió al CADI con la Agencia Sueca de Cooperación Internacional para el Desarrollo y creyó que se trataba de algún maldito proyecto de ayuda en plan caritativo como el de Tanzania. Durante la primavera de 1994 se designó una comisión para investigar al CADI. A esas alturas varios proyectos ya habían sido criticados, pero uno de los primeros en inspeccionarse fue el de Minos.

—Y Wennerström no pudo dar cuenta del dinero.

—Al contrario. Wennerström presentó un excelente libro de cuentas demostrando que más de cincuenta y cuatro millones de coronas habían sido invertidas en Minos, pero que seguía habiendo problemas estructurales demasiado importantes en la rezagada Polonia para que pudiera funcionar una moderna industria de envases, por lo que, en la práctica, la competencia de un proyecto alemán similar les había ganado la partida. Los alemanes estaban en pleno proceso de compra de todo el bendito bloque del Este.

—Dijiste que le dieron sesenta millones.

—Exacto. El dinero del CADI se gestionó como un crédito sin intereses. La idea era, por supuesto, que las empresas acabaran devolviendo parte del dinero durante una serie de años. Pero Minos quebró y el proyecto fracasó; nadie pudo reprocharle nada a Wennerström. Aquí entraban las garantías del Estado, por lo que Wennerström quedó libre de responsabilidades. Simplemente no tuvo que devolver el dinero perdido cuando quebró Minos, y al mismo tiempo pudo demostrar que había perdido una suma equivalente de su propio dinero.

—A ver si lo he entendido bien: el gobierno ofrece el dinero de los contribuyentes y pone a los diplomáticos al servicio de una serie de hombres de negocios para abrirles puertas. La industria coge el dinero y lo usa para invertir en *joint ventures* de las que luego saca una buena tajada. En fin: la misma historia de siempre. Algunos se forran y otros pagan la cuenta, y ya sabemos muy bien qué papel interpreta cada uno.

—¡Qué cínico eres! Los créditos se iban a devolver al Estado.

—Pero has dicho que estaban libres de intereses. Por tanto, significa que los contribuyentes no recibieron ni un duro por poner la pasta. Le dieron a Wennerström sesenta kilos, de los cuales invirtió cincuenta y cuatro. ¿Qué pasó con los restantes seis millones?

—En el momento en que quedó claro que el proyecto del CADI sería objeto de estudio por parte de una comisión, Wennerström envió un cheque de seis millones al CADI como pago de la diferencia. Con eso, jurídicamente hablando, el caso quedaba cerrado.

Robert Lindberg se calló y miró, desafiante, a Mikael.

—Suena como si Wennerström hubiera perdido un poco del dinero del CADI, pero en comparación con los quinientos millones que desaparecieron de Skanska o la historia del contrato blindado de aquel director de ABB que cobró una indemnización por despido de más de mil millones, algo que realmente indignó a la gente, esto no parece ser gran cosa para un artículo —dijo Mikael—. La verdad es que los lectores de hoy en día están bastante hartos de textos sobre especuladores incompetentes, aunque sea dinero que provenga de los impuestos. ¿Hay algo más en toda esta historia?

—Esto no ha hecho más que empezar.

—¿Cómo es que sabes tanto sobre los negocios de Wennerström en Polonia?

—En los años noventa trabajé en Handelsbanken. Adivina quién era el encargado de hacer las investigaciones para el representante del banco en el CADI.

—Vale, ahora lo entiendo. Anda, sigue.

—Entonces… para resumir, el CADI recibió una explicación por parte de Wennerström. Se firmaron los documentos pertinentes. El resto del dinero se devolvió. Ese detalle de los seis millones devueltos fue una jugada muy astuta. A ver, si alguien llama a tu puerta para darte una bolsa de dinero, ¿cómo coño vas a pensar que no es trigo limpio?

—Ve al grano.

—Blomkvist, ¡por favor!; ése es el grano. Los del CADI se quedaron satisfechos con el libro de cuentas de Wennerström. La inversión se fue al garete, pero no había nada que objetar en cuanto a la gestión. Miramos facturas, transferencias y todo tipo de papeles. Todo impoluto. Yo me lo creí. Mi jefe se lo creyó. El CADI se lo creyó y el gobierno no tuvo nada que añadir.

—Entonces ¿dónde está la pega?

—Ahora es cuando la historia se pone interesante —dijo Lindberg y, de repente, pareció asombrosamente sobrio—. Ya que eres periodista, que conste que esto es *off the record*.

—¡Joder, no puedes estar contándome cosas para luego decirme que no me dejas utilizarlas!

—Claro que sí. Lo que te he explicado hasta ahora es de conocimiento público. Busca el informe y échale un vistazo si te apetece. El resto de la historia, lo que no te he contado todavía, publícalo si quieres, pero tienes que tratarme como una fuente anónima.

—Vale, pero según la terminología general *off the record* significa que me han revelado confidencialmente algo sobre lo que no puedo escribir nada.

—A la mierda con la terminología. Escribe lo que quieras, pero yo soy una fuente anónima. ¿De acuerdo?

—Vale —contestó Mikael.

Naturalmente, a la luz de los acontecimientos posteriores su respuesta constituía un error.

—Muy bien. Aquella historia de Minos tuvo lugar hará unos diez años, justo después de caer el muro, cuando los bolcheviques se estaban convirtiendo en capitalistas decentes. Yo era una de las personas que investigaba a Wennerström y había algo que me daba mala espina.

—¿Por qué no dijiste nada entonces?

—Se lo comenté a mi jefe. El caso era que no había nada en concreto. Todos los papeles estaban en orden. No tuve más remedio que firmar el informe. Pero ahora, cada vez que me encuentro con el nombre de Wennerström en la prensa me viene a la mente la historia de Minos.

—Vale. ¿Y?

—Unos años después, a mediados de los noventa, mi banco hizo negocios con Wennerström, negocios bastante importantes, de hecho. Y no salieron muy bien.

—¿Os timó?

—No; tanto como eso, no. Los dos ganamos dinero. Lo que pasó fue más bien que… no sé muy bien cómo explicártelo; estoy hablando de mi propia empresa y eso no me gusta. Pero el balance de todo aquello —o sea, la impresión general, por decirlo de alguna manera— no es positivo. A Wennerström le definen en los medios de comunicación como un impresionante oráculo de la economía. De eso vive. Es su valor seguro.

—Sé lo que quieres decir.

—Yo siempre tuve la sensación de que se trataba simplemente de un fanfarrón. No mostraba ninguna habilidad para los negocios. Todo lo contrario; me pareció asombrosamente superficial e ignorante en muchos temas. Tenía un par de jóvenes tiburones realmente muy agudos como consejeros, pero personalmente me cayó fatal.

—¿Y?

—Hace unos años fui a Polonia para un asunto completamente diferente. Nuestro grupo cenó en Lodz con unos inversores y por casualidad acabé en la misma mesa que el alcalde. Hablamos de lo difícil que resultaba levantar la economía polaca y de cuestiones similares; y, entre unas cosas y otras, mencioné el proyecto Minos. Al principio el alcalde pareció no entenderme, como si en su vida hubiera oído hablar de Minos, pero luego se acordó de que era un pequeño negocio de mierda que nunca llegó a ser nada. Despachó el tema con una carcajada y dijo, cito literalmente, que si eso era todo lo que eran capaces de hacer los inversores suecos, nuestro país no tardaría en hundirse por completo. ¿Me sigues?

—El comentario da a entender que el alcalde de Lodz es un hombre inteligente. Venga, continúa.

—No pude sacarme esas palabras de la cabeza. Al día siguiente tenía una reunión por la mañana, pero por la tarde estaba libre. Por pura maldad me fui a ver la fábrica abandonada de Minos, situada en un pequeño pueblo a las afueras de Lodz, con una taberna en un granero y retretes fuera de las casas. La gran fábrica de Minos era un almacén en ruinas, un viejo cobertizo de chapa que había montado el Ejército Rojo en los años cincuenta. Me encontré con un guardia que sabía un poco de alemán y me contó que uno de sus primos había trabajado en Minos. El primo vivía muy cerca, así que fuimos a verlo. El guardia me acompañó para hacer de intérprete. ¿Quieres saber lo que dijo?

—Me muero por saberlo.

—Minos empezó sus actividades en el otoño de 1992. Llegó a tener un máximo de quince empleados, en su mayoría mujeres mayores. Cobraban ciento cincuenta coronas al mes. Al principio no había maquinaria, de modo que los empleados se pasaban el día limpiando aquel almacén. A primeros de octubre llegaron tres máquinas para hacer cartones, compradas en Portugal. Estaban viejas, desgastadas por el uso y completamente anticuadas. Su valor como chatarra no pasaría de un par de miles de coronas. Es verdad que las máquinas funcionaban, pero se rompían cada dos por tres. Naturalmente, no había piezas de repuesto, así que Minos se veía afectada por constantes paradas en la producción. Por regla general, un empleado siempre acababa reparando la máquina de manera provisional.

—Esto ya empieza a parecerse a un artículo —reconoció Mikael—. ¿Y en realidad qué fabricaban en Minos?

—Durante 1992 y la mitad de 1993 fabricaron cartones perfectamente normales para detergentes, hueveras y cosas por el estilo. Luego se dedicaron a las bolsas de papel. Pero la fábrica sufría una constante escasez de materia prima y nunca llegó a tener mucha producción.

—No suena precisamente como una inversión muy importante.

—He hecho mis cálculos. El gasto total del alquiler rondaría las quince mil coronas en dos años. Los sueldos podrían haber ascendido, como mucho, y estoy siendo muy generoso, a unas ciento cincuenta mil. Compra de maquinaria y transportes, una furgoneta que distribuía las hueveras… a ojo de buen cubero, unas doscientas cincuenta mil. Eso sin contar los costes administrativos de permisos y unos pocos billetes de avión; según parece, tan sólo una persona de Suecia visitaba el pueblo en muy contadas ocasiones. Bueno, digamos que toda la operación salió por un total de algo menos de un millón. Un día del verano de 1993, el capataz bajó a la fábrica y anunció que estaba cerrada; poco después apareció un camión húngaro y se llevó toda la maquinaria. Hasta la vista, Minos.

Durante el juicio, Mikael se acordó a menudo de aquella noche de *Midsommar*. El tono de la conversación le recordaba los años de instituto: la típica discusión de amigos, juvenil y desenfadada. Como adolescentes habían compartido los problemas propios de esa edad. Como adultos eran, en realidad, perfectos desconocidos; dos personas completamente distintas, en el fondo. A lo largo de aquella noche, Mikael se estuvo preguntando por qué no podía acordarse de lo que les había convertido en buenos amigos durante el bachillerato. El recuerdo que guardaba de Robert era el de un chaval callado y reservado que mostraba una incomprensible timidez con las chicas. De adulto se había convertido en un exitoso... llamémosle trepa, del mundo de la banca. A Mikael no le cabía la menor duda de que su compañero tenía opiniones que estaban totalmente en desacuerdo con su propia visión del mundo.

Mikael raramente se emborrachaba, pero aquel encuentro casual había convertido una fracasada navegación en una de esas agradables veladas donde el nivel de la botella de aguardiente va acercándose lentamente al fondo. Debido precisamente a ese tono adolescente de la conversación, en un principio no se tomó en serio la historia de Robert, si bien sus instintos periodísticos acabaron aflorando. De repente, se puso a escuchar la historia con mucha atención, y entonces se le ocurrieron algunas objeciones lógicas.

—Espera un momento —suplicó Mikael—. Wennerström se encuentra entre la élite de los especuladores bursátiles. Si no me equivoco es multimillonario...

—Un cálculo rápido situaría a Wennerstroem Group en unos doscientos mil millones. Ahora te estarás preguntando por qué un multimillonario de esa categoría se molestaría en montar una estafa así para ganar una miserable calderilla de unos cincuenta millones, ¿verdad?

—Bueno, más bien por qué iba a arriesgarlo todo cometiendo un fraude tan obvio.

—No sé si estoy de acuerdo en llamarlo obvio precisamente; la junta directiva del CADI al completo, la gente de la banca, los interventores y los auditores del gobierno y del Parlamento... Todos han aceptado el rendimiento de cuentas de Wennerström.

—No obstante, estamos hablando de una miseria.

—Cierto, pero piensa que Wennerstroem Group es una de esas empresas inversoras que se meten en todo tipo de negocios con los que se puede ganar un dinero rápido: inmuebles, valores, opciones, divisas... *you name it*. Wennerström se puso en contacto con el CADI en 1992, justo cuando el mercado estaba a punto de hundirse. ¿Te acuerdas del otoño de 1992?

—¿Cómo no me voy a acordar? Tenía un interés variable en mi hipoteca y el Banco de Suecia lo subió al quinientos por ciento en octubre. Tuve que enfrentarme a un interés del diecinueve por ciento durante un año.

—Bueno, bueno; ¡qué tiempos aquéllos! —dijo Robert sonriendo—. Yo perdí una barbaridad de dinero ese año. Y Hans-Erik Wennerström, como los demás actores del mercado, tuvo que hacer frente al mismo problema. La empresa tenía miles de millones invertidos a plazo fijo en valores de distintos tipos, pero una cantidad asombrosamente reducida de dinero en efectivo. Ya no podían pedir prestadas más sumas astronómicas. Lo normal en una situación así es vender inmuebles y lamerse las heridas por la pérdida. Pero en 1992, de la noche a la mañana, nadie quiso comprar ni una sola casa.

—*Cash-flow problem.*

—Exacto. Y Wennerström no fue el único con ese tipo de problemas. Todos los empresarios...

—No los llames empresarios; emplea otra palabra, porque llamándolos así estás insultando a una categoría profesional seria.

—Vale, de acuerdo: todos los especuladores bursátiles tenían, por aquel entonces, *cash-flow problems*... Míralo así: Wennerström recibió sesenta millones de coronas. Devolvió seis, pero al cabo de tres años. Los gastos de Minos no podían haber ascendido a mucho más de un millón. Sólo los intereses de sesenta millones durante tres años suponen ya bastante. Dependiendo de cómo lo hubiera invertido, podría haber doblado o multiplicado por diez aquel dinero de la CADI. No es moco de pavo. Por cierto, ¡chinchín!

Capítulo 2

Dragan Armanskij había nacido en Croacia hacía cincuenta y seis años. Su padre era un judío armenio de Bielorrusia y su madre una musulmana bosnia de ascendencia griega. Fue ella la que se encargó de su educación, de modo que, cuando se hizo adulto, Dragan entró a formar parte de ese gran grupo heterogéneo que los medios de comunicación etiquetaban como musulmanes. Por raro que pueda parecer, la Dirección General de Migraciones le registró como serbio. Su pasaporte confirmaba que era ciudadano sueco, y la foto mostraba un rostro anguloso de prominente mandíbula, una oscura sombra de barba y unas sienes plateadas. A menudo le llamaban «el árabe» pese a no existir ni el más mínimo antecedente árabe en su familia. Sin embargo, tenía un cruce genético de esos que los locos de la biología racial describirían, con toda probabilidad, como raza humana de inferior categoría.

Su aspecto recordaba vagamente al del típico jefe segundón de las películas americanas de gánsteres. Sin embargo, en realidad no era narcotraficante ni matón de la mafia, sino un talentoso economista que había empezado a trabajar como ayudante en la empresa de seguridad Milton Security a principios de los años setenta y que, tres décadas después, ascendió a director ejecutivo y jefe de operaciones de la empresa.

Su interés por los temas de seguridad había ido aumentando poco a poco hasta convertirse en fascinación. Era como un juego de guerra: identificar amenazas, desarrollar estrategias defensivas e ir siempre un paso por delante de los espías industriales, los chantajistas y los ladrones. Todo empezó el día en el que descubrió la destreza con la que se había estafado a un cliente valiéndose de la contabilidad creativa. Pudo descubrir al culpable entre un grupo de doce personas. Treinta años después, todavía recordaba su asombro al darse cuenta de que la indebida apropiación del dinero se debió a que la empresa había pasado por alto tapar unos pequeños agujeros en sus procedimientos de seguridad. De simple contable pasó a ser un importante miembro de la empresa, así como experto en fraudes económicos. Al cabo de cinco años entró en la junta directiva y diez años más tarde llegó a ser, no sin cierta oposición por su parte, director ejecutivo. Pero hacía ya mucho tiempo que esa resistencia suya había desaparecido. Durante los años que llevaba al mando, había convertido Milton Security en una de las empresas de seguridad más competentes y más solicitadas de Suecia.

Milton Security tenía trescientos ochenta empleados en plantilla, además de unos trescientos colaboradores *freelance* de confianza a los que se recurría cuando era necesario. Se trataba, por lo tanto, de una empresa pequeña en comparación con Falck o Svensk Bevakningstjänst. Cuando Armanskij entró en la sociedad seguía llamándose Johan Fredrik Miltons Allmäna Bevaknings AB y tenía una cartera de clientes compuesta por centros comerciales necesitados de controladores y guardias de seguridad musculosos. Bajo su dirección la empresa pasó a denominarse Milton Security, un nombre mucho más práctico internacionalmente, y apostó por la tecnología punta. La plantilla se renovó: los vigilantes nocturnos que habían conocido mejores días, los fetichistas del uniforme y los estudiantes de instituto que hacían un trabajillo extra fueron sustituidos por personal altamente preparado. Armanskij contrató a ex policías de cierta edad como jefes de operaciones, a expertos en ciencias políticas especializados en terrorismo internacional, protección de personas y espionaje industrial; y, sobre todo, a expertos en telecomunicaciones e informática. La empresa se trasladó desde el barrio de Solna al de Slussen, a un local de más prestigio en pleno centro de Estocolmo.

Al comenzar la década de los noventa, Milton Security ya estaba preparada para ofrecer un tipo de seguridad completamente nuevo a una selecta y reducida cartera de clientes, fundamentalmente medianas empresas con un volumen de facturación extremadamente alto, y gente adinerada: estrellas de *rock* recién enriquecidas, corredores de bolsa y ejecutivos de empresas puntocom. Gran parte de la actividad se centraba en ofrecer la protección de guardaespaldas y diferentes sistemas de seguridad para empresas suecas en el extranjero, sobre todo en Oriente Medio. Esa parte de las actividades empresariales suponía actualmente casi el setenta por ciento de lo que se facturaba. Con Armanskij al frente, el volumen de facturación aumentó desde poco más de cuarenta millones de coronas anuales hasta casi dos mil millones. Vender seguridad era un negocio extremadamente lucrativo.

La actividad se dividía en tres áreas principales: consultas de seguridad, que consistía en identificar peligros posibles o imaginarios; medidas preventivas, que normalmente se traducían en instalar costosas cámaras de seguridad, alarmas de robo y de incendio, cerraduras electrónicas y equipamiento informático; y, finalmente, protección personal para particulares o empresas que se creían víctimas de algún tipo de amenaza, ya fuese real o ficticia. En sólo una década, este último mercado se había multiplicado por cuarenta y, durante los últimos años, había surgido una nueva clientela constituida por mujeres relativamente acomodadas que buscaban protección, bien contra ex novios o esposos, bien contra acosadores anónimos que se habían obsesionado con sus ceñidos jerséis o con el carmín de sus labios al verlas por la tele. Además, Milton Security colaboraba con empresas del mismo prestigio de otros países europeos y de Estados Unidos, y se encargaba de la seguridad de numerosas personalidades internacionales que visitaban Suecia; por ejemplo, una actriz estadounidense muy conocida que rodó una película en Trollhättan durante dos meses, y cuyo agente consideró que su estatus era tan alto que necesitaba guardaespaldas cuando daba sus escasos paseos alrededor del hotel.

Una cuarta área, de tamaño considerablemente más pequeño, estaba compuesta tan sólo por unos pocos colaboradores. Se ocupaban de las llamadas IP o I-Per, esto es, investigaciones personales, conocidas en la jerga interna como «iper».

A Armanskij no le entusiasmaba del todo esa parte de la actividad. Desde el punto de vista económico resultaba menos rentable; además, se trataba de un tema delicado que requería del colaborador no sólo conocimientos concretos en telecomunicaciones o en instalación de discretos aparatos de vigilancia, sino sobre todo sensatez y competencia. Las investigaciones personales le resultaban aceptables cuando había que comprobar simplemente la solvencia de alguien, el historial laboral de algún candidato a un empleo, o cuando se trataba de investigar las sospechas de que algún empleado filtraba información de la empresa o se dedicaba a actividades delictivas. En ese tipo de casos, las «iper» formaban parte de la actividad operativa.

No obstante, eran demasiadas las ocasiones en que sus clientes acudían con problemas particulares que, normalmente, ocasionaban todo tipo de líos innecesarios: «Quiero saber quién es ese macarra que sale con mi hija…»,

«Creo que mi mujer me pone los cuernos...», «Es un buen chaval, pero se junta con malas compañías...», «Me están chantajeando...». En general, Armanskij se negaba rotundamente: si la hija era mayor de edad, tenía derecho a salir con quien le diera la gana, y la infidelidad era un asunto que los esposos debían aclarar entre ellos. Bajo todas esas demandas se ocultaban trampas potenciales que podían dar lugar a escándalos y originar problemas jurídicos a Milton Security. Por eso, Dragan Armanskij vigilaba muy de cerca todos esos casos, a pesar de que sólo se trataba de calderilla en comparación con el resto de la facturación de la empresa.

Por desgracia, el tema de aquella mañana era, precisamente, una investigación personal. Dragan Armanskij se alisó la raya de los pantalones antes de echarse hacia atrás en su cómoda silla. Observó desconfiado a su colaboradora, Lisbeth Salander, treinta y dos años más joven que él, y constató por enésima vez que sería difícil encontrar otra persona que pareciera más fuera de lugar en esa prestigiosa empresa de seguridad. Se trataba de una desconfianza tan sensata como irracional. A ojos de Armanskij, Lisbeth Salander era, sin ninguna duda, la investigadora más competente que había conocido en sus cuarenta años de profesión. Durante los cuatro años que ella llevaba trabajando para él no había descuidado jamás un trabajo ni entregado un solo informe mediocre.

Todo lo contrario: sus trabajos no tenían parangón con los del resto de colaboradores. Armanskij estaba convencido de que Lisbeth Salander poseía un don especial. Cualquier persona podía buscar información sobre la solvencia de alguien o realizar una petición de control en el servicio de cobro estatal, pero Salander le echaba imaginación y siempre volvía con algo completamente distinto de lo esperado. Él nunca había entendido muy bien cómo lo hacía; a veces su capacidad para encontrar información parecía pura magia. Conocía los archivos burocráticos como nadie y podía dar con las personas más difíciles de encontrar. Sobre todo, tenía la capacidad de meterse en la piel de la persona a la que investigaba. Si había alguna mierda oculta que desenterrar, ella iba derecha al objetivo como si fuera un misil de crucero programado.

No cabía duda de que tenía un don.

Sus informes podían suponer una verdadera catástrofe para la persona que fuera alcanzada por su radar. Armanskij todavía se ponía a sudar cuando se acordaba de aquella ocasión en la que, con vistas a la adquisición de una empresa, le encomendó el control rutinario de un investigador del sector farmacéutico. El trabajo debía hacerse en el plazo de una semana, pero se fue prolongando. Tras un silencio de cuatro semanas y numerosas advertencias, todas ellas ignoradas, Lisbeth Salander volvió con un informe que ponía de manifiesto que el tipo en cuestión era un pedófilo; al menos en dos ocasiones había contratado los servicios de una prostituta de trece años en Tallin. Además, ciertos indicios revelaban un interés malsano por la hija de la mujer que por aquel entonces era su pareja.

Salander tenía características muy singulares que, de vez en cuando, llevaban a Armanskij al borde de la desesperación. Al descubrir que se trataba de un pedófilo no llamó por teléfono para advertir a Armanskij ni irrumpió apresuradamente en su despacho pidiendo una reunión urgente. Todo lo contrario: sin indicar con una sola palabra que el informe contenía material explosivo de proporciones más bien nucleares, una tarde lo depositó encima de su mesa, justo cuando Armanskij iba a apagar la luz y marcharse a casa.

Se llevó el informe y no lo leyó hasta más tarde, por la noche, cuando, ya relajado en el salón de su chalé de Lidingö, compartía con su esposa una botella de vino mientras veían la tele.

Como siempre, el informe estaba redactado con una meticulosidad casi científica, con notas a pie de página, citas y fuentes exactas. Los primeros folios daban cuenta del historial de aquel individuo, de su formación, su carrera profesional y su situación económica. No fue hasta la página 24, en un discreto apartado, cuando Salander —en el mismo tono objetivo que empleó para informar de que el susodicho vivía en un chalé de Sollentuna y conducía un Volvo azul oscuro— dejó caer la bomba de la verdadera finalidad de los viajes que el tipo realizaba a Tallin. Para demostrar sus afirmaciones Lisbeth remitía a la documentación contenida en un amplio anexo, donde había, entre otras cosas, fotografías de la niña de trece años en compañía del sujeto. La foto se había hecho en el pasillo de un hotel de Tallin y él tenía una mano bajo el jersey de la niña. Además —sabe Dios cómo—, Lisbeth consiguió localizar a la niña y logró convencerla para que dejara grabada una detallada declaración.

El informe creó aquel caos que precisamente Armanskij quería evitar a toda costa. Para empezar tuvo que tomarse un par de pastillas de las que su médico le había recetado para la úlcera. Luego convocó al cliente a una triste reunión relámpago. Al final, y a pesar de la lógica reticencia del cliente, tuvo que entregarle el material a la policía. Esto último quería decir que Milton Security se arriesgaba a verse involucrada en una espiral de acusaciones y contraacusaciones. Si la documentación no hubiera resultado lo suficientemente fidedigna o el hombre hubiese sido absuelto, la empresa habría corrido el riesgo potencial de ser procesada por difamación. En fin, una pesadilla.

Sin embargo, la llamativa ausencia de compromiso emocional de Lisbeth Salander no era lo que más le molestaba. En el mundo empresarial la imagen resultaba fundamental, y la de Milton representaba una estabilidad conservadora. Salander encajaba en esa imagen tanto como una excavadora en un salón náutico.

A Armanskij le costaba hacerse a la idea de que su investigadora estrella fuera una chica pálida de una delgadez anoréxica, pelo cortado al cepillo y *piercings* en la nariz y en las cejas. En el cuello llevaba tatuada una abeja de dos centímetros de largo. También se había hecho dos brazaletes: uno en el bíceps izquierdo y otro en un tobillo. Además, al verla en camiseta de tirantes, Armanskij había podido apreciar que en el omoplato lucía un gran tatuaje con la figura de un dragón. Lisbeth era pelirroja, pero se había teñido de negro azabache. Solía dar la impresión de que se acababa de levantar tras haber pasado una semana de orgía con una banda de *heavy metal*.

En realidad, no tenía problemas de anorexia; de eso estaba convencido Armanskij. Al contrario: parecía consumir toda la comida-basura imaginable. Simplemente había nacido delgada, con una delicada estructura ósea que le daba un aspecto de niña esbelta de manos finas, tobillos delgados y unos pechos que apenas se adivinaban bajo su ropa. Tenía veinticuatro años, pero aparentaba catorce.

Una boca ancha, una nariz pequeña y unos prominentes pómulos le daban cierto aire oriental. Sus movimientos eran rápidos y parecidos a los de una araña; cuando trabajaba en el ordenador, sus dedos volaban sobre el teclado. Su cuerpo no era el más indicado para triunfar en los desfiles de moda, pero, bien maquillada, un primer plano de su cara podría haberse colocado en cualquier anuncio publicitario. Con el maquillaje —a veces solía llevar, para más inri, un repulsivo carmín negro—, los tatuajes, los *piercings* en la nariz y en las cejas resultaba… humm… atractiva, de una manera absolutamente incomprensible.

El hecho de que Lisbeth Salander trabajara para Armanskij era ya de por sí asombroso. No se trataba del tipo de mujer con el que Armanskij acostumbraba a relacionarse, y mucho menos el que solía considerar para ofrecerle un empleo. Ella había sido contratada en la oficina como una especie de chica para todo cuando Holger Palmgren, un abogado medio jubilado que se ocupaba de los negocios personales del viejo J. F. Milton, la recomendó presentándola como «una chica lista pero con un carácter un poco difícil». Palmgren le pidió a Armanskij que le diera una oportunidad a la chica, cosa que éste prometió con desgana. Palmgren pertenecía a esa clase de hombres que sólo interpretaba un no como un motivo para doblar sus esfuerzos, así que lo más fácil era aceptar abiertamente. Armanskij sabía que Palmgren se dedicaba a ayudar a niñatos conflictivos y a otras chorradas sociales, pero tenía buen criterio.

Dragan Armanskij se arrepintió en el mismo momento en que conoció a Lisbeth Salander. No sólo le parecía problemática; a ojos de Armanskij ella era la viva representación del término. No había conseguido el certificado escolar, jamás había pisado el instituto y carecía de cualquier tipo de formación superior.

Durante los primeros meses, Lisbeth trabajó a jornada completa; bueno, casi completa. Por lo menos aparecía de vez en cuando por su lugar de trabajo. Preparaba café, traía el correo y se encargaba de la fotocopiadora. Sin embargo, no se preocupaba en lo más mínimo del horario ni de las rutinas normales de la oficina.

En cambio, poseía un gran talento para sacar de quicio a los demás empleados. Se ganó el apodo de «la chica con dos neuronas»: una para respirar y otra para mantenerse en pie. Nunca hablaba de sí misma. Los compañeros que intentaban conversar con ella raramente recibían respuesta y enseguida desistían. Los intentos de broma nunca caían en terreno abonado: o contemplaba al bro-

mista con grandes ojos inexpresivos o reaccionaba con manifiesta irritación.

Además, tenía fama de cambiar de humor drásticamente si se le antojaba que alguien le estaba tomando el pelo, algo bastante habitual en aquel lugar de trabajo. Su actitud no invitaba ni a la confianza ni a la amistad, así que rápidamente se convirtió en un bicho raro que rondaba como un gato sin dueño por los pasillos de Milton. La dejaron por imposible: allí no había nada que hacer.

Al cabo de un mes de constantes problemas, Armanskij la llamó a su despacho con el firme propósito de despedirla. Cuando le dio cuenta de su comportamiento, ella lo escuchó impasible, sin nada que objetar y sin ni siquiera levantar una ceja. Nada más terminar de sermonearla sobre su «actitud incorrecta», y cuando ya estaba a punto de decirle que, sin duda, sería una buena idea que buscara trabajo en otra empresa que «pudiera aprovechar mejor sus cualidades», ella lo interrumpió en medio de una frase. Por primera vez hablaba enlazando más de dos palabras seguidas.

—Oye, si necesitas un conserje puedes ir a la oficina de empleo y contratar a cualquiera. Yo soy capaz de averiguar lo que sea de quien sea, y si no te sirvo más que para organizar las cartas del correo, es que eres un idiota.

Armanskij todavía se acordaba del asombro y de la rabia que se apoderaron de él mientras ella continuaba tan tranquila:

—Tienes un tío que ha tardado tres semanas en redactar un informe, que no vale absolutamente nada, sobre un *yuppie* al que piensan reclutar como presidente de la junta directiva en esa empresa puntocom. Hice las fotocopias de esa mierda anoche y veo que ahora lo tienes aquí delante.

La mirada de Armanskij buscó el informe y por una vez alzó la voz.

—No debes leer informes confidenciales.

—Probablemente no, pero las medidas de seguridad de

tu empresa dejan mucho que desear. Según tus instrucciones, él mismo debería fotocopiar ese tipo de cosas, pero anoche, antes de irse por ahí a tomar algo, me puso el informe en mi mesa. Y, dicho sea de paso, su anterior informe me lo encontré en el comedor hace un par de semanas.

—¿Qué? —exclamó Armanskij, perplejo.

—Tranquilo. Lo metí en su caja fuerte.

—¿Te ha dado la combinación de su archivador privado? —preguntó Armanskij, sofocado.

—No, no exactamente. Lo tiene apuntado en un papel que guarda debajo de la carpeta de su mesa, junto con el código de su ordenador. Pero lo que importa aquí es que ese payaso de investigador ha hecho una investigación personal que no vale una mierda. Se le ha pasado que el tipo tiene unas deudas de juego que son una pasada y que esnifa coca como una aspiradora; además, su novia tuvo que buscar protección en un centro de acogida de mujeres después de que él la zurrara de lo lindo.

Ella se calló. Armanskij permaneció en silencio un par de minutos hojeando el informe en cuestión. Estaba estructurado de un modo profesional, redactado en una prosa comprensible y lleno de referencias a opiniones de amigos y conocidos del sujeto en cuestión. Al final, levantó la mirada y dijo tan sólo una palabra: «Demuéstralo».

—¿Cuánto tiempo tengo?

—Tres días. Si no puedes probar tus afirmaciones, el viernes por la tarde te despediré.

Tres días más tarde, sin pronunciar palabra, Lisbeth le entregó un informe elaborado a partir de numerosas fuentes en el que ese joven *yuppie*, aparentemente tan simpático, se revelaba como un cabrón de mucho cuidado. Armanskij leyó el informe varias veces durante el fin de semana y se pasó parte del lunes comprobando algunas de las afirmaciones sin poner mucho empeño en ello, ya que antes de empezar sabía que la información resultaría correcta.

Armanskij estaba desconcertado y furioso consigo mismo porque, evidentemente, la había juzgado mal. La había considerado tonta, incluso tal vez retrasada. No esperaba que una chica que se había pasado los años de colegio faltando a clase, hasta el punto de que ni siquiera le dieron el certificado escolar, redactara un informe que no sólo era lingüísticamente correcto sino que, además, contenía observaciones e informaciones que Armanskij no entendía en absoluto cómo podía haber conseguido.

Estaba convencido de que en Milton Security nadie habría sido capaz de obtener un historial médico confidencial de un centro de acogida de mujeres maltratadas. Cuando le preguntó cómo lo había hecho, no recibió más que respuestas evasivas.

Dijo que no pensaba revelar sus fuentes. Al cabo de algún tiempo le quedó claro que Lisbeth Salander no tenía ninguna intención de hablar de sus métodos de trabajo, ni con él ni con nadie. Eso le preocupaba, pero no lo suficiente como para poder resistirse a la tentación de ponerla a prueba.

Reflexionó sobre el asunto un par de días.

Recordó las palabras de Holger Palmgren cuando se la envió: «Todas las personas tienen derecho a una oportunidad». Pensaba en su propia educación musulmana, de la que había aprendido que su deber ante Dios era ayudar a los necesitados. Es cierto que no creía en Dios y que no visitaba una mezquita desde su adolescencia, pero veía a Lisbeth Salander como una persona necesitada de ayuda y de un firme apoyo. Además, a decir verdad, durante las últimas décadas no había cumplido mucho con su deber.

En vez de despedirla, la convocó a una entrevista personal, durante la cual intentó comprender de qué pasta estaba hecha la problemática chica. Reforzó su convicción de que Lisbeth Salander sufría algún tipo de trastorno grave, pero también descubrió que tras su arisca apariencia se ocultaba una persona inteligente. Por una parte, la veía frágil e irritante, pero, por otra, y para su sorpresa, empezaba a caerle bien.

Durante los meses siguientes, Armanskij tuvo a Lisbeth Salander bajo su protección. Para ser sincero consigo mismo, lo cierto es que la acogió como si se tratara de un pequeño proyecto social. Le encomendaba sencillas tareas de investigación e intentaba darle ideas de cómo debía actuar. Ella lo escuchaba con mucha paciencia y luego llevaba a cabo la misión totalmente a su manera. Le pidió al jefe técnico de Milton que le diera a Lisbeth un curso básico de informática; Salander se pasó toda una tarde sentada en el pupitre sin rechistar, hasta que el jefe técnico, algo molesto, informó de que ya parecía poseer mejores conocimientos de informática que la mayoría de la plantilla.

Pronto Armanskij se dio cuenta de que Lisbeth Salander, a pesar de esas charlas formativas sobre el desarrollo personal, las ofertas de cursos de formación interna y otros modos de persuasión, no tenía intención de adaptarse a la rutina laboral de Milton, lo cual no dejaba de ser un tema complicado para Armanskij.

Continuaba siendo un motivo de irritación para los demás trabajadores de la empresa. Armanskij era consciente de que no habría aceptado que cualquier otro empleado fuera y viniera como le diera la gana; en otras circunstancias, le habría dado un ultimátum exigiendo una rectificación. También sospechaba que si le diera a Lisbeth Salander un ultimátum o la amenazara con un despido, ella sólo se encogería de hombros, y no la volvería a ver. Así que se veía obligado a deshacerse de ella o a aceptar que no funcionaba como los demás.

Un problema aún mayor para Armanskij lo constituía el hecho de no tener claros sus propios sentimientos hacia la joven. Era como un picor molesto, repulsivo, pero al mismo tiempo atrayente. No se trataba de una atracción sexual; por lo menos, Armanskij no lo consideraba así. Las mujeres a las que Dragan solía mirar de reojo eran rubias con muchas curvas y con labios carnosos que despertaban su imaginación; además, llevaba veinte años casado con una finlandesa llamada Ritva, que todavía, a su mediana edad, cumplía de sobra con esos requisitos. Nunca había sido infiel; bueno, puede que en alguna ocasión hubiera ocurrido algo que su mujer podía malinterpretar en el caso de enterarse, pero el matrimonio vivía feliz y tenía dos hijas de la edad de Salander. De todas maneras, no le interesaban las chicas sin pecho que, a distancia, podrían confundirse con chicos flacos. En fin, no era su tipo.

Aun así, había empezado a sorprenderse a sí mismo con fantasías inapropiadas sobre Lisbeth Salander y reconocía que no se sentía del todo indiferente cerca de ella. Pero la atracción, pensaba Armanskij, radicaba en que Lisbeth Salander le parecía un ser extraño. Podría haberse enamorado perfectamente del cuadro de una ninfa griega. Salander representaba una vida irreal, que le fascinaba, pero que no podía compartir y en la que, de todos modos, ella le prohibiría participar.

En una ocasión, Armanskij estaba tomando algo en una terraza de Stortorget, en Gamla Stan, cuando Lisbeth Salander se acercó andando despreocupadamente y se sentó a una mesa de la parte opuesta del café. La acompañaban tres chicas y un chico, todos vestidos de forma muy similar. Armanskij la contempló con curiosidad. Parecía igual de reservada que en el trabajo, pero lo cierto es que esbozó una ligera sonrisa al oír lo que le contaba una chica de pelo violeta.

Armanskij se preguntaba cómo reaccionaría Salander si un día él se presentara en el trabajo con el pelo verde, vaqueros desgastados y una chupa de cuero toda pintarrajeada y llena de remaches y cremalleras. ¿Le aceptaría como un igual? A lo mejor; daba la sensación de aceptar todo lo de su entorno con la típica actitud de *not my business*. Pero lo más probable es que simplemente le sonriera burlonamente.

En la terraza del café, ella estaba sentada de espaldas a él y no se dio la vuelta ni una sola vez, así que, aparentemente, ignoraba por completo que él estuviera allí. Armanskij se sentía extrañamente molesto ante su presencia y cuando, al cabo de un rato, se levantó para desaparecer imperceptiblemente, de repente ella volvió la cabeza y lo miró de frente, como si todo el tiempo hubiera sabido que estaba allí, dentro del radio de alcance de su radar. Su mirada fue tan repentina que la interpretó como un ataque y, al abandonar la terraza con pasos apresurados, fingió no haberla visto. Ella no lo saludó, pero lo siguió con la vista y hasta que Armanskij dobló la esquina sus ojos no dejaron de abrasarle la espalda.

Lisbeth apenas se reía. Sin embargo, a medida que pasaba el tiempo, Armanskij pareció notar una actitud un poco más relajada por su parte. Tenía un sentido del humor seco —por no decir otra cosa— que, de vez en cuando, producía una torcida e irónica sonrisa.

A veces Armanskij se sentía tan irritado por su falta de respuesta emocional que le entraban ganas de agarrarla y sacudirla para traspasar su coraza y ganarse su amistad o, por lo menos, su respeto.

En una sola ocasión, cuando Lisbeth ya llevaba nueve meses en la empresa, Armanskij intentó hablar de esos sentimientos con ella. Ocurrió una noche de diciembre, durante la fiesta de Navidad de Milton Security; por una vez, él no estaba del todo sobrio. No sucedió nada inadecuado; en realidad, sólo le quiso decir que le caía bien; sobre todo, explicarle que sentía un instinto protector hacia ella y que, si alguna vez necesitaba ayuda, siempre podría dirigirse a él con toda confianza. Incluso hizo ademán de abrazarla. Amistosamente, por supuesto.

Ella se zafó de su torpe abrazo y abandonó la fiesta. Después no apareció por la oficina ni contestó al móvil. Dragan Armanskij vivió su ausencia como una tortura, casi como un castigo personal. No tenía con quién hablar de sus sentimientos y, por primera vez, con una claridad aterradora, se dio cuenta del poder que Lisbeth Salander ejercía sobre él.

Tres semanas después, una noche de enero, ya tarde, en la que Armanskij se había quedado en su despacho para revisar el balance anual, Salander volvió. Entró tan imperceptiblemente como un fantasma; de repente, él advirtió que, a dos pasos de la puerta, alguien le estaba observando desde la penumbra. Ignoraba cuánto tiempo llevaba allí.

—¿Quieres café? —preguntó ella, ofreciéndole una taza de la máquina de café del comedor. Lo aceptó en silencio y sintió tanto alivio como temor cuando Lisbeth, después de cerrar la puerta con la punta del pie y sentarse en la silla, lo miró directamente a los ojos. Luego le hizo la pregunta prohibida de tal manera que le resultó imposible desviarla con una broma o evitarla—. Dragan, ¿yo te pongo?

Armanskij se quedó como paralizado mientras buscaba desesperadamente una respuesta. Su primer impulso fue negarlo todo con aire ofendido. Luego vio su mirada y se dio cuenta de que, por primera vez, le había hecho una pregunta íntima. Sonaba seria y si intentaba esquivarla con una broma, se lo tomaría como un insulto personal. Quería hablar con él; Dragan se preguntó cuánto tiempo llevaría armándose de valor para soltarle la pregunta. Lentamente, dejó su bolígrafo en la mesa y se echó hacia atrás en la silla. Al final, acabó relajándose.

—¿Qué te hace pensar eso? —le preguntó.

—Tu modo de mirarme y el de no mirarme. Y las veces que has estado a punto de extender la mano para tocarme y te has detenido.

De repente él sonrió.

—Me da la sensación de que me cortarías la mano de un mordisco si te llegara a poner un dedo encima.

Ella no sonrió. Seguía esperando.

—Lisbeth, yo soy tu jefe y aunque me sintiera atraído por ti nunca haría nada.

Ella todavía seguía esperando.

—Entre tú y yo: sí, ha habido momentos en los que me he sentido atraído hacia ti. No puedo explicármelo, pero es así. Por alguna razón que no entiendo te quiero mucho. Pero no me pones.

—Bien. Porque nunca pasará nada entre tú y yo.

De repente Armanskij se rió. Por primera vez, Salander le había dicho algo personal, aunque fuese la respuesta más negativa que un hombre podía oír. Intentaba buscar las palabras adecuadas.

—Lisbeth, entiendo perfectamente que no te interese un viejo de más de cincuenta años.

—No me interesa un viejo de más de cincuenta años que es mi jefe —dijo, levantando una mano—. Espera, déjame hablar. A veces eres idiota y un burócrata insoportable, aunque, al mismo tiempo, me pareces un hombre atractivo y… yo también puedo sentirme… Pero eres mi jefe; además, conozco a tu mujer y quiero conservar este trabajo. Lo más estúpido que podría hacer sería tener un rollo contigo.

Armanskij permaneció callado sin apenas atreverse a respirar.

—Soy consciente de lo que has hecho por mí y te estoy muy agradecida. Aprecio que hayas demostrado estar por encima de tus prejuicios y que me hayas dado una oportunidad. Pero ni te quiero como amante ni eres mi viejo.

Ella se calló. Al cabo de un rato Armanskij suspiró desamparado.

—¿Y qué es lo que quieres de mí?

—Quiero seguir trabajando para ti. Si te parece bien, claro.

Él asintió con la cabeza y luego le contestó de la manera más sincera que pudo:

—Estoy encantado de que trabajes para mí. Pero también quiero que tengas algún tipo de amistad o de confianza conmigo.

Ella asintió en silencio.

—No eres alguien que incite a la amistad —le soltó Armanskij de repente. La notó un poco apesadumbrada pero, aun así, continuó implacablemente—. Ya he entendido que no quieres que nadie se meta en tu vida e intentaré no hacerlo. Pero ¿me dejas que te siga teniendo cariño?

Salander lo meditó durante un buen rato. Luego, a modo de respuesta, se levantó, bordeó la mesa y le dio un abrazo. Se quedó totalmente perplejo. Cuando ella lo soltó, cogió su mano y preguntó:

—¿Podemos ser amigos?

Ella asintió con un solo movimiento de cabeza.

Fue la única vez que le mostró algo de ternura, y la única vez que lo tocó. Un momento que Armanskij recordaba con mucho cariño.

Cuatro años después Salander seguía sin revelarle a Armanskij prácticamente nada sobre su vida privada ni sobre su pasado. En una ocasión aplicó sus propios conocimientos en el arte de las «iper» para investigarla personalmente. Además, mantuvo una larga conversación con el abogado Holger Palmgren —quien no pareció sorprenderse al verlo— y lo que descubrió no contribuyó precisamente a aumentar su confianza en Lisbeth. Nunca jamás lo comentó con ella, ni le dio a entender que había estado husmeando en su vida privada. Más bien al contrario, ocultó su preocupación y aumentó su nivel de alerta.

Antes de que terminara aquella extraña noche, Salander y Armanskij llegaron a un acuerdo: en el futuro ella haría investigaciones como *freelance* y él le daría una pequeña retribución mensual fija, tanto si le encargaba algo como si no. Los verdaderos ingresos estarían en lo que facturara por cada uno de los encargos. Podría trabajar a su manera; a cambio, se comprometía a no hacer nunca nada que lo avergonzara a él o que pudiera involucrar a Milton Security en un escándalo.

Para Armanskij se trataba de una solución práctica que le favorecía a él, a la empresa y a la propia Salander. Redujo el incómodo departamento de IP a una sola persona: un colaborador ya mayor que hacía trabajos rutinarios decentes y se encargaba de comprobar la solvencia de los individuos investigados. Todas las tareas complicadas o dudosas se las dejó a Salander y a unos cuantos *freelance* que en la práctica —en caso de que hubiera, realmente líos— serían autónomos, de modo que Milton Security no tendría en realidad ninguna responsabilidad sobre ellos. Armanskij la contrataba a menudo, así que ella se sacaba un buen sueldo. Podría ganar mucho más, pero sólo trabajaba cuando le apetecía; y si eso no le gustaba, que la despidiera.

Armanskij la aceptaba tal y como era, pero no le permitía tratar personalmente con los clientes. Hacía escasas excepciones a la regla, y el asunto del día, desgraciadamente, pertenecía a esa categoría.

Aquel día Lisbeth Salander llevaba una camiseta negra con la cara de un ET con colmillos y el texto *I am also an alien*. Una falda negra, rota en el dobladillo, una desgastada chupa de cuero negra que le llegaba a la cintura, unas fuertes botas de la marca Doc Martens, y calcetines con rayas verdes y rojas hasta la rodilla. Se había maquillado en una escala cromática que dejaba adivinar un problema de daltonismo. En otras palabras, iba bastante más arreglada que de costumbre.

Armanskij suspiró y dirigió la mirada a la tercera persona presente en la habitación, un cliente con traje clásico y gafas gruesas. El abogado Dirch Frode tenía sesenta y ocho años y había insistido en conocer personalmente al autor del informe para poder hacerle unas preguntas. Armanskij había intentado impedir el encuentro con evasivas como, por ejemplo, que Salander estaba resfriada, de viaje u ocupadísima con otra misión. Frode contestaba despreocupadamente que no importaba, que no se trataba de un asunto urgente y que no le molestaba tener que esperar unos cuantos días. Armanskij se maldijo a sí mismo, pero al final no tuvo más remedio que reunirlos a los dos, y ahora el abogado Frode estaba observando a Lisbeth Salander con los ojos entornados y una manifiesta fascinación. Lisbeth Salander le devolvió la mirada airadamente, con una cara que no dejaba entrever sentimientos demasiado cálidos.

Armanskij volvió a suspirar, contemplando la carpeta que ella acababa de depositar encima de su mesa. En la portada se leía el nombre de CARL MIKAEL BLOMKVIST, seguido de su número de identificación personal, pulcramente escrito con letras de imprenta. Pronunció el nombre en voz alta, de modo que el abogado despertó de su hechizo y buscó a Armanskij con la mirada.

—Bien, ¿qué es lo que me puede contar de Mikael Blomkvist? —preguntó.

—Ésta es la señorita Salander, la autora del informe.

—Armanskij dudó un instante y luego continuó hablando con una sonrisa que, aunque intentaba ser de complicidad, le salió irremediablemente exculpatoria—. No se deje engañar por su juventud. Es, sin duda, nuestra mejor investigadora.

—Estoy convencido de que así es —contestó Frode con una voz seca que insinuaba todo lo contrario—. Cuénteme la conclusión a la que ha llegado.

Resultaba evidente que el abogado Frode no tenía ni idea de cómo tratar a Lisbeth Salander y que intentaba encontrar un terreno más familiar dirigiéndole la pregunta a Armanskij, como si ella no se encontrara en el despacho. Salander aprovechó la ocasión e hizo un gran globo con su chicle. Antes de que Armanskij pudiera contestar, miró a su jefe como si Frode no existiese.

—Pregúntale al cliente si quiere la versión corta o la larga.

Frode se dio cuenta enseguida de que había metido la pata. Se produjo un silencio incómodo y breve; finalmente se dirigió a Lisbeth Salander y, en un tono amablemente paternal, intentó remediar su error.

—Agradecería que la señorita me hiciera un resumen oral de sus conclusiones.

Salander parecía un depredador núbil y malvado que contemplaba la posibilidad de pegarle un bocado a Frode para ver si le servía de almuerzo. Había tanta hostilidad en su mirada que a Frode le recorrió un escalofrío por la espalda. De repente el rostro de la joven se relajó. Frode se preguntó si la expresión de esos ojos habría existido sólo en su imaginación. El inicio de su presentación sonó como el discurso de un ministro:

—Permítame que empiece por decir que este cometido no ha sido especialmente complicado, a excepción de la propia descripción de la tarea, ciertamente bastante imprecisa. Usted quería saber «todo lo que se pudiera averiguar» sobre él, pero sin especificar si buscaba algo en particular. Por esa razón, el informe se ha efectuado a modo de compendio, incluyendo los hechos más significativos de su vida. Contiene 193 páginas, pero más de 120 son, en realidad, copias de artículos escritos por la persona en cuestión, o recortes de prensa en los que ha aparecido. Blomkvist es una persona pública con pocos secretos y no mucho que ocultar.

—Entonces ¿tiene secretos? —preguntó Frode.

—Todas las personas ocultan secretos —contestó Lisbeth Salander en un tono neutro—. Sólo es cuestión de averiguar cuáles son.

—Soy todo oídos.

—Mikael Blomkvist vino al mundo el 18 de enero de 1960; va a cumplir, por tanto, cuarenta y cuatro años. Nació en Borlänge, pero nunca ha vivido allí. Sus padres, Kurt y Anita Blomkvist, ya fallecidos, rondaban los treinta y cinco años cuando Mikael nació. Su padre trabajaba como instalador de máquinas industriales, cosa que le obligaba a viajar con frecuencia. Por lo que he podido averiguar, su madre era ama de casa. La familia se trasladó a Estocolmo cuando Mikael empezó el colegio. Tiene una hermana tres años más joven que se llama Annika y es abogada. También tiene tíos y primos. ¿Piensas servir ese café?

Las últimas palabras iban dirigidas a Armanskij, quien se apresuró a abrir la cafetera termo que había pedido para la reunión. Le hizo un gesto a Salander invitándola a continuar.

—Así que en 1966 la familia se mudó a Estocolmo. Vivían en Lilla Essingen. Al principio, Blomkvist asistió a un colegio de Bromma y luego al instituto de bachillerato de Kungsholmen. Sus notas finales no estuvieron mal: 4,9 sobre 5. Hay copias en la carpeta. Durante la época del instituto se dedicó a la música y tocó el bajo en un grupo de *rock* llamado Bootstrap; sacaron un sencillo que sonó en la radio durante el verano de 1979. Después del instituto trabajó un tiempo en las taquillas del metro, ahorró algo de dinero y se fue al extranjero. Estuvo fuera un año; al parecer, viajó sobre todo por Asia —India y Tailandia— y se dio una vuelta por Australia. Empezó a estudiar periodismo en Estocolmo a la edad de veintiún años, pero interrumpió los estudios después del primer año para hacer la mili en la Escuela de Infantería de Kiruna, Laponia. Estuvo en una especie de compañía de élite, muy machos todos, de la que salió con 10-9-9, una buena calificación. Después del servicio militar terminó la carrera de periodismo y desde entonces ha estado trabajando. ¿Hasta qué punto quiere que entre en detalles?

—Cuente lo que le parezca importante.

—De acuerdo. Da la impresión de ser un poco «don Perfecto». Hasta hoy ha sido un periodista exitoso. Durante los años ochenta realizó numerosas sustituciones, primero en la prensa de provincias y luego en Estocolmo. Adjunto una lista. La consagración le llegó con la historia de la banda de los Golfos Apandadores, aquellos atracadores a los que desenmascaró.

—*El superdetective Kalle* Blomkvist.

—Un apodo que odia, lo cual es comprensible. Si alguien me llamara Pippi Calzaslargas en un titular, le partiría la cara.

Le lanzó una mirada asesina a Armanskij. Éste tragó saliva. En más de una ocasión había pensado que Lisbeth Salander se parecía a Pippi Calzaslargas y agradeció a su buen juicio no haber intentado jamás hacer una broma al respecto. Con el dedo índice le hizo un gesto para que continuara.

—Una fuente afirma que hasta ese momento quería ser reportero criminal y, de hecho, hizo sustituciones como tal en un vespertino, pero lo que le ha dado a conocer ha sido su trabajo como periodista político y económico. Fundamentalmente ha trabajado como *freelance*; tan sólo tuvo un empleo fijo en un vespertino a finales de los años ochenta. Se fue en 1990, cuando participó en la fundación de la revista mensual *Millennium*. Ésta empezó de manera manifiestamente independiente, sin el respaldo de una editorial sólida. La tirada ha ido aumentando y hoy en día ronda los veintiún mil ejemplares. La redacción se encuentra en Götgatan, a sólo unas manzanas de aquí.

—Una revista de izquierdas.

—Eso depende de lo que se entienda por izquierdas. Generalmente, *Millennium* es considerada una revista crítica con la sociedad, pero seguro que los anarquistas piensan que es una revista pequeñoburguesa de mierda, como *Arena* u *Ordfront*, mientras que la Asociación de Estudiantes Moderados probablemente crea que la redacción está compuesta por bolcheviques. No he encontrado nada que indique que Blomkvist haya participado activamente en política, ni siquiera durante la época más «progre», en sus años de instituto. Durante su época de estudiante en la Escuela Superior de Periodismo vivía con una chica que por entonces colaboraba con los sindicalistas, y que hoy en día es diputada del Partido de Izquierda. Parece ser que el sello izquierdista ha surgido más que nada porque se ha especializado en reveladores reportajes sobre la corrupción y los oscuros trapicheos del mundo empresarial. Ha realizado unos devastadores retratos de directores y políticos, bien merecidos sin duda, y ha provocado una serie de dimisiones. Además, muchos de sus textos tuvieron repercusiones legales. El escándalo más conocido es el caso Arboga, que forzó la dimisión de un político del bloque no socialista y envió a la cárcel a un antiguo contable municipal por malversación de fondos. Pese a todo, no creo que se pueda considerar la denuncia de actividades delictivas como una manifestación de izquierdismo.

—Entiendo lo que quiere decir. ¿Qué más?

—Ha escrito dos libros. Uno sobre el caso Arboga y

otro sobre periodismo económico titulado *La orden del Temple*, que se publicó hace tres años. No he leído el libro, pero a juzgar por las reseñas parece que fue muy controvertido. Dio lugar a numerosos debates en los medios de comunicación.

—¿Y su situación económica? —preguntó Frode.

—No es rico, pero tampoco pasa hambre. Las declaraciones de la renta se adjuntan en el informe. Tiene ahorradas unas doscientas cincuenta mil coronas en el banco, repartidas entre fondos de pensiones y fondos de inversión. Además, dispone de una cuenta de unas cien mil coronas que usa para gastos corrientes, como viajes y cosas así. Es propietario de un apartamento que ha terminado de pagar —sesenta y cinco metros cuadrados, en Bellmansgatan— y no tiene préstamos ni deudas pendientes.

Salander levantó un dedo.

—Hay otro bien más: un inmueble en la costa, en Sandhamn. Es una caseta de pescadores de treinta metros cuadrados que ha transformado en vivienda y que está junto al mar, en medio de la zona más atractiva del pueblo. Por lo visto, fue adquirida por un tío suyo en los años cuarenta, cuando ese tipo de operaciones seguían siendo posibles para los simples mortales; gracias a una herencia, la caseta acabó en manos de Blomkvist. Repartieron la herencia de tal modo que la hermana se quedó con el piso de los padres en Lilla Essingen, y Mikael Blomkvist con la caseta. No sé lo que valdrá hoy en día, sin duda varios millones, pero, en cualquier caso, no parece dispuesto a venderla porque suele ir a Sandhamn con bastante frecuencia.

—¿Ingresos?

—Como ya he comentado, es copropietario de *Millennium*, pero no gana más de doce mil coronas al mes. El resto lo consigue con sus trabajos como *freelance*, de modo que su salario final es variable. Alcanzó su máximo hace tres años cuando fue contratado por numerosos medios y ganó cerca de cuatrocientas cincuenta mil. El año pasado sólo ingresó ciento veinte mil con sus actividades de *freelance*.

—Debe pagar una indemnización de ciento cincuenta mil coronas, además de los honorarios del abogado y otras cosas —puntualizó Frode—. Digamos que el coste final será bastante elevado; eso sin mencionar que carecerá de ingresos cuando tenga que cumplir la sentencia en prisión.

—Eso significa que se va a quedar bastante tieso —sentenció Salander.

—¿Se trata de una persona honesta? —preguntó Dirch Frode.

—Ése es, por decirlo de alguna manera, su valor seguro. Va dando la imagen del típico guardián de la moral, insobornable, que se enfrenta al mundo empresarial. Y como tal le invitan con bastante frecuencia a comentar distintos asuntos en la televisión.

—No creo que quede gran cosa de ese valor seguro después de la sentencia de hoy —reflexionó Dirch Frode.

—Debo reconocer que no sé exactamente lo que se exige de un periodista, pero supongo que pasará algún tiempo antes de que *el superdetective* Blomkvist reciba el Gran Premio de Periodismo. Ha metido la pata hasta el fondo —dijo Salander sobriamente—. Si se me permite una reflexión personal…

Armanskij abrió los ojos de par en par. Durante los años que Lisbeth Salander llevaba con él, jamás había hecho ni una sola reflexión personal en una investigación de estas características. Para ella sólo contaban los hechos puramente objetivos.

—No forma parte de mi investigación estudiar el caso Wennerström, pero seguí el juicio y tengo que admitir que me quedé bastante asombrada. Hay algo raro en el caso y está completamente… *out of character*. A Mikael Blomkvist no le pega nada publicar una cosa tan surrealista.

Salander se rascó el cuello. Frode se mostró paciente. Mientras, Armanskij se preguntaba si estaba equivocado o es que Lisbeth no sabía realmente cómo continuar. La Salander que él conocía no dudaba ni se mostraba insegura jamás. Al final ella pareció decidirse.

—Esto que no conste en acta… No me he metido mucho en el caso Wennerström, pero la verdad es que creo que a *Kalle* Blomkvist… perdón, a Mikael Blomkvist, se la han jugado bien. Pienso que toda esta historia oculta algo totalmente diferente a lo que dicta la sentencia.

Ahora fue Dirch Frode el que se incorporó bruscamente en la silla. El abogado examinó a Salander con ojos inquisitivos, y Armanskij advirtió que, por primera vez desde que ella inició su presentación, el cliente mostraba una atención que iba más allá de la mera cortesía. Tomó nota mentalmente de que el caso Wennerström parecía albergar un especial atractivo para Frode. «Rectifico —pensó Armanskij enseguida—; Frode no estaba interesado en el caso Wennerström: ha reaccionado cuando Salander insinuó que a Blomkvist se la jugaron bien.»

—¿Qué quiere decir? —preguntó Frode.

—No es más que una simple suposición, pero estoy prácticamente convencida de que alguien lo ha engañado.

—¿Y qué es lo que le hace pensar eso?

—Toda la trayectoria profesional de Blomkvist indica que se trata de un reportero muy prudente. Todas las controvertidas revelaciones que ha publicado anteriormente han ido acompañadas de una sólida documentación. Un día asistí al juicio: no argumentó nada en contra, pareció rendirse sin luchar. No casa con su carácter. Según el tribunal, se ha inventado la historia de Wennerström sin la más mínima prueba y la ha publicado como si fuera un terrorista suicida del periodismo. Simplemente, no es el estilo de Blomkvist.

—Y según usted, ¿qué es lo que pasó?

—No tengo más que conjeturas. Blomkvist creía en su historia, pero algo debió de suceder mientras tanto y la información resultó ser falsa. Eso significa, además, que su informante era una persona en la que confiaba o que alguien le proporcionó información falsa conscientemente, lo cual me parece demasiado enrevesado para ser cierto. La otra alternativa es que sufriera amenazas tan serias que tirara la toalla; prefiere que lo consideren un idiota incompetente antes que plantarles cara y luchar. Pero al fin y al cabo sólo estoy especulando.

Cuando Salander hizo ademán de continuar la presentación, Dirch Frode levantó la mano. Permaneció callado un rato, tamborileando pensativamente con los dedos sobre el brazo de la silla, antes de volver a dirigirse a Salander con cierta vacilación.

—Si nosotros la contratáramos para hallar la verdad del caso Wennerström…, ¿qué probabilidades habría de que descubriera usted algo?

—No sé qué decir. Tal vez no haya nada.

—Pero ¿estaría dispuesta a intentarlo?

Ella se encogió de hombros.

—No depende de mí. Trabajo para Dragan Armanskij; es él quien decide los trabajos que debo hacer. También depende del tipo de información que quiera usted que encuentre.

—Entonces, permítame que se lo explique de la siguiente manera… Supongo que esta conversación es confidencial, ¿no? —Armanskij asintió con la cabeza—. No conozco nada de este asunto, pero sé, sin lugar a dudas, que Wennerström no ha sido honesto en otras ocasiones. El caso Wennerström ha tenido una enorme repercusión en la vida de Mikael Blomkvist y me gustaría averiguar si hay algo detrás de todo esto.

La conversación había tomado un rumbo inesperado

y Armanskij se puso en guardia inmediatamente. Lo que Dirch Frode solicitaba era que Milton Security se encargara de remover un juicio penal ya concluido, en el que posiblemente existiera algún tipo de amenaza ilegal contra Mikael Blomkvist, y, por tanto, Milton corriera el riesgo de colisionar con el ejército de abogados de Wennerström. A Armanskij no le gustaba nada la idea de soltar a Lisbeth Salander en un enredo así, como un misil de crucero incontrolable.

No se trataba sólo de un gesto de consideración hacia la empresa. Salander había dejado muy claro que no quería que Armanskij ejerciera el papel de padrastro preocupado, y después de su acuerdo se había esforzado en no hacerlo, pero en su fuero interno nunca dejaría de preocuparse por ella. A veces se sorprendía a sí mismo comparando a Salander con sus propias hijas. Se consideraba un buen padre que no se metía en sus vidas privadas de manera innecesaria, pero sabía que nunca aceptaría que se comportaran como Lisbeth Salander, ni que llevaran ese tipo de vida.

En lo más profundo de su corazón croata —o tal vez bosnio o armenio— nunca había podido liberarse de la convicción de que la vida de Salander iba derecha a una desgracia. Ante sus ojos, ella constituía la víctima perfecta para todo aquel que le deseara el mal y temía la mañana en la que lo despertara la noticia de que alguien le había hecho daño.

—Una investigación así puede llegar a ser muy costosa —dijo Armanskij de modo prudentemente disuasorio con el fin de sondear la seriedad de la solicitud de Frode.

—Bueno, podemos poner un tope —replicó Frode sobriamente—. No pido lo imposible, pero resulta evidente que su colaboradora, tal y como me ha asegurado usted, es competente.

—¿Salander? —preguntó Armanskij con una ceja levantada.

—De momento no tengo otra cosa.

—Vale. Pero quiero que nos pongamos de acuerdo en los procedimientos. Escuchemos primero el resto del informe.

—No son más que detalles de su vida privada. En 1986 se casó con una mujer llamada Monica Abrahamsson y ese mismo año tuvieron una hija. Se llama Pernilla y tiene dieciséis años. El matrimonio no duró mucho tiempo; se divorciaron en 1991. Abrahamsson se volvió a casar, pero, por lo visto, siguen siendo amigos. La hija vive con su madre y no ve a su padre muy a menudo.

Frode pidió más café y se dirigió de nuevo a Salander.

—Al principio usted dejó caer que todas las personas guardan secretos. ¿Ha descubierto alguno?

—Quería decir que todos tenemos cosas que consideramos privadas y que no nos gusta anunciar a bombo y platillo. Al parecer, a Blomkvist le va bastante bien con las mujeres. Ha tenido varias historias de amor y diversas relaciones esporádicas. En resumen: su vida sexual es muy intensa. Sin embargo, hay una persona constante en su vida con la que mantiene una relación algo extraña.

—¿En qué sentido?

—Erika Berger, redactora jefe de *Millennium*, y él son amantes. Berger es una chica de clase alta, de madre sueca y padre belga residente en Suecia. Se conocen desde la facultad y desde entonces mantienen una relación más o menos estable, aunque intermitente.

—Quizá no sea tan raro —respondió Frode.

—No, puede que no. Pero da la casualidad de que Erika Berger está casada con el artista Greger Beckman, un tipo famosillo que ha hecho un montón de cosas horribles en locales públicos.

—Así que ella es infiel.

—No. Beckman conoce la relación. Se trata de un

ménage à trois que, al parecer, es aceptado por todas las partes implicadas. A veces duerme con Blomkvist y a veces con su marido. No sé muy bien cómo funciona, pero sin duda fue un factor decisivo en la ruptura del matrimonio de Blomkvist con Abrahamsson.

Capítulo 3

Viernes, 20 de diciembre –
Sábado, 21 de diciembre

Erika Berger arqueó las cejas al ver a Mikael Blomkvist,
ya por la tarde, entrar en la redacción completamente helado. Las oficinas de *Millennium* se ubicaban en Götgatan,
justo en lo alto de la cuesta, un piso por encima de la sede
de Greenpeace. El alquiler, en realidad, resultaba demasiado caro para la revista, pero, aun así, Erika, Mikael y
Christer estuvieron de acuerdo en quedarse con el local.

Ella miró su reloj de reojo. Eran las cinco y diez y hacía mucho que era de noche en Estocolmo. Erika lo había
estado esperando para comer juntos.

—Perdón —dijo antes de que ella pronunciara una
sola palabra—. Me quedé sentado leyendo la sentencia y
no tenía ganas de hablar. Me fui a dar un largo paseo
para pensar.

—He escuchado el veredicto por la radio. «La de
TV4» me ha llamado para que se lo comente.

—¿Y qué le has dicho?

—Más o menos lo que acordamos, que vamos a estudiar la sentencia detenidamente antes de pronunciarnos.
O sea, nada. Y mi opinión sigue siendo la misma: creo
que es una estrategia errónea. Ofrecemos una imagen de
debilidad y estamos perdiendo el apoyo de los medios
de comunicación. Lo más seguro es que esta noche digan
algo en la tele.

Blomkvist asintió con cara lúgubre.

—¿Cómo estás?

Mikael Blomkvist se encogió de hombros y se dejó caer en su sillón favorito, junto a la ventana del despacho de Erika. El despacho estaba decorado con austeridad; contaba con una mesa de trabajo, unas cuantas estanterías funcionales y mobiliario barato de oficina, todo adquirido en Ikea a excepción de dos cómodos y extravagantes sillones y una pequeña mesa. «Una concesión a mi educación», solía decir ella en broma. A veces, cuando no le apetecía estar en la mesa, se sentaba a leer en uno de ellos, con los pies sobre el asiento. Mikael dirigió la mirada a la calle, donde la gente andaba estresada de un lado para otro en la oscuridad. Las compras navideñas estaban llegando a su recta final.

—Supongo que se me pasará, pero ahora mismo me siento como si me hubiesen dado una tremenda paliza.

—Bueno, eso es más o menos lo que ha pasado. Y nos afecta a todos. Hoy Janne Dahlman se ha ido pronto a casa.

—Me imagino que no le habrá entusiasmado la sentencia.

—Ya sabes que no es precisamente una persona muy positiva.

Mikael negó con la cabeza. Desde hacía nueve meses, Janne Dahlman era secretario de redacción de *Millennium*. Entró justo cuando empezó el caso Wennerström, de modo que fue a dar con una revista en crisis. Mikael intentaba hacer memoria y recordar qué argumentos esgrimieron Erika y él al contratarlo. En efecto, era competente y tenía experiencia —como sustituto— tanto en la agencia TT como en los periódicos vespertinos y en *Ekot*, el informativo radiofónico. Pero, obviamente, no navegaba bien con el viento en contra. A lo largo de ese año, en más de una ocasión Mikael se había arrepentido, en silencio, de haber empleado a Dahlman, dotado de una enervante capacidad para verlo todo de la manera más negativa posible.

—¿Sabes algo de Christer? —preguntó Mikael sin dejar de mirar la calle.

Christer Malm era el jefe de fotografía y de maquetación de *Millennium,* al tiempo que copropietario de la revista, junto con Erika y Mikael; en esos momentos estaba de viaje en el extranjero con su novio.

—Ha llamado. Te manda recuerdos.

—Tiene que ser él quien ocupe el puesto de editor jefe.

—Venga, Micke, como editor jefe que eres has de contar con encajar algún que otro golpe. Son gajes del oficio.

—Sí, ya lo sé, pero el caso es que soy yo el que escribió el artículo que se publicó en una revista de la que también soy editor jefe. Eso lo cambia todo. A eso se le llama falta de criterio profesional.

Erika Berger sintió que estaba a punto de soltar la preocupación que llevaba acumulando todo el día. Durante las semanas anteriores al juicio, Mikael Blomkvist dio la impresión de estar metido en una nube gris, pero nunca lo había visto tan cabizbajo y resignado como ahora, en el momento de la derrota. Ella rodeó la mesa de trabajo, se sentó a horcajadas sobre él y le puso los brazos alrededor del cuello.

—Mikael, escucha. Los dos sabemos muy bien qué es lo que ha pasado. Yo soy tan responsable como tú. Tenemos que capear el temporal.

—No hay temporal que capear. La sentencia es un tiro mediático en la nuca. No puedo quedarme como editor jefe de *Millennium*. Se trata de la credibilidad de la revista, de paliar daños. Lo sabes tan bien como yo.

—Si piensas que voy a permitir que asumas la culpa tú solito, es que durante todos estos años no has aprendido una mierda sobre mí.

—Sé exactamente cómo funcionas, Ricky. Tienes una lealtad muy ingenua para con tus colaboradores. Si por ti fuese, seguirías luchando contra los abogados de Wennerström hasta que tu credibilidad también se perdiera. Tenemos que ser más inteligentes.

—¿Y a ti te parece un plan inteligente dimitir de *Millennium* y hacer que parezca que yo te he despedido?

—Ya hemos hablado mil veces sobre eso. Que *Millennium* sobreviva depende ahora sólo de ti. Christer me parece un tío estupendo, pero es un buenazo; y, por mucho que sepa sobre fotos y *layout*, no tiene ni idea de cómo pelearse con multimillonarios. No es lo suyo. Tengo que desaparecer de *Millennium* durante un tiempo, como editor, reportero y miembro de la junta directiva; tú te haces cargo de mi parte. Wennerström sabe perfectamente que no ignoro lo que ha hecho, y mientras yo esté metido en la revista, intentará hundirla. No podemos permitírselo.

—Pero ¿por qué no publicamos lo que ocurrió realmente, pase lo que pase?

—Porque no podemos probar una mierda y porque de momento yo no tengo ninguna credibilidad. Wennerström ha ganado este asalto. Y ya está... Déjalo.

—De acuerdo, te despido. ¿Y qué vas a hacer?

—Sólo quiero descansar. No puedo más; estoy muy quemado, como se dice ahora. Me dedicaré a mí mismo durante un tiempo. Luego ya veremos.

Erika puso la cabeza de Mikael contra su pecho y le abrazó con fuerza. Permanecieron callados durante varios minutos.

—¿Quieres compañía esta noche? —preguntó ella.

Mikael Blomkvist asintió.

—Bien. Ya he llamado a Greger y le he dicho que pasaré la noche contigo.

La única luz que había en la habitación, reflejada en el vano de la ventana, provenía del alumbrado público de la calle. Hacia las dos de la madrugada Erika se durmió, pero Mikael permaneció despierto contemplando su silueta en la penumbra. El edredón la cubría hasta la cintura y él observaba cómo sus pechos subían y bajaban lentamente. Estaba relajado y ese nudo de angustia del pecho había desaparecido. Erika producía ese efecto sobre él. Desde siempre. Y Mikael era consciente de que ejercía exactamente el mismo efecto sobre ella.

«Veinte años», pensó. Era lo que llevaban juntos. Si por él fuera, seguirían acostándose, como poco, veinte años más. Nunca habían intentado ocultar lo suyo, ni siquiera cuando provocaba situaciones bastante complicadas respecto a sus relaciones con otras personas. Sabía que sus amigos hablaban de ellos preguntándose qué tipo de historia tenían en realidad; tanto él como Erika daban respuestas ambiguas y pasaban de los comentarios

Se conocieron en una fiesta en casa de unos amigos comunes. Estudiaban segundo de periodismo y cada uno tenía una pareja estable. Durante la velada empezaron a insinuarse el uno al otro. Tal vez, no estaba muy seguro, el flirteo empezara como una broma, pero antes de despedirse ya se habían intercambiado los números de teléfono. Los dos sabían que acabarían acostándose juntos y, antes de que pasara una semana, llevaron a cabo sus planes a espaldas de sus respectivas parejas.

Mikael estaba convencido de que no se trataba de amor; por lo menos, no de ese amor tradicional que te lleva a compartir una vivienda, la hipoteca, el árbol de Navidad y los niños. En alguna ocasión, durante los años ochenta, cuando no tenían una pareja a la que respetar, incluso hablaron de irse a vivir juntos. A él le habría gustado. Pero Erika siempre se echaba atrás en el último momento. Decía que no iba a funcionar y que en el caso de enamorarse pondrían en peligro su relación.

Estaban de acuerdo en que lo suyo era puro sexo o, tal vez, incluso una obsesión sexual. A menudo Mikael se preguntaba si habría en el mundo otra mujer capaz de despertarle tanto deseo como Erika. Simplemente, estaban bien juntos; no había que darle más vueltas. Mantenían una relación que resultaba tan adictiva como la heroína.

A veces se veían tan asiduamente que tenían la sensación de ser una pareja estable; otras veces podían transcurrir semanas, e incluso meses, entre encuentro y encuentro. Pero del mismo modo en que los alcohólicos recaen después de un período de abstinencia, ellos siempre acababan volviendo a por más.

Naturalmente, a la larga, no funcionaba. Una relación así estaba condenada al sufrimiento. Los dos habían dejado atrás, sin miramientos, promesas rotas y relaciones traicionadas; el matrimonio de Mikael fracasó porque no podía mantenerse alejado de Erika. Nunca le ocultó su relación con Erika a su mujer, Monica, pero ésta confiaba en que la historia se acabaría al casarse y nacer su hija; además, casi por las mismas fechas Erika se casó con Greger Beckman. Mikael también lo creía así, y durante los primeros años de matrimonio sólo vio a Erika por razones puramente profesionales. Luego fundaron *Millennium*. En tan sólo una semana todos los firmes propósitos se vinieron abajo y una noche acabaron haciendo el amor desenfrenadamente sobre la mesa de trabajo. Comenzó entonces un período tormentoso para Mikael, quien se debatía entre la voluntad de vivir con su familia y ver crecer a su hija, y su irremediable atracción por Erika, como si no pudiera controlar sus actos, cosa que, como era lógico, podría haber hecho si hubiera querido. Lisbeth Salander tenía razón: fue su constante infidelidad lo que provocó que Monica lo abandonara.

Por raro que parezca, Greger Beckman aceptaba completamente la relación. Erika siempre había sido sincera con su marido y cuando volvió a liarse con Mikael se lo contó de inmediato. Quizá fuera necesario tener alma de artista para aguantar una cosa así; una persona tan absorta en su propia obra creativa, o tal vez en su propia persona, que no sufriera cuando su esposa pasaba la noche con otro hombre. Incluso organizaban las vacaciones de modo que Erika pudiera irse una semana o dos con su amante a la casita de Sandhamn. Greger no le caía demasiado bien a Mikael. Nunca entendió el amor que Erika sentía por su marido, pero se alegraba de que éste aceptara que ella podía amar a dos hombres a la vez.

Además, sospechaba que Greger consideraba la relación extramatrimonial de su esposa como la salsa que daba sabor a su propio matrimonio. Pero nunca hablaron del tema.

Mikael no podía conciliar el sueño y a eso de las cuatro se rindió. Fue a la cocina y, una vez más, se puso a leer la sentencia de principio a fin. Volviendo la vista atrás, tenía la sensación de que aquel encuentro en Arholma estaba, en cierto modo, predestinado. Nunca le había quedado claro si Robert Lindberg sacó a la luz los trapicheos de Wennerström sólo para entretenerle con una jugosa historia entre brindis y brindis, o porque en realidad quería que fuera de dominio público.

Sin saber muy bien por qué, sospechaba que se trataba de lo primero, pero también podía ser que Robert, por razones personales o profesionales, quisiera hacerle daño a Wennerström y simplemente hubiera aprovechado la oportunidad de tener a un periodista a bordo comiendo de su mano. Robert estaba lo suficientemente sobrio como para ser capaz, en el momento clave de la historia, de lanzarle una mirada fija a Mikael y hacerle pronunciar las palabras mágicas que convertirían al amigo parlanchín en fuente anónima. Con eso ya le daba igual lo que contara; Mikael nunca revelaría la identidad de la fuente.

Una cosa estaba muy clara: si aquel encuentro en Arholma hubiese sido maquinado por un conspirador con el único objeto de captar la atención de Mikael, Robert no podría haberlo hecho mejor. Pero el encuentro fue fruto de la más pura casualidad.

Robert no era consciente de la magnitud del desprecio que sentía Mikael por tipos como Hans-Erik Wennerström. Después de muchos años estudiando el tema, Mikael estaba convencido de que no existía un solo director de banco o empresario célebre que no fuera también un sinvergüenza.

Mikael nunca había oído hablar de Lisbeth Salander y, afortunadamente para él, desconocía por completo el informe que ella había presentado a primera hora de esa misma mañana; pero si lo hubiese conocido, habría aprobado la afirmación de que su odio por esos impresentables empresarios no era una manifestación de radicalismo político de izquierdas. Mikael no carecía de interés por la política, pero contemplaba los «ismos» políticos con la mayor de las reservas. En las únicas elecciones parlamentarias en las que había votado, las de 1982, dio su apoyo a los socialdemócratas sin mucha convicción, simplemente porque, en su opinión, nada podía ser peor que otros tres años con Gösta Bohman como ministro de Economía y Thorbjörn Fälldin como primer ministro. O, tal vez, Ola Ullsten. De modo que, sin gran entusiasmo, votó por Olof Palme y, a cambio, se encontró con el asesinato de éste, el escándalo de la empresa armamentística Bofors y el caso Ebbe Carlsson.

El desprecio que Mikael sentía por los periodistas expertos en economía se debía, a su parecer, a algo tan simple como la moral. Según él, la ecuación era sencilla: un director de banco que, por pura incompetencia, pierde cientos de millones en disparatadas especulaciones no debe conservar su puesto de trabajo. Un empresario que se dedica a negocios con empresas tapadera debe ir al trullo. El dueño de una inmobiliaria que obliga a los jóvenes a pagar una pasta, en dinero negro, por un cuchitril con retrete en el patio debe ser denunciado y expuesto al escarnio público.

Mikael Blomkvist opinaba que el cometido del periodista económico era vigilar de cerca y desenmascarar a los tiburones financieros que provocaban crisis de intereses y que especulaban con los pequeños ahorros de la gente en chanchullos sin sentido de empresas puntocom. Tenía la convicción de que la verdadera misión del periodista consistía en controlar a los empresarios con el mismo empeño inmisericorde con el que los reporteros políticos vigilaban el más mínimo paso en falso de ministros y diputados. A un reportero político nunca se le pasaría por la cabeza llevar a los altares al líder de un partido político, y Mikael era incapaz de comprender por qué tantos periodistas económicos de los medios de comunicación más importantes del país trataban a unos mediocres mocosos de las finanzas como si fuesen estrellas de *rock*.

Aquella actitud poco habitual entre los reporteros de economía le había llevado una y otra vez a sonados enfrentamientos con sus colegas de profesión, entre los cuales William Borg, en particular, se volvió un enemigo irreconciliable. Mikael les plantó cara a sus colegas y los criticó por traicionar su propia misión y bailar al son que tocaban esos mocosos. Bien era cierto que el papel de crítico social le había otorgado a Mikael cierto estatus y lo había convertido en un polémico invitado de las tertulias televisivas —era a él a quien llamaban para que diera su opinión cuando se pillaba a algún director ejecutivo cobrando un contrato blindado de mil millones—, pero también le había proporcionado un fiel grupo de enemigos acérrimos.

Le resultó fácil imaginarse la alegría con la que algunas redacciones habrían descorchado champán a lo largo de la noche.

Erika compartía la misma actitud respecto al papel del periodista; ya en la facultad jugaban con la idea de fundar una revista que tuviera ese perfil. Era la mejor jefa que Mikael podía imaginar: una buena administradora que sabía tratar a los colaboradores con cariño y confianza, pero que al mismo tiempo no evitaba la confrontación y que, si resultaba necesario, podía tener mano dura. Sobre todo mostraba una extrema sensibilidad y mantenía la cabeza fría a la hora de tomar decisiones sobre el contenido de los próximos números de la revista. A menudo las opiniones de ambos diferían, lo cual ocasionaba bastantes discusiones, pero también había una confianza inquebrantable entre los dos, y juntos formaban un equipo invencible. Él hacía el trabajo duro buscando la historia; ella la empaquetaba y la promocionaba.

Millennium era su proyecto común, pero la revista nunca hubiera sido posible sin la capacidad que ella tenía para buscar financiación. El chico obrero y la chica de clase alta en perfecta combinación. Erika tenía dinero. Ella misma financió los cimientos de la empresa y persuadió tanto a su padre como a varios amigos para que invirtieran considerables sumas en el proyecto.

Mikael había pensado muchas veces en los motivos por los que Erika apostó por *Millennium*. Era, ciertamente, socia mayoritaria y editora jefe de su propia revista, lo cual le daba el prestigio y la libertad periodística de la que difícilmente podría haber gozado en otro lugar de trabajo. Pero, a diferencia de Mikael, Erika, tras concluir sus estudios universitarios, se había dedicado a la televisión. Era valiente, salía descaradamente bien en pantalla y sabía cómo hacerles frente a los canales de la competencia. Por si fuera poco, tenía buenos contactos en la administración. Si hubiera seguido en esa línea, sin duda habría conseguido un puesto de responsabilidad en alguna cadena televisiva, un trabajo considerablemente mejor pagado. Y, sin embargo, optó por abandonarlo todo y consagrarse a *Millennium*, un proyecto de alto riesgo que nació en un pequeño y destartalado sótano en el suburbio de Midsommarkransen, pero que tuvo el suficiente éxito para permitirse el traslado, a principios de los noventa, al barrio de Södermalm, a unos locales más amplios y agradables sitos en Götgatan.

Erika también había convencido a Christer Malm para asociarse a la revista. Malm era un famoso *gay* exhibicionista que, junto con su novio, solía abrir su casa a la prensa del corazón y habitualmente aparecía en la sección de «Gente». El interés mediático por su persona surgió cuando se fue a vivir con Arnold Magnusson, conocido como Arn, un actor formado en el Real Teatro Dramático que no alcanzó su verdadera consagración popular hasta que se metió en un *reality show* para hacer de sí mismo. Desde entonces, Christer y Arn se convirtieron en un culebrón mediático.

A la edad de treinta y seis años, Christer Malm era un fotógrafo profesional y un diseñador muy solicitado que proporcionaba a *Millennium* un diseño gráfico moderno y atractivo. Tenía una empresa propia, cuyas oficinas estaban en la misma planta que la redacción de *Millennium*, y trabajaba en la revista a tiempo parcial, una semana al mes.

Además, *Millennium* estaba compuesto por dos colaboradores a jornada completa, tres a jornada parcial y una persona en prácticas. Se trataba de una de esas revistas cuyo balance nunca cuadraba del todo, pero que tenía prestigio y colaboradores a los que les encantaba su trabajo.

Millennium no era un negocio lucrativo, pero les daba para pagar gastos, y tanto la tirada como los ingresos por publicidad no dejaban de aumentar. Había adquirido fama de revista desvergonzada y fiable en busca de la verdad.

Ahora, con toda probabilidad, la situación cambiaría. Mikael leyó el breve comunicado de prensa que Erika y él redactaron a primera hora de esa misma tarde y que inmediatamente se convirtió en un teletipo de la agencia TT, ya publicado en la página *web* de *Aftonbladet*.

REPORTERO CONDENADO
ABANDONA *MILLENNIUM*

Estocolmo (TT). El periodista Mikael Blomkvist abandona el cargo de editor jefe de la revista *Millennium*, según informa la editora jefe y socia mayoritaria Erika Berger.

«Mikael Blomkvist dimite de *Millennium* por voluntad propia. Se encuentra fatigado después de los dramáticos acontecimientos de los últimos días y necesita un descanso», ha declarado Erika Berger, quien asume el papel de editora jefe.

Mikael Blomkvist fue uno de los fundadores de la revista *Millennium* en 1990. Erika Berger no cree que el llamado caso Wennerström vaya a afectar al futuro de la revista. «La publicación saldrá, como siempre, el próximo mes —manifestó Erika Berger—. Mikael Blomkvist ha sido una pieza clave en el desarrollo de la revista, pero ya va siendo hora de pasar página.»

Erika Berger ha explicado que considera el caso Wennerström como el resultado de una serie de desafortunadas circunstancias y que lamenta las molestias causadas a Hans-Erik Wennerström. Hasta el momento no ha sido posible contactar con Mikael Blomkvist.

—Me parece horrible —dijo Erika al enviar el comunicado—. La mayoría de la gente va a llegar a la conclusión de que eres un idiota incompetente y yo una hija de puta sin escrúpulos que aprovecha la ocasión para pegarte un tiro en la nuca.

—Teniendo en cuenta los rumores que ya corren sobre nosotros, por lo menos nuestros amigos tendrán algo nuevo sobre lo que cotillear —intentó bromear Mikael. Ella no le vio ninguna gracia.

—No tengo ningún plan B, pero creo que estamos cometiendo un error.

—Es la única solución —replicó Mikael—. Si la revista quiebra, todo nuestro trabajo habrá carecido de sentido. Sabes que ya hemos perdido grandes ingresos. Por cierto, ¿qué pasó con aquella empresa de informática?

Ella suspiró.

—Bueno, esta mañana nos han comunicado que no quieren anunciarse en el número de enero.

—Y Wennerström tiene un considerable paquete de acciones en la empresa. No es ninguna casualidad.

—No, pero podemos buscar otros anunciantes. Quizá Wennerström sea un pez gordo de las finanzas, pero no es el amo del mundo y nosotros también tenemos nuestros contactos.

Mikael puso el brazo alrededor de Erika y la atrajo hacia sí.

—Un día le daremos tan fuerte a Hans-Erik Wennerström que hasta Wall Street temblará. Pero hoy no. *Millennium* tiene que dejar de ser el centro de atención. No podemos arriesgarnos a que la credibilidad de la revista se vaya completamente a pique.

—Ya lo sé, pero voy a quedar como una verdadera cabrona y tú tendrás que hacer frente a una situación muy incómoda si fingimos que hay un conflicto entre nosotros.

—Ricky, mientras confiemos el uno en el otro tenemos una oportunidad. Hay que tocar de oído y ya va siendo hora de tocar retirada.

Erika reconoció con desgana que había una triste lógica en sus conclusiones.

Capítulo 4

Erika pasó todo el fin de semana con Mikael Blomkvist. No abandonaron la cama más que para ir al baño o comer un poco, aunque no sólo hicieron el amor; también pasaron horas y horas acostados pies contra cabeza hablando del futuro, sopesando sus consecuencias, sus posibilidades y sus riesgos. El lunes por la mañana, un día antes de Nochebuena, Erika le dio un beso de despedida —*until the next time*— y volvió a casa, con su marido.

Ese día Mikael lo dedicó, primero, a lavar los platos y a limpiar el apartamento, y luego a dar un paseo hasta la redacción para recoger las cosas de su despacho. No tenía ninguna intención de dejar la revista, pero finalmente consiguió convencer a Erika de que, durante un tiempo, era importante mantener alejado a Mikael Blomkvist de *Millennium*. A partir de ahora pensaba trabajar desde su casa, en Bellmansgatan.

Se encontraba solo en la redacción. Habían cerrado por Navidad y los empleados ya se habían largado. Estaba clasificando y metiendo papeles y libros en una caja de cartón para hacer la mudanza, cuando sonó el teléfono.

—¿Me podría poner con Mikael Blomkvist? —preguntó una voz desconocida, que sonaba esperanzada al otro lado de la línea.

—Soy yo.

—Perdone que le moleste el día antes de Navidad. Mi nombre es Dirch Frode. —Mikael apuntó, de manera automática, el nombre y la hora—. Soy abogado y represento a un cliente que tiene muchas ganas de hablar con usted.

—Bueno, pues dígale a su cliente que me llame.

—Quiero decir que desea conocerle en persona.

—De acuerdo, concierte una cita y luego diríjale aquí, a la oficina. Pero debe darse prisa porque estoy recogiendo mi mesa.

—A mi cliente le gustaría mucho que fuera usted quien lo visitara a él. Reside en Hedestad, a tan sólo tres horas de tren.

Mikael dejó de ordenar papeles. Los medios de comunicación tienen la capacidad de atraer a la gente más chiflada, esa que acude con observaciones e ideas de lo más disparatado. Todas las redacciones del mundo reciben llamadas de ufólogos, grafólogos, cienciólogos, paranoicos y todo tipo de aficionados a teorías conspirativas.

En una ocasión Mikael había asistido en la sede de la Asociación Cultural Obrera a una conferencia del escritor Karl Alvar Nilsson con motivo del aniversario del asesinato del primer ministro Olof Palme. La conferencia era completamente seria y entre el público se encontraban el ex ministro Lennart Bodström y otros viejos amigos de Palme. Pero también se había presentado un número asombrosamente elevado de investigadores aficionados. Entre ellos, una mujer de unos cuarenta años que, durante la obligada sesión de preguntas, cogió el micrófono y luego bajó la voz hasta convertirla en un susurro apenas audible. Eso, ya de por sí, prometía una intervención interesante, de modo que nadie se sorprendió cuando la mujer empezó diciendo: «Sé quién asesinó a Olof Palme». Desde el estrado, los participantes propusieron de forma levemente irónica que si la mujer poseía una información vital, debía proporcionársela cuanto antes a la comisión investigadora pertinente. La mujer replicó rápidamente con otro susurro casi inaudible:

—No puedo; ¡resulta demasiado peligroso!

Mikael se preguntaba si Dirch Frode no sería uno más de esos iluminados poseedores de la verdad que tal vez pensaban revelar el recóndito hospital psiquiátrico en el que la Säpo, la policía sueca de seguridad, llevaba a cabo experimentos de control mental.

—No realizo visitas a domicilio —contestó lacónicamente.

—En ese caso espero convencerle para que haga una excepción. Mi cliente tiene más de ochenta años y le resultaría muy fatigoso viajar a Estocolmo. Si usted insiste, sin duda podríamos pensar en otra cosa, pero la verdad es que sería preferible que tuviera la amabilidad de…

—¿Quién es su cliente?

—Una persona de la que seguramente habrá oído hablar en su trabajo: el señor Henrik Vanger.

Asombrado, Mikael se reclinó en la silla. Henrik Vanger, ¡claro que había oído hablar de él! Industrial y ex director ejecutivo del Grupo Vanger, otrora sinónimo de serrerías, bosques, minas, acero, industria metalúrgica y textil, producción y exportación… Henrik Vanger fue en su día uno de los verdaderamente grandes; gozaba de la reputación de esos honrados patriarcas de la vieja estirpe que se mantenían firmes contra viento y marea. Junto a personas como Matts Carlgren, de MoDo, y Hans Werthén, de Electrolux, él era uno de los bastiones de la industria sueca, uno de los peces gordos de la vieja escuela. La columna vertebral de la industria de la sociedad del bienestar de Suecia y todo eso.

Sin embargo, durante los últimos veinticinco años el Grupo Vanger, todavía una empresa familiar, había sufrido los estragos de los ajustes estructurales, las crisis bursátiles, la crisis de los tipos de interés, la competencia asiática, la disminución de la exportación y otras desgracias que, en conjunto, habían relegado el nombre de Vanger al pelotón de cola. Hoy en día, la empresa estaba dirigida por Martin Vanger, nombre que Mikael asociaba al de un hombre gordito de abundante cabellera que, en alguna ocasión, había salido fugazmente por la tele, pero al que no conocía demasiado bien. Henrik Vanger llevaría seguramente unos veinte años fuera de la escena pública, y Mikael ni siquiera sabía que seguía vivo.

—¿Por qué quiere verme Henrik Vanger? —fue la pregunta lógica que hizo a continuación.

—Lo siento. Soy el abogado de Henrik Vanger desde hace muchos años, pero debe ser él mismo quien se lo explique. Sí puedo adelantarle, no obstante, que desea hablarle de un posible trabajo.

—¿Un trabajo? No tengo la menor intención de ponerme al servicio del Grupo Vanger. ¿Necesitan un secretario de prensa?

—No se trata de ese tipo de empleo. Lo único que puedo decirle es que Henrik Vanger está sumamente ansioso por verle y tratar con usted un asunto privado.

—No es usted muy preciso que digamos.

—Le pido disculpas. Pero ¿existe alguna posibilidad de convencerle para que acuda a Hedestad? Naturalmente, correremos con todos los gastos y le recompensaremos razonablemente.

—Me pilla en mal momento. Estoy muy ocupado… y supongo que habrá leído los periódicos estos últimos días.

—¿El asunto Wennerström? —De repente oyó cómo Dirch Frode se reía ahogadamente al otro lado del teléfono—. Pues sí, una historia no del todo exenta de cierta gracia. Pero, a decir verdad, ha sido precisamente la atención que ha despertado el juicio lo que ha hecho que Henrik Vanger se fije en usted.

—¿Ah sí? ¿Y cuándo querría verme Henrik Vanger? —preguntó Mikael.

—Lo antes posible. Mañana es Nochebuena; supongo que no querrá usted trabajar. ¿Qué le parece el día después de Navidad? O cualquier otro día entre Navidad y Nochevieja…

—Ya veo que le corre prisa. Lo siento, pero si no me da más pistas sobre la finalidad de la visita no…

—Puede estar tranquilo; le aseguro que la invitación es completamente seria. Henrik Vanger desea hablar con usted y con nadie más. Quiere ofrecerle, si le interesa, un trabajo como *freelance*. Yo sólo soy el mensajero. Los detalles se los tiene que dar él mismo.

—Ésta es una de las llamadas más absurdas que he recibido en mucho tiempo. Déjeme que lo piense. ¿Cómo puedo localizarle?

Tras colgar el teléfono, Mikael se quedó sentado contemplando el desorden de su mesa. No tenía ni idea de por qué Henrik Vanger quería verle. En realidad, a Mikael no le entusiasmaba en absoluto viajar a Hedestad, pero el abogado Frode había conseguido despertar su curiosidad.

Encendió el ordenador, entró en Google y buscó las empresas Vanger. Aparecieron cientos de páginas. El Grupo Vanger se hallaba en decadencia, pero seguía saliendo prácticamente a diario en los medios de comunicación. Guardó una docena de artículos que hacían diferentes análisis de la empresa y luego buscó, por este orden, a Dirch Frode, Henrik Vanger y Martin Vanger.

Martin Vanger figuraba en numerosas páginas en calidad de actual director ejecutivo de las empresas Vanger. Los resultados de la búsqueda del abogado Dirch Frode eran escasos y discretos; figuraba como miembro de la junta directiva del club de golf de Hedestad y se le vinculaba al Rotary. Henrik Vanger aparecía, con una sola excepción, en textos que ofrecían un panorama histórico de las empresas del Grupo Vanger. La excepción la conformaba el breve reportaje que, a modo de felicitación, el periódico local *Hedestads-Kuriren* le hizo al viejo magnate en su ochenta cumpleaños. Mikael imprimió los textos que le parecieron más sustanciosos y elaboró un *dossier* de unas cincuenta páginas. Luego terminó de recoger su mesa, cerró las cajas de cartón y, sin saber a ciencia cierta cuándo regresaría —ni siquiera si iba a regresar—, se fue a casa.

Lisbeth Salander pasó la Nochebuena en la residencia Äppelviken de Upplands-Väsby. Como regalos llevaba *eau de toilette* de Dior y una tarta inglesa de Åhléns. Estaba tomando café mientras observaba a una mujer de cuarenta y seis años que, torpemente, intentaba deshacer el nudo del lazo del regalo. Salander albergaba una ternura especial en la mirada, pero nunca dejaba de sorprenderle que la extraña mujer que tenía enfrente fuera su madre. Por mucho que lo intentara no podía detectar un mínimo parecido ni en el físico ni en la personalidad.

Finalmente la madre desistió de su esfuerzo y se quedó mirando el paquete con aire algo desamparado. No era uno de sus mejores días. Lisbeth Salander le acercó las tijeras que habían estado sobre la mesa, completamente visibles, todo el tiempo, y de repente a la madre se le iluminó la cara como si se despertara en ese mismo momento.

—Pensarás que soy tonta.

—No, mamá. No eres tonta. Pero la vida es injusta.

—¿Has visto a tu hermana?

—Hace mucho que no la veo.

—Nunca me visita.

—Ya lo sé, mamá. A mí tampoco.

—¿Trabajas?

—Sí, mamá. Me las arreglo muy bien.

—¿Dónde vives? Ni siquiera sé dónde vives.

—Vivo en tu vieja casa de Lundagatan. Llevo allí años. Me traspasaron el contrato de alquiler.

—A lo mejor este verano quizá pueda hacerte una visita.

—Claro que sí. Este verano.

Al final, la madre consiguió abrir el regalo y olió encantada el perfume.

—Gracias, Camilla —dijo la madre.

—Lisbeth. Soy Lisbeth. Camilla es mi hermana.

La madre se avergonzó. Lisbeth Salander le propuso ir a la sala del televisor.

Mikael Blomkvist aprovechó la hora del programa televisivo navideño del Pato Donald para visitar a su hija Pernilla en casa de su ex, Monica, y su nuevo marido, que vivían en un chalé de Sollentuna. Le llevaba unos regalos a Pernilla; Monica y él habían acordado comprarle a la niña un iPod, un mp3 no mucho más grande que una caja de cerillas donde cabía toda la extensísima colección de discos de Pernilla. Un regalo un poco caro.

El padre y la hija pasaron una hora juntos en la habitación de ella, en la planta de arriba. La madre de Pernilla y Mikael se divorciaron cuando la niña sólo tenía cinco años, de modo que tuvo un nuevo padre a la edad de siete. Mikael siguió manteniendo el contacto; Pernilla lo visitaba una vez al mes y veraneaba algunas semanas en la casita de Sandhamn. No es que Monica hubiera intentado impedir el contacto, o que Pernilla no se encontrara a gusto en compañía de su padre; muy al contrario, el tiempo que pasaban juntos era para ambos muy placentero. Simplemente Mikael había dejado que su hija decidiera la frecuencia con la que deseaba verle, sobre todo desde que Monica se había vuelto a casar. Durante una época, al inicio de la adolescencia de la niña, el contacto cesó casi por completo, pero desde hacía dos años Pernilla quería ver a su padre más a menudo.

La hija había seguido el juicio con la firme convicción de que su padre tenía razón; era inocente, pero no lo podía probar. Ella le habló de un noviete que tenía en el instituto, en otra clase del mismo curso, y sorprendió a su padre al confesarle que se había hecho miembro de una iglesia local y que se consideraba creyente. Mikael se abstuvo de hacer comentario alguno al respecto.

Lo invitaron a quedarse a cenar, pero se disculpó porque ya había aceptado la invitación de su hermana para pasar la noche con ella y su familia en la urbanización *yuppie* de Stäket. Por la mañana también había sido invitado a celebrar la Navidad con Erika y su marido en Saltsjöbaden. Declinó la invitación con la certeza de que la comprensiva actitud de Greger Beckman hacia los triángulos amorosos tenía un límite, y no albergaba ningún deseo de averiguar dónde se encontraba ese límite. Erika objetó que, en realidad, era su marido el que había propuesto invitarle, y se metió con él por no atreverse a participar en un trío. Mikael se rió; Erika sabía que él era un heterosexual de lo más simplón y que la oferta no iba en serio, pero la decisión de no pasar la Nochebuena en compañía del marido de su amante era inamovible.

Así que llamó a la puerta de la casa de su hermana Annika Blomkvist —ahora Annika Giannini—, donde su marido, de origen italiano, dos niños y medio ejército de familiares del marido estaban a punto de cortar el típico jamón asado navideño. Durante la cena contestó a diferentes preguntas sobre el juicio y recibió una serie de consejos bienintencionados, pero completamente inútiles.

Sólo la hermana de Mikael se abstuvo de comentar la sentencia, a pesar de ser la única de todos los presentes que sabía de leyes. Annika se había sacado la carrera de derecho con la gorra. Hizo sus prácticas en el tribunal de primera instancia y luego trabajó como ayudante del fiscal durante algunos años hasta que, junto con un par de amigos, abrió su propio bufete en Kungsholmen. Se especializó en derecho familiar y, sin que Mikael se diera realmente cuenta de cómo ocurrió, su hermana pequeña empezó a aparecer en periódicos y tertulias de televisión, en calidad de célebre feminista y defensora de los derechos de la mujer. A menudo representaba a mujeres amenazadas o perseguidas por maridos y antiguos novios.

Cuando Mikael estaba ayudando a su hermana a preparar café, ella le puso una mano sobre el brazo y quiso saber cómo se encontraba. Le confesó que estaba hecho mierda.

—La próxima vez, contrata a un abogado de verdad.

—Este caso no lo habría ganado ni el mejor abogado del mundo.

—¿Qué pasó en realidad?

—Ahora no, hermanita; otro día.

Antes de volver al salón con la tarta y el café, Annika lo abrazó y le dio un beso en la mejilla.

Sobre las siete de la tarde, Mikael se disculpó y preguntó si podía usar el teléfono de la cocina. Llamó a Dirch Frode; al otro lado de la línea percibió un murmullo de voces.

—Feliz Navidad —le dijo Frode—. ¿Se ha decidido?

—No tengo nada mejor que hacer y ha conseguido despertar mi curiosidad. Iré allí pasado mañana, si le parece bien.

—Estupendo. Si supiera la satisfacción que me da escuchar su respuesta… Perdóneme, pero tengo a mis hijos y nietos en casa y apenas consigo oír nada. ¿Le puedo llamar mañana para acordar la hora?

Antes de que terminara la noche Mikael Blomkvist ya se había arrepentido de su decisión, pero le parecía demasiado complicado volver a llamar para excusarse, así que la mañana del 26 de diciembre cogió un tren en dirección al norte. Tenía carné de conducir, pero nunca le había atraído la idea de comprarse un coche.

Frode estaba en lo cierto: no se trataba de un viaje muy largo. Una vez pasada Uppsala empezó ese rosario de perlas de pequeñas ciudades industriales que se extiende a lo largo de la costa de Norrland. Hedestad era una de las más pequeñas, a poco más de una hora al norte de Gävle.

La noche anterior había nevado copiosamente. Al apearse del tren, el cielo estaba despejado y el aire era gélido. Mikael advirtió enseguida que no llevaba la ropa adecuada para protegerse de los rigores del invierno de Norrland. Dirch Frode, que ya conocía su aspecto, fue a buscarlo amablemente al andén y se apresuró a conducirlo al cálido interior de un Mercedes. En Hedestad las máquinas quitanieve funcionaban a pleno rendimiento, y Frode avanzaba con cuidado entre los montones de nieve acumulados en los márgenes de las calles. La nieve suponía un contraste exótico con Estocolmo, casi como si estuviera en otro mundo, y eso que sólo se hallaba a poco más de tres horas de la plaza de Sergel. Mikael miró de reojo al abogado: una cara de facciones angulosas, con escaso pelo blanco cortado a cepillo y gruesas gafas sobre una nariz prominente.

—¿Es su primera visita a Hedestad? —preguntó Frode.

Mikael asintió.

—Es una vieja ciudad industrial con puerto. No es muy grande, sólo tiene veinticuatro mil habitantes, pero la gente está a gusto aquí. Henrik vive en Hedeby, justo en la entrada sur de la ciudad.

—¿Y usted también vive aquí?

—Pues sí. Nací en Escania, pero empecé a trabajar

para Vanger nada más licenciarme, en 1962. Soy abogado de empresa, y con los años Henrik y yo nos hicimos amigos. En realidad, estoy retirado; Henrik es mi único cliente. También se ha jubilado, claro, de modo que apenas requiere ya mis servicios.

—Sólo cuando se trata de engatusar a periodistas de maltrecha reputación.

—No se subestime. No es usted el único que ha perdido un asalto contra Hans-Erik Wennerström.

Mikael miró de reojo a Frode, sin saber muy bien cómo interpretar lo que éste acababa de decir.

—Esta invitación ¿tiene algo que ver con Wennerström? —preguntó.

—No —contestó Frode—. Henrik Vanger no es precisamente muy amigo de Wennerström, por decirlo de alguna manera, y ha seguido el juicio con mucho interés, pero desea verle a usted a causa de un asunto completamente diferente.

—Que no me quiere comentar.

—Que a mí no me incumbe comentar. Lo hemos preparado todo para que usted pase la noche en casa de Henrik Vanger. Si no le apetece quedarse allí, podemos reservar una habitación en el Stora Hotellet, en la ciudad.

—Bueno, quizá vuelva a Estocolmo esta misma noche.

A la entrada de Hedeby todavía no habían pasado las máquinas quitanieves, razón por la cual Frode avanzaba con mucha dificultad, siguiendo las huellas que otros coches habían dejado en la carretera. Hedeby estaba constituido por un núcleo de viejas construcciones de madera, al estilo de los antiguos poblados industriales del golfo de Botnia. En las inmediaciones, había chalés más modernos y grandes. El viejo pueblo empezaba en el continente y continuaba, una vez pasado un puente, en una isla de accidentado relieve. En la parte continental, al lado del puente, se alzaba una pequeña iglesia blanca de piedra; justo enfrente un rótulo luminoso de los de antes rezaba

«Café de Susanne. Panadería y pastelería». Frode siguió todo recto unos cien metros y luego giró a la izquierda para ir a parar a un patio, limpio de nieve, delante de un edificio de piedra. La casa era demasiado pequeña para llamarla mansión, pero considerablemente más grande que las edificaciones de alrededor. No había ninguna duda de que aquello era el dominio del patriarca.

—Ésta es la Casa Vanger —dijo Dirch Frode—. Solía haber mucha vida y movimiento aquí, pero hoy en día sólo está habitada por Henrik y un ama de llaves, así que hay cuartos de invitados de sobra.

Bajaron del coche.

—La tradición dicta que el que dirija las empresas del Grupo Vanger viva aquí, pero Martin Vanger quería algo más moderno. Por eso se construyó un chalé en aquella punta de la isla —dijo Frode, señalando hacia el norte.

Mikael recorrió los alrededores con la mirada y se preguntó qué loco impulso le habría llevado a aceptar la invitación del abogado Frode. Estaba decidido a volver a Estocolmo esa misma noche si era posible. Una escalera de piedra conducía a la entrada, cuya puerta se abrió justo cuando Mikael alcanzó el último peldaño; en seguida reconoció a Henrik Vanger.

En las fotos de Internet salía más joven, pero se le veía sorprendentemente vigoroso para tener ochenta y dos años: un cuerpo fibroso, cara de pocos amigos, la piel curtida, y un voluminoso pelo gris peinado hacia atrás que insinuaba unos genes nada propensos a la calvicie. Vestía pantalones oscuros bien planchados, camisa blanca y una desgastada chaqueta de punto marrón. Lucía un fino bigote y unas gafas de elegante montura metálica.

—Soy Henrik Vanger —saludó—. Gracias por aceptar mi invitación.

—Buenas tardes. Una invitación que me ha sorprendido.

—Entra; hace frío. He mandado que te preparen una habitación ¿Quieres asearte un poco? Cenaremos dentro de un rato. Te presento a Anna Nygren, la mujer que se ocupa de mí.

Mikael estrechó la mano de una mujer de baja estatura y de unos sesenta años. Ella le cogió el abrigo, se lo colgó en un armario y le ofreció unas zapatillas para protegerse de las corrientes de aire del suelo.

Mikael le dio las gracias y luego se dirigió a Henrik Vanger:

—No sé si me quedaré a cenar. Dependerá de lo que vaya este juego.

Henrik Vanger intercambió una mirada con Dirch Frode. Existía entre los dos hombres una complicidad que Mikael no supo interpretar.

—Creo que aprovecharé la ocasión para despedirme —dijo Dirch Frode—. Debo regresar y amansar a mis nietos antes de que me tiren toda la casa abajo.

Acto seguido le comentó a Mikael:

—Vivo nada más pasar el puente a la derecha; el tercer chalé que hay a orillas del mar después de la pastelería. Son cinco minutos a pie. Si me necesita, no tiene más que llamarme.

Mikael metió la mano en el bolsillo y encendió una grabadora. «¿Paranoico, yo?» No tenía ni idea de lo que deseaba Henrik Vanger, pero después de todo ese jaleo con Wennerström quería una documentación exacta de cada una de las cosas raras que le pasaran, y esa repentina invitación a Hedestad pertenecía, sin duda, a esa categoría.

El viejo industrial se despidió de Dirch Frode dándole unas palmadas en el hombro, cerró la puerta y centró su interés en Mikael.

—En ese caso, quizá deba ir al grano. No se trata de ningún juego. Quiero hablar contigo, pero la conversación requiere su tiempo. Te ruego que me escuches hasta el final y que no tomes ninguna decisión hasta que haya acabado. Eres periodista y deseo contratarte para un trabajo de *freelance*. Anna ha servido el café arriba, en mi despacho.

Henrik Vanger empezó a subir las escaleras y Mikael lo siguió. Entraron en un despacho alargado, de unos cuarenta metros cuadrados aproximadamente, situado en una de las partes laterales de la casa. Una de las paredes longitudinales estaba presidida, de arriba abajo, por una librería de unos diez metros de largo, con una magnífica mezcla de literatura de ficción, biografías, libros de historia, de comercio e industria, y numerosas carpetas de tamaño DIN-A4. Los libros estaban colocados sin ningún tipo de orden aparente. Daba la impresión de ser una librería que se utilizaba, y Mikael sacó la conclusión de que Henrik Vanger era un gran lector. En la pared de enfrente había una mesa de roble de color oscuro, dispuesta de modo que el que se sentara allí podía contemplar toda la habitación. La pared de detrás de la mesa albergaba una numerosa colección de cuadros con flores prensadas dispuestos en meticulosas filas.

Desde la fachada lateral, Henrik Vanger tenía vistas al puente y a la iglesia. Junto a la ventana había un tresillo con una mesita, donde Anna había puesto el servicio de café, un termo, pastas y bollos.

Henrik Vanger hizo un gesto a modo de invitación que Mikael fingió no entender; en su lugar se paseó por la sala con curiosidad y examinó primero la librería y luego la pared con los cuadros. La mesa de trabajo, sobre la que había una pila de papeles, estaba perfectamente limpia y ordenada. En uno de los extremos, la fotografía enmarcada de una chica joven y morena, guapa pero de mirada traviesa. «Una joven señorita a punto de volverse peligrosa», pensó Mikael. Parecía una foto de primera comunión; casi había perdido el color y daba la impresión de llevar allí muchos años. De repente, Mikael advirtió que Henrik Vanger le estaba observando.

—¿Te acuerdas de ella, Mikael?

—¿Yo? —preguntó Mikael, levantando las cejas.

—Sí, tú la conoces. De hecho, ya has estado antes en esta habitación.

Mikael miró a su alrededor y negó con la cabeza.

—No, ¿cómo te vas a acordar? Sin embargo, yo conocí a tu padre. Contraté a Kurt Blomkvist varias veces como instalador y técnico de máquinas durante los años cincuenta y sesenta. Un hombre inteligente. Intenté convencerlo para que continuara sus estudios e hiciera ingeniería. Te pasaste todo el verano de 1963 en esta misma casa, cuando cambiamos toda la maquinaria de la fábrica de papel de Hedestad. Resultaba difícil encontrar una vivienda para tu familia, pero lo solucionamos dejándoos la casita de madera que está al otro lado del camino. Puedes verla desde aquí.

Henrik Vanger se acercó a la mesa y cogió el retrato.

—Es Harriet Vanger, la nieta de mi hermano Richard. Ella te cuidó muchas veces durante aquel verano. Tú tenías dos años, a punto de cumplir tres. O quizá ya los tuvieras; no me acuerdo. Ella tenía doce.

—Perdóname, pero no guardo ni el más mínimo recuerdo de lo que me estás contando.

Mikael ni siquiera estaba convencido de que lo que decía Henrik Vanger fuera cierto.

—Lo entiendo. Pero yo sí me acuerdo de ti. Estabas siempre correteando de aquí para allá mientras Harriet te perseguía. Yo podía oír tus gritos cada vez que tropezabas y te caías en algún sitio. Recuerdo que, en una ocasión, te di un juguete, un tractor amarillo de hojalata con el que yo mismo había jugado de niño, y que te encantaba. Creo que por el color.

De repente, Mikael se quedó helado. Efectivamente, había un tractor amarillo. Cuando se hizo mayor, pasó a decorar una de las estanterías de su habitación.

—¿Te acuerdas del juguete?

—Sí. Puede que te interese saber que aquel tractor todavía existe: está en Estocolmo, en el museo del juguete de Mariatorget. Lo doné hace diez años, cuando estuvieron pidiendo viejos juguetes originales.

—¿De verdad? —Henrik Vanger soltó una carcajada de satisfacción—. Déjame que te enseñe...

Se acercó a la librería y sacó un álbum de fotos de uno de los estantes inferiores. Mikael advirtió que al viejo le costaba agacharse, por lo que tuvo que apoyarse en la librería cuando se volvió a incorporar. Mientras hojeaba el álbum, Henrik Vanger le hizo un gesto a Mikael para que se sentara. Sabía muy bien lo que estaba buscando, de modo que en un santiamén puso el álbum encima de la mesita. Señaló con el dedo una fotografía en blanco y negro en la que se veía la sombra del fotógrafo en la parte inferior. En primer plano, un niño rubio con pantalones cortos miraba a la cámara fijamente, algo aturdido y con cierta preocupación.

—Éste eres tú ese mismo verano. Tus padres están al fondo, sentados en los sillones del jardín. Tu madre tapa parcialmente a Harriet y el chico que se encuentra a la izquierda de tu padre es el hermano de Harriet, Martin Vanger, hoy en día director del Grupo Vanger.

No tuvo ninguna dificultad en reconocer a sus padres. Su hermana estaba en camino, así que el embarazo de su madre resultaba evidente. Contempló la fotografía con sentimientos encontrados mientras Henrik Vanger servía café y le acercaba un plato con bollos.

—Ya sé que tu padre falleció. ¿Tu madre vive aún?

—No —contestó Mikael—. Murió hace tres años.

—Una mujer simpática. La recuerdo perfectamente.

—Sí, pero estoy convencido de que no me has hecho

venir hasta aquí para hablarme de viejos recuerdos familiares.

—Tienes razón. Llevo varios días preparando lo que voy a decirte, pero ahora que, por fin, te tengo delante, no sé muy bien por dónde empezar. Supongo que has leído algo sobre mí antes de aceptar la invitación. Si es así, ya sabrás, sin duda, que en su día ejercí una gran influencia sobre la industria y el mercado de trabajo del país. Hoy no soy más que un viejo que va a morir dentro de poco; mira, la muerte tal vez sea un excelente punto de partida para esta conversación.

Mikael le dio un sorbo al café —¡de puchero!— mientras se preguntaba dónde desembocaría la historia.

—Me duelen las caderas y me cuesta dar largos paseos. Algún día tú mismo también comprobarás cómo los viejos se van quedando sin fuerzas. Yo no tengo demencia senil ni estoy obsesionado con la muerte, pero me encuentro ya en esa edad en la que debo aceptar que mi tiempo se está acabando. Llega una hora en la que uno quiere hacer balance de su vida y concluir las cosas que están a medio terminar. ¿Entiendes lo que te quiero decir?

Mikael asintió. La voz de Henrik Vanger era firme y clara; a Mikael ya le había quedado claro que el anciano hablaba con cordura y no estaba senil.

Lo que no acabo de entender es qué pinto yo en todo esto —insistió.

—Te he pedido que vengas porque quiero que me ayudes con ese balance final. Me quedan algunas cosas por aclarar.

—¿Por qué yo? Quiero decir… ¿qué te hace pensar que yo puedo ayudarte?

—Porque cuando empecé a pensar en contratar a alguien, tu nombre salió en el caso Wennerström. Sabía quién eras. Y quizá también porque te tuve en mis rodillas siendo tú un chavalín. —Hizo un gesto de rechazo con la mano—. No, no me malinterpretes. No cuento con que me ayudes por razones sentimentales. Sólo te estoy explicando por qué tuve el impulso de contactar precisamente contigo.

Mikael se rió amablemente.

—Bueno, me temo que son unas rodillas de las que no me acuerdo muy bien. Pero ¿cómo sabías que era yo? Eso fue a principios de los años sesenta…

—Perdona, no lo has entendido. Os mudasteis a Estocolmo cuando tu padre consiguió un trabajo como jefe de taller de Zarinders Mekaniska, una de las muchas empresas que formaban parte del Grupo Vanger. Fui yo quien le recomendó para el puesto. No tenía formación, pero yo sabía que valía mucho. Me encontré con él varias veces a lo largo de los años, cuando yo iba a Zarinders por algún asunto. Tal vez no fuéramos íntimos amigos, pero siempre hablábamos. La última vez que le vi fue un año antes de morir; entonces me contó que te habían aceptado en la Escuela Superior de Periodismo. Estaba muy orgulloso. Luego, poco después, te hiciste famoso con lo de aquella banda de atracadores y el apodo *Kalle* Blomkvist. Durante todos estos años he seguido tu trayectoria profesional y he leído muchos de tus artículos. La verdad es que leo *Millennium* bastante a menudo.

—Vale, de acuerdo. Pero ¿qué es exactamente lo que quieres que yo haga?

Henrik Vanger bajó la mirada durante un breve momento; luego tomó un sorbo de café, como si necesitara un descanso antes de abordar el verdadero asunto.

—Mikael, ante todo me gustaría hacer un trato contigo. Quiero que hagas dos cosas. Una es el pretexto y la otra es el verdadero motivo.

—¿Qué tipo de trato?

—Te voy a contar una historia en dos partes. La primera parte versa sobre la familia Vanger. Es el pretexto.

Es una historia larga y oscura, pero intentaré atenerme a la verdad sin maquillarla. La segunda parte aborda el asunto en sí. Creo que en ciertos momentos mis palabras te parecerán… una locura. Lo que te pido es que me prestes atención hasta el final, que escuches lo que quiero que hagas y lo que te ofrezco a cambio antes de decidir si aceptas el encargo o no.

Mikael suspiró. Resultaba obvio que Henrik Vanger no tenía ninguna intención de presentar el tema de manera breve y concisa, y permitirle, así, coger el tren de la tarde. Mikael tuvo el presentimiento de que si llamaba a Dirch Frode para pedirle que lo llevara a la estación, seguramente le diría que el coche no arrancaba a causa del frío.

Sin duda, el viejo habría dedicado muchas horas a tramar un plan para que mordiera el anzuelo. A Mikael le dio la impresión de que todo lo que había ocurrido desde que entró en la habitación seguía un guión elaborado de antemano: la sorpresa inicial de que había conocido a Henrik Vanger de niño, la foto de sus padres en el álbum y la insistencia en el hecho de que Henrik Vanger y el padre de Mikael habían sido amigos, la coba que le estaba dando con eso de que sabía quién era y que llevaba muchos años siguiendo a distancia su carrera periodística… probablemente todo eso tuviera una parte de verdad, pero, al mismo tiempo, se trataba de psicología de lo más elemental. En otras palabras, Henrik Vanger era un hábil manipulador; contaba con una dilatada experiencia tratando con gente bastante más dura de pelar, sobre todo en reuniones con directivos celebradas a puerta cerrada. No se había convertido en uno de los magnates más poderosos de Suecia por pura casualidad.

Mikael llegó a la conclusión de que Henrik Vanger quería encargarle algo que probablemente no tuviera ningún interés en hacer. Lo único que quedaba era averiguar de qué se trataba y luego declinar la oferta. Y a lo mejor le daría tiempo a coger el tren de la tarde.

—*Sorry, no deal* —contestó Mikael tras mirar el reloj—. Llevo aquí veinte minutos. Te doy exactamente treinta para que me cuentes lo que quieres. Luego llamaré a un taxi y me iré a casa.

Por un instante, Henrik Vanger abandonó su papel de patriarca bondadoso, y Mikael pudo imaginarse a un industrial sin escrúpulos en sus mejores días, afectado por algún contratiempo u obligado a tratar con algún directivo joven y rebelde. Su boca se torció dibujando una agria sonrisa.

—Vale, de acuerdo.

—Es muy sencillo; no hace falta dar tantos rodeos. Explícame qué es lo que quieres y déjame decidir si deseo hacerlo o no.

—¿Me estás diciendo que si no consigo convencerte en treinta minutos, tampoco seré capaz de hacerlo en treinta días?

—Más o menos.

—Ya, pero es que mi historia es larga y complicada.

—Abrevia y simplifica. Es lo que hacemos en periodismo. Veintinueve minutos.

Henrik Vanger levantó una mano.

—Basta ya. He captado la idea, aunque exagerar nunca es una buena táctica psicológica. Necesito una persona que pueda investigar y pensar de manera crítica, pero que también tenga integridad. Creo que tú la tienes… ¡y no te estoy haciendo la pelota! Un buen periodista debe poseer esas características; leí con gran interés tu libro *La orden del Temple*. Es completamente cierto que te elegí porque conocía a tu padre y porque sé quién eres. Si lo he entendido bien, te han despedido de la revista después del caso Wennerström, o quizá la hayas dejado voluntariamente. En cualquier caso, eso significa que, de momento, no tienes trabajo, y no hace falta ser muy inteligente para comprender que probablemente te encuentres en una situación económica algo complicada.

—Y has pensado que podrías aprovecharte de mi precaria situación, ¿verdad?

—Tal vez sea así. Pero Mikael, ¿puedo seguir llamándote Mikael?, no pienso mentirte o inventarme excusas; ya no tengo edad para eso. Si no te gusta lo que te voy a contar, me puedes mandar a freír espárragos. En ese caso me veré obligado a buscar a otra persona.

—De acuerdo. ¿En qué consiste el trabajo?

—¿Cuánto sabes de la familia Vanger?

Mikael hizo un gesto con los brazos sin saber muy bien qué contestar.

—Bueno, más o menos lo que he podido leer en Internet desde que me llamó Frode el lunes. En su época, el Grupo Vanger era uno de los grupos industriales de más peso de todo el país, pero hoy en día la empresa se ha visto considerablemente reducida. Martin Vanger es el director ejecutivo. De acuerdo, sé dos o tres cosas más, pero ¿adónde quieres ir a parar?

—Martin es… es una buena persona, pero, en el fondo, es un marinero de agua dulce. Como director ejecutivo de una empresa en crisis no da la talla. Apuesta por la modernización y la especialización, cosa que me parece bien, pero le cuesta llevar a buen puerto sus ideas y, lo que es peor, encontrar financiación. Hace veinticinco años el Grupo Vanger era un serio competidor de las empresas Wallenberg. Llegamos a tener cuarenta mil empleados en Suecia; generamos empleo e ingresos para todo el país. En la actualidad la mayoría de esos puestos de trabajo está en Corea o Brasil. Hoy contamos con unos diez mil empleados y dentro de uno o dos años, a no ser que Martin levante el vuelo, tal vez bajemos a cinco mil, distribuidos, fundamentalmente, en pequeñas fábricas. En otras palabras: las empresas Vanger están a punto de ser enviadas al vertedero de la historia.

Mikael asintió con la cabeza; se correspondía más o menos con las conclusiones que había sacado al leer los textos de Internet.

—Las empresas Vanger siguen siendo una de las pocas empresas estrictamente familiares del país, con una treintena de miembros de la familia como socios minoritarios en distinta medida. Algo que siempre ha sido nuestro fuerte, pero también nuestra mayor debilidad.

Henrik Vanger hizo una breve pausa retórica. Luego continuó hablando con una marcada intensidad en la voz.

—Mikael, luego podrás hacerme las preguntas que quieras, pero ahora créeme si te digo que odio a la mayoría de los miembros de la familia Vanger. Mi familia está compuesta en su mayoría por piratas, avaros, tiranos e incompetentes. Dirigí la empresa durante treinta y cinco años, y me vi constantemente envuelto en irreconciliables disputas con los demás miembros de la familia. Ellos eran mis mayores enemigos, no el Estado ni las empresas competidoras.

Hizo otra pausa.

—Te he dicho que me gustaría encargarte dos cosas. Quiero que escribas una historia o una biografía de la familia Vanger. Para simplificar la llamaremos «mi autobiografía». No será una lectura muy edificante, sino una historia de odio, de peleas familiares y una avaricia desmesurada. Pondré a tu disposición todos mis diarios y archivos. Tendrás acceso libre a mis pensamientos más íntimos y podrás publicar absolutamente toda la mierda que encuentres, sin restricciones. Creo que esta historia hará que Shakespeare parezca un simple cuento para niños.

—¿Por qué?

—¿Por qué quiero publicar una escandalosa historia sobre la familia Vanger, o por qué quiero pedirte a ti que la escribas?

—Las dos cosas, supongo.

—Sinceramente, no me importa si el libro se publica o no. Pero la verdad es que sí considero que la historia debe escribirse, aunque sólo entregaras un único ejemplar a la Biblioteca Real. Quiero que las futuras generaciones tengan acceso a mi historia cuando yo muera. Mi motivo es el más simple de todos: la venganza.

—¿De quién quieres vengarte?

—No hace falta que me creas, pero he intentado ser honrado, aun siendo capitalista y líder industrial. Estoy orgulloso del hecho de que mi nombre sea sinónimo de un hombre que ha mantenido su palabra y cumplido sus promesas. Nunca me he metido en juegos políticos. Nunca he tenido problemas en negociar con los sindicatos. Hasta el mismísimo primer ministro Tage Erlander me respetaba en su época. Para mí se trataba de ética; yo era el responsable del sustento de miles de personas y me preocupaban mis empleados. Por raro que parezca, Martin tiene la misma actitud, aunque su personalidad es completamente distinta. También ha intentado hacer lo correcto. Quizá no lo hayamos conseguido siempre, pero en general hay pocas cosas de las que me avergüence.

»Desgraciadamente, me temo que Martin y yo constituimos raras excepciones en nuestra familia —prosiguió Henrik Vanger—. Las empresas Vanger se hallan actualmente en declive por muchas razones, pero una de las más importantes es la avaricia y el deseo de ganar dinero a muy corto plazo de muchos de mis parientes. Si asumes el encargo, te explicaré exactamente cómo ha actuado mi familia para hundir al Grupo Vanger.

Mikael reflexionó un instante.

—Vale. Yo tampoco te voy a mentir. Escribir un libro así me llevaría meses. No tengo ni ganas ni energía para hacerlo.

—Creo que podré convencerte.

—Lo dudo. Pero has dicho que se trataba de dos cosas. Éste era el pretexto. ¿Cuál es el verdadero motivo?

Henrik Vanger se levantó, también esta vez con mucho esfuerzo, y cogió la fotografía de Harriet Vanger de la mesa de trabajo. La colocó ante Mikael.

—La razón de ser de la biografía sobre la familia Vanger es que elabores, con ojos de periodista, un minucioso retrato de cada uno de sus miembros. Así tendrás la excusa perfecta para hurgar en la historia de la familia. Lo que realmente deseo que hagas es resolver un enigma. Ésa es tu misión.

—¿Un enigma?

—Harriet era la nieta de mi hermano Richard. Éramos cinco hermanos. Richard, el mayor, nació en 1907. Yo, el más joven, nací en 1920. No entiendo cómo pudo Dios crear a unos hermanos que…

Durante algunos segundos Henrik Vanger perdió el hilo y pareció ensimismarse en sus propios pensamientos. Luego se dirigió a Mikael con una nueva determinación en la voz.

—Déjame que te hable de mi hermano Richard Vanger. Será una muestra de la crónica familiar que quiero que redactes.

Se sirvió café y le ofreció más a Mikael.

—En 1924, a la edad de diecisiete años, Richard era un fanático nacionalista que odiaba a los judíos y que se unió a la Asociación Nacionalsocialista Sueca para la Libertad, uno de los primeros grupos nazis del país. ¿No resulta fascinante que los nazis siempre consigan introducir la palabra «libertad» en su propaganda?

Henrik Vanger sacó otro álbum de fotos y lo hojeó hasta encontrar la página que buscaba.

—Aquí está Richard en compañía del veterinario Birger Furugård, que no tardó en convertirse en líder del llamado Movimiento Furugård, el gran movimiento nazi de principios de los años treinta. Pero Richard no se quedó con él. Sólo un año después se unió a la OLFS, la Organización de Lucha Fascista de Suecia. Allí conoció a Per Engdahl y a otros individuos que con los años se convertirían en la vergüenza política del país.

Pasó la página del álbum: Richard Vanger en uniforme.

—En 1927 se alistó en el ejército, en contra de la voluntad de nuestro padre, y durante los años treinta fue de grupo en grupo por los movimientos nazis del país. Si existía una organización de conspiración enfermiza, puedes estar seguro de que su nombre se encontraba en la lista de miembros. En 1933 se fundó el movimiento Lindholm, o sea, el Partido Obrero Nacionalsocialista. ¿Hasta qué punto estás familiarizado con la historia del nazismo sueco?

—No soy historiador, pero he leído algún libro sobre el tema.

—En 1939 comenzó la segunda guerra mundial y en 1940 la guerra de Invierno de Finlandia. Un gran número de activistas del movimiento Lindholm se alistaron como voluntarios. Richard era uno de ellos; a la sazón, capitán del ejército sueco. Cayó en el campo de batalla en febrero de 1940, poco antes del tratado de paz con la Unión Soviética. Se convirtió en mártir del movimiento nazi y se creó un grupo de lucha que llevaba su nombre. Hoy en día todavía se congregan unos cuantos chalados en un cementerio de Estocolmo en la fecha del aniversario de la muerte de Richard Vanger, para rendirle homenaje.

—Entiendo.

—En 1926, a la edad de diecinueve años, empezó a salir con una mujer llamada Margareta, hija de un profesor de Falun. Se conocieron en los círculos políticos y tuvieron una relación de la que nació un hijo, Gottfried, en 1927. Richard se casó con Margareta cuando el niño vino al mundo. Durante la primera mitad de los años treinta, mi hermano dejó a su esposa y a mi sobrino aquí, en Hedestad, mientras él estaba destinado en el regimiento de Gävle. En su tiempo libre viajaba promocionando el nazismo. En 1936 tuvo un fuerte enfrentamiento con mi padre, quien, como consecuencia de ello, le negó todo tipo de ayuda económica. Después tuvo que arreglárselas él solito. Se trasladó con su familia a Estocolmo, donde vivía con bastante austeridad.

—¿No tenía dinero propio?

—La herencia estaba bloqueada en las empresas. No podía vender fuera de la familia. A eso hay que añadir que Richard, en casa, era un violento tirano con pocos rasgos reconciliadores. Pegaba a su mujer y maltrataba a su hijo. Gottfried creció como un chico humillado y sometido a sus órdenes. Tenía trece años cuando Richard cayó en el campo de batalla; creo que fue el día más feliz de su vida hasta entonces. Mi padre se compadeció de la viuda y el niño y los trajo aquí, a Hedestad; los alojó en un piso y se aseguró de que Margareta tuviera una vida digna.

»Si Richard representa el lado oscuro y fanático de la familia, Gottfried encarna al perezoso. Cuando el joven tenía dieciocho años, yo me hice cargo de él porque al fin y al cabo se trataba del hijo de mi hermano muerto, pero debes recordar que la diferencia de edad entre nosotros no era muy grande. Sólo le sacaba siete años. Ya en aquella época yo formaba parte de la dirección del Grupo Vanger y había quedado claro que sucedería a mi padre, mientras que a Gottfried se le consideraba más bien un extraño en la familia.

Henrik Vanger reflexionó un instante.

—Mi padre no sabía muy bien cómo debía comportarse con su nieto y fui yo quien insistió en que había que hacer algo. Le di trabajo dentro del Grupo. Eso fue después de la guerra. Intentó hacer bien su trabajo, de eso no me cabe duda, pero le costaba concentrarse. Era un cantamañanas, un donjuán y un juerguista; gustaba a las mujeres y había períodos en los que bebía demasiado. Me resulta difícil describir mis sentimientos hacia él... No era un inútil, pero resultaba cualquier cosa menos fiable, y a menudo me decepcionaba profundamente. Con los años se convirtió en un alcohólico, y en 1965 falleció ahogado en un accidente justo al otro lado de la isla de Hedeby, donde tenía una cabaña que él mismo mandó construir y a la que solía acudir para beber.

—Entonces, ¿se trata del padre de Harriet y Martin? —preguntó Mikael, señalando con el dedo el retrato de la mesa. Muy a su pesar tuvo que reconocer que la historia del viejo le empezaba a interesar.

—Correcto. A finales de los años cuarenta, Gottfried conoció a una mujer llamada Isabella Koenig, una niña alemana que vino a parar a Suecia después de la guerra. Isabella era realmente guapa; quiero decir que tenía una belleza deslumbrante, como la de Greta Garbo o Ingrid Bergman. Sin duda los genes que Harriet ha heredado son más bien de Isabella y no de Gottfried; como puedes ver en la fotografía, ya era muy guapa con sólo catorce años.

Los dos contemplaron el retrato.

—Permíteme continuar... Isabella nació en 1928 y sigue viva. Cuando tenía once años estalló la guerra; ya te puedes figurar cómo sería la vida de una adolescente en Berlín mientras los aviones dejaban caer sus bombas. Me imagino que al desembarcar en Suecia se sintió como si hubiese llegado al paraíso en la Tierra. Desgraciadamente compartía demasiados de los vicios de Gottfried; derrochaba el dinero y estaba de juerga constantemente. A veces, ella y Gottfried parecían más compañeros de borrachera que esposos. Además, viajaba sin parar por Suecia y el extranjero y, en general, carecía por completo del sentido de la responsabilidad. Como es lógico, los niños pagaron las consecuencias. Martin nació en 1948 y Harriet en 1950. Su infancia fue dramática, con una madre que les abandonaba con frecuencia y un padre que se estaba convirtiendo en un alcohólico.

»En 1958 intervine. Por aquel entonces Gottfried e Isabella vivían en Hedestad; les obligué a trasladarse aquí, a Hedeby. Ya estaba harto y decidí intentar romper el círculo vicioso. Martin y Harriet estaban más o menos abandonados a su suerte.

Henrik Vanger miró el reloj.

—Mis treinta minutos se acaban, pero ya me voy acercando al final de la historia. ¿Me concedes una prórroga?

Mikael asintió con la cabeza.

—Sigue.

—En resumen: yo no tenía hijos, un llamativo contraste con los demás hermanos y miembros de la familia, que parecían obsesionados con la estúpida necesidad de procrear y perpetuar la saga. Gottfried e Isabella se mudaron aquí, pero el matrimonio estaba ya en las últimas. Al cabo de un año, Gottfried se trasladó a su cabaña. Pasaba allí largas temporadas completamente solo y cuando hacía demasiado frío se iba a vivir con Isabella. Yo me encargué de Martin y Harriet; de modo que se convirtieron, en muchos sentidos, en los hijos que nunca tuve.

»Martin era… A decir verdad hubo una época en su juventud durante la cual temí que siguiera los pasos de su padre. Era débil, introvertido y meditabundo, pero también podía ser encantador y entusiasta. Tuvo una adolescencia difícil, pero se enderezó al empezar la universidad. Es… bueno, a pesar de todo es el director ejecutivo de lo que queda del Grupo Vanger, así que tampoco le ha ido tan mal.

—¿Y Harriet? —preguntó Mikael.

—Harriet se convirtió en la niña de mis ojos. Intenté darle seguridad y que aumentara la confianza en sí misma, y nos llevábamos muy bien. La veía como mi propia hija y llegamos a tener una relación más estrecha que la que mantenía con sus propios padres. ¿Sabes?, Harriet era muy especial; introvertida, como su hermano, y fascinada por la religión durante su adolescencia, a diferencia de todos los demás miembros de la familia. Poseía un gran talento y era muy inteligente. No sólo tenía moral, sino también firmeza de carácter. Al cumplir catorce o quince años, yo ya estaba completamente convencido de que ella, en comparación con su hermano y todos los mediocres primos y sobrinos de mi familia, era la persona destinada a dirigir las empresas Vanger o, por lo menos, a desempeñar en ellas un importante papel.

—¿Y qué pasó?

—Ya hemos llegado a la verdadera razón por la que te quiero contratar. Quiero que averigües qué miembro de mi familia asesinó a Harriet Vanger y, desde entonces, se ha dedicado durante casi cuarenta años a intentar volverme loco.

Capítulo 5

Jueves, 26 de diciembre

Por primera vez desde que Henrik Vanger iniciara su monólogo, el viejo consiguió sorprenderle. Mikael tuvo que pedirle que repitiera lo que acababa de decir para asegurarse de que lo había entendido bien. En los recortes de prensa que había leído nada parecía insinuar que se hubiese cometido un asesinato en el seno de la familia Vanger.

—Fue el 22 de septiembre de 1966. Harriet tenía dieciséis años y acababa de empezar su segundo año en el instituto. Era sábado y se convirtió en el peor día de mi vida. He repasado los acontecimientos de aquella jornada tantas veces que creo que podría dar cuenta minuto a minuto de lo sucedido; de todo menos de lo más importante.

Con la mano extendida, realizó un amplio gesto, como si barriera el aire.

—La mayoría de la familia se encontraba reunida en esta casa. Se trataba de una de esas detestables cenas anuales en las que los socios del Grupo Vanger se juntaban para hablar de los negocios familiares. Una tradición que introdujo mi abuelo en su día y que, por regla general, originaba aborrecibles reuniones. La tradición se abandonó en los años ochenta, cuando Martin decidió, sin más, que todos los temas relacionados con la empresa se resolvieran en las reuniones periódicas de la junta directiva y en la junta general de accionistas. Fue la mejor decisión de su vida. Hace ya veinte años que la familia no se ve para ese tipo de encuentros.

—Has dicho que a Harriet la asesinaron…

—Espera. Déjame contarte lo que pasó. Era sábado. Además, se celebraba la fiesta del Día del Niño y la asociación deportiva de Hedestad había organizado un desfile. Harriet se quedó todo el día en la ciudad para poder verlo con unas amigas del instituto. Regresó a casa poco después de las dos de la tarde; la cena debía empezar a las cinco y, en principio, ella también iba a participar, al igual que los demás jóvenes de la familia.

Henrik Vanger se levantó y se acercó a la ventana. Le hizo un gesto a Mikael para que se acercara, y señaló con el dedo.

—A las 14.45, unos minutos después de que Harriet volviera a casa, un dramático accidente tuvo lugar en el puente. Un hombre llamado Gustav Aronsson, hermano de un granjero de Östergård (una granja que hay aquí, en la isla), colisionó de frente con un camión cisterna que transportaba *fuel-oil*. Sucedió cuando giraba con su coche para pasar por el puente. Cómo se produjo exactamente el accidente es algo que nunca hemos llegado a entender. Hay buena visibilidad en las dos direcciones, pero los dos conducían demasiado deprisa, y lo que debería haber sido un simple golpe entre dos vehículos se convirtió en una verdadera catástrofe. El conductor del camión intentó evitar la colisión y probablemente giró el volante de manera instintiva. Chocó contra la barandilla y volcó; el camión se quedó atravesado en diagonal, con la parte trasera colgando fuera del puente… Uno de los barrotes de la barandilla atravesó la cisterna como una jabalina, y el combustible empezó a salir a chorros. Gustav Aronsson, aprisionado en su coche, no paraba de gritar a causa del profundo dolor. El conductor del camión también estaba herido, pero consiguió salir por su propio pie.

El viejo hizo una pausa y se volvió a sentar.

—En realidad, el accidente no tiene nada que ver con Harriet, aunque, en cierto sentido, desempeñó un papel significativo. Cuando la gente acudió para intentar prestar ayuda, se originó un tremendo caos. El peligro de incendio era inminente, de modo que se dio la alarma general. Enseguida llegaron la policía, la ambulancia, los bomberos, los medios de comunicación y los curiosos. Como es natural, todos se congregaron al otro lado del puente, en la parte continental; aquí, en la isla, hicimos lo imposible para sacar a Aronsson del vehículo, tarea que resultó endiabladamente difícil. Estaba bien atrapado y gravemente herido.

»Intentamos sacarlo de allí con nuestras propias manos, pero no lo conseguimos. Había que cortar o serrar el coche. El problema era que no podíamos hacer nada que provocara una chispa; estábamos en medio de un mar de *fuel-oil* junto a un camión cisterna volcado. Si hubiese explotado, nos habría matado a todos. Además, transcurrió mucho tiempo antes de que llegara la ayuda desde el otro lado; el camión bloqueaba completamente el puente, y subir trepando por las cisternas habría sido como pasar por encima de una bomba.

Mikael seguía teniendo la sensación de que el viejo le estaba contando una historia cuidadosamente medida y ensayada, con la intención de captar su interés. Pero también admitió que Henrik Vanger era un excelente narrador, con una gran capacidad para mantener en vilo a su auditorio. Sin embargo, no tenía ni idea del rumbo que iba a tomar el relato.

—Lo más significativo del accidente es que el puente estuvo cerrado durante las siguientes veinticuatro horas. Hasta bien entrada la noche del domingo no consiguieron quitar todo el combustible, llevarse el camión y volver a abrir el puente. Durante esas más de veinticuatro horas, la isla de Hedeby estuvo prácticamente aislada del resto del mundo. La única manera de pasar era con la barca de los bomberos, que fue puesta a nuestra disposición para trasladar a la gente desde el puerto deportivo, en esta parte, hasta el viejo puerto pesquero, al otro lado, más allá de la iglesia. Durante muchas horas, la barca sólo la usó el personal de rescate, y hasta bien avanzada la noche del sábado no empezaron a trasladar a otras personas. ¿Entiendes lo que eso significa?

Mikael asintió.

—Supongo que pasó algo con Harriet aquí en la isla y que el número de sospechosos se reduce a las pocas personas que se encontraban aquí. Algo así como el misterio de la habitación cerrada en versión isla.

Henrik Vanger sonrió irónicamente.

—Mikael, no sabes cuánta razón tienes. Yo también he leído a mi querida Dorothy Sayers. Los hechos son los siguientes: Harriet llegó aquí más o menos a las dos y diez. Incluyendo a los niños y a los acompañantes que no pertenecían a la familia, a lo largo del día llegaron en total cerca de cuarenta invitados. Si a eso le sumamos el personal de servicio y los residentes permanentes, el número asciende a sesenta y cuatro personas. Algunos, los que iban a quedarse a dormir, estaban instalándose en las casas de alrededor o en las habitaciones de invitados.

»Harriet había vivido con sus padres en una casa al otro lado del camino, pero, como ya te he comentado, ni su padre Gottfried ni su madre Isabella le ofrecían estabilidad. Fui testigo de su sufrimiento y de las dificultades que tuvo para concentrarse en los estudios, así que, en 1964, cuando ella tenía catorce años, le dejé mudarse a mi casa. Creo que para Isabella supuso un gran alivio librarse de la responsabilidad de la niña. Le di a Harriet una habitación aquí arriba y pasó en esta casa sus dos últimos años. Por eso vino aquel día. Sabemos que se encontró en el patio con Harald Vanger, uno de mis hermanos mayores, y que intercambiaron unas palabras. Luego subió la escalera y se presentó aquí, en esta habitación, para saludarme. Me dijo que quería hablar conmigo sobre algo. En ese momento estaba con un par de familiares y no tenía tiempo para ella. Pero parecía tan ansiosa que le prometí que enseguida iría a su habitación. Ella asintió y salió por esa puerta. Fue la última vez que la vi. Unos minutos después se produjo el accidente del puente y el caos que originó dio al traste con todos los planes del día.

—¿Y cómo murió?

—Espera; es más complicado de lo que parece y tengo que contarte toda la historia en orden cronológico. Al producirse la colisión, la gente dejó lo que estaba haciendo y acudió corriendo al lugar del accidente. Yo... bueno, digamos que yo lo dirigí todo y estuve completamente ocupado durante las siguientes horas. Sabemos que Harriet también bajó al puente justo después del choque porque varias personas la vieron, pero el riesgo de una explosión me obligó a ordenar que se alejaran todos los que no iban a participar en el intento de sacar a Aronsson del coche. Nos quedamos cinco personas en el lugar del accidente: mi hermano Harald y yo; un hombre llamado Magnus Nilsson, que trabajaba de bracero conmigo; un obrero de la serrería que se llamaba Sixten Nordlander y que tenía una casa cerca del puerto pesquero; y Jerker Aronsson, un chico de tan sólo dieciséis años. En realidad, iba a decirle que se fuera, pero era sobrino del Aronsson del coche y pasó en bicicleta de camino a la ciudad apenas unos minutos después del accidente.

»Sobre las 14.40 Harriet estuvo aquí, en la cocina. Se tomó un vaso de leche e intercambió unas palabras con la cocinera, una mujer llamada Astrid. Desde la ventana vieron todo el alboroto que había en el puente. A las 14.45 Harriet cruzó el patio. Entre otras personas, fue vista por su madre, Isabella, pero no hablaron. Unos minutos después se encontró con Otto Falk, el párroco de la iglesia de Hedeby. Por aquel entonces la casa rectoral estaba donde Martin Vanger tiene hoy su chalé, así que el pastor vivía en esta parte del puente. Cuando ocurrió el accidente, Falk, que había pillado un resfriado, estaba durmiendo; acababan de avisarlo y en ese momento se dirigía hacia el puente. Harriet lo detuvo en el camino y quiso hablar con él, pero él la despachó pronto y siguió apresuradamente. Otto Falk es la última persona que la vio con vida.

—Pero ¿cómo murió? —insistió Mikael.

—No lo sé —contestó Henrik Vanger con gesto atormentado—. Hasta las cinco de la tarde no conseguimos sacar a Aronsson del coche (sobrevivió, por cierto, a pesar de los daños sufridos), y a eso de las seis se consideró que el riesgo de incendio ya había pasado. La isla seguía aislada, pero las cosas empezaban a tranquilizarse. Hasta que no nos sentamos a la mesa para cenar, más tarde de lo previsto, sobre las ocho, no descubrimos que faltaba Harriet. Envié a una de sus primas a buscarla a su habitación, pero volvió sin haberla encontrado. No le di mucha importancia; pensé que estaría dando un paseo o que nadie la habría avisado de que íbamos a empezar a cenar. Durante la noche no tuve más remedio que dedicarme a discutir con la familia. Hasta la mañana siguiente, cuando Isabella se puso a buscarla, no nos dimos cuenta de que nadie sabía dónde estaba, ni la había visto la tarde anterior.

Hizo un gesto de resignación con los brazos.

—Desde ese día, Harriet Vanger continúa desaparecida sin haber dejado el menor rastro.

—¿Desaparecida? —repitió Mikael.

—Durante todos estos años no hemos podido encontrar ni un fragmento microscópico de ella.

—Pero si desapareció, ¿cómo puedes saber que alguien la mató?

—Entiendo la objeción; pienso igual que tú. Cuando una persona desaparece sin dejar rastro, puede haber pasado una de estas cuatro cosas: que haya desaparecido voluntariamente y se mantenga escondida, que haya tenido un accidente y haya fallecido, que se haya suicidado, o que haya sido víctima de un crimen. He considerado todas esas posibilidades.

—Pero tú crees que alguien la mató. ¿Por qué?

—Porque es la única conclusión plausible —sentenció Henrik Vanger, alzando un dedo—. Al principio albergué la esperanza de que hubiera huido. Pero según pasaban los días, todos comprendimos que no era el caso. Quiero decir, ¿cómo podría una chica de dieciséis años, procedente de un ambiente bastante protegido, arreglárselas sola y permanecer oculta sin ser descubierta, por muy lista que fuera? ¿De dónde sacaría el dinero? Y aunque hubiera conseguido un trabajo en algún sitio, tendría que haberse dado de alta en Hacienda con un domicilio fiscal.

Levantó dos dedos.

—Mi siguiente idea fue, naturalmente, que le pasó algo, que sufrió algún accidente. ¿Me puedes hacer un favor? Acércate a la mesa y abre el cajón superior. Allí hay un mapa.

Mikael hizo lo que Henrik le pidió y desplegó el mapa encima de la mesa. La isla de Hedeby era una irregular extensión de tierra de unos tres kilómetros de largo y poco más de kilómetro y medio de ancho en sus extremos más distantes. Una gran parte de la superficie estaba poblada de bosque. Todas las edificaciones se hallaban en las inmediaciones del puente y alrededor del pequeño puerto deportivo; en el otro extremo de la isla había una granja, Östergården, de la que salió el pobre Aronsson con su coche.

—Recuerda que resultaba imposible abandonar la isla —subrayó Henrik Vanger—. Aquí, como en cualquier sitio, uno puede fallecer a causa de un accidente o ser alcanzado por un rayo, pero ese día no había tormenta. Se puede morir por la coz de un caballo o, incluso, cayéndose en un pozo o por las grietas de las rocas. Aquí habrá cientos de maneras fortuitas de morir y he pensado en la mayoría de ellas.

Levantó un tercer dedo.

—Hay una pega que también vale para la tercera posibilidad: que la chica, contra toda expectativa, se hubiese suicidado. Pero en alguna parte de esta limitada extensión de tierra tendría que estar el cuerpo. —Henrik Vanger dio un golpe con la mano en medio del mapa—. Los días que siguieron a su desaparición organizamos partidas de búsqueda de cabo a rabo de la isla. Rastreamos cada zanja, cada campo de cultivo, las grietas de cada roca, los hoyos de cada árbol caído. Inspeccionamos todos los edificios, las chimeneas, los pozos, los graneros y las buhardillas.

El viejo desvió la mirada de Mikael y la dirigió a la oscuridad exterior. Su voz adquirió un tono más bajo e íntimo.

—La seguí buscando durante el otoño, después de que las batidas se abandonaran y la gente se rindiera. Cuando mi trabajo me lo permitía, daba paseos de un lado a otro de la isla. Luego, el invierno nos sorprendió sin que hubiéramos hallado el menor rastro de ella. Continué durante la primavera hasta que me di cuenta de lo absurdo de mi búsqueda. Al llegar el verano contraté a tres hombres que conocían muy bien el bosque y que volvieron a acometer el rastreo con perros entrenados para descubrir cadáveres. Peinaron sistemáticamente cada metro cuadrado de la isla. A esas alturas ya había empezado a pensar que alguien la habría matado, de modo que los hombres se pusieron a buscar por los sitios donde podía estar enterrada. Trabajaron durante tres meses. No encontraron el más mínimo rastro de Harriet. Como si se la hubiera tragado la tierra.

—Se me ocurren algunas posibilidades más —objetó Mikael.

—A ver.

—Podría haberse tirado al agua o haberse ahogado por accidente. Esto es una isla; el mar lo oculta todo.

—Es verdad. Pero la probabilidad no es muy grande. Ten en cuenta lo siguiente: si Harriet sufrió un accidente y se ahogó, lógicamente, debió de haber ocurrido en las inmediaciones del pueblo. Recuerda que el incidente del puente era lo más dramático que vivía Hedeby desde hacía mucho tiempo; no es muy probable que una chica con la curiosidad propia de su edad se decidiera a dar un paseo hasta el otro extremo de la isla justo en ese momento.

»Pero hay algo todavía más importante —prosiguió—, y es que las corrientes de agua no son muy fuertes por aquí y que los vientos, en esa época del año, venían del norte o del noreste. Si algo va a parar al mar, acaba saliendo a flote en algún sitio de la orilla continental, y allí hay casas prácticamente por doquier. No creas que no pensamos en esa posibilidad; naturalmente, rastreamos todos los sitios por donde podía haberse metido en el agua. También contraté a unos jóvenes de un club de buceo de Hedestad. Dedicaron aquel verano a peinar los fondos del estrecho y las orillas de punta a punta… Ni rastro. Estoy convencido de que no está en el mar; de ser así la habríamos encontrado.

—¿Y no podría haber sufrido un accidente en otra parte? Es cierto que el puente estaba cortado, pero no hay mucha distancia hasta el otro lado. Podría haber pasado nadando o en una barca de remos.

—Esto sucedió a finales de septiembre y el agua estaba tan fría que no creo que Harriet se pusiera a nadar en medio de todo aquel jaleo. Pero si se le hubiese ocurrido, no habría pasado desapercibida y habría causado un gran revuelo. Éramos decenas de ojos en el puente, y en la parte continental se agolpaban entre doscientas y trescientas personas a lo largo de la orilla mirando todo aquello.

—¿Y en una barca?

—No. Aquel día había exactamente trece barcos en la isla de Hedeby. La mayoría de los barcos de recreo ya estaba fuera del agua. Abajo, en el puerto pequeño, dos barcos Pettersson se encontraban en el mar. Además, había siete barcas, de las cuales cinco se hallaban ya en tierra. Algo más abajo de la casa rectoral, había una barca más en tierra y otra en el agua; y en Östergården, una lancha motora y una barca. Todos estos barcos están inventariados y permanecían en su sitio. Si hubiese pasado remando para luego marcharse, lógicamente tendría que haber dejado la barca en el otro lado.

Henrik Vanger levantó un cuarto dedo.

—Así que sólo queda una posibilidad razonable: que Harriet desapareciera en contra de su voluntad. Alguien la mató y se deshizo del cuerpo.

Lisbeth Salander pasó la mañana de Navidad leyendo el controvertido libro de Mikael Blomkvist sobre el periodismo económico. La obra, de doscientas diez páginas, se titulaba *La orden del Temple* y llevaba el subtítulo *Deberes para periodistas de economía que no han aprendido bien su lección*. La cubierta, diseñada por Christer Malm, era muy moderna y mostraba una foto del viejo edificio de la bolsa de Estocolmo, manipulada con Photoshop; contemplándola detenidamente uno se percataba de que el edificio estaba flotando en el aire. No tenía cimientos. Resultaba difícil imaginarse una portada que indicara los derroteros del libro de manera más explícita.

Salander constató que Blomkvist poseía un excelente estilo. El libro estaba redactado de manera directa e interesante; incluso aquellas personas que desconocieran los entresijos del periodismo económico podrían leerlo con gran provecho. El tono era mordaz y sarcástico, pero, sobre todo, convincente.

El primer capítulo consistía en una especie de declaración de guerra donde Blomkvist no se mordía la lengua. Durante los últimos veinte años, los periodistas de economía suecos se habían convertido en un grupo de incompetentes lacayos que, henchidos por su propia vanidad, carecían del menor atisbo de capacidad crítica. A esta última conclusión había llegado a raíz de la gran cantidad de periodistas de economía que, una y otra vez, sin el más mínimo reparo, se contentaban con reproducir las declaraciones realizadas por los empresarios y los especuladores bursátiles, incluso cuando los datos eran manifiestamente engañosos y erróneos. En consecuencia, se trataba de periodistas o tan ingenuos y fáciles de engañar que ya deberían haber sido despedidos de sus puestos, o —lo que sería peor— que conscientemente traicionaban la regla de oro de su propia profesión: la de realizar análisis críticos para proporcionar al público una información veraz. Blomkvist reconocía que a menudo sentía vergüenza al ser llamado reportero económico, ya que, entonces, corría el riesgo de ser metido en el mismo saco que las personas a las que ni siquiera consideraba periodistas.

Blomkvist comparaba el trabajo de los analistas económicos con el de los periodistas de sucesos o los corresponsales enviados al extranjero. Se imaginaba el escándalo que se ocasionaría si el periodista de un importante diario que estuviera cubriendo, por ejemplo, el juicio de un asesinato reprodujera las afirmaciones del fiscal sin ponerlas en duda, dándolas automáticamente por verdaderas, sin consultar a la defensa ni entrevistar a la familia de la víctima, cosa que debería haber hecho para formarse su propia idea del asunto. Blomkvist sostenía que las mismas reglas tenían que aplicarse a los periodistas económicos.

El resto del libro estaba constituido por una serie de pruebas que demostraban con pelos y señales las acusaciones iniciales. Un largo capítulo examinaba la información presentada sobre una conocida empresa puntocom en seis de los diarios más importantes, así como en el *Finanstidningen* y el *Dagens Industri,* y en el programa televisivo *A-ekonomi*. Citaba y resumía lo que los reporteros habían dicho y escrito y luego lo contrastaba con la situación real. Al describir la evolución de esa empresa, aludía, una y otra vez, a esas sencillas preguntas que «un periodista serio» habría formulado, pero que la totalidad de los periodistas económicos había omitido. Una buena estrategia.

Otro de los capítulos trataba sobre la privatización de Telia y su consecuente lanzamiento de acciones. Era la parte más burlesca e irónica de todo el libro, y en ella se despellejaba, con nombres y apellidos, a unos cuantos periodistas, entre los cuales un tal William Borg parecía irritar especialmente a Mikael. Otro capítulo, ya casi al final del libro, comparaba la competencia de los reporteros de economía suecos con la de los extranjeros. Blomkvist describía cómo los «periodistas serios» del *Financial Times*, de *The Economist* y de algunas revistas alemanas de economía habían informado sobre temas similares en sus respectivos países. La comparación no resultaba muy favorable para los suecos. El último capítulo contenía un borrador sobre cómo podría remediarse esa penosa situación. Las palabras finales enlazaban con las del principio:

Si un reportero parlamentario ejerciera su oficio de idéntica manera, rompiendo una lanza a favor de cualquier decisión —por absurda que ésta fuese—, o si un periodista político se mostrase tan falto de criterio profesional, sería despedido de inmediato, por lo menos, reasignado a un departamento donde él, o ella, no pudiera ocasionar tanto daño. En el mundo del periodismo económico, sin embargo, la regla de oro de la profesión —hacer un análisis crítico e informar objetivamente del resultado a sus lectores— no parece tener validez. En su lugar, aquí se le rinde homenaje al sinvergüenza de más éxito. Así se crea también la Suecia del futuro y se mina la última confianza que la gente ha depositado en el gremio periodístico.

Palabras duras, sin pelos en la lengua, y con un tono mordaz. Salander entendía muy bien el indignado debate que se desencadenó tanto en la revista *Journalisten*, de ámbito profesional, como en revistas económicas y en las páginas de opinión y economía de los diarios. Aunque en el libro sólo se mencionaba con nombre y apellidos a unos pocos periodistas, Lisbeth Salander suponía que ese mundillo era lo suficientemente pequeño para que todos supieran exactamente a quién se refería Mikael cuando citaba a los distintos medios. Blomkvist se granjeó la acérrima enemistad de muchos de sus compañeros de profesión, algo que también se reflejó en la docena de comentarios con los que se regocijaron tras conocer la sentencia del caso Wennerström.

Cerró el libro y contempló la foto de la contracubierta: Mikael Blomkvist retratado de perfil. El flequillo rubio le caía de manera algo descuidada sobre la frente, como si una ráfaga de viento acabara de pasar justo antes de que el fotógrafo disparara, o como si (lo cual resultaba más plausible) Christer Malm, el jefe de fotografía, le hubiese hecho el estilismo. Miraba a la cámara con una sonrisa irónica y unos ojos que probablemente pretendieran tener encanto y resultar juveniles. «Un hombre bastante guapo, rumbo a tres meses de cárcel.»

—Hola, *Kalle* Blomkvist —dijo en voz alta—. Eres un poco chulo, ¿no?

A la hora de comer, Lisbeth Salander encendió su iBook y abrió el programa Eudora de correo electrónico. Escribió el mensaje con una sola y concisa línea:

Firmó como Wasp y envió el correo a la dirección <Plague_xyz_666@hotmail.com>. Por si acaso, pasó la sencilla frase por el programa de criptografía PGP.

Luego se puso unos vaqueros negros, unos buenos zapatos de invierno, un jersey grueso de cuello vuelto, una cazadora oscura y unos guantes amarillos de lana, que hacían juego con el gorro y la bufanda. Se quitó los *piercings* de las cejas y de la nariz y se puso un carmín ligeramente rosado. Luego se examinó ante el espejo del cuarto de baño; parecía una viandante cualquiera en un domingo cualquiera. Consideró su indumentaria un camuflaje de combate lo suficientemente decente como para realizar una incursión más allá de las líneas enemigas. Cogió el metro desde Zinkensdamm hasta Östermalmstorg y echó a andar hacia Strandvägen. Paseaba por la parte central de la alameda mientras iba leyendo los números de los edificios. Casi a la altura del puente de Djurgården se detuvo y contempló el portal que estaba buscando. Cruzó la calle y esperó a unos metros de la puerta.

Constató que la mayoría de la gente que había salido a pasear, desafiando el frío del 26 de diciembre, andaba por el muelle; sólo unos pocos iban por la acera.

Tuvo que aguardar pacientemente casi media hora antes de que una vieja con bastón, que venía desde el puente, se acercara. La mujer paró y le lanzó una desconfiada mirada a Salander, quien sonrió con amabilidad y saludó con un cortés movimiento de cabeza. La señora del bastón devolvió el saludo y pareció hacer un esfuerzo mental para identificar a la joven muchacha. Salander dio media vuelta y se alejó unos pasos de la puerta, andando de un lado para otro, como si estuviera esperando con impaciencia a alguien. Cuando Lisbeth se volvió, la vieja ya había alcanzado el portal y estaba marcando meticulosamente el código de la cerradura electrónica. A Salander no le costó nada hacerse con él: 1260. Aguardó cinco minutos antes de acercarse al portal. Marcó el número y la cerradura se abrió con un clic. Empujó la puerta y echó un vistazo a la escalera. A unos metros de la entrada había una cámara de vigilancia que ella miró e ignoró; se trataba de un modelo comercializado por Milton Security que no se activaba hasta que saltara la alarma del inmueble, en caso de robo o atraco. Más adentro, a la izquierda de un ascensor muy antiguo, había otra puerta con cerradura de código; probó con el 1260 y constató que la combinación válida para el portal también servía para la puerta que llevaba al sótano y al cuarto de la basura. «¡Qué torpes!» Dedicó tres minutos exactos a estudiar la planta del sótano, donde localizó la lavandería común, con la llave sin echar, y el cuarto para los cubos de la basura. Luego sacó un juego de ganzúas, que había «tomado prestado» del experto en cerraduras de Milton Security, para abrir una puerta cerrada con llave que conducía a lo que parecía ser la sala de reuniones de la comunidad de vecinos. Más hacia el fondo del sótano había una sala de usos múltiples. Al final encontró lo que buscaba: un cuartito que hacía las veces de central eléctrica en el inmueble. Examinó los contadores, los fusibles y las cajas de derivación; acto seguido, sacó una cámara digital Canon, del tamaño de un paquete de tabaco. Hizo tres fotos de lo que le interesaba.

Al salir echó un rápido vistazo al panel situado junto al ascensor, donde figuraba el nombre del dueño del piso de la planta superior: Wennerström.

Abandonó el edificio y se fue andando apresuradamente al Museo Nacional, en cuya cafetería entró para calentarse y tomar un café. Al cabo de media hora volvió al barrio de Söder y subió a su casa.

Había recibido un correo de <Plague_xyz_666@hot mail.com>. Tras descifrar el mensaje con el programa PGP descubrió que la respuesta consistía en un sólo número, el 20.

Capítulo 6

Jueves, 26 de diciembre

Hacía ya un buen rato que los treinta minutos fijados por
Mikael Blomkvist se habían acabado. Eran las cuatro y
media; ya se podía olvidar del tren de la tarde. No obstante, todavía le quedaba tiempo para coger el de las
nueve y media. Estaba de pie delante de la ventana masa-
jeándose el cuello mientras contemplaba la fachada iluminada de la iglesia al otro lado del puente. Henrik Vanger
le había enseñado un álbum con recortes de periódicos,
artículos sobre el suceso tanto de la prensa local como de
la nacional. Aquello suscitó un considerable interés mediático durante algún tiempo: chica de conocida familia
industrial desaparece sin dejar rastro. Pero el interés se
fue desvaneciendo poco a poco ya que no encontraron el
cuerpo ni se produjeron avances en las pesquisas. Al cabo
de más de treinta y seis años, a pesar de tratarse de una
destacada familia industrial, el caso Harriet Vanger estaba ya más que olvidado. La teoría más aceptada en los
artículos de finales de los años sesenta era la que sostenía
que se ahogó y fue arrastrada mar adentro por la corriente; una tragedia, pero, al fin y al cabo, algo que podía pasarle a cualquier familia.

Muy a su pesar, Mikael se había quedado fascinado
con la historia del viejo, pero cuando Henrik Vanger se
disculpó para ir al baño el escepticismo volvió a apoderarse de él. El viejo, sin embargo, aún no había llegado

hasta el final, y Mikael había prometido escuchar la historia entera.

—Y tú ¿qué crees que le ocurrió? —preguntó a Henrik Vanger cuando éste regresó a la habitación.

—Normalmente, unas veinticinco personas tenían aquí su residencia fija, pero con motivo de la reunión familiar aquel día se encontraban en la isla alrededor de sesenta. De éstas se pueden eliminar, más o menos, entre veinte y veinticinco. Creo que alguno de los restantes, y muy probablemente miembro de la familia, mató a Harriet y escondió el cuerpo.

—Tengo unas cuantas objeciones.

—A ver.

—Bueno, una es, por supuesto, que incluso en el caso de que el cuerpo fuera escondido, y si la búsqueda se llevó a cabo tan minuciosamente como dices, alguien debería haber hallado el cadáver.

—A decir verdad, la investigación fue aún más amplia de lo que te he contado. Hasta que no contemplé la posibilidad del asesinato no se me ocurrió pensar que el cuerpo de Harriet podría haber desaparecido de diferente manera. Lo que te voy a decir ahora no lo puedo demostrar, pero se encuentra, en todo caso, dentro de los límites de lo probable.

—Bueno, cuéntamelo.

—Harriet desapareció sobre las 15.00 horas. A las 14.45 fue vista por Otto Falk, el párroco, que se dirigía corriendo al lugar del accidente. Más o menos al mismo tiempo se presentó aquí un fotógrafo del periódico local, quien a lo largo de la siguiente hora hizo un gran número de fotos del drama. Nosotros —la policía, quiero decir— estudiamos los carretes y comprobamos que Harriet no aparecía en ninguna de esas fotografías; en cambio, se veía a todas las demás personas que se encontraban en la isla, a excepción de los niños muy pequeños, en una foto como mínimo.

Henrik Vanger buscó otro álbum de fotos y lo depositó en la mesa, delante de Mikael.

—Éstas son las fotografías de aquel día. La primera se hizo en Hedestad durante el desfile del Día del Niño. La sacó el mismo fotógrafo aproximadamente a las 13.15, y en ésa sí que se ve a Harriet.

La foto estaba hecha desde la segunda planta del interior de una casa y mostraba una calle por donde el desfile —carrozas con payasos y chicas en bañador— acababa de pasar. En la acera se apretujaban los espectadores. Henrik Vanger señaló a una persona de entre la multitud.

—Ésa es Harriet. Faltan aproximadamente dos horas para que desaparezca y está en la ciudad con unas compañeras de clase. Es la última imagen que tenemos de ella. Pero también hay otra foto interesante.

Henrik Vanger siguió pasando páginas. El resto del álbum contenía más de ciento ochenta fotos —seis carretes— del accidente del puente. Después de haber oído la historia, resultaba raro, casi incómodo, verlo todo en forma de nítidas fotografías en blanco y negro. El fotógrafo era un buen profesional que había conseguido captar el caos del suceso. Un gran número de fotos se centraba en las actividades realizadas en torno al camión volcado. Mikael identificó sin problema a un Henrik Vanger de cuarenta y seis años de edad, empapado de *fuel-oil*, gesticulando.

—Ése es mi hermano Harald —dijo el viejo, señalando a un hombre con americana que se inclinaba hacia delante apuntando con el dedo al interior del coche donde Aronsson estaba atrapado—. Mi hermano Harald es una persona desagradable, pero creo que le podemos descartar de la lista de sospechosos. A excepción de un breve instante, cuando tuvo que volver corriendo hasta aquí para cambiarse de zapatos, permaneció en el puente en todo momento.

Henrik Vanger seguía pasando páginas. Las fotos se sucedían: camión cisterna, espectadores en la orilla, restos del coche de Aronsson, fotos panorámicas, fotos indiscretas hechas con teleobjetivo…

—Ésta es la foto de la que te hablaba —dijo Henrik Vanger—. Por lo que hemos podido determinar, se hizo sobre las 15.40 o 15.45; o sea, poco más de cuarenta y cinco minutos después de que Harriet se encontrara con el reverendo Falk. Si te fijas en nuestra casa, la ventana central de la segunda planta corresponde al cuarto de Harriet. En la foto anterior, la ventana está cerrada. Aquí aparece abierta.

—Eso significa que alguien estuvo en su habitación.

—He preguntado a todo el mundo y nadie reconoce haber abierto esa ventana.

—Lo cual quiere decir que lo hizo Harriet en persona, y que a esa hora seguía viva. O que alguien miente. Pero ¿por qué entraría un asesino en su cuarto para abrir la ventana? ¿Y por qué iba alguien a mentir sobre eso?

Henrik Vanger negaba con la cabeza. No hallaba ninguna respuesta.

—Harriet desapareció en torno a las tres; quizá un poco más tarde. Las fotos dan una idea de dónde se encontraba la gente a esa hora. Gracias a eso he podido tachar a algunos de la lista de sospechosos. Por la misma razón, una serie de personas que no salen en las fotos de esa hora deben incluirse en la lista.

—No me has contestado a la pregunta de cómo crees que desapareció el cuerpo. Se me acaba de ocurrir que existe una respuesta obvia; el viejo truco de ilusionista de toda la vida.

—De hecho, hay varios modos perfectamente posibles de llevarlo a cabo. El asesino actuó sobre las tres. Tal vez él, o ella, no usara ningún arma; en tal caso quizá hubiéramos encontrado rastros de sangre. Pienso que Harriet fue estrangulada y que ocurrió aquí, detrás del muro del patio; un lugar que estaba fuera del campo de visión del fotógrafo y situado en un ángulo muerto mirando desde la casa. Si se quiere volver a la Casa Vanger por el camino más corto desde la casa rectoral, donde ella fue vista por última vez, uno tiene que pasar necesariamente por allí. Hoy hay césped y un pequeño jardín, pero en los años sesenta era un patio de grava que servía de aparcamiento para coches. Lo único que tenía que hacer el asesino era abrir el maletero y meter a Harriet dentro. Cuando empezamos la batida al día siguiente, nadie pensó en que se podía haber cometido un crimen; nos centramos en la orilla, los edificios y la parte del bosque más cercana al pueblo.

—O sea, que nadie registró los maleteros de los coches.

—Y al día siguiente por la tarde el asesino tuvo vía libre para coger su coche, cruzar el puente y ocultar el cuerpo en cualquier otro lado.

Mikael asintió.

—En las mismas narices de todos los que participaron en la batida. Si fue así, estamos hablando de un cabrón con mucha sangre fría.

Henrik Vanger se rió amargamente.

—Acabas de hacer una descripción muy acertada de no pocos miembros de la familia Vanger.

Durante la cena, a las seis, continuaron hablando. Anna les trajo conejo asado con confitura de grosellas y patatas, todo regado con un vino tinto con mucho cuerpo que sirvió Henrik Vanger. A Mikael todavía le quedaba mucho tiempo para coger el último tren. «Ya es hora de ir concluyendo», pensó.

—Reconozco que me has contado una historia fascinante. Pero sigo sin entender muy bien por qué.

—La verdad es que ya te lo he dicho. Quiero descubrir a la mala bestia que asesinó a la nieta de mi hermano. Y por eso te quiero contratar.

—¿Cómo?

Henrik Vanger dejó los cubiertos en el plato.

—Mikael: llevo casi treinta y siete años al borde de la locura, dándole vueltas a lo que le ocurrió a Harriet. A lo largo de los años, he ido dedicando cada vez más tiempo libre a dar con ella. —Se calló, se quitó las gafas y se puso a buscar en las lentes algún rastro invisible de suciedad. Luego levantó la vista y observó a Mikael—. Si he de serte completamente sincero, la desaparición de Harriet fue la razón por la que, al cabo de unos años, abandoné el timón de la empresa. Perdí la ilusión. Sabía que había un asesino en mi entorno, y todas esas cavilaciones en busca de la verdad se transformaron en una carga a la hora de realizar mi trabajo. Lo peor es que, con el tiempo, ese peso no se hizo más ligero; todo lo contrario. Alrededor de 1970 pasé por una etapa en la que sólo quería que la gente me dejara en paz. Por aquel entonces Martin ya había entrado en la junta directiva y dejé que él se ocupara, cada vez más, de mi trabajo. En 1976 me retiré y Martin asumió el cargo de director ejecutivo. Sigo teniendo un puesto en la junta, pero desde que cumplí los cincuenta apenas he dado un palo al agua. Durante los últimos treinta y seis años no ha pasado ni un solo día en el que no haya pensado en la desaparición de Harriet. Creerás que estoy obsesionado con este tema; eso es, al menos, lo que le parece a la mayoría de mis parientes. Y probablemente sea así.

—Fue algo terrible.

—No sólo eso; me ha destrozado la vida. Es un hecho del que estoy cada vez más convencido a medida que el tiempo va pasando. ¿Te conoces bien a ti mismo?

—Bueno, naturalmente, creo que sí.

—Yo también. No puedo olvidar lo que pasó. Pero, con los años, mis motivos han ido cambiando. Al principio tal vez fuera por pura pena. Quería encontrarla y, por lo menos, enterrarla. Necesitaba reparar de algún modo el daño que le pudieran haber hecho a Harriet.

—¿De qué manera han cambiado tus motivos?

—Ahora se trata más bien de encontrar a ese maldito monstruo. Pero lo curioso es que, a medida que me he ido haciendo mayor, se ha convertido en un *hobby* que lo ha absorbido todo.

—¿*Hobby*?

—Sí, la verdad es que me parece la palabra más apropiada. Cuando la investigación policial se quedó en agua de borrajas, yo seguí por mi cuenta. Intenté actuar de manera sistemática y científica. Reuní toda la información que pude encontrar: las fotografías, la investigación policial… Apunté todo lo que las personas entrevistadas me contaron sobre aquel día. Como puedes ver, he dedicado casi la mitad de mi vida a reunir información sobre un solo día.

—¿Eres consciente de que, después de treinta y seis años, el asesino puede estar muerto y enterrado?

—No creo.

Mikael arqueó las cejas ante esa afirmación tan rotunda.

—Terminemos de cenar y volvamos arriba. Falta un detalle para completar mi historia. El más desconcertante.

Lisbeth Salander aparcó el Corolla automático en la estación de cercanías en Sundbyberg. Había tomado prestado el Toyota de Milton Security. No es que lo hubiera pedido exactamente, aunque, por otra parte, Armanskij nunca le había prohibido expresamente que usara los coches de la empresa. «Tarde o temprano —pensó— tengo que comprarme un coche.» En cambio, poseía una moto: una Kawasaki de 125 centímetros cúbicos, de segunda mano, que usaba en verano. Durante el invierno la guardaba bajo llave en el trastero de su edificio.

Se fue andando a Högklintavägen y, a las seis en punto, llamó al telefonillo. Al cabo de unos segundos, la cerradura se abrió con un clic; subió por la escalera hasta el segundo piso y llamó al timbre de la puerta en la que estaba escrito el modesto apellido Svensson. No tenía ni idea de quién era ese tal Svensson; ni siquiera sabía si existía.

—Hola, Plague —saludó.

—¡Wasp! Sólo vienes a verme cuando necesitas algo.

El hombre, tres años mayor que Lisbeth Salander, medía 1,89 y pesaba 152 kilos. Ella medía 1,54 y pesaba 42, de modo que siempre se había sentido como una enana al lado de Plague. Como ya era habitual, el piso estaba a oscuras; la luz de una sola lámpara se colaba hasta el vestíbulo desde el dormitorio que usaba para trabajar. Olía a cerrado y a aire viciado.

—Plague, es porque nunca te duchas y porque aquí dentro huele a tigre. Si sales alguna vez, te recomiendo que compres jabón. Lo venden en el Konsum.

Él sonrió tímidamente pero no contestó y le hizo señas para que lo acompañara a la cocina. Una vez dentro, sin encender ninguna luz, se sentó junto a la mesa. La iluminación procedía fundamentalmente de las farolas de la calle.

—Y no es que yo sea un portento en limpieza, pero si los cartones vacíos de leche huelen a muerto, los cojo y los tiro y ya está.

—Cobro una pensión por incapacidad mental —replicó él—. Soy un incompetente social.

—Por eso el Estado te dio una vivienda y se olvidó de ti. ¿Nunca tienes miedo de que los vecinos se quejen y los servicios sociales te hagan una inspección? Podrían llevarte a un manicomio.

—¿Tienes algo para mí?

Lisbeth Salander abrió la cremallera del bolsillo de la cazadora y sacó cinco mil coronas.

—Es todo lo que tengo. Es mi propio dinero y, además, como comprenderás, no me desgrava como gastos.

—¿Qué es lo que quieres?

—El manguito del que me hablaste hace un par de meses. ¿Lo has terminado ya?

Él sonrió y le puso un objeto sobre la mesa.

—Dime cómo funciona.

Durante la hora siguiente, ella escuchó atentamente. Luego probó el manguito. Puede que Plague fuera un incompetente social. Pero sin duda era un genio.

Henrik Vanger se detuvo junto a su mesa de trabajo y esperó a que Mikael le prestara de nuevo toda su atención. Éste consultó su reloj.

—Me estabas hablando de un desconcertante detalle.

Henrik Vanger asintió.

—Nací el 1 de noviembre. Cuando Harriet tenía ocho años me regaló un cuadro para mi cumpleaños: una flor prensada, con un sencillo marco.

Henrik Vanger pasó alrededor de la mesa y señaló la primera flor. *Campanula*. Enmarcada de forma poco profesional.

—Fue el primer cuadro. Me lo regaló en 1958.

Apuntó al siguiente.

—1959: *Ranúnculo*. 1960: *Margarita*. Se convirtió en una tradición. Harriet hacía el cuadro durante el verano y luego lo guardaba hasta mi cumpleaños. Los empecé a colgar aquí, en esta pared. En 1966 ella desapareció y entonces la tradición se rompió.

Henrik Vanger se calló y señaló un hueco que había en la fila de cuadros. De repente, Mikael sintió cómo se le ponía el vello de punta. Toda la pared estaba llena de flores prensadas.

—En 1967, un año después de que ella desapareciera, recibí esta flor para mi cumpleaños. Es una violeta.

—¿Cómo la recibiste? —preguntó Mikael en voz baja.

—Envuelta en papel de regalo y enviada por correo en un sobre acolchado. Desde Estocolmo. Sin remitente. Sin mensaje.

—¿Quieres decir que...? —Mikael hizo un gesto con la mano señalando los cuadros.

—Eso es. Por mi cumpleaños, todos los malditos años. ¿Entiendes cómo me siento? Van dirigidos a mí, como si el asesino quisiera torturarme. Me he vuelto loco pensando que Harriet quizá fuese asesinada porque alguien quería llegar hasta mí. No era ningún secreto que Harriet y yo teníamos una relación especial, y que para mí era como una hija.

—¿Qué es lo que quieres que haga? —preguntó Mikael con voz tajante.

Lisbeth Salander dejó el Corolla en el garaje del edificio de Milton Security y aprovechó para ir al baño de arriba, donde estaban las oficinas. Usó su tarjeta para entrar y subió directamente a la tercera planta con el fin de no tener que pasar por la entrada principal del segundo piso, donde trabajaban los que estaban de guardia. Se dirigió al baño y luego fue a por un café, a la máquina; una inversión que hizo Dragan Armanskij al darse cuenta, por fin, de que Lisbeth Salander jamás prepararía café simplemente porque eso era lo que esperaban de ella. Luego entró en su despacho y colgó la cazadora de cuero en una silla.

El despacho era un cubículo de dos por tres metros situado tras una pared de cristal. Tenía una mesa con un viejo ordenador Dell, una silla, una papelera, un teléfono y una estantería con unas cuantas guías telefónicas y tres cuadernos vacíos. Los dos cajones de la mesa contenían unos bolígrafos ya secos, clips y un cuaderno. En la ventana había una planta muerta, con las hojas marrones, ya marchitas. Lisbeth Salander observó pensativa la flor, como si fuese la primera vez que la veía. Acto seguido, la tiró a la papelera con decisión.

Raramente pasaba por su despacho; tal vez media docena de veces al año, principalmente cuando necesitaba estar sola para darle los últimos retoques a algún informe antes de entregarlo. Dragan Armanskij había insistido en que ella tuviera su propio espacio. Lo justificó diciendo que, de este modo, Lisbeth, aunque trabajara como *freelance*, se sentiría parte de la empresa. Lo que ella sospechaba era que así Dragan Armanskij podía vigilarla y meterse en sus asuntos personales. Al principio la instalaron un poco más allá, aunque en el mismo pasillo, en un despacho más grande que debía compartir con un colega; pero como ella nunca estaba allí, Dragan optó, finalmente, por trasladarla a ese cuchitril que nadie usaba.

Lisbeth Salander sacó el manguito que le había dado Plague. Lo dejó en la mesa, frente a ella, y lo contempló absorta mientras se mordía el labio inferior.

Eran más de las once de la noche y se hallaba sola en la planta. De repente la invadió un gran aburrimiento.

Al cabo de un rato se levantó y se fue hasta el final del pasillo, donde intentó abrir la puerta del despacho de Dragan Armanskij. Cerrada con llave. Miró a su alrededor. La probabilidad de que alguien apareciera por allí cerca de medianoche el día 26 de diciembre era prácticamente inexistente. Abrió la puerta con una copia pirata de la llave maestra de la empresa que ella misma se había molestado en hacer unos años atrás.

El despacho de Armanskij era espacioso; tenía una mesa de trabajo, unas cuantas sillas y, en un rincón, una pequeña mesa de reuniones con capacidad para ocho personas. Todo impolutamente limpio. Hacía mucho tiempo que ella no fisgoneaba en su despacho, y ya que estaba allí... Se pasó una hora entera en la mesa poniéndose al día en diferentes asuntos: la búsqueda de un posible espía industrial, los colegas infiltrados *under cover* en una empresa donde actuaba una banda organizada de ladrones, así como las medidas adoptadas, con el mayor de los secretos, para proteger a una clienta que temía que sus hijos fueran raptados por el padre.

Al final colocó todos los papeles exactamente como los había encontrado, cerró con llave la puerta del despacho de Armanskij y se fue andando hasta su casa, en Lundagatan. Se sentía satisfecha de su día.

Mikael Blomkvist volvió a negar con la cabeza. Henrik Vanger se había sentado tras su mesa de trabajo y contemplaba a Mikael con una mirada tranquila, como si ya estuviera preparado para todas sus objeciones.

—No sé si algún día nos enteraremos de la verdad, pero no quiero morir sin realizar un último intento —dijo el viejo—. Simplemente, quiero contratarte para que revises todo el material una vez más.

—Eso es una locura —exclamó Mikael.

—¿Una locura? ¿Por qué?

—Ya he oído bastante. Henrik, entiendo tu dolor, pero también te voy a ser sincero: lo que me pides es un derroche de tiempo y de dinero. Me pides que encuentre, como por arte de magia, la solución a un misterio en el que llevan fracasando, durante años y años, detectives de la policía criminal y otros investigadores profesionales que han contado con los mejores recursos disponibles. Me pides que resuelva un crimen que se cometió hace casi cuarenta años. ¿Cómo podría hacer una cosa así?

—No hemos hablado de tu remuneración —replicó Henrik Vanger.

—No es necesario.

—Si dices que no, no te puedo obligar. Pero escucha lo que te ofrezco. Dirch Frode ya ha redactado un contrato. Podemos negociar los detalles, pero las cláusulas son sencillas y lo único que falta es tu firma.

—Henrik, nada de esto tiene sentido. No puedo resolver el enigma de la desaparición de Harriet.

—Según el contrato, no hará falta. Lo único que te pido es que hagas todo lo que esté en tus manos. Si fracasas, será la voluntad de Dios o, si no eres creyente, del destino.

Mikael suspiró. Había empezado a sentirse cada vez más incómodo y quería terminar la visita a Hedeby, pero aun así claudicó.

—Vale. Te escucho.

—Quiero que te quedes en Hedeby un año; que vivas y trabajes aquí. Quiero que repases toda la documentación que hay sobre la desaparición de Harriet, folio por folio. Quiero que unos nuevos ojos lo examinen todo. Quiero que pongas en duda todas las viejas conclusiones, al igual que haría un periodista de investigación. Quiero que busques cosas que quizá a la policía, a mí y a otros detectives se nos hayan pasado por alto.

—Me pides que abandone toda mi vida y mi carrera para dedicarme un año entero a algo que es una total pérdida de tiempo.

De repente Henrik Vanger sonrió.

—Por lo que respecta a tu carrera profesional, tienes que admitir que está en un momento bastante flojo.

Mikael no supo qué replicar.

—Quiero comprar un año de tu vida. Un trabajo. El sueldo es la mejor oferta que te harán jamás. Te pago doscientas mil coronas al mes, o sea, dos millones cuatrocientas mil coronas si aceptas y te quedas todo el año.

Mikael se quedó de piedra.

—No me hago ilusiones. Sé que la probabilidad de que tengas éxito es mínima, pero si, contra todo pronóstico, resolvieras el enigma, te ofrezco una bonificación: el doble, o sea, cuatro millones ochocientas mil coronas. Seamos generosos y redondeemos; lo dejamos en cinco millones. —Henrik Vanger se acomodó en la silla y ladeó la cabeza—. Puedo ingresarte el dinero en la cuenta que quieras de cualquier parte del mundo. También te lo puedo dar en un maletín, así que será cosa tuya si quieres declarar los ingresos a Hacienda.

—Esto es… absurdo —tartamudeó Mikael.

—¿Por qué? —preguntó Henrik Vanger con una gran tranquilidad—. Tengo más de ochenta años y sigo en plena posesión de mis facultades. Tengo una fortuna personal muy grande de la que dispongo como quiero. No tengo hijos ni ganas de dar el dinero a unos familiares a los que odio. Ya he redactado mi testamento; la mayoría del dinero lo donaré a WWF. Unas pocas personas cercanas a mí recibirán una buena suma, por ejemplo Anna, mi ama de llaves.

Mikael negaba con la cabeza.

—Procura entenderme. Soy viejo y dentro de poco estaré muerto. No hay nada que desee más en el mundo que responder a la pregunta que me lleva torturando durante casi cuarenta años. No creo que lo logre nunca, pero tengo los suficientes medios como para intentarlo por última vez. ¿Por qué iba a ser absurdo que empleara una parte de mi fortuna para tal fin? Se lo debo a Harriet. Y me lo debo a mí mismo.

—Me vas a pagar millones de coronas para nada. Todo lo que tengo que hacer es firmar el contrato y luego estar un año tocándome las narices.

—No lo harás. Todo lo contrario: trabajarás más de lo que has trabajado en toda tu vida.

—¿Cómo estás tan seguro?

—Porque te voy a ofrecer algo que el dinero no es capaz de comprar, pero que tú deseas más que nada en el mundo.

—¿Y qué es?

Los ojos de Henrik Vanger se entornaron.

—Te puedo dar a Hans-Erik Wennerström. Demostraré que se trata de un estafador. Da la casualidad de que empezó su carrera profesional conmigo hace treinta y cinco años, y puedo servirte su cabeza en bandeja de plata. Resuelve el caso y convertirás tu derrota en los juzgados en el reportaje del año.

Capítulo 7

Viernes, 3 de enero

Erika dejó la taza de café sobre la mesa y le dio la espalda a Mikael. Se acercó a la ventana y se puso a contemplar las vistas sobre Gamla Stan. Estaban a 3 de enero y eran las nueve de la mañana. La nieve había desaparecido ya a causa de las lluvias caídas en Nochevieja y Año Nuevo.

—Siempre me han gustado estas vistas —dijo ella—. Sólo una casa como ésta podría hacerme abandonar Saltsjöbaden.

—Tienes las llaves. Abandona la reserva de ricos en la que vives y vente cuando quieras —replicó Mikael.

Cerró la maleta y la dejó en la entrada. Erika se dio la vuelta y se quedó mirándolo algo incrédula.

—Esto es increíble. Estamos en medio de una tremenda crisis y a ti no se te ocurre más que hacer las maletas y largarte a vivir al culo del mundo.

—Hedestad. A unas horas de tren. Y no es para siempre.

—Para mí es como si fuera Ulan Bator. ¿No te das cuenta de que va a parecer que huyes como un perro con el rabo entre las piernas?

—Bueno, en el fondo es lo que estoy haciendo. Además, este año también tengo que cumplir la sentencia.

Christer Malm estaba sentado en el sofá. Se sentía algo incómodo; desde que fundaron *Millennium* era la primera vez que veía a Erika y Mikael en tan irreconciliable desacuerdo. Siempre habían sido inseparables. Es cierto que podían enzarzarse en acaloradas discusiones, pero siempre a causa de temas muy concretos; y cuando las cosas se aclaraban, terminaban abrazándose y yéndose por ahí de juerga. O directos a la cama. Ese último otoño no había sido precisamente alegre y ahora un abismo parecía abrirse entre ellos. Christer Malm se preguntó si estaba asistiendo al principio del fin de *Millennium*.

—No tengo elección —dijo Mikael—. No tenemos elección.

Se sirvió café y se sentó a la mesa de la cocina. Erika, incrédula, movió la cabeza de un lado para otro y se sentó enfrente.

—¿Tú qué piensas, Christer? —preguntó ella.

Christer hizo un gesto con las manos sin saber qué responder. Esperaba la pregunta y temía el momento en el que se viera obligado a tomar partido. Era el tercer socio, pero todo el mundo sabía que *Millennium* estaba constituido por Mikael y Erika. Sólo le pedían su opinión cuando no se ponían de acuerdo.

—Sinceramente —contestó Christer—, los dos sabéis muy bien que mi opinión no cuenta.

Se calló. A él lo que realmente le gustaba era el diseño gráfico; le encantaba trabajar con las imágenes. Nunca se había considerado artista, pero sabía que como diseñador tenía un don divino. En cambio, se le daban fatal las intrigas y las decisiones sobre la política de la empresa.

Erika y Mikael se miraron. Ella, enfadada y con bastante frialdad. Él, pensativo.

«Esto no es ninguna pelea —pensó Christer Malm—. Es un divorcio.» Mikael rompió el silencio:

—Vale, déjame repasar los argumentos por última vez —dijo, mirando fijamente a Erika—. Esto no significa que yo abandone *Millennium*; hemos trabajado demasiado duro y no haré semejante cosa.

—Pero a partir de ahora no estarás en la redacción;

Christer y yo vamos a tener que cargar con todo. ¿No lo entiendes? El que se exilia eres tú.

—Ése es el segundo punto. Necesito un descanso, Erika. Ya no puedo más. Estoy hecho polvo. Tal vez unas vacaciones pagadas en Hedeby sean justo lo que necesito.

—Toda esa historia es absurda, Mikael. Ya puestos podrías irte a trabajar a Marte. Total…

—Ya, pero me van a pagar dos millones cuatrocientas mil coronas por pasarme allí un año con el culo pegado a una silla; y no voy a estar de brazos cruzados. Ése es el tercer punto. El primer asalto contra Wennerström ha finalizado y me ha dejado KO. El segundo asalto ya ha empezado; intentará hundir a *Millennium* para siempre porque sabe que mientras exista la revista habrá una redacción al tanto de la clase de persona que es.

—Ya lo sé. Lo he visto en los balances mensuales de los ingresos por publicidad del último semestre.

—Exacto. Por eso tengo que alejarme de la redacción. Soy una mosca cojonera para él. Le vuelvo paranoico. Mientras yo no me vaya, seguirá adelante con la campaña. Ahora hay que prepararse para el tercer asalto. Si vamos a tener la más mínima oportunidad de darle fuerte a Wennerström, debemos retirarnos y diseñar una estrategia completamente nueva. Sólo es cuestión de encontrar el arma. Ése será mi trabajo durante este año.

—Todo eso lo entiendo perfectamente —replicó Erika—. Cógete unas vacaciones. Viaja al extranjero, túmbate en una playa un mes entero. Estudia la vida amorosa de las mujeres españolas. Descansa. Vete a tu casita de Sandhamn y ponte a contemplar el mar.

—Y cuando vuelva no habrá cambiado nada. Wennerström acabará con *Millennium*. Tú lo sabes. Lo único que podría detenerlo es que encontráramos algo sobre él y que lo usáramos en su contra.

—Y crees que lo vas a encontrar en Hedestad.

—He leído los recortes de prensa. Wennerström trabajó para el Grupo Vanger desde 1969 hasta 1972. Estuvo en las oficinas centrales del Grupo como responsable de las inversiones estratégicas. Lo dejó de manera muy repentina. No podemos descartar la posibilidad de que Henrik Vanger realmente tenga algo sobre él.

—Pero si hizo algo hace treinta años, será imposible demostrarlo ahora.

—Henrik Vanger ha prometido dar la cara en una entrevista y contar todo lo que sabe. Está obsesionado con la historia de la familiar desaparecida. Al parecer, es lo único que le interesa, y si eso conlleva hundir a Wennerström, creo que es muy posible que lo haga. De todos modos, no podemos desaprovechar la oportunidad; es el primero que ha dicho que está dispuesto a hablar *on the record* sobre la mierda de Wennerström.

—Aunque volvieras con las pruebas de que fue Wennerström quien estranguló a la chica, no podríamos usarlas. No después de tanto tiempo. Nos fulminaría en el juicio.

—Ya he pensado en eso, pero *sorry*. Estudió en la Escuela Superior de Economía y no tenía ninguna relación con las empresas Vanger cuando ella desapareció.

Mikael hizo una pausa.

—Erika, no voy a dejar *Millennium*, pero es importante que parezca que sí. Tú y Christer tenéis que seguir adelante. Si podéis… si surge la oportunidad de hacer las paces con Wennerström, debéis hacerlo. Y eso sería imposible conmigo en la redacción.

—De acuerdo, nuestra situación es horrible; pero creo que, yéndote a Hedestad, te estás agarrando a un clavo ardiendo.

—¿Y se te ocurre una idea mejor?

Erika se encogió de hombros.

—Deberíamos empezar a buscar fuentes. Reconstruir la historia desde el principio. Y hacerlo bien esta vez.

—Ricky: la historia está muerta y bien muerta.

Erika, resignada, apoyó la cabeza entre las manos. Siguió hablando y, al principio, no quiso mirarle a los ojos.

—Joder, tío, me sacas de quicio. No porque la historia que escribiste fuera falsa: yo también me la creí. Y tampoco porque abandones el cargo de editor jefe; es una inteligente decisión ante una situación así. Acepto hacerlo de manera que dé la impresión de que se trata de un conflicto o de una lucha de poder entre tú y yo; entiendo la lógica si es cuestión de hacerle creer a Wennerström que yo soy la típica rubia tonta e inofensiva y que tú representas su verdadera amenaza. —Hizo una pausa y lo miró a los ojos con determinación—. Pero creo que te equivocas. Wennerström no se va a dejar engañar. Seguirá intentando hundirnos. La diferencia es que, a partir de ahora, tendré que enfrentarme a él completamente sola; sabes que te necesitamos más que nunca en la redacción. Vale, no me importa estar en pie de guerra con Wennerström; lo que me cabrea de verdad es que abandones el barco así, sin más. Nos traicionas en el peor de los momentos.

Mikael alargó la mano y le acarició el pelo.

—No estás sola. Tienes a Christer y al resto de la redacción apoyándote.

—Menos Janne Dahlman. Por cierto, creo que fue un error contratarle. Es competente, pero hace más daño que otra cosa. No me fío de él. Lleva todo el otoño encantado con lo que nos está pasando. No sé si espera asumir tu papel o si simplemente no funciona la química entre él y el resto de la redacción.

—Me temo que tienes razón —contestó Mikael.

—¿Y qué hago? ¿Lo despido?

—Erika: tú eres la redactora jefe y la principal dueña de *Millennium*. Si tienes que echarlo, adelante.

—Nunca hemos despedido a nadie, Micke. Y ahora incluso esa decisión me la dejas a mí. Ya no me hace ilusión ir a la redacción cada mañana.

De pronto, Christer Malm se puso de pie.

—Si quieres coger ese tren, hay que ir saliendo ya.

Erika empezó a protestar, pero Christer levantó una mano.

—Espera, Erika; me has preguntado mi opinión. Creo que la situación es una mierda. Pero si es como dice Mikael, si se siente quemado, entonces la verdad es que, por su propio bien, tiene que irse. Se lo debemos.

Tanto Mikael como Erika observaron con estupor a Christer, quien, avergonzado, miraba de reojo a Mikael.

—Los dos sabéis que *Millennium* sois vosotros. Yo soy socio y siempre os habéis portado muy bien conmigo. Me encanta la revista y todo eso, pero podríais sustituirme, sin más, por cualquier otro diseñador artístico. Queríais mi opinión, ¿no? Ya la tenéis. En cuanto a Janne Dahlman, estoy de acuerdo. Y si necesitas despedirlo, Erika, yo lo haré. Basta con tener una razón legítima. —Hizo una pausa antes de continuar—. Estoy de acuerdo contigo; no es el mejor momento para que Mikael se vaya, pero no creo que tengamos elección —sentenció, y acto seguido se dirigió a Mikael—. Te llevo a la estación. Erika y yo defenderemos nuestras posiciones hasta que vuelvas.

Mikael asintió lentamente con la cabeza.

—Lo que temo es que no vuelva —dijo Erika Berger en voz baja.

La llamada de Dragan Armanskij despertó a Lisbeth Salander a la una y media del mediodía.

—¿*Eeepasa*? —preguntó medio dormida. La boca le sabía a alquitrán.

—Mikael Blomkvist. Acabo de hablar con nuestro cliente, el abogado Frode.

—¿Y?

—Ha llamado y ha dicho que abandonemos la investigación sobre Wennerström.

—¿Abandonarla? Pero si ya he empezado…

—Bueno, pero Frode ya no tiene interés.

—¿Así, sin más?

—Es él quien decide. Si no quiere continuar, es que no quiere.

—Habíamos hablado de una remuneración.

—¿Cuánto tiempo le has dedicado al tema?

Lisbeth Salander se quedó pensando.

—Más de tres días enteros.

—Acordamos un máximo de cuarenta mil coronas. Le enviaré una factura de diez mil y te daré la mitad, lo cual me parece aceptable por habernos hecho perder el tiempo durante tres días. Que las pague por haberlo encargado.

—¿Y qué hago con el material que he sacado?

—¿Tienes algún bombazo?

Lo meditó un instante.

—No.

—Frode no ha pedido ningún informe. Guárdalo durante algún tiempo, por si nos lo pide. Si no, tíralo. Tengo otro trabajo para ti, para la semana que viene.

Tras colgar Armanskij, Lisbeth Salander se quedó un rato con el teléfono en la mano. Luego se acercó al salón, a su rincón de trabajo, y echó un vistazo a las notas puestas en la pared y a la pila de folios de la mesa. La información que había podido reunir estaba compuesta, fundamentalmente, por recortes de prensa y textos bajados de Internet. Cogió los folios y los metió en un cajón.

Arqueó las cejas. El raro comportamiento de Mikael Blomkvist en la sala del juzgado le había parecido un interesante desafío; y a Lisbeth Salander no le gustaba dejar a medias nada que ya hubiera empezado. «Todo el mundo tiene secretos. Sólo es cuestión de averiguar cuáles.»

SEGUNDA PARTE

Análisis de consecuencias

Del 3 de enero al 17 de marzo

En Suecia el cuarenta y seis por ciento
de las mujeres han sufrido violencia
por parte de algún hombre.

Capítulo 8

Viernes, 3 de enero –
Domingo, 5 de enero

Cuando Mikael Blomkvist se apeó del tren en Hedestad por segunda vez, el cielo tenía un tono azul pastel y el aire era gélido. El termómetro de la fachada principal de la estación marcaba 18 grados bajo cero. Al igual que en la última ocasión, calzaba unos zapatos de suela fina, muy poco apropiados. Sin embargo, a diferencia de lo que había ocurrido entonces, no había ningún abogado Frode esperándolo con un coche de cálido interior. Mikael había anunciado su llegada, pero no dijo en qué tren exactamente. Suponía que habría algún autobús para Hedeby, pero no tenía ganas de cargar con dos pesadas maletas y una bandolera mientras lo buscaba. En su lugar, cruzó la plaza hasta la parada de taxis.

Entre Navidad y Año Nuevo había estado nevando copiosamente a lo largo de toda la costa de Norrland y, a juzgar por los bordes de las calles y los montones de nieve acumulada, las máquinas quitanieves ya llevaban algún tiempo trabajando sin cesar. El taxista que, según la licencia del parabrisas, se llamaba Hussein, movió la cabeza de un lado a otro cuando Mikael le preguntó si el tiempo había sido muy malo. Con un acento de Norrland muy pronunciado, le contó que habían sufrido la peor tormenta de nieve de las últimas décadas, y que se arrepentía amargamente de no haber cogido vacaciones para pasar la Navidad en Grecia.

Mikael le indicó al taxista el camino hasta el patio de la casa de Henrik Vanger, del que acababan de quitar la nieve. Dejó sus maletas junto al porche y vio cómo el coche desaparecía de regreso a Hedestad. De repente se sintió solo y confuso. Quizá Erika tuviera razón al insistir en que toda esa historia era una locura.

Oyó la puerta abrirse a sus espaldas y se dio media vuelta. Henrik Vanger iba bien abrigado con un grueso abrigo de cuero, unas buenas botas y una gorra con orejeras. Mikael llevaba vaqueros y una fina cazadora de piel.

—Si vas a vivir aquí, tendrás que aprender a vestirte mejor durante esta época del año.

Se estrecharon las manos.

—¿Seguro que no quieres alojarte en la casa principal? ¿No? Bueno, entonces empezaremos por instalarte en tu nueva vivienda.

Mikael asintió. Una de sus exigencias había sido disponer de una vivienda donde él mismo pudiera encargarse de las tareas domésticas y entrar y salir cuando quisiera. Henrik Vanger llevó a Mikael camino abajo en dirección al puente. Luego cruzaron una verja y entraron en el patio delantero de una pequeña casa de madera situada casi al pie del puente. Acababan de quitar la nieve. La casa no estaba cerrada con llave y el viejo le abrió la puerta a Mikael. Entraron en un pequeño recibidor donde Mikael, suspirando de alivio, dejó las maletas.

—Esto es lo que nosotros llamamos la casita de invitados; aquí solemos alojar a la gente que se queda más tiempo. Fue aquí donde vivisteis tú y tus padres en 1963. De hecho, se trata de una de las casas más antiguas del pueblo, aunque está modernizada. Esta misma mañana le pedí a Gunnar Nilsson, que me ayuda con los trabajos de la finca, que pusiera la calefacción.

La casa se componía de una gran cocina y dos pequeñas habitaciones; en total, unos cincuenta metros cuadrados. La cocina ocupaba la mitad de la superficie y tenía una encimera eléctrica, una pequeña nevera y agua corriente. Junto a la pared del recibidor también había una vieja cocina de hierro con un buen fuego que llevaba ardiendo todo el día.

—No hace falta que la enciendas si no hace mucho frío. El cajón de leña está en el recibidor, pero encontrarás más en el cobertizo que hay detrás de la casa. Aquí no ha vivido nadie desde el otoño; la hemos encendido esta misma mañana para calentar la casa. Con los radiadores eléctricos tendrás bastante durante el día. Pero ten cuidado: no los cubras con ropa; podrías provocar un incendio.

Mikael asintió y miró a su alrededor. Había ventanas en tres de las paredes; desde la mesa tenía vistas al puente, situado a unos treinta metros. El mobiliario consistía en unos grandes armarios, unas sillas, un viejo arquibanco de cocina y una estantería con una pila de revistas. En lo alto del montón se veía un número de *Se* que databa de 1967. En un rincón había otra mesa más pequeña que podría usar para trabajar.

La puerta de entrada a la cocina estaba a un lado de la cocina de hierro. En el otro lado, había dos puertas estrechas que daban a las dos habitaciones. La de la derecha, más cercana a la pared exterior, era más bien un pequeño trastero habilitado y amueblado con una pequeña mesa de trabajo, una silla y una estantería que cubría la pared más larga. Servía como estudio. La otra estancia, entre ese cuarto de trabajo y el recibidor, era un dormitorio bastante pequeño. El mobiliario lo componían una estrecha cama de matrimonio, una mesilla y un armario. En las paredes colgaban unos cuadros con motivos paisajísticos. Los muebles y el papel de las paredes eran viejos y habían perdido su color, pero todo olía bien, a limpio. Alguien le había dado un repaso al suelo con una buena dosis de jabón. En el dormitorio también había una puerta lateral que daba al recibidor, donde otro viejo trastero había sido convertido en cuarto de baño con una pequeña ducha.

—Tal vez tengas problemas con el agua —dijo Henrik Vanger—. Esta misma mañana hemos comprobado que las tuberías van bien, pero como están casi a ras de suelo es posible que se congelen si sigue haciendo tanto frío durante mucho más tiempo. Hay un cubo en la entrada; si te hace falta, puedes subir a mi casa a por agua.

—Necesitaré un teléfono —dijo Mikael.

—Ya lo he pedido. Vendrán a instalártelo pasado mañana. Bueno, ¿qué te parece? Si cambias de opinión, puedes trasladarte a la casa grande en el momento que quieras.

—Todo es estupendo —contestó Mikael, lejos de convencerse, no obstante, de que la situación en la que se había metido fuera muy sensata.

—Me alegro. Nos queda más o menos una hora de luz antes de que anochezca. ¿Damos una vuelta para que te vayas familiarizando con el pueblo? Te recomiendo que te pongas unas botas y unos calcetines gordos. Los encontrarás en el armario del recibidor.

Mikael hizo lo que Henrik le acababa de decir y decidió que mañana mismo iría a comprarse unos calzoncillos largos y unas buenas botas de invierno.

El viejo empezó el paseo explicando que el vecino del otro lado del camino era Gunnar Nilsson, el ayudante que Henrik Vanger insistía en llamar bracero, pero Mikael no tardó en comprender que se trataba más bien de la persona que se ocupaba del mantenimiento de todas las casas de la isla de Hedeby y que, además, era el administrador de varios inmuebles de la ciudad de Hedestad.

—Es hijo de Magnus Nilsson, que fue mi bracero en los años sesenta y uno de los hombres que ayudó el día del accidente del puente. Magnus vive todavía, pero ya se ha jubilado y ahora reside en Hedestad. Gunnar vive en esta casa con su mujer, Helen. Los niños ya se han ido. —Henrik Vanger hizo una pausa y meditó un rato antes de volver a tomar la palabra—. Mikael, la versión oficial es que tú estás aquí porque me vas a ayudar a redactar mi autobiografía. Eso te dará un pretexto para husmear por todos los rincones y para hacerle preguntas a la gente. La verdadera naturaleza de tu misión es algo que queda entre tú, yo y Dirch Frode. Somos los únicos que la conocemos.

—De acuerdo. Aunque, insisto, es una pérdida de tiempo. No voy a ser capaz de resolver el misterio.

—Todo lo que te pido es que lo intentes. Pero debemos tener cuidado con lo que decimos cuando no estemos solos.

—Vale.

—Gunnar cuenta ahora con cincuenta y seis años y, por lo tanto, tenía diecinueve cuando desapareció Harriet. Hay una cosa que nunca me ha quedado clara: Harriet y Gunnar eran buenos amigos y creo que hubo una especie de romance juvenil entre los dos; él, por lo menos, se interesaba mucho por ella. Sin embargo, el día en el que Harriet desapareció estaba en Hedestad y fue uno de los que se quedaron aislados en la parte continental cuando se bloqueó el puente. Debido a su relación, naturalmente, Gunnar fue investigado con especial meticulosidad. Le resultó bastante desagradable, pero la policía investigó su coartada y ésta pudo comprobarse. Pasó todo el día con unos amigos y no volvió aquí hasta muy tarde.

—Supongo que tienes una lista detallada de los que se encontraban en la isla aquel día y de sus actividades.

—Por supuesto. ¿Seguimos?

Se detuvieron en el cruce de caminos de la colina, delante de la Casa Vanger; Henrik señaló con el dedo el viejo puerto pesquero.

—Toda la isla pertenece a la familia Vanger; bueno,

para ser más exactos, a mí. La excepción la componen la granja de Östergården y unas pocas casas que hay aquí en el pueblo. Las viejas casetas de los pescadores del antiguo puerto pesquero ya se han vendido, pero se usan como residencias veraniegas y, por lo general, están deshabitadas en invierno; excepto la del final. ¿Ves aquella casa de la que sale humo por la chimenea?

Mikael asintió. El frío ya le había calado hasta los huesos.

—Una casucha con unas terribles corrientes de aire; allí vive Eugen Norman todo el año. Tiene setenta y siete años y dice que es pintor. A mí me parece más bien arte de mercadillo, aunque se le conoce bastante como paisajista. Viene a ser el típico bohemio que hay en cualquier pueblo.

Henrik Vanger condujo a Mikael por el camino que iba hasta la punta de la isla, señalándole casa tras casa. El pueblo lo conformaban seis casas en el lado oeste del camino y cuatro en el este. La primera, la más cercana a la casa de Mikael y a la Casa Vanger, pertenecía a Harald, el hermano de Henrik. Se trataba de una construcción cuadrada de piedra, de dos plantas. A primera vista parecía abandonada; las cortinas estaban corridas y el camino hasta la puerta se encontraba cubierto por medio metro de nieve. Al echar una segunda ojeada, unas huellas revelaron que alguien se había abierto camino entre la nieve.

—Harald es un solitario. Nunca nos hemos llevado bien. Aparte de las peleas sobre la empresa, de la que él también es socio, apenas hemos hablado en más de sesenta años. Es mayor que yo; tiene noventa y dos años y es el único de mis cinco hermanos que sigue vivo. Estudió medicina y trabajó principalmente en Uppsala; luego te contaré los detalles... Regresó cuando cumplió setenta años.

—Sí, ya sé que no os caéis bien. Y, aun así, sois vecinos.

—Me resulta repugnante y habría preferido que se

quedara en Uppsala, pero es el propietario de la casa. Te pareceré malvado, ¿verdad?

—Me pareces alguien a quien no le gusta su hermano.

—Dediqué los primeros veinticinco o treinta años de mi vida a disculpar y perdonar a gente como Harald porque éramos familia. Luego descubrí que el parentesco no es una garantía de amor y que me faltaban razones para defender a Harald.

La siguiente casa pertenecía a Isabella, la madre de Harriet Vanger.

—Cumplirá setenta y cinco este año y sigue igual de elegante y vanidosa que siempre. Además, es la única del pueblo que habla con Harald y que, de vez en cuando, le hace una visita. Pero no tienen mucho en común.

—¿Cómo era la relación con su hija?

—Bien pensado. Incluso las mujeres deben formar parte del círculo de sospechosos. Ya te he contado que muchas veces abandonaba a sus hijos a su suerte. No lo sé; creo que tenía buenas intenciones pero que, simplemente, no era capaz de asumir responsabilidades. No estaban muy unidas, aunque tampoco eran enemigas. Isabella puede resultar algo dura, pero a veces parece no hallarse del todo en sus cabales. Ya entenderás lo que te quiero decir cuando la conozcas.

La vecina de Isabella era una tal Cecilia Vanger, hija de Harald.

—Antes estaba casada y vivía en Hedestad, pero se separó hace más de veinte años. Soy el propietario de la casa y la invité a instalarse ahí. Cecilia es profesora y en muchos sentidos es justamente lo opuesto a su padre. Debo añadir que tampoco ellos se hablan más de lo necesario.

—¿Y qué edad tiene?

—Nació en 1946, así que tenía veinte años cuando Harriet desapareció. Y sí, formaba parte de los invitados a la isla aquel día. —Henrik Vanger reflexionó un instante—. Cecilia puede dar la impresión de ser bastante voluble, pero, en realidad, es aguda como pocos. No la subestimes. Si hay alguien que puede darse cuenta de tu verdadera misión, es ella. Uno de los familiares que más aprecio.

—Entonces ¿no sospechas de ella?

—No he dicho eso. Quiero que lo cuestiones todo sin ningún tipo de prejuicios, independientemente de lo que yo pueda pensar o creer.

La casa aledaña a la de Cecilia pertenecía a Henrik Vanger, pero se la había alquilado a una pareja mayor que en su día trabajó en la dirección del Grupo Vanger. Se mudaron a la isla de Hedeby en los años ochenta; por lo tanto, no tenían nada que ver con la desaparición de Harriet. La siguiente casa era propiedad de Birger Vanger, hermano de Cecilia Vanger. Hacía varios años que permanecía vacía, desde que Birger Vanger se instalara en un moderno chalé de la ciudad de Hedestad.

Casi todas las construcciones situadas a lo largo del camino eran sólidas casas de piedra de principios del siglo pasado. La última casa se diferenciaba de las demás por su diseño arquitectónico: un moderno chalé de ladrillo blanco y oscuros marcos en las ventanas. Se hallaba en un sitio privilegiado; Mikael suponía que las vistas desde la planta de arriba debían de ser espectaculares: daba al mar por el este y a Hedestad por el norte.

—Aquí vive Martin Vanger, el hermano de Harriet y director ejecutivo del Grupo Vanger. En este solar se ubicaba antes la casa rectoral, pero fue parcialmente destruida por un incendio en los años setenta; Martin hizo construir el chalé en 1978, cuando asumió el cargo de director.

Al fondo, en la parte este del camino, vivían Gerda Vanger —la viuda de Greger, otro hermano de Henrik— y su hijo, Alexander Vanger.

—Gerda está enferma: sufre de reumatismo. Alexander es socio minoritario del Grupo Vanger, pero dirige sus propios negocios, entre los que se cuentan algunos restaurantes. Suele pasar varios meses al año en Barbados, en las Antillas Holandesas, donde ha invertido dinero en el sector del Turismo.

Entre la casa de Gerda y la de Henrik Vanger había un solar con dos pequeños edificios que estaban vacíos y que se usaban como casas de invitados para alojar a los distintos miembros de la familia cuando venían de visita. Al otro lado de la Casa Vanger había otra casa, vendida a un empleado retirado. Vivía allí con su mujer, pero ahora no había nadie porque la pareja pasaba todo el invierno en España.

Volvieron a salir al cruce, lo cual ponía fin al paseo. Ya estaba anocheciendo. Mikael tomó la iniciativa y dijo:

—Henrik, no puedo más que repetir que todo esto no dará resultado, pero haré el trabajo para el que me has contratado: voy a escribir tu autobiografía y accederé a tus deseos leyendo todo el material sobre Harriet Vanger tan crítica y meticulosamente como sea capaz. Sólo quiero que quede claro que no soy un detective privado, para que no albergues falsas esperanzas.

—No espero nada. Sólo quiero realizar un último intento de encontrar la verdad.

—Bien.

—Soy un ave nocturna —dijo Henrik Vanger—. Estaré a tu disposición desde la hora de comer en adelante. Voy a preparar un estudio aquí arriba que podrás utilizar cada vez que lo desees.

—No, gracias. Ya tengo un cuarto para trabajar en mi casita.

—Como quieras.

—Cuando necesite hablar contigo, nos veremos en tu estudio, pero no voy a empezar esta misma noche a avasallarte con preguntas.

—De acuerdo.

El viejo le resultó sospechosamente discreto.

—Me llevará un par de semanas estudiar todo el material. Trabajaremos en dos frentes. Nos veremos un par de horas al día para conversar y reunir material sobre tu biografía. Cuando tenga que hacerte preguntas sobre Harriet, te avisaré.

—Me parece muy sensato.

—Voy a trabajar muy libremente, sin horario fijo.

—Organízate como más te convenga.

—No te olvides de que tengo que ir a la cárcel un par de meses. No sé cuándo, pero no voy a recurrir la sentencia. Lo más seguro es que sea este año.

Henrik Vanger arqueó las cejas.

—Eso es una contrariedad. Pero ya lo resolveremos cuando llegue el momento. Puedes pedir una prórroga.

—Si las cosas van bien y tengo suficiente material, podré trabajar en el libro sobre tu familia desde la cárcel; ya hablaremos de ello si se diera el caso. Una cosa más: sigo siendo copropietario de *Millennium*, una revista en crisis, de momento. Si ocurre algo que requiera mi presencia en Estocolmo, no tendré más remedio que dejar todo esto e ir hasta allí.

—No te he contratado para que seas mi esclavo. Quiero que seas consecuente y constante con el trabajo que te he dado, pero, por supuesto, ponte tú mismo los horarios y organízate como más te convenga. Si necesitas coger unos días libres, hazlo; pero si descubro que pasas del trabajo, daré por hecho que has incumplido el contrato.

Mikael asintió. Henrik Vanger miró hacia el puente. El viejo estaba flaco y de repente a Mikael le pareció un pobre espantapájaros.

—En cuanto a *Millennium*, deberíamos reunirnos para tratar la naturaleza de esa crisis; si yo pudiera ayudar de alguna manera...

—La mejor ayuda sería servirme hoy mismo la cabeza de Wennerström en una bandeja.

—No, no. Eso no lo voy a hacer. —El viejo le lanzó

una incisiva mirada a Mikael——. La única razón por la que has aceptado este trabajo es porque yo te he prometido desenmascarar a Wennerström. Si lo hiciera ahora, podrías abandonar tu trabajo en cuanto te diera la gana. Esa información te la proporcionaré dentro de un año.

—Henrik, perdóname por lo que te voy a decir, pero ni siquiera puedo estar seguro de que sigas vivo dentro de un año.

Henrik Vanger suspiró mirando pensativo hacia el puerto pesquero.

—Tienes razón. Se lo comentaré a Dirch Frode, a ver si se nos ocurre algo. Pero en cuanto a *Millennium,* quizá yo pueda ayudar de otra manera. Si lo he entendido bien, son los anunciantes los que se retiran.

Mikael asintió lentamente con la cabeza.

—Los anunciantes constituyen el problema más inmediato, pero la crisis es más profunda. Una cuestión de credibilidad. No importa cuántos anunciantes haya si nadie quiere comprar la revista.

—Lo entiendo. Pero, aunque no participe activamente, sigo siendo miembro de la junta directiva de un grupo empresarial bastante importante. Nosotros también tenemos que anunciarnos en algún sitio. Ya hablaremos del asunto. ¿Quieres quedarte a cenar…?

—No. Quiero organizarme un poco, ir al supermercado y dar una vuelta por ahí. Mañana iré a Hedestad a comprar ropa de invierno.

—Buena idea.

—Me gustaría que trasladaras el archivo de Harriet a mi casa.

—Debe ser manejado…

—Con gran cuidado; ya lo sé.

Mikael regresó a su casa y, nada más entrar, comenzaron a castañetearle los dientes. Miró el termómetro exterior de la ventana. Marcaba 15 grados bajo cero; no recordaba haber tenido nunca tanto frío metido en el cuerpo como después del paseo que acababa de dar, de apenas veinte minutos.

Dedicó la siguiente hora a instalarse en la que iba a ser su nueva casa durante ese año. Sacó la ropa de la maleta y la puso en el ropero del dormitorio. Colocó los útiles de aseo en el armario del cuarto de baño. La otra maleta era muy grande y tenía ruedas. De ella sacó libros, cedés, un reproductor de discos compactos, cuadernos, una pequeña grabadora Sanyo, un escáner Microtek, una impresora portátil de inyección de tinta, una cámara digital Minolta y otros objetos que consideraba imprescindibles para su año de exilio.

Colocó los libros y los cedés en la librería del estudio, al lado de dos carpetas que contenían documentos de su investigación sobre Hans-Erik Wennerström. El material carecía de valor, pero no podía deshacerse de él. Aquellas dos carpetas tenían que convertirse de alguna manera en la base sobre la que edificar su nueva carrera profesional.

Por último, abrió la bandolera y colocó su iBook en la mesa del cuarto de trabajo. Luego se detuvo y miró a su alrededor con cara de tonto. *The benefits of living in the countryside*. De repente, se dio cuenta de que no tenía dónde conectar el cable de banda ancha. Ni siquiera había una toma telefónica para un viejo módem.

Mikael volvió a la cocina y, desde su móvil, llamó a Telia, la compañía telefónica. Tras no pocos inconvenientes consiguió que alguien buscara la solicitud que había hecho Henrik Vanger. Preguntó si la línea tenía capacidad para ADSL y le contestaron que sería posible a través de un relé instalado en Hedeby, pero que les llevaría unos días.

Eran más de las cuatro de la tarde cuando Mikael terminó de ordenarlo todo. Volvió a ponerse los calcetines de lana y las botas, y se abrigó con un jersey más. Ya en la puerta, se detuvo; no le habían dado las llaves de la casa, y sus instintos urbanos se rebelaban contra el principio de dejar la puerta sin cerrar. Volvió a la cocina y abrió los cajones. Al final encontró la llave colgando de un clavo de la despensa.

El termómetro había bajado a 17 grados bajo cero. Mikael cruzó el puente apresuradamente y subió la cuesta, pasando por delante de la iglesia. Tenía el supermercado Konsum muy a mano, apenas a unos trescientos metros. Llenó dos bolsas hasta arriba de productos básicos, que cargó hasta la casa antes de cruzar el puente de nuevo. Esta vez entró en el Café de Susanne. Tras el mostrador había una mujer de unos cincuenta años. Le preguntó si era Susanne y se presentó diciendo que seguramente se convertiría en un cliente habitual. En ese momento no había nadie más, y Susanne lo invitó a café cuando pidió un sándwich y compró pan y unos bollos para llevar. Cogió del revistero el periódico local —*Hedestads-Kuriren*— y se sentó a una mesa con vistas al puente y a la iglesia, cuya fachada estaba iluminada. En medio de esa oscuridad parecía una postal de Navidad. Tardó alrededor de cuatro minutos en leer el periódico. La única noticia de interés era un breve texto sobre un político municipal llamado Birger Vanger (de los liberales) que quería apostar por el IT TechCent, un centro de alta tecnología de Hedestad. Se quedó media hora en el café hasta que Susanne cerró, a las seis.

A las siete y media de la tarde, Mikael llamó a Erika, pero el abonado no estaba disponible. Se sentó en el arquibanco de la cocina e intentó leer una novela que, según el texto de la contracubierta, constituía el sensacional debut de una feminista adolescente. La novela trataba de los intentos de la autora por poner orden en su vida sexual durante un viaje a París, y Mikael se preguntaba si a él lo llamarían feminista en el caso de que escribiera una novela sobre su vida sexual en estilo estudiantil. Probablemente no. Había comprado el libro sobre todo porque la editorial alababa a la escritora y la bautizaba como «la nueva Carina Rydberg». Tardó poco en constatar que no era cierto, ni estilísticamente ni en cuanto al contenido. Al cabo de un rato dejó la novela y, en su lugar, se puso a leer un relato del vaquero Hopalong Cassidy publicado en la revista *Rekordmagasinet* de los años cincuenta.

Cada media hora se oía el tañido breve y apagado del campanario de la iglesia. Las ventanas de la casa de Gunnar Nilsson, al otro lado del camino, estaban iluminadas pero no se veía a nadie. En la casa de Harald Vanger reinaba la oscuridad. Sobre las nueve, un coche cruzó el puente y desapareció con dirección a la punta de la isla. A medianoche la iluminación de la fachada de la iglesia se apagó. Ésa era, al parecer, toda la vida nocturna existente en Hedeby un viernes por la noche del mes de enero. Un silencio sepulcral.

Intentó llamar de nuevo a Erika y saltó el contestador, que le pidió que dejara un mensaje. Lo hizo. Acto seguido, apagó las luces y se acostó. Antes de conciliar el sueño, pensó que el riesgo que corría en Hedeby de volverse completamente loco era alto e inminente.

Le produjo una extraña sensación despertarse en completo silencio. En sólo una fracción de segundo, Mikael pasó de un profundo sueño a estar completamente despierto; luego se quedó un rato quieto escuchando. Hacía frío en el dormitorio. Giró la cabeza y miró el reloj que había dejado en un taburete al lado de la cama. Eran las siete y ocho minutos de la mañana; nunca había sido muy madrugador y normalmente le costaba despertarse sin, por lo menos, dos despertadores. Ahora lo había hecho sin ninguna ayuda y, además, se sentía descansado.

Puso a hervir agua para preparar el café antes de meterse bajo la ducha, donde de repente experimentó la placentera sensación de contemplarse a sí mismo: *Kalle Blomkvist, explorador de tierras vírgenes.*

Al menor roce con el grifo de la ducha el agua pasó de arder a estar helada. Ya en la cocina, echó en falta el periódico del desayuno. La mantequilla estaba congelada. No había ningún cortaquesos en el cajón. Fuera, seguía tan oscuro como boca de lobo y el termómetro marcaba 21 grados bajo cero. Era sábado.

La parada del autobús para Hedestad estaba enfrente del supermercado Konsum y Mikael inició su particular exilio cumpliendo su plan de ir de compras. Se bajó del autobús delante de la estación de ferrocarril y dio una vuelta por el centro. Compró unas robustas botas de invierno, dos pares de calzoncillos largos, unas gruesas camisas de franela, un buen tres cuartos de invierno, un gorro y unos guantes forrados por dentro. En Teknikmagasinet encontró un pequeño televisor portátil con antena de cuernos. El vendedor le aseguró que en Hedeby iba a poder sintonizar, por lo menos, la televisión nacional; Mikael prometió regresar para que le devolvieran el dinero si no lo conseguía.

Pasó por la biblioteca, se hizo el carné de socio y sacó dos novelas de misterio de Elizabeth George. En una papelería adquirió bolígrafos y cuadernos. También se hizo con una bolsa de deporte para meter sus nuevas adquisiciones.

Por último, se compró un paquete de tabaco; había dejado de fumar hacía diez años, pero de vez en cuando tenía recaídas y experimentaba un repentino deseo de ni cotina. Sin abrirla, se metió la cajetilla en el bolsillo de la cazadora. La última visita fue a una óptica, donde encargó unas lentillas nuevas y adquirió una solución limpiadora.

A eso de las dos ya había vuelto a Hedeby; estaba quitándole las etiquetas del precio a la ropa cuando se abrió la puerta. Una mujer rubia de unos cincuenta años llamó al marco de la puerta de la cocina al mismo tiempo que cruzaba el umbral. Traía un bizcocho en un plato.

—Hola, sólo quería darte la bienvenida. Me llamo Helen Nilsson y vivo justo enfrente, así que somos vecinos.

Mikael le estrechó la mano y se presentó.

—Ya sé quién eres; te he visto en la tele. Me alegro de ver luces encendidas en esta casita por las noches.

Mikael se puso a preparar café para los dos; ella intentó excusarse, pero, aun así, se sentó a la mesa de la cocina. Miró por la ventana de reojo.

—Aquí viene Henrik con mi marido. Por lo visto te hacían falta unas cajas.

Henrik Vanger y Gunnar Nilsson se detuvieron fuera con un carrito; Mikael se apresuró a salir para saludar y ayudarles con las cuatro cajas de cartón. Las dejaron en el suelo, junto a la cocina de hierro. Mikael puso las tazas de café sobre la mesa y cortó el bizcocho de Helen.

Gunnar y Helen le resultaron simpáticos. No daban la impresión de tener mucha curiosidad por saber por qué Mikael se encontraba en Hedestad; el hecho de que trabajara para Henrik Vanger parecía ser suficiente explicación. Mikael observaba la relación entre los Nilsson y Henrik Vanger y constató que no era nada afectada y que estaba exenta de la clásica subordinación entre el señor y el personal de servicio. Charlaron sobre el pueblo y sobre quién había construido la casita en la que se alojaba Mikael. El matrimonio Nilsson corregía a Vanger cuando la memoria le fallaba; y éste, por su parte, contó una divertida anécdota: una noche Gunnar Nilsson descubrió al tonto del pueblo del otro lado del puente intentando entrar por la ventana de la casita. Nilsson se había acercado para preguntarle al torpe ladrón por qué no entraba por la puerta, que no estaba cerrada con llave.

Gunnar Nilsson examinó con cierto escepticismo el pequeño televisor, e invitó a Mikael a ir a su casa por las noches si quería ver algún programa de la tele. Tenían antena parabólica.

Henrik Vanger permaneció un rato más en la casa después de que el matrimonio Nilsson se marchara. El viejo le dijo que le parecía mejor que el propio Mikael ordenara el archivo y que subiera a verle si le surgía alguna duda. Mikael le dio las gracias y aseguró que no habría ningún problema.

Cuando Mikael se quedó solo, llevó las cajas al estudio y se puso a revisar el contenido.

La investigación privada de Henrik Vanger sobre la desaparición de la nieta de su hermano se había prolongado durante treinta y seis años. A Mikael le costaba decidir si ese interés se debía a una obsesión enfermiza o si a lo largo de los años se había convertido en un juego intelectual. Resultaba completamente obvio, sin embargo, que el viejo patriarca había acometido el trabajo con la mentalidad sistemática de un arqueólogo aficionado: el material ocupaba casi siete metros de librería.

El grueso lo componían las veintiséis carpetas que conformaban la investigación policial sobre la desaparición de Harriet Vanger. A Mikael le parecía difícil que cualquier otra desaparición más «normal» diese un material tan abundante. Claro que, por otra parte, sin duda Henrik Vanger había ejercido la influencia necesaria para que la policía de Hedestad no dejara de seguir todas las pistas, tanto las buenas como las menos prometedoras.

Además de la investigación de la policía, había cuadernos con recortes, álbumes de fotos, planos, recuerdos, artículos periodísticos sobre Hedestad y sobre las empresas Vanger, el diario de Harriet Vanger (que, sin embargo, no contenía muchas páginas), libros de texto del colegio, certificados médicos y otras cosas. Allí también había no menos de dieciséis volúmenes encuadernados, de cien páginas cada uno, que podían considerarse el cuaderno de bitácora de las investigaciones de Henrik Vanger. En esos cuadernos el patriarca había escrito, con letra pulcra, sus propias reflexiones, ideas, pistas falsas y otras observaciones. Mikael los hojeó un poco aleatoriamente. Tenían cierto estilo literario y a Mikael le dio la impresión de que los volúmenes contenían textos pasados a limpio desde decenas de cuadernos más antiguos. Para terminar, encontró diez o doce carpetas con material sobre distintas personas de la familia Vanger; las páginas estaban mecanografiadas y, al parecer, habían sido escritas durante un largo período de tiempo.

Henrik Vanger había investigado a su propia familia.

Hacia las siete, Mikael escuchó un claro maullido y abrió la puerta. Una gata parda rojiza entró como un rayo al calor del hogar.

—Te entiendo perfectamente —dijo Mikael.

La gata dio una rápida vuelta olisqueando toda la casa. Mikael cogió un plato y le puso un poco de leche, que la invitada se tomó a lengüetazos. Luego, el felino se subió de un salto al arquibanco de la cocina y se enroscó. No parecía tener intención de moverse de allí.

Eran más de las diez de la noche cuando, finalmente, Mikael pudo hacerse una idea general de todo el material y lo colocó sobre los estantes en un orden lógico. Fue a la cocina y se preparó café y dos sándwiches. A la gata le ofreció un poco de embutido y de paté. A pesar de no haber comido bien en todo el día, se sentía extrañamente inapetente. Cuando se terminó el café y los sándwiches, sacó la cajetilla de tabaco del bolsillo de la cazadora y la abrió.

Escuchó los mensajes de su móvil; Erika no había dado señales de vida, así que intentó llamarla. Lo único que consiguió, de nuevo, fue escuchar el contestador.

Una de las primeras medidas que Mikael tomó en su investigación privada fue escanear el mapa de la isla de Hedeby que le dejó Henrik Vanger. Todavía tenía frescos en la memoria todos los nombres que Henrik le había ido mencionando durante el paseo, así que apuntó quién vivía en cada casa. La galería de personajes del clan Vanger era tan amplia que le llevaría algún tiempo aprenderse quién era cada uno.

Poco antes de medianoche, Mikael se abrigó bien, se puso las botas que acababa de comprar y dio un paseo cruzando el puente. Giró y tomó el camino que discurría paralelamente a la costa, por debajo de la iglesia. En el estrecho y el viejo puerto se había formado una capa de hielo, pero algo más allá divisó una franja de agua algo más oscura. Mientras permanecía allí, la iluminación de la fachada de la iglesia se apagó y la oscuridad le envolvió. Hacía frío y la noche estaba estrellada.

De repente, le invadió un profundo desánimo. Por mucho que lo intentara, no entendía por qué había dejado que Henrik Vanger lo persuadiera para aceptar esa absurda misión. Erika tenía toda la razón del mundo; era una absoluta pérdida de tiempo. Debería estar en Estocolmo —por ejemplo, en la cama, con Erika— preparando la guerra contra Hans-Erik Wennerström. Pero también respecto a eso se sentía apático; ni siquiera tenía la más mínima idea de cómo empezar a preparar una estrategia de contraataque.

Si en ese momento hubiese sido de día, habría ido a hablar con Henrik Vanger para romper el contrato y marcharse a su casa. Pero, desde la colina de la iglesia, pudo constatar que la Casa Vanger estaba ya a oscuras y en silencio. Desde allí se veían todas las edificaciones de la parte insular del pueblo. La casa de Harald Vanger también permanecía a oscuras, pero había luz en la de Cecilia Vanger y en la que estaba alquilada, al igual que en el chalé de Martin Vanger, ya hacia el final de la punta. En el puerto deportivo había luz en casa de Eugen Norman, el pintor de la casucha con corrientes de aire cuya chimenea también lanzaba su buen penacho de chispas y humo. La planta superior del café también estaba iluminada y Mikael se preguntó si Susanne viviría allí y, en ese caso, si se encontraría sola.

Mikael durmió hasta bien entrada la mañana del domingo y se despertó, presa del pánico, cuando un enorme estruendo invadió toda la casa. Le llevó un segundo orientarse y darse cuenta de que no eran más que las campanas de la iglesia llamando a misa y que, por tanto, faltaba poco para las once. Se sentía desanimado y se quedó un rato más en la cama. Al escuchar los exigentes maullidos de la gata, se levantó y le abrió la puerta para dejarla salir.

A las doce ya estaba duchado y había desayunado. Decidido, entró en el estudio y cogió la primera carpeta de la investigación policial. Luego dudó. Desde la ventana lateral vio el letrero del Café de Susanne; metió la carpeta en su bandolera y se abrigó bien. Al llegar al café descubrió que estaba hasta arriba de clientes; por fin encontró la respuesta a la pregunta que él llevaba tiempo haciéndose: ¿cómo podía sobrevivir un café en un pueblucho como Hedeby? Susanne se había especializado en los feligreses de la iglesia y en servir café para funerales y otros actos.

Así que cambió de idea y salió a dar un paseo. Konsum cerraba ese día, de modo que continuó un poco más por el camino que iba hacia Hedestad y compró periódicos en una gasolinera que sí abría los domingos. Dedicó una hora a pasear por Hedeby y a familiarizarse con el entorno de la parte continental. Las antiguas edificaciones en torno a la iglesia y el supermercado Konsum constituían el núcleo del pueblo: casas de piedra de dos plantas, seguramente construidas a lo largo de las dos primeras décadas del siglo xx, que conformaban una pequeña calle. Al norte de la carretera se levantaban unos bloques de pisos, muy bien cuidados, para familias con niños. Junto a la orilla y al sur de la iglesia, predominaban los chalés. Hedeby era, sin duda, una buena zona, destinada a ejecutivos y altos cargos administrativos de Hedestad.

Cuando volvió al puente, la avalancha del Café de Susanne había pasado, pero la dueña seguía ocupada recogiendo las mesas.

—¿La invasión dominical? —dijo a modo de saludo.

Ella asintió llevándose una mecha de pelo detrás de la oreja.

—Hola, Mikael.

—Así que te acuerdas de mi nombre…

—Es difícil no acordarse —contestó ella—. Te vi por la tele antes de Navidad, en el juicio.

De repente, Mikael se sintió avergonzado.

—Tienen que llenar las noticias con algo —murmuró, y se fue a la mesa del rincón desde la que se veía el puente.

Cuando su mirada se encontró con la de Susanne, ella sonrió.

A las tres de la tarde, Susanne le anunció que iba a cerrar el café. Después de la hora punta, tras finalizar la misa, sólo habían entrado unos pocos clientes. Mikael pudo leer poco más de una quinta parte de la primera carpeta de la investigación policial sobre la desaparición de Harriet Vanger. La cerró, metió su cuaderno en la bandolera y se marchó. Atravesó el puente a paso ligero y luego se dirigió a casa.

La gata le esperaba en la entrada y Mikael echó un vistazo por los alrededores preguntándose de quién podría ser el animal. De todos modos la dejó entrar; al fin y al cabo, le hacía compañía.

Intentó, de nuevo, llamar a Erika, pero no consiguió escuchar más que la voz del contestador. Al parecer, estaba furiosa con él. Podría haberla llamado a la redacción o a su casa, pero, por pura cabezonería, decidió no hacerlo; ya le había dejado suficientes mensajes. En su lugar, se preparó café, se sentó en el arquibanco, no sin antes echar a un lado a la gata, y abrió la carpeta sobre la mesa de la cocina.

Se puso a leer con suma concentración para que no se le escapara ningún detalle. Al cerrar la carpeta, ya bien entrada la noche, había llenado con apuntes varias páginas de su cuaderno, tanto con palabras clave que resumían el contenido como con preguntas a las que esperaba dar respuesta en las próximas carpetas. El material estaba dispuesto cronológicamente; no sabía a ciencia cierta si lo había organizado Henrik Vanger o si se trataba del sistema adoptado por la policía en los años sesenta.

La primera hoja era la fotocopia de un formulario, escrito a mano, del servicio telefónico de urgencias de la policía de Hedestad. El agente que se puso al teléfono firmó como «Of. g. Ryttinger», lo cual Mikael interpretó como oficial de guardia. En calidad de denunciante figuraba Henrik Vanger, cuya dirección y número de teléfono habían sido apuntados. El informe estaba fechado el domingo 23 de septiembre de 1966 a las 11.14 horas de la mañana. El texto, seco y conciso, decía:

> Llamada Sr. Hrk. Vanger inf. que sobrina (?) Harriet Ulrika VANGER, nacida 15 ene. 1950 (16 años), desapareció de su casa en isla Hedeby sábado tarde. Denuncte. expresa gran preocupación.

A las 11.20 había un apunte que determinaba que a P-014 (¿coche patrulla?, ¿patrulla?, ¿lancha patrulla?) se le ordenó acudir al lugar.

A las 11.35 otra persona, cuya letra resultaba más difícil de interpretar que la de Ryttinger, había escrito que el «Ag. Magnusson inf. puente isla Hedeby todav. cortado. Transp. c. barca». En el margen, una firma ilegible.

A las 12.14 de nuevo Ryttinger: «Teléfono ag. Magnusson de H-by inf. que Harriet Vanger 16 años ausente desde primera hora sábado tarde. Fam. expresa gran preocup. No ha pasado noche en casa. No puede haber abandonado isla p. accidente del puente. Ning. de familiares interr. sabe dónde se encntra HV».

12.19: «G. M. inf. por tel. sobre asunto».

El último apunte había sido registrado a las 13.42: «Llegada de G. M. a H-by; se encarga del caso».

En la hoja siguiente ya se revelaba que la misteriosa firma G. M. hacía referencia a un tal inspector Gustaf Morell, que llegó por mar a la isla, asumió el mando del caso y redactó una denuncia formal sobre la desaparición de Harriet Vanger. A diferencia de los apuntes iniciales, con sus arbitrarias abreviaturas, los informes de Morell estaban redactados a máquina y en una prosa legible. En las páginas que seguían se daba cumplida cuenta de las medidas tomadas, con una objetividad y una riqueza de detalles que sorprendieron a Mikael.

Morell había abordado la investigación de modo sistemático. Al principio entrevistó a Henrik Vanger estando presente Isabella Vanger, la madre de Harriet. Luego, por este orden, habló con una tal Ulrika Vanger, Harald Vanger, Greger Vanger y Martin Vanger (el hermano de Harriet), así como con una tal Anita Vanger. Mikael sacó la conclusión de que estas personas habían sido entrevistadas por un decreciente orden jerárquico.

Ulrika Vanger era la madre de Henrik Vanger y, al parecer, gozaba de una serie de privilegios más bien propios de una reina madre. Vivía en la Casa Vanger y no tenía ninguna información que aportar. Se había acostado pronto la noche anterior y llevaba días sin ver a Harriet. Por lo visto, había insistido en ver al inspector Morell únicamente para expresar su opinión: que la policía tenía que actuar inmediatamente.

Harald Vanger, clasificado con el número dos en el orden jerárquico de los miembros de la influyente familia, era el hermano de Henrik. Explicó que había visto a Harriet apenas unos segundos al cruzarse con ella cuando la niña volvía de las fiestas de Hedestad, pero que «no la veía desde el accidente en el puente y no tenía noticia de su actual paradero».

Greger Vanger, hermano de Henrik y Harald, informó de que había visto a la desaparecida cuando ésta, de vuelta de Hedestad, se dirigía al despacho de Henrik Vanger para hablar con él. Greger Vanger dijo que no habló personalmente con la joven, sino que sólo la saludó. No sabía dónde podía estar, pero pensaba, sin duda, que habría ido a ver a alguna amiga sin avisar, y seguro que volvería pronto. Al preguntarle sobre cómo podría haber abandonado la isla, no supo qué contestar.

Martin Vanger fue entrevistado muy brevemente. Estudiaba el último año de bachillerato en Uppsala, de modo que estaba alojado en casa de Harald Vanger. No había sitio en el coche de Harald, así que se fue en tren a

Hedeby y llegó tan tarde que se quedó atrapado al otro lado del puente. Consiguió pasar por mar, pero mucho más tarde, por la noche. Fue interrogado con la esperanza de que, tal vez, su hermana hubiese confiado en él y le diera a entender que tenía intención de huir. Aquella idea originó una serie de protestas por parte de la madre de Harriet, pero el inspector Morell consideró que, en ese momento, la posibilidad de que se hubiera escapado debía entenderse como algo esperanzador. Sin embargo, Martin no había hablado con su hermana desde las vacaciones de verano; por consiguiente, no pudo aportar nada valioso.

Anita Vanger era hija de Harald Vanger, pero aparecía erróneamente identificada como «prima» de Harriet; en realidad, Harriet era la hija de su primo. Anita estudiaba su primer curso en la universidad de Estocolmo y había pasado el verano en Hedeby. Tenía casi la misma edad que Harriet y se habían hecho íntimas amigas. Declaró que había llegado a la isla el sábado, con su padre, y que tenía muchas ganas de ver a Harriet, pero que no le había dado tiempo. Anita Vanger comentó que se sentía preocupada porque no era propio de Harriet irse a ningún sitio sin avisar a la familia. Tanto Henrik como Isabella Vanger confirmaron esta conclusión.

Mientras el inspector Morell entrevistaba a los miembros de la familia, ordenó a los agentes Magnusson y Bergman —la patrulla 014— que organizaran una primera batida aprovechando que había luz. Como el puente seguía cortado, resultaba difícil pedir refuerzos desde el otro lado; la primera partida estuvo compuesta por una treintena de voluntarios de diferente sexo y edad. Esa tarde pasaron por la zona de las casas deshabitadas del viejo puerto pesquero, las orillas de la punta de la isla y del estrecho, la parte del bosque situada más cerca del pueblo e, incluso, por Söderberget, la montaña que se levantaba por encima del puerto pesquero. Este último lugar fue peinado desde el mismo momento en que alguien lanzó la teoría de que Harriet podía haber subido hasta allí para contemplar mejor el accidente del puente. También enviaron patrullas a la granja de Östergården, así como a la cabaña de Gottfried, en la otra punta de la isla, adonde Harriet solía acudir algunas veces.

Sin embargo, la búsqueda de Harriet Vanger resultó infructuosa, aunque no se interrumpió hasta mucho después de que anocheciera, a eso de las diez. Por la noche la temperatura descendió a cero grados.

Durante la tarde, el inspector Morell estableció su cuartel general en una sala que Henrik Vanger puso a su disposición en la planta baja de la Casa Vanger. Enseguida tomó una serie de medidas.

En compañía de Isabella Vanger, inspeccionó el cuarto de Harriet intentando averiguar si faltaba alguna cosa: ropa, una bolsa o algo parecido, que pudiera indicar que Harriet se había marchado de casa. Isabella Vanger no dio demasiadas muestras de querer colaborar y tampoco parecía tener mucha idea de lo que su hija guardaba en el armario. «A menudo se vestía con vaqueros, pero a mí todos me parecen iguales.» El bolso de Harriet se encontraba encima de la mesa, con su carné de identidad, una cartera con nueve coronas y cincuenta céntimos, un peine, un pequeño espejo y un pañuelo en su interior. Tras la inspección, la habitación de Harriet quedó precintada.

Morell llamó a varias personas, tanto a miembros de la familia como a empleados, para tomarles declaración. Todas las entrevistas se registraron meticulosamente.

A medida que los participantes de la primera batida fueron volviendo con sus decepcionantes resultados, el inspector decidió que había que llevar a cabo una búsqueda más sistemática. Durante la tarde y la noche solicitó refuerzos; entre otras personas, Morell se puso en contacto con el presidente del Club de Orientación de

Hedestad y le pidió que llamara a los miembros del club —que sabían perfectamente cómo orientarse en el bosque— para organizar otra partida de búsqueda. A medianoche, recibió la respuesta de que cincuenta y tres deportistas, sobre todo de la sección juvenil, se presentarían en la Casa Vanger a las siete de la mañana. Henrik Vanger contribuyó, sin pensárselo dos veces, convocando a una parte del turno de mañana —cincuenta hombres— de la fábrica de papel que el Grupo Vanger tenía en Hedestad. Henrik Vanger también se encargó de la comida y la bebida.

Mikael Blomkvist pudo imaginarse perfectamente las escenas que debían de haberse desarrollado en la Casa Vanger durante aquellos días tan dramáticos. Quedaba claro que el accidente del puente contribuyó al desconcierto de las primeras horas; en parte, porque dificultó la posibilidad de recibir refuerzos efectivos; en parte, porque todos pensaron que dos sucesos tan dramáticos, en el mismo lugar y la misma hora, tenían que estar relacionados de alguna manera. Cuando se apartó el camión, el inspector Morell bajó hasta el puente para asegurarse de que Harriet Vanger —Dios sabe cómo— no había ido a parar debajo del vehículo. Ésa era la única acción ilógica que Mikael descubrió en la actuación del inspector, ya que la desaparecida fue vista en la isla —eso había quedado demostrado— después de que el accidente tuviera lugar. Aun así, al jefe de la investigación, sin poder dar una explicación razonable del porqué, le costaba deshacerse de la idea de que, en cierto modo, un suceso provocó el otro.

Durante las primeras y confusas veinticuatro horas, las esperanzas de que el asunto tuviera un desenlace rápido y feliz fueron disminuyendo para ser sustituidas, poco a poco, por dos hipótesis. A pesar de las dificultades obvias que Harriet habría tenido para abandonar la isla sin ser descubierta, Morell no quiso ignorar la posibilidad de una fuga. Decidió dictar una orden de búsqueda de Harriet Vanger y ordenó a los agentes que patrullaban en Hedestad que mantuvieran los ojos abiertos por si veían a la chica. También le encargó a un colega de la brigada criminal que entrevistara a los conductores de autobuses y al personal de la estación de tren por si alguien la había visto.

A medida que fueron llegando las respuestas negativas, la probabilidad de que Harriet Vanger hubiese sufrido un accidente aumentó. Durante los días sucesivos, ésa se convirtió en la teoría predominante de la investigación.

La amplia batida realizada dos días después de la desaparición se llevó a cabo —según pudo determinar Mikael— de manera sumamente competente. Policías y bomberos con experiencia en asuntos parecidos organizaron la búsqueda. Pese a que la isla de Hedeby presenta algunas zonas de difícil acceso, la superficie es limitada, de modo que se pudo peinar toda la isla en un solo día. Una barca policía y dos barcos Pettersson voluntarios sondearon lo mejor que pudieron las aguas que rodean la isla.

Al día siguiente la búsqueda continuó con un equipo algo más reducido. Esta vez se enviaron patrullas a repetir la batida por determinadas zonas de terreno especialmente abrupto, así como por un lugar llamado La Fortificación, una serie de búnqueres abandonados, construidos durante la segunda guerra mundial para defender la costa. Ese día también se rastrearon pequeños escondites, pozos, sótanos excavados en la tierra, cobertizos y áticos de todo el pueblo.

Al tercer día de la desaparición, se suspendió la búsqueda. La frustración de Morell podía intuirse en sus notas. Naturalmente, Gustaf Morell aún no era consciente de eso, pero la investigación jamás avanzaría más allá del punto donde se encontraba en aquel momento. Estaba desconcertado y no sabía qué paso dar a continuación o qué lugares deberían seguir rastreando. Todo parecía indicar que a Harriet Vanger se la había tragado la tierra; la tortura de Henrik Vanger, de casi cuarenta años de duración, no había hecho más que empezar.

Capítulo 9

Lunes, 6 de enero –
Miércoles, 8 de enero

Mikael continuó leyendo hasta bien entrada la noche, de modo que el día de Reyes se levantó tarde. Al llegar a casa de Henrik Vanger, vio un Volvo azul marino último modelo aparcado justo delante de la puerta. En el mismo momento en que Mikael puso la mano en el picaporte de la puerta, ésta se abrió y un señor de unos cincuenta años salió apresuradamente. Casi chocaron.

—¿Sí? ¿Le puedo ayudar en algo?

—Vengo a ver a Henrik Vanger —contestó Mikael.

Al hombre se le suavizó la mirada. Sonrió y le tendió la mano.

—Ah, tú debes de ser Mikael Blomkvist, el que va a ayudar a Henrik con la crónica familiar.

Mikael asintió y le estrechó la mano. Al parecer, Henrik Vanger había empezado a difundir la *cover story* de Mikael, la que explicaba por qué se encontraba en Hedestad. El hombre tenía sobrepeso —resultado, sin duda, de muchos años de arduas negociaciones sentado en oficinas y salas de reuniones—, pero Mikael vio enseguida que sus facciones recordaban a las de Harriet Vanger.

—Soy Martin Vanger —le confirmó—. Bienvenido a Hedestad.

—Gracias.

—Te vi en la tele hace unos días.

—Parece que todo el mundo me ha visto en la tele.

—Es que Wennerström… no es una persona muy popular en esta casa.

—Ya me lo ha dicho Henrik. Aunque sigo esperando el final de la historia.

—El otro día me comentó que te había contratado —de repente Martin Vanger se rió—. Dijo que seguramente aceptaste el trabajo por Wennerström.

Mikael dudó un instante antes de decidirse a sincerarse.

—Sí, bueno, ésa ha sido una razón de peso, pero la verdad es que, francamente, necesitaba salir de Estocolmo, y Hedestad apareció en el momento oportuno. Bueno, eso creo. No voy a hacer como si el juicio nunca se hubiera celebrado. Lo cierto es que iré a la cárcel.

Martin Vanger, repentinamente serio, asintió con la cabeza.

—¿Puedes recurrir la sentencia?

—En este caso no serviría de nada.

Martin Vanger consultó su reloj.

—Debo estar en Estocolmo esta misma tarde, así que me voy ya. Volveré dentro de unos días. Ven a cenar conmigo alguna noche. Me gustaría saber qué ocurrió realmente en aquel juicio.

Volvieron a estrecharse la mano; Martin Vanger bajó las escaleras y abrió la puerta del Volvo. Se dio media vuelta y le gritó a Mikael:

—Henrik está en la planta de arriba. Entra.

Henrik Vanger estaba sentado en el sofá de su despacho; encima de la mesa tenía el *Hedestads-Kuriren*, el *Dagens Industri,* el *Svenska Dagbladet* y los dos diarios vespertinos.

—Acabo de conocer a Martin en la puerta.

—Se ha ido corriendo a salvar el imperio —contestó Henrik Vanger mientras cogía el termo—. ¿Café?

—Sí, por favor —dijo Mikael. Se sentó y se preguntó por qué Henrik Vanger estaba tan risueño.

—Hablan de ti en el periódico.

Henrik Vanger le acercó uno de los vespertinos, abierto por una página que tenía un artículo titulado «Cortocircuito periodístico». Lo firmaba uno de esos columnistas con chaqueta a rayas —antiguo empleado de *Finansmagasinet Monopol*— que se dio a conocer como experto en criticar y burlarse de toda persona que se comprometiera con un tema o que diera la cara por algo. Las feministas, los antirracistas y los activistas ecologistas se encontraban entre aquellos a los que solía salpicar con la tinta de su sarcástica pluma. En cambio, el columnista jamás manifestaba ni una sola opinión controvertida propia. Al parecer, en la actualidad se dedicaba a meterse con los medios de comunicación; ahora, unas cuantas semanas después del juicio del caso Wennerström, le tocaba el turno a Mikael Blomkvist, quien —mencionado con nombre y apellido— era descrito como un completo idiota. A Erika Berger la presentaba como una rubia tonta e incompetente:

> Corre el rumor de que *Millennium* —a pesar de que la redactora jefe sea una feminista con minifalda que saca morritos en televisión— está a punto de irse a pique. Durante varios años, la revista ha sobrevivido gracias a la imagen que la redacción ha conseguido promocionar: jóvenes periodistas dedicados al periodismo de investigación que desenmascaran a los malos de la película del mundo empresarial. Ese truco de *marketing* quizá funcione entre los jóvenes anarquistas deseosos de oír precisamente ese mensaje, pero no tiene ningún éxito en los juzgados. *Kalle* Blomkvist acaba de experimentarlo en sus propias carnes.

Mikael encendió el móvil para ver si Erika lo había llamado. No tenía mensajes. Henrik Vanger aguardó sin hacer comentarios; Mikael se dio cuenta de que el viejo pensaba dejarle romper el silencio a él.

—¡Menudo idiota! —exclamó Mikael.

Henrik Vanger se rió, pero comentó sin sentimentalismos:

—Puede. Pero no es él quien ha sido condenado en los juzgados.

—Cierto. Y nunca lo será. Nunca dice nada original ni propio, pero siempre se sube al tren y se apunta a tirar la última piedra en los términos más humillantes posibles.

—He conocido a muchos como él en mi vida. Un buen consejo, si me lo permites, es ignorarlo cuando hace ruido, no olvidar nada y pagarle con la misma moneda en cuanto tengas ocasión. Pero ahora no, porque te lleva ventaja.

Mikael no supo qué decir.

—A lo largo de todos estos años he tenido muchos enemigos y hay una cosa que he aprendido: nunca entres en la batalla cuando tienes todas las de perder. Sin embargo, jamás dejes que una persona que te ha insultado se salga con la suya. Espera tu momento y, cuando estés en una posición fuerte, devuelve el golpe, aunque ya no sea necesario hacerlo.

—Gracias por la clase de filosofía. Pero ahora quiero que me hables de tu familia.

Mikael puso la grabadora entre los dos y empezó a grabar.

—¿Qué quieres saber?

—He leído la primera carpeta: la de la desaparición de Harriet y la búsqueda de los primeros días. Pero hay tantos Vanger en el texto que apenas puedo distinguir a unos de otros.

Antes de tocar el timbre, Lisbeth Salander permaneció inmóvil durante casi diez minutos en el solitario rellano de la escalera, mirando fijamente la placa metálica en la que se podía leer «Abogado N. E. Bjurman». La cerradura hizo clic.

Era martes. La segunda reunión. Estaba llena de malos presentimientos.

No es que le tuviera miedo al abogado Bjurman; Lisbeth Salander raramente tenía miedo a las personas o a las cosas. Sin embargo, el nuevo administrador de sus bienes le provocaba un intenso malestar. El predecesor de Bjurman, el abogado Holger Palmgren, estaba hecho de una madera completamente distinta: era correcto, educado y amable. Esa relación cesó hacía ya tres meses, cuando Palmgren sufrió una apoplejía y, de acuerdo con alguna burocrática jerarquía que ella desconocía, le correspondió a Nils Erik Bjurman hacerse cargo de la joven.

Durante los doce años que Lisbeth Salander había sido objeto de atenciones por parte de los servicios sociales y psiquiátricos, de los cuales pasó dos en una clínica infantil, nunca jamás, ni en una sola ocasión, había contestado ni siquiera a la sencilla pregunta de «¿cómo estás hoy?».

Al cumplir los trece años, de acuerdo con la ley de tutela de los menores de edad, el juez ordenó que la internaran en la clínica de psiquiatría infantil de Sankt Stefan, en Uppsala. La decisión se apoyaba fundamentalmente en informes que la consideraban psíquicamente perturbada y peligrosa para sus compañeros de clase y, tal vez, incluso para sí misma.

Esta última suposición se basaba más bien en juicios empíricos y no en un análisis serio y meticuloso. Cualquier intento por parte de algún médico, u otra persona con autoridad en la materia, de entablar una conversación sobre sus sentimientos, su vida espiritual o su estado de salud era contestado, para su enorme frustración, con un profundo y malhumorado silencio, acompañado de intensas miradas al suelo, al techo y a las paredes. Coherente con sus actos, solía cruzarse de brazos y negarse, sistemáticamente, a participar en tests psicológicos. Su completa oposición a todo intento de medir, pesar, estudiar, analizar o educarla se aplicaba también al ámbito escolar; las autoridades podían trasladarla a un aula y encadenarla al pupitre, pero no podían impedir que *cerrara los oídos* y se negara a levantar el lápiz en los exámenes. Abandonó el colegio sin sacarse ni siquiera el certificado escolar.

Por consiguiente, el simple hecho de diagnosticar sus «taras» mentales conllevaba grandes dificultades. En resumen, Lisbeth Salander era cualquier cosa menos fácil de manejar.

Cuando cumplió trece años, se designó a un tutor que administrara sus bienes y defendiera sus intereses hasta que alcanzara la mayoría de edad. Ese tutor fue el abogado Holger Palmgren, quien, a pesar de no haber empezado con muy bien pie, lo cierto es que al final tuvo éxito allí donde los psiquiatras y los médicos habían fracasado. No sólo fue ganándose paulatinamente la confianza de Lisbeth, sino que también consiguió una tímida muestra de afecto por parte de la complicada joven.

Al cumplir quince años, los médicos estuvieron más o menos de acuerdo en que, en cualquier caso, ya no era peligrosa para los demás ni para sí misma. Debido a que su familia había sido definida como disfuncional y a que no tenía parientes que pudieran garantizar su bienestar, se decidió que Lisbeth Salander saliera de la clínica de psiquiatría infantil de Uppsala y se fuera adaptando gradualmente a la sociedad por medio de una familia de acogida.

El camino no fue fácil. Huyó de la primera familia al cabo de tan sólo dos semanas. Pasó por la segunda y tercera a la velocidad de un rayo. Luego, Holger Palmgren mantuvo una seria conversación con ella en la que le explicó, sin rodeos, que si seguía por ese camino, sin duda volverían a ingresarla en una institución. La amenaza surtió efecto y aceptó a la familia número cuatro: una pareja mayor que residía en el suburbio de Midsommarkransen.

Eso no significaba que la niña se portara bien. A la edad de diecisiete años, Lisbeth Salander ya había sido detenida por la policía en cuatro ocasiones: dos de ellas en un estado de embriaguez tan grave que requirió asistencia médica urgente, y otra vez bajo la manifiesta influencia de narcóticos. En una de estas ocasiones, la encontraron borracha perdida y completamente desaliñada, con la ropa a medio poner, en el asiento trasero de un coche aparcado en la orilla de Söder Mälarstrand. Estaba acompañada de un hombre igual de ebrio y considerablemente mayor que ella.

La cuarta y última intervención policial tuvo lugar tres semanas antes de cumplir los dieciocho años, cuando, esta vez sobria, le dio una patada en la cabeza a un pasajero en la estación de metro de Gamla Stan. El incidente acabó en arresto por delito de lesiones. Salander justificó su actuación alegando que el hombre le había metido mano y que, como su aspecto era más bien el de una niña de doce años y no de dieciocho, ella consideró que el pervertido tenía inclinaciones pedófilas. Eso fue todo lo que consiguieron sacarle. Sin embargo, la declaración fue apoyada por testigos, lo cual significó que el fiscal archivó el caso.

Aun así, en conjunto, su historial era de tal calibre que el juez ordenó un reconocimiento psiquiátrico. Como ella, fiel a su costumbre, se negó a contestar a las preguntas y a participar en los tests, los médicos consultados por la Seguridad Social emitieron al final un juicio basado en sus «observaciones sobre el paciente». Tratándose, en este caso, de una joven callada que, sentada en una silla, se cruzaba de brazos y se ponía de morros, no quedaba muy claro qué era exactamente lo que estos expertos habían podido observar. Se llegó simplemente a la conclusión de que sufría una perturbación mental cuya naturaleza no aconsejaba que permaneciera desatendida. El dictamen del forense abogaba por que se la recluyera en algún centro psiquiátrico; al mismo tiempo, el jefe adjunto de la comisión social municipal elaboró un informe apoyando las conclusiones de los expertos.

Por lo que respecta a su currículum, el dictamen constató que existía «un gran riesgo de abuso de alcohol o drogas», y que, evidentemente, «carecía de autoconciencia». A esas alturas, su historial cargaba con el lastre de vocablos como «introvertida, inhibida socialmente, ausencia de empatía, fijación por el propio ego, comportamiento psicópata y asocial, dificultades de cooperación e incapacidad para sacar provecho de la enseñanza». Cualquiera que lo leyera podría engañarse fácilmente y llegar a la conclusión de que se trataba de una persona gravemente retrasada. Tampoco decía mucho a su favor el hecho de que una unidad asistencial de los servicios sociales la hubiera visto más de una vez en compañía de varios hombres por los alrededores de Mariatorget; en una ocasión, además, la policía la cacheó en el parque de Tantolunden al encontrarla, de nuevo, en compañía de un hombre considerablemente mayor. Se temía que Lisbeth Salander se dedicara a la prostitución, o que corriera el riesgo de verse metida en ella de una u otra manera.

Cuando el Juzgado de Primera Instancia —la institución que iba a pronunciarse sobre su futuro— se reunió para tomar una decisión sobre el asunto, el resultado ya parecía estar claro de antemano. Se trataba de una joven manifiestamente problemática y resultaba poco creíble que el tribunal dictaminara algo distinto a lo recomendado en el informe social y forense.

La mañana de la vista oral fueron a buscar a Lisbeth

Salander a la clínica psiquiátrica infantil, donde se hallaba recluida desde el día del incidente en el metro. Se sentía como un preso en un campo de concentración, sin esperanzas de llegar al final de la jornada. La primera persona a la que vio en la sala del juicio fue Holger Palmgren, y le llevó un rato comprender que no estaba allí en calidad de tutor, sino que actuaba como su abogado y representante jurídico. Lisbeth descubrió en él una faceta completamente desconocida.

Para su sorpresa, Palmgren se situó en su rincón del cuadrilátero y formuló con claridad una serie de alegaciones oponiéndose enérgicamente a que la internaran. Ella no dio a entender, ni con un simple arqueo de cejas, que se sentía sorprendida, pero escuchó con atención cada una de sus palabras. Palmgren estuvo brillante cuando, durante dos horas, acribilló a preguntas a aquel médico, un tal doctor Jesper Löderman, que había firmado la recomendación de que Salander fuera recluida en un centro psiquiátrico. Palmgren analizó todos los detalles del informe y le pidió al médico que explicara la base científica de cada una de sus afirmaciones. En muy poco tiempo quedó claro, debido a que la paciente se había negado a realizar un solo test, que las conclusiones de los médicos se basaban en meras suposiciones.

Como conclusión de la vista oral, Palmgren insinuó que la reclusión forzosa muy probablemente no sólo iba en contra de lo establecido por el Parlamento en este tipo de asuntos, sino que incluso podría ser objeto de represalias políticas y mediáticas. Por lo tanto, a todos les interesaba encontrar una solución alternativa. Ese tipo de discurso no era nada habitual en juicios de esa índole, de modo que los miembros del tribunal se revolvieron, inquietos, en sus sillas.

La solución adoptada fue una fórmula de compromiso. El Tribunal de Primera Instancia concluyó que Lisbeth Salander estaba psíquicamente enferma, pero que su locura no exigía necesariamente un internamiento. En cambio, tomaron en consideración la recomendación del jefe de los servicios sociales de asignarle un administrador. El presidente del tribunal, con una sonrisa venenosa, se dirigió a Holger Palmgren, que hasta ese momento había ejercido de tutor, y le preguntó si estaba dispuesto a aceptar el cometido. Resultaba evidente que el presidente creía que Holger Palmgren iba a declinar la responsabilidad y que intentaría pasarle la responsabilidad a otro; sin embargo, éste explicó, con una sonrisa bondadosa, que estaría encantado de ser el administrador de la señorita Salander, aunque ponía, para ello, una condición.

—Eso será, naturalmente, en el caso de que la señorita Salander deposite su confianza en mí y me acepte como su administrador.

Se dirigió directamente a ella. Lisbeth Salander se encontraba algo confusa por el intercambio de palabras que había tenido lugar por encima de su cabeza durante todo el día. Hasta ese momento, nadie le había pedido su opinión. Miró durante un largo rato a Holger Palmgren y luego asintió con un simple movimiento de cabeza.

Palmgren era una peculiar mezcla de abogado y trabajador social de la vieja escuela. En sus comienzos fue miembro, designado políticamente, de la comisión social municipal, y había dedicado casi toda su vida a tratar con críos conflictivos. Un respeto reacio que casi rayaba en la amistad surgió entre el abogado y la protegida más conflictiva que jamás había tenido.

Su relación duró once años, desde que ella cumplió trece hasta el año pasado, cuando, unas pocas semanas antes de Navidad, Lisbeth fue a casa de Palmgren tras no acudir éste a una de sus habituales reuniones mensuales. Como no abrió la puerta a pesar de que ella podía oír ruidos en el interior del piso, Lisbeth trepó por un canalón hasta el balcón de la tercera planta y entró. Lo encontró en el suelo de la entrada, consciente pero incapaz de hablar y moverse después de haber sufrido una repentina apoplejía. Sólo tenía sesenta y cuatro años. Llamó a una ambulancia y lo acompañó al hospital, a Södersjukhuset, con una creciente sensación de pánico en el estómago. Durante tres días apenas abandonó el pasillo de la UVI. Como un fiel perro guardián vigilaba cada paso que daban los médicos y enfermeras al salir o entrar por la puerta. Deambulaba como un alma en pena de un lado a otro del pasillo y le clavaba una mirada intensa a cada médico que se acercaba. Al final, un doctor cuyo nombre nunca llegó a conocer la llevó a una habitación y le explicó la gravedad de la situación. El estado de Holger Palmgren era crítico; acababa de sufrir una grave hemorragia cerebral. No esperaban que se despertara. Ella ni lloró ni se inmutó. Se levantó y abandonó el hospital para no volver.

Cinco semanas más tarde, la Comisión de Tutela del Menor convocó a Lisbeth Salander a una reunión con su nuevo administrador. Su primer impulso fue hacer caso omiso de la convocatoria, pero Holger Palmgren le había inculcado meticulosamente que todos los actos tienen sus consecuencias. Había aprendido a analizarlas antes de actuar, así que, pensándolo bien, llegó a la conclusión de que lo más fácil para salir de la situación era satisfacer a la comisión, actuando como si realmente le importara lo que sus miembros tuvieran que decir.

Por consiguiente, en diciembre —haciendo una breve pausa en la investigación sobre Mikael Blomkvist— se presentó en el despacho de Bjurman, en Sankt Eriksplan, donde una mujer mayor que representaba a la comisión le entregó el extenso informe sobre Salander al abogado Bjurman. La señora le preguntó amablemente cómo se encontraba y pareció contenta con el profundo silencio que recibió como respuesta. Al cabo de una media hora la dejó al cuidado del abogado Bjurman.

Apenas cinco segundos después de darle la mano al abogado Bjurman ya le había cogido antipatía.

Mientras Bjurman leía el informe, Lisbeth lo observó de reojo. Edad: cincuenta y pico. Cuerpo atlético; tenis los martes y los viernes. Rubio. Pelo ralo. Hoyuelo en la barbilla. Perfume de Boss. Traje azul. Corbata roja con pasador de oro y ostentosos gemelos con las iniciales NEB. Gafas de montura metálica. Ojos grises. A juzgar por las revistas que había en una mesita, le interesaban la caza y el tiro.

Durante la década que estuvo con Palmgren, él solía invitarla a tomar café para charlar un rato. Ni siquiera sus peores huidas de las casas de acogida ni el sistemático absentismo escolar le hacían perder los estribos. La única vez que Palmgren se mostró realmente indignado fue cuando la detuvieron por maltratar a aquel asqueroso tipo que la tocó en Gamla Stan. «¿Entiendes lo que has hecho? Le has hecho daño a otra persona, Lisbeth.» Sonó como la bronca de un viejo profesor, pero ella la aguantó estoicamente, ignorando cada palabra.

Bjurman, sin embargo, no era muy amigo de charlar. Constató inmediatamente que, según el reglamento del administrador, había una discrepancia entre los deberes de Holger Palmgren y el hecho de que, al parecer, hubiera dejado a Lisbeth Salander al mando de su propia economía. La sometió a una especie de interrogatorio: «¿Cuánto ganas? Quiero una copia de tus gastos e ingresos. ¿Con quién te relacionas? ¿Pagas el alquiler dentro del plazo? ¿Tomas alcohol? ¿Ha aprobado Palmgren esos *piercings* que tienes en la cara? ¿Sabes mantener tu higiene personal?».

«*Fuck you!*»

Palmgren se había convertido en su tutor poco después de que ocurriera Todo Lo Malo. Había insistido en verla al menos una vez al mes —o incluso con mayor frecuencia— en reuniones fijadas de antemano. Además, desde que ella volvió a Lundagatan casi eran vecinos; él vivía en Hornsgatan, a sólo un par de manzanas, y, de vez en cuando, se encontraban en la calle por pura casualidad y se iban a tomar café a Giffy o a alguna otra cafetería de la zona. Palmgren nunca la molestaba, pero en alguna que otra ocasión fue a verla para darle un pequeño regalo por su cumpleaños. Lisbeth podía ir a visitarlo siempre que quisiera, un privilegio que raramente aprovechaba, pero desde que se mudó al barrio de Söder empezó a celebrar la Navidad en su casa, después de visitar a su madre. Comían el típico jamón asado navideño y jugaban al ajedrez. Ella no tenía ningún interés por el juego, pero desde que aprendió las reglas nunca perdía una partida. Palmgren era viudo y Lisbeth Salander veía como un deber compadecerse de él durante esas solitarias fiestas.

Se lo debía; y ella siempre pagaba sus deudas.

Fue Palmgren el que puso en alquiler el apartamento de la madre de Lisbeth en Lundagatan, hasta que la joven necesitó una vivienda. El piso, de cuarenta y nueve metros cuadrados, estaba sin reformar y era algo cutre; pero al menos Lisbeth tenía un techo bajo el que dormir.

Ahora Palmgren era historia y otro vínculo más con la sociedad «normal» se había roto. Nils Bjurman pertenecía a otra clase de personas. Lisbeth tenía claro que no pasaría la Nochebuena en su casa. La primera medida que él tomó fue introducir nuevas reglas referentes a cómo administrar el dinero de la cuenta corriente de Handelsbanken. Palmgren, despreocupadamente, había interpretado la ley a su manera y dejó que ella misma se hiciera cargo de su propia economía. Ella pagaba sus facturas y disponía del dinero a su antojo.

Lisbeth había preparado el encuentro con Bjurman una semana antes de Navidad, y cuando lo tuvo delante intentó explicarle que su predecesor confiaba en ella y nunca tuvo razón para no hacerlo; que Palmgren le dejaba llevar su propia vida sin meterse en sus asuntos privados.

—Ése es uno de los problemas —contestó Bjurman, golpeando el expediente con el dedo.

Le soltó un largo discurso sobre las reglas y los decretos estatales vigentes referentes a la tutela y luego le comunicó que las cosas tenían que cambiar.

—Te dejó a tu aire, ¿a que sí? Me pregunto cómo se lo permitieron.

«Porque era un loco socialdemócrata que llevaba casi cuarenta años ocupándose de niños conflictivos.»

—Ya no soy una niña —dijo Lisbeth Salander como si eso fuese suficiente explicación.

—No, no eres una niña. Pero a mí me han nombrado tu administrador y, mientras lo sea, tendré responsabilidad jurídica y económica sobre ti.

Empezó por abrir una nueva cuenta corriente, a nombre de Lisbeth, pero controlada por él. A partir de ese momento, y una vez comunicado el número al departamento de personal de Milton Security, ésa sería la cuenta que ella debía usar. Salander comprendió que la buena vida se había acabado; en lo sucesivo, el abogado Bjurman pagaría sus facturas y le daría cada mes una paga fija para sus gastos. Ella tendría que presentar facturas de todo. Decidió asignarle mil cuatrocientas coronas por semana «para comida, ropa, cine y esas cosas».

Dependiendo de cuánto trabajara, Lisbeth Salander ganaba alrededor de ciento sesenta mil coronas al año. Podría doblar fácilmente esa suma trabajando a jornada completa y aceptando todos los trabajos que Dragan Armanskij le ofreciera. Pero tenía pocos gastos y no necesitaba mucho dinero. El coste del piso rondaba las dos mil coronas al mes y, a pesar de sus modestos ingresos, tenía noventa mil en su cuenta de ahorro, una cantidad de la que ya no podía disponer.

—Es que ahora soy yo el responsable de tu dinero

—le explicó Bjurman—. Tienes que ahorrar para el futuro. Pero no te preocupes; yo me encargaré de todo.

«¡Me las he arreglado sola desde que tenía diez años, maldito hijo de puta!»

—Socialmente funcionas lo bastante bien como para que no sea necesario internarte, pero la sociedad tiene una responsabilidad para contigo.

Le hizo un meticuloso interrogatorio sobre su trabajo en Milton Security. Ella mintió instintivamente y le dio una descripción de sus primeras semanas en la empresa. El abogado Bjurman, por tanto, tuvo la impresión de que preparaba el café y distribuía el correo, unas actividades apropiadas para alguien con tan pocas luces. Pareció satisfecho con las respuestas.

Lisbeth no sabía por qué había mentido, pero estaba convencida de que se trataba de una decisión inteligente. Si el abogado Bjurman hubiera figurado en una lista de insectos en peligro de extinción, ella, sin dudarlo ni un momento, lo habría pisado con el tacón de su zapato.

Mikael Blomkvist pasó cinco horas en compañía de Henrik Vanger y luego dedicó gran parte de la noche, y todo el martes, a pasar a limpio sus apuntes y completar el rompecabezas genealógico de la familia Vanger. La historia familiar que salía a flote en las conversaciones con Henrik Vanger era una versión dramáticamente diferente a la oficial. Mikael era consciente de que todas las familias tenían trapos sucios que lavar, pero la familia Vanger necesitaba una lavandería entera para ella sola.

Ante esta situación, Mikael se vio obligado a recordarse a sí mismo que su verdadera misión no consistía en redactar una autobiografía de la familia Vanger, sino en averiguar qué le pasó a Harriet Vanger. Había aceptado el encargo consciente de que, en la práctica, iba a perder un año de su vida con el culo pegado a una silla, y de que el trabajo encomendado, en realidad, sólo sería de cara a la galería. Al cabo de un año, cobraría su disparatado sueldo; el contrato redactado por Dirch Frode ya estaba firmado. La verdadera recompensa, esperaba, sería la información sobre Hans-Erik Wennerström que Henrik Vanger afirmaba poseer.

Sin embargo, después de escuchar a Henrik Vanger se dio cuenta de que aquel año no tenía por qué ser un año perdido. Un libro sobre la familia Vanger tendría valor por sí mismo; en el fondo, se trataba de una buena historia.

Ni por un segundo se le pasó por la cabeza poder dar con el asesino de Harriet Vanger, si es que realmente la habían asesinado y no había fallecido en algún absurdo accidente o desaparecido Dios sabe cómo. Mikael estaba de acuerdo con Henrik en que la probabilidad de que una chica de dieciséis años se hubiera ido voluntariamente y hubiera conseguido burlar todos los sistemas de control burocrático durante treinta y seis años era inexistente. En cambio, Mikael no quería descartar que Harriet Vanger hubiera huido; tal vez llegara a Estocolmo o quizá le ocurriera algo en el camino: drogas, prostitución, un atraco o, simplemente, un accidente.

Por su parte, Henrik Vanger estaba convencido de que Harriet había sido asesinada y de que algún miembro de la familia, tal vez en colaboración con otra persona, era el responsable. Su razonamiento se basaba en el hecho de que ella desapareciera durante aquellas dramáticas horas en las que la isla estuvo cortada y todas las miradas se centraron en el accidente.

Erika tenía razón en que, si se trataba de resolver el misterio de un crimen, la misión era un auténtico disparate. En cambio, Mikael Blomkvist empezaba a comprender que el destino de Harriet Vanger había ejercido una influencia determinante en la familia, sobre todo en Henrik Vanger. Llevara razón o no, la acusación de Hen rik Vanger tenía una gran importancia en la historia de esa familia: a lo largo de más de treinta años, desde que la formulara abiertamente, había marcado las reuniones del clan y creado profundos conflictos que contribuyeron a desestabilizar a todo el Grupo Vanger. Un estudio sobre la desaparición de Harriet Vanger, por lo tanto, cumpliría su función como capítulo propio, incluso como hilo conductor de la historia de la familia; y material había de sobra… Un razonable punto de partida, tanto si Harriet Vanger era su principal misión como si simplemente se contentaba con escribir una crónica familiar, lo constituía el estudio de la galería de personajes. Sobre eso versó la conversación que mantuvo con Henrik Vanger aquel día.

La familia Vanger estaba compuesta —incluyendo a los hijos de los primos y a los primos segundos— por un centenar de personas. La familia era tan amplia que Mikael tuvo que crear una base de datos en su iBook. Usó el programa NotePad (www.ibrium.se), uno de esos geniales productos diseñado por dos chavales de la universidad KTH de Estocolmo que lo distribuían por dos duros en Internet como *shareware*. Al parecer de Mikael, pocos programas resultaban tan imprescindibles para un periodista de investigación. Así, cada miembro de la familia pudo contar con su propio archivo en la base de datos.

El árbol genealógico podía ser reconstruido, con toda fiabilidad, hasta comienzos del siglo XVI, cuando el apellido familiar era Vangeersad. Es posible que el nombre, según Henrik Vanger, procediera del holandés Van Geerstat; en tal caso, el origen de la familia podría remontarse incluso hasta el siglo XII.

En lo que concernía a la época moderna, la familia llegó a Succia desde el norte de Francia a principios del siglo XIX con Jean-Baptiste Bernadotte. Alexandre Vangeersad era militar; no conocía personalmente al rey pero había destacado como jefe de guarnición. En 1818 se le regaló la finca de Hedeby en señal de agradecimiento por la fidelidad y los servicios prestados. Alexandre Vangeersad poseía, además, una fortuna propia que usó para comprar unos extensos terrenos en los bosques de la provincia de Norrland. El hijo, Adrian, nació en Francia, pero, a petición de su padre, se mudó a Hedeby, ese perdido rincón del norte lejos de los salones de París, para encargarse de la administración de la finca. Se dedicó a la agricultura y la silvicultura con nuevos métodos importados del continente, y fundó la fábrica de papel en torno a la cual se fue creando Hedestad.

El mayor de los nietos de Alexandre se llamaba Henrik, y fue él quien acortó el apellido hasta dejarlo en Vanger. Desarrolló las relaciones mercantiles con Rusia y, a mediados del siglo XIX, creó una pequeña flota comercial de goletas que hacían la ruta de los países bálticos, Alemania y la Inglaterra de la industria del acero. Diversificó la actividad empresarial de la familia: comenzó con una modesta explotación minera y fundó algunas de las primeras industrias metalúrgicas de Norrland. Dejó dos hijos, Birger y Gottfried, y fueron ellos los que asentaron las bases de las actividades financieras de la familia Vanger.

—¿Conoces las viejas normas hereditarias? —le había preguntado Henrik Vanger a Mikael.

—No, no es precisamente un tema en el que me haya especializado.

—Te entiendo. Yo tampoco lo tengo muy claro. Según la leyenda familiar, Birger y Gottfried siempre andaban como el perro y el gato, peleándose por el poder y la influencia en la empresa familiar. En muchos sentidos, esa lucha se convirtió en un lastre que amenazaba potencialmente la supervivencia de la empresa. Por esa razón, poco antes de morir, su padre decidió crear un sistema mediante el cual todos los miembros de la familia here daran una parte de la empresa. Bien pensado, sin duda, en su momento, pero condujo a una situación en la que, en vez de buscar a gente competente y posibles socios de fuera, acabamos con un consejo de administración compuesto por miembros de la familia cuyo voto correspondía tan sólo al uno o al dos por ciento.

—¿Esa norma sigue vigente en la actualidad?

—Así es. Si algún miembro de la familia quiere vender su parte, ha de hacerlo dentro del ámbito familiar. La junta general de accionistas anual reúne hoy en día a unos cincuenta miembros de la familia. Martin posee poco más de un diez por ciento de las acciones; yo tengo el cinco por ciento, ya que las he ido vendiendo, entre otros, al propio Martin. Mi hermano Harald tiene el siete por ciento, pero la mayoría de los que se presentan a la junta general sólo poseen un uno por ciento o un cero coma cinco por ciento.

—No tenía ni idea de eso. Suena un poco medieval.

—Es un auténtico disparate. Implica que para que Martin pueda llevar a cabo una determinada estrategia empresarial, tiene que dedicarse a ganar adeptos para asegurarse así el apoyo de, al menos, un veinte o un veinticinco por ciento de los socios. Es todo un mosaico de alianzas, escisiones e intrigas. —Henrik Vanger prosiguió—: Gottfried Vanger murió en 1901, sin hijos. Bueno, perdona, era padre de cuatro hijas, pero en aquella época las mujeres no contaban. Tenían su parte, pero los verdaderos dueños eran los varones de la familia. Hasta que se introdujo el derecho a voto, bien entrado el siglo XX, las mujeres ni siquiera podían asistir a la junta general.

—Muy liberal.

—No te pongas irónico. Eran otros tiempos. De todos modos, el hermano de Gottfried, Birger Vanger, tuvo tres hijos: Johan, Fredrik y Gideon, todos nacidos a finales del siglo XIX. Podemos olvidarnos de Gideon Vanger; vendió su parte y emigró a América, donde todavía existe una rama de la familia. Pero Johan y Fredrik convirtieron la compañía en el moderno Grupo Vanger.

Henrik Vanger sacó un álbum y empezó a enseñarle fotos. En algunos retratos de principios del siglo pasado se veía a dos hombres con barbillas prominentes y el pelo engominado que miraban fijamente a la cámara sin el más mínimo amago de sonrisa.

—Johan Vanger era el genio de la familia; estudió para ingeniero y desarrolló la industria mecánica con varios inventos patentados. El acero y el hierro constituían la base del Grupo, pero se amplió a otros sectores como el textil. Johan Vanger murió en 1963; por aquel entonces tenía tres hijas: Sofia, Märit e Ingrid, las primeras mujeres que automáticamente tuvieron acceso a la junta general del Grupo.

»El otro hermano, Fredrik Vanger, era mi padre; un hombre de negocios y el líder industrial que transformó los inventos de Johan en ingresos. No murió hasta 1964. Participó activamente en la dirección de la empresa hasta su muerte, aunque en los años cincuenta me dejó a mí al mando del día a día. Pasaba lo mismo que en la generación anterior, aunque al revés: Johan Vanger sólo tuvo hijas.

Henrik Vanger mostró las fotografías de unas mujeres con generosos pechos que llevaban sombreros de ala ancha y parasoles.

—Y Fredrik, mi padre, sólo tuvo hijos. En total llegamos a ser cinco hermanos: Richard, Harald, Greger, Gustav y yo.

Para hacerse una idea clara de todos y cada uno de los miembros de la familia, Mikael dibujó un árbol genealógico en unos folios pegados con celo. Resaltó los nombres de los familiares presentes en la isla de Hedeby en la reunión familiar de 1966 que, al menos teóricamente, podían tener algo que ver con la desaparición de Harriet Vanger.

Mikael renunció a incluir a los niños menores de doce

años; le pasara lo que le pasase a Harriet Vanger, tenía que poner un límite lógico. Tras una breve reflexión, también tachó a Henrik Vanger; si el patriarca hubiera tenido algo que ver con la desaparición de la nieta de su hermano, sus actividades de los últimos treinta y seis años pertenecerían al campo de la psicopatología. La madre de Henrik Vanger, que en 1966 tenía la respetable edad de ochenta y un años, también podía ser descartada razonablemente. Quedaban veintitrés miembros de la familia que, según Henrik Vanger, debían incluirse en el grupo de «sospechosos». Siete de ellos habían fallecido y algunos ya se hallaban en una edad muy avanzada.

Sin embargo, Mikael no estaba dispuesto a aceptar sin más la certeza de Henrik Vanger de que un miembro de la familia fuera responsable de la desaparición de Harriet. Había que añadir otras personas a la lista de sospechosos.

Y dejando de lado a los miembros de la familia, ¿quién más trabajaba en Hedeby cuando Harriet Vanger desapareció? Dirch Frode empezó a trabajar como abogado de Henrik Vanger en la primavera de 1962. El actual bracero Gunnar Nilsson, con coartada o sin ella, tenía diecinueve años; su padre, Magnus Nilsson, sí estaba en la isla de Hedeby, al igual que el artista Eugen Norman y el reverendo Otto Falk. ¿Estaba casado Falk? Martin Aronsson, el granjero de Östergården, así como su hijo, Jerker Aronsson, también se encontraban en la isla; además, formaron parte del entorno de Harriet Vanger durante su infancia. ¿Qué relación había entre ellos? ¿Estaba casado Martin Aronsson? ¿Había más gente en la granja?

Cuando Mikael empezó a apuntar todos los nombres, el grupo se amplió a unas cuarenta personas. Algo frustrado, tiró el rotulador sobre la mesa. Eran ya las tres y media de la mañana y el termómetro seguía marcando 21 grados bajo cero. Parecía que la ola de frío iba a durar. Echaba de menos su cama de Bellmansgatan.

FREDRIK VANGER (1886-1964)
casado con **Ulrika** (1885-1969)

JOHAN VANGER (1884-1963)
casado con Gerda (1888-1960)

Richard (1907-1941)
casado con Margareta (1906-1959)

Sofia (1909-1977)
casada con **Åke Sjögren** (1906-1967)

Gottfried (1927-1965)
casado con **Isabella** (1928-)

Magnus Sjögren (1929-1994)
Sara Sjögren (1931-)
Erik Sjögren (1951-)
Håkan Sjögren (1955-)

Martin (1948-)
Harriet (1950-¿?)

Märit (1911-1988)
casada con **Algot Gunther** (1904-1987)

Harald (1911-)
casado con **Ingrid** (1925-1992)

Ossian Gunther (1930-)
casado con **Agnes** (1933-)
Jakob Gunther (1952-)

Birger (1939-)
Cecilia (1946-)
Anita (1948-)

Greger (1912-1974)
casado con **Gerda** (1922-)

Ingrid (1916-1990)
casada con **Harry Karlman** (1912-1984)

Gunnar Karlman (1942-)
Maria Karlman (1944-)

Alexander (1946-)

Gustav (1918-1955)
soltero, sin hijos

Henrik (1920-)
casado con Edith (1921-1958)
sin hijos

A las nueve de la mañana del miércoles unos golpes en la puerta despertaron a Mikael: Telia venía a instalarle el teléfono y un módem ADSL. A las once ya tenía conexión; ahora no se sentía tan discapacitado profesionalmente. Sin embargo, su móvil seguía en silencio. Erika llevaba una semana sin contestar a sus llamadas. Debía de estar muy cabreada. Él también empezó a portarse como un cabezota y se negó a telefonear a la oficina; si la llamaba al móvil, ella podía ver que se trataba de una llamada suya y, por tanto, decidir si cogerlo o no. Y, a la vista de los resultados, era obvio que no quería.

De todos modos, abrió su correo electrónico y repasó los más de trescientos cincuenta correos que había recibido durante la última semana. Guardó una docena de ellos; el resto eran *spam* o envíos de listas de *mailing* en las que estaba apuntado. El primer correo que abrió fue de <demokrat88@yahoo.com> y contenía el texto «ESPERO QUE CHUPES MUCHAS POLLAS EN EL TRULLO, COMUNISTA DE MIERDA». Mikael guardó el correo en el archivo «Crítica inteligente».

Escribió un breve texto a <erika.berger@millennium.se>:

Hola, Ricky. Imagino que, dado que no me devuelves las llamadas, estás tan enfadada conmigo que querrías matarme. Sólo quería avisarte de que tengo conexión a la red y de que me encontrarás en mi dirección de correo cuando quieras perdonarme. Por cierto, Hedeby es un sitio bastante pintoresco que merece la pena visitar. M.

A la hora de comer, metió su iBook en la bolsa y subió al Café de Susanne, donde se instaló en su mesa habitual del rincón. Cuando Susanne le sirvió el café y los sándwiches, miró el ordenador llena de curiosidad y le preguntó en qué estaba trabajando. Mikael usó por primera vez su *cover story* y le explicó que había sido contratado por Henrik Vanger para redactar su biografía. Se intercambiaron cumplidos. Susanne lo instó a recurrir a ella para las historias verdaderamente suculentas.

—Llevo treinta y cinco años atendiendo a la familia Vanger y conozco la mayoría de los cotilleos que hay sobre ellos —dijo, y se volvió contoneándose.

El árbol que había dibujado Mikael mostraba que la familia Vanger no paraba de engendrar proles de niños. Contando a los hijos, los nietos y los bisnietos —le dio pereza incluirlos en la genealogía—, los hermanos Fredrik y Johan Vanger tenían unos cincuenta descendientes. Mikael también reparó en que los miembros de la familia presentaban una tendencia general a la longevidad. Fredrik Vanger llegó a cumplir setenta y ocho años, y su hermano Johan ochenta. Ulrika Vanger murió a la edad de ochenta y cuatro. De los dos hermanos con vida, Harald Vanger tenía noventa y dos, y Henrik Vanger ochenta y uno.

La única excepción era el hermano de Henrik Vanger, Gustav, que falleció como consecuencia de una enfermedad pulmonar a la edad de treinta y siete años. Henrik Vanger le explicó a Mikael que Gustav siempre había sido enfermizo y un poco suyo, y que prefirió mantenerse al margen del resto de la familia. No se casó y tampoco tuvo hijos.

Los que murieron jóvenes lo hicieron por causas distintas a la enfermedad. Richard Vanger falleció en el campo de batalla cuando participaba como voluntario en la guerra de Invierno de Finlandia, con sólo treinta y cuatro años. Gottfried Vanger, el padre de Harriet, murió ahogado un año antes de que ella desapareciera. Harriet sólo tenía dieciséis años. Mikael reparó en la extraña simetría existente en esa rama de la familia: abuelo, padre e hija habían sido víctimas de una curiosa serie de desgracias. Por la parte de Richard sólo quedaba Martin Vanger, quien, a la edad de cincuenta y cinco años, seguía sin casarse y sin tener descendencia. No obstante, Henrik Vanger informó a Mikael de que su sobrino mantenía una relación estable con una mujer que vivía en Hedestad.

Martin Vanger tenía dieciocho años cuando su hermana desapareció. Pertenecía a ese reducido grupo de familiares que podían ser descartados, con bastante seguridad, de la lista de personas potencialmente relacionadas con la desaparición. Aquel otoño lo pasó en Uppsala, donde estudiaba el último año de instituto. Iba a participar en la reunión familiar, pero llegó algo más tarde y, por lo tanto, se encontraba entre los espectadores, al otro lado del puente, durante la trágica hora en la que su hermana desapareció.

Mikael se fijó en otras dos curiosidades del árbol genealógico. La primera, que los matrimonios parecían ser para toda la vida; ningún miembro de la familia Vanger se había divorciado ni se había vuelto a casar, ni siquiera si el cónyuge había muerto joven. Mikael se preguntó con qué frecuencia estadística ocurriría eso. Cecilia Vanger se había separado de su marido hacía ya muchos años pero, por lo visto, seguía casada.

La otra curiosidad era que la familia parecía dividida geográficamente entre el lado «masculino» y el lado «femenino». Los herederos de Fredrik Vanger, a los cuales pertenecía Henrik Vanger, desempeñaban, tradicionalmente, importantes papeles en la empresa y se instalaban en Hedestad o en sus alrededores. Los miembros de la rama familiar de Johan Vanger, que sólo daba mujeres herederas, se casaron y se dispersaron por otras partes del país; vivían principalmente en Estocolmo, Malmö y Gotemburgo —o en el extranjero—, y sólo iban a Hedestad de vacaciones o para las reuniones importantes del Grupo. Había una sola excepción: Ingrid Vanger, cuyo hijo, Gunnar Karlman, vivía en Hedestad. Era el redactor jefe del periódico local, *Hedestads-Kuriren*.

En su faceta de investigador privado, Henrik pensaba que «el verdadero móvil del asesinato de Harriet» quizá debiera buscarse en la estructura de la empresa, en el hecho de que él, ya desde muy pronto, diera a entender que Harriet era especial; que posiblemente el motivo fuera hacer daño al propio Henrik, o que Harriet hubiera encontrado algún tipo de información delicada respecto al Grupo, convirtiéndose así en una amenaza para alguien. Todo eso no eran más que especulaciones sin fundamento; aun así, Mikael conformó un grupo «de especial interés» compuesto por trece personas.

La conversación del día anterior con Henrik Vanger también fue instructiva en otro aspecto. Desde el primer momento, el viejo habló de su familia en unos términos tan despectivos y peyorativos que a Mikael le resultaron extraños. Mikael llegó incluso a preguntarse si las sospechas contra su propia familia por la desaparición de Harriet no habrían hecho que el viejo patriarca perdiera un poco el juicio. Pero ahora empezaba a darse cuenta de que la apreciación de Henrik Vanger, en realidad, era asombrosamente sensata.

La imagen que se iba configurando revelaba una familia que era social y económicamente exitosa, pero claramente disfuncional en todos los ámbitos cotidianos.

El padre de Henrik Vanger fue una persona fría e insensible que engendraba a sus hijos para luego dejar que su esposa se encargara de su educación y bienestar. Hasta que los niños alcanzaron aproximadamente los dieciséis años, apenas vieron a su padre, con la excepción de esas celebraciones familiares especiales en las que se esperaba que estuvieran presentes, pero que también fueran invisibles. Henrik Vanger no podía recordar que su padre le hubiera expresado, ni tan siquiera una vez, alguna muestra de afecto; todo lo contrario: a menudo le dejaba claro que era un incompetente, y lo convertía en objeto de su destructiva crítica. Raramente había castigos corporales; no hacía falta. No llegó a ganarse el respeto de su padre hasta más tarde, con sus logros profesionales en el Grupo Vanger.

Su hermano mayor, Richard, se había rebelado. Tras una discusión, cuya causa nunca se comentó en la familia, Richard se marchó a Uppsala para estudiar. Allí inició la carrera nazi, ya referida por Henrik Vanger, que algún tiempo después lo llevaría a las trincheras en la guerra de Invierno de Finlandia.

Sin embargo, el viejo no le había contado que otros dos hermanos hicieron carreras similares.

En 1930, tanto Harald como Greger Vanger siguieron las huellas del hermano mayor en Uppsala. Harald y Greger estuvieron muy unidos, pero Henrik Vanger no sabía hasta qué punto se relacionaron también con Richard. Lo que quedaba completamente claro era que los hermanos se unieron al movimiento fascista La Nueva Suecia, de Per Engdahl. Luego, Harald Vanger permaneció leal a Per Engdahl a lo largo de los años, al principio en la Asociación Nacional de Suecia, luego en Oposición Sueca y, finalmente, en el Movimiento de la Nueva Suecia, fundado una vez acabada la guerra. Siguió afiliado hasta la muerte de Per Engdahl, en los años noventa, y durante un tiempo fue uno de los contribuyentes económicos más importantes de los restos del hibernado movimiento fascista sueco.

Harald Vanger estudió medicina en Uppsala y casi inmediatamente entró en contacto con grupos que tenían verdadera obsesión por la biología racial y la higiene de razas. Durante un tiempo trabajó en el Instituto Sueco de Biología de Razas, y se convirtió, en calidad de médico, en un destacado activista de la campaña a favor de la esterilización de individuos no deseados.

Cita, Henrik Vanger, cinta 2, 02950:

Harald fue aún más allá. En 1937 fue coautor, afortunadamente bajo seudónimo, de un libro titulado *La nueva Europa de los pueblos*. De eso no me enteré hasta los años setenta. Tengo un ejemplar, si quieres leerlo. Se trata probablemente de uno de los libros más repulsivos jamás publicados en lengua sueca. Harald no sólo argumentó a favor de la esterilización, sino también de la eutanasia: ayudar a morir a las personas que ofendían sus gustos estéticos y que no encajaban en su imagen del pueblo sueco perfecto. O sea, abogaba por el genocidio en un texto redactado con una intachable prosa académica que contenía todos los argumentos médicos necesarios. Eliminar a los discapacitados. No dejar que la población sami se expandiera porque tenía genes mongoles. Los enfermos mentales experimentarían la muerte como una liberación, ¿no? Mujeres lascivas, quinquis, gitanos y judíos; ya te puedes imaginar. En la fantasía de mi hermano, Auschwitz podría haber estado situado en Dalecarlia.

Después de la guerra, Greger Vanger se hizo profesor y, al cabo de algún tiempo, director del instituto de bachillerato de Hedestad. Henrik creía que, al acabar la guerra, Greger ya no pertenecía a ningún partido, que había abandonado el nazismo. Murió en 1974 y hasta que Henrik no repasó sus cosas no se enteró, a través de la correspondencia, de que su hermano había entrado, en los años cincuenta, en una secta políticamente insignificante pero completamente absurda llamada PNN: Partido Nacional Nórdico. Fue miembro hasta su muerte.

Cita, Henrik Vanger, cinta 2, 04167:

De modo que tres de mis hermanos fueron, desde un punto de vista político, enfermos mentales. ¿Cómo de enfermos estarían en otros aspectos?

El único hermano que consiguió un poco de clemencia a ojos de Henrik Vanger fue el enfermizo Gustav, el que falleció de una enfermedad pulmonar en 1955. Gustav nunca tuvo interés por la política y más bien daba la sensación de ser un bohemio con alma de artista, totalmente apartado del mundo, sin el menor interés por los negocios ni por trabajar en el Grupo Vanger. Mikael le preguntó a Henrik Vanger:

—Ahora sólo quedáis tú y Harald. ¿Por qué volvió él a Hedeby?

—Regresó en 1979, poco antes de cumplir setenta años. Es el propietario de la casa.

—Debe de ser raro vivir tan cerca de un hermano al que uno odia tanto.

Henrik Vanger se quedó mirando a Mikael asombrado.

—No me has entendido bien. No odio a mi hermano. Más bien siento compasión por él. Es un completo idiota, pero es él el que me odia a mí.

—¿Él te odia?

—Pues sí. Creo que fue por eso por lo que volvió. Para poder pasar sus últimos años odiándome de cerca.

—¿Y por qué te odia?

—Porque me casé.

—Me parece que eso me lo vas a tener que explicar.

Henrik Vanger perdió pronto el contacto con sus hermanos mayores. Era el único que mostraba algún talento para los negocios: la última esperanza de su padre. No le interesaba la política y no quiso ir a Uppsala; en su lugar, optó por estudiar economía en Estocolmo. Desde que cumplió dieciocho años pasaba todas sus vacaciones haciendo prácticas en alguna de las muchas oficinas del Grupo Vanger, o participando en las juntas directivas. Llegó a conocer todos los entresijos de la empresa familiar.

El 10 de junio de 1941, en plena segunda guerra mundial, Henrik fue enviado seis semanas a Hamburgo, Alemania, a la oficina comercial del Grupo Vanger. Sólo tenía veintiún años. Su protector y mentor era el agente alemán de las empresas Vanger, un veterano de la empresa llamado Hermann Lobach.

—No te voy a cansar con todos los detalles, pero, cuando yo estuve allí, Hitler y Stalin seguían siendo buenos amigos y aún no existía el frente oriental. Todo el mundo estaba convencido de que Hitler era invencible. Había un sentimiento de… optimismo y desesperación; creo que ésas serían las palabras adecuadas. Más de medio siglo después todavía me cuesta describir el ambiente. No me malinterpretes, nunca fui nazi y Hitler me parecía un ridículo personaje de opereta, pero resultaba difícil no dejarse contagiar por el optimismo y la confianza en el futuro que reinaba entre la gente de a pie de Hamburgo. A pesar de que la guerra se iba acercando cada vez más, y de que varias escuadrillas aéreas bombardearon la ciudad durante el tiempo que pasé allí, la gente parecía pensar que aquello era algo pasajero; que pronto llegaría la paz y que Hitler instauraría su *Neuropa*, la nueva Europa. La gente quería creer que Hitler era Dios. En eso consistía el mensaje que difundía la propaganda.

Henrik Vanger abrió uno de sus muchos álbumes de fotografías.

—Éste es Hermann Lobach. Desapareció en 1944; probablemente murió durante alguna incursión aérea y fue enterrado. Nunca supimos lo que le ocurrió. Durante las semanas que pasé en Hamburgo llegué a estar muy unido a él. Me alojaba en casa de su familia en un piso elegante, en el barrio acomodado de la ciudad. Nos veíamos a diario. Era tan poco nazi como yo, pero estaba afiliado al partido por comodidad. El carné de miembro le abrió muchas puertas y aumentó sus posibilidades de hacer negocios para el Grupo Vanger; y negocios fue precisamente lo que hicimos. Construíamos vagones de carga para sus trenes; siempre me he preguntado si alguno de los vagones tendría Polonia como destino. Les vendíamos tela para los uniformes y tubos para las radios, aunque oficialmente no sabíamos qué uso le daban a la mercancía. Y Hermann Lobach sabía cómo hacer llegar a buen puerto un contrato; era ameno y campechano. El perfecto nazi. Al cabo de algún tiempo empecé a darme cuenta de que también era un hombre que intentaba desesperadamente ocultar un secreto.

»La noche del 22 de junio de 1941, Hermann Lobach llamó de repente a la puerta de mi dormitorio y me despertó. Mi habitación era contigua a la de su mujer y me hizo señas para que estuviera callado, me vistiera y lo acompañara. Bajamos a la planta baja y nos sentamos en la sala de fumadores. Resultaba obvio que Lobach llevaba toda la noche despierto. Tenía la radio puesta y me di cuenta de que había pasado algo dramático; se había puesto en marcha la Operación Barbarroja. Alemania había atacado a la Unión Soviética durante el fin de semana de *Midsommar*. —Henrik Vanger hizo un gesto resignado con la mano—. Hermann Lobach puso dos copas sobre la mesa y sirvió unos buenos chupitos de aguardiente. Estaba visiblemente afectado. Al preguntarle qué significaba todo aquello, contestó, con clarividencia, que era el fin de Alemania y del nazismo. Le creí sólo a medias porque Hitler parecía invencible, pero Lobach me propuso un brindis por la caída de Alemania. Luego habló de los asuntos prácticos.

Mikael asintió dando a entender que seguía escuchando la historia.

—Para empezar, él no tenía ninguna posibilidad de contactar con mi padre para recibir instrucciones, pero, por iniciativa propia, decidió interrumpir mi estancia en Alemania y mandarme a casa tan pronto como fuera posible. En segundo lugar, quería que yo hiciera algo por él.

Henrik Vanger señaló un retrato amarillento y desportillado de una mujer morena de perfil.

—Hermann Lobach estaba casado desde hacía cuarenta años, pero en 1919 conoció a una mujer mucho más joven que él, de una belleza deslumbrante, de la que se enamoró perdidamente. Ella era una pobre y sencilla costurera. Lobach la cortejó y, al igual que tantos otros hombres adinerados, se pudo permitir instalarla en un piso a poca distancia de su oficina. Ella se convirtió en su amante. En 1921 dio a luz a una hija que fue bautizada como Edith.

—Hombre rico mayor, joven mujer pobre y una hija como fruto del amor; supongo que eso no fue un gran escándalo, ni siquiera en los años cuarenta —comentó Mikael.

—Correcto. Si no hubiera sido por un detalle: la mujer era judía y, por lo tanto, Lobach era padre de una hija judía en plena Alemania nazi. En la práctica, era un «traidor de la raza».

—Ah, eso, indudablemente, cambia las cosas. ¿Y qué pasó?

—La madre de Edith fue detenida en 1939. Desapareció y sólo nos queda imaginar su destino. Era bien conocido que tenía una hija que todavía no había sido registrada en ninguna lista de deportados, pero a la cual buscaba ahora una sección de la Gestapo, cuya misión era perseguir a los judíos fugitivos. En el verano de 1941, la misma semana que yo llegué a Hamburgo, se vinculó a la madre de Edith con Hermann Lobach, y él fue convocado a un interrogatorio. Confesó la relación y la paternidad, pero declaró que no tenía ni idea de dónde se encontraba su hija y que llevaba diez años sin saber de ella.

—¿Y dónde estaba la hija?

—Yo la veía todos los días en casa de los Lobach. Era una chica de veinte años guapa y callada que limpiaba mi habitación y ayudaba a servir la cena. En 1937 la persecución de los judíos llevaba ya varios años y la madre de Edith le suplicó a Lobach su ayuda. Y él la ayudó; Lobach quería tanto a su hija ilegítima como a sus otros hijos. La ocultó en el sitio más inimaginable, ante las mismas narices de todos. Le consiguió papeles falsos y la contrató como asistenta.

—¿Sabía su esposa quién era?

—No, ella no tenía ni idea de la situación.

—¿Y qué pasó?

—Eso había funcionado durante cuatro años, pero ahora Lobach se sentía con la soga al cuello. Era sólo una cuestión de tiempo que la Gestapo llamara a su puerta. Todo esto me lo contó sólo unas semanas antes de que yo volviera a Suecia. Luego buscó a su hija y nos presentó. Era muy tímida y ni siquiera se atrevió a mirarme a los ojos. Lobach me suplicó que salvara su vida.

—¿Cómo?

—Lo tenía todo organizado. Según los planes, yo me quedaría allí otras tres semanas más y luego cogería el tren nocturno a Copenhague para cruzar el estrecho en barco; un viaje relativamente seguro, incluso en tiempos de guerra. Dos días después de nuestra conversación, un carguero, propiedad del Grupo Vanger, iba a zarpar del puerto de Hamburgo con destino a Suecia. Entonces Lobach quiso sacarme de Alemania, sin más demora, en ese buque. Los cambios de planes tenían que ser aprobados por los servicios de seguridad. Unos simples trámites burocráticos; no habría problemas. Pero Lobach insistía en que yo me fuera ya.

—Junto con Edith, supongo.

—A Edith la subieron a bordo clandestinamente, escondida en una de las trescientas cajas que contenían maquinaria. Mi misión era protegerla en el caso de que fuese descubierta en aguas alemanas, e impedir que el capitán del barco hiciera una estupidez. Pero si todo iba bien, debía esperar hasta que nos alejáramos un buen trecho de Alemania antes de dejarla salir.

—Entiendo.

—Parecía fácil, pero el viaje se convirtió en una pesadilla. El capitán del barco se llamaba Oskar Granath; y no le gustó nada la idea de tener bajo su responsabilidad al engreído heredero de su jefe. Zarpamos de Hamburgo hacia las nueve de la noche, a finales de junio. Estábamos a punto de salir del puerto interior cuando la alarma empezó a sonar. Un ataque aéreo inglés, el peor que he visto en mi vida; y el puerto constituía, por supuesto, una zona prioritaria. No exagero si te digo que por poco me meo en los pantalones cuando vi que las bombas empezaban a caer cerca de nosotros. Pero de alguna manera sobrevivimos; y después de una avería en el motor y de una noche miserablemente tormentosa navegando por aguas minadas, llegamos a Karlskrona al día siguiente por la tarde. Y ahora me vas a preguntar qué pasó con la chica.

—Creo que ya lo sé.

—Mi padre, naturalmente, se puso furioso. Me había jugado la vida con aquella estúpida acción. Y la chica podría ser deportada en cualquier momento; recuerda que estábamos en 1941. Pero a esas alturas yo ya estaba tan perdidamente enamorado de ella como Lobach lo estuvo de su madre. Pedí su mano y le di un ultimátum a mi padre: o aceptaba el matrimonio o se buscaba otro sucesor para la empresa familiar. Y claudicó.

—Pero ¿ella murió?

—Sí, demasiado joven. En 1958. Pasamos poco más de dieciséis años juntos. Tenía una anomalía congénita en el corazón. Y resultó que yo era estéril, así que no tuvimos hijos. Por eso mi hermano me odia.

—¿Porque te casaste con ella?

—Porque —dicho con sus palabras— me casé con una sucia puta judía. Eso representaba para él una traición contra la raza, el pueblo, la moral y absolutamente todo lo que él encarnaba.

—Está loco de remate.

—Yo no podría haberlo definido mejor.

Capítulo 10

Jueves, 9 de enero –
Viernes, 31 de enero

El primer mes de Mikael en ese perdido rincón del mundo estaba siendo, según el *Hedestads-Kuriren*, el más frío que se recordaba; o, por lo menos (si le hacía caso a Henrik Vanger), desde el invierno de la guerra de 1942. Mikael estaba dispuesto a aceptar el dato como verdadero. Apenas llevaba una semana en Hedeby y ya lo sabía todo sobre los calzoncillos largos y los calcetines de lana, al tiempo que había aprendido la importancia de ponerse dos camisetas interiores.

A mediados de enero, cuando el frío alcanzó los increíbles 37 grados bajo cero, pasó unos días terribles. Nunca había experimentado nada similar, ni siquiera durante aquel año que pasó en Kiruna haciendo el servicio militar. Una mañana, la tubería del agua se congeló. Gunnar Nilsson le proporcionó dos grandes bidones de plástico para que pudiera cocinar y lavarse, pero el frío resultaba paralizador. En las ventanas, por la parte interior, se formaron cristales de nieve, y, por mucho que calentara la cocina de hierro, Mikael se sentía permanentemente congelado. Todos los días pasaba un buen rato cortando leña en el cobertizo de detrás de la casa.

Había momentos en los que estaba a punto de llorar; incluso barajó la posibilidad de coger un taxi hasta Hedestad y subirse al primer tren que fuera hacia el sur. En vez de eso, se puso un jersey más, se abrigó con una manta y se sentó a tomar café a la mesa de la cocina, mientras leía viejos informes policiales.

Unos días más tarde el tiempo cambió y la temperatura subió hasta unos agradables 10 bajo cero.

Mikael empezó a conocer a la gente de Hedeby. Martin Vanger cumplió su promesa y lo invitó a cenar; una cena preparada por él mismo: solomillo de alce con vino tinto italiano. El industrial no estaba casado, pero mantenía una relación con una tal Eva Hassel, que les acompañó durante la cena. Eva Hassel era una mujer cariñosa, abierta y amena; Mikael la encontró extraordinariamente atractiva. Era dentista y vivía en Hedestad, pero pasaba los fines de semana con Martin Vanger. Poco a poco Mikael fue sabiendo que se habían conocido hacía muchos años, pero que no empezaron a relacionarse hasta una edad ya avanzada; y no veían ninguna razón para casarse.

—La verdad es que es mi dentista — dijo Martin Vanger, riéndose.

—Y entrar en esta familia de locos no es una cosa que me entusiasme —dijo Eva Hassel, dándole a Martin Vanger unas cariñosas palmaditas en la rodilla.

El chalé de Martin Vanger era el sueño de todo soltero. De arquitectura moderna y decorado con muebles en negro, blanco y cromado, su carísimo mobiliario de diseño habría fascinado al mismísimo Christer Malm, con su refinado gusto. La cocina estaba equipada con todo lo que un cocinero profesional podría necesitar. En el salón había un tocadiscos estéreo de la más alta gama y una formidable colección de discos de *jazz* de vinilo que iba desde Tommy Dorsey hasta John Coltrane. Martin Vanger tenía dinero y su hogar era lujoso y funcional, pero también un poco impersonal. Mikael advirtió que los cuadros de la pared eran simples reproducciones y láminas que se podían encontrar en Ikea: bonitas pero no muy sofisticadas. Las estanterías, al menos en la parte de la casa que Mikael pudo ver, no estaban muy llenas: la *Enciclopedia nacional* y unos cuantos libros de esos que la gente suele regalar por Navidad a falta de mejores ideas. En resumidas cuentas, Mikael sólo pudo apreciar dos aficiones personales en la vida de Martin Vanger: la música y la cocina. La primera afición se traducía en, aproximadamente, unos tres mil discos LP. La segunda se reflejaba en el barrigón que sobresalía por encima de su cinturón.

Como persona, Martin Vanger daba muestras de una curiosa mezcla de estupidez, agudeza y amabilidad. No hacía falta tener muy desarrollada la capacidad analítica para sacar la conclusión de que se trataba de una persona con problemas. Mientras escuchaban *Night in Tunisia*, la conversación desembocó en el Grupo Vanger, y Martin Vanger no intentó ocultar que estaba luchando por la supervivencia de su empresa. La elección del tema confundió a Mikael; Martin Vanger era consciente de que tenía como invitado a un periodista al que apenas conocía, pero aun así hablaba de los problemas internos de la empresa con tanta franqueza que resultaba imprudente. Por lo visto, consideraba a Mikael como uno más de la familia, ya que trabajaba para Henrik Vanger. Coincidía con el anterior director en que los familiares sólo podían culparse a sí mismos de la situación en la que se encontraban. Por el contrario, carecía de la amargura propia del viejo y de su implacable desprecio por sus parientes; aquella incurable locura familiar parecía más bien entretenerle. Eva Hassel asentía con la cabeza, pero no realizó ni un solo comentario. Al parecer, ya habían tratado ese tema antes.

Martin Vanger estaba al tanto de que Mikael había sido contratado para escribir la crónica familiar, y le preguntó cómo avanzaba el trabajo. Mikael contestó sonriendo que le estaba costando mucho aprenderse todos los nombres, y luego preguntó si podía volver para hacerle una entrevista cuando le viniera bien. En varias ocasiones contempló la idea de conducir la conversación hacia la obsesión que el viejo tenía por la desaparición de Harriet Vanger. Sin duda, Henrik Vanger habría torturado más de una vez al hermano de Harriet con sus teorías; además, Martin debería entender que, si Mikael iba a escribir una crónica familiar, difícilmente podría pasar por alto que un miembro de la familia hubiera desaparecido sin dejar rastro. Pero Martin no dio muestras de querer sacar aquel tema y Mikael lo dejó estar. Ya tendrían ocasión de hablar de Harriet más adelante.

Después de varios vodkas, se despidieron sobre las dos de la mañana. Mikael estaba bastante borracho cuando, tambaleándose, recorrió los trescientos metros que había hasta su casa. En general, fue una velada agradable.

Una tarde, durante la segunda semana de Mikael en Hedeby, alguien llamó a la puerta de su casa. Mikael dejó la carpeta de la investigación policial que acababa de abrir —la sexta— y cerró el estudio antes de abrir la puerta a una mujer rubia de unos cincuenta años bien abrigada.

—Hola. Sólo quería presentarme. Me llamo Cecilia Vanger.

Se dieron la mano y Mikael sacó unas tazas de café. Cecilia Vanger, hija del nazi Harald Vanger, le pareció una mujer abierta y, en muchos aspectos, atractiva. Mikael recordó que Henrik Vanger se había expresado con mucho afecto al hablar de ella; había mencionado que no se relacionaba con su padre, pero que eran vecinos. Charlaron un rato antes de que ella sacara el tema que la había llevado hasta allí.

—Tengo entendido que vas a escribir un libro sobre

la familia. No estoy segura de que me guste la idea —dijo—. Pero aun así tenía curiosidad por verte.

—Bueno, es Henrik Vanger el que me ha contratado. Es su historia, por decirlo de alguna manera.

—Y el bueno de Henrik no resulta del todo objetivo cuando se trata de la familia.

Mikael la observó; en realidad, no entendía lo que ella había querido decir.

—¿Te opones a que se escriba un libro sobre la familia Vanger?

—Yo no he dicho eso. Y no creo que mi opinión importe mucho. Pero seguro que ya has entendido que no siempre ha sido fácil ser miembro de esta familia.

Mikael no tenía ni idea de lo que habría dicho Henrik, ni hasta qué punto Cecilia conocería la verdadera misión. Hizo un gesto con las manos, como queriéndose excusar.

—Henrik Vanger me ha contratado para escribir una crónica familiar. Tiene opiniones bastante llamativas sobre varios miembros de la familia, pero pienso atenerme a lo que se pueda comprobar.

Cecilia Vanger esbozó una triste sonrisa.

—Lo que quiero saber es si voy a tener que exiliarme cuando el libro aparezca.

—No creo —contestó Mikael—. La gente sabe ver la diferencia entre una persona y otra.

—Como mi padre, por ejemplo.

—¿Tu padre, el nazi? —preguntó Mikael.

Sorprendida, Cecilia Vanger elevó la mirada al cielo.

—Mi padre está loco. Sólo lo veo un par de veces al año, a pesar de que vivimos pared con pared.

—¿Por qué no lo quieres ver?

—Espera un momento antes de empezar a soltarme una sarta de preguntas. ¿Vas a publicar lo que te diga? ¿O puedo tener una conversación normal contigo sin temer que me presentes como una idiota?

Mikael dudó un instante, sin saber muy bien cómo expresarse.

—Tengo el encargo de escribir un libro que empiece cuando Alexandre Vangeersad desembarcó con Bernadotte y que llegue hasta hoy en día. Tratará sobre el imperio industrial ostentado durante muchas décadas, pero, naturalmente, también versará sobre las razones por las que éste se está derrumbando y sobre los conflictos que hay en la familia. En este tipo de historias resulta imposible evitar que la mierda salga a flote. Pero eso no quiere decir que vaya a pintarlo todo de color negro, ni que vaya a hacer una caricatura sarcástica de la familia. Por ejemplo, acabo de conocer a Martin Vanger, que me parece una persona simpática, y así lo voy a describir.

Cecilia Vanger no contestó.

—De ti sé que eres profesora…

—Peor aún: soy directora del instituto de Hedestad.

—Perdona. Sé que le caes bien a Henrik Vanger, que estás casada, pero separada… y eso es todo, más o menos. Y sí, puedes hablar conmigo sin miedo a ser citada ni exponerte a nada. No obstante, seguramente algún día llamaré a tu puerta para pedirte que me ayudes a aclarar algún hecho concreto. Entonces sí será una entrevista y podrás decidir si quieres contestar o no. Pero te lo dejaré claro cuando sea el caso.

—Así que puedo hablar contigo… *off the record*, como soléis decir los periodistas.

—Por supuesto.

—¿Y esto es *off the record*?

—Eres una vecina que me ha hecho una visita para tomar café, nada más.

—Vale. Entonces ¿te puedo preguntar una cosa?

—Adelante.

—¿Qué parte del libro irá sobre Harriet Vanger?

Mikael se mordió el labio y dudó. Luego, como quitándole importancia al asunto, contestó:

—Si te soy sincero, no tengo ni idea. Está claro que podría constituir, perfectamente, un capítulo; no cabe duda de que se trata de un suceso dramático que ha influido, al menos, en Henrik Vanger.

—Pero ¿no estás aquí para investigar su desaparición?

—¿Qué te hace pensar eso?

—Bueno, el hecho de que Gunnar Nilsson arrastrara hasta aquí cuatro cajas. Seguro que son las investigaciones privadas que Henrik ha realizado a lo largo de todos estos años. Y, además, cuando eché un vistazo a la antigua habitación de Harriet, donde Henrik suele guardar su colección de documentos, no estaban allí.

Cecilia Vanger no tenía ni un pelo de tonta.

—Eso lo tendrás que hablar con Henrik Vanger y no conmigo —contestó Mikael—. Pero es verdad, Henrik ha hablado bastante de la desaparición de Harriet y me parece interesante leer el material.

Cecilia Vanger volvió a sonreír con tristeza.

—A veces me pregunto quién está más loco: si mi padre o mi tío. Debo de haber hablado con él sobre la desaparición de Harriet miles de veces.

—¿Qué crees que ocurrió?

—¿Es una pregunta de entrevista?

—No —contestó Mikael, riéndose—. Pregunto por curiosidad.

—Lo que me despierta la curiosidad es saber si tú también estás chiflado. Si te has creído el razonamiento de Henrik, o si eres tú el que anima a Henrik a seguir.

—¿Quieres decir que Henrik es un chiflado?

—No me malinterpretes. Henrik es una de las personas más afectuosas y consideradas que conozco. Le quiero mucho. Pero está obsesionado con ese tema.

—Pero la obsesión tiene una base real. De hecho, Harriet desapareció.

—Es que estoy hasta el moño de toda esa historia. Ha envenenado nuestras vidas durante muchos años y no parece tener fin. —Apenas pronunciadas estas palabras, se levantó y se puso el abrigo—. Tengo que irme. Pareces simpático. Martin piensa lo mismo, pero sus opiniones no siempre son acertadas. Pásate por mi casa a tomar café cuando quieras. Por las noches estoy casi siempre.

—Gracias —contestó Mikael, y mientras ella se dirigía hacia la puerta, añadió—: No has contestado a la pregunta que no era pregunta de entrevista.

Cecilia se detuvo y, sin mirarlo, le dijo:

—No tengo ni idea de lo que le ocurrió a Harriet. Pero creo que fue un accidente con una explicación tan sencilla y trivial que si alguna vez nos enteramos de cómo sucedió, nos dejará asombrados.

Se dio media vuelta y, por primera vez, le sonrió con simpatía. Luego se despidió con la mano y desapareció. Mikael permaneció sentado a la mesa de la cocina reflexionando: Cecilia Vanger era una de las personas marcadas en la lista de miembros de la familia que se encontraban en la isla cuando Harriet Vanger desapareció.

Si Cecilia Vanger le había parecido, en general, una persona agradable, no podía decir lo mismo de Isabella Vanger. La madre de Harriet tenía setenta y cinco años y, tal y como le había advertido Henrik Vanger, se trataba de una mujer de una extrema elegancia que recordaba vagamente a una Lauren Bacall entrada en años. Una mañana, de camino al Café de Susanne, Mikael se encontró con ella; vestía un abrigo de astracán negro con una gorra a juego y se apoyaba en un bastón también negro. Parecía una vampiresa envejecida, todavía bella, pero venenosa como una serpiente. Al parecer, Isabella volvía a casa después de haber dado un paseo; lo llamó desde el cruce.

—Oiga, joven. Venga aquí.

Resultaba difícil desoír ese tono autoritario. Mikael

miró a su alrededor y llegó a la conclusión de que se refería a él. Se acercó.

—Soy Isabella Vanger —proclamó la mujer.

—Hola, yo me llamo Mikael Blomkvist —respondió, extendiéndole una mano que ella ignoró por completo.

—¿Es usted el tipo que anda husmeando en nuestros asuntos familiares?

—Bueno, yo soy el tipo que Henrik Vanger ha contratado para que le ayude con su libro sobre la familia Vanger.

—Pues eso no es asunto suyo.

—¿El qué? ¿Que Henrik Vanger me haya contratado o que yo haya aceptado? En el primer caso creo que es asunto de Henrik; en el segundo, es asunto mío.

—Sabe muy bien a lo que me refiero. No me gusta que la gente meta sus narices en mi vida.

—De acuerdo, no lo haré. El resto lo tendrá que tratar usted con Henrik Vanger.

De repente, Isabella Vanger levantó su bastón y puso la empuñadura contra el pecho de Mikael. No lo hizo con mucha fuerza, pero él, perplejo, dio un paso hacia atrás.

—Aléjese de mí.

Isabella Vanger dio media vuelta y echó a andar hacia su casa. Mikael se quedó quieto, con la expresión de quien acaba de conocer en persona a un personaje de tebeo. Al alzar la vista vio a Henrik Vanger en su despacho. Tenía una taza de café en la mano, que levantó a modo de irónico brindis. Mikael hizo un gesto resignado con las manos, sacudió la cabeza y se marchó al Café de Susanne.

El único viaje que Mikael realizó durante el primer mes fue una excursión de un día a una cala del lago Siljan. Tomó prestado el Mercedes de Dirch Frode y condujo por un paisaje nevado para pasar una tarde con el inspector Gustaf Morell. Mikael había intentado hacerse una idea sobre Morell basándose en la imagen que se desprendía de la investigación policial; encontró a un viejo enjuto y nervudo que se movía lentamente y que hablaba con más parsimonia aún.

Mikael llevaba un cuaderno con unas diez preguntas, principalmente cosas que se le habían ocurrido mientras leía el informe policial. Morell contestó pedagógicamente a todas las preguntas. Al final Mikael dejó de lado sus anotaciones y le explicó a Morell que las preguntas sólo habían sido una excusa para poder conocer al retirado inspector. Lo que realmente quería era conversar un rato y formularle la única pregunta importante: ¿había algo en la investigación policial que no hubiera recogido en los informes?; ¿hizo alguna reflexión o tenía algún presentimiento que quisiera comunicarle?

Ya que Morell, al igual que Henrik Vanger, llevaba treinta y seis años dándole vueltas al misterio de la desaparición de Harriet, Mikael esperaba cierta resistencia. Al fin y al cabo, él era el chico nuevo que se había metido en el berenjenal en el que Morell se perdió. Pero no había el menor indicio de hostilidad. Antes de contestar, Morell cargó meticulosamente su pipa y encendió una cerilla.

—Sí, claro que he reflexionado. Pero mis ideas son tan vagas y escurridizas que no sé muy bien cómo formularlas.

—¿Qué cree que le ocurrió a Harriet?

—Creo que la asesinaron. En eso estoy de acuerdo con Henrik. Es la única explicación posible. Pero nunca hemos sabido el porqué. Lo que creo es que lo hicieron por alguna razón concreta; no fue por un ataque de locura, ni para violarla, ni nada por el estilo. Si conociéramos el motivo, sabríamos quién la asesinó.

Morell meditó un rato.

—El asesinato pudo haberse cometido de manera espontánea. Quiero decir que alguien se aprovechó del absoluto caos que se generó después del accidente. El asesino ocultó el cuerpo y lo trasladó más tarde, mientras nosotros hacíamos batidas por la isla.

—En tal caso estamos hablando de alguien con mucha sangre fría.

—Hay un detalle relevante: Harriet se presentó en el despacho de Henrik e intentó hablar con él. Ahora, en retrospectiva, me parece un comportamiento raro; ella sabía muy bien que él estaba ocupado con todos los familiares que andaban por allí. Creo que Harriet constituía una amenaza para alguien, que quería contarle algo a Henrik y que el asesino se dio cuenta de que ella iba a... bueno, a chivarse.

—Henrik estaba ocupado con algunos miembros de la familia...

—Aparte de Henrik, había cuatro personas en la habitación: su hermano Greger, un sobrino que se llama Magnus Sjögren, y los dos hijos de Harald Vanger, Birger y Cecilia. Pero eso no significa nada. Pongamos que Harriet, hipotéticamente hablando, hubiera descubierto que alguien malversaba fondos de la empresa. Podría haberlo sabido desde hacía meses e, incluso, haberlo comentado con la persona en cuestión. Podría haber intentado chantajearle, o puede que le diera pena y que ella no supiera si delatarlo o no. Quizá se decidiera de repente y tal vez se lo contara al asesino, quien, acto seguido, en un ataque de pura desesperación, la mató.

—¿Por qué habla en masculino?

—Estadísticamente, la mayoría de los asesinos son hombres. Pero es cierto: en la familia Vanger hay algunas mujeres que son unas auténticas arpías.

—Ya he conocido a Isabella.

—Es una de ellas. Pero hay más. Cecilia Vanger puede ser bastante mordaz. ¿Has conocido ya a Sara Sjögren?

Mikael negó con la cabeza.

—Es la hija de Sofia Vanger, una de las primas de Henrik. Ahí tienes a una mujer realmente antipática y exenta de escrúpulos. Pero vivía en Malmö y, por lo que he podido averiguar, no tenía ningún motivo para matar a Harriet.

—Vale.

—El problema sigue siendo que, con todas las vueltas que le hemos dado al asunto, todavía no hemos averiguado la causa. Eso es lo más importante. Si damos con el motivo, sabremos qué ocurrió y quién es el culpable.

—Se ha empleado a fondo en este caso. ¿Hay alguna pista que no haya investigado?

Gustaf Morell se rió entre dientes.

—Pues no, Mikael. Le he dedicado al caso un tiempo infinito y no se me ocurre nada que no haya llevado hasta donde era posible. Incluso después de que me ascendieran y me fuera de Hedestad.

—¿Se fue?

—Sí, yo no soy originario de Hedestad. Estuve destinado allí entre 1963 y 1968. Luego, al nombrarme comisario, me trasladé a la policía de Gävle hasta el final de mi carrera profesional. Pero incluso en Gävle seguí con mis pesquisas sobre la desaparición de Harriet.

—Henrik Vanger no le dejaba en paz, supongo.

—No, claro que no. Pero no fue por eso. El misterio de Harriet me sigue fascinando aún hoy en día. Quiero decir… hay que verlo de la siguiente manera: todos los policías tienen un misterio sin resolver. De mis días en Hedestad recuerdo que, cuando tomábamos café, los compañeros de más edad hablaban sobre el caso Rebecka, en particular un policía que se llamaba Torstensson, muerto hace mucho, que año tras año retomaba el caso. En su tiempo libre y en sus vacaciones. Cuando los delincuentes locales no daban mucha guerra, solía sacar las carpetas y ponerse a cavilar.

—¿También se trataba de una chica desaparecida?

Por un momento, el comisario Morell pareció asombrado. Luego, al darse cuenta de que Mikael buscaba alguna conexión, sonrió.

—No, no lo he mencionado por eso. Estoy hablando del «alma» del policía. El caso Rebecka ocurrió incluso antes de que Harriet Vanger naciera y hace mucho tiempo que prescribió. En los años cuarenta una mujer de Hedestad fue atacada, violada y asesinada. No es nada raro. Durante su carrera profesional todo policía tiene que investigar alguna vez esa clase de crímenes. Lo que quiero decir es que hay casos que se te pegan al cuerpo y se meten por debajo de la piel. Aquella chica fue asesinada de la manera más brutal. El asesino la ató y le metió la cabeza entre las brasas encendidas de una chimenea. No sé cuánto tiempo tardaría la pobre en morir ni las torturas que sufriría.

—¡Joder, qué horror!

—Pues sí. Extremadamente cruel. El pobre Torstensson fue el primer investigador que se presentó en el lugar del crimen y el asesinato permaneció sin resolverse, a pesar de que se recurriera a la ayuda de expertos de Estocolmo. Nunca jamás pudo dejar el caso.

—Lo entiendo.

—De modo que mi Rebecka se llama Harriet. En su caso ni siquiera sabemos cómo murió. Técnicamente, ni siquiera podemos probar que se cometiera un asesinato. Pero nunca he sido capaz de abandonar el tema. —Meditó durante un instante—. Investigar un asesinato puede ser el trabajo más solitario del mundo. Los amigos de la víctima están indignados y desesperados, pero tarde o temprano, al cabo de algunas semanas o de unos meses, la vida vuelve a la normalidad. Los más allegados necesitan más tiempo, pero ellos también superan el dolor y la desesperación. La vida sigue. Pero los asesinatos sin resolver te corroen por dentro. Al final, sólo queda una persona que piensa en la víctima e intenta que se haga justicia: el policía que se hace cargo de la investigación.

Tres personas más de la familia Vanger vivían en la isla de Hedeby. Alexander Vanger —nacido en 1946 e hijo de Greger, el tercer hermano— habitaba en una casa de madera, reformada, de principios del siglo XX. Mikael sabía, por Henrik, que Alexander Vanger se encontraba actualmente en las Antillas, donde se dedicaba a su ocupación favorita: navegar y dejar pasar el tiempo sin dar un palo al agua. Henrik hablaba de su sobrino en términos tan descalificatorios que Mikael llegó a la conclusión de que Alexander Vanger habría sido objeto de ciertas controversias. Sin embargo, se contentó con saber que Alexander tenía veinte años cuando Harriet Vanger desapareció, y que formaba parte del círculo de familiares presentes en la isla.

Alexander vivía con su madre Gerda, de ochenta años, viuda de Greger Vanger. Mikael nunca la había visto; tenía una salud delicada y se pasaba la mayor parte del tiempo en la cama.

El tercer miembro de la familia era, por supuesto, Harald Vanger. Durante el primer mes, Mikael no consiguió ver ni la sombra del viejo biólogo de razas. La casa de Harald Vanger —la que Mikael tenía más cerca— presentaba un aspecto sombrío; unas oscuras cortinas en todas las ventanas ocultaban el interior. Daba mal agüero. En varias ocasiones, al pasar Mikael por la casa, le había parecido percibir un ligero movimiento de cortinas; y una noche, ya tarde, cuando estaba a punto de acostarse, descubrió de repente, por el resquicio de una de ellas, el reflejo de una luz en la planta superior. Fascinado, permaneció en la oscuridad durante más de veinte minutos, junto a la ventana de la cocina, contemplando aquella luz antes de olvidarse del tema e irse a la cama tiritando de frío. A la mañana siguiente la cortina volvía a estar en su sitio.

Harald Vanger parecía ser un espíritu invisible, pero constantemente presente, que, con su aparente ausencia, marcaba la vida del pueblo. En la imaginación de Mikael, Harald Vanger iba adoptando cada vez más la forma de un malvado Gollum que espiaba su entorno tras las cortinas y que se dedicaba a misteriosas actividades en su blindada cueva.

Una vez al día Harald Vanger recibía la visita de la asistenta social, una mujer mayor que vivía al otro lado del puente y que, cargada con las bolsas de la compra, atravesaba con mucho esfuerzo la nieve que había hasta la puerta, ya que Harald Vanger se negaba a que le limpiaran el camino de entrada. Gunnar Nilsson, el bracero, movió la cabeza, resignado, cuando Mikael sacó el tema. Le explicó que se había ofrecido a quitarle la nieve, pero que, al parecer, Harald Vanger no quería que nadie pisara su territorio. Una sola vez, el primer invierno tras volver Harald Vanger a la isla, Gunnar Nilsson, espontáneamente, subió con el tractor para quitar la nieve del patio de su casa, al igual que lo hacía en todas las demás. La iniciativa tuvo como resultado que Harald Vanger saliera corriendo de su casa dando voces y armando un gran escándalo hasta que Nilsson se alejó de allí.

Desgraciadamente, Nilsson no podía quitar la nieve de la entrada de la casa de Mikael, ya que la verja era demasiado estrecha para que pasara el tractor. Allí todavía había que recurrir a la pala y la fuerza de las manos.

A mediados de enero, Mikael Blomkvist encargó a su abogado que averiguara cuándo le tocaba cumplir sus tres meses de condena. Estaba ansioso por quitárselos de encima cuanto antes. Entrar en prisión resultó ser mucho más fácil de lo que se imaginaba. Tras unas semanas de deliberación, se decidió que Mikael se presentara el 17 de marzo en la cárcel de Rulåker, cerca de Östersund, un centro penitenciario con régimen abierto, destinado a gente con pocos antecedentes penales. El abogado de Mikael también pudo comunicarle que el tiempo de condena, con gran probabilidad, podría acortarse un poco.

—Bien —dijo Mikael sin mucho entusiasmo.

Estaba sentado a la mesa de la cocina, acariciando a la gata parda, que tenía por costumbre aparecer de vez en cuando y pasar la noche con Mikael. Por Helen Nilsson, la vecina de enfrente, se enteró de que la gata se llamaba *Tjorven* y de que no pertenecía a nadie en particular, sino que solía merodear por las casas.

Mikael se reunía con Henrik Vanger casi todas las tardes. Unas veces tenían una breve charla, otras se quedaban horas y horas hablando de la desaparición de Harriet Vanger y de todo tipo de detalles de la investigación privada de Henrik Vanger.

En muchas ocasiones, las conversaciones consistían en que Mikael presentaba una teoría que luego Henrik echaba por tierra. Mikael intentaba mantener la distancia con respecto a su misión, pero había momentos en los que se quedaba irremediablemente fascinado por el misterioso rompecabezas que constituía la desaparición de Harriet Vanger.

Mikael le había asegurado a Erika que también diseñaría una estrategia para poder emprender la batalla con Hans-Erik Wennerström, pero en todo el mes que llevaba en Hedestad ni siquiera había abierto las viejas carpetas cuyo contenido le había conducido ante el juez. Al contrario: evitaba el problema. Cada vez que se ponía a pensar en Wennerström y su propia situación, las fuerzas le flaqueaban y caía en el más profundo desánimo. En los momentos de lucidez se preguntaba si iba camino de volverse igual de chalado que el viejo. Su carrera profesional se había derrumbado como un castillo de naipes y su reacción no había sido otra que esconderse en un pequeño pueblo en el campo para cazar fantasmas. Además, echaba de menos a Erika.

Henrik Vanger contemplaba a su colaborador con una discreta preocupación. Sospechaba que Mikael Blomkvist no siempre se encontraba en perfecto equilibrio. A finales de enero, el viejo tomó una decisión que incluso a él mismo le sorprendió. Cogió el teléfono y llamó a Estocolmo. La conversación duró veinte minutos y versó mayoritariamente sobre Mikael Blomkvist.

Hizo falta casi un mes para que a Erika se le pasara el enfado. Llamó a las nueve y media de una de las últimas noches de enero.

—¿Piensas realmente quedarte ahí arriba? —fue su saludo inicial. La llamada pilló a Mikael tan desprevenido que al principio no supo qué replicar. Luego sonrió y se arrebujó aún más en la manta.

—Hola, Ricky. Deberías probarlo tú también.

—¿Por qué? ¿Vivir en el culo del mundo tiene algún encanto especial?

—Acabo de lavarme los dientes con agua helada. Me duelen hasta los empastes.

—Pues ¡allá tú! La verdad es que aquí en Estocolmo también hace un frío que pela.

—Cuéntame.

—Hemos perdido dos tercios de nuestros anunciantes. Nadie quiere decirlo claramente, pero…

—Ya lo sé. Haz una lista de los que abandonan. Algún día hablaremos de ellos en el reportaje que se merecen.

—Micke…, he hecho mis cálculos y si no tenemos nuevos anunciantes para este otoño, nos hundimos. Así de claro.

—Las cosas cambiarán.

Erika se rió sin ganas al otro lado del teléfono.

—Mira, no puedes decir eso y quedarte tan ancho ahí arriba escondido entre los malditos lapones.

—Oye, hay por lo menos cincuenta kilómetros hasta el pueblo sami más cercano.

Erika se calló.

—Erika: yo…

—Ya lo sé. *A man's gotta do what a man's gotta do and all that crap*. No hace falta que digas nada. Perdóname por haber sido tan cabrona y no haber contestado a tus llamadas. ¿Podemos volver a empezar? ¿Quieres que suba a verte?

—Cuando quieras.

—¿Tengo que llevar escopeta para defenderme de los lobos?

—No te preocupes. Contrataremos a unos lapones con trineos y perros. ¿Cuándo vienes?

—El viernes por la noche, ¿de acuerdo?

De repente, la vida le pareció infinitamente más llena de color.

A excepción del estrecho sendero que conducía hasta la puerta, el jardín de Mikael tenía casi un metro de nieve. Durante un largo minuto, Mikael miró con pereza la pala, luego cruzó el camino hasta la casa de Gunnar Nilsson y preguntó si Erika podía dejar allí su BMW cuando viniera. No había problema. Les sobraba sitio en el doble garaje y además podían ofrecerle un calentador de motores.

Erika subió en coche y llegó sobre las seis de la tarde. Durante unos segundos se observaron el uno al otro, en actitud expectante, y luego se fundieron en un abrazo considerablemente más largo.

Aparte de la iglesia iluminada no había mucho que ver en la oscuridad de la noche; tanto Konsum como el Café de Susanne estaban a punto de cerrar. Así que se fueron apresuradamente a casa. Mikael preparó la cena mientras Erika dio una vuelta inspeccionando la casa, hizo comentarios sobre los *Rekordmagasinet* conservados desde los años cincuenta y fisgoneó en las carpetas del estudio. Cenaron chuletas de cordero y patatas con una consistente salsa de nata —demasiadas calorías—, todo regado con vino tinto. Mikael intentó sacar el tema, pero Erika no estaba de humor para hablar de *Millennium*. Así que conversaron durante dos horas sobre lo que hacía Mikael allí arriba y sobre cómo estaban. Luego se fueron a comprobar si la cama era lo suficientemente ancha para los dos.

El tercer encuentro con el abogado Nils Bjurman se había cancelado y convocado de nuevo para finalmente ser fijado a las cinco de la tarde del mismo viernes. En anteriores reuniones, Lisbeth Salander había sido recibida por la secretaria del despacho, una mujer de unos cincuenta y cinco años que desprendía un aroma a almizcle. Esta vez la secretaria se había ido ya y el abogado Bjurman olía ligeramente a alcohol. Le hizo señas a Salander para que se sentara y, distraído, siguió hojeando unos papeles hasta que de repente pareció ser consciente de la presencia de la joven.

La reunión se convirtió en otro interrogatorio. Esta vez la interrogó sobre su vida sexual, un tema que, definitivamente, ella consideraba parte de su vida privada y que no tenía intención de tratar con nadie.

Después del encuentro Lisbeth se dio cuenta de que no había sabido manejar la situación. Al principio permaneció callada, evitando contestar a sus preguntas, pero Bjurman lo interpretó como timidez, retraso mental o como que tenía algo que ocultar, y se puso a presionarla para que contestara. Salander comprendió que él no iba a rendirse y empezó a darle respuestas parcas e inofensivas que suponía que encajaban bien con su perfil psicológico. Mencionó a Magnus, que, según su descripción, era un informático de su misma edad, algo retraído, que se portaba como un caballero con ella, la llevaba al cine y, de vez en cuando, se metía en su cama. Magnus era pura ficción que iba tomando forma al tiempo que ella hablaba, pero Bjurman aprovechó la información para dedicar la hora siguiente a analizar detenidamente su vida sexual. «¿Con qué frecuencia mantienes relaciones sexuales?» «De vez en cuando.» «¿Quién toma la iniciativa: tú o él?» «Yo.» «¿Usáis condón?» «Por supuesto: sabía lo que era el VIH.» «¿Cuál es tu postura favorita?» «Pues, normalmente boca arriba.» «¿Te gusta el sexo oral?» «Oye, para el carro…» «¿Alguna vez has practicado el sexo anal?» «No, no me hace mucha gracia que me la metan por el culo, pero ¿a ti qué coño te importa?»

Fue la única vez que perdió la calma ante Bjurman. Consciente de cómo podría interpretarse su modo de mirar, bajó los ojos para que no revelaran sus verdaderos sentimientos. Cuando sus miradas volvieron a encontrarse, el abogado mostraba una sonrisa burlona. En ese momento, Lisbeth Salander supo que su vida iba a tomar un nuevo y dramático rumbo. Dejó el despacho de Bjurman con una sensación de asco. La había cogido desprevenida. A Palmgren jamás se le había ocurrido hacer preguntas así; en cambio, siempre estaba disponible cuando Lisbeth quería hablar de cualquier tema, algo que ella raramente había aprovechado.

Bjurman era un *serious pain in the ass* y estaba a punto de subir a la categoría de *major problem*.

Capítulo 11

Sábado, 1 de febrero –
Martes, 18 de febrero

El sábado, aprovechando las pocas horas de luz, Mikael y
Erika dieron un paseo con dirección a Östergården pasando por el puerto deportivo. A pesar de que Mikael llevaba un mes en la isla de Hedeby, nunca había visitado
su interior; el frío y las tormentas de nieve le habían di-
suadido, con gran eficacia, de semejantes aventuras. Pero
ese sábado el tiempo era soleado y agradable, como si
Erika hubiese traído consigo la esperanza de una tímida
primavera. Estaban a 5 grados bajo cero. El camino estaba flanqueado por los montones de nieve, de un metro
de alto, que había formado la máquina quitanieves. En
cuanto abandonaron los alrededores del puerto se aden-
traron en un denso bosque de abetos, y Mikael se sorprendió al ver que Söderberget era considerablemente más
alta y más inaccesible de lo que parecía desde el pueblo.
Durante una fracción de segundo pensó en las veces que
Harriet Vanger habría jugado de niña en esa montaña,
pero luego apartó esa imagen de sus pensamientos. Al
cabo de unos cuantos kilómetros el bosque terminaba
abruptamente junto a un cercado en el que empezaba la
granja de Östergården. Pudieron ver un edificio blanco
de madera y un gran establo rojo. Renunciaron a subir
hasta la casa y regresaron por el mismo camino.

Cuando pasaron por delante de la Casa Vanger, Henrik Vanger dio unos sonoros golpes en la ventana de la

planta superior y les hizo señas con la mano para que subieran. Mikael y Erika se miraron.

—¿Quieres conocer a toda una leyenda industrial?

—¿Muerde?

—Los sábados no.

Henrik Vanger los recibió en la puerta de su despacho y les estrechó la mano.

—La reconozco. Usted debe de ser la señorita Berger —saludó—. Mikael no me había dicho que pensara visitar Hedeby.

Uno de los rasgos más destacados de Erika era su capacidad para entablar amistad de inmediato con todo tipo de individuos. Mikael había visto a Erika desplegar todos sus encantos con niños de cinco años, los cuales, en apenas diez minutos, estaban completamente dispuestos a abandonar a sus madres. Los viejos de más de ochenta no parecían constituir una excepción. Los hoyuelos que se le formaban al reírse eran tan sólo un aperitivo. Al cabo de dos minutos, Erika y Henrik Vanger ignoraron por completo a Mikael, charlando como si se conocieran desde pequeños; bueno, teniendo en cuenta la diferencia de edad, por lo menos desde que Erika era una niña.

Erika empezó a reprocharle cariñosamente a Henrik Vanger que se hubiera llevado a su editor jefe a ese perdido rincón del mundo. El viejo se defendió diciendo que, según tenía entendido por los numerosos comunicados de prensa, ella ya le había despedido, y que si no lo había hecho todavía, tal vez fuera un buen momento para soltar lastre. Erika, haciendo una pausa retórica, sopesó la idea contemplando a Mikael con una mirada crítica. En cualquier caso, constató Henrik Vanger, llevar una vida rústica durante un tiempo sin duda le vendría bien al señorito Blomkvist. Erika estaba de acuerdo.

Durante cinco minutos le tomaron el pelo hablando de sus defectos. Mikael se hundió en el sillón fingiendo estar ofendido, pero frunció el ceño cuando Erika hizo unos ambiguos comentarios que bien podrían referirse tanto a sus carencias periodísticas, como a su falta de habilidad sexual. Henrik Vanger echó la cabeza hacia atrás y se rió a carcajadas.

Mikael estaba perplejo; los comentarios eran sólo una broma, pero nunca había visto a Henrik Vanger tan distendido y relajado. De repente, se imaginó a un Henrik Vanger cincuenta años más joven —bueno, treinta años más joven—; debió de haber sido un atractivo y encantador donjuán. No se había vuelto a casar. Seguramente se habrían cruzado en su camino muchas mujeres, pero durante casi medio siglo permaneció soltero.

Mikael le dio un sorbo al café y volvió a aguzar el oído al advertir que la conversación se había vuelto seria de pronto y versaba sobre *Millennium*.

—Tengo entendido que hay problemas con la revista.

Erika miró de reojo a Mikael.

—No, Mikael no me ha hablado de los asuntos internos de la redacción, pero uno tendría que ser ciego y sordo para no darse cuenta de que la revista, igual que las empresas Vanger, está en declive.

—Ya nos las arreglaremos —contestó Erika con cierta prudencia.

—Lo dudo —replicó Henrik Vanger.

—¿Por qué?

—A ver, ¿cuántos empleados tenéis? ¿Seis? Una tirada de veintiún mil ejemplares que sale una vez al mes, impresión y distribución, locales… Necesitáis facturar, digamos, unos diez millones. Alrededor de la mitad de esa suma tiene que provenir de los anunciantes.

—¿Y?

—Hans-Erik Wennerström es un rencoroso y mezquino cabrón que no se va a olvidar de vosotros durante mucho tiempo. ¿Cuántos anunciantes habéis perdido durante los últimos meses?

Erika permanecía expectante observando a Henrik Vanger. Mikael se sorprendió a sí mismo conteniendo la respiración. Las ocasiones en las que el viejo y él habían tocado el tema de *Millennium*, o bien Henrik le pinchaba, o bien optaba por relacionar la situación de la revista con la capacidad de Mikael para llevar a cabo su trabajo en Hedestad. Mikael y Erika eran socios y cofundadores de la revista, pero ahora resultaba evidente que Henrik Vanger sólo se dirigía a Erika, como un jefe a otro. Se enviaban señales entre ellos que Mikael no podía entender ni sabía interpretar, algo que posiblemente tenía que ver con el hecho de que él, en el fondo, era un chico pobre de la clase obrera de Norrland y ella una niña bien con un árbol genealógico tan internacional como de rancio abolengo.

—¿Me podrías poner un poco más de café? —preguntó Erika.

Henrik Vanger se lo sirvió inmediatamente.

—Vale, controlas el tema. Nos han hecho daño. ¿Y qué?

—¿De cuánto tiempo disponemos?

—Tenemos medio año para darle la vuelta a todo esto. Ocho o nueve meses como mucho. Pero, sencillamente, no contamos con suficiente capital para sobrevivir más tiempo.

El viejo, con un rostro impenetrable, miró por la ventana con gesto absorto. La iglesia seguía allí.

—¿Sabíais que una vez estuve metido en el negocio periodístico?

Mikael y Erika negaron con la cabeza. De repente, Henrik Vanger se rió.

—Durante los años cincuenta y sesenta tuvimos seis periódicos en Norrland. Fue idea de mi padre; pensaba que podría ser políticamente provechoso tener a los medios de comunicación apoyándonos. De hecho, la familia sigue siendo uno de los propietarios del *Hedestads-Kuriren*; Birger Vanger es presidente de la junta directiva del grupo de propietarios. Es el hijo de Harald —añadió, dirigiéndose a Mikael.

—Y además, consejero municipal —apuntó Mikael.

—Martin también está en la junta. Mantiene a raya a Birger.

—¿Por qué dejasteis los periódicos? —preguntó Mikael.

—La reestructuración de los años sesenta. La actividad periodística era, en cierto sentido, más un *hobby* que otra cosa. En los setenta, cuando tuvimos que ajustar el presupuesto, unos de los primeros bienes que vendimos fueron los periódicos. Pero sé lo que significa llevar un periódico… ¿Puedo hacerte una pregunta personal?

Iba dirigida a Erika, que arqueó una ceja y le hizo un gesto a Vanger para que continuara.

—Que conste que no le he preguntado nada a Mikael, y si no queréis contestar, no hace falta que lo hagáis, pero me gustaría saber por qué os metisteis en este lío. ¿Teníais realmente una historia?

Mikael y Erika intercambiaron miradas. Ahora le tocaba a Mikael mostrar un rostro impenetrable. Erika dudó un instante antes de hablar.

—La había. Pero en realidad nos salió otra.

Henrik Vanger asintió con la cabeza, como si hubiera entendido exactamente lo que quería decir Erika. Mikael, por su parte, no entendió nada.

—No quiero hablar de eso —dijo Mikael, cortándola—. Hice mis investigaciones y redacté el texto. Tenía todas las fuentes que me hacían falta. Luego se fue todo a la mierda. Y punto.

—Pero ¿tenías fuentes de todo lo que escribiste?

Mikael asintió. De repente, el tono de voz de Henrik Vanger se hizo más duro.

—No voy a fingir que comprendo cómo diablos habéis podido caer en semejante trampa. No recuerdo ninguna otra historia parecida, a excepción, tal vez, del caso Lundahl en *Expressen* en los años sesenta; no sé si os sonará, sois jóvenes. Por cierto, ¿vuestra fuente también era un mitómano? —Henrik movió la cabeza incrédulo y se dirigió a Erika en voz más baja—: He sido editor antes y puedo volver a serlo. ¿Qué os parecería tener otro socio?

La pregunta surgió como un relámpago en medio de un cielo claro, pero Erika no pareció en absoluto sorprenderse.

—¿Qué? ¿Lo dices en serio?

Henrik Vanger evitó la pregunta formulando otra:

—¿Hasta cuándo te quedas en Hedestad?

—Me voy mañana.

—¿Podrías considerar, bueno, tú y Mikael, por supuesto, contentar a un pobre viejo cenando esta noche en mi casa? ¿A las siete?

—Estupendo. Con mucho gusto. Pero estás esquivando mi pregunta. ¿Por qué querrías tú ser socio de *Millennium*?

—No la estoy esquivando. Más bien tenía en mente que lo podríamos hablar acompañados de un poco de comida. Necesito hablar con mi abogado, Dirch Frode, antes de poder ofreceros algo más concreto. Pero, modestamente, digamos que tengo algún dinero disponible. Si la revista sobrevive y vuelve a ser rentable, habré hecho un buen negocio. Si no...; bueno, he sufrido peores pérdidas en mi vida.

Mikael estaba a punto de abrir la boca justo cuando Erika le puso la mano en una rodilla.

—Mikael y yo hemos luchado muy duramente para ser totalmente independientes.

—Tonterías. Nadie es completamente independiente. Pero yo no tengo intención de hacerme con el control de la revista y me importa un pepino el contenido. Ese cabrón de Stenbeck se apuntó un tanto publicando *Moderna Tider*; así que yo puedo apoyar a *Millennium*, ¿no? Además, es una buena revista.

—¿Esto tiene algo que ver con Wennerström? —preguntó Mikael.

Henrik Vanger sonrió.

—Mikael, tengo más de ochenta años. Me arrepiento de no haber hecho algunas cosas, y de no haberme metido más con ciertas personas. Pero, ya que lo preguntas —se volvió a dirigir a Erika—, una inversión así conlleva, como poco, una condición.

—A ver —dijo Erika Berger.

—Mikael Blomkvist debe recuperar el cargo de editor jefe.

—No —dijo Mikael enseguida.

—Sí —replicó Henrik Vanger igual de tajante—. A Wennerström le va a dar algo si emitimos un comunicado de prensa declarando que las empresas Vanger apoyan a *Millennium* y que, al mismo tiempo, tú recuperas tu puesto de editor jefe. Es la señal más absolutamente clara que le podemos mandar; todo el mundo entenderá que no se trata de hacerse con el poder y que la política de la redacción se mantendrá firme. Y eso, en sí mismo, les dará a los anunciantes que piensan retirarse una razón para reconsiderar su postura. Y Wennerström no es todopoderoso. También tiene enemigos, y habrá empresas dispuestas a anunciarse.

—¿Qué coño está pasando aquí? —exclamó Mikael en el mismo momento en que Erika cerró la puerta.

—Creo que se llama sondeo preliminar de cara a un acuerdo comercial —contestó—. ¡Qué cielo de persona es! ¡Y tú sin decirme nada!

Mikael se puso delante de ella.

—Ricky, sabías perfectamente lo que se iba a tratar en esta conversación.

—Oye, muñeco: son sólo las tres y quiero que me atiendas bien antes de la cena.

Mikael Blomkvist estaba furioso. Pero nunca había conseguido estar enfadado mucho tiempo con Erika.

Erika llevaba un vestido negro, una chaqueta que le llegaba a la cintura y unos zapatos de tacón alto que, por casualidad, había metido en su pequeña maleta. Insistió en que Mikael llevara corbata y americana, así que se puso unos pantalones negros, una camisa gris, una corbata oscura y se enfundó en una americana gris. Cuando llamaron a la puerta de la casa de Henrik Vanger a las siete en punto se dieron cuenta de que Dirch Frode y Martin Vanger también habían sido invitados. Todos llevaban corbata y americana menos Henrik, que lucía pajarita y una chaqueta marrón de punto.

—La ventaja de tener más de ochenta años es que nadie te critica por cómo vas vestido —dijo.

Durante toda la cena Erika hizo gala de un espléndido humor.

Después se trasladaron a un salón con chimenea y se sirvieron unas copas de coñac; fue entonces cuando empezaron a tratar seriamente el asunto. Hablaron durante casi dos horas antes de tener el borrador de un acuerdo sobre la mesa.

Dirch Frode fundaría una empresa cuyo único propietario sería Henrik Vanger y cuya junta directiva estaría compuesta por él mismo, Frode y Martin Vanger. La empresa, durante un período de cuatro años, invertiría una suma de dinero que cubriría la diferencia existente entre los ingresos y los gastos de *Millennium*. El dinero provendría de la fortuna personal de Henrik Vanger. A cambio, éste ocuparía un destacado puesto en la junta directiva de la revista. El acuerdo tendría vigencia durante cuatro años, aunque podría rescindirse por parte de *Millennium* al cabo de dos. Pero una ruptura prematura saldría muy costosa, ya que la única manera de comprar la parte de Henrik sería retribuyéndole la totalidad del dinero invertido.

En el caso de que Henrik Vanger falleciera, Martin Vanger le sustituiría en la junta durante el período restante. En ese supuesto, la decisión de prolongar su compromiso con la revista sólo le correspondería a él. A Martin Vanger parecía divertirle la posibilidad de pagarle con la misma moneda a Hans-Erik Wennerström, mientras Mikael, por su parte, se preguntaba cuál sería la verdadera causa del conflicto existente entre ellos dos.

Tras terminar de redactar el borrador, Martin Vanger llenó las copas de coñac. Henrik Vanger aprovechó la ocasión, se inclinó hacia delante y le explicó a Mikael en voz baja que este acuerdo de ninguna manera afectaría al que ya había entre ellos.

También se decidió que esta reorganización, con el fin de conseguir la máxima difusión entre los medios de comunicación, sería presentada el mismo día en el que Mikael Blomkvist ingresara en prisión, a mediados de marzo. Hacer coincidir un acontecimiento tan negativo con una nueva organización resultaba tan descabellado desde el punto de vista del *marketing* que no podría más que desconcertar a los detractores de Mikael y darle la máxima difusión a la reincorporación de Mikael a la revista. Pero también tenía su lógica: era la señal de que la bandera de peste que ondeaba sobre la redacción de *Millennium* estaba a punto de arriarse, y de que la revista tenía protectores dispuestos a jugar duro. Puede que el Grupo Vanger se encontrara en crisis, pero seguía siendo un grupo industrial de mucho peso que era capaz, si hiciera falta, de practicar un juego ofensivo.

Toda la conversación no fue más que un intercambio de palabras entre Erika, por una parte, y Henrik y Martin por otra. A Mikael nadie le preguntó su opinión.

Ya por la noche, en casa, Mikael estaba acostado en la cama con la cabeza apoyada en el pecho de Erika y mirándola a los ojos.

—¿Cuánto tiempo lleváis hablando de este acuerdo Henrik Vanger y tú? —preguntó.

—Una semana, más o menos —contestó ella, sonriendo.

—¿Christer está de acuerdo?

—Por supuesto.

—¿Por qué no me dijiste nada?

—¿Y por qué diablos iba a hablarlo contigo? Has dimitido del puesto de editor jefe, has abandonado tanto la redacción como la dirección y te has ido a vivir al quinto pino.

Mikael meditó la cuestión durante un rato.

—¿Quieres decir que merezco ser tratado como un idiota?

—Oh, sí; claro que sí —le espetó con gran énfasis.

—Has estado muy enfadada conmigo, ¿verdad?

—Mikael, jamás me he sentido tan cabreada, abandonada y traicionada como cuando te marchaste de la redacción. Nunca me había sentido tan furiosa contigo.

Lo cogió por el pelo y empujó su cabeza hacia abajo.

Cuando Erika se fue de Hedeby el domingo, Mikael estaba tan molesto con Henrik Vanger que no quería arriesgarse a toparse con él ni con ningún otro miembro del clan. Así que se fue a Hedestad y pasó la tarde paseando por la ciudad, visitando la biblioteca y tomando café en una pastelería. Por la noche fue al cine y vio *El señor de los anillos*, que todavía no había visto pese a haberse estrenado hacía ya un año. De repente, le pareció que los orcos, a diferencia de los humanos, eran seres sencillos y nada complicados.

Remató la noche en el McDonald's de Hedestad y volvió a Hedeby con el último autobús, alrededor de medianoche. Preparó café, se sentó a la mesa de la cocina y sacó una carpeta. Se quedó leyendo hasta las cuatro de la mañana.

Había una serie de interrogantes en la investigación sobre Harriet Vanger que le parecían cada vez más peculiares a medida que iba profundizando en la documentación. No se trataba de descubrimientos revolucionarios que sólo él hubiera hecho, sino de problemas que habían tenido ocupado al inspector Morell durante largos períodos, sobre todo en su tiempo libre.

Durante el último año de su vida, Harriet Vanger había cambiado. En cierta medida, el cambio podía explicarse con aquella metamorfosis por la que todos los adolescentes pasan, de una u otra manera, a cierta edad. Harriet se estaba convirtiendo en adulta, pero, en su caso, tanto los compañeros de clase como sus profesores y varios miembros de la familia daban testimonio de que se había vuelto reservada e introvertida.

La chica que dos años antes era una alegre adolescente completamente normal se había distanciado de su entorno. Resultaba obvio; en el instituto seguía relacionándose con sus compañeros, pero ahora lo hacía de una forma que una de sus amigas describió como «impersonal». La palabra usada por la amiga fue lo suficientemente inusual para que Morell la apuntara y continuara indagando. La explicación que le dio la amiga era que Harriet había dejado de hablar de sí misma, de contar cotilleos o de hacer confidencias.

Durante su infancia, Harriet Vanger fue todo lo cristiana que una niña puede serlo a esa edad: iba a catequesis, rezaba sus oraciones por la noche e hizo la primera comunión. En el último año también parecía haberse vuelto muy devota. Leía la Biblia y acudía regularmente a misa. Sin embargo, no había confiado en el pastor de la isla de Hedeby, Otto Falk, amigo de la familia Vanger; en su lugar acudió, durante la primavera, a una congregación pentecostal en Hedestad. Su compromiso con la iglesia pentecostal, sin embargo, no duró mucho. Al cabo de tan sólo dos meses abandonó la congregación y, en su lugar, empezó a leer libros sobre la fe católica.

¿Exaltación religiosa propia de la adolescencia? Tal vez, pero nadie más en la familia Vanger había sido particularmente religioso y resultaba difícil saber qué impulsos gobernaron sus pensamientos. Naturalmente, una posible explicación de su interés por Dios podría haber sido el fallecimiento de su padre, que había muerto ahogado por accidente un año antes. Gustaf Morell llegó a la conclusión de que había ocurrido algo en la vida de Harriet que la preocupaba o la influyó, pero le resultó difícil determinar de qué se trataba. Morell, al igual que Henrik Vanger, había dedicado mucho tiempo a hablar con sus amigas para intentar encontrar a alguien en quien Harriet hubiera confiado.

Depositaron ciertas esperanzas en Anita Vanger, hija de Harald Vanger y dos años mayor que ella, que pasó el verano de 1966 en la isla de Hedeby y que era considerada íntima amiga de Harriet. Pero tampoco Anita Vanger pudo dar explicaciones. Aquel verano pasaron mucho tiempo juntas: se bañaban, paseaban, hablaban de cine, de los grupos de *pop* y de libros. A menudo, Harriet acompañaba a Anita a sus clases de conducir. En una ocasión se medio emborracharon tras beber una botella de vino que robaron de la cocina. Además, durante semanas vivieron completamente solas en la cabaña que Gottfried tenía al final de la punta de la isla: una pequeña casa rústica que el padre de Harriet construyó a principios de los años cincuenta.

La cuestión sobre los sentimientos y pensamientos íntimos de Harriet quedó sin responder. Sin embargo, Mikael advirtió una discrepancia en la descripción: los datos que hablaban de su carácter reservado venían en gran parte de los compañeros del instituto y, en cierta medida, de los miembros de la familia, mientras que Anita Vanger en absoluto la había percibido como reservada. Tomó nota de ello para comentarlo con Henrik Vanger cuando tuviera ocasión.

Un interrogante más concreto, en el que Morell había puesto bastante más interés, era una misteriosa página de la agenda de Harriet Vanger, un bonito cuaderno de tapas duras que le regalaron la Navidad anterior a su desaparición. La primera mitad contenía un dietario donde Harriet apuntaba reuniones, fechas de exámenes del instituto, deberes y otras cosas por el estilo. La agenda tenía mucho espacio para notas personales, pero Harriet llevaba un diario sólo esporádicamente. Lo empezó en enero, llena de ambición, escribiendo unos breves apuntes sobre las personas con las que estuvo durante las vacaciones de Navidad, y unos comentarios sobre películas que había visto. Después, no anotó nada personal hasta su último día de clase, cuando, posiblemente —dependiendo de cómo se interpretaran los apuntes—, se interesó, desde la distancia, por un chico cuyo nombre no figuraba en la agenda.

La segunda parte era una agenda telefónica. Pulcramente apuntados en orden alfabético, incluía a familiares, compañeros de clase, ciertos profesores, unos miembros de la congregación pentecostal y otras personas de su entorno fácilmente identificables. El verdadero misterio lo constituía, no obstante, una última página parcialmente en blanco y ya fuera de la lista alfabética. Contenía

cinco nombres y cinco números de teléfono: tres nombres
femeninos y dos iniciales.

Magda – 32016
Sara – 32109
RJ – 30112
RL – 32027
Mari – 32018

Los números de cinco dígitos que empezaban por 32
eran números de Hedestad de los años sesenta. El número divergente correspondía a Norrbyn, cerca de Hedestad. El único problema, una vez que el inspector Morell hubo contactado sistemáticamente con todo el círculo
de conocidos de Harriet, fue que nadie tenía ni idea de a
quién pertenecían aquellos números de teléfono.

El primer número, el de Magda, parecía prometedor.
Correspondía a una mercería ubicada en el número 12 de
Parkgatan. El teléfono estaba a nombre de una tal Mar-
got Lundmark, cuya madre, efectivamente, se llamaba
Magda y solía trabajar ocasionalmente en la tienda. Sin
embargo, Magda tenía sesenta y nueve años e ignoraba
quién era Harriet Vanger. Tampoco se podía demostrar
que Harriet hubiera visitado la tienda ni que hubiera hecho alguna compra allí. La costura no formaba parte de
sus aficiones.

El segundo número, el de Sara, le condujo a una familia con niños pequeños, llamada Toresson, que vivía en
Väststan, al otro lado de la vía del tren. La familia estaba
compuesta por Anders y Monica, así como por los niños
Jonas y Peter, que en aquella época se encontraban en
edad preescolar. No existía ninguna Sara en la casa ni
tampoco conocían a Harriet Vanger, aparte de lo que habían leído en los periódicos sobre su desaparición. El
único vínculo, aunque débil, entre Harriet y la familia
Toresson era que Anders, de profesión techador, estuvo
trabajando un año antes, durante algunas semanas, cam-

biando el tejado del colegio donde Harriet cursaba su noveno curso. En teoría existía, por lo tanto, una posibilidad de que se hubieran conocido, aunque debía considerarse como altamente improbable.

Los tres números restantes llevaban a otros callejones sin salida parecidos. En el domicilio de RL, el del número 32027, efectivamente, vivió una tal Rosmarie Larsson. Por desgracia, había fallecido hacía ya varios años.

El inspector Morell centró gran parte de su investigación, durante el invierno de 1966 a 1967, en intentar explicar por qué Harriet había apuntado aquellos nombres y números.

Una primera suposición, como cabía esperar, consistía en la idea de que los números de teléfono constituyeran una especie de código personal; por eso Morell hizo un intento de imaginarse cómo podría haber razonado una chica adolescente. Ya que la serie 32 evidentemente se refería a Hedestad, probó con cambiar el orden de los restantes tres números. Ni el 32601 ni el 32160 conducían a nadie llamado Magda. A medida que Morell continuaba con sus cábalas numéricas descubrió, claro está, que si cambiaba suficientes números de sitio, tarde o temprano encontraría algún vínculo con Harriet. Si, por ejemplo, le sumaba 1 a cada una de las tres últimas cifras del 32016, obtenía como resultado el número 32127, que era el número del despacho del abogado Dirch Frode en Hedestad. Pero ese vínculo no significaba absolutamente nada. Además, nunca halló un código común para los cinco números.

Morell amplió su razonamiento. ¿Podrían significar otra cosa? Las matrículas de los coches de los años sesenta contenían una letra para la provincia y cinco cifras; otro callejón sin salida.

Luego, el inspector dejó de lado los números y se concentró en los nombres. Llegó a tal extremo que se hizo con una lista de todas las personas de Hedestad llamadas

Mari, Magda y Sara, o que tuvieran las iniciales RL y RJ. De ese modo obtuvo una lista de trescientas siete personas en total. Entre ellas había, efectivamente, no menos de veintinueve personas vinculadas de algún modo con Harriet; por ejemplo, un compañero del colegio de noveno curso que se llamaba Roland Jacobsson, RJ. Pero apenas se conocían y no habían estado en contacto desde que Harriet empezó el instituto. Además, no existía ninguna relación con el número de teléfono.

El misterio de los números de teléfono de la agenda permaneció sin resolver.

El cuarto encuentro con el abogado Bjurman no fue una reunión fijada de antemano. Fue ella quien se vio obligada a ponerse en contacto con él.

La segunda semana de febrero, el ordenador portátil de Lisbeth Salander pasó a mejor vida en un accidente tan tonto que le entraron ganas de matar a alguien. Sucedió un día en el que acudió a una reunión de Milton Security en bicicleta, y la dejó apoyada en una columna del garaje. Cuando depositó la mochila en el suelo para cerrar el candado, un Saab rojo oscuro salió dando marcha atrás. Ella estaba de espaldas y oyó el crujido de la mochila. El conductor no advirtió nada y desapareció despreocupadamente hacia la salida del garaje.

La mochila contenía su Apple iBook 600 blanco, con 25 Gb de disco duro y 420 Mb RAM, fabricado en enero de 2002 y provisto de una pantalla de 14 pulgadas. En el momento de la compra constituía el *state of the art* de Apple. Las prestaciones de los ordenadores de Lisbeth Salander estaban puestas al día con las últimas y más caras configuraciones: el equipamiento informático era, con pocas excepciones, el único gasto extravagante de su cuenta corriente.

Tras abrir la mochila pudo constatar que la tapa del

portátil estaba rota. Enchufó el cable en la red e intentó iniciar el ordenador, pero ni siquiera emitió un último estertor de agonía. Llevó los restos a MacJesus Shop de Timmy en Brännkyrkagatan, con la esperanza de que se pudiera salvar al menos algo del disco duro. Tras un breve momento hurgando en el interior del aparato, Timmy negó con la cabeza.

—*Sorry*. No hay esperanza —dijo—. Tendrás que organizar un bonito entierro.

La pérdida del ordenador no suponía ninguna catástrofe, pero le resultó deprimente. Durante los años que estuvo en su posesión, Lisbeth Salander se había llevado estupendamente con él. Poseía copias de seguridad de todos los documentos y tenía un viejo Mac G3 de sobremesa en casa, así como un portátil Toshiba PC de cinco años que podría utilizar. Pero –maldita sea– necesitaba un aparato rápido y moderno.

Como era de esperar, se fijó en la mejor opción imaginable: el recién lanzado Apple PowerBook G4/1.0 GHz, CPU de aluminio, provisto de un procesador PowerPC 7451 con AltiVec Velocity Engine, 960 Mb RAM y un disco duro de 60 Gb. Disponía de BlueTooth y de un grabador de cedés y deuvedés incorporado.

Lo mejor de todo era que tenía la primera pantalla de 17 pulgadas del mundo de los portátiles, además de una tarjeta gráfica NVIDIA y una resolución de 1440 x 900 píxeles que dejaba atónitos a los defensores de los PC, y que desbancaba a todo lo existente en el mercado hasta ese momento.

Por lo que respectaba al *hardware* se trataba del Rolls Royce de los portátiles; pero lo que realmente provocó su deseo de hacerse con él fue un exquisito detalle: el teclado estaba provisto de iluminación de fondo, de manera que las letras se podían ver aunque se hallara en la más absoluta oscuridad. ¡Un detalle de lo más simple! ¿Por qué nadie había pensado antes en eso?

Fue un amor a primera vista.

Costaba treinta y ocho mil coronas más IVA.

Lo cual suponía un problema.

De todos modos, realizó un pedido en MacJesus, donde solía comprar todas sus cosas de informática, y donde le aplicaban un razonable descuento. Unos días después, Lisbeth Salander hizo cuentas. El seguro de su siniestrado ordenador cubriría una buena parte de la compra, pero teniendo en cuenta la franquicia y el elevado precio de la nueva adquisición, le faltaban aún dieciocho mil coronas. En un bote de café de casa guardaba diez mil coronas con el objetivo de tener siempre disponible un poco de dinero en efectivo, pero eso no cubría la totalidad del importe. Por muy mal que le cayera el abogado Bjurman, se vio obligada a tragarse su orgullo. Así que llamó a su administrador y le explicó que necesitaba dinero para un gasto imprevisto. Bjurman contestó que no tenía tiempo para recibirla ese día. Salander replicó que le llevaría veinte segundos firmar un cheque de diez mil coronas. Dijo que no podía concederle dinero tan a la ligera, pero luego accedió y, tras meditarlo un momento, la citó para una reunión después del trabajo, a las siete y media de la tarde.

Mikael admitió que carecía de la competencia necesaria para juzgar la investigación de un crimen, pero aun así sacó la conclusión de que el inspector Morell había sido excepcionalmente meticuloso y de que, en sus pesquisas, había ido mucho más allá de lo exigido por su trabajo. Cuando Mikael dejó de leer la investigación policial formal, Morell siguió apareciendo en los apuntes de Henrik Vanger; se había creado entre ellos un lazo de amistad. Mikael se preguntaba si Morell no se habría obsesionado con el caso tanto como el industrial. Sin embargo, concluyó que era difícil que algo se le hubiera pasado por alto a Morell. La respuesta al misterio de Harriet Vanger no se hallaría en una investigación policial prácticamente perfecta. Ya se habían hecho todas las preguntas imaginables y se habían seguido todas las pistas, incluso las más absurdas.

Aún no había leído toda la investigación, pero a medida que avanzaba en su lectura percibió que los indicios y las pistas que Morell había investigado cada vez se volvían más oscuros. No esperaba encontrar nada que se le hubiera escapado a su predecesor y no sabía cómo iba a abordar el tema. Al final, una convicción fue madurando en su interior: la única vía razonable pasaba por intentar averiguar los motivos psicológicos de las personas implicadas.

El interrogante más obvio afectaba a la propia Harriet. ¿Quién era realmente?

Desde la ventana de su casa Mikael vio que la luz de la planta superior de la casa de Cecilia Vanger se encendió sobre las cinco de la tarde. Llamó a su puerta a las siete y media, justo cuando empezaba el telediario. Ella abrió enfundada en un albornoz y con el pelo mojado bajo una toalla amarilla. Mikael enseguida le pidió disculpas por haberla molestado; ya se disponía a dar la vuelta cuando ella le hizo una seña para que entrara en el salón. Encendió la cafetera eléctrica y desapareció por la escalera. Cuando volvió a bajar, unos minutos más tarde, llevaba vaqueros y una camisa de franela a cuadros.

—Empezaba a creer que no te atreverías a hacerme una visita.

—Debería haberte llamado primero, pero he visto que tenías la luz encendida y se me ocurrió de repente.

—Y yo he visto que en tu casa la luz está encendida toda la noche. Y que a menudo sales a pasear después de medianoche. ¿Ave nocturna?

Mikael se encogió de hombros.

—Me ha dado por eso.

Miró unos libros de texto apilados en la mesa de la cocina.

—¿Sigues dando clase, directora?

—No, al ser directora no tengo tiempo. Pero he sido profesora de historia, religión y sociales. Y me quedan unos años todavía.

—¿Te quedan?

Ella sonrió.

—Tengo cincuenta y seis años. Pronto me jubilaré.

—No los aparentas, yo te echaba unos cuarenta y algo.

—Me halagas. ¿Tú cuántos tienes?

—Cuarenta y pico —sonrió Mikael.

—Y hace poco tenías veinte. Qué rápido pasa el tiempo. Bueno… y la vida.

Cecilia Vanger sirvió café y le preguntó a Mikael si tenía hambre. Él dijo que ya había cenado, lo cual era una verdad relativa. Descuidaba la comida y se alimentaba de sándwiches. Pero no tenía hambre.

—Bueno, entonces ¿a qué has venido? ¿Ha llegado la hora de hacerme todas esas preguntas?

—Sinceramente… no he venido para preguntarte nada. Creo que simplemente quería hacerte una visita.

Cecilia Vanger sonrió.

—Te condenan a prisión, te trasladas a Hedeby, te tragas todo el material del *hobby* de Henrik, no duermes por la noche, das largos paseos nocturnos cuando hace un frío que pela… ¿Se me ha olvidado algo?

—Mi vida está a punto de irse a la mierda.

Mikael le devolvió la sonrisa.

—¿Quién era la mujer que te visitó el fin de semana?

—Erika… es redactora jefe de *Millennium*.

—¿Tu novia?

—No exactamente. Está casada. Soy más bien un amigo y un *occasional lover*.

Cecilia Vanger se rió a carcajadas.

—¿Qué es lo que te hace tanta gracia?

—La manera en que lo has dicho. *Occasional lover*: me gusta la expresión.

Mikael se rió. Cecilia Vanger le cayó bien.

—A mí también me vendría bien un *occasional lover* —dijo.

Ella se quitó las zapatillas y le puso un pie en la rodilla. Automáticamente, Mikael puso su mano sobre el pie, acariciando su piel. Dudó un instante; tenía la sensación de estar navegando en aguas completamente inesperadas y desconocidas. Pero le empezó a masajear cuidadosamente la planta del pie con el dedo pulgar.

—Yo también estoy casada —dijo Cecilia Vanger.

—Ya lo sé. Los miembros del clan Vanger no se divorcian.

—Llevo casi veinte años sin ver a mi marido.

—¿Qué pasó?

—Eso no es asunto tuyo. No he mantenido relaciones sexuales en… humm, ya hará unos tres años.

—Me sorprende.

—¿Por qué? Es una cuestión de oferta y demanda. No quiero en absoluto ni un novio, ni un marido, ni una pareja estable. Estoy bastante a gusto conmigo misma. ¿Con quién haría yo el amor? ¿Con algún profesor del instituto? No creo. ¿Con alguno de los alumnos? ¡Menudo bocado más jugoso para las cotillas! Controlan bastante bien a los que se apellidan Vanger. Y aquí en la isla de Hedeby sólo viven mis familiares y gente ya casada.

Ella se inclinó hacia delante y le besó el cuello.

—¿Te escandalizo?

—No. Pero no sé si esto es una buena idea. Trabajo para tu tío.

—Y yo seré, sin duda, la última en chivarme. Pero, sinceramente, no creo que a Henrik le importe.

Se sentó a horcajadas sobre él y lo besó en la boca. Su pelo seguía mojado y olía a champú. Mikael se lio torpemente con los botones de su camisa y la deslizó por sus hombros. Ella no se había molestado en ponerse un sujetador. Se apretó contra él cuando le besó los pechos.

El abogado Bjurman bordeó la mesa de trabajo y le mostró el estado de su cuenta, de la que Lisbeth ya conocía hasta el último céntimo, aunque ya no podía disponer de ella libremente. Estaba detrás de ella. De repente le masajeó el cuello y le deslizó una mano sobre el hombro izquierdo para, acto seguido, alcanzar los senos. Le puso la mano sobre el pecho derecho y la mantuvo allí. Como ella no parecía protestar le apretó el pecho. Lisbeth Salander permaneció completamente inmóvil. Sentía su aliento en el cuello mientras contemplaba el abrecartas situado sobre la mesa; lo podría alcanzar fácilmente con la mano que tenía libre.

Pero no hizo nada. Si algo había aprendido de Holger Palmgren en el transcurso de los años era que las acciones impulsivas ocasionaban problemas, y que éstos podían acarrear desagradables consecuencias. Nunca hacía nada sin sopesarlas previamente.

El abuso sexual inicial —que, en términos jurídicos, se definía como agresión sexual y aprovechamiento de una persona en situación de dependencia, y que, teóricamente, podría costarle a Bjurman dos años de cárcel— sólo duró unos breves segundos. Pero fue suficiente para que se sobrepasara irremediablemente un límite. Lisbeth Salander lo consideraba una demostración de fuerza militar por parte de una tropa enemiga, una manera de manifestar que más allá de su relación jurídica, meticulosamente definida, ella se encontraba expuesta a su arbitraria voluntad y sin armas. Al cruzarse sus miradas unos instantes después, Bjurman tenía la boca semiabierta y Lisbeth pudo leer el deseo en su cara. El rostro de Salander no reflejaba sentimiento alguno.

Bjurman volvió al otro lado de la mesa y se sentó en su cómodo sillón de cuero.

—No puedo asignarte dinero así como así —dijo de repente—. ¿Por qué necesitas un ordenador tan caro? Hay aparatos considerablemente más baratos que puedes usar para tus juegos de ordenador.

—Quiero poder disponer de mi propio dinero como antes.

El abogado Bjurman la miró con lástima.

—Ya veremos. Primero debes aprender a ser sociable y a relacionarte con la gente.

Posiblemente la sonrisa del abogado Bjurman se habría esfumado si hubiera podido leer los pensamientos que Lisbeth Salander ocultaba tras sus inexpresivos ojos.

—Creo que tú y yo vamos a ser buenos amigos —dijo Bjurman—. Tenemos que confiar el uno en el otro.

Como ella no contestaba, puntualizó:

—Ya eres toda una mujer, Lisbeth.

Ella asintió con la cabeza.

—Ven aquí —dijo, tendiéndole la mano.

Durante unos segundos Lisbeth Salander fijó la mirada en el abrecartas antes de levantarse y acercarse a él. *Consecuencias*. Bjurman cogió su mano y la apretó contra su entrepierna. Ella pudo sentir su sexo a través de los oscuros pantalones de tergal.

—Si tú eres buena conmigo, yo seré bueno contigo —dijo.

Lisbeth estaba tiesa como un palo cuando el abogado le puso la otra mano alrededor de la nuca y la forzó a arrodillarse con la cara delante de su entrepierna.

—No es la primera vez que haces esto, ¿a que no? —dijo al abrir la bragueta. Olía como si acabara de lavarse con agua y jabón.

Lisbeth Salander apartó su cara e intentó levantarse pero él la tenía bien agarrada. En cuestión de fuerza no tenía nada que hacer; pesaba poco más de cuarenta kilos, y él noventa y cinco. Bjurman le agarró la cabeza con las dos manos y le levantó la cara; sus miradas se cruzaron.

—Si tú eres buena conmigo, yo seré bueno contigo —repitió—. Si te me pones brava, puedo meterte en un manicomio para el resto de tu vida. ¿Te gustaría eso?

Ella no contestó.

—¿Te gustaría? —insistió.

Lisbeth negó con la cabeza.

Esperó hasta que ella bajó la mirada; cosa que interpretó como sumisión. Luego se aproximó más. Lisbeth Salander abrió los labios y se lo introdujo en la boca. Bjurman la mantuvo todo el tiempo cogida por la nuca apretándola violentamente contra él. Durante los diez minutos que estuvo moviéndose, entrando y saliendo, ella no paró de sufrir arcadas; cuando por fin se corrió, la tenía tan fuertemente agarrada que apenas podía respirar.

Le dejó usar un pequeño lavabo que tenía en su despacho. A Lisbeth Salander le temblaba todo el cuerpo mientras se lavaba la cara e intentaba quitarse la mancha del jersey. Tragó un poco de pasta de dientes para intentar eliminar el mal sabor. Cuando volvió a salir a su despacho, él estaba sentado impasible tras su mesa hojeando sus papeles.

—Siéntate, Lisbeth —le ordenó sin mirarla.

Ella se sentó. Finalmente Bjurman alzó la mirada y le sonrió.

—Ya eres adulta, Lisbeth, ¿verdad?

Ella asintió.

—Entonces, debes aprender los juegos de los adultos —dijo.

Empleó un tono de voz como si le estuviera hablando a un niño. Ella no contestó. Una pequeña arruga apareció en su frente.

—No creo que sea una buena idea que le cuentes nuestros juegos a nadie. Piensa: ¿quién te creería? En tu informe se hace constar que no estás en pleno uso de tus facultades.

Al no contestar ella, prosiguió:

—Sería tu palabra contra la mía. ¿Cuál crees tú que tendría más valor?

Como ella seguía sin contestar, suspiró. De repente le irritó que no hiciera más que callar y contemplarle, pero se controló.

—Tú y yo vamos a ser buenos amigos —dijo—. Creo que has hecho bien en acudir hoy a mí. Puedes venir a verme siempre que quieras.

—Necesito diez mil coronas para mi ordenador —le soltó ella en voz baja, como si retomara la conversación que estaban manteniendo antes de la interrupción.

El abogado Bjurman arqueó las cejas. «Dura de pelar la tía. Joder, parece totalmente retrasada.» Le extendió el cheque que había firmado cuando ella estaba en el baño. «Es mejor que una puta; a ésta la pago con su propio dinero.» Una sonrisa de superioridad se dibujó en sus labios. Lisbeth Salander cogió el cheque y se marchó.

Capítulo 12

Miércoles, 19 de febrero

Si Lisbeth Salander hubiera sido una ciudadana normal, sin duda habría llamado a la policía para denunciar la violación en el mismo momento en que abandonó el despacho del abogado Bjurman. Los moratones en el cuello y la nuca, al igual que la firma de ADN que acababa de dejar con las manchas de esperma sobre su cuerpo y su ropa, habrían constituido una prueba de mucho peso. Incluso si Bjurman hubiera intentado escurrir el bulto diciendo cosas como «ella estuvo de acuerdo», «ella me sedujo» o «fue ella la que quiso chupármela» y otras declaraciones por el estilo que los violadores suelen alegar sistemáticamente, el abogado habría sido culpable de tantas infracciones a la ley de tutela de menores que, inmediatamente, le habrían quitado la custodia administrativa que tenía sobre ella. Bastaría una simple denuncia para que a Lisbeth Salander se le asignara un abogado de verdad, con buenos conocimientos sobre las agresiones contra las mujeres; esto, a su vez, llevaría tal vez a una discusión sobre la verdadera naturaleza del problema, es decir, la declaración de incapacidad de Lisbeth Salander.

Desde 1989 ya no existe el concepto de «incapacidad legal» para las personas adultas.

Hay dos maneras de ejercer el tutelaje: con un tutor y con un administrador.

Un tutor actúa de forma voluntaria prestando ayuda

a personas que, por diferentes motivos, tienen problemas para apañárselas en su vida diaria, pagar las facturas o cuidar de su higiene personal. Por lo general, se designa como tutor a un familiar o un conocido. Si tal persona no existiera, son las autoridades sociales las encargadas de designarlo. El tutor ejerce una forma leve de tutelaje en la cual el principal afectado —la persona declarada incapacitada— sigue controlando sus bienes, y en la que las decisiones se toman de mutuo acuerdo.

El administrador ejerce una forma de control bastante más estricta, donde el sujeto en cuestión es privado de su derecho a disponer de su dinero y a tomar decisiones en diferentes asuntos. La formulación exacta significa que el administrador asume todas las competencias jurídicas del interesado. En Suecia, hay más de cuatro mil personas con administradores. Las razones más frecuentes suelen ser una enfermedad psíquica manifiesta o una enfermedad psíquica combinada con graves abusos de alcohol o narcóticos. Una pequeña parte está configurada por individuos que padecen demencia senil. Un número sorprendentemente alto de los que se encuentran bajo la custodia de administradores está constituida por personas relativamente jóvenes: treinta y cinco años o incluso menos. Una de ellas era Lisbeth Salander.

Privar a una persona del control de su propia vida —de su cuenta corriente— es una de las medidas más humillantes a las que puede recurrir una democracia, sobre todo cuando se trata de jóvenes. Aunque el objetivo pueda considerarse bueno y socialmente razonable, resulta ofensivo. Por eso, las cuestiones de tutela administrativa son temas políticos potencialmente delicados, rodeados de una rigurosa normativa y controlados por una comisión de tutelaje. Esta comisión depende del gobierno civil y es controlada, a su vez, por el Defensor del Pueblo.

En general, la comisión de tutelaje lleva a cabo su actividad bajo condiciones muy difíciles. Pero teniendo en cuenta las delicadas cuestiones que maneja esta autoridad, el número de quejas o escándalos que han saltado a los medios de comunicación resulta asombrosamente reducido.

En muy contadas ocasiones han aparecido noticias acerca de cargos presentados contra algún administrador o tutor dedicado a malversar fondos o a vender, sin permiso, el piso de su cliente, para luego meterse el dinero en el bolsillo. Pero son casos relativamente raros, lo cual, a su vez, puede deberse a uno de los siguientes motivos: que la autoridad competente haya realizado su trabajo de manera extraordinariamente satisfactoria, o que los afectados no hayan tenido oportunidad de denunciar el hecho ni de expresar su opinión a periodistas y autoridades de modo convincente.

La comisión está conminada a comprobar anualmente si existen motivos para cancelar un tutelaje. Ya que Lisbeth Salander insistía en su rígida negativa a someterse a exámenes psiquiátricos —ni siquiera intercambiaba un educado «buenos días» con sus médicos—, las autoridades nunca hallaron motivo alguno para modificar la decisión. Por consiguiente, se adoptó una relación de *statu quo*, de modo que permaneció, año tras año, sometida al tutelaje administrativo.

No obstante, la ley establece que la necesidad de tutelaje debe «adaptarse a cada caso concreto». Holger Palmgren había interpretado eso como que Lisbeth Salander podía hacerse responsable de su propio dinero y de su vida. Palmgren cumplió a rajatabla con las exigencias de las autoridades: cada mes entregaba un informe y anualmente revisaba las cuentas de Lisbeth, pero, por lo demás, la trataba como a cualquier joven normal, y no se entrometía ni en su forma de vida ni en sus relaciones personales. Decía que no era asunto suyo ni de la sociedad decidir si la damisela quería un *piercing* en la nariz o un tatuaje en el cuello. Esta actitud un tanto suya con respecto a la decisión del juzgado era una de las razones por las que se habían llevado tan bien.

Mientras Holger Palmgren fue su administrador, Lisbeth Salander no reflexionó mucho sobre su situación jurídica. Sin embargo, el abogado Nils Bjurman interpretaba la ley del tutelaje de un modo bien distinto.

Al fin y al cabo, Lisbeth Salander no era como las demás personas. Poseía unos conocimientos bastante rudimentarios sobre derecho —un campo en el que nunca había tenido ocasión de profundizar— y su confianza en las fuerzas del orden era, en definitiva, inexistente. Para ella, la policía constituía una fuerza enemiga vagamente definida, cuyas intervenciones concretas a lo largo de su vida habían consistido en retenerla o humillarla. La última vez que tuvo algo que ver con la policía fue una tarde del mes de mayo del año anterior, cuando pasaba por Götgatan camino a Milton Security y, de buenas a primeras, se encontró de frente con un policía de los antidisturbios provisto de casco con visera, quien, sin la menor provocación por parte de Lisbeth, le propinó un porrazo en el hombro. Su impulso espontáneo fue contraatacar violentamente con la botella de Coca-Cola que, por casualidad, llevaba en la mano. Por suerte, el policía dio media vuelta y se alejó corriendo antes de que a ella le diera tiempo de actuar. Hasta algo después no se enteró de que el movimiento *Reclaim the Street* había celebrado una manifestación en esa misma calle, un poco más arriba.

La idea de visitar el cuartel general de esos brutos enmascarados para denunciar a Nils Bjurman por agresión sexual no se le pasó por la cabeza. Y aun así, ¿qué iba a denunciar?, ¿que Bjurman le había tocado los pechos? Cualquier policía le miraría los dos botoncitos que tenía por pechos y constataría que aquello era inverosímil; y si eso hubiera ocurrido, más bien debería sentirse orgullosa de que «alguien» se tomara esa molestia. Por otra parte, lo de la mamada era su palabra contra la de él; y normalmente la palabra de otros solía tener más peso que la suya propia. «La policía no es una alternativa.»

En su lugar, tras abandonar el despacho de Bjurman volvió a casa, se duchó, se comió dos sándwiches con queso y pepinillos en vinagre, y se sentó a reflexionar en el raído y desgastado sofá del salón.

Una persona normal habría considerado, tal vez, que su falta de reacción jugaría en su contra: otra prueba más de que era tan rara que ni siquiera una violación podía provocar una respuesta emocional satisfactoria.

Su círculo de amistades, ciertamente, no era grande, y tampoco se componía de representantes de una protegida clase media instalada en las urbanizaciones de chalés de las afueras, pero a la edad de dieciocho años Lisbeth Salander no había conocido a una sola chica que no se hubiera visto obligada a realizar algún acto sexual en contra de su voluntad en, al menos, una ocasión. La mayoría de tales agresiones involucraban a novios algo mayores de edad que, con cierta dosis de fuerza, se habían salido con la suya. Por lo que Lisbeth Salander sabía, ese tipo de incidentes ocasionaban lágrimas y ataques de rabia, pero nunca una denuncia policial.

En el mundo de Lisbeth Salander, éste era el estado natural de las cosas. Como chica, constituía una presa legítima; sobre todo si vestía una chupa de cuero negro desgastada y tenía *piercings* en las cejas, tatuajes y un estatus social nulo.

Pero echarse a llorar no servía de nada.

En cambio, tenía muy claro que el abogado Bjurman no la iba a obligar a chupársela para luego quedar impune. Lisbeth Salander jamás olvidaba un agravio y, por naturaleza, estaba dispuesta a todo menos a perdonar.

Sin embargo, su situación jurídica constituía un problema. Hasta donde era capaz de recordar, siempre había sido considerada como conflictiva e injustificadamente violenta. Los primeros datos de su historial provenían de la carpeta de la enfermera del colegio de primaria. La mandaron a casa por golpear y empujar contra un perchero a uno de sus compañeros de clase, con el consiguiente derramamiento de sangre. Recordaba todavía a su víctima con irritación; un chico obeso llamado David Gustavsson que solía meterse con ella y tirarle cosas y que, con el tiempo, se convertiría en un verdadero acosador. En aquella época ni siquiera sabía lo que significaba la palabra «acoso», pero cuando volvió al colegio al día siguiente, David la amenazó y prometió vengarse. Ella lo tumbó con un buen derechazo propinado con una pelota de golf en el interior del puño, lo cual llevó a más derramamiento de sangre y a engrosar su historial de agresiones.

Las normas de convivencia escolar siempre la habían desconcertado. Ella iba a lo suyo y no se metía en la vida de nadie. Aun así, siempre había alguien que no la dejaba en paz.

En segundo ciclo de primaria, fue enviada a casa en numerosas ocasiones por haberse visto involucrada en violentas peleas con compañeros de curso. Algunos chicos de su clase, considerablemente más fuertes, pronto aprendieron que buscar bronca con aquella chica raquítica podría acarrear problemas: a diferencia de otras, ella nunca se retiraba, y no dudaba ni un segundo en recurrir a los puños o a otras armas que tuviera a mano para defenderse. Su actitud dejaba bien claro que antes que aceptar cualquier mierda prefería que la maltrataran hasta la muerte.

Además, era de las que se vengaban.

Cuando Lisbeth Salander estaba en sexto llegó a pelearse con un chico bastante más grande y fuerte que ella. Físicamente hablando, ella no constituía ningún problema para él. Empezó tumbándola a empujones un par de veces y luego la abofeteó cuando ella contraatacó. Sin embargo, hiciera lo que hiciese, y por muy superior que él fuese, la muy estúpida no paraba de atacarle y, algún tiempo después, incluso los compañeros de clase pensaron que la situación estaba yendo demasiado lejos. Ella se mostraba tan manifiestamente indefensa que resultaba vergonzoso. Al final, el chico le propinó un buen puñetazo que le rompió el labio y le hizo ver las estrellas. La abandonaron en el suelo, detrás del gimnasio. Se quedó en casa dos días. Al tercer día, por la mañana, esperó a su torturador con un bate de béisbol y le asestó un golpe en plena oreja. Este acto le valió una visita al despacho del director, quien decidió denunciarla a la policía, lo cual acabó en una investigación especial de los servicios sociales.

Sus compañeros de clase pensaban que era una chiflada y la trataban como tal. Tampoco despertaba gran simpatía entre los profesores, que en ocasiones la veían como un suplicio. Nunca había sido muy parlanchina, y se ganó la fama de ser la típica alumna que nunca levantaba la mano y que, por lo general, no contestaba a las preguntas del profesor. Sin embargo, nadie sabía si se debía a que no sabía la respuesta o a alguna otra cosa, lo cual se reflejaba en sus notas. Que tenía problemas resultaba evidente, pero de alguna extraña manera nadie quería asumir realmente la responsabilidad sobre aquella chica conflictiva, a pesar de ser motivo de numerosas reuniones por parte del profesorado. Lisbeth se encontraba, por consiguiente, en una situación en la que también los profesores pasaban de ella, de modo que la dejaron con su malhumorado silencio.

En una ocasión, un sustituto que no conocía su particular comportamiento la presionó para que contestara a una pregunta de matemáticas; a ella le dio un ataque de histeria y se lió a golpes y patadas con el profesor. Terminó el segundo ciclo de primaria y se trasladó a otro centro sin tener ni un solo compañero de quien despedirse. Una chica a la que nadie quería, con un comportamiento extraño.

Luego, justo cuando estaba en el umbral de la adolescencia, ocurrió Todo Lo Malo, en lo que no quería ni pensar. Fue la última crisis que completó el cuadro y provocó que se volviera a sacar su historial de primaria. A partir de entonces, había sido considerada como… bueno, como una chalada desde la perspectiva jurídica. Una *freak*. Lisbeth Salander nunca necesitó papeles para saber que era diferente a los demás. Por otra parte, no era algo que le preocupara mientras estuviera bajo la tutela de Holger Palmgren, una persona a la que, si hiciera falta, podía manejar a su antojo.

Con la llegada de Bjurman, la declaración de incapacidad amenazaba con convertirse en una terrible carga en su vida. Se dirigiera a quien se dirigiese, se podía meter en la boca del lobo. ¿Y qué ocurriría si perdía la batalla? ¿La internarían en algún centro? ¿Encerrada en un manicomio? Tampoco era una alternativa.

Más tarde, esa misma noche, cuando Cecilia Vanger y Mikael Blomkvist estaban tumbados tranquilamente con las piernas entrelazadas, el pecho de Cecilia descansando en el costado de Mikael, ella alzó la vista y lo miró.

—Gracias. Hacía mucho tiempo. No te defiendes nada mal en la cama.

Mikael sonrió. Los halagos sexuales siempre le producían una satisfacción infantil.

—Me lo he pasado bien —dijo Mikael—. Ha sido inesperado, pero divertido.

—No me importaría repetir —contestó Cecilia Vanger—. Si te apetece…

Mikael se la quedó mirando.

—¿Me estás diciendo que quieres tener un amante?

—Un *occasional lover* —replicó Cecilia Vanger—. Pero quiero que te vayas a tu casa antes de que te quedes dormido. No quiero despertarme mañana por la mañana y tenerte aquí antes de encajar todos mis huesos y ofrecer una cara presentable. Y otra cosa: te agradecería mucho que no le contaras a todo el pueblo que nos hemos liado.

—No entraba dentro de mis planes —dijo Mikael.

—Sobre todo no quiero que lo sepa Isabella. Es una bruja.

—Y tu vecina más cercana… Ya la he conocido.

—Sí, pero por suerte no puede ver mi puerta desde su casa. Mikael, sé discreto, por favor.

—Seré discreto.

—Gracias. ¿Bebes?

—En contadas ocasiones.

—Me apetece algo afrutado con ginebra. ¿Quieres?

—Con mucho gusto.

Ella se envolvió en una sábana y fue a la planta baja. Mikael aprovechó el momento para ir al baño y echarse agua en la cara. Cuando Cecilia volvió, con una jarra de agua con hielo y dos ginebras con lima, él estaba desnudo contemplando su librería. Brindaron.

—¿A qué has venido? —preguntó ella.

—A nada en particular. Sólo quería…

—Estabas en casa leyendo la investigación de Henrik y de buenas a primeras se te ocurre venir a verme; no hay que ser ningún genio para entender qué es lo que te ronda por la cabeza.

—¿La has leído?

—A trozos. He convivido toda mi vida adulta con ella. Es imposible relacionarte con Henrik sin verte involucrado en el misterio de Harriet.

—De hecho, es un misterio fascinante. Quiero decir que es el clásico misterio de la habitación cerrada, pero en una isla entera. Y no hay nada en la investigación que parezca seguir una lógica. Todas las preguntas permanecen sin respuesta, todas las pistas llevan a un callejón sin salida.

—Mmm, ésas son las cosas que obsesionan a la gente.

—Tú estabas en la isla aquel día.

—Sí. Estaba aquí y presencié todo aquel jaleo. En realidad, vivía en Estocolmo, donde estudiaba. Ojalá me hubiera quedado en casa ese fin de semana.

—¿Cómo era Harriet realmente? La gente parece tener opiniones completamente distintas sobre ella.

—¿Esto es *off the record* o…?

—Es *off the record*.

—No tengo ni idea de lo que pasaba por la cabeza de Harriet. Supongo que te refieres al último año. Un día era una chiflada y fanática religiosa. Otro día se maquillaba como una puta y se iba al colegio con el jersey más ceñido que tuviera. No hace falta ser psicólogo para entender que era profundamente infeliz. Pero, como ya te he dicho, yo no vivía aquí y sólo sé los chismes que me contaron.

—¿Qué fue lo que desencadenó todos esos problemas?

—Gottfried e Isabella, naturalmente. Su matrimonio era una auténtica locura. O estaban de juerga o se peleaban. No físicamente; Gottfried no era de ésos. Además, creo que más bien le tenía miedo a Isabella, porque a ella le daban unos prontos terribles. Un día, a principios de los años sesenta, él se trasladó de forma más o menos permanente a su cabaña, al final de la punta de la isla, donde Isabella jamás puso los pies. Había épocas en las que aparecía por el pueblo con aspecto de vagabundo. Luego estuvo un tiempo sin beber y volvió a vestirse bien y a cumplir con su trabajo.

—¿No había nadie que quisiera ayudar a Harriet?

—Henrik, por supuesto. Al final ella se fue a vivir con él, pero no olvides que estaba ocupado interpretando su papel de gran industrial. Casi siempre se encontraba de viaje y no le quedaba mucho tiempo para Harriet y Martin. Yo me perdí gran parte de todo eso porque viví primero en Uppsala y luego en Estocolmo, y mi infancia, con un padre como Harald, tampoco fue muy fácil que digamos; te lo aseguro. Pero con los años me he dado cuenta de que el problema es que Harriet nunca confió en nadie. Al contrario, intentaba guardar las apariencias fingiendo que la suya era una familia feliz.

—Negar la evidencia.

—Exacto. Pero cambió cuando su padre murió ahogado. Entonces ya no pudo fingir que las cosas iban bien. Hasta ese momento había sido... no sé cómo explicártelo, superdotada y precoz, pero, al fin y al cabo, una adolescente bastante normal. Durante el último año siguió siendo brillante, matrícula de honor en los exámenes y todo eso, pero era como si no tuviera un alma propia.

—¿Cómo se ahogó su padre?

—¿Gottfried? De la manera más tonta que te puedas imaginar. Se cayó de una barca, justo al lado de su cabaña. Llevaba la bragueta abierta y un índice de alcohol en la sangre extremadamente alto, así que puedes hacerte una idea de cómo sucedió. Fue Martin quien lo encontró.

—No lo sabía.

—Es curioso. Martin ha cambiado, se ha convertido en una persona realmente buena. Si me hubieses preguntado hace treinta y cinco años, te habría dicho que si alguien de la familia necesitaba un psicólogo, ése era él.

—¿Por qué?

—Harriet no fue la única que sufrió. Durante muchos años, Martin se mostró tan callado e introvertido que más bien lo definiría como huraño. Los dos hermanos lo pasaron mal. Bueno, lo pasamos mal todos. Yo tenía problemas con mi padre; supongo que ya sabrás que está loco de atar. Y mi hermana Anita tenía los mismos problemas, igual que Alexander, mi primo. No era fácil ser joven en la familia Vanger.

—¿Qué pasó con tu hermana?

—Anita vive en Londres. Se marchó allí en los años

setenta para trabajar en una agencia de viajes sueca, y se quedó. Se casó con un hombre que ella nunca presentó a la familia, del que luego se separó. Hoy en día es una de las jefas de British Airways. Nos llevamos bien, pero somos un desastre para mantener el contacto; sólo nos vemos una vez cada dos años, más o menos. Nunca viene a Hedestad.

—¿Por qué?

—Nuestro padre está loco. ¿Te parece suficiente como explicación?

—Pero tú te has quedado aquí.

—Yo y Birger, mi hermano.

—El político.

—¿Político? Lo dices en broma, ¿no? Birger es mayor que Anita y yo. Nunca nos hemos llevado muy bien. Él piensa que es un político de una importancia extraordinaria, con un futuro en el parlamento, y quizá un puesto de ministro si el bloque no socialista ganara las elecciones. En realidad, no es más que un consejero municipal de modesta inteligencia en un pueblo perdido de provincias; sin duda, el punto culminante, a la vez que final, de su carrera política.

—Una cosa que me fascina de la familia Vanger es que todo el mundo parece odiarse.

—No es del todo cierto. Yo adoro a Martin y a Henrik. Y siempre me he llevado bien con mi hermana, aunque nos vemos demasiado poco. Detesto a Isabella; Alexander no me despierta mucha simpatía. Y no me hablo con mi padre. Así que supongo que más o menos es mitad y mitad de la familia. Birger es... mmm... un engreído y un payaso ridículo, antes que una mala persona. Pero entiendo lo que quieres decir. Míralo así: si eres miembro de la familia Vanger, aprendes muy pronto a no tener pelos en la lengua. Decimos lo que pensamos.

—Pues sí, me he dado cuenta de que sois bastante directos. —Mikael estiró la mano y le tocó el pecho—. Tan sólo llevaba aquí un cuarto de hora cuando te abalanzaste sobre mí ahí abajo.

—Si te soy sincera, desde el primer momento en que te vi he estado pensando en cómo serías en la cama. Tenía que intentarlo.

Por primera vez en su vida, Lisbeth Salander sentía una imperiosa necesidad de pedirle consejo a alguien. El único problema era que para hacerlo tendría que confiar en alguna persona, lo cual, a su vez, significaba que tendría que desnudar su alma y revelar sus secretos. ¿A quién se los contaría? En realidad, el contacto con otras personas no era su fuerte.

Repasando mentalmente su agenda, Lisbeth Salander hizo cálculos y contó hasta diez personas que, de una manera u otra, consideraba parte de su círculo de conocidos. Una estimación generosa, como ella misma constató.

Podría hablar con Plague, un punto más o menos fijo en su existencia. Pero, definitivamente, no se trataba de un amigo; y era, sin duda, el último que podría contribuir a solucionar su problema. No era una opción.

La vida sexual de Lisbeth Salander distaba de ser tan recatada como le había dado a entender al abogado Bjurman. En cambio, en sus relaciones sexuales siempre (o por lo menos bastante a menudo) tomaba la iniciativa y ponía las condiciones. Contando bien, habría tenido, desde los quince años, unas cincuenta parejas. Eso salía aproximadamente a cinco por año, lo cual no estaba mal para una chica soltera que, con los años, había llegado a considerar el sexo como un placentero pasatiempo.

No obstante, casi todas sus parejas ocasionales las tuvo en un período de unos dos años y pico, durante la tumultuosa etapa final de su adolescencia en la que debería haber sido declarada legalmente mayor de edad. Lisbeth Salander se encontraba entonces en una encrucijada de caminos, sin verdadero control sobre su vida; su futuro podría haberse traducido en unas cuantas anotaciones más en su historial de drogas, alcohol y retenciones en distintas instituciones. Desde que cumplió veinte años y empezó a trabajar en Milton Security se había tranquilizado considerablemente y, según ella misma, había recuperado el control de su vida.

Ya no sentía la necesidad de complacer a alguien que la invitara a unas cervezas en el bar, ni se sentía realizada llevando a casa a un borracho cuyo nombre apenas sabía. Durante el último año sólo había mantenido relaciones sexuales con una única persona; difícilmente podía ser tachada de promiscua, tal y como querían insinuar las últimas anotaciones de su historial.

Para Lisbeth, el sexo había estado vinculado a menudo a una persona de ese abierto círculo de amistades, del que ella realmente no formaba parte, pero donde la aceptaban porque era amiga de Cilla Norén. La conoció al final de su adolescencia, cuando, a causa de la insistente petición de Holger Palmgren, se matriculó en la escuela para adultos para recuperar las asignaturas que no aprobó en la enseñanza primaria. Cilla llevaba el pelo de color rojo ciruela con mechas negras, pantalones de cuero negro, un *piercing* en la nariz y el mismo número de tachuelas que Lisbeth en el cinturón. Se pasaron la primera clase mirándose desconfiadamente.

Por alguna razón que Lisbeth no acababa de entender muy bien, empezaron a tratarse. No resultaba fácil entablar amistad con Lisbeth, especialmente durante esos años, pero Cilla ignoraba sus silencios y la arrastraba a los bares. A través de Cilla, Lisbeth entró en los Evil Fingers, en sus orígenes una banda de música de un barrio del extrarradio compuesto por cuatro chicas adolescentes de Enskede aficionadas al *heavy metal*. Ahora, diez años después, se había convertido en un grupo más amplio de amigos que se veían en el bar Kvarnen los martes por la noche para hablar mal de los chicos, discutir sobre feminismo, ciencias ocultas, música y política, y para tomar grandes cantidades de cerveza. Le hacían honor al nombre.

Salander no se consideraba un miembro fijo de la banda. Raramente participaba en las discusiones, pero la aceptaban tal y como era; podía ir y venir como quisiera e incluso permanecer toda la tarde con su cerveza en la mano sin decir nada. También la invitaban a los cumpleaños y a las celebraciones de Navidad o fiestas similares, pero ella no acudía casi nunca.

Durante los cinco años que llevaba con los Evil Fingers, las chicas habían ido cambiando. El color de sus cabellos se fue volviendo más normal y empezaron a comprar cada vez más ropa en H&M en lugar de hacerlo en la tienda de segunda mano del Ejército de Salvación. Estudiaban o trabajaban; una de ellas, incluso, había sido mamá. Lisbeth Salander se sentía como si fuera la única que no había cambiado lo más mínimo, lo cual también podría interpretarse como que no evolucionaba.

Pero siempre que se veían se divertían. Si alguna vez se había sentido parte integrante de algo, había sido con los Evil Fingers y, por extensión, con los chicos del círculo de amigos de la pandilla de chicas.

Los Evil Fingers la escucharían. También darían la cara por ella. Pero no tenían ni idea de que existiera una sentencia judicial en la que se declaraba a Lisbeth Salander jurídicamente irresponsable. No quería que empezaran a mirarla mal. No era una opción.

Por lo demás, en su agenda no figuraba ni un solo compañero de colegio del pasado. Carecía de todo tipo de redes de influencia, de apoyo o contactos políticos. Así que ¿a quién se dirigiría para hablar de sus problemas con el abogado Nils Bjurman?

Tal vez sí hubiera alguien. Reflexionó largamente sobre la posibilidad de confiar en Dragan Armanskij, sobre si debía llamar a su puerta y explicarle su situación. Le había dicho que si necesitaba cualquier tipo de ayuda, no dudara en acudir a él. Estaba convencida de que lo decía en serio.

Armanskij también la tocó una vez, pero fue un acercamiento amable, sin malas intenciones y ninguna demostración de poder. Pero pedirle ayuda le causaba ciertos reparos. Era su jefe y ella estaría en deuda con él. Lisbeth Salander se imaginaba cómo sería su vida si Armanskij, en vez de Bjurman, fuera su administrador. De repente sonrió. La idea no le desagradaba, pero, probablemente, Armanskij se tomaría tan en serio su misión que la asfixiaría con sus atenciones. Era... mmm, posiblemente una opción.

A pesar de estar perfectamente al tanto de la función de los centros de acogida de mujeres, no se le ocurrió contactar con ninguno de ellos. Esos centros, a su entender, eran para «víctimas», y ella nunca se había considerado como tal. La alternativa que le quedaba consistía en hacer lo que siempre había hecho: tomar ella misma cartas en el asunto y resolver el tema. Ésa era, definitivamente, la opción.

Algo que no le auguraba nada bueno al abogado Bjurman.

Capítulo 13

Jueves, 20 de febrero –
Viernes, 7 de marzo

La última semana de febrero Lisbeth Salander se atribuyó a sí misma una misión con el abogado Nils Bjurman, nacido en 1950, como un encargo especial de alta prioridad. Trabajó aproximadamente dieciséis horas al día y realizó la investigación personal más minuciosa de su vida. Se sirvió de todos los archivos y documentos públicos a los que tuvo acceso. Investigó su círculo más íntimo de familiares y amigos. Estudió su situación económica y analizó en detalle su carrera profesional y los cometidos realizados.

El resultado fue decepcionante.

Bjurman era jurista, miembro de la Asociación de Abogados y autor de una tesis, respetablemente extensa pero extraordinariamente aburrida, sobre derecho comercial. Su reputación era intachable. Nadie pudo jamás reprobarle nada, excepto aquella única vez en la que fue denunciado a la Asociación de Abogados: se le tachó de intermediario en un negocio inmobiliario con dinero negro —de eso hacía ya más de diez años—, pero pudo demostrar su inocencia y el caso fue archivado. Sus finanzas estaban en orden; el abogado Bjurman era rico, con al menos diez millones de coronas en bienes. Pagaba más impuestos de los necesarios, era miembro de Greenpeace y Amnistía Internacional y donaba dinero a la Fundación para el Corazón y el Pulmón. Raramente aparecía en los medios de comunicación, pero en algunas ocasiones había firmado peticiones de apoyo a presos políticos en el Tercer Mundo. Vivía en un piso de cuatro dormitorios en Upplandsgatan, cerca de Odenplan, y era secretario de su comunidad de vecinos. Estaba divorciado y no tenía hijos.

Su matrimonio duró catorce años, y el divorcio se hizo amistosamente. Lisbeth Salander se centró en su ex esposa, que se llamaba Elena y procedía de Polonia, pero que había vivido en Suecia toda su vida. Trabajaba en un centro de rehabilitación médica y, según parece, se volvió a casar, felizmente, con un colega de Bjurman. Por ahí no había nada que buscar.

El abogado Bjurman actuaba regularmente como supervisor de jóvenes que se habían metido en líos con la justicia. Antes de ser el administrador de Lisbeth Salander, fue el tutor de cuatro chicos. Se trataba de menores de edad, de modo que su cometido finalizó con el simple fallo del juez en cuanto alcanzaron la mayoría de edad. Uno de esos clientes seguía recurriendo a Bjurman como abogado, así que tampoco allí parecía haber ningún conflicto. Si Bjurman se había aprovechado sistemáticamente de sus protegidos, lo cierto era que allí no salía absolutamente nada a flote; por mucho que Lisbeth buceó en esas profundas aguas no pudo encontrar ningún indicio de que existiera algo raro. Los cuatro tenían unas vidas perfectamente normales, sus respectivos novios y novias, empleo, vivienda y tarjetas de cliente de la cadena Coop.

Lisbeth telefoneó a cada uno de los cuatro chicos, presentándose como una funcionaria de los servicios sociales encargada de realizar un estudio para saber cómo iban las vidas de las personas que de niños se hallaron bajo tutela. «Por supuesto, todos los entrevistados van a permanecer en el anonimato.» Había redactado una encuesta con diez preguntas. Varias de las cuestiones estaban formuladas con el objetivo de averiguar sus opiniones sobre el funcionamiento de la tutela. Lisbeth estaba convencida de que, si al menos uno de los entrevistados tuviese algo que decir sobre Bjurman, el tema saldría a la luz. Pero no escuchó ni un comentario negativo sobre él.

Una vez terminada la investigación personal, Lisbeth Salander metió todos los documentos en una bolsa de papel del supermercado y la depositó al lado de las otras veinte bolsas de la entrada. Al parecer, la conducta del abogado Bjurman era irreprochable. No había ningún hilo suelto en su pasado del que Lisbeth Salander pudiera tirar. Ella sabía, fuera de toda duda, que era un cabrón y un cerdo asqueroso, pero no encontraba nada para probarlo.

Ya era hora de considerar otras opciones. Terminados todos los análisis, quedaba una posibilidad que le parecía cada vez más atractiva o, por lo menos, una opción completamente realizable. Lo mejor sería que Bjurman desapareciera de su vida sin más. Un infarto repentino. *End of problem*. La única pega era que ni siquiera los cerdos asquerosos de cincuenta y cinco años sufrían infartos por encargo.

Pero eso se podía arreglar.

Mikael Blomkvist llevaba su aventura con la directora Cecilia Vanger con la mayor discreción. Ella le impuso tres reglas: que viniera solamente cuando ella lo llamara y estuviera de humor, que no se quedara a pasar la noche y que nadie supiera que se veían.

Su pasión asombraba y desconcertaba a Mikael por igual. Cuando se encontraba con ella en el Café de Susanne, se mostraba amable pero fría y distante. En cambio, en su dormitorio era salvajemente apasionada.

Mikael realmente no quería husmear en su vida privada, pero la verdad era que había sido contratado, literalmente, para meter sus narices en la vida privada de toda la familia Vanger. Se sentía dividido y, a la vez, lleno de curiosidad. Un día le preguntó a Henrik Vanger con quién había estado casada Cecilia, y qué fue lo que pasó. Le formuló la pregunta mientras charlaban del pasado de Alexander, de Birger y de otros miembros de la familia presentes en la isla de Hedeby cuando Harriet desapareció.

—¿Cecilia? No creo que haya tenido nada que ver con Harriet.

—Háblame de su pasado.

—Volvió aquí al acabar sus estudios y empezó a trabajar de profesora. Conoció a un hombre llamado Jerry Karlsson que, desafortunadamente, trabajaba en el Grupo Vanger. Se casaron. Yo creía que el matrimonio era feliz, por lo menos al principio. Pero al cabo de un par de años, empecé a darme cuenta de que las cosas no iban muy bien. La maltrataba. La historia de siempre: él la golpeaba y ella lo defendía a toda costa. Al final, un día se le fue la mano. Ella sufrió heridas graves e ingresó en el hospital. Hablé con ella y le ofrecí mi ayuda. Se trasladó aquí, a la isla de Hedeby, y desde entonces se ha negado a ver a su marido. Me encargué de que lo despidieran.

—Pero sigue casada con él.

—Bueno, creo que se trata más bien de una cuestión de términos. La verdad es que no sé por qué no se ha divorciado. Como nunca ha querido casarse de nuevo, supongo que simplemente no se ha molestado en solicitarlo.

—Ese tal Jerry Karlsson, tenía algo que ver con…

—¿… con Harriet? No, no vivía en Hedestad en 1966; ni siquiera había empezado a trabajar para el grupo.

—De acuerdo.

—Mikael, adoro a Cecilia. Quizá sea algo complicada, pero es una de las buenas personas de mi familia.

Lisbeth Salander dedicó una semana entera a planear, con la mentalidad de un perfecto burócrata, el fallecimiento del abogado Nils Bjurman. Sopesó —y rechazó— distintas posibilidades, hasta que tuvo toda una serie de tramas verosímiles entre las que elegir. Nada de acciones impulsivas.

Su primera idea fue intentar organizar un accidente, pero pronto llegó a la conclusión de que, en realidad, no importaba si resultaba obvio que se trataba de un asesinato.

Había que cumplir una sola condición: el abogado Bjurman tenía que morir de tal manera que ella nunca pudiera ser relacionada con su muerte. Figurar en una futura investigación policial le parecía inevitable; tarde o temprano, su nombre aparecería en cuanto se examinaran las actividades profesionales de Bjurman. Pero ella no era sino una clienta más en un universo de actuales y anteriores clientes; lo había visto en muy contadas ocasiones y, mientras Bjurman no hubiese apuntado en su agenda que la forzó a hacerle una mamada —algo que consideraba poco probable—, Lisbeth no tenía ningún motivo para matarle. Ningún indicio vincularía su muerte a los clientes de su bufete; había ex novias, familiares, conocidos ocasionales, compañeros de trabajo y otros individuos. Incluso existía aquello que se solía definir como *random violence*, cuando el autor del crimen y la víctima no se conocen.

Si surgiese su nombre, ella sería una chica indefensa e incapacitada, con documentos que daban fe de su retraso mental. Por lo tanto, sería muy positivo que la muerte de Bjurman ocurriese de un modo tan enrevesado que una chica con retraso mental no pudiera ser considerada la posible autora del crimen.

Descartó enseguida la alternativa de la pistola; hacerse con una no le supondría el más mínimo problema, pero la policía estaba especializada en el rastreo de armas.

Pensó, entonces, en un arma blanca; podía adquirirse en cualquier ferretería, pero rechazó también esta opción. Aunque ella apareciese de improviso y le clavara una navaja en la espalda, nada le garantizaba que eso lo matara ni inmediata ni silenciosamente; bueno, ni siquiera de que muriera. Además, eso provocaría un gran jaleo y llamaría la atención; la sangre podría manchar su ropa y constituir una prueba de su culpabilidad.

También pensó en algún tipo de bomba, pero resultaba demasiado complicado. No obstante, hacerla no sería un problema: en Internet abundaban los manuales para fabricar los objetos más mortíferos. Sin embargo, se le antojaba difícil encontrar la manera de colocar la bomba sin que los transeúntes inocentes sufrieran daños. A eso se añadía que tampoco con una bomba había ninguna garantía de que realmente muriera.

Sonó el teléfono.

—Hola Lisbeth, soy Dragan. Tengo un trabajo para ti.

—No tengo tiempo.

—Es importante.

—Estoy ocupada.

Ella colgó.

Al final, se decidió por una alternativa no contemplada hasta ese momento: el veneno. La elección la sorprendió incluso a ella misma, pero, bien pensado, era perfecta.

Lisbeth Salander dedicó un par de días a bucear por Internet en busca de un veneno apropiado. Había muchas opciones, entre ellas uno de los venenos más mortales descubiertos por la ciencia: el ácido cianhídrico, más conocido como ácido prúsico.

El ácido cianhídrico se utiliza en la industria química, por ejemplo, en la producción de pintura. Unos pocos miligramos son suficientes para matar a una persona; un solo litro en el depósito de agua de una ciudad de tamaño medio podría aniquilarla por entero.

Por razones obvias, una sustancia tan letal estaba rodeada de rigurosos controles de seguridad. Sin embargo, aunque un fanático terrorista no podía entrar en la farmacia más cercana y pedir diez mililitros de cianhídrico, el veneno se podía fabricar en cantidades prácticamente ilimitadas en cualquier cocina. Todo lo que se necesitaba era un modesto equipo de laboratorio —un juego de química para niños, a la venta por unas doscientas coronas servía perfectamente—, más ciertos ingredientes extraíbles de productos de limpieza normales y corrientes. El manual de fabricación se encontraba en Internet.

Otra alternativa era la nicotina. Bastaba con un solo cartón de cigarrillos para extraer los miligramos necesarios; una vez hervidos, se convertían en un líquido viscoso. Una sustancia aún mejor, aunque algo más difícil de fabricar, era el sulfato de nicotina, que posee la propiedad de ser absorbida por la piel; bastaría con ponerse unos guantes de goma, llenar una pistola de agua con el sulfato y lanzar un chorro en la cara del abogado Bjurman. Al cabo de veinte segundos estaría inconsciente, y un par de minutos más tarde, muerto.

Hasta entonces, Lisbeth Salander no había tenido ni idea de que tantos productos del hogar perfectamente comunes, disponibles en la droguería del barrio, pudieran convertirse en armas mortales. Después de estudiar el tema durante unos días, estaba convencida de que no había impedimento técnico alguno para acabar con el administrador.

Sólo quedaban dos problemas por resolver: la muerte de Bjurman no le daría el control sobre su propia vida, y no existían garantías de que el sucesor de Bjurman no fuese mucho peor. Análisis de consecuencias.

Lo que necesitaba era una manera de «controlar» a su administrador y, por consiguiente, su propia situación. Se quedó sentada una noche entera, en el desgastado sofá del salón, repasando de nuevo las circunstancias. Al acabar la noche, ya había descartado el envenenamiento y elaborado un plan alternativo que no le atraía mucho porque debía dejar que Bjurman la acosara una vez más. Pero si lo llevaba a cabo, ganaría.

Eso era, al menos, lo que ella creía.

A finales de febrero, la estancia de Mikael en Hedeby ya se había convertido en rutina. Todas las mañanas se levantaba a las nueve, desayunaba, y trabajaba hasta las doce. Durante esas horas se zambullía en las páginas de un nuevo informe. Luego, independientemente del tiempo que hiciera, daba un paseo de una hora de duración. Por las tardes seguía trabajando, en casa o en el Café de Susanne, revisando de nuevo lo que había leído por la mañana, o redactando párrafos de lo que sería la autobiografía de Henrik. Entre las tres y las seis descansaba. Entonces hacía la compra, lavaba, iba a Hedestad y realizaba otras tareas cotidianas. Sobre las siete pasaba por casa de Henrik Vanger para aclarar las dudas surgidas a lo largo del día. Alrededor de las diez, volvía a casa y leía hasta la una o las dos de la madrugada. Repasaba metódicamente todos los documentos de Henrik.

Para su sorpresa, descubrió que el trabajo de redactar la autobiografía de Henrik iba sobre ruedas. Ya había acabado el primer borrador de la crónica familiar, de unas ciento veinte páginas; comprendía el período que iba desde el desembarco de Jean-Baptiste Bernadotte en Suecia hasta, aproximadamente, los años veinte. Después de esa época, tendría que avanzar más despacio y empezar a elegir mejor las palabras.

A través de la biblioteca de Hedestad, pedía libros que trataban sobre el nazismo en aquella época; entre otros, la tesis de Helene Lööw, *La cruz gamada y la gavilla de Wasa*. Había escrito un borrador de unas cuarenta páginas más sobre Henrik y sus hermanos, donde se centraba exclusivamente en Henrik como hilo conductor de la historia. Confeccionó una larga lista de averiguaciones que le quedaban por hacer y que estaban relacionadas con la estructura y el funcionamiento de las empresas de la época; descubrió que la familia Vanger había estado intensamente involucrada en el imperio de Ivar Kreuger: otra historia paralela que debía refrescar. En total, calculó que le faltaban por escribir unas trescientas páginas. Había hecho un plan que consistía en tener una primera versión terminada para el 1 de septiembre con el fin de que Henrik Vanger la pudiera ver, de modo que luego dispondría de todo el otoño para revisar el texto.

En cambio, Mikael no avanzaba ni un milímetro en el caso de Harriet Vanger. Por mucho que leyera y reflexionara sobre los detalles de la abundante documentación, no se le ocurrió ni una sola idea que, de alguna manera, le diera un giro a la investigación.

Una noche de sábado, a finales de febrero, mantuvo una larga conversación con Henrik Vanger en la que le dio cuenta de sus nulos avances. El viejo escuchaba pacientemente a Mikael repasando uno a uno los callejones sin salida que había visitado.

—En resumen, Henrik, no encuentro nada en toda la documentación que no se haya investigado a fondo ya.

—Entiendo lo que quieres decir. Yo mismo me he devanado los sesos hasta volverme loco. Y, al mismo tiempo, estoy seguro de que se nos ha escapado algo. No hay crimen perfecto.

—Lo que pasa es que ni siquiera somos capaces de determinar que se haya cometido un crimen.

Henrik Vanger suspiró e hizo un gesto de resignación con las manos.

—Sigue —le pidió—; termina el trabajo.

—No tiene sentido.

—Puede. Pero no te rindas.

Mikael suspiró.

—Los números de teléfono —dijo finalmente.

—Sí

—Tienen que significar algo.

—Sí.

—Están apuntados con una intención.

—Sí.

—Pero no hemos sabido interpretarlos.

—No.

—O los hemos interpretado mal.

—Exacto.

—No son números de teléfono. Significan otra cosa.

—Tal vez.

Mikael volvió a suspirar y se fue a casa para seguir leyendo.

El abogado Nils Bjurman suspiró de alivio cuando Lisbeth Salander lo volvió a llamar explicándole que necesitaba más dinero. Con la excusa de que tenía que trabajar, Salander se había escaqueado de la última reunión fijada, y una leve preocupación empezó a roer el interior de Bjurman: ¿se estaba convirtiendo en una niña problemática imposible de manejar? No obstante, al faltar a la reunión, ella no había recibido el dinero para sus gastos, así que tarde o temprano se vería obligada a acudir a él. También le preocupaba la posibilidad de que Lisbeth le hubiera contado a alguien lo sucedido.

Por eso, su breve llamada diciéndole que necesitaba dinero constituía una confirmación satisfactoria de que la situación estaba bajo control. Pero era preciso domarla, decidió Nils Bjurman. Había que dejarle claro quién mandaba allí; sólo así podrían consolidar su relación. Por eso le dio instrucciones para que esta vez se vieran en su vivienda de Odenplan, no en el despacho. Ante esta exigencia, Lisbeth Salander, al otro lado de la línea telefónica, permaneció callada un buen rato —«qué lenta es la puta»— hasta que, finalmente, aceptó.

El plan de Lisbeth Salander era reunirse con él en su despacho, como la otra vez. Ahora resultaba que tenía que verlo en territorio desconocido. La reunión se fijó para la noche del viernes. Bjurman le había dado el código numérico del portal. Lisbeth llamó a su puerta a las ocho y media, treinta minutos más tarde de lo acordado; justo el tiempo que necesitó, en la oscuridad de la escalera, para repasar el plan una última vez, considerar las alternativas, hacer de tripas corazón y armarse de todo el coraje necesario.

Hacia las ocho de la tarde, Mikael apagó el ordenador y se puso el abrigo. Dejó encendidas las luces de su cuarto de trabajo. La noche estaba estrellada y la temperatura rondaba los cero grados. Subió la cuesta a paso ligero y, camino de Östergården, alcanzó la casa de Henrik Vanger. Nada más pasarla, torció a la izquierda y tomó la senda que bordeaba la orilla. Los faros guiñaban y se reflejaban en el agua; el hermoso brillo de las luces de Hedestad iluminaba la oscuridad. Mikael necesitaba aire fresco, pero, sobre todo, quería evitar los escudriñadores ojos de Isabella Vanger. A la altura de la casa de Martin Vanger, salió al camino y llegó a casa de Cecilia Vanger poco después de las ocho y media. Fueron directamente al dormitorio.

Se veían una o dos veces por semana. Cecilia Vanger no sólo se había convertido en su amante en ese perdido rincón del mundo, sino también en alguien en quien había empezado a confiar. Le aportaba mucho más hablar de Harriet Vanger con ella que con Henrik.

El plan salió mal casi desde el primer momento.

Al abrir la puerta de su piso, el abogado Nils Bjurman llevaba una bata. Ya estaba irritado por el retraso y le hizo señas para que entrara. Ella vestía vaqueros negros, camiseta negra y la consabida chupa de cuero. Además, llevaba botas negras y una pequeña mochila con una correa cruzada sobre el pecho.

—Ni siquiera te enseñaron las horas en el colegio —le espetó Bjurman.

Salander no dijo nada. Miró a su alrededor. El piso tenía más o menos el aspecto que había imaginado al estudiar los planos en el archivo municipal de urbanismo. Estaba decorado con muebles claros de haya y abedul.

—Ven —dijo Bjurman en un tono más amable.

Le puso el brazo alrededor de los hombros y la llevó por un pasillo hasta el interior del piso. Nada de charlas; al grano. Abrió la puerta del dormitorio. No cabía duda del tipo de servicios que esperaba de Lisbeth Salander.

Ella recorrió rápidamente el cuarto con la mirada. Decoración de soltero. Una cama de matrimonio con cabecero alto de acero inoxidable. Una cómoda que también hacía de mesilla. Lamparitas de luz suave. A lo largo de una de las paredes se extendía un armario con puertas de espejo. En el rincón de al lado de la puerta, una silla de rejilla y una pequeña mesa. La cogió de la mano y la condujo hasta la cama.

—Cuéntame para qué necesitas el dinero esta vez. ¿Más trastos para el ordenador?

—Comida —contestó ella.

—Claro. Qué tonto soy; faltaste a nuestra última reunión.

Cogió la barbilla de Lisbeth con una mano y levantó su cara hasta que sus miradas se cruzaron.

—¿Cómo estás?

Ella se encogió de hombros.

—¿Has pensado en lo que te dije la última vez?

—¿El qué?

—Lisbeth, no finjas ser más tonta de lo que ya eres. Quiero que tú y yo seamos buenos amigos y que nos ayudemos mutuamente.

Ella no contestó. El abogado Bjurman resistió el impulso de darle una bofetada para espabilarla.

—¿Te gustó nuestro juego de adultos de la otra vez?

—No.

Él arqueó las cejas.

—Lisbeth, no seas tonta.

—Necesito dinero para comprar comida.

—Pues de eso precisamente hablamos la vez anterior: si tú eres buena conmigo, yo seré bueno contigo. Pero si no haces más que darme problemas…

Le cogió el mentón con más fuerza y ella se soltó girando la cabeza.

—Quiero mi dinero. ¿Qué quieres que haga?

—Tú sabes muy bien lo que a mí me gusta.

La cogió del hombro y tiró de ella en dirección a la cama.

—Espera —dijo Lisbeth Salander rápidamente.

Ella le devolvió una mirada resignada y luego asintió. Se quitó la mochila y la cazadora de cuero con tachuelas y miró a su alrededor. Puso la chupa de cuero sobre la silla de rejilla, colocó la mochila encima de la mesa y dio unos tímidos pasos hacia la cama. Luego se paró, como si se lo estuviera pensando. Bjurman se acercó.

—Espera —dijo ella de nuevo, esta vez como intentando convencerlo y hacerle entrar en razón—. No quiero chupártela cada vez que necesite dinero.

A Bjurman le cambió la cara. De pronto, le dio una bofetada con la palma de la mano. Salander abrió los ojos de par en par, pero antes de que le diera tiempo a reaccionar, la cogió del hombro y la echó de bruces sobre la cama. La repentina violencia la cogió desprevenida.

Cuando intentó darse la vuelta, la aprisionó contra la cama y se sentó a horcajadas sobre ella.

Igual que la vez anterior, físicamente hablando, ella era pan comido para él. Sus posibilidades de resistencia consistían en hacerle daño en los ojos con las uñas o con algún arma. Pero la trama que había planeado ya se había ido al traste totalmente. «Mierda», pensó Lisbeth Salander cuando él le arrancó la camiseta. Con una aterradora clarividencia, se dio cuenta de que se había metido en camisa de once varas.

Oyó cómo abría el cajón de la cómoda de al lado de la cama y percibió el chirrido de metal. Al principio no sabía qué estaba pasando; luego vio unas esposas cerrándose alrededor de su muñeca. Él le levantó los brazos, pasó las esposas por uno de los barrotes del cabecero de la cama y le esposó la otra mano. En un santiamén le quitó las botas y los vaqueros. Por último le quitó las bragas y las sostuvo en la mano.

—Tienes que aprender a confiar en mí, Lisbeth. Yo te voy a enseñar cómo se juega a este juego de adultos. Cuando te pongas borde conmigo, te castigaré. Pero si eres buena conmigo, seremos amigos.

Volvió a sentarse a horcajadas sobre ella.

—Así que no te gusta el sexo anal, ¿eh?

Lisbeth Salander abrió la boca para gritar. La cogió del pelo y le metió las bragas en la boca. Luego le colocó algo en los tobillos, le separó las piernas y se las ató dejándola completamente indefensa. Le oyó moverse por el dormitorio pero era incapaz de verlo a causa de la camiseta que tapaba su cara. Pasaron varios minutos. Apenas podía respirar. Luego experimentó un terrible dolor cuando le introdujo, violentamente, un objeto en el ano.

La norma de Cecilia Vanger seguía siendo que Mikael no podía pasar la noche con ella. A las dos y pico de la madrugada se vistió, mientras ella, tendida desnuda sobre la cama, le sonreía.

—Me gustas, Mikael. Me gusta estar contigo.

—Tú también me gustas.

Ella lo tiró sobre la cama otra vez y consiguió quitarle la camisa que acababa de ponerse. Mikael se quedó una hora más.

Luego, al pasar por la casa de Harald Vanger, tuvo la convicción de haber visto moverse una de las cortinas de la planta de arriba. Pero no lo podía afirmar a ciencia cierta porque había demasiada oscuridad.

Hasta las cuatro de la madrugada del sábado, el abogado Bjurman no la dejó vestirse. Lisbeth cogió su chupa de cuero y la mochila, y se dirigió, cojeando, hacia la salida, donde él la estaba esperando recién duchado y pulcramente vestido. Le dio un cheque de dos mil quinientas coronas.

—Te llevaré a casa —dijo, y abrió la puerta.

Ella salió del piso y se volvió hacia él. Su cuerpo parecía frágil y su cara estaba hinchada a causa de las lágrimas. Al cruzar las miradas él casi dio un paso atrás; en su vida había percibido un odio tan ferviente y visceral. Lisbeth Salander daba la impresión de ser exactamente tan demente como insinuaba su historial.

—No —dijo en voz tan baja que apenas la oyó—. Puedo volver a casa sola.

Le puso una mano sobre el hombro.

—¿Seguro?

Ella asintió. Bjurman agarró su hombro con más fuerza.

—No te olvides de lo que hemos acordado: vuelve el sábado que viene.

Lisbeth volvió a asentir. Sumisa. Él la soltó.

Capítulo 14

Lisbeth Salander pasó toda la semana en cama con dolores en el bajo vientre y hemorragias anales, así como con otras heridas menos visibles que tardarían mucho más tiempo en curarse. Esta vez había sido una experiencia totalmente distinta a la primera violación que sufrió en el despacho; ya no se trataba de coacción y humillación, sino de una brutalidad sistemática.

Se dio cuenta tarde, demasiado tarde, de que se había equivocado por completo al juzgar a Bjurman.

Lo había visto como un hombre al que le gustaba ejercer el poder y dominar a los demás, no como un sádico consumado. La había tenido esposada toda la noche. En varias ocasiones, pensó que le iba a matar; de hecho, hubo un momento en el que le hundió una almohada en la cara hasta que ella sintió cómo se le dormía todo el cuerpo. Estuvo a punto de perder el conocimiento.

No lloró.

Aparte de las lágrimas causadas por el dolor puramente físico de la violación, no derramó ni una sola lágrima más. Tras abandonar el piso de Bjurman, fue cojeando hasta la parada de taxis de Odenplan, llegó a casa y subió las escaleras con mucho esfuerzo. Se duchó y se limpió la sangre. Luego bebió medio litro de agua y se tomó dos somníferos de la marca Rohypnol; acto seguido, se fue a la cama dando algunos traspiés y se tapó la cabeza con el edredón.

Se despertó dieciséis horas más tarde, el domingo a la hora de comer, con la mente en blanco e insistentes dolores de cabeza, músculos y bajo vientre. Se levantó, bebió dos vasos de yogur líquido y se comió una manzana. Luego se tomó dos somníferos más y regresó a la cama.

Hasta el martes no tuvo fuerzas para levantarse. Salió y compró un paquete grande de Billys Pan Pizza, metió dos pizzas en el microondas y llenó un termo de café. Luego se pasó toda la noche en Internet leyendo artículos y tratados sobre la psicopatología del sadismo.

Se fijó en un artículo publicado por un grupo feminista de Estados Unidos en el que la autora sostenía que el sádico elegía sus «relaciones» con una precisión casi intuitiva; la mejor víctima era la que pensaba que no tenía elección e iba a su encuentro voluntariamente. El sádico se especializaba en individuos inseguros en situación de dependencia, y tenía una espeluznante capacidad para identificar a las víctimas más adecuadas.

El abogado Bjurman la había elegido a ella.

Eso la hizo reflexionar.

Le daba una idea de cómo la veía la gente.

El viernes, una semana después de la segunda violación, Lisbeth Salander fue andando desde su casa hasta un estudio de tatuajes, en Hornstull, donde tenía hora reservada. No había más clientes en el local. El dueño la saludó con la cabeza al reconocerla.

Eligió un tatuaje pequeño y sencillo en forma de brazalete y le pidió que se lo hiciera en el tobillo. Le señaló el sitio con el dedo.

—Ahí la piel es muy fina. Duele mucho —advirtió el tatuador.

—No importa —respondió Lisbeth Salander, quitándose los pantalones y tendiéndole la pierna.

—De acuerdo, un brazalete. Ya tienes muchos tatuajes. ¿Estás segura de querer otro?

—Es para no olvidar —contestó.

El sábado Mikael Blomkvist abandonó el Café de Susanne a las dos, cuando cerró. Se había pasado toda la mañana metiendo datos en su iBook. Antes de volver a casa se acercó hasta Konsum para comprar comida y cigarrillos. Había descubierto la *pölsa* salteada con patatas y remolacha, un plato que no le había gustado nunca, pero que, por alguna razón, resultaba perfecto para la vida del campo.

A las siete de la tarde se quedó pensativo delante de la ventana. Cecilia Vanger no lo había llamado. Sus caminos se cruzaron brevemente al mediodía cuando ella se dirigía a la panadería de Susanne a comprar el pan, pero andaba demasiado absorta en sus pensamientos. Parecía que ese sábado no lo iba a llamar. Miró de reojo su pequeño televisor, que casi nunca encendía. Tampoco esta vez. En su lugar, se sentó en el sofá de la cocina y abrió una novela policíaca de Sue Grafton.

El sábado por la noche, a la hora acordada, Lisbeth Salander volvió al piso de Nils Bjurman, en Odenplan. La dejó entrar con una educada y acogedora sonrisa.

—¿Cómo estás hoy, querida Lisbeth? —preguntó a modo de saludo.

Ella no contestó. Él le puso un brazo alrededor del hombro.

—Tal vez me pasara el otro día —dijo—. Te vi bastante hecha polvo.

Lisbeth le obsequió con una sonrisa agria y al abogado le invadió una repentina sensación de inseguridad. «Esta tía está chiflada. Que no se me olvide.» Se preguntaba si ella terminaría acostumbrándose y aceptando la situación.

—¿Vamos al dormitorio? —preguntó Lisbeth Salander.

«Claro, que a lo mejor le va la marcha...» La condujo a la habitación pasándole un brazo por encima del hombro, tal y como hizo la vez anterior. «Hoy la trataré con más cuidado. Así me ganaré su confianza.» Ya había sacado las esposas; estaban sobre la cómoda. Hasta que llegaron a la cama el abogado Bjurman no advirtió que pasaba algo raro.

Era ella la que lo llevaba a él a la cama, y no al revés. Se quedó parado, mirándola desconcertado, cuando Lisbeth sacó algo del bolsillo de su cazadora. Al principio le pareció un teléfono móvil. Luego vio sus ojos.

—Di buenas noches —dijo ella.

Subió la pistola eléctrica hasta su axila izquierda y le disparó 75.000 voltios. Cuando sus piernas empezaron a flaquear, ella apoyó el hombro contra su cuerpo y empleó todas sus fuerzas para tumbarle sobre la cama.

Cecilia Vanger se sentía algo achispada. Había decidido no llamar a Mikael Blomkvist. La relación se había convertido en una ridícula comedia de alcoba en la que Mikael tenía que andar sigilosamente dando rodeos para poder ir a verla a su casa sin ser descubierto. Ella se comportaba como una colegiala enamorada incapaz de reprimir su deseo. Durante las últimas semanas su actitud había sido absurda.

«El problema es que me gusta demasiado —pensó—. Me va a hacer daño.» Permaneció un buen rato deseando que Mikael Blomkvist nunca se hubiera instalado en Hedeby.

Había abierto una botella de vino y se había tomado dos copas en la más completa soledad. Puso las noticias de la tele e intentó enterarse de cómo iba la política mundial, pero se cansó enseguida de los supuestamente sensatos comentarios que explicaban por qué era necesario que el presidente Bush destruyera Irak con sus bombas. Así que se sentó en el sofá del salón y cogió *El hombre láser*, un libro de Gellert Tamas sobre el asesino racista de Estocolmo. Sólo fue capaz de leer un par de páginas antes de dejar el libro. El tema le había recordado inmediatamente a su padre. Se preguntaba en qué estaría pensando él ahora.

La última vez que se vieron de verdad fue en 1984, cuando lo acompañó a él y a su hermano Birger a cazar liebres al norte de Hedestad. Birger iba a probar un nuevo perro de caza, un Foxhound Hamilton que acababa de adquirir. Harald Vanger tenía setenta y tres años, y ella se esforzaba al máximo para aceptar su locura, que había convertido su infancia en una pesadilla y marcado toda su vida adulta.

Cecilia nunca fue tan frágil como en aquel momento de su vida. Hacía tres meses que su matrimonio se había ido al traste. Violencia doméstica… ¡qué expresión tan banal! Para ella adquirió la forma de un maltrato leve pero constante. Bofetadas, violentos empujones, repentinos cambios de humor y soportar que la tirara sobre el suelo de la cocina… Sus arrebatos resultaban siempre inexplicables y los abusos raramente eran lo suficientemente graves como para dejarle secuelas físicas. Evitaba golpearla con el puño. Cecilia ya se había hecho a ello.

Hasta el día en el que, sin pensárselo dos veces, le devolvió el golpe y él perdió el control por completo. La pelea acabó cuando el marido, fuera de sí, le tiró unas tijeras que se le clavaron en el omoplato.

Se arrepintió y, presa del pánico, la llevó al hospital, donde se inventó una historia sobre un extraño accidente cuya falsedad le quedó perfectamente clara a todo el personal de urgencias desde el mismo momento en que empezó a hablar. Ella estaba avergonzada. Le dieron doce puntos y estuvo ingresada dos días. Luego Henrik Vanger fue a buscarla y se la llevó a su casa. Desde entonces no había vuelto a hablar con su marido.

Aquel soleado día de otoño, tres meses después de la ruptura del matrimonio, Harald Vanger estaba de buen humor, incluso amable. Pero de pronto, en medio del bosque, empezó a atacar a su hija con humillantes insultos y comentarios vulgares sobre su vida y sus hábitos sexuales, y le soltó que no le extrañaba que una puta como ella fuera incapaz de retener a un hombre a su lado.

Su hermano ni siquiera advirtió que las palabras de su progenitor impactaron en ella como latigazos. En su lugar, Birger Vanger se rió y puso un brazo alrededor del hombro de su padre para, a su manera, quitarle hierro a la situación con comentarios del tipo «ya se sabe cómo son las mujeres». Le hizo un guiño tranquilizador a Cecilia e instó a Harald Vanger a que se fuera a una pequeña colina y se quedara un rato allí al acecho de alguna presa.

Hubo un momento en el que el tiempo pareció detenerse para Cecilia Vanger. Contempló a su padre y a su hermano y, de pronto, se percató de que la escopeta de caza que llevaba en la mano estaba cargada. Cerró los ojos. Fue la única alternativa que tuvo en ese momento para no levantar el arma y disparar los dos cartuchos. Quiso matarlos a los dos. Pero dejó caer la escopeta ante sus pies, se dio media vuelta y regresó andando al sitio donde habían aparcado el coche. Regresó a casa sola, abandonándolos allí a su suerte. Desde ese día sólo hablaba con su padre en muy contadas ocasiones, cuando se veía obligada por la situación. Se negó a dejarle entrar en su casa y jamás volvió a pisar el domicilio paterno.

«Me has destrozado la vida —pensó Cecilia Vanger—. Me la destrozaste siendo yo una niña.»

A las ocho y media de la noche, Cecilia Vanger cogió el teléfono y llamó a Mikael Blomkvist para pedirle que fuera.

El abogado Nils Bjurman se retorcía de dolor. Sus músculos estaban inutilizados. Su cuerpo parecía paralizado. No estaba seguro de haber perdido la consciencia, pero se hallaba desorientado y no recordaba muy bien qué le había pasado. Cuando, poco a poco, fue recuperando el control de su cuerpo, se encontró desnudo, tumbado de espaldas sobre su cama, con las muñecas esposadas y dolorosamente despatarrado. Tenía quemaduras que le escocían en las zonas donde los electrodos habían entrado en contacto con su cuerpo.

Lisbeth Salander estaba tranquilamente sentada en una silla de rejilla que había acercado a la cama, donde, con las botas puestas, descansaba los pies mientras se fumaba un cigarrillo. Cuando Bjurman intentó hablar se dio cuenta de que su boca estaba tapada con cinta aislante. Giró la cabeza. Ella había sacado los cajones y vaciado su contenido.

—He encontrado tus juguetitos —dijo Salander.

Sostenía en la mano una fusta mientras rebuscaba en la colección de consoladores, bridas y máscaras de látex que había echado al suelo.

—¿Para qué sirve esto? —dijo ella, mostrándole un enorme tapón anal—. No, no intentes hablar; digas lo que digas no te voy a entender. ¿Es esto lo que usaste conmigo la semana pasada? Basta con que asientas con la cabeza.

Se inclinó hacia él, expectante.

Nils Bjurman sintió repentinamente cómo un terror frío le recorría el pecho y perdió el control. Tiró de las esposas. Ella había tomado las riendas. Imposible. No pudo hacer nada cuando Lisbeth Salander se inclinó sobre él y le colocó el tapón entre las nalgas.

—Así que te va el sado —le dijo—. Te gusta meterle cositas a la gente, ¿verdad?

Ella lo clavó con la mirada; su cara era una inexpresiva máscara.

—Sin lubricante, ¿no?

Bjurman emitió un alarido a través de la cinta aislante cuando Lisbeth Salander, brutalmente, separó sus nalgas y le metió el tapón en su sitio.

—Deja de quejarte —dijo Salander, imitando su voz—. Si te pones bravo, voy a tener que castigarte.

Se levantó y bordeó la cama. Él, indefenso, la siguió con la mirada... «¿Qué coño va a hacer ahora?» Desde el salón, Lisbeth Salander llevó al dormitorio un televisor de 32 pulgadas sobre ruedas. En el suelo estaba el reproductor de deuvedés. Todavía con la fusta en la mano, lo miró.

—¿Me estás prestando toda tu atención? —preguntó—. No intentes hablar: basta con que muevas la cabeza. ¿Me oyes?

Él asintió.

—Muy bien. —Se inclinó y cogió la mochila—. ¿La reconoces?

Él movió la cabeza.

—Es la mochila que llevaba cuando te visité la semana pasada. Es de lo más práctico. La he tomado prestada de Milton Security.

Abrió una cremallera que había en la parte inferior.

—Esto es una cámara digital. ¿Sueles ver *Insider*, en TV3? Es como las mochilas que usan esos terribles reporteros cuando graban algo con cámara oculta. —Cerró la cremallera—. ¿El objetivo? ¿Te estás preguntando dónde se esconde? Es el detalle más exquisito. Gran angular con fibra óptica. El ojo parece un botón y se oculta en el cierre del asa. Quizá recuerdes que coloqué la mochila aquí en la mesa antes de que empezaras a meterme mano. Me aseguré bien de que el objetivo apuntara hacia la cama.

Le mostró un disco y lo insertó en el aparato reproductor. Luego giró la silla situándola de manera que pudiera ver la pantalla del televisor y se sentó. Encendió otro cigarrillo y pulsó el botón de encendido. El abogado Bjurman se vio a sí mismo abrirle la puerta a Lisbeth Salander. «¿Ni siquiera te enseñaron las horas en el colegio?», saludó, irritado.

Le puso toda la película. Terminó al cabo de noventa minutos, en medio de una escena en la que el abogado Bjurman, desnudo, estaba sentado apoyado contra el cabecero de la cama, tomándose una copa de vino mientras contemplaba a Lisbeth Salander acurrucada en la cama con las manos esposadas en la espalda.

Apagó la tele y permaneció callada en la silla durante más de diez minutos sin mirarle. Bjurman ni siquiera se atrevió a moverse. Luego Lisbeth Salander se levantó y se dirigió al cuarto de baño. Cuando volvió, se sentó en la silla. Su voz resultaba tan áspera como el papel de lija.

—Cometí un error la semana pasada —dijo—. Creí que iba a tener que chupártela otra vez, lo cual, tratándose de ti, es de lo más asqueroso, pero no tanto como para no ser capaz de hacerlo. Creí que conseguiría fácilmente material con la suficiente calidad para demostrar que eres un asqueroso y baboso viejo. Te juzgué mal. No había entendido lo jodidamente enfermo que estás.

»Te voy a hablar claramente —prosiguió—. Esta película muestra cómo violas a una retrasada mental de veinticuatro años de la que has sido nombrado administrador. Y no tienes ni idea de lo retrasada que puedo llegar a ser si hace falta. Cualquiera que vea esto descubrirá que no sólo eres un mierda sino también un loco sádico. Ésta es la segunda y la última vez, espero, que veo esta película. Bastante instructiva, ¿a que sí? Yo creo que va a ser a ti a quien van a encerrar, no a mí. ¿Estás de acuerdo?

Lisbeth esperaba. Él no reaccionaba, pero ella pudo ver que estaba temblando. Agarró la fusta y le dio un latigazo en medio de sus órganos sexuales.

—¿Estás de acuerdo? —repitió con una voz considerablemente más alta. Él asintió con la cabeza—. Muy bien. Entonces, eso ha quedado claro.

Acercó la silla y se sentó de modo que pudiera mirarle a los ojos.

—Bueno, ¿qué crees que debemos hacer para arreglar este asunto?

Él no pudo contestar.

—¿Se te ocurre alguna buena idea?

Como él no reaccionaba, ella alargó la mano, lo cogió por los testículos y estiró hasta que la cara de Bjurman se retorció de dolor.

—¿Se te ocurre alguna buena idea? —repitió.

Él negó con la cabeza.

—Bien. Porque espero que, en el futuro, no se te ocurra jamás ninguna idea; si no, me vas a cabrear la hostia. —Se reclinó en la silla y encendió otro cigarrillo—. Yo te diré lo que va a pasar: la semana que viene, en cuanto hayas podido cagar ese pedazo de tapón de goma del culo, le darás instrucciones al banco para que yo, única y exclusivamente yo, tenga acceso a mi cuenta. ¿Entiendes lo que te estoy diciendo?

El abogado Bjurman asintió con la cabeza.

—Muy bien. Nunca jamás volverás a ponerte en contacto conmigo. En el futuro sólo nos reuniremos si a mí me da la gana. En otras palabras: acabas de recibir una orden en la que se te prohíben las visitas.

Él movió la cabeza afirmativamente varias veces para, acto seguido, suspirar. «No piensa matarme», pensó.

—Si vuelves a contactar conmigo, las copias de este disco llegarán a todas y cada una de las redacciones periodísticas de Estocolmo. ¿Entiendes?

Asintió repetidas veces. «Tengo que hacerme con la película.»

—Una vez al año, entregarás un informe positivo sobre mí a la comisión de tutelaje. Les comunicarás que llevo una vida perfectamente normal, que tengo un trabajo fijo, que mi comportamiento es impecable y que consideras que no existe absolutamente nada anormal en mi forma de actuar. ¿De acuerdo?

Él movió la cabeza afirmativamente.

—Cada mes redactarás un falso informe sobre tus supuestas reuniones conmigo. Darás cuenta, con gran detalle, de mi actitud positiva y de lo bien que me van las cosas. Me enviarás una copia por correo. ¿Está claro?

Él volvió a asentir. Lisbeth Salander reparó, con la mirada ausente, en las gotas de sudor que poblaban la frente de Bjurman.

—Dentro de unos años, vamos a decir dos, solicitarás una vista oral en el juzgado para obtener la revocación de mi declaración de incapacidad. Utilizarás los informes que habrás redactado acerca de nuestras falsas reuniones mensuales. Te ocuparás de buscar un loquero que jure que soy perfectamente normal. Tendrás que poner mucho de tu parte. Deberás hacer todo lo que esté en tu mano para que yo sea declarada mayor de edad.

Él asintió.

—¿Sabes por qué tienes que esforzarte al máximo? Por una jodida razón: porque si fracasas, haré público el contenido de esta película.

Bjurman escuchó cada una de las sílabas que pronunció Lisbeth Salander. Un repentino estallido de odio apareció en sus ojos. Decidió que ella cometía un error dejándole con vida. «Esto lo pagarás caro, puta de mierda. Tarde o temprano. Te voy a destrozar.» Pero seguía asintiendo con fingido entusiasmo al responder a cada pregunta.

—Y lo mismo sucederá si intentas contactar conmigo —le dijo, pasándose un dedo de un lado a otro del cuello—. Dile adiós a este piso, a tu bonito título y a los millones de esa cuenta bancaria que tienes en el extranjero.

Los ojos se le pusieron como platos al oírla mencionar el dinero. «Cómo coño se habrá enterado...»

Ella sonrió y se tragó el humo del tabaco. Luego tiró el cigarrillo sobre la moqueta y lo apagó pisándolo con el tacón.

—Quiero una copia de las llaves del piso y del despacho.

Él arqueó las cejas. Ella se inclinó hacia delante y le mostró una radiante sonrisa.

—De ahora en adelante yo controlaré tu vida. Cuando menos te lo esperes, quizá cuando estés durmiendo, apareceré por tu dormitorio con esto en la mano.

Le mostró la pistola eléctrica.

—Te voy a vigilar. Si vuelvo a pillarte con una chica, no importa si ha venido voluntariamente o no, si alguna vez te encuentro con una mujer, sea quien sea... —Lisbeth Salander se pasó nuevamente los dedos por el cuello—. Si yo muriera, si sufriera un accidente, si me atropellara un coche, o si me ocurriera algo..., los periódicos recibirían copias de la película. Además de una historia detallada en la que cuento qué significa tenerte a ti como administrador.

»Y otra cosa. —Se inclinó, acercando su cara a unos pocos centímetros de la del abogado—. Si me vuelves a tocar alguna vez, te mataré. Créeme.

El abogado Bjurman la creyó sin vacilar. En sus ojos pudo ver que no se estaba marcando un farol.

—Recuerda que estoy loca.

Él asintió.

Ella lo contempló pensativa.

—No creo que tú y yo vayamos a ser amigos —dijo Lisbeth Salander con voz seria—. Ahora mismo estás ahí tumbado congratulándote de que sea tan estúpida como para dejarte vivir. A pesar de ser mi prisionero, sientes que controlas la situación; piensas que lo único que haré, si no te mato, es soltarte. Así que albergas la esperanza de recuperar muy pronto tu poder sobre mí. ¿A que sí?

Preso, de repente, de malos presentimientos, él negó con la cabeza.

—Te voy a regalar una cosa para que te acuerdes siempre de nuestro pacto.

Le mostró una malévola sonrisa, se subió a la cama y se sentó de rodillas entre sus piernas. El abogado Bjurman no sabía lo que ella quería decir, pero sintió miedo. Acto seguido, descubrió una aguja en la mano de Lisbeth.

Movió bruscamente la cabeza de un lado a otro e intentó girar el cuerpo hasta que ella apoyó una rodilla contra su entrepierna y, a modo de advertencia, le apretó con fuerza.

—Estate quieto. Es la primera vez que uso estos instrumentos.

Trabajó concentradamente durante dos horas. Al terminar, él ya había dejado de quejarse. Más bien parecía hallarse en un estado de apatía.

Lisbeth se bajó de la cama, ladeó la cabeza y contempló su obra con mirada crítica. Su talento artístico dejaba mucho que desear. Las letras estaban torcidas, lo que les daba un toque impresionista. Le había tatuado un texto de cinco líneas, con letras mayúsculas azules y rojas que le cubrían todo el estómago y le bajaban desde los pezones hasta casi alcanzar el sexo: «SOY UN SÁDICO CERDO, UN HIJO DE PUTA Y UN VIOLADOR».

Recogió las agujas y metió los cartuchos de tinta en su mochila. Luego fue al cuarto de baño y se lavó las manos.

Al volver al dormitorio se dio cuenta de que se sentía considerablemente mejor.

—Buenas noches —dijo.

Antes de marcharse, abrió una de las esposas y le dejó la llave encima de su estómago. Se llevó la película y el juego de llaves del piso.

Mientras compartían un cigarrillo, poco después de la medianoche, Mikael le contó que no iban a poder verse durante un tiempo. Cecilia se volvió y lo miró asombrada.

—¿Qué quieres decir? —preguntó.

Él pareció avergonzarse.

—El lunes ingreso en la cárcel; tres meses.

Sobraba cualquier otra aclaración. Cecilia permaneció en silencio un buen rato. De repente le entraron ganas de llorar.

Dragan Armanskij había empezado a perder la esperanza cuando, inesperadamente, Lisbeth Salander llamó a su puerta el lunes por la tarde. No le había visto el pelo desde que canceló la investigación sobre el caso Wennerström, a principios de enero, y cada vez que intentaba hablar con ella, o no contestaba la llamada o colgaba el teléfono con la excusa de que estaba ocupada.

—¿Algún trabajo para mí? —preguntó ella, ahorrándose los innecesarios saludos.

—Hola. Me alegro de verte. Creí que te habías muerto o algo así.

—Tenía que resolver un asunto.

—Te pasa bastante a menudo.

—Esto era urgente. Ya he vuelto. ¿Hay algo?

Armanskij negó con la cabeza.

—*Sorry*. Ahora mismo no.

Lisbeth Salander lo miró tranquilamente. Al cabo de un rato, Armanskij retomó el hilo y prosiguió:

—Lisbeth, ya sabes que te quiero mucho y que te hago encargos con gran placer. Pero llevas dos meses fuera y he estado hasta arriba de trabajo. Simplemente, no puedo fiarme de ti. Me he visto obligado a encomendarles las tareas a otros y ahora no tengo nada.

—¿Puedes subir el volumen?

—¿Qué?

—La radio.

… la revista *Millennium*. El comunicado de que el veterano industrial Henrik Vanger pasa a ser copropietario y a ocupar un puesto en la junta directiva de la revista *Millennium* llega el mismo día en el que el anterior editor jefe, Mikael Blomkvist, empieza a cumplir su condena de tres meses en la cárcel por haber difamado al empresario Hans-Erik Wennerström. La redactora jefe de *Millennium*, Erika Berger, anunció en rueda de prensa que Mikael Blomkvist recuperará su puesto cuando haya cumplido la pena.

—¡Hostia! —dijo Lisbeth Salander en voz tan baja que lo único que Armanskij advirtió fue que había movido los labios. Ella se levantó a toda prisa y se dirigió a la puerta.

—Espera. ¿Adónde vas?

—A casa. Voy a mirar unas cosas. Llámame cuando tengas algo.

La noticia de que *Millennium* contaría con la ayuda de Henrik Vanger era un acontecimiento considerablemente más importante de lo que Lisbeth Salander esperaba en principio. La edición digital de *Aftonbladet* ya publicaba un largo comunicado de la agencia de noticias TT, que resumía la carrera profesional de Henrik Vanger y constataba que era la primera vez en más de veinte años que el viejo magnate industrial hacía una aparición pública. La entrada como copropietario de *Millennium* se consideraba tan inverosímil como si de repente se dijera que los conservadores Peter Wallenberg o Erik Penser iban a figurar como socios de la revista *ETC* o como patrocinadores de *Ordfront Magasin*.

El acontecimiento era de tal envergadura que *Rapport*, en su edición de las siete y media de la tarde, lo sacó en tercer lugar y le dedicó tres minutos. Entrevistaron a Erika Berger en una mesa de reuniones de la redacción de *Millennium*. De buenas a primeras, el caso Wennerström volvía a ser noticia.

—El año pasado cometimos un grave error que acabó en condena por difamación. Naturalmente, es algo que lamentamos… pero ya tendremos ocasión de retomar la historia en su momento.

—¿Qué quiere decir con «retomar la historia»? —preguntó el periodista.

—Que, cuando llegue la hora, contaremos nuestra versión de lo sucedido; algo que, *de facto*, aún no hemos hecho.

—¿Y por qué no lo hicieron en el juicio?

—Optamos por no contarlo. Pero, por supuesto, vamos a continuar con nuestra línea de periodismo de investigación.

—¿Eso significa que siguen defendiendo la historia por la que les condenaron?

—De momento no tengo más comentarios al respecto.

—Pero tras la sentencia despidieron a Mikael Blomkvist.

—En absoluto, se equivoca. Lea nuestro comunicado de prensa. Mikael necesitaba un merecido descanso. Volverá como editor jefe más tarde, este mismo año.

La cámara ofreció una visión panorámica de la redacción, mientras el presentador resumía el agitado pasado de *Millennium*, una singular y rebelde revista. Mikael Blomkvist no se encontraba en disposición de hacer comentarios. Acababa de ser encerrado en el centro penitenciario de Rullåker, situado junto a un pequeño lago en medio del bosque, a unos diez kilómetros de Östersund, en la provincia de Jämtland.

A un lado de la imagen televisiva, Lisbeth Salander vio, de repente, a Dirch Frode apareciendo por una puerta de la redacción. Pensativa, arqueó las cejas y se mordió el labio inferior.

Había sido un lunes pobre en sucesos, así que en la edición de las nueve le dedicaron cuatro minutos enteros a Henrik Vanger. La entrevista tuvo lugar en un estudio de la televisión local de Hedestad. El periodista empezó diciendo que «después de dos décadas de silencio, el legendario industrial Henrik Vanger vuelve a estar en el candelero». El reportaje se inició presentando la vida de Henrik Vanger con unas imágenes televisivas en blanco y negro, donde se le veía con el primer ministro Tage Erlander inaugurando fábricas en los años sesenta. Luego, la cámara enfocó el sofá del estudio donde Henrik Vanger estaba confortable y tranquilamente sentado, con las piernas cruzadas. Llevaba una camisa amarilla, una estrecha corbata verde y una cómoda americana marrón oscuro. A nadie se le pasó por alto que era como un viejo y demacrado espantapájaros, pero hablaba con una voz firme y clara. Y sin pelos en la lengua. El reportero comenzó por preguntar qué le había llevado a ser socio de *Millennium*.

—*Millennium* es una revista muy buena que llevo siguiendo desde hace varios años. Hoy en día se encuentra asediada. Tiene poderosos enemigos que lo han organizado todo para que los anunciantes la boicoteen y se hunda por completo.

Evidentemente, el periodista no estaba preparado

para una respuesta así, pero enseguida se olió que la historia, ya de por sí bastante particular, cobraba un carácter totalmente inesperado.

—¿Y quién está detrás de ese boicot?

—Es una de las cosas que *Millennium* va a estudiar minuciosamente. Pero permítame aprovechar esta oportunidad para comunicar que *Millennium* no se va a dejar hundir tan fácilmente.

—¿Es ésa la razón por la que usted ha entrado en la revista como socio?

—Sería muy triste para la libertad de expresión que los intereses particulares tuvieran el poder de acallar las voces de los medios de comunicación que les parecen molestas.

Henrik Vanger hablaba como si su punto de vista cultural fuese de lo más radical y llevara toda la vida luchando por la libertad de expresión. En la sala de televisión del centro penitenciario de Rullåker que estrenaba esa noche, Mikael Blomkvist soltó una inesperada carcajada. Los otros reclusos lo miraron de reojo con cierta inquietud.

Más tarde —echado sobre la cama de su celda, que le recordaba a una pequeña habitación de motel, amueblada con una mesita, una silla y una estantería fija en la pared— admitió que Henrik y Erika habían tenido razón en cuanto a cómo se debía lanzar la noticia. Sin comentar el tema con nadie, ya sabía que algo había cambiado con respecto a la opinión que la gente tenía de *Millennium*.

La aparición de Henrik Vanger no era más que una directa declaración de guerra contra Hans-Erik Wennerström. El mensaje era claro como el agua: ya no te estás enfrentando a una revista con seis empleados cuyo presupuesto anual equivale al de una simple comida de negocios del Wennerstroem Group. Ahora también te enfrentas a las empresas Vanger, que, bien es cierto, no son más que una sombra de la grandeza de antaño, pero que, aun así, constituyen un desafío bastante mayor. Wennerström podía elegir: o retirarse del conflicto o intentar aniquilar también a las empresas Vanger.

Lo que Henrik Vanger acababa de decir por televisión significaba que estaba dispuesto a luchar. Puede que no tuviera nada que hacer contra Wennerström, pero la guerra iba a salirle muy cara.

Erika había medido sus palabras con mucho esmero. En realidad, no dijo nada, pero la afirmación de que la revista todavía «no había dado cuenta de su versión» sugería que, efectivamente, había algo que contar. A pesar de que Mikael había sido acusado y condenado e, incluso, encarcelado, Erika sostuvo —sin decirlo— que era realmente inocente y existía otra verdad.

Al no haber usado abiertamente la palabra «inocente», su inocencia parecía más obvia. El hecho de que se le pensara restituir como responsable de la revista subrayaba que *Millennium* no tenía nada de que avergonzarse. A ojos del público, la credibilidad no era un problema: a todo el mundo le gustan las teorías conspirativas y, a la hora de elegir entre un empresario forrado y una redactora jefe rebelde y guapa, no resultaba difícil adivinar hacia dónde se inclinarían las simpatías. Aunque los medios de comunicación no iban a tragarse la historia tan fácilmente, tal vez Erika hubiera desarmado ya a unos cuantos críticos que no se atreverían a plantarles cara.

En realidad, ninguno de los acontecimientos del día provocó un cambio en la situación, pero les permitió ganar tiempo y modificar levemente el equilibrio de fuerzas. Mikael se imaginó que esa noche Wennerström lo estaría pasando mal. Wennerström desconocía si ellos sabían mucho o poco, de modo que tendría que averiguarlo antes de efectuar su próxima jugada.

Tras haber visto su propia aparición televisiva, seguida de la de Henrik Vanger, Erika, con gesto adusto, apagó la televisión y el vídeo. Miró el reloj: las tres menos cuarto de la madrugada; se resistió al impulso de llamar a Mikael. Estaba preso y resultaba improbable que tuviera el móvil en la celda. Ella había llegado tan tarde al chalé de Saltsjöbaden que su marido ya dormía. Se levantó, se dirigió al mueble bar, se sirvió una considerable cantidad de Aberlour —casi nunca tomaba alcohol, como mucho una vez al año—, y se sentó junto a la ventana mirando al mar y al faro del estrecho de Skuru.

Aquella vez, cuando se quedaron solos tras cerrar el acuerdo con Henrik Vanger, Mikael y Erika intercambiaron unas palabras bastante fuertes. A lo largo de los años habían discutido en más de una ocasión sobre cómo enfocar un texto, cómo maquetar, cómo evaluar la credibilidad de las fuentes y miles de cosas relacionadas con la edición de una revista. Pero la discusión en la casa de invitados de Henrik Vanger tocó una serie de principios que le hicieron aventurarse por terreno resbaladizo.

—Ahora no sé qué hacer —le había dicho Mikael—. Henrik Vanger me ha contratado para redactar su autobiografía. Hasta hoy yo podía levantarme e irme en cuanto intentara hacerme escribir alguna mentira, o tan pronto como quisiera convencerme de que debía cambiar el enfoque de la historia. Ahora es uno de los propietarios de nuestra revista; más aún, es el único que tiene suficientes medios económicos para salvarla. De repente, me encuentro jugando a dos bandas, cosa que a la comisión de ética profesional, sin duda, no le gustaría lo más mínimo.

—¿Tienes alguna idea mejor? —replicó Erika—. Éste es el momento de soltarla, antes de pasar a limpio el acuerdo y firmarlo.

—Ricky, Vanger nos está utilizando para llevar a cabo su venganza personal contra Hans-Erik Wennerström.

—*So what*? Si alguien busca la venganza personal contra Wennerström, somos nosotros.

Mikael le volvió la espalda e, irritado, encendió un cigarrillo. La discusión continuó un buen rato, hasta que Erika se fue al dormitorio, se desnudó y se acostó. Fingía dormir cuando, dos horas más tarde, Mikael se metió en la cama a su lado.

Esa misma noche, un periodista del *Dagens Nyheter* le había hecho una pregunta idéntica:

—¿Cómo va a poder *Millennium* defender su independencia con credibilidad?

—¿Qué quieres decir?

El periodista arqueó las cejas. Le pareció que la pregunta había sido lo suficientemente clara, pero, aun así, se explicó.

—El cometido de *Millennium* consiste, entre otras cosas, en vigilar de cerca a las empresas. Pero ahora, ¿cómo podría defender, de manera creíble, que hace lo mismo con las empresas Vanger?

Erika lo miró perpleja, como si la pregunta la hubiese cogido completamente por sorpresa.

—¿Quieres decir que la credibilidad de *Millennium* va a disminuir simplemente porque un conocido inversor con recursos haya entrado en escena?

—Pues sí, creo que resulta bastante obvio que a partir de ahora la revista no podrá examinar a las empresas Vanger con credibilidad.

—¿Y esa regla sólo se aplica a *Millennium*?

—¿Perdón?

—Quiero decir: tú sí que trabajas para un periódico que está en manos de importantes intereses económicos. ¿Significa eso que ninguno de los periódicos publicados por el Grupo Bonnier tiene credibilidad? La propietaria de *Aftonbladet* es una gran empresa noruega que, a su vez, desempeña un importante papel dentro del mundo de la informática y la comunicación. ¿Quiere decir que la cobertura que *Aftonbladet* lleva a cabo sobre la industria electrónica no resulta creíble? El dueño de *Metro* es el Grupo Stenbeck. ¿Estás afirmando, acaso, que ningún periódico sueco que esté en manos de importantes intereses económicos tiene credibilidad?

—No, claro que no.

—Entonces, ¿por qué insinúas que la credibilidad de *Millennium* va a reducirse por el simple hecho de que nosotros también tengamos patrocinadores?

El periodista levantó las manos.

—Vale, retiro la pregunta.

—No. No lo hagas. Quiero que escribas exactamente lo que te acabo de decir. Y puedes añadir que si el *Dagens Nyheter* se compromete a observar más detenidamente a las empresas Vanger, nosotros haremos lo mismo con el Grupo Bonnier.

Pero sí que *era* un dilema ético.

Mikael trabajaba para Henrik Vanger, quien, a su vez, se encontraba en posición de hundir a *Millennium* de un solo plumazo. Si Mikael y Henrik Vanger se enemistaran por algún motivo, ¿qué ocurriría?

Y, sobre todo, ¿qué precio ponía ella a su propia credibilidad, y en qué momento pasaría de ser una redactora independiente a una corrupta? No le gustaban ni las preguntas ni las respuestas.

Lisbeth Salander se desconectó de la red y apagó su PowerBook. No tenía trabajo pero sí hambre. Lo primero no la preocupaba, especialmente desde que había recuperado el control de su cuenta corriente, y el abogado Bjurman se había convertido en una simple molestia pasajera del pasado. Lo del hambre lo solucionó yendo a la cocina y poniendo la cafetera. Se preparó tres grandes rebanadas de pan con queso, paté de pescado y un huevo duro muy cocido: era lo primero que tomaba en muchas horas.

Mientras repasaba la información que había bajado de Internet, se lo comió todo en el sofá del salón.

Un tal Dirch Frode, de Hedestad, la había contratado para hacer una investigación personal sobre Mikael Blomkvist, condenado a prisión por difamar al empresario Hans-Erik Wennerström. Unos meses después, Henrik Vanger, también de Hedestad, entraba en la junta directiva de *Millennium* y declaraba que existía una conspiración para hundir a la revista, todo ello el mismo día en el que Mikael Blomkvist ingresaba en la cárcel. Y lo más fascinante: un artículo publicado hacía dos años sobre el pasado de Hans-Erik Wennerström, «Con las manos vacías», que había encontrado en la edición digital de la revista *Finansmagasinet Monopol*. Allí estaba escrito que inició su despegue económico precisamente en las empresas Vanger, a finales de los años sesenta.

No hacía falta ser un superdotado para llegar a la conclusión de que los acontecimientos, de alguna forma, debían de estar relacionados. En algún sitio había gato encerrado y a Lisbeth Salander le encantaba soltar a los gatos encerrados. Además, no tenía nada mejor que hacer.

TERCERA PARTE

Fusiones

Del 16 de mayo al 14 de julio

En Suecia el trece por ciento de
las mujeres han sido víctimas
de una violencia sexual extrema
fuera del ámbito de sus relaciones sexuales.

Capítulo 15

Mikael Blomkvist abandonó el centro penitenciario de Rullåker el viernes 16 de mayo, dos meses después de haber sido encarcelado. El mismo día en el que ingresó había presentado, sin muchas esperanzas, una petición de reducción de condena. Nunca le quedaron claras las causas técnicas por las que lo soltaron, pero sospechaba que tal vez tuviera que ver con el hecho de no haber utilizado ninguno de sus permisos de fin de semana, y con que la ocupación del centro fuera de cuarenta y dos personas, cuando el número de plazas se calculaba en treinta y una. Fuera como fuese, el director, un exiliado polaco de unos cuarenta años llamado Peter Sarowsky, con quien Mikael se entendía muy bien, dio el visto bueno para acortarle el tiempo de condena.

Los días que pasó en Rullåker resultaron tranquilos y agradables. El centro estaba destinado —en palabras de Sarowsky— a gente que se había metido en líos y a conductores ebrios, no a verdaderos criminales. Las rutinas diarias recordaban a las de un albergue. Sus cuarenta y un compañeros de prisión, la mitad de los cuales estaba compuesta por inmigrantes de segunda generación, consideraban a Mikael como una especie de *rara avis* dentro del grupo, lo cual —¿qué duda cabía?— resultaba cierto. Era el único prisionero que salía en la tele, lo que le otorgaba cierto estatus; ninguno de ellos lo consideraba un delincuente de verdad.

El director tampoco lo hacía. Ya el primer día mantuvo una entrevista con Mikael en la que le ofreció no sólo ayuda psicológica y orientación profesional, sino también la posibilidad de asistir a los cursos de Komvux o de realizar otro tipo de estudios. Mikael replicó que no tenía necesidad alguna de reinsertarse socialmente; hacía ya varias décadas que había terminado sus estudios, y ya contaba con un trabajo. En cambio, pidió que le dejaran usar su iBook en la celda para continuar escribiendo el libro que le habían encargado. Su solicitud fue concedida sin problema; Sarowsky le proporcionó, incluso, un armario con llave a fin de poder dejar el ordenador en la celda sin que se lo robaran ni se lo destrozaran. De todos modos, no era muy probable que eso ocurriera; todo el mundo adoptó más bien una actitud protectora hacia Mikael.

Así que pasó dos meses relativamente agradables trabajando unas seis horas diarias en la crónica de la familia Vanger. El trabajo sólo era interrumpido por un par de horas de tareas de limpieza o actividades recreativas. Mikael y dos compañeros, uno de Skövde y otro de origen chileno, se encargaban de limpiar el gimnasio del centro todos los días. Las actividades recreativas consistían en ver la televisión, jugar a las cartas o ir al gimnasio. Mikael descubrió que el póquer no se le daba del todo mal, pero aun así perdió unas cuantas monedas de cincuenta céntimos cada día. Las normas del centro permitían el juego siempre y cuando las apuestas no pasaran de cinco coronas.

Recibió el aviso de su liberación anticipada el día anterior, cuando Sarowsky lo llevó a su despacho y lo invitó a un chupito de aguardiente. Por la noche Mikael cogió su ropa y sus cuadernos e hizo las maletas.

Una vez en libertad, Mikael volvió directamente a la casita de Hedeby. Nada más poner los pies en el porche oyó un maullido; la gata de color pardo rojizo le daba la bienvenida frotándose contra sus piernas.

—Vale, entra —dijo—. Pero no me ha dado tiempo a comprar leche.

Deshizo las maletas. Tenía la impresión de haber vuelto de unas vacaciones y, de hecho, descubrió que echaba de menos a Sarowsky y a sus compañeros de prisión. Por absurdo que pareciera, se lo había pasado bien en Rullåker. La liberación llegó de manera tan imprevista que no le dio tiempo de avisar a nadie.

Eran más de las seis de la tarde. Subió apresuradamente hasta el Konsum para comprar unos artículos de primera necesidad antes de que cerraran. Al volver encendió su móvil y llamó a Erika, cuyo contestador le informó de que en ese momento estaba apagado o fuera de cobertura. Le dejó un mensaje: ya hablarían al día siguiente.

Después, subió a visitar a su jefe, a quien encontró en la planta baja. Al ver a Mikael arqueó las cejas, asombrado.

—¿Te has escapado? —fue lo primero que dijo.

—Liberación legal anticipada.

—¡Vaya sorpresa!

—Para mí también lo ha sido. Me lo dijeron anoche.

Se miraron unos segundos. Luego el viejo sorprendió a Mikael rodeándole con sus brazos y dándole un fuerte abrazo.

—Estaba a punto de cenar. Acompáñame.

Anna sirvió un pastel al horno a base de panceta con salsa de arándanos rojos. Estuvieron conversando en el comedor casi dos horas.

Mikael le dio cumplida cuenta de hasta dónde había llegado con la crónica, así como de los puntos en los que había encontrado grietas y fisuras. No hablaron de Harriet Vanger, pero abordaron el tema de *Millennium* en profundidad.

—La junta directiva se ha reunido en tres ocasiones. La señorita Berger y Christer Malm tuvieron la deferencia de celebrar aquí arriba dos de los encuentros; el tercero fue en Estocolmo, donde Dirch me representó. Ojalá tuviera unos cuantos años menos y no me resultara tan cansado viajar. Intentaré bajar este verano.

—No creo que suponga ningún problema celebrar las reuniones aquí arriba —dijo Mikael—. Bueno, ¿y qué tal llevas lo de ser socio de la revista?

Henrik mostró una media sonrisa.

—La verdad es que es lo más divertido que he hecho en muchos años. He echado un vistazo a las cuentas y no tienen mala pinta. Voy a tener que invertir menos dinero del que pensaba: el abismo entre ingresos y gastos se va reduciendo.

—He hablado con Erika una o dos veces por semana. Tengo entendido que el tema de los ingresos por publicidad se ha consolidado.

Henrik Vanger asintió con la cabeza.

—Va por buen camino, aunque llevará su tiempo. Al principio, unas empresas del Grupo Vanger entraron y compraron unas páginas en señal de apoyo. Pero lo verdaderamente importante es que ya hemos recuperado a dos antiguos anunciantes: una compañía de telefonía móvil y una agencia de viajes —dijo, mostrando una sonrisa de oreja a oreja—. Además, hemos hecho una campaña más personal entre los viejos enemigos de Wennerström. Y créeme, los hay de sobra.

—¿Sabes algo de Wennerström?

—No, no directamente. Pero hemos filtrado la noticia de que Wennerström anda detrás del boicot realizado a *Millennium*, así que ha ofrecido una imagen bastante mezquina. Parece ser que un periodista del *Dagens Nyheter* le preguntó sobre el tema y Wennerström le salió con una impertinencia.

—Estás disfrutando con todo esto, ¿eh?

—«Disfrutar» no es la palabra. Debería haberme metido en esto hace años.

—¿Qué es realmente lo que hay entre tú y Wennerström?

—Ni lo intentes… Ya te lo contaré a finales de año.

Se respiraba una agradable sensación de primavera en el aire. Cuando Mikael se despidió de Henrik, hacia las nueve, ya se había hecho de noche. Dudó un instante antes de llamar a la puerta de la casa de Cecilia Vanger.

No estaba seguro de lo que se iba a encontrar. Cecilia Vanger lo miró asombrada y, acto seguido, pareció sentirse incómoda, pero lo dejó entrar hasta el vestíbulo. Se quedaron de pie, sin saber qué hacer ni qué decir. Ella también le preguntó si se había escapado y él le explicó lo sucedido.

—Sólo quería saludarte. ¿Te pillo en mal momento?

Ella evitó su mirada. Mikael advirtió de inmediato que no estaba muy contenta de verlo.

—No… no; entra. ¿Quieres un café?

—Con mucho gusto.

La acompañó hasta la cocina. Cecilia le dio la espalda mientras llenaba la cafetera de agua. Mikael se acercó y le puso una mano sobre el hombro. Ella se quedó de piedra.

—Cecilia, me da la sensación de que no tienes muchas ganas de invitarme a tomar un café.

—No te esperaba hasta dentro de un mes. Me has cogido desprevenida.

Mikael percibió su malestar y le dio la vuelta para poder ver su cara. Permanecieron callados un instante. Ella seguía sin querer mirarlo a los ojos.

—Cecilia, deja el café. ¿Hay algún problema?

Ella negó con la cabeza e inspiró profundamente.

—Mikael, quiero que te vayas. No me preguntes nada. Simplemente márchate.

Mikael se fue camino a casa. Al llegar, indeciso, se quedó parado junto a la verja. Acto seguido, bajó hasta la orilla, junto al puente, y se sentó encima de una piedra. Encendió un cigarrillo mientras ponía en orden sus pensamientos, preguntándose qué podía haber cambiado la actitud de Cecilia Vanger de un modo tan drástico.

De repente escuchó el ruido de un motor y vio un gran barco blanco entrando en el estrecho por debajo del puente. Al pasar ante él, Mikael descubrió a Martin Vanger al timón, con la mirada concentrada en el agua a fin de sortear los posibles escollos. La embarcación era un yate de recreo de doce metros de eslora. Una máquina de un poderío impresionante. Se levantó y caminó por la orilla siguiéndolo. Descubrió, entonces, que ya había más barcos en el agua —lanchas motoras, veleros y numerosos Pettersson— amarrados en distintos embarcaderos. En uno de ellos vio un IF cabalgando sobre las olas que el yate generaba al pasar. También había barcos más grandes y caros, entre los que divisó un Hallberg-Rassy. Era ya casi verano, así que pudo advertir la división social que había también en la vida marinera de Hedeby. Martin Vanger poseía, sin duda, el barco más grande y costoso de aquel lugar.

Se detuvo bajo la casa de Cecilia Vanger y miró de reojo hacia las ventanas iluminadas de la planta superior. Luego volvió a casa y puso la cafetera. Mientras esperaba que el café estuviera listo, entró un momento en su cuarto de trabajo.

Antes de ingresar en la cárcel, había devuelto a Henrik Vanger la mayoría de la documentación relativa a Harriet. No le pareció muy apropiado dejar todo ese material en una casa solitaria durante tanto tiempo. Ahora los estantes estaban vacíos. Todo lo que le quedaba de la investigación eran cinco de los cuadernos personales de Henrik Vanger, que se había llevado a Rullåker y que, a estas alturas, ya conocía de memoria. Y además, advirtió, un álbum de fotos que había olvidado en lo alto de la librería.

Lo cogió y se lo llevó a la cocina. Se sirvió el café y se sentó a hojear el álbum. Se trataba de las fotos hechas el día en el que Harriet desapareció. Al principio, la última instantánea de Harriet en el desfile del Día del Niño, en Hedestad. Luego seguían ciento ochenta fotografías, extremadamente nítidas, del accidente del camión cisterna en el puente. Ya había estudiado varias veces el álbum; foto a foto y con la ayuda de una lupa. Ahora lo repasaba distraídamente; sabía que no encontraría nada que le aportara algo nuevo. De repente, se sintió harto del misterio de Harriet Vanger y cerró el álbum de un golpe.

Inquieto, se acercó a la ventana y dirigió su mirada a la oscuridad.

Luego volvió a mirar el álbum de fotos. Fue incapaz de explicar muy bien por qué, pero, de pronto, un fugaz pensamiento le vino a la mente, como si hubiese reaccionado ante algo que acababa de ver, como si un espíritu invisible le hubiese soplado suavemente en el oído. Se le puso el vello de punta.

Se sentó y volvió a abrir el álbum. Lo repasó página a página, examinando cada una de las fotos del puente. Contempló la versión joven de Henrik Vanger, empapado de *fuel-oil*, y la de Harald Vanger, un hombre al que todavía no le había visto el pelo. La barandilla destrozada del puente, los edificios, las ventanas y los vehículos que se veían en las imágenes... No le resultó nada difícil identificar a Cecilia Vanger, de veinte años de edad, en medio de la muchedumbre de espectadores. Llevaba un vestido claro y una chaqueta oscura y se la veía en una veintena de fotos.

Sintió una repentina emoción. Con los años, Mikael había aprendido a fiarse de sus instintos. Había algo en el álbum que llamaba su atención, pero no sabía definir lo que era exactamente.

A las once de la noche seguía sentado a la mesa de la cocina, observando fijamente las fotos, cuando oyó abrirse la puerta.

—¿Puedo entrar? —preguntó Cecilia Vanger.

Sin esperar una respuesta se sentó frente a él, al otro lado de la mesa. Mikael tuvo una extraña sensación de *déjà vu*. Ella llevaba un vestido claro, amplio y fino, y una chaqueta de color gris azulado, una ropa casi idéntica a la que vestía en las fotos de 1966.

—Tú eres el problema —dijo ella.

Mikael arqueó las cejas.

—Perdóname, pero antes me cogiste completamente desprevenida. Ahora me siento fatal, no puedo dormir.

—¿Por qué te sientes mal?

—¿No lo entiendes?

Mikael negó con la cabeza.

—¿Te lo puedo contar sin que te rías de mí?

—Prometo no reírme.

—Cuando te seduje este invierno no se trataba más que de un acto impulsivo de locura. Quería divertirme. Nada más. Aquella primera noche sólo tenía ganas de marcha, y ninguna intención de iniciar una relación más duradera contigo. Luego se convirtió en otra cosa. Quiero que sepas que las semanas en las que fuiste mi *occasional lover* fueron algunas de las mejores de mi vida.

—Yo también me lo pasé muy bien.

—Mikael, durante todo este tiempo te he mentido y me he estado mintiendo a mí misma. En el terreno sexual nunca he sido demasiado desinhibida. He tenido cinco o seis parejas a lo largo de mi vida. La primera vez tenía veintiún años. Luego, con veinticinco años, conocí a mi marido, que resultó ser un hijo de puta. Y después, en unas cuantas ocasiones, estuve con tres hombres distintos, a los cuales conocí con un par de años de intervalo. Pero tú me has sacado algo que yo llevaba dentro. Y siempre quería más. Será porque contigo todo resultaba muy fácil y no había exigencias ni compromisos de ningún tipo.

—Cecilia, no hace falta que…

—Shh, no me interrumpas. Si lo haces, nunca seré capaz de contártelo.

Mikael se calló.

—El día que ingresaste en prisión lo pasé muy mal. De repente ya no estabas, como si nunca hubieses existido. La casa de invitados a oscuras; mi cama, fría y vacía. De pronto volví a ser tan sólo una vieja de cincuenta y seis años. —Permaneció un momento en silencio, mirándolo a los ojos—. Me enamoré de ti este invierno. Sin querer, pero pasó. Y en un abrir y cerrar de ojos me di cuenta de que tú estás aquí de paso y de que un día te habrás ido para siempre, mientras que yo me quedaré para el resto de mis días. Me dolió tanto que decidí no dejarte entrar en mi casa cuando salieras de la cárcel.

—Lo siento.

—No es culpa tuya.

Permanecieron un rato callados.

—Cuando te fuiste esta noche, rompí a llorar. Ojalá tuviera otra oportunidad para volver a vivir mi vida. Luego tomé una decisión.

—¿Cuál?

Ella bajó la mirada.

—Que debo estar absolutamente loca si dejo de verte tan sólo porque un día no estarás. Mikael, ¿podemos volver a empezar? ¿Puedes olvidar lo que ha pasado esta noche?

—Está olvidado —dijo Mikael—. Pero gracias por contármelo.

Ella seguía con la mirada baja.

—Si quieres hacerme tuya, yo estaré encantada.

En ese mismo momento Cecilia volvió a mirarle a los ojos. Luego se levantó y se acercó a la puerta del dormitorio. Mientras iba caminando dejó caer la chaqueta al suelo y se sacó el vestido por la cabeza.

El ruido de la puerta y unos pasos en la cocina despertaron, a la vez, a Mikael y Cecilia. Oyeron cómo alguien soltaba una maleta en el suelo junto a la cocina de hierro. Cuando se quisieron dar cuenta, Erika estaba ya en la puerta del dormitorio con una sonrisa que se transformó en espanto.

—¡Oh, Dios mío! —exclamó, dando un paso atrás.

—Hola, Erika —dijo Mikael.

—Hola. Perdóname. Te pido mil veces disculpas por haber irrumpido así en tu casa. Debería haber llamado antes.

—Nosotros deberíamos haber cerrado la puerta con llave. Erika: ésta es Cecilia Vanger. Cecilia: Erika Berger es la redactora jefe de *Millennium*.

—Hola —dijo Cecilia.

—Hola —contestó Erika.

Dio la impresión de no saber muy bien si acercarse para darle la mano educadamente, o simplemente alejarse de allí.

—Eh, yo... me voy a dar un paseo...

—Mejor te quedas y pones la cafetera. ¿Qué te parece?

Mikael echó un vistazo al despertador de la mesilla. Más de las doce.

Erika asintió con la cabeza y cerró la puerta. Mikael y Cecilia se miraron. Cecilia parecía incómoda. Habían hecho el amor y luego se quedaron hablando hasta las cuatro de la madrugada. Después Cecilia dijo que pensaba pasar la noche con él y que a partir de ese momento le importaba una mierda que alguien se enterara de que Mikael se la follaba. Había dormido dándole la espalda y con el brazo de él alrededor de su pecho.

—Oye, no pasa nada, ¿vale? —dijo Mikael—. Erika está casada y no es mi novia. Nos vemos de vez en cuando, pero a ella no le importa lo más mínimo si tú y yo tenemos una aventura. Aunque creo que en este momento se sentirá, sin duda, muy incómoda.

Cuando entraron en la cocina, poco después, Erika ya había preparado el desayuno y puesto sobre la mesa café, zumo, mermelada de naranja, queso y pan tostado. Olía muy bien. Cecilia se dirigió directamente a Erika y le tendió la mano.

—Ha sido todo muy rápido ahí dentro. Hola.

—Cecilia, por favor, perdóname por entrar así, como un torbellino —dijo Erika verdaderamente afligida.

—Olvídalo, por Dios. Venga, vamos a tomar café.

—Hola —dijo Mikael, abrazando a Erika antes de sentarse—. ¿Cómo has llegado?

—Subí en coche esta mañana. ¿Cómo si no? Recibí tu mensaje a las dos de la madrugada; te he llamado varias veces.

—Tenía el móvil apagado —dijo Mikael mientras le dedicaba una sonrisa a Cecilia Vanger.

Después del desayuno, Erika se disculpó y dejó solos a Mikael y Cecilia con el pretexto de que debía saludar a Henrik Vanger. Cecilia quitó la mesa dándole la espalda a Mikael. Él se acercó a ella y la rodeó con los brazos.

—¿Y ahora qué? —dijo Cecilia.

—Nada. Todo sigue igual; Erika es mi mejor amiga. Llevamos veinte años juntos, con interrupciones esporádicas, y espero continuar veinte años más. Pero nunca hemos sido una pareja y nunca nos entrometemos en las aventuras del otro.

—¿Es eso lo que hay entre tú y yo? ¿Una aventura?

—No sé cómo definir lo que hay entre nosotros dos, pero lo cierto es que estamos bien juntos.

—¿Dónde va a dormir esta noche?

—Ya le encontraremos una habitación en algún sitio. En casa de Henrik, por ejemplo. No va a pasar la noche en mi cama.

Cecilia reflexionó un instante.

—No sé si podré con todo esto. Quizá tú y ella seáis así, pero no sé… yo nunca… —dijo, negando con la cabeza—. Voy a mi casa. Necesito pensar un poco en todo esto.

—Cecilia, me lo preguntaste una vez, y te conté la relación que había entre Erika y yo. Su existencia no debería representar una sorpresa para ti.

—Es verdad. Pero mientras estuviera a una prudente distancia, allí abajo, en Estocolmo, podía ignorarla. —Cecilia se puso la chaqueta—. Tiene gracia la situación —sentenció sonriendo—. Ven a cenar esta noche. Tráete a Erika. Creo que me va a caer bien.

Erika ya había solucionado el tema del alojamiento. En las anteriores ocasiones en las que subió a ver a Henrik Vanger se alojó en uno de los cuartos de invitados, así que simplemente le pidió que le volviera a dejar la habitación. Henrik apenas pudo disimular su satisfacción y le dijo, de todo corazón, que siempre sería bienvenida.

Una vez arregladas todas estas formalidades, Mikael y Erika dieron un paseo. Cruzaron el puente y acabaron en la terraza del Café de Susanne, poco antes de que cerrara.

—Estoy profundamente decepcionada —empezó diciendo Erika—. Subo hasta aquí para darte la bienvenida a la libertad y te pillo en la cama con la *femme fatale* del pueblo.

—Lo siento.

—Bueno, ¿y cuánto tiempo hace que tú y *miss Big Tits…*?

Erika hizo un gesto moviendo el dedo índice, como esperando que él terminara la frase.

—Más o menos desde que Henrik entró como socio.

—Ajá.

—Ajá, ¿qué?

—Nada, simple curiosidad.

—Cecilia es una buena persona. La quiero mucho.

—No te estoy criticando. Sólo estoy algo decepcionada. Me pones la miel en los labios y luego vas y me la quitas. ¿Qué tal en la cárcel?

—Como unas vacaciones de trabajo. ¿Y la revista?

—Mejor. Seguimos pisando la raya y estamos a punto de salirnos de la pista, pero, por primera vez en un año, la cantidad de anuncios está aumentando. Todavía nos encontramos muy por debajo del nivel de hace un año, pero por lo menos vamos remontando. Es gracias a Henrik. Lo extraño es que el número de suscriptores haya empezado a crecer.

—Suele variar bastante.

—Doscientos o trescientos arriba o abajo, sí. Pero es que en los últimos tres meses nos hemos hecho con tres mil nuevos suscriptores. El incremento ha sido bastante constante, algo más de doscientos cincuenta por semana. Al principio pensé que se trataba de una simple coincidencia, pero siguen llegando solicitudes. Es la mayor subida de tirada que hemos tenido jamás. Significa más beneficios que los que dan los anuncios. Por si fuera poco, parece que nuestros antiguos abonados, de manera más o menos general, están renovando sus suscripciones.

—¿Por qué? —preguntó Mikael algo desconcertado.

—No lo sé. Lo cierto es que nadie lo entiende; no hemos hecho ninguna campaña. Christer se ha pasado una semana encuestando aleatoriamente a los recién abonados para averiguar cuál es su perfil. Para empezar, se trata de suscriptores completamente nuevos. En segundo lugar, el setenta por ciento son mujeres. Normalmente, se suele tener un setenta por ciento de hombres. En tercer lugar, los podríamos definir como gente de ingresos medios, residentes en las afueras y con trabajos cualificados: profesores, directivos, funcionarios.

—¿La rebelión de la clase media contra el gran capital?

—No lo sé. Pero si sigue así, vamos a ver un cambio profundo en el perfil de nuestros suscriptores. Hace dos semanas celebramos una reunión en la redacción y decidimos introducir algunas novedades; quiero más artículos sobre temas sindicales relacionados con la TCO, la Confederación General de Funcionarios y Empleados y textos similares, pero también más reportajes de investigación sobre asuntos feministas, por ejemplo.

—Ten cuidado con no cambiar demasiado —respondió Mikael—. Si estamos ganando nuevos suscriptores, será, sin duda, porque les gusta la revista tal y como es.

Cecilia Vanger había invitado también a Henrik Vanger a la cena, posiblemente para reducir el riesgo de entrar en desagradables temas de conversación. Había preparado un guiso de carne de caza que acompañó con vino tinto. Erika y Henrik dedicaron gran parte de la conversación a hablar sobre el desarrollo de *Millennium* y los nuevos suscriptores, pero la conversación se fue yendo, paulatinamente, por otros derroteros. De buenas a primeras, Erika se dirigió a Mikael y le preguntó cómo avanzaba su trabajo.

—Espero tener listo un borrador de la crónica familiar dentro de más o menos un mes para que Henrik pueda echarle un vistazo.

—Una crónica al estilo de la familia Adams —sonrió Cecilia.

—Tiene ciertos aspectos históricos —admitió Mikael.

Cecilia miró de reojo a Henrik Vanger.

—Mikael, en realidad a Henrik no le interesa la crónica familiar. Quiere que resuelvas el misterio de la desaparición de Harriet.

Mikael no dijo nada. Desde que había iniciado su relación con Cecilia, hablaba con ella de manera bastante abierta sobre Harriet.

Cecilia ya había deducido que ésa era su verdadera misión, aunque él nunca se lo hubiera confirmado formalmente. Sin embargo, no le había contado a Henrik que Cecilia y él habían tratado el tema. Henrik arqueó ligeramente sus pobladas cejas. Erika permaneció callada.

—Por favor, Henrik —dijo Cecilia—. No soy tonta. No sé exactamente qué acuerdo tenéis entre los dos, pero él esta aquí por Harriet. ¿A que sí?

Henrik asintió con la cabeza y miró de reojo a Mikael.

—Ya te dije que es muy lista.

Luego se dirigió a Erika:

—Supongo que Mikael te ha explicado qué es lo que hace en Hedeby.

Ella asintió.

—Y supongo que piensas que es algo descabellado. No, no es preciso que contestes. En efecto, es una misión absurda y descabellada. Pero necesito saber la verdad.

—No tengo nada que objetar al respecto —dijo Erika diplomáticamente.

—Seguro que sí —contestó Henrik.

Acto seguido, se dirigió a Mikael:

—Dentro de poco habrán pasado seis meses. Cuéntanos, ¿has encontrado algo que no hayamos investigado ya?

Mikael evitó la mirada de Henrik. Enseguida recordó la extraña sensación que le invadió la noche anterior al estar hojeando el álbum de fotos. Aquella sensación llevaba acompañándole durante todo el día, pero no había tenido tiempo de sentarse y volver a abrir el álbum. No estaba seguro de si lo había soñado o no, pero sabía que se le había pasado por la mente algún pensamiento que estuvo a punto de tomar forma y convertirse en una idea decisiva e importante. Acabó por alzar la vista y mirar a Henrik Vanger negando con la cabeza.

—No he encontrado absolutamente nada.

El viejo lo observó con una atenta expresión en su rostro. Renunció a comentar la respuesta de Mikael y finalmente asintió.

—No sé qué pensáis vosotros, jóvenes, pero ya va siendo hora de que me retire. Gracias por la cena, Cecilia. Buenas noches, Erika. Pásate a verme mañana antes de irte.

En cuanto Henrik Vanger cerró la puerta, reinó el silencio. Fue Cecilia quien lo rompió.

—Mikael, ¿qué es lo que le ha pasado?

—Que Henrik Vanger es igual de sensible a las reacciones de la gente que un sismógrafo. Anoche, cuando pasaste a verme, estaba hojeando un álbum de fotos.

—¿Y?

—Vi algo. No sé qué, no consigo precisar qué es. Fue algo que casi se convierte en idea, pero se me escapó.

—Pero ¿en qué estabas pensando?

—Simplemente no lo sé. Luego llegaste tú, y yo... mmm... tuve cosas más agradables en las que pensar.

Cecilia se ruborizó. Evitó la mirada de Erika y salió disparada a la cocina para preparar café.

Era un cálido y soleado día de mayo. La naturaleza había eclosionado, mostrando su mejor verdor, y Mikael se sorprendió a sí mismo canturreando la vieja canción tradicional *Llega la época de las flores*.

Erika pasó la noche en el cuarto de invitados de Henrik. Tras la cena, Mikael le había preguntado a Cecilia si quería compañía; ella le contestó que debía preparar las juntas de evaluación y que, además, se encontraba cansada y deseaba descansar. El lunes a primera hora de la mañana Erika se despidió de Mikael con un beso en la mejilla y abandonó la isla de Hedeby.

Cuando Mikael entró en la cárcel a mediados de marzo, la nieve todavía cubría el paisaje con su pesado manto. Ahora los abedules estaban echando sus primeras hojas y el césped de alrededor de su casa se mostraba abundante y rebosante de salud. Por primera vez tuvo la oportunidad de dar una vuelta por toda la isla. Hacia las ocho se fue a casa de Anna y pidió prestado un termo. Habló brevemente con Henrik, que se acababa de levantar, y éste le dejó su mapa de la isla. Quería echarle un vistazo a la cabaña de Gottfried, que, indirectamente, aparecía varias veces en la investigación policial, ya que Harriet había pasado algún tiempo allí. Henrik explicó que la cabaña pertenecía a Martin Vanger, pero que generalmente permanecía deshabitada desde hacía ya algunos años. Sólo en contadas ocasiones algún familiar se alojaba allí.

Mikael logró pillar a Martin Vanger justo de camino a su trabajo en Hedestad. Le explicó sus planes y pidió prestada la llave. Martin le observó con una divertida sonrisa.

—Supongo que la crónica familiar ha llegado al capítulo de Harriet.

—Sólo quería echar un vistazo…

Martin Vanger le rogó que esperara un momento y, en un abrir y cerrar de ojos, volvió con la llave.

—Entonces, ¿no te importa?

—Por mí, puedes instalarte allí si quieres. La verdad es que se trata de una casa mucho más agradable que la que tienes. La única pega es que está situada en la otra punta de la isla.

Mikael preparó café y unos sándwiches. Antes de salir, llenó una botella de agua y lo metió todo en una mochila que se colgó del hombro. Siguió un camino estrecho y medio cubierto de vegetación, que se extendía a lo largo de la bahía de la parte norte de la isla. La cabaña de Gottfried se encontraba al final de la punta, a unos dos kilómetros del pueblo, pero Mikael tardó sólo media hora en recorrer el trayecto a paso lento.

Martin Vanger tenía razón. Al salir de una curva del estrecho camino, un frondoso paraje apareció junto al agua. La vista era maravillosa. Enfrente quedaba la desembocadura del río; a la izquierda, el puerto de Hedestad, y a la derecha, el puerto industrial.

Le sorprendió que nadie hubiese ocupado la cabaña de Gottfried. Se trataba de una construcción rústica de madera, con troncos transversales de mordiente oscuro, el tejado de teja, los marcos de las ventanas pintados de verde, y un porche pequeño y soleado delante de la puerta de la entrada. Sin embargo, resultaba evidente que el mantenimiento de la cabaña y el jardín había sido desatendido durante bastante tiempo; la pintura de las puertas y de las ventanas se había desconchado, y lo que debería haber sido césped eran ahora unos arbustos de un metro de alto. Haría falta una buena jornada de trabajo, provisto de guadaña y sierra, para arreglar ese jardín.

Mikael abrió la puerta con la llave y, desde dentro, desatornilló las contraventanas. La estructura básica parecía ser un viejo granero de unos treinta y cinco metros cuadrados. El interior estaba revestido con unas tablas de madera y consistía en un solo espacio con amplias ventanas, a ambos lados de la puerta, cuyas vistas daban al mar. Al fondo, una escalera conducía a un *loft* abierto que abarcaba la mitad de la superficie de la cabaña. Debajo de la escalera había un pequeño hueco con una cocina de *camping* gas, un fregadero y un armario. El mobiliario era sencillo; a la izquierda de la puerta, un banco fijado a la pared, una desvencijada mesa de trabajo y una estantería con baldas de teca. Más abajo, en el mismo lado, había tres roperos. A la derecha de la puerta, una mesa redonda para comer con cinco sillas de madera y, en medio de la pared más corta, una chimenea.

La cabaña carecía de electricidad; en su lugar, había varias lámparas de queroseno. En una ventana había un viejo transistor de la marca Grundig con la antena rota. Mikael pulsó un botón para encenderlo, pero las pilas estaban gastadas.

Mikael subió por la estrecha escalera y paseó la mirada por todo el *loft:* una cama de matrimonio, un colchón sin ropa de cama, una mesilla de noche y una cómoda.

Mikael dedicó un rato a registrar la cabaña. Aparte de unas toallas y ropa blanca con un débil olor a moho, no vio nada más en el interior de la cómoda. En los armarios había unas viejas prendas de ropa de trabajo, un mono, un par de botas de agua, un par de desgastadas zapatillas de deporte y una estufa de queroseno. Los cajones del escritorio contenían folios, lápices, un cuaderno vacío, una baraja de cartas y unos puntos de libro. El armario de la cocina contenía platos, tazas de café, vasos, velas, unos paquetes de sal, bolsitas de té y cosas por el estilo. En un cajón de la mesa que servía para comer descubrió unos cubiertos.

Los únicos vestigios de naturaleza intelectual los encontró en la estantería de encima del escritorio. Mikael cogió una silla y se subió encima para echar un vistazo a los estantes. En el inferior, vio unos números atrasados de las revistas *Se, Rekordmagasinet, Tidsfördriv* y *Lektyr*, de finales de los años cincuenta y principios de los sesenta. También *Bildjournalen* de 1965 y 1966, *Mitt Livs Novell* y unos cuantos tebeos: *91:an, Fantomen* y *Romans.* Mikael abrió un ejemplar de *Lektyr* de 1964 y constató que la mujer del póster central tenía un aspecto bastante inocente.

Allí habría unos cincuenta libros. Aproximadamente la mitad eran novelas negras, edición de bolsillo, pertenecientes a la serie Manhattan de la editorial Wahlström. Mickey Spillane aparecía en títulos como *No esperes ninguna clemencia*, con la clásica portada de Bertil Hegland. También encontró media docena de libros *Kitty*, algunos ejemplares de *Los cinco* de Enid Blyton y un volumen de *Los detectives gemelos* de Sivar Ahlrud: *El misterio del metro*. Mikael sonrió con nostalgia. Tres libros de Astrid Lindgren: *Los niños de Bullerbyn*, *El superdetective Kalle Blomkvist y Rasmus*, y *Pippi Calzaslargas*. El estante superior tenía un libro que hablaba sobre la radio de onda corta, dos libros de astronomía, uno sobre pájaros, otro titulado *El imperio del mal,* que trataba de la Unión Soviética, uno más sobre la guerra de Invierno de Finlandia, el catecismo de Lutero, un libro de salmos y la Biblia.

Mikael abrió la Biblia y en la parte interior de la cubierta pudo leer: «Harriet Vanger, 12/5/1963». La Biblia de la confirmación de Harriet. Algo desalentado, dejó el volumen en su sitio.

Justo detrás de la cabaña había un cobertizo para guardar leña y herramientas, con una guadaña, un rastrillo, un martillo y una caja con un montón de clavos desordenados, cepillos de carpintero, sierras y otras herramientas. El retrete estaba situado al este, adentrándose unos veinte metros en el bosque. Mikael dio una vuelta para husmear un rato y luego volvió a la cabaña. Sacó una silla, se sentó en el porche y se sirvió café del termo. Encendió un cigarrillo y se puso a mirar, a través de una cortina de espesa vegetación, la bahía de Hedestad.

La cabaña de Gottfried era considerablemente más modesta de lo que esperaba. Éste era el lugar al que se había retirado el padre de Harriet y Martin cuando su matrimonio con Isabella empezó a hacer aguas, a finales de los años cincuenta. Éste era el lugar donde vivía y se emborrachaba. Y allí abajo, junto al embarcadero, se ahogó con una alta concentración de alcohol en la sangre. Sin duda, la vida en la cabaña sería agradable en verano, pero cuando las temperaturas se acercaban a los cero grados tenía que haber sido fría y miserable. Según Henrik, Gottfried continuó cumpliendo con su trabajo en el Grupo Vanger, con alguna que otra interrupción durante sus períodos de desenfrenadas borracheras, hasta 1964. El hecho de que viviera en la cabaña, de manera más o menos permanente y que, aun así, consiguiera presentarse en el trabajo recién afeitado, limpio y vestido con chaqueta y corbata, dejaba entrever, a pesar de todo, cierta disciplina personal.

A esa cabaña, asimismo, había ido Harriet con bastante frecuencia. No en vano, fue uno de los primeros lugares a los que, tras su desaparición, habían acudido con la esperanza de encontrarla. Henrik contó que a lo largo de su último año de vida Harriet acudía frecuentemente a la cabaña, según parece, para que la dejaran en paz durante los fines de semana y las vacaciones. Aquel último verano vivió allí tres meses, aunque se acercaba al pueblo todos los días. También Anita Vanger, la hermana de Cecilia, se alojó en la cabaña durante seis semanas.

¿Qué habría estado haciendo allí tan sola? Las revistas, *Mitt Livs Novell* y *Romans*, al igual que los libros de *Kitty*, eran elocuentes. Quizá el cuaderno perteneciera a ella. Pero también estaba su Biblia.

¿Quería sentirse cerca de su padre ahogado? ¿Un período de luto por el que debía pasar? ¿Era tan sencilla la explicación? ¿O tenía que ver con sus meditaciones religiosas? La cabaña era sobria y monacal: ¿acaso quería vivir como en un convento?

Mikael continuó andando por la orilla en dirección sureste, pero el terreno estaba tan lleno de grietas y matojos de enebro que resultaba prácticamente intransitable. Regresó a la cabaña y volvió un trecho por el camino de Hedeby. Según el mapa, había un sendero en el bosque que conducía a un lugar que llamaban La Fortificación; le llevó veinte minutos encontrar la bifurcación del sendero, completamente cubierto por la vegetación. La Fortificación era lo que quedaba de la defensa de la costa que se hizo durante la segunda guerra mundial, búnqueres de hormigón con trincheras de combate distribuidas en torno al edificio del puesto de mando. Todo invadido de matorrales.

Mikael continuó caminando por el sendero y bajó hasta una caseta de barcos situada en un claro de bosque junto al mar. Al lado de la construcción encontró los restos del naufragio de un barco Pettersson. Regresó a La Fortificación y continuó por un sendero hasta un cercado: había llegado a la granja de Östergården por la parte de atrás.

Siguió por el serpenteante sendero a través del bosque, que en algunos tramos discurría paralelamente a los sembrados de Östergården. El camino resultaba de difícil tránsito: se vio obligado a vadear algunos humedales. Al final, llegó a un terreno pantanoso sobre el que había un granero. Según pudo ver, el sendero acababa allí, pero se encontraba a sólo cien metros del camino de Östergården.

Al otro lado del camino se elevaba Söderberget. Mikael subió una empinada pendiente y, en el último trecho, tuvo que trepar. Söderberget terminaba en un acantilado prácticamente vertical sobre el mar. Mikael volvió a Hedeby siguiendo la loma de la montaña. Se detuvo por encima de las casetas dispuestas en torno al viejo puerto pesquero y disfrutó de la vista sobre éste, la iglesia y su propia casa. Se sentó en una roca y se sirvió una última taza de café, ya tibio.

No tenía ni idea de lo que hacía en Hedeby, pero le gustaba la vista.

Cecilia Vanger guardaba las distancias y Mikael no quería resultar pesado. Aun así, al cabo de una semana, fue a su casa y llamó a la puerta. Ella le dejó entrar y puso la cafetera.

—Pensarás que soy muy tonta: una respetable profesora de cincuenta y seis años de edad comportándose como una quinceañera.

—Cecilia, eres una persona adulta y tienes derecho a comportarte como te dé la gana.

—Ya lo sé. Por eso he decidido no verte más. No puedo…

—No tienes que darme ninguna explicación. Espero que sigamos siendo amigos.

—Quiero que sigamos siendo amigos. Pero no puedo tener una relación contigo, me supera. Las relaciones nunca han sido mi fuerte. Creo que necesito estar sola durante un tiempo.

Capítulo 16

Domingo, 1 de junio –
Martes, 10 de junio

Tras seis meses de infructuosas elucubraciones, una brecha se abrió en el caso Harriet Vanger cuando Mikael, un día de la primera semana de junio, encontró tres nuevas piezas del rompecabezas, dos de ellas gracias a su propio esfuerzo y, la tercera, con un poco de ayuda.

En cuanto Erika se marchó, Mikael cogió el álbum y se puso a mirar las fotos, una tras otra, durante muchas horas, intentando dar con lo que le había producido aquella zozobra. Al final, dejó el álbum y empezó a trabajar en la crónica familiar.

Uno de esos días de principios de junio, Mikael fue a Hedestad. Iba absorto en pensamientos completamente distintos cuando el autobús en el que viajaba enfiló Järnvägsgatan y, de repente, descubrió qué era lo que había estado madurando durante tanto tiempo en su cabeza. Surgió como un relámpago en medio de un cielo claro. Se quedó tan perplejo que continuó, sin darse cuenta, hasta la última parada, junto a la estación de tren. Luego regresó inmediatamente a Hedeby para confirmar que su memoria no le traicionaba.

Se trataba de la primera fotografía del álbum.

La última instantánea que existía de Harriet Vanger se había sacado aquel fatídico día en Järnvägsgatan, precisamente en esa misma calle de Hedestad, mientras presenciaba el desfile del Día del Niño.

Esa imagen desentonaba con el resto del álbum. Había ido a parar allí porque pertenecía al mismo día, pero era la única de las más de ciento ochenta fotos que no se centraba en el accidente del puente. Siempre que Mikael y, suponía, todos los demás miraban el álbum, eran las personas y los detalles del puente lo que captaban su atención. Una foto de la muchedumbre de Hedestad observando el desfile del Día del Niño, varias horas antes de los decisivos acontecimientos, no tenía nada de particular.

Sin duda, Henrik Vanger habría mirado la instantánea miles de veces, dándose cuenta con nostalgia de que nunca más volvería a ver a Harriet. Tal vez le irritara que la foto estuviera hecha a tanta distancia que Harriet Vanger no fuera más que una persona entre un mar de gente.

Pero no fue eso lo que hizo reaccionar a Mikael.

La foto se había sacado desde el otro lado de la calle, probablemente desde una ventana de la segunda planta. El objetivo gran angular capturó la parte frontal de uno de los camiones del desfile. Sobre la plataforma del vehículo unas mujeres con brillantes trajes de baño y pantalones bombachos repartían golosinas. Algunas parecían bailar. Por delante del camión saltaban tres payasos.

Harriet estaba en la primera fila de público, dispuesto a lo largo de la acera. A su lado aparecían tres de sus compañeras de clase y, en torno a ellas, por lo menos unos cien ciudadanos más.

Fue eso lo que Mikael guardó en su subconsciente y lo que salió inesperadamente a la superficie cuando el autobús pasó por el mismo lugar donde se hizo la foto.

La gente se comportaba como se suele comportar en este tipo de actos. Los ojos de los espectadores siempre siguen a la pelota en un partido de tenis, o al disco en un encuentro de *hockey* sobre hielo. Los que estaban en el extremo izquierdo de la foto miraban a los payasos que tenían justo delante. Los que se encontraban más cerca del camión se concentraban en la plataforma de las chicas ligeras de ropa. La expresión de sus rostros revelaba que se lo estaban pasando bien. Los niños señalaban con el dedo. Alguna que otra persona se reía. Todos parecían contentos.

Todos menos una.

Harriet Vanger miraba a un lado. Sus tres compañeras y toda la gente de alrededor observaban a los payasos. La cara de Harriet estaba dirigida a unos treinta o treinta y cinco grados más arriba a la derecha. Como si tuviera la mirada clavada en algo que había al otro lado de la calle, pero fuera del extremo inferior izquierdo de la imagen.

Mikael sacó la lupa e intentó discernir los detalles. La foto había sido hecha desde demasiada distancia como para estar del todo seguro, pero, a diferencia de todos los demás, el rostro de Harriet parecía no tener vida. Su boca dibujaba una delgada línea. Sus ojos estaban abiertos de par en par. Las manos le colgaban flácidas a lo largo del cuerpo.

Daba la sensación de estar asustada. Asustada o enfadada.

Mikael sacó la foto del álbum, la metió en una funda de plástico y cogió el siguiente autobús a Hedestad. Se bajó en Järnvägsgatan y se colocó exactamente en el mismo lugar desde donde se debía de haber hecho la foto. Se hallaba justo en el límite de lo que se consideraba el centro de Hedestad. Se trataba de un edificio de madera, de dos plantas, que albergaba una tienda de vídeos y otra de ropa de caballero, Sundströms Herrmode, fundada en 1932, según rezaba en la placa de la puerta. Entró en la tienda y advirtió enseguida que ocupaba las dos plantas; una escalera de caracol conducía al piso superior.

Al final de la escalera, había dos ventanas que daban a la calle. Allí estuvo el fotógrafo.

—¿En qué puedo servirle? —le preguntó un vendedor de cierta edad cuando Mikael sacó la funda de plástico con la fotografía. Había poca gente en la tienda.

—Bueno, la verdad es que sólo quería ver desde dónde fue hecha esta fotografía. ¿Le importa si abro un momento la ventana?

Le dio permiso para hacerlo y Mikael levantó la fotografía ante él. Podía ver exactamente el sitio donde permaneció Harriet Vanger. Uno de los dos edificios de madera que se encontraban detrás de ella ya no existía; en su lugar se alzaba una construcción de ladrillo. El otro, que había sobrevivido y que en 1966 era una papelería, albergaba ahora un herbolario y un solárium. Mikael cerró la ventana, dio las gracias y pidió disculpas por la molestia.

Ya en la calle, se situó justo en el lugar donde estuvo Harriet. Tenía un buen punto de referencia entre la ventana de la planta superior de la tienda de moda y la puerta del solárium. Giró la cabeza y apuntó con la mirada a lo largo de la línea de visión de Harriet. Por lo que pudo estimar Mikael, Harriet miraba en dirección a la esquina del edificio de Sundströms Herrmode. Una esquina normal y corriente que, al doblarla, conducía a otra calle. «¿Qué fue lo que viste allí, Harriet?»

Mikael metió la foto en su bandolera y se dio un paseo hasta el parque de la estación de tren, donde se sentó en una terraza y pidió un *caffè latte*. De repente se sintió ligeramente conmovido.

En inglés lo llaman *new evidence*, lo cual suena muy diferente a «nuevas pruebas». En una investigación que llevaba estancada treinta y siete años, él acababa de descubrir algo completamente nuevo, en lo que nadie más había reparado.

El único problema era que no estaba seguro del valor

de su hallazgo, si es que lo tenía. Aun así, le parecía importante.

Aquel sábado de septiembre en el que Harriet desapareció fue, en muchos aspectos, dramático. Era un día de fiesta en Hedestad, con, sin duda, varios miles de personas en la calle, tanto jóvenes como mayores. Y era el día de la reunión familiar anual en la isla de Hedeby. Esos dos acontecimientos, ya de por sí, desviaron de la rutina diaria la atención general de los habitantes de la ciudad. Y, como guinda del pastel, tuvo lugar el accidente del puente que eclipsó todo lo demás.

El inspector Morell, Henrik Vanger y los que habían investigado la desaparición de Harriet se concentraron en los acontecimientos de la isla. Morell escribió incluso que no era capaz de abandonar la sospecha de que el accidente y la desaparición de Harriet tuvieran alguna relación. De pronto, Mikael se convenció de que se habían equivocado.

La cadena de acontecimientos no había empezado en la isla de Hedeby, sino en Hedestad, algunas horas antes. Harriet Vanger vio algo —o a alguien— que la asustó y la hizo regresar a casa e ir inmediatamente a ver a Henrik Vanger, quien, por desgracia, no tuvo tiempo de hablar con ella. Luego ocurrió el accidente del puente. Acto seguido, entró en escena el asesino.

Mikael hizo una pausa. Era la primera vez que, conscientemente, formulaba la suposición de que Harriet podía haber sido asesinada. Dudó, pero pronto se dio cuenta de que comulgaba con la idea de Henrik Vanger. Harriet estaba muerta y ahora él perseguía a un asesino.

Volvió a la investigación. Entre las miles de páginas sólo una mínima parte versaba sobre las horas que pasó Harriet en Hedestad. Estuvo con tres compañeras de clase; a cada una de ellas le tomaron declaración, en su momento, de las observaciones de aquella jornada. Habían quedado en el parque de la estación a las nueve de la mañana. Una de las chicas quería comprarse unos vaqueros y sus amigas la acompañaron. Tomaron café en el restaurante de los grandes almacenes EPA; más tarde subieron al polideportivo, luego dieron una vuelta por los puestos y las casetas de la feria, y se encontraron además con otros compañeros del colegio. Después de las doce volvieron a acercarse al centro para ver el desfile del Día del Niño. Poco antes de las dos de la tarde, Harriet dijo, de improviso, que tenía que irse a casa. Se despidieron en una parada de autobús cerca de Järnvägsgatan.

Ninguna de las amigas advirtió nada raro. Una de ellas, Inger Stenberg, describió el cambio de Harriet Vanger en el transcurso del último año diciendo que se había vuelto «impersonal». Añadió que aquel sábado Harriet se mostró taciturna, como siempre, y que lo único que hizo fue seguir a las demás.

El inspector Morell había entrevistado a todas las personas que vieron a Harriet durante esa jornada, aunque sólo se hubieran saludado en la feria. En cuanto se anunció su desaparición, su foto fue publicada en los periódicos locales. Varios ciudadanos de Hedestad se pusieron en contacto con la policía afirmando que creían haberla visto, pero nadie había reparado en nada extraño.

Mikael se pasó toda la noche dándole vueltas a cómo seguir tirando del hilo que acababa de descubrir. Ya por la mañana subió a ver a Henrik Vanger, que estaba desayunando en la mesa de la cocina.

—Has dicho que la familia todavía tiene intereses en el *Hedestads-Kuriren*.

—Así es.

—Necesitaría acceder al archivo de fotografías del periódico. Desde 1966.

Henrik Vanger dejó el vaso de leche en la mesa y se limpió el labio superior.

—Mikael, ¿qué has encontrado?

Miró al anciano directamente a los ojos.

—Nada concreto. Pero creo que podemos haber hecho una interpretación errónea del curso de los acontecimientos.

Le enseñó la foto y le contó sus conclusiones. Henrik Vanger permaneció callado un buen rato.

—Si estoy en lo cierto, debemos concentrarnos en lo que pasó en Hedestad aquel día, no sólo en los acontecimientos de la isla de Hedeby —dijo Mikael—. No sé qué hacer después de tanto tiempo, pero seguro que en la celebración del Día del Niño se hicieron muchas fotos que nunca se llegaron a publicar. Quiero verlas.

Henrik Vanger cogió el teléfono de la pared de la cocina. Llamó a Martin Vanger, le explicó lo que buscaba y le preguntó quién estaba a cargo del departamento de fotografía del periódico en ese momento. Al cabo de diez minutos, localizaron a la persona y consiguieron el permiso.

La persona responsable se llamaba Madeleine Blomberg, aunque todos la conocían como Maja, y rondaba los sesenta años. Se trataba de la primera mujer en ese puesto que Mikael conocía en la profesión, donde la fotografía todavía se consideraba un arte exclusivamente reservado a los hombres.

Era sábado y la redacción estaba vacía, pero resultó que Maja Blomberg vivía a tan sólo cinco minutos a pie. Recibió a Mikael en la entrada. Llevaba trabajando en el *Hedestads-Kuriren* la mayor parte de su vida. Empezó como correctora de pruebas en 1964; luego trabajó unos cuantos años en el cuarto de revelado a la vez que la enviaban como fotógrafa extra cuando la plantilla era insuficiente. Al cabo de algún tiempo consiguió el puesto de redactora y cuando el viejo jefe de fotografía se jubiló —de eso hacía ya una década—, se convirtió en jefa del departamento. El cargo no significaba que estuviera al mando de un imperio; hacía ya diez años que el departamento se había fusionado con el de publicidad. Eran, en total, sólo seis personas que se turnaban haciendo todo el trabajo.

Mikael preguntó cómo estaba organizado el archivo.

—Me temo que se encuentra bastante desordenado. Desde que tenemos ordenadores y fotos digitales, todo se archiva en soporte digital. Hemos tenido un becario que ha estado escaneando viejas fotos importantes, pero tan sólo se ha registrado el uno o dos por ciento del total del archivo. Las fotos antiguas están clasificadas por fechas en sus correspondientes carpetas de negativos. Se encuentran o aquí abajo, en la redacción, o arriba en el desván.

—Me interesan las fotos del desfile del Día del Niño de 1966, pero también, en general, todas las realizadas aquella semana.

Maja Blomberg observó inquisitivamente a Mikael.

—O sea, la semana en la que desapareció Harriet Vanger.

—¿Conoce la historia?

—Es imposible haber trabajado toda la vida en el *Hedestads-Kuriren* y no conocerla; además, que te llame Martin Vanger tan temprano en tu día libre da que pensar. Corregí las pruebas de los textos que se escribieron sobre el caso en los años sesenta. ¿Por qué estás hurgando en esa historia? ¿Ha surgido algo nuevo?

Maja Blomberg también parecía tener olfato periodístico. Mikael negó con la cabeza sonriendo y le contó su *cover story*.

—No, y dudo que alguna vez demos respuesta a lo que le pasó. Esto que quede entre usted y yo: estoy escribiendo la biografía de Henrik Vanger. Simplemente eso.

La historia sobre la desaparición de Harriet es un tema que queda un poco al margen, pero también es un capítulo que no se puede pasar por alto. Estoy buscando fotografías que puedan ilustrar aquel día, tanto de Harriet como de sus compañeras.

Maja Blomberg no se mostró muy convencida, pero la explicación resultaba razonable y no tenía por qué poner en duda sus palabras.

El fotógrafo de un periódico acaba con una media de dos a diez rollos de película por día. Cubriendo grandes eventos, fácilmente puede llegar al doble. Cada película contiene treinta y seis negativos; así que es normal que un periódico acumule más de trescientas fotografías por día, de las cuales sólo se publican unas pocas. Una redacción bien organizada corta las películas y mete los negativos, de seis en seis, en unas fundas. Un rollo se convierte más o menos en una página de una carpeta de negativos. Una carpeta contiene más de ciento diez películas. Eso, al año, da un total de entre veinte y treinta carpetas. Si vamos sumando años, nos encontramos con una enorme cantidad de carpetas, fundamentalmente sin valor comercial y sin sitio en las estanterías de la redacción. En cambio, todos los fotógrafos y todas las redacciones están convencidos de que las fotos representan «una documentación histórica de inestimable valor», así que nunca tiran nada.

El *Hedestads-Kuriren* se fundó en 1922; el departamento de fotografía existía desde 1937. El desván contenía más de mil doscientas carpetas, organizadas por fechas. Las fotos de septiembre de 1966 comprendían cuatro de esas baratas carpetas de cartón.

—¿Cómo lo hacemos? —preguntó Mikael—. Necesitaría un negatoscopio y la posibilidad de copiar lo que pueda ser de interés.

—Ya no tenemos cuarto de revelado. Lo escaneamos todo. ¿Sabes usar un escáner de negativos?

—Sí, he trabajado con fotos y la verdad es que en casa tengo uno, marca Agfa. Trabajo con Photoshop.

—Entonces empleas el mismo equipo que nosotros.

Maja Blomberg llevó a Mikael a hacer una rápida visita por la pequeña redacción, lo instaló delante de un negatoscopio y le encendió un ordenador y un escáner. También le enseñó dónde estaba la máquina del café del comedor. Acordaron que Mikael se quedaría a trabajar solo, pero que la llamaría cuando quisiera irse para que ella pasara a cerrar con llave y conectar la alarma. Luego le dejó con un alegre «pásatelo bien».

Mikael tardó horas en repasar las carpetas. En aquella época el *Hedestads-Kuriren* tenía dos fotógrafos. El del día en cuestión era Kurt Nylund, al que Mikael ya conocía de tiempo atrás. En 1966 Kurt Nylund tendría unos veinte años. Luego se trasladó a Estocolmo y se convirtió en un reconocido profesional, trabajando tanto de *freelance* como en la plantilla de la agencia Pressens Bild, en Marieberg. Los caminos de Mikael y Kurt Nylund se cruzaron más de una vez durante los años noventa, cuando *Millennium* le compraba fotografías a Pressens Bild. Mikael lo recordaba como un hombre delgado y con poco pelo. Kurt Nylund había usado una película con poca sensibilidad y no demasiado granulada, al igual que muchos fotógrafos de prensa.

Mikael sacó las hojas con las fotos del joven Nylund y, una a una, las colocó encima del negatoscopio, donde examinó con una lupa todas las imágenes. Sin embargo, examinar negativos es un arte que requiere cierto hábito, algo de lo que Mikael carecía. Se dio cuenta de que para determinar si las fotos contenían alguna información de valor tendría que escanearlas todas y estudiarlas en la pantalla del ordenador, cosa que le llevaría no pocas horas. Por eso, primero intentó hacerse una idea general de las fotos que podrían interesarle.

Empezó a marcar todas las del accidente del camión cisterna. Mikael pudo constatar que la carpeta con las ciento ochenta fotos reunidas por Henrik Vanger no estaba completa; la persona que había copiado la colección —posiblemente el propio Nylund— había desechado unas treinta instantáneas que resultaban tan borrosas o de tan mala calidad que no se consideraron aptas para su publicación.

Mikael desconectó el ordenador del *Hedestads-Kuriren* y enchufó el escáner Agfa en su propio iBook. Le llevó dos horas escanear el resto.

Una de las fotos captó inmediatamente su interés. Entre las 15.10 y las 15.15, justo cuando Harriet desapareció, alguien había abierto la ventana de su habitación; Henrik Vanger había intentado, en vano, averiguar de quién se trataba. De pronto, Mikael tenía una imagen en su pantalla que debía de haber sido tomada justo en el momento en el que la ventana fue abierta. Pudo apreciar una silueta y una cara, aunque algo desenfocadas y borrosas. Decidió que el análisis de las imágenes podía esperar hasta que hubiese terminado de meter todas las fotos en el ordenador.

Durante las siguientes horas, Mikael analizó las fotos del Día del Niño. Kurt Nylund había empleado seis rollos, lo que suponía un total de más de doscientas imágenes. Se veía un constante desfile de niños con globos, adultos, vendedores ambulantes de perritos calientes entre hervideros de gente, el propio desfile, un artista local en el escenario y la entrega de algún tipo de premio.

Al final, Mikael decidió escanearlo todo. Al cabo de seis horas completó una carpeta con noventa fotos. Tendría que volver otro día a la redacción del *Hedestads-Kuriren*.

Alrededor de las nueve de la noche, llamó a Maja

Blomberg, le agradeció su ayuda y regresó a la isla de Hedeby.

El domingo a las nueve de la mañana ya estaba otra vez en la redacción, que seguía vacía cuando Maja Blomberg le dejó entrar. Había olvidado que era la fiesta de Pentecostés y que el periódico no saldría hasta el martes. Podía utilizar la misma mesa que el día anterior, así que dedicó toda la jornada a escanear fotos. A las seis de la tarde todavía le quedaban unas cuarenta fotos del Día del Niño. Mikael examinó los negativos y decidió que los primeros planos de caras monas de niños o las fotos de un artista sobre el escenario carecían, simplemente, de interés. Lo que escaneó fue el ajetreo de la calle y la muchedumbre.

Mikael pasó el lunes de Pentecostés examinando el nuevo material fotográfico. Hizo dos descubrimientos: el primero le llenó de consternación; el segundo le aceleró el pulso.

El primer descubrimiento fue esa cara en la ventana de la habitación de Harriet Vanger. La foto estaba algo borrosa debido al movimiento; por eso debía de haber sido descartada de la colección original. El fotógrafo se hallaba delante de la iglesia enfocando el puente. Los edificios quedaban por detrás. Mikael encuadró la imagen centrándose sólo en la ventana; luego estuvo ajustando el contraste y aumentando la nitidez hasta que consiguió, a su parecer, la mejor calidad posible.

El resultado fue una imagen granulada, con un mínimo contraste cromático entre los grises, que mostraba una ventana rectangular, una cortina, un trozo de brazo y, algo más adentrado, un difuminado rostro en forma de media luna. La cara no pertenecía a Harriet Vanger, que tenía el pelo negro como el azabache, sino a una persona con un color de cabello considerablemente más claro.

También constató que se podían discernir unas zonas más oscuras en la parte de los ojos, la nariz y la boca, pero resultaba imposible observar nítidamente sus facciones. No obstante, estaba convencido de que se trataba de una mujer; la parte más clara de la cara seguía hasta la altura de los hombros y dejaba adivinar un cabello femenino. Pudo ver que llevaba ropa clara.

Calculó la altura de la persona valiéndose de las medidas de la ventana; era una mujer que medía aproximadamente un metro y setenta centímetros.

A medida que fue pasando más fotos del accidente del puente en la pantalla del ordenador llegó a la conclusión de que había alguien que encajaba perfectamente con esa descripción: Cecilia Vanger a los veinte años.

Kurt Nylund había hecho en total dieciocho fotografías desde la ventana de la segunda planta de Sundströms Herrmode. En diecisiete de ellas, se veía a Harriet Vanger.

Harriet y sus compañeras de clase llegaron a Järnvägsgatan justo en el mismo instante en que Kurt Nylund empezó a hacer fotografías. Mikael estimó que las fotos se hicieron en un lapso de unos cinco minutos. En la primera, Harriet y sus compañeras estaban bajando la calle en dirección al fotógrafo. En las fotos que iban de la dos a la siete se las veía de pie mirando el desfile. En otra, ya se habían desplazado unos seis metros más abajo. En la última, posiblemente sacada un poco más tarde, el grupo ya había desaparecido.

Mikael agrupó una serie de instantáneas en las que cortó a Harriet por la cintura y las manipuló hasta conseguir el mejor contraste posible. Las guardó en un archivo aparte, abrió el programa Graphic Converter y activó la función diaporama. El resultado fue similar a una película muda entrecortada, con saltos de fotogramas, donde cada imagen se mostraba durante dos segundos.

Harriet llega, imagen de perfil. Harriet se detiene y mira calle abajo. Harriet vuelve la vista hacia la calle. Harriet abre la boca para decirle algo a su amiga. Harriet se ríe. Harriet se toca la oreja con la mano izquierda. Harriet sonríe. De repente, Harriet, con la cara en un ángulo de unos veinte grados a la izquierda de la cámara, parece asombrada. Harriet abre los ojos de par en par y ha dejado de sonreír. La boca de Harriet se convierte en una fina línea. Harriet fija la mirada. En su cara se puede leer... ¿qué? ¿Tristeza, conmoción, enfado? Harriet baja la mirada. Harriet ya no está.

Mikael volvió a pasar la secuencia una y otra vez.

Confirmaba, con toda claridad, la hipótesis que había formulado. Algo sucedió en Järnvägsgatan. La lógica resultaba evidente.

«Ella ve algo —a alguien— al otro lado de la calle. Sufre un *shock*. Luego se pone en contacto con Henrik Vanger para hablar con él en privado, cosa que nunca llega a ocurrir. Más tarde desaparece sin dejar rastro.»

Algo pasó aquel día. Pero las fotos no explicaban el qué.

A las dos de la mañana del martes, Mikael se preparó café y unos sándwiches, que se tomó sentado en el arquibanco de la cocina. Le embargaba una mezcla de emoción y desánimo. En contra de todas sus expectativas, había hallado nuevas pruebas. El único problema era que aunque éstas arrojaban más luz sobre la cadena de acontecimientos, no lo acercaban ni un milímetro a la resolución del misterio.

Reflexionó intensamente sobre el papel que podía haber desempeñado Cecilia Vanger en el drama. Henrik Vanger, sin ningún tipo de consideración hacia nadie, había elaborado una lista con las actividades de todas las personas implicadas aquel día, y Cecilia Vanger no constituía ninguna excepción. En 1966 ella vivía en Uppsala, pero llegó a Hedestad dos días antes de aquel desdichado sábado. Se alojó en una habitación de invitados en casa de Isabella Vanger. Dijo que posiblemente viera a Harriet Vanger por la mañana, temprano, pero que no llegó a hablar con ella. Fue a Hedestad por unos asuntos. No vio a Harriet y volvió a la isla de Hedeby alrededor de la una, más o menos mientras Kurt Nylund hacía toda la serie de fotos de Järnvägsgatan. Se cambió y, alrededor de las dos, ayudó a poner la mesa para la cena de aquella noche.

Como coartada, resultaba débil. Las horas eran aproximadas, especialmente por lo que respecta a su vuelta a la isla de Hedeby, pero Henrik Vanger tampoco había encontrado nada que indicara que mentía. Cecilia Vanger era una de las personas de la familia a las que Henrik más quería. Además, había sido la amante de Mikael. Así que le costaba ser objetivo, y mucho más todavía imaginársela como asesina.

Y ahora una de aquellas viejas y descartadas fotografías insinuaba que ella había mentido al afirmar que nunca entró en la habitación de Harriet. Mikael se devanaba los sesos pensando en el significado de todo eso.

«Y si has mentido sobre esto, ¿en qué más lo habrás hecho?»

Mikael recapituló lo que sabía de Cecilia. En el fondo la veía como una persona reservada, aparentemente marcada por su pasado, lo que se traducía en una vida solitaria, sin sexo y con dificultades para intimar con otras personas. Guardaba las distancias con la gente, y cuando, por una vez, se dejó llevar y se echó en los brazos de alguien, eligió a Mikael, un forastero de visita temporal. Cecilia había dicho que rompía su relación porque no soportaba la idea de que él fuera a desaparecer de su vida tan de repente como apareció. Pero sin duda, pensaba Mikael, fue precisamente ésa la razón por la que se atrevió a dar el paso e iniciar la relación. Ya que Mikael no iba a estar mucho tiempo, no tenía por qué temer que su vida fuera a cambiar de forma radical. Suspiró y dejó de lado sus análisis psicológicos.

El otro descubrimiento lo hizo bien entrada la noche. La clave del misterio, de eso estaba convencido, era lo que había visto Harriet en Järnvägsgatan, en Hedestad. Mikael no lo sabría jamás, a no ser que fuera capaz de inventar una máquina para viajar en el tiempo, ponerse detrás de Harriet y mirar por encima de su hombro.

En el mismo momento en que se le ocurrió la idea, se dio un golpe en la frente con la palma de la mano y se abalanzó sobre su iBook. Cliqueando, sacó las fotos no encuadradas de la serie de Järnvägsgatan y miró… ¡allí!

Detrás de Harriet Vanger y aproximadamente a un metro, a su derecha, había una joven pareja; el hombre llevaba un jersey a rayas y la mujer una cazadora clara y una cámara en la mano. Al aumentar la imagen vio que parecía ser una Kodak *instamatic* con *flash* incorporado: una de esas cámaras baratas que la gente con muy pocos conocimientos de fotografía utiliza en vacaciones.

La mujer sostenía la cámara a la altura de la barbilla. Luego la levantaba y fotografiaba a los payasos, justo en el momento en que la expresión de la cara de Harriet cambió.

Mikael comparó la posición de la cámara con la línea de visión de Harriet. La mujer había fotografiado casi exactamente lo que estaba viendo Harriet.

Mikael advirtió que su corazón latía aceleradamente. Se inclinó hacia atrás y buscó el paquete de tabaco en el bolsillo de su camisa. Alguien había hecho una foto. Pero ¿cómo podría identificar a la mujer? ¿Cómo hacerse con esa foto? ¿Habría sido revelado ese carrete? Y, en ese caso, ¿se hallaría la fotografía en algún lugar?

Mikael abrió el archivo de las fotos con el trasiego de

gente durante la fiesta. Durante una hora se dedicó a aumentarlas todas y las examinó centímetro a centímetro. Hasta que no llegó a la última no volvió a descubrir a la pareja. Kurt Nylund había sacado una fotografía de otro payaso que posaba delante de su cámara con globos en la mano y la típica sonrisa dibujada en la boca. La imagen se había tomado en el aparcamiento aledaño a la entrada del estadio deportivo, donde se había instalado la feria. Debió de ser después de las dos; luego Nylund fue advertido del accidente del camión y dejó de cubrir los acontecimientos del Día del Niño.

La mujer estaba oculta casi por completo, pero se veía claramente de perfil al hombre del jersey a rayas. Llevaba unas llaves en la mano y se inclinaba hacia delante para abrir la puerta de un coche. El payaso, en primer plano, estaba enfocado, y el coche se veía algo borroso. La matrícula se encontraba parcialmente tapada, pero empezaba con AC3.

Las matrículas de los coches de los años sesenta comenzaban con una letra de la provincia, y de niño Mikael había aprendido a identificar la procedencia de los coches. AC era el código de la provincia de Västerbotten.

Luego, Mikael descubrió otra cosa. En el cristal trasero había una pegatina. Hizo un *zoom*, pero el texto se convirtió en una borrosa mancha. Seleccionó, entonces, la pegatina y empezó a trabajar con el contraste y la nitidez. Le llevó un buen rato. Seguía sin poder leer el texto pero, guiado por las borrosas formas, intentaba deducir de qué letras podría tratarse. Muchas se parecían tanto que resultaba fácil confundirlas. Una D se podía confundir con una O, igual que la N con la H y muchas otras. Después de intentar ensamblar las piezas del rompecabezas con lápiz y papel, eliminando letras, consiguió un texto incomprensible:

ARP NT R A D R JÖ

Fijó la mirada hasta que se le saltaron las lágrimas. De repente el texto completo apareció claramente ante sus ojos: CARPINTERÍA DE NORSJÖ, seguido por signos más pequeños, imposibles de leer, pero que tal vez correspondieran a un número de teléfono.

Capítulo 17

Miércoles, 11 de junio –
Sábado, 14 de junio

La tercera pieza del rompecabezas la obtuvo gracias a una inesperada ayuda.

Tras haber trabajado con las fotos toda la noche, se quedó profundamente dormido hasta las primeras horas de la tarde. Se despertó con cierto dolor de cabeza, se duchó y subió al Café de Susanne para desayunar. Le costaba ordenar sus ideas. Debería acercarse a casa de Henrik Vanger e informarle del hallazgo. Pero, en su lugar, pasó por casa de Cecilia Vanger y llamó a la puerta. Quería preguntarle qué estuvo haciendo en la habitación de Harriet y por qué había mentido sobre su presencia allí. Nadie abrió.

Ya se disponía a marcharse cuando escuchó una voz:

—Tu puta no está.

Gollum había salido de su cueva. Era alto, medía casi dos metros, pero estaba tan encorvado por la edad que sus ojos se encontraban al nivel de los de Mikael. Tenía toda la piel manchada de oscuros lunares. Vestía pijama y bata marrón y se apoyaba en un bastón. Parecía uno de esos típicos viejos malvados de las películas de Hollywood.

—¿Qué has dicho?

—He dicho que tu puta no está en casa.

Mikael se acercó tanto que casi le rozó con la nariz.

—Estás hablando de tu propia hija, cabrón de mierda.

—No soy yo el que viene rondando por aquí por las noches —respondió Harald Vanger con una sonrisa desdentada.

Olía mal. Mikael lo esquivó y siguió su camino sin darse la vuelta. Subió a ver a Henrik Vanger y lo encontró en su despacho.

—Acabo de conocer a tu hermano —dijo Mikael con un enfado mal disimulado.

—¿Harald? Anda, así que se ha atrevido a salir. Lo suele hacer alguna vez al año.

—Estaba llamando a la puerta de Cecilia cuando apareció. Dijo, y cito literalmente, «Tu puta no está en casa».

—Sí, eso suena a frase de Harald —contestó Henrik tranquilamente.

—Ha llamado puta a su propia hija.

—Lleva mucho tiempo haciéndolo. Por eso no se hablan.

—¿Por qué?

—Cecilia perdió su virginidad cuando tenía veintiún años. Ocurrió aquí en Hedestad; fue un amor de verano, el siguiente a la desaparición de Harriet.

—¿Y?

—El hombre del que se había enamorado se llamaba Peter Samuelsson y trabajaba de asistente en el departamento de economía de las empresas Vanger. Un chico espabilado. Hoy en día trabaja para ABB. Si ella hubiese sido mi hija, yo me habría sentido muy orgulloso de tenerlo como yerno. Sin embargo, tenía un defecto.

—No me digas que es lo que me temo.

—Seguro que Harald le midió la cabeza o investigó su árbol genealógico, o qué sé yo. El caso es que descubrió que tenía una cuarta parte de judío.

—Dios mío.

—Desde ese momento empezó a llamarla puta.

—¿Él sabe que Cecilia y yo…?

—Posiblemente lo sepa todo el pueblo, a excepción, tal vez, de Isabella; nadie en su sano juicio le contaría nada. Además, ella, gracias a Dios, tiene el detalle de irse a dormir hacia las ocho de la noche. Harald ha seguido, sin duda, cada uno de los pasos que has dado.

Mikael se sentó con cara de tonto.

—¿Quieres decir que todo el mundo sabe…?

—Claro que sí.

—¿Y tú no lo desapruebas?

—Pero, por favor, Mikael; eso no es asunto mío.

—¿Dónde está Cecilia?

—Ya ha terminado el curso escolar. El sábado pasado cogió un vuelo a Londres para visitar a su hermana; luego se irá de vacaciones a… mmm, creo que a Florida. Volverá dentro de un mes o algo así.

Mikael se sintió aún más tonto.

—Es que, por decirlo de alguna manera, hemos dejado aparcada, de momento, nuestra relación.

—Entiendo, pero sigue siendo un asunto que no me incumbe. ¿Qué tal va el trabajo?

Mikael se sirvió café del termo de Henrik y miró al viejo.

—He encontrado nuevo material y creo que voy a necesitar un coche.

Mikael tardó un buen rato en dar cuenta a Henrik de sus conclusiones. Sacó su iBook de la bolsa y puso en marcha la serie de fotos que mostraban la reacción de Harriet en Järnvägsgatan. También le enseñó cómo había dado con la pareja de la cámara de fotos, y con la pegatina de la carpintería de Norsjö. Terminada su explicación, Henrik Vanger le pidió ver, una vez más, la película de fotografías en serie que había hecho Mikael.

Cuando Henrik Vanger levantó la vista de la pantalla, estaba pálido. De repente, Mikael se asustó y le puso una mano sobre el hombro. Henrik Vanger hizo un gesto, como quitándole importancia. Permaneció callado un rato.

—Maldita sea, has hecho lo que yo consideraba imposible. Has descubierto algo completamente nuevo. ¿Cómo vas a seguir?

—Tengo que encontrar esa foto, si es que existe.

No mencionó nada acerca de la cara de la ventana ni que sospechaba de Cecilia Vanger, demostrando de este modo que distaba mucho de ser un detective privado objetivo.

Cuando Mikael salió, Harald Vanger ya no estaba; seguramente se había vuelto a meter en su cueva. Al doblar la esquina, descubrió que había alguien sentado en la entrada de su casa, leyendo el periódico y dándole la espalda. Por una fracción de segundo tuvo la impresión de que se trataba de Cecilia Vanger, pero enseguida se dio cuenta de que no era así. En el porche vio a una chica morena a la que reconoció inmediatamente al acercarse un poco más.

—Hola, papá —dijo Pernilla Abrahamsson.

Mikael le dio un abrazo muy fuerte.

—¿De dónde diablos sales tú?

—De casa, ¿de dónde si no? Voy de camino a Skellefteå. Me quedo aquí a pasar la noche.

—¿Y cómo has dado con esto?

Mamá sabía dónde estabas. Y pregunté en el café de allí arriba dónde vivías. La mujer me enseñó el camino. ¿Soy bienvenida?

—Claro. Ven, entra. Tenías que haberme avisado y habría comprado alguna comida especial o habría preparado algo.

—Me dejé llevar por un impulso. Quería felicitarte por la salida de la cárcel y como no me has llamado…

—Lo siento.

—No pasa nada. Mamá me ha contado que siempre andas absorto en tus pensamientos.

—¿Eso es lo que dice de mí?

—Más o menos. Pero da igual. Te quiero de todas maneras.

—Yo también te quiero, pero ya sabes…

—Lo sé. Ya soy mayorcita.

Mikael preparó té y sacó bollos y pastas. Se dio cuenta de que, en efecto, lo que decía su hija era verdad. Ya no era una niña, tenía casi diecisiete años y pronto sería una mujer adulta. Tenía que aprender a dejar de tratarla como a una cría.

—Bueno, ¿y cómo ha sido?

—¿El qué?

—La cárcel.

Mikael se rió.

—¿Me creerías si te dijera que ha sido como unas vacaciones pagadas en las que he podido dedicarme a pensar y escribir?

—Totalmente. No creo que haya mucha diferencia entre una cárcel y un monasterio; y la gente siempre se mete en monasterios para meditar y desarrollarse como personas.

—Pues sí, es una manera de verlo. Espero que no hayas tenido problemas por tener un padre en la cárcel.

—En absoluto. Estoy orgullosa de ti y aprovecho cualquier oportunidad para alardear de que te metieron en la cárcel por tus convicciones.

—¿Convicciones?

—Vi a Erika Berger en la tele.

Mikael se puso pálido. Se había olvidado por completo de su hija cuando Erika diseñó la estrategia; según parecía, ella pensaba que su padre era tan inocente y puro como la nieve recién caída.

—Pernilla, yo no era inocente. Siento no poder hablar de lo que pasó, pero no me condenaron injustamente. El tribunal dictó sentencia basándose en los datos que tenía.

—Pero nunca les contaste tu versión.

—No, porque no puedo probarla. Metí la pata hasta el fondo y por eso tuve que ingresar en prisión.

—Vale. Entonces, contéstame a esta pregunta: ¿es un canalla Wennerström o no?

—Es uno de los cabrones más malvados que he conocido en toda mi vida.

—Vale. Ya está. Con eso me vale. Tengo un regalo para ti.

Sacó un paquete de su bolsa. Mikael lo abrió y encontró un cedé con lo mejor de Eurythmics. Ella sabía que era uno de sus grupos favoritos. Él le dio un abrazo, metió inmediatamente el disco en su iBook y escucharon juntos *Sweet Dreams*.

—¿Qué vas a hacer en Skellefteå? —preguntó Mikael.

—Estudios bíblicos en el campamento de una congregación que se llama La Luz de la Vida —dijo Pernilla como si fuese la cosa más natural del mundo.

A Mikael se le puso el vello de punta.

Se percató del gran parecido que había entre su hija y Harriet Vanger. Pernilla tenía dieciséis años, los mismos que Harriet cuando desapareció. Las dos contaban con un padre en cierto sentido ausente. Ambas se sentían atraídas por el entusiasmo religioso de sectas algo raras; Harriet por la congregación pentecostal del lugar y Pernilla por la filial de un grupo igual de chalado como La Palabra de la Vida.

Mikael no supo muy bien cómo abordar ese recién despertado interés de su hija por la religión. Temía entrometerse en su vida, inmiscuirse en su derecho a decidir por ella misma qué camino seguir. Al mismo tiempo,

La Luz de la Vida era precisamente el tipo de congregación que Erika y él —sin duda alguna y de muy buena gana— no vacilarían en denunciar en un sarcástico reportaje de *Millennium*. Decidió tratar el tema con la madre de Pernilla en cuanto tuviera ocasión.

Esa noche Pernilla durmió en la cama de Mikael; él, por su parte, se instaló en el arquibanco de la cocina. Se despertó con tortícolis y los músculos doloridos. Pernilla estaba ansiosa por seguir su viaje, de modo que Mikael preparó el desayuno y luego la acompañó a la estación. Les quedaba un rato antes de que saliera el tren, así que compraron café en Pressbyrån y se sentaron en un banco al final del andén para charlar un rato. Unos minutos antes de llegar el tren, Pernilla cambió de tema.

—No te gusta que me vaya a Skellefteå —le soltó de golpe.

Mikael no supo qué contestar.

—No tienes por qué preocuparte. Tú no eres creyente, ¿verdad?

—No, supongo que no; por lo menos no lo que se entiende por un buen creyente.

—¿No crees en Dios?

—No, no creo en Dios, pero respeto que tú lo hagas. Todos necesitamos creer en algo.

Cuando el tren entró en la vía, se abrazaron durante mucho tiempo, hasta que Pernilla tuvo que subir al vagón. Al alcanzar la puerta se dio media vuelta.

—Papá, no pretendo evangelizarte. Por mí, eres libre de creer en lo que quieras; yo siempre te querré. Pero pienso que harías bien en continuar con tus estudios bíblicos.

—¿Qué quieres decir?

—He visto las citas que tenías puestas en la pared

—dijo—. ¿Por qué son tan sombrías y neuróticas? Venga, un beso. Hasta pronto.

Lo saludó con la mano y desapareció. Mikael se quedó perplejo en el andén viendo salir el tren con dirección norte. Hasta que éste no desapareció en la curva no asimiló el significado del comentario de despedida; una sensación gélida invadió su pecho.

Mikael salió corriendo de la estación mirando su reloj. Faltaban cuarenta minutos para la salida del autobús a Hedeby. Sus nervios no soportarían una espera tan larga. Cruzó a toda prisa la plaza hasta la parada de taxis, donde encontró a Hussein con su dialecto de Norrland.

Diez minutos más tarde, Mikael pagó el taxi y entró inmediatamente en su estudio. El papel estaba pegado con celo sobre su mesa.

Magda – 32016
Sara – 32109
RJ – 30112
RL – 32027
Mari – 32018

Recorrió el cuarto con la mirada y cayó en la cuenta de dónde podía encontrar una Biblia. Se llevó el papel, buscó las llaves que había dejado en un cuenco de la ventana y se fue corriendo por todo el camino hasta la cabaña de Gottfried. Cuando bajó la Biblia de Harriet de la estantería, las manos casi le temblaban.

Harriet no había apuntado números de teléfono. Las cifras se referían a capítulos y versos del Levítico, el tercer libro del Pentateuco. La legislación de castigos.

(Magda) Levítico, capítulo 20, versículo 16:
Si una mujer se acerca a una bestia para unirse con ella, matarán a la mujer y a la bestia: ambas serán castigadas con la muerte y su sangre caerá sobre ellas.

(Sara) Levítico, capítulo 21, versículo 9:

Si la hija de un sacerdote se envilece a sí misma prostituyéndose, envilece a su propio padre, y por eso será quemada.

(RJ) Levítico, capítulo 1, versículo 12:

Luego, lo despedazará en porciones, y el sacerdote las dispondrá, con la cabeza y el sebo, encima de la leña colocada sobre el fuego del altar.

(RL) Levítico, capítulo 20, versículo 27:

El hombre o la mujer que consulten a los muertos o a otros espíritus, serán castigados con la muerte: los matarán a pedradas, y su sangre caerá sobre ellos.

(Mari) Levítico, capítulo 20, versículo 18:

Si un hombre se acuesta con una mujer en su período menstrual y tiene relaciones con ella, los dos serán extirpados de su pueblo, porque él ha puesto al desnudo la fuente del flujo de la mujer y ella la ha descubierto.

Mikael salió y se sentó en el porche de la cabaña. Ya no cabía duda de que Harriet se refería a esas citas cuando escribió aquellos números en su agenda. Cada una de ellas estaba meticulosamente subrayada en la Biblia de Harriet. Mientras escuchaba los trinos de los pájaros que cantaban en la cercanía encendió un cigarrillo.

Tenía los números. Pero no los nombres. Magda, Sara, Mari, RJ y RL. De repente, el cerebro de Mikael dio un salto intuitivo y un abismo apareció ante él. Se acordó del holocausto de Hedestad del que le habló el inspector Gustaf Morell. El caso Rebecka, a finales de los años cuarenta, la chica que fue violada y asesinada poniéndole la cabeza encima de ardientes brasas: «Luego, lo despedazará en porciones, y el sacerdote las dispondrá, con la cabeza y el sebo, encima de la leña colocada sobre el fuego del altar». Rebecka. RJ. ¿Cómo se llamaba de apellido?

En el nombre de Dios, ¿en qué había estado metida Harriet?

Henrik Vanger se sentía mal y ya estaba en la cama cuando Mikael llamó a su puerta por la tarde. Aun así, Anna le dejó entrar y pudo visitar al viejo durante un par de minutos.

—Un catarro veraniego —explicó Henrik sorbiéndose los mocos—. ¿Qué quieres?

—Tengo una pregunta.

—¿Sí?

—¿Te suena un asesinato que se cometió aquí en Hedestad en los años cuarenta? Una chica llamada Rebecka no sé qué; la mataron metiendo su cabeza en una chimenea.

—Rebecka Jacobsson —dijo Henrik Vanger sin dudarlo ni un instante—. Es un nombre que no voy a olvidar nunca, pero hace mucho tiempo que nadie habla de ella.

—Pero ¿conoces la historia?

—Claro que sí. Rebecka Jacobsson tenía veintitrés o veinticuatro años cuando la asesinaron. Eso sucedería en… sí, en 1949. Se realizó una extensísima investigación en la cual yo desempeñé un pequeño papel.

—¿Tú? —exclamó Mikael, asombrado.

—Pues sí. Rebecka Jacobsson trabajaba en las oficinas del Grupo Vanger. Era una chica muy popular y muy guapa. Pero ¿a qué vienen esas preguntas ahora?

Mikael no supo muy bien qué decir. Se levantó y se acercó a la ventana.

—No lo sé, Henrik; tal vez haya encontrado algo, pero tengo que sentarme un momento a reflexionar sobre todo eso.

—¿Estás insinuando que existe una relación entre lo de Harriet y lo de Rebecka? Hay… más de diecisiete años entre los dos sucesos.

—Déjame que lo piense. Pasaré a verte mañana, si te encuentras mejor.

Al día siguiente Mikael no pudo ver a Henrik Vanger. Poco antes de la una de la noche permanecía sentado en la mesa de la cocina leyendo la Biblia de Harriet cuando escuchó el ruido de un coche que cruzó el puente a gran velocidad. Miró por la ventana y percibió la luz azul de la sirena de una ambulancia.

Invadido por malos presentimientos, salió corriendo y siguió a la ambulancia. Estaba aparcada delante de la casa de Henrik Vanger.

Había luz en la planta baja y Mikael comprendió que había pasado algo. Subió las escaleras del porche en dos zancadas y se encontró con Anna Nygren en el recibidor, visiblemente afectada.

—El corazón —dijo—. Me despertó hace un momento quejándose de dolores en el pecho. Luego se desplomó.

Mikael abrazó a la leal ama de llaves y se quedó con ella hasta que el personal sanitario salió con un Henrik Vanger aparentemente sin vida en la camilla. Martin Vanger, muy nervioso, iba detrás. Se había acostado ya cuando Anna lo llamó; todavía llevaba zapatillas y tenía la bragueta abierta. Saludó brevemente a Mikael y se dirigió a Anna.

—Lo acompaño al hospital. Llama a Birger y Cecilia —dijo, dando instrucciones—. Y avisa a Dirch Frode.

—Yo puedo ir a su casa —se ofreció Mikael.

Anna asintió, agradecida.

«Llamar a una puerta después de la medianoche suele ser sinónimo de malas noticias», pensó Mikael al poner el dedo en el timbre de la casa del abogado. Transcurrieron varios minutos antes de que éste se presentara en la puerta medio dormido.

—Tengo malas noticias. Acaban de llevar a Henrik

Vanger al hospital. Parece un infarto. Martin me ha pedido que te avise.

—¡Dios mío! —soltó Dirch Frode, mirando su reloj—. Es viernes 13 —añadió con una incomprensible lógica y un desconcertado rostro.

Al volver a casa ya eran las dos y media de la madrugada. Mikael dudó un instante, pero decidió aplazar la llamada a Erika. Hasta las diez de la mañana siguiente, tras hablar brevemente con Dirch Frode por el móvil y asegurarse de que Henrik Vanger seguía con vida, no llamó a Erika para informarla de que el nuevo socio de *Millennium* había ingresado en el hospital tras sufrir un infarto. Como era de esperar, ella recibió la noticia con gran tristeza y preocupación.

A última hora de la tarde, Dirch Frode pasó a ver a Mikael con detalladas novedades sobre el estado de Henrik Vanger.

—Vive, pero no está bien. Ha sufrido un infarto grave; además, tiene una infección.

—¿Has podido verlo?

—No. Está en la UVI. Martin y Birger se quedarán esta noche con él.

—¿Y el pronóstico?

Dirch Frode hizo un gesto con la mano como queriendo decir «no muy bien».

—Ha sobrevivido al infarto, y eso es siempre una señal positiva. La verdad es que sus condiciones físicas son bastante buenas. Pero ya es mayor. Tenemos que esperar a ver qué pasa.

Permanecieron callados un rato meditando sobre la fragilidad de la vida. Mikael sirvió café. Dirch Frode parecía abatido.

—No tengo más remedio que preguntarte qué es lo que va a pasar ahora —dijo Mikael.

Frode levantó la mirada, que se cruzó con la suya.

—Tus condiciones de trabajo no van a cambiar. Están estipuladas en un contrato que no vence hasta final de año, viva o muera Henrik Vanger. No tienes de qué preocuparte.

—No estoy preocupado; no me refería a eso. Lo que quería saber es a quién debo rendirle cuentas ahora.

Dirch Frode suspiró.

—Mikael, tú sabes tan bien como yo que toda esta historia sobre Harriet Vanger es un pasatiempo para Henrik.

—Yo no diría eso.

—¿Qué quieres decir?

—He encontrado nuevas pruebas —dijo Mikael—. Ayer mismo informé a Henrik sobre algunas de ellas. Me temo que pueden haber contribuido al infarto.

Dirch Frode observó a Mikael con una extraña mirada.

—¿Estás de broma?

Mikael negó con la cabeza.

—Dirch, en sólo estos últimos días he sacado a la luz más material sobre la desaparición de Harriet que la investigación oficial en treinta y cinco años. Mi problema ahora mismo es que no hemos acordado a quién debo informar de todo si Henrik no está.

—Puedes contármelo a mí.

—De acuerdo. Tengo que seguir adelante con todo esto. ¿Tienes un rato?

Mikael le presentó sus hallazgos de la manera más pedagógica que pudo. Le enseñó la serie de fotografías de Järnvägsgatan y le expuso su teoría. Luego le explicó cómo su propia hija le había ayudado a resolver, aunque indirectamente, el misterio de la agenda de teléfonos. Finalmente le puso al corriente del brutal asesinato de Rebecka Jacobsson en 1949.

La única información que seguía guardando para sí mismo era la cara de Cecilia Vanger en la ventana del cuarto de Harriet. Quería hablar con ella antes de ponerla en una situación que la pudiera convertir en sospechosa.

Dirch Frode frunció el ceño, preocupado.

—¿Quieres decir que el asesinato de Rebecka está relacionado con la desaparición de Harriet?

—No lo sé. No parece probable. Pero al mismo tiempo no podemos obviar el hecho de que, en su agenda, Harriet apuntara las siglas RJ junto a la referencia de la ley del holocausto. Rebecka Jacobsson murió quemada. La relación con la familia Vanger resulta evidente: trabajaba en el Grupo Vanger.

—¿Y cómo explicas todo eso?

—Todavía no lo sé. Pero quiero averiguarlo. Te considero el representante de Henrik. Tendrás que tomar decisiones en su nombre.

—Quizá debamos informar a la policía.

—No. Por lo menos no sin el permiso de Henrik. El asesinato de Rebecka prescribió hace muchos años y la investigación policial fue abandonada. No van a ponerse ahora a indagar sobre un asesinato ocurrido hace cincuenta y cuatro años.

—Entiendo. ¿Qué quieres hacer?

Mikael se levantó y dio una vuelta por la cocina.

—Primero, seguirle el rastro a la fotografía. Si logramos saber lo que vio Harriet… creo que puede ser vital para todo el desarrollo de los acontecimientos. Segundo, necesito un coche para desplazarme a Norsjö e ir tras esa pista hasta donde me lleve. Tercero, quiero comprobar las citas bíblicas. Hemos relacionado una cita con un asesinato realmente bestial. Nos quedan cuatro. Para hacerlo… la verdad es que no estaría mal contar con apoyo.

—¿De qué tipo?

—Me vendría bien un colaborador que me ayudara a investigar escarbando en los antiguos archivos de la prensa y buscando a Magda, a Sara y a los otros nombres. Si es como yo creo, Rebecka no es la única víctima.

—¿Quieres decir que hagamos partícipe del secreto a otra persona más…?

—Se nos ha echado encima, de sopetón, un enorme trabajo de búsqueda. Si yo fuera el policía encargado de una investigación así, habría podido repartir el tiempo y los recursos y hacer que la gente me ayudara rastreando en los archivos. Necesito un profesional que conozca el tema y que, además, sea de fiar.

—Entiendo… la verdad es que conozco a una persona verdaderamente competente. Fue ella la que hizo la investigación personal sobre ti —se le escapó a Frode antes de que pudiera morderse la lengua.

—¿Que hizo qué? —preguntó Mikael Blomkvist con tono severo.

Dirch Frode se dio cuenta de que acababa de decir algo que tal vez hubiese sido mejor callar. «Me estoy haciendo viejo», pensó.

—Estaba pensando en voz alta. No me hagas caso —dijo, intentando tranquilizar a Mikael.

—¿Encargaste una investigación personal sobre mí?

—No es para montar un drama, Mikael. Queríamos contratarte y comprobamos qué tipo de persona eras.

—Así que ésa es la razón por la que Henrik Vanger siempre parece saber exactamente cómo voy a reaccionar. ¿Y se trataba de una investigación a fondo?

—Bastante.

—¿Tocó los problemas de *Millennium*?

Dirch Frode se encogió de hombros.

—Era un tema de actualidad.

Mikael encendió un cigarrillo. El quinto de ese día.

Advirtió que se estaba convirtiendo en una mala costumbre.

—¿Un informe? ¿Por escrito?

—Mikael, no le des tanta importancia.

—Quiero leerlo.

—Por favor, no tiene nada de raro. Simplemente queríamos saber más de ti antes de contratarte.

—Quiero leer ese informe —insistió Mikael.

—Sólo Henrik puede aprobar eso.

—¿Ah, sí? Vale, te lo diré de otra forma: quiero el informe dentro de una hora. Si no me lo das, me despido y cojo el tren para Estocolmo esta misma noche. ¿Dónde está?

Durante unos segundos Dirch Frode y Mikael Blomkvist se midieron las miradas. Luego Dirch Frode suspiró y bajó la vista.

—En el despacho de mi casa.

El caso Harriet Vanger constituía, sin duda, la historia más rara en la que Mikael Blomkvist se había involucrado jamás. En general, el último año, desde el momento en el que publicó el reportaje sobre Hans-Erik Wennerström, no había sido más que un largo viaje en montaña rusa, sobre todo la parte de caída libre. Y, al parecer, aún no había terminado.

Dirch Frode siguió poniendo trabas, de modo que hasta las seis de la tarde Mikael no tuvo el informe de Lisbeth Salander en sus manos. Estaba compuesto por unas ochenta páginas de investigación propiamente dicha y cien páginas más entre copias de artículos, certificados de notas, diplomas y otros documentos significativos de la vida de Mikael.

Resultaba extraño leer sobre uno mismo algo que más bien debía verse como la combinación de una autobiografía y un informe de los servicios de inteligencia. Mikael sintió cómo su asombro iba en aumento a medida que advertía la minuciosidad con la que estaba hecho el informe. Lisbeth Salander se había fijado en detalles que él creía enterrados para siempre en el vertedero de la historia. Había desenterrado la relación que tuvo con una mujer, en aquel entonces una fanática sindicalista y ahora política a tiempo completo. ¿Con quién diablos habría hablado? Había dado con los Bootstrap, su banda de *rock*, de la que a duras penas se acordaba ya nadie en la actualidad. Había analizado su situación económica hasta en el más mínimo detalle. Maldita sea, ¿cómo diablos lo habría hecho?

Como periodista, Mikael llevaba ya bastantes años dedicándose a recabar información sobre determinadas personas, así que pudo hacer una estimación estrictamente profesional del trabajo realizado. Para él, no cabía ninguna duda: Lisbeth Salander era un hacha investigando. Ni él mismo habría sido capaz de elaborar un informe semejante sobre una persona completamente desconocida.

Mikael también comprendió que nunca hubo razón alguna para que él y Erika mantuvieran una educada distancia en presencia de Henrik Vanger; el viejo ya estaba al tanto de su larga relación y del triángulo que formaban con Greger Beckman. Además, Lisbeth Salander había evaluado con una espeluznante precisión la situación de *Millennium*; Henrik Vanger conocía el mal momento por el que pasaba la revista cuando se puso en contacto con Erika y se ofreció como socio. ¿A qué estaba jugando, realmente, Henrik Vanger?

El caso Wennerström sólo era tratado superficialmente, pero al parecer Lisbeth Salander estuvo algún día entre el público del juicio. También se hacía preguntas sobre el extraño comportamiento de Mikael al negarse a hacer declaraciones durante la vista. Una tía lista, quien quiera que fuera.

Acto seguido, Mikael se incorporó sin dar crédito a lo que veían sus ojos. Lisbeth Salander había escrito un breve pasaje anticipando el desarrollo de los acontecimientos después del juicio. Había reproducido, casi palabra por palabra, el comunicado de prensa que Erika y él emitieron cuando abandonó el puesto de editor jefe de la revista.

¡Pero es que Lisbeth Salander había usado el borrador original! Volvió a mirar la portada del informe. Databa de tres días antes de que Mikael Blomkvist tuviera la sentencia en sus manos. No era posible.

Aquel día, el comunicado de prensa sólo existía en un único sitio en todo el mundo: en el ordenador de Mikael. En su iBook, no en el ordenador con el que trabajaba en la redacción. El texto no había sido impreso. Ni siquiera Erika Berger tenía una copia, aunque hubiesen hablado del tema de modo general.

Mikael Blomkvist dejó lentamente sobre la mesa la investigación personal de Lisbeth Salander. Decidió no volver a encender ningún cigarrillo. En su lugar, se puso la cazadora y salió a pasear en la luminosa noche, una semana antes de *Midsommar*. Mientras meditaba, caminó tranquilamente por la orilla, a lo largo del estrecho, y pasó por delante de la casa de Cecilia Vanger y del ostentoso yate atracado delante del chalé de Martin Vanger. Finalmente, se sentó en una roca y observó los faros que centelleaban en la bahía de Hedestad. Sólo se podía extraer una conclusión.

—Has estado en mi ordenador, señorita Salander —se dijo en voz alta a sí mismo—. Eres una maldita *hacker*.

Capítulo 18

Miércoles, 18 de junio

Lisbeth Salander se despertó con un sobresalto. No había soñado nada. Se sentía levemente mareada. No le hizo falta girar la cabeza para saber que Mimmi ya se había ido a trabajar, aunque su olor permaneciera todavía flotando en el viciado aire del dormitorio. La noche anterior Lisbeth había tomado demasiadas cervezas en la reunión que los Evil Fingers celebraban cada martes en el Kvarnen. Poco antes de que el bar cerrara, apareció Mimmi y la acompañó a casa y a la cama.

A diferencia de Mimmi, Lisbeth Salander nunca se había considerado seriamente lesbiana. Nunca le dedicó tiempo a reflexionar si era hetero, homo o, incluso, bisexual. En general, hacía caso omiso de las etiquetas; además pensaba que con quién pasara la noche era asunto suyo y de nadie más. Si se viera obligada a manifestar sus preferencias sexuales, preferiría a los chicos; o eso era, al menos, lo que se desprendía de su estadística personal. El único problema residía en encontrar un chico que no fuera tonto y que, además, valiera en la cama; Mimmi representaba una dulce alternativa; y, encima, la ponía caliente. La conoció en la barra de una carpa de cerveza durante el día del orgullo *gay* del año anterior, y era la única persona que Lisbeth les había presentado a los Evil Fingers. En el transcurso del último año su relación había sido intermitente; en el fondo, no era más que un pasatiempo para ambas. Mimmi poseía un cálido y suave cuerpo al que arrimarse; además se trataba de alguien a cuyo lado Lisbeth podía despertarse e incluso desayunar.

El despertador de la mesilla marcaba las nueve y media de la mañana; Lisbeth se estaba preguntando qué era lo que la había despertado cuando volvió a sonar el timbre de la puerta. Se incorporó desconcertada. *Nadie* llamaba jamás a esas horas de la mañana. La verdad es que tampoco solía recibir visitas a ninguna otra hora del día. Medio dormida, se envolvió en una sábana y, dando tumbos, se acercó a la entrada y abrió. Se encontró cara a cara con Mikael Blomkvist, sintió cómo el pánico le recorría el cuerpo e, involuntariamente, dio un paso hacia atrás.

—Buenos días, señorita Salander —saludó de muy buen humor—. Ya veo que anoche se lo pasó usted muy bien. ¿Puedo entrar?

Sin esperar la invitación, Mikael cruzó el umbral y cerró la puerta. Contempló con curiosidad el montón de ropa que había en el suelo del vestíbulo y la montaña de bolsas llenas de periódicos; luego, de reojo, le echó un vistazo al dormitorio mientras el mundo de Lisbeth Salander giraba al revés: «¿cómo?, ¿qué?, ¿quién?». Mikael Blomkvist observaba, divertido, su boca abierta.

—Me imaginaba que no habías desayunado todavía, así que te he traído *bagels*, uno de *roastbeef*, uno de pavo con mostaza de Dijon y otro vegetal con aguacate. No sé lo que te gusta. ¿*Roastbeef*?

Fue a la cocina y, nada más entrar, vio la cafetera.

—¿Dónde guardas el café? —gritó.

Salander permaneció paralizada en el vestíbulo, hasta que oyó correr el agua del grifo de la cocina. Se acercó en tres zancadas rápidas.

—¡Para!

Se dio cuenta de que estaba chillando y bajó la voz.

—No puedes entrar aquí así como así, como si estuvieras en tu casa, joder. Ni siquiera nos conocemos.

Mikael Blomkvist, que estaba a punto de echar el agua en la cafetera, se detuvo, giró la cabeza y miró a Lisbeth. Le contestó con voz seria:

—Te equivocas. Tú me conoces mejor que la mayoría. ¿A que sí? —Le dio la espalda y siguió llenando de agua la cafetera; acto seguido, se puso a abrir unos botes en el fregadero—. Por cierto, sé cómo lo haces. Conozco tus secretos.

Lisbeth Salander cerró los ojos deseando que el suelo dejara de moverse bajo sus pies. Se encontraba en un estado de parálisis intelectual. Tenía resaca. La situación le resultaba irreal y su cerebro se negaba a funcionar. Nunca se había encontrado cara a cara con ninguno de los sujetos investigados. «¡Sabe dónde vivo!» Estaba en la cocina de su casa. Imposible. No podía ser. «¡Sabe quién soy!»

De repente, se dio cuenta de que la sábana se le caía; se envolvió mejor en ella, pegándosela más al cuerpo. Él dijo algo que Lisbeth, al principio, no percibió.

—Tenemos que hablar —le repitió—. Pero creo que antes debes meterte en la ducha.

Ella intentaba hablar con sensatez.

—Oye, si piensas armarla, te confundes de persona. Yo sólo hice un trabajo. Habla con mi jefe.

Se plantó delante de ella y levantó las manos con las palmas hacia fuera. «No voy armado.» Una señal universal de paz.

—Ya he hablado con Dragan Armanskij. Por cierto, quiere que lo llames; anoche no le cogiste el móvil.

Se acercó a ella. No se sentía amenazada, pero aun así retrocedió algún centímetro cuando le rozó el brazo al señalarle la puerta del baño. No le gustaba que nadie la tocara sin permiso, aunque la intención fuera amistosa.

—No voy a armar nada —dijo con voz sosegada—.

Pero estoy muy ansioso por hablar contigo. Eso será después de que te despiertes, claro. El café ya estará listo cuando te hayas vestido. Anda, métete en la ducha.

Le obedeció, apática. «Lisbeth Salander nunca se muestra apática», pensó.

Ya en el cuarto de baño, se apoyó contra la puerta e intentó ordenar sus pensamientos. Estaba más impresionada de lo que creía posible. Luego se fue dando cuenta, poco a poco, de que tenía la vejiga a punto de explotar y de que, tras la gran juerga de la noche anterior, meterse en la ducha no sólo era un buen consejo, sino una necesidad. Una vez duchada, se metió en el dormitorio y se puso unas bragas, unos vaqueros y una camiseta con el texto *Armageddon was yesterday; today we have a serious problem.*

Tras un segundo de reflexión, buscó la chupa de cuero, que estaba tirada encima de una silla. Sacó la pistola eléctrica, comprobó la carga y se la metió en el bolsillo trasero de los vaqueros. El aroma a café se fue extendiendo por el piso. Inspiró profundamente y volvió a la cocina.

—¿No limpias nunca? —preguntó Mikael a modo de saludo.

Había llenado la pila de vasos y platos sucios. Había vaciado los ceniceros, tirado un viejo cartón de leche y quitado de la mesa una capa de periódicos de cinco semanas. Había lavado y puesto encima de la mesa las tazas, además de los *bagels,* lo cual no había sido una broma. Presentaban un aspecto apetecible y la verdad era que, tras la noche con Mimmi, tenía hambre. «De acuerdo, vamos a ver adónde nos llevará todo esto.» Se sentó frente a él con actitud expectante.

—No has contestado a mi pregunta: ¿*roastbeef*, pavo o vegetal?

—*Roastbeef.*

—Entonces yo cojo el de pavo.

Desayunaron en silencio observándose mutuamente. Al terminar su *bagel* se zampó también la mitad del vegetal. Luego cogió un paquete arrugado de tabaco del alféizar de la ventana y hurgó en él hasta encontrar un cigarrillo.

—Vale, ya lo tengo claro —dijo él, rompiendo el silencio—. Puede que no sea tan bueno como tú para las investigaciones personales, pero ahora por lo menos he deducido que no eres ni vegana ni, a diferencia de lo que pensaba Dirch Frode, anoréxica. Introduciré los datos en mi informe sobre ti.

Salander se lo quedó mirando fijamente, pero al ver su cara se dio cuenta de que le estaba tomando el pelo. Mikael daba la impresión de divertirse tanto que Lisbeth no pudo resistirse a responderle de la misma manera. Ella lo obsequió con una sonrisa torcida. La situación le parecía absolutamente absurda. Apartó el plato. Sus ojos le resultaban amables. Fuera como fuese, seguramente no se trataba de una persona malvada, concluyó Lisbeth. Tampoco había nada en la investigación que indicara que era un tipo siniestro que maltrataba a sus novias o algo por el estilo. Recordó que era ella la que lo sabía todo de él, no al revés. «La información es poder.»

—¿A qué viene esa sonrisa burlona? —preguntó ella.

—Perdóname. La verdad es que no tenía prevista una entrada así. No pretendía asustarte, algo que, al parecer, he hecho. Pero deberías haberte visto la cara cuando abriste la puerta. Eso no tiene precio. No he podido resistir la tentación de tomarte un poco el pelo.

Silencio. Para su sorpresa, Lisbeth Salander encontró su forzosa compañía bastante aceptable o, cuando menos, no desagradable.

—Considéralo como mi venganza personal por haber

hurgado en mi vida privada —añadió con regocijo—. ¿Me tienes miedo?

—No —contestó Salander.

—Bien. Porque no estoy aquí para castigarte ni para pelearme contigo.

—Si intentas algo conmigo, te haré daño. Mucho daño.

Mikael la examinó detenidamente. Medía poco más de un metro y medio; no daba la impresión de ser capaz de oponer mucha resistencia si él hubiese sido un malhechor y hubiese forzado la puerta de su casa. Pero sus ojos eran inexpresivos y tranquilos.

—No va a ser necesario —dijo al final—. No vengo con malas intenciones. Necesito hablar contigo. Si quieres que me vaya, no tienes más que decírmelo. —Mikael reflexionó un instante antes de seguir—: Por raro que pueda parecer me da la impresión de que… bah —interrumpió la frase.

—¿Qué?

—No sé si esto suena sensato, pero hace cuatro días ni siquiera sabía de tu existencia. Luego pude leer el informe que hiciste sobre mí —rebuscó en la bolsa y lo sacó—, y no me hizo mucha gracia. —Se calló y miró un instante por la ventana—. ¿Me das un cigarrillo?

Ella le acercó el paquete.

—Has dicho antes que no nos conocemos y te he contestado que no es verdad —dijo, señalando el informe—. Todavía no me he puesto a tu altura: sólo he hecho un pequeño control rutinario para enterarme de tu dirección, tu fecha y lugar de nacimiento y datos de ese tipo, pero tú, sin lugar a dudas, sabes infinitamente más de mí. La mayoría son cosas muy personales que sólo mis amigos más íntimos conocen. Y ahora estoy en tu cocina desayunando *bagels* contigo. Tan sólo hace media hora que nos hemos visto las caras y de repente me ha dado la sensación de que llevamos años siendo amigos. ¿Entiendes lo que te quiero decir?

Ella asintió con la cabeza.

—Tienes unos ojos muy bonitos —dijo Mikael.

—Tú tienes unos ojos muy dulces —contestó Lisbeth.

Mikael no supo apreciar si lo había dicho con ironía o no.

Silencio.

—¿Por qué estás aquí? —le soltó ella de buenas a primeras.

Kalle Blomkvist —a Lisbeth le vino a la mente el apodo, pero reprimió el impulso de pronunciarlo— puso de pronto un rostro serio. Sus ojos reflejaban cansancio. La seguridad de la que había hecho gala al entrar había desaparecido y Lisbeth llegó a la conclusión de que las bromas se habían terminado o de que, al menos, se dejaban de lado momentáneamente. Por primera vez, tuvo la sensación de que la estaba examinando a fondo, con una reflexiva seriedad. No fue capaz de determinar lo que pasaba por su cabeza, pero sintió inmediatamente que una sombra se cernía en el ambiente.

Lisbeth Salander sabía que su calma no era más que superficial, que no controlaba del todo sus nervios. La visita de Blomkvist, completamente inesperada, la estaba afectando como nunca antes había experimentado en relación con su trabajo. Se ganaba la vida espiando a la gente. Lo cierto es que jamás había definido lo que hacía para Dragan Armanskij como un «verdadero trabajo», sino más bien como un complicado pasatiempo, casi un *hobby*.

La verdad era —hacía ya tiempo que lo había descubierto— que le gustaba hurgar en la vida de los otros y revelar los secretos que intentaban ocultar. Lo llevaba haciendo, de una u otra forma, desde que le alcanzaba la memoria. Y hoy en día seguía con ello, no sólo cuando Armanskij le daba encargos, sino a veces sólo por puro placer. Le producía un subidón de satisfacción, como un complejo juego de ordenador, pero con la diferencia de que se trataba de personas de carne y hueso. Y ahora, de repente, su *hobby* estaba sentado en la cocina de su casa invitándola a *bagels*. La situación le resultaba totalmente absurda.

—Tengo un asunto fascinante entre manos —respondió Mikael—. Dime, cuando llevaste a cabo la investigación sobre mí para Dirch Frode..., ¿tenías alguna idea del uso que se le iba a dar?

—No.

—El objetivo era obtener información sobre mí porque Frode, o más bien su cliente, quería contratarme para un trabajo de *freelance*.

—Vale.

Mikael le dirigió una leve sonrisa.

—Ya hablaremos tú y yo un día sobre si es ético o no hurgar en la vida privada de otra persona. Pero, de momento, tengo otros problemas... El trabajo que me encargaron y que acepté por algún incomprensible motivo es, sin punto de comparación, el más extraño que he tenido jamás. ¿Puedo confiar en ti, Lisbeth?

—¿Por qué?

—Dragan Armanskij dice que eres completamente fiable. Pero te lo pregunto de todas maneras: ¿puedo confiarte secretos sin que se los cuentes a nadie?

—Espera. Has hablado con Dragan; ¿te ha enviado él?

«Te voy a matar, maldito armenio de mierda.»

—No, no exactamente. No eres la única capaz de encontrar la dirección de alguien; eso lo he hecho yo solito. Te busqué en el registro civil. Hay tres personas llamadas Lisbeth Salander; a las otras dos las descarté inmediatamente. Pero ayer me puse en contacto con Armanskij y mantuvimos una larga conversación. Al principio, él también pensaba que yo quería guerra porque habías metido las narices en mi vida privada, pero al final conseguí con-

vencerle de que las razones de mi visita eran perfectamente legítimas.

—¿Y cuáles son?

—Como ya he dicho, el cliente de Dirch Frode me
contrató para un trabajo. He llegado a un punto en el
que necesito la ayuda de un investigador competente, y lo
necesito ya, con urgencia. Frode me habló de ti y dijo que
eras competente. Se le escapó sin querer; así fue como me
enteré de tu investigación sobre mí. Ayer se lo comenté a
Armanskij y le expliqué lo que quería. Dio su visto
bueno e intentó llamarte, pero no le cogiste el teléfono, de
modo que… aquí estoy. Si quieres, puedes llamar a Armanskij y confirmarlo.

Lisbeth Salander tardó varios minutos en encontrar su
móvil bajo el montón de ropa que le había quitado
Mimmi. Mikael Blomkvist contemplaba su embarazosa
búsqueda con gran interés mientras daba una vuelta por
la casa. Todos los muebles, sin excepción, parecían haber
sido recogidos de contenedores de basura. Encima de
una pequeña mesa de trabajo del salón, había un impresionante PowerBook, *state of the art*. En una estantería,
un reproductor de cedés. La colección de compactos, sin
embargo, era cualquier cosa menos impresionante: estaba compuesta por una miserable decena de discos de grupos desconocidos para Mikael, cuyos integrantes se le an-
tojaron vampiros de otra galaxia. Constató que la música
no era su fuerte.

Salander vio que Armanskij la había llamado no menos de siete veces la noche anterior y dos por la mañana.
Marcó el número mientras Mikael, apoyado contra el
marco de la puerta, escuchaba la conversación.

—Soy yo… Lo siento, estaba apagado… Sé que me
quiere contratar…; no, está aquí en mi casa. Dragan,
tengo resaca y me duele la cabeza, así que corta el rollo…

—le soltó, elevando la voz—. ¿Le has dado el visto bueno al trabajo o no…? Gracias.

Clic.

Lisbeth Salander miraba de reojo a través de la puerta del salón. Mikael fisgoneaba entre sus discos y sacaba libros de la librería. Acababa de encontrar un frasco marrón de medicamentos, sin etiqueta, que alzó y miró al trasluz con curiosidad. Cuando estaba a punto de desenroscar el tapón, ella alargó la mano y le quitó el frasco; acto seguido volvió a la cocina, se sentó en una silla y se puso a masajearse las sienes hasta que Mikael se volvió a sentar.

—Las reglas son sencillas —dijo ella—. Lo que hables conmigo o con Dragan Armanskij no trascenderá a nadie más. Firmaremos un contrato en el que Milton Security se compromete a guardar silencio. Quiero saber en qué consiste el trabajo antes de decidir si aceptarlo o no. Significa que no diré ni una sola palabra de todo lo que me cuentes, acepte el encargo o no; con la condición, eso sí, de que no te dediques a actividades delictivas de envergadura. En tal caso, informaré a Dragan, quien, a su vez, dará parte a la policía.

—Bien.

Mikael dudó.

—Puede que Armanskij no esté del todo al tanto de la naturaleza de la misión…

—Me dijo que querías que yo te ayudara con una investigación histórica.

—Sí, es correcto. Pero lo que quiero que hagas es que me ayudes a identificar a un asesino.

A Mikael le llevó más de una hora contarle todos los intrincados detalles del caso Harriet Vanger. No omitió nada. Tenía el permiso de Frode para contratarla, pero para hacerlo era necesario que confiara plenamente en ella.

También le habló de su relación con Cecilia Vanger y de cómo había descubierto su cara en la ventana de la habitación de Harriet. Le proporcionó a Lisbeth una descripción todo lo detallada que pudo acerca de la personalidad de Cecilia; en su fuero interno Mikael empezaba a admitir que ella había ascendido muchos peldaños en la lista de sospechosos. Pero todavía estaba muy lejos de entender cómo podría haber estado vinculada a un asesino en activo cuando no era más que una niña.

Finalmente le dio a Lisbeth Salander una copia de la lista de la agenda de teléfonos.

Magda – 32016
Sara – 32109
RJ – 30112
RL – 32027
Mari – 32018

—¿Qué quieres que haga?

—He identificado a RJ, Rebecka Jacobsson, y la he relacionado con una cita bíblica que trata sobre la ley del holocausto. La asesinaron introduciendo su cabeza en brasas ardiendo, una muerte parecida al sacrificio descrito en el pasaje bíblico. Si todo esto es como yo pienso, me temo que nos encontraremos con otras cuatro víctimas más: Magda, Sara, Mari y RL.

—¿Crees que están muertas? ¿Asesinadas?

—Un asesino que actuó en los años cincuenta y, tal vez, en los sesenta. Y que, de una manera u otra, tiene que ver con Harriet Vanger. He estado hojeando números atrasados del *Hedestads-Kuriren*. El asesinato de Rebecka es el único crimen monstruoso vinculado a Hedestad que he encontrado. Quiero que sigas investigando en el resto de Suecia.

Lisbeth Salander se sumió en sus propios pensamientos con un silencio tan inexpresivo y tan largo que Mikael empezó a rebullir impacientemente en su silla. Se estaba preguntando si no se habría equivocado de persona cuando ella, finalmente, levantó la vista.

—De acuerdo. Acepto el trabajo. Pero tienes que firmar el contrato con Armanskij.

Dragan Armanskij imprimió el contrato que Mikael Blomkvist debía llevar a Hedestad para que lo firmara Dirch Frode. Al volver al despacho de Lisbeth Salander vio, a través del cristal, cómo la joven y Mikael Blomkvist permanecían inclinados sobre el PowerBook de Lisbeth. Mikael puso una mano en un hombro de ella —«la estaba tocando»— y señaló algo con el dedo. Armanskij se detuvo.

Mikael dijo algo que pareció sorprender a Lisbeth. Acto seguido ella soltó una sonora carcajada.

Armanskij no la había oído nunca reírse, a pesar de llevar años intentando ganarse su confianza. Hacía tan sólo cinco minutos que Lisbeth conocía a Mikael Blomkvist y ya se estaba riendo con él.

En ese momento odió a Mikael con tanta intensidad que hasta él mismo se asombró. Se aclaró la voz al entrar por la puerta y le entregó una carpeta de plástico con el contrato.

Por la tarde, Mikael tuvo tiempo de hacer una rápida visita a la redacción de *Millennium*. Era la primera vez desde que recogiera su mesa de trabajo antes de Navidad, y, de repente, le resultó extraño subir por esas escaleras que, por otra parte, le eran tan familiares. El código de acceso seguía siendo el mismo, de modo que pudo entrar por la puerta sin llamar la atención y quedarse un rato en la redacción mirando a su alrededor.

La redacción de *Millennium* se hallaba en un local con forma de L. La entrada era un gran vestíbulo que ocupaba mucha superficie y que realmente no servía para nada más. Lo habían amueblado con un tresillo para recibir a las visitas. Detrás de éste había un comedor con una cocinita, unos servicios y dos cuartos llenos de librerías y archivos. Y también una mesa de trabajo para el consabido becario. A la derecha de la entrada, un gran cristal daba al estudio de Christer Malm; tenía su propia empresa en unos ochenta metros cuadrados, con acceso directo desde la escalera. A la izquierda se situaba la redacción propiamente dicha, de unos ciento cincuenta metros cuadrados, con una fachada acristalada que daba a Götgatan.

La distribución había sido cosa de Erika, quien mandó poner unas cristaleras creando, de este modo, tres despachos individuales y un espacio abierto para los otros tres colaboradores. Ella se quedó con el despacho más grande, al fondo de la redacción, y mandó a Mikael al otro extremo del local, en el único sitio que se podía ver desde la entrada. Advirtió que nadie se había instalado allí.

El tercer despacho, un poco apartado, lo ocupaba Sonny Magnusson, de sesenta años, exitoso vendedor de espacios publicitarios de *Millennium* desde hacía varios años. Erika encontró a Sonny al quedarse éste en el paro por los recortes de plantilla que hubo en la empresa donde llevaba trabajando casi toda su vida. Por aquel entonces, Sonny se encontraba en una edad en la que no esperaba que le ofrecieran otro empleo fijo. Erika le eligió a dedo; le ofreció una pequeña retribución fija mensual, más una comisión por los ingresos de los anuncios. Sonny mordió el anzuelo y, hasta la fecha, ninguno de los dos se había arrepentido. Sin embargo, durante el último año poco importaban sus habilidades como vendedor; los ingresos habían caído en picado, al igual que el salario de Sonny. Pero, en lugar de buscarse otra cosa, se apretó el cinturón y permaneció fiel a su puesto. «A diferencia de mí, que he provocado la caída», pensó Mikael.

Al final, Mikael hizo de tripas corazón y entró en la redacción, que estaba medio vacía. Pudo ver a Erika en su despacho con el teléfono pegado a la oreja. Tan sólo dos de los colaboradores se encontraban en la redacción. Monika Nilsson, de treinta y siete años, era una hábil reportera especializada en temas políticos y probablemente la cínica más consumada que Mikael había conocido en su vida. Llevaba nueve años en *Millennium*, donde se sentía muy a gusto. El colaborador más joven de la redacción se llamaba Henry Cortez y tenía veinticuatro años. Había entrado directamente desde la Escuela Superior de Periodismo, dos años antes, para hacer las prácticas, declarando que era en *Millennium* —y en ningún otro sitio— donde quería trabajar. El presupuesto de Erika no daba para contratarle, pero le ofrecieron una mesa en un rincón y le integraron en el equipo como *freelance* fijo.

Encantados, los dos irrumpieron en gritos al ver a Mikael, y lo recibieron con besos y unas palmadas en la espalda. Enseguida le preguntaron si pensaba volver, pero suspiraron decepcionados cuando les explicó que le quedaban todavía seis meses en Norrland y que sólo había pasado por allí para saludarlos y hablar con Erika.

Erika también se alegró de verle; sirvió café y cerró la puerta de su despacho. Se interesó inmediatamente por la salud de Henrik Vanger. Mikael le explicó que sólo sabía lo que le había dicho Dirch Frode: su estado era grave, pero el viejo todavía seguía con vida.

—¿Qué haces en la ciudad?

Mikael no supo qué decir. Milton Security estaba a sólo unas pocas manzanas de distancia; su visita respondía más bien a un impulso espontáneo. Le parecía complicado explicarle a Erika que acababa de contratar a una asesora personal de una empresa de seguridad, la misma persona que había pirateado su ordenador. Se encogió de hombros y dijo que se había visto obligado a bajar a Estocolmo por un asunto relacionado con Vanger y que regresaba de inmediato al norte. Preguntó cómo les iba en la redacción.

—Aparte de las agradables noticias, tanto el número de anuncios como de suscriptores continúa subiendo, hay un nubarrón que se avecina por el horizonte.

—¿Ah, sí?

—Janne Dahlman.

—Claro.

—En abril, poco después de que hiciéramos público que Henrik Vanger entraba como socio, tuve que hablar seriamente con él. No sé si es así de negativo por naturaleza o si hay algo más. Tal vez esté jugando.

—¿Qué ocurrió?

—Ya no me fío de él. Tras firmar el acuerdo con Henrik Vanger, Christer y yo podíamos optar por informar inmediatamente a toda la redacción de que ya no corríamos el riesgo de tener que cerrar en otoño, o…

—O avisar a unos cuantos colaboradores de manera selectiva.

—Exacto. Quizá me haya vuelto paranoica, pero no quería arriesgarme a que Dahlman filtrara la historia. Así que decidimos informar a toda la redacción el mismo día que se hizo pública la noticia. Por lo tanto, estuvimos callados durante más de un mes.

—¿Y?

—Bueno, eran las primeras noticias buenas que la redacción recibía en muchos años. Todo el mundo lanzó gritos de júbilo, menos Dahlman. Bueno, ya sabes que no somos precisamente la redacción más grande del mundo; o sea, tres personas saltan de alegría, más el becario, y una persona se cabrea porque no la han puesto al corriente del acuerdo con anterioridad…

—También tenía su parte de razón…

—Ya lo sé. Lo que pasa es que seguía dando la lata sobre el tema un día sí y otro también, y el ambiente de la redacción cayó en picado. Tras dos semanas soportando esa mierda lo llamé al despacho y le expliqué que la razón por la que no había informado a la redacción era porque no tenía confianza en él y no estaba segura de que supiera guardar silencio.

—¿Y cómo se lo tomó?

—Evidentemente, se mostró muy herido e indignado. Yo no me eché atrás y le di un ultimátum: o se espabilaba o ya podía ponerse a buscar otro trabajo.

—¿Y?

—Ha mejorado. Pero sólo va a lo suyo y hay mucha tensión entre él y el resto de la redacción. Christer no le soporta y se lo demuestra muy claramente siempre que tiene ocasión.

—¿Qué es lo que sospechas de Dahlman?

Erika suspiró.

—No lo sé. Le contratamos hace un año, cuando ya habíamos empezado la batalla con Wennerström. No puedo probar absolutamente nada, pero me da la sensación de que no trabaja para nosotros.

Mikael asintió con la cabeza.

—Confía en tu instinto.

—A lo mejor es sólo un cabrón que sigue sin encontrar su sitio y que va creando mal rollo a su alrededor.

—Es posible. Pero estoy de acuerdo contigo en que fue un error contratarle.

Veinte minutos más tarde, Mikael pasaba por Slussen de camino al norte en el coche que le había prestado la mujer de Dirch Frode, un Volvo de diez años que ella no usaba nunca. Le había prometido dejárselo las veces que quisiera.

Se trataba de pequeños y sutiles detalles que Mikael habría pasado por alto si no hubiera estado más atento. Una pila de papeles algo menos ordenada de lo que recordaba. Un archivador no del todo colocado en su sitio en la estantería. Y el cajón de la mesa se hallaba completamente cerrado; Mikael recordaba perfectamente que se había quedado algo entreabierto cuando el día anterior abandonó la isla de Hedeby para ir a Estocolmo.

Se quedó un rato inmóvil, asaltado por la duda. Luego una total certidumbre se fue imponiendo en su interior: alguien había estado en su casa.

Salió al porche y miró a su alrededor. Había cerrado la puerta con llave, pero era una vieja cerradura normal y corriente; sin duda, se abría con un simple destornillador. Por otra parte, sabe Dios cuántas copias de llaves circularían por allí. Volvió a entrar y examinó sistemáticamente su cuarto de trabajo por si había desaparecido algo. Al cabo de un rato llegó a la conclusión de que no faltaba nada.

No obstante, era un hecho más que evidente que alguien había entrado en la casa para fisgonear en sus papeles y carpetas. El ordenador lo llevaba en el coche, así que eso no lo habían podido tocar. Dos preguntas le vinieron a la mente: ¿quién?, y ¿cuánto habría sacado en claro aquel misterioso visitante?

Las carpetas formaban parte del material de Henrik Vanger que Mikael había vuelto a llevar a la casa después de salir de la cárcel. No había nada nuevo. Los cuadernos de la mesa resultarían indescifrables para alguien no iniciado, pero la persona que había estado revolviendo sus cajones ¿era alguien no iniciado?

Lo más grave era una pequeña funda de plástico donde había metido la lista de los supuestos números de teléfono y una copia pasada a limpio de las citas bíblicas a las que hacían referencia. Quien estuviera husmeando en su estudio sabía ahora que Mikael había descifrado el código de la Biblia.

«¿Quién?»

Henrik Vanger estaba en el hospital. De Anna, el ama

de llaves, no sospechaba. ¿Dirch Frode? Ya conocía todos los detalles… Cecilia Vanger había cancelado su viaje a Florida y acababa de volver de Londres acompañada de su hermana. No se habían encontrado todavía, pero la vio a lo lejos el día anterior cuando pasó el puente en un coche. Martin Vanger. Harald Vanger. Birger Vanger, que apareció un día después del infarto de Henrik, cuando lo convocaron a un consejo familiar al que Mikael no había sido invitado. Alexander Vanger. Isabella Vanger: una mujer cualquier cosa menos simpática.

¿Con quién había hablado Frode? ¿Qué se le habría escapado? ¿Cuántos de los más allegados estaban al tanto de que Mikael, efectivamente, había abierto una brecha en sus pesquisas?

Eran más de las ocho de la noche. Llamó a Låsjouren, en Hedestad, para que fueran a cambiarle la cerradura de la puerta. El cerrajero le dijo que podría ir al día siguiente. Mikael prometió pagarle el doble si acudía inmediatamente. Acordaron que pasara sobre las diez y media de la noche para instalar una nueva cerradura de seguridad.

Sobre las ocho y media de la noche, mientras esperaba al cerrajero, Mikael se acercó a casa de Dirch Frode y llamó a la puerta. La mujer de Frode lo acompañó al jardín de detrás y le ofreció una cerveza fresca que Mikael aceptó con mucho gusto. Quería saber cómo se encontraba Henrik Vanger.

Dirch Frode negaba con la cabeza.

—Le han operado. Tiene una arteriosclerosis coronaria. El médico dice que el mero hecho de que esté vivo es esperanzador, pero los próximos días van a ser críticos.

Meditaron un rato acerca de esas palabras mientras se tomaban la cerveza.

—¿Has hablado con él?

—No. No estaba en condiciones. ¿Qué tal en Estocolmo?

—Lisbeth Salander ha aceptado. Aquí está el contrato de Dragan Armanskij. Lo tienes que firmar y luego enviárselo.

Frode hojeó los papeles.

—Nos va a salir cara —constató.

—Henrik se lo puede permitir.

Frode asintió, sacó un bolígrafo del bolsillo de su camisa y firmó con un garabato.

—Es mejor que lo firme mientras Henrik esté vivo. ¿Puedes pasar por el buzón que hay al lado de Konsum?

A medianoche Mikael ya estaba acostado, pero le resultaba difícil conciliar el sueño. Hasta ese momento su estancia en la isla de Hedeby había tenido el carácter de una investigación de curiosidades históricas. Pero si a alguien le interesaban sus actividades lo suficiente como para entrar en su estudio, tal vez la historia tuviera más relación con el presente de lo que creía.

De repente se le ocurrió que había otras personas que también podrían interesarse por lo que hacía. La súbita aparición de Henrik Vanger en la junta directiva de *Millennium* difícilmente habría pasado desapercibida para Hans-Erik Wennerström. ¿O acaso este tipo de ideas indicaba que se estaba volviendo paranoico?

Mikael se levantó de la cama. Desnudo, se acercó a la ventana de la cocina y se quedó pensativo observando la iglesia. Encendió un cigarrillo.

No llegaba a entender a Lisbeth Salander. Tenía un comportamiento raro, con largas pausas en medio de la conversación. El desorden de su casa rayaba el caos: una montaña de bolsas de periódicos en la entrada y una cocina que llevaba años sin limpiar. Su ropa se esparcía por todo el suelo; obviamente, se había pasado toda la noche de juerga. Los chupetones de su cuello evidenciaban que había disfrutado de compañía en la cama. Llevaba numerosos tatuajes por todo el cuerpo y un par de *piercings* en la cara. Y quién sabe en qué otros sitios. En resumen, se trataba de una chica un tanto peculiar.

Pero, por otra parte, Armanskij le había asegurado que era la mejor investigadora de la empresa; y el detallado y minucioso informe sobre Mikael demostraba que, indudablemente, era muy meticulosa. «Una chica rara.»

Lisbeth Salander se hallaba delante de su PowerBook reflexionando sobre su reacción a la visita de Mikael Blomkvist. En su vida adulta, nunca había dejado que nadie no invitado expresamente con anterioridad entrara en su casa; y ese reducido grupo de personas se podía contar con los dedos de una mano. Mikael había irrumpido en su vida desvergonzadamente y ella no fue capaz de reaccionar más que con unas sosas protestas.

Y no sólo eso; le tomó el pelo. Se rió de ella.

Normalmente, un comportamiento así la habría puesto en alerta para apretar mentalmente el gatillo. Pero no sintió ni la más mínima amenaza ni enemistad por su parte. Él tenía razones para echarle una buena bronca, incluso, tras descubrir que había pirateado su ordenador, para denunciarla a la policía. Pero también se había reído de eso.

Fue la parte más delicada de su conversación. Le dio la sensación de que Mikael, conscientemente, evitaba sacar el tema, y al final ella no pudo resistirse a hacerle la pregunta.

—Has dicho que sabías lo que yo había hecho.

—Eres una *hacker*. Has entrado en mi ordenador.

—¿Cómo te has enterado?

Lisbeth estaba perfectamente segura de no haber dejado rastro alguno y de que su infracción no podría descubrirse a menos que un experto en seguridad informática de alto nivel estuviese escaneando el disco duro en el preciso instante en que ella entraba.

—Cometiste un error.

Le explicó cómo ella había citado la versión de un texto que sólo existía en su ordenador y en ningún otro sitio más.

Lisbeth Salander permaneció callada un buen rato. Al final, lo miró con ojos inexpresivos.

—¿Cómo lo hiciste? —preguntó Mikael.

—Es un secreto. ¿Qué piensas hacer?

Mikael se encogió de hombros.

—¿Qué opciones tengo? Tal vez debería hablar contigo de la ética y de la moral, y del peligro de hurgar en la vida privada de la gente.

—Es lo mismo que haces tú como periodista.

Mikael asintió con la cabeza.

—Pues sí. Precisamente por eso los periodistas tenemos una comisión ética que controla los aspectos morales. Cuando escribo un texto sobre un hijo de puta del mundo de la banca, no incluyo, por ejemplo, su vida sexual. No menciono que una estafadora de cheques es lesbiana o que le pone hacerlo con su perro o cosas así, aunque sea verdad. Incluso los cabrones tienen derecho a la intimidad, y resulta muy fácil herir a la gente atacando su forma de vida. ¿Entiendes lo que quiero decir?

—Sí.

—En pocas palabras, has violado mi integridad personal. Mi jefe no necesita saber con quién me acuesto. Eso es cosa mía.

En la cara de Lisbeth Salander se dibujó una sonrisa torcida.

—Crees que no debería haberlo mencionado.

—En mi caso no tiene la mayor importancia. La mitad de Estocolmo conoce mi relación con Erika. Es sólo una cuestión de principios.

—Siendo así, quizá te gustaría saber que yo también tengo un principio; y mi propia comisión ética. Yo lo llamo «El principio de Salander». Según él, un cabrón es siempre un cabrón; y si puedo hacerle daño descubriendo sus mierdas, es que entonces lo tiene bien merecido. Sólo le pago con la misma moneda.

—Vale —contestó Mikael Blomkvist, sonriendo—. Mis ideas tampoco distan tanto de las tuyas, pero…

—Cuando investigo a alguien también tengo en cuenta mi opinión sobre él. No soy objetiva. Si parece una buena persona, puedo suavizar el informe.

—¿De verdad?

—Fue lo que hice en tu caso. Podría haber escrito un libro sobre tu vida sexual. Podría haberle contado a Frode que Erika Berger tiene un pasado en el Club Extreme y que en los años ochenta tonteó con el BDSM, lo cual, teniendo en cuenta la naturaleza de vuestra vida sexual, habría creado, sin duda, ciertas e inevitables asociaciones de ideas.

Las miradas de Mikael Blomkvist y Lisbeth Salander se cruzaron. Acto seguido él miró por la ventana y soltó una carcajada.

—Eres realmente meticulosa. ¿Por qué no lo has introducido en el informe?

—Erika Berger y tú sois personas adultas y está claro que os queréis mucho. Lo que hacéis en la cama no es asunto de nadie, y lo único que habría conseguido revelando esos datos habría sido haceros daño o proporcionarle información a alguien para que os chantajeara. ¿Quién sabe? No conozco a Dirch Frode y el material podría haber acabado en manos de Wennerström.

—¿Y no quieres proporcionarle información a Wennerström?

—Si en un combate entre vosotros dos tuviera que elegir entre un rincón y otro del cuadrilátero, creo que acabaría en el tuyo.

—Erika y yo tenemos… nuestra relación es…

—Me importa una mierda la relación que tengáis. Pero no has contestado a mi pregunta: ¿qué piensas hacer ahora que sabes que he entrado en tu ordenador?

El silencio que guardó Mikael fue casi tan largo como el de Lisbeth.

—Lisbeth, no he venido a joderte. No pienso chantajearte. Estoy aquí para pedirte que me ayudes con una investigación. Puedes contestar sí o no. Si me dices que no, me largaré, buscaré a otra persona y nunca más sabrás nada de mí.

Reflexionó un instante; luego añadió sonriendo:

—Eso si no te vuelvo a encontrar fisgando en mi ordenador.

—Y entonces, ¿qué pasaría…?

—Sabes mucho de mí. Algunas cosas son privadas y personales, pero el daño ya está hecho. Sólo espero que no utilices contra mí o Erika Berger todo lo que sabes.

Ella lo observó con una mirada ausente.

Capítulo 19

Jueves, 19 de junio –
Domingo, 29 de junio

Mikael pasó dos días repasando todo su material, mientras aguardaba que le informaran de si Henrik Vanger iba a sobrevivir o no. Se mantenía en permanente contacto con Dirch Frode, quien, el jueves por la noche, pasó a verle para comunicarle que, de momento, parecía que Henrik se hallaba fuera de peligro.

—Se encuentra débil, pero hoy he podido hablar un rato con él. Quiere verte cuanto antes.

El viernes, el día de *Midsommar*, a la una del mediodía, Mikael fue al hospital de Hedestad y buscó la planta donde estaba ingresado Henrik Vanger. Se topó con un irritado Birger Vanger, que, cerrándole el paso, le manifestó de manera autoritaria que Henrik Vanger no podía recibir visitas bajo ningún concepto. Mikael guardó la calma y miró fijamente al consejero municipal.

—¡Qué raro! Henrik Vanger me ha hecho llegar un mensaje en el que decía expresamente que quería verme hoy mismo.

—No eres de la familia; tú aquí no pintas nada.

—Tienes razón, no pertenezco a la familia. Pero me rijo por mandato directo de Henrik Vanger y sólo recibo órdenes de él.

El encuentro podría haber derivado en una acalorada discusión si no hubiese dado la casualidad de que, en ese preciso instante, Dirch Frode salió de la habitación de Henrik.

—Ah, estás aquí. Henrik acaba de preguntar por ti.

Frode abrió la puerta. Mikael pasó por delante de Birger Vanger y entró en la habitación.

Henrik Vanger parecía haber envejecido diez años en una semana. Tenía los párpados entornados y un tubo de oxígeno metido por la nariz; su cabello estaba más alborotado que nunca. Una enfermera detuvo a Mikael poniéndole una mano sobre el brazo.

—Dos minutos. No más. Y que no se emocione.

Mikael asintió con la cabeza y se sentó en una silla para poder verle bien la cara. Le invadió una ternura que le dejó perplejo, alargó la mano y la apretó suavemente contra la del viejo, flácida. Henrik Vanger empezó a hablar con una voz débil y entrecortada.

—¿Novedades?

Mikael asintió.

—Te informaré en cuanto estés un poco mejor. No he resuelto el misterio todavía, pero he encontrado nuevo material y estoy tirando de algunos hilos. Dentro de una semana o dos te diré si me han conducido a algún sitio.

Henrik Vanger intentó mover la cabeza, pero no consiguió más que parpadear, dando a entender que lo había comprendido.

—Estaré fuera unos días.

Henrik Vanger frunció el ceño.

—No, no abandono el barco. Tengo que irme para investigar. Le he dicho a Dirch Frode que le mantendré informado. ¿Te parece bien?

—Dirch es… mi representante…; en todos los sentidos.

Mikael asintió con la cabeza.

—Mikael… si no… salgo de ésta… quiero que, de todos modos, termines… el trabajo.

—Te lo prometo.

—Le he firmado a Dirch… todos los poderes.

—Henrik, quiero que te recuperes. Si te mueres ahora que he avanzado tanto en el trabajo, me cabrearías muchísimo.

—Dos minutos —dijo la enfermera.

—Debo irme. La próxima vez que venga hablaremos largo y tendido.

Al salir al pasillo, Birger Vanger lo estaba esperando y lo detuvo poniéndole una mano sobre el hombro.

—No quiero que vuelvas a molestar a Henrik. Se encuentra gravemente enfermo y no debe, bajo ningún concepto, ponerse nervioso o emocionarse.

—Entiendo tu preocupación y tienes toda mi simpatía. No lo molestaré.

—Todo el mundo sabe que Henrik te ha contratado para hurgar en su pequeño *hobby*… Harriet. Dirch Frode dijo que Henrik se alteró mucho tras la conversación que mantuvisteis antes del infarto. Incluso me comentó que tú pensabas que había sido por tu culpa.

—Ya no lo creo. Henrik Vanger tenía una arteriosclerosis coronaria aguda. El simple hecho de ir al baño le podría haber provocado un ataque. Supongo que, a estas alturas, ya lo sabrás.

—Exijo un control total sobre esa absurda historia. Estás metiendo las narices en la vida de mi familia.

—En fin, como ya he dicho… trabajo para Henrik. No para la familia.

Al parecer, Birger Vanger no estaba acostumbrado a que nadie le plantara cara. Durante un breve instante, sin duda con el objetivo de infundirle respeto, clavó los ojos en Mikael, pero más que otra cosa le hizo parecer un alce henchido de arrogancia. Acto seguido, Birger Vanger se dio media vuelta y entró en la habitación de Henrik.

Mikael refrenó el impulso de reírse. No le pareció

oportuno hacerlo en el pasillo, delante de un Henrik enfermo postrado en una cama que podría convertirse en su lecho de muerte. Pero de pronto acudió a su mente una estrofa del abecedario rimado de Lennart Hyland, cuya publicación formó parte de una campaña de colecta de *Radiohjälpen* en los años sesenta y que, por alguna incomprensible razón, él había memorizado cuando aprendió a leer y escribir. La letra A decía así: «Al alce solitario miro; en el bosque suena un tiro».

Mikael se topó con Cecilia Vanger en la entrada del hospital. Desde que ella regresara de su interrumpido viaje, había intentado telefonearla al móvil una docena de veces, pero Cecilia no le había contestado. Tampoco se encontraba en casa, en Hedeby, cuando pasaba y llamaba a su puerta.

—Hola, Cecilia —dijo—; siento mucho lo de Henrik.

—Gracias —contestó ella, asintiendo con la cabeza.

Mikael intentó adivinar sus sentimientos, pero no percibió en su rostro ni frío ni calor.

—Tenemos que hablar —dijo él.

—Siento haberte ignorado de esta manera. Entiendo que estés enfadado, pero ahora mismo no puedo ni con mi alma.

Mikael tardó unos segundos en comprender lo que ella quería decir. Se apresuró a ponerle una mano sobre el brazo y le sonrió.

—Espera, me has entendido mal, Cecilia. No estoy enfadado en absoluto. Confío en que podamos seguir siendo amigos, pero si no quieres verme… si ésa es tu decisión, la respetaré.

—Las relaciones no son mi fuerte —dijo.

—Tampoco el mío. ¿Tomamos un café?

Señaló con la cabeza hacia la cafetería del hospital.

Cecilia Vanger dudó.

—No, hoy no. Quiero ver a Henrik ahora.

—Vale, pero necesito hablar contigo de todos modos. Es un tema de trabajo.

—¿Qué quieres decir?

Cecilia se puso inmediatamente en guardia.

—¿Te acuerdas de cuando nos conocimos, en enero, el día que viniste a verme a mi casa? Te dije que nuestra conversación era *off the record*, y que si alguna vez tuviera que hacerte preguntas de verdad, te lo comunicaría. Es referente a Harriet.

De repente, la cara de Cecilia Vanger se encendió de rabia.

—¡Qué hijo de puta eres!

—Cecilia, he encontrado cosas que, simplemente, necesito comentar contigo.

Ella dio un paso hacia atrás.

—¿No ves que toda esta jodida búsqueda de la condenada Harriet no es más que una terapia para Henrik, algo con lo que entretenerse? ¿No te das cuenta de que quizá esté muriéndose allí arriba y de que lo que menos necesita ahora es emocionarse y albergar falsas esperanzas?

Se calló.

—Tal vez sea un *hobby* para Henrik, pero da la casualidad de que he hallado nuevo material: el que nadie en treinta y cinco años ha sabido encontrar. Hay preguntas sin respuesta en la investigación; y yo trabajo por encargo de Henrik.

—Si Henrik se muere, esa maldita investigación se cerrará muy de prisa. Y te echaremos a patadas —le espetó Cecilia Vanger, pasando por delante de él.

Todo estaba cerrado. Hedestad estaba prácticamente desierto; la población entera parecía haberse ido a celebrar la fiesta de *Midsommar* al campo. Al final, Mikael encontró abierta la terraza del Stadshotellet; allí podría pedir café y un sándwich, y sentarse a leer los periódicos vespertinos. No había sucedido nada importante en el mundo.

Dejó los periódicos de lado y se puso a pensar en Cecilia Vanger. Ni a Henrik ni a Dirch Frode les había contado nada sobre sus sospechas de que fue ella la que abrió la ventana de la habitación de Harriet. Temía que si lo hacía, la convertiría en sospechosa, y lo último que quería era hacerle daño. Pero tarde o temprano tendría que formularle la pregunta.

Se quedó en la terraza una hora, antes de decidirse a aparcarlo todo momentáneamente y dedicar la noche a otra cosa que no fuera la familia Vanger. Su móvil permanecía en silencio. Erika estaba de viaje divirtiéndose con su marido en alguna parte, así que Mikael no tenía con quién hablar.

Regresó a la isla de Hedeby hacia las cuatro de la tarde y tomó otra decisión: dejar de fumar. Desde que estuvo en la mili había hecho ejercicio con regularidad, bien yendo al gimnasio o bien corriendo a lo largo de Söder Mälarstrand, pero perdió la costumbre por completo cuando empezaron los problemas con Hans-Erik Wennerström. Hasta que ingresó en la cárcel de Rullåker no volvió a levantar pesas, más que nada como terapia, pero desde que salió de allí se había movido más bien poco. Ya era hora de volver a empezar. Decidido, se puso un chándal y empezó a correr a un ritmo bastante perezoso por el camino que iba a la cabaña de Gottfried. Giró hacia La Fortificación y, saliéndose del camino, aceleró el paso corriendo a campo través. No hacía orientación desde que estuvo en la mili, pero siempre le había gustado más correr por el bosque que en pistas. De vuelta hacia el pueblo, siguió en paralelo a la valla que cercaba el terreno de la granja de Östergården. Se sentía completamente machacado cuando, jadeando, dio los últimos pasos hasta su casa.

Sobre las seis de la tarde ya se había duchado. Mientras hervía unas patatas, puso en el jardín una mesa un poco coja con arenques a la mostaza acompañados de cebolleta y huevo cocido. Se sirvió un chupito de aguardiente y se lo tomó a su salud. Luego abrió una novela policíaca titulada *The Mermaids Singing*, de Val McDermid.

Alrededor de las siete, Dirch Frode pasó a verle y, algo apesadumbrado, se sentó en la silla de enfrente. Mikael le sirvió un chupito de Skåne.

—Hoy has despertado bastantes resentimientos —le dijo Frode.

—Ya me lo figuraba.

—Birger Vanger es un payaso.

—Ya lo sé.

—Pero Cecilia Vanger no lo es y está furiosa contigo.

Mikael asintió.

—Me ha pedido que me encargue de que no continúes hurgando en los asuntos privados de la familia.

—Entiendo. ¿Y tu respuesta?

Dirch Frode observó el chupito de Skåne y, acto seguido, se lo bebió de un trago.

—Mi respuesta es que Henrik me ha dado instrucciones muy claras sobre tu cometido. Mientras no cambie de opinión, sigues contratado según el acuerdo que firmamos. Lo que espero de ti es que hagas lo imposible para cumplir tu parte del contrato.

Mikael asintió. Levantó la mirada a un cielo que amenazaba lluvia.

—Se avecina una tormenta —dijo Frode—. Si el viento sopla con mucha fuerza, yo te sujetaré; no te preocupes.

—Gracias.

Guardaron silencio durante un rato.

—¿Me das otro trago? —preguntó Dirch Frode.

Tan sólo unos minutos después de que Dirch Frode se fuera a su casa, Martin Vanger frenó delante de la casita de invitados y aparcó su coche en el borde del camino. Se acercó a saludar. Mikael le deseó una buena noche de *Midsommar* y le ofreció un chupito de aguardiente.

—No, mejor no. Sólo voy a casa a cambiarme; luego tengo que coger el coche hasta la ciudad para pasar la noche con Eva.

Mikael aguardaba.

—He hablado con Cecilia. Anda un poco nerviosa estos días; tiene una relación muy estrecha con Henrik. Espero que la perdones si dice algo… desagradable.

—Yo quiero mucho a Cecilia —contestó Mikael.

—Eso tengo entendido. Pero puede resultar complicada. Sólo quiero que sepas que ella está totalmente en contra de que investigues en el pasado de la familia.

Mikael suspiró. Todo el mundo parecía comprender por qué Henrik lo había contratado.

—¿Y tú qué piensas?

Martin Vanger hizo un gesto con la mano.

—Henrik lleva décadas obsesionado con lo de Harriet. No lo sé… Era mi hermana, pero, en cierto modo, ya me parece algo muy lejano. Dirch Frode dijo que tienes un contrato blindado que sólo Henrik en persona puede rescindir; y me temo que eso, en su estado actual, le haría más daño que otra cosa.

—¿Así que quieres que continúe?

—¿Has avanzado algo?

—Lo siento, Martin, pero rompería mi contrato si te contara algo sin el permiso de Henrik.

—Entiendo —dijo, sonriendo—; Henrik es muy aficionado a las teorías conspirativas. Pero no me gustaría que le infundieras falsas esperanzas.

—Te lo prometo. Sólo hechos demostrables.

—Bien… Por cierto, cambiando de tema: también hemos de pensar en otro contrato. Con la enfermedad de

Henrik y su incapacidad para cumplir con sus deberes en la junta directiva de *Millennium*, yo tengo la obligación de sustituirle.

Mikael aguardaba la continuación.

—Creo que debemos convocar una reunión y analizar la situación.

—Es una buena idea. Pero, si no he entendido mal, se ha decidido que la próxima reunión no se celebre hasta agosto.

—Ya lo sé, aunque a lo mejor habría que adelantarla.

Mikael sonrió educadamente.

—Es posible, pero no te estás dirigiendo a la persona apropiada. De momento no formo parte de la junta de *Millennium*. Abandoné la revista en diciembre y no ejerzo ninguna influencia sobre la junta. Sugiero que te pongas en contacto con Erika Berger.

Martin Vanger no se esperaba esa respuesta. Reflexionó un instante y, acto seguido, se levantó.

—Tienes razón. Voy a hablar con ella.

Se despidió de Mikael dándole unas palmaditas en el hombro y se fue hasta el coche.

Mikael se quedó mirándolo pensativo. Aunque Martin Vanger no se había mostrado explícito, la amenaza flotaba claramente en el aire: la estabilidad de *Millennium* pendía de un hilo. Al cabo de un rato, Mikael se sirvió otro chupito y retomó la novela de Val McDermid.

Hacia las nueve, la gata parda apareció frotándose contra sus piernas. La levantó y la rascó por detrás de las orejas.

—Ya somos dos aburriéndonos esta noche — dijo.

Apenas empezó a llover, entró y se acostó. La gata quiso quedarse fuera.

Ese mismo viernes de *Midsommar*, Lisbeth Salander sacó su Kawasaki y dedicó la mañana a darle un buen repaso.

Una moto de 125 centímetros cúbicos tal vez no fuera la máquina más chula del mundo, pero era suya y sabía manejarla. La había puesto a punto ella misma y había trucado el motor para poder correr más.

A mediodía se puso el casco y el mono de cuero y se fue a la residencia de Äppelviken, donde pasó la tarde en el parque con su madre. Lisbeth sentía una punzada de inquietud y mala conciencia. Durante las tres horas que estuvieron juntas, sólo intercambiaron unas pocas palabras sueltas. Su madre parecía más ausente que nunca y ni siquiera dio la impresión de saber con quién estaba hablando.

Mikael perdió varios días intentando identificar el coche con la matrícula AC. Tras numerosos quebraderos de cabeza y gracias, finalmente, a la ayuda de un mecánico jubilado de Hedestad al que consultó, pudo saber que se trataba de un Ford Anglia; al parecer, un modelo normal y corriente del que Mikael no había oído hablar en su vida. Luego contactó con un funcionario de Tráfico para ver qué posibilidades había de conseguir un listado de todos los Ford Anglia que en 1966 tuvieran una matrícula que empezara por AC3. Tras unas cuantas averiguaciones más, le comunicaron que ese tipo de excavaciones arqueológicas tal vez se pudieran realizar en el registro de Tráfico, pero que les llevaría mucho tiempo y se alejaba un poco de lo que se consideraba el derecho del ciudadano a la información pública.

Hasta varios días después de la fiesta de *Midsommar* Mikael no se puso al volante del Volvo para enfilar la autopista E4 en dirección norte. Nunca le había gustado correr con el coche, así que condujo sin prisas. Justo antes del puente de Härnösand, paró y se tomó café en la pastelería de Vesterlund.

La siguiente parada fue Umeå, donde entró en un

bar de carretera para comer. Compró una guía de carreteras y continuó hasta Skellefteå, donde tomó el desvío de la izquierda hacia Norsjö. Llegó a las seis de la tarde y se alojó en el hotel Norsjö.

Al día siguiente, a primera hora de la mañana, empezó su búsqueda. La carpintería de Norsjö no figuraba en el listín telefónico. La recepcionista de ese hotel polar, una chica de unos veinte años, no había oído hablar jamás de la empresa.

—¿A quién se lo podría preguntar?

Por un momento pareció desconcertada, hasta que se le iluminó la cara y dijo que iba a llamar a su padre. Dos minutos después regresó y le comunicó que la carpintería se había cerrado a principios de los años ochenta. No obstante, si Mikael necesitaba hablar con alguien que supiera más de la empresa, debía dirigirse a un tal Burman, quien trabajó allí como encargado y ahora vivía en una calle llamada Solvändan.

Norsjö era un pequeño pueblo que contaba con una calle principal, muy acertadamente bautizada como Storgatan ['la calle mayor'], la cual se extendía por todo el pueblo, flanqueada por tiendas y calles perpendiculares con bloques de apartamentos. En la entrada este había una pequeña zona industrial y unos establos; en la salida oeste se alzaba una iglesia de madera de una insólita belleza. Mikael advirtió que la población también contaba con una iglesia de los Misioneros y otra pentecostal. En el tablón de anuncios de delante de la estación de autobuses un cartel promocionaba un museo de caza y otro de esquiadores de fondo. Por su parte, un viejo póster anunciaba que Veronika había cantado allí en la fiesta de *Midsommar*. Mikael recorrió el pueblo andando, de punta a punta, en poco más de veinte minutos.

La calle de Solvändan, situada a unos cinco minutos

del hotel, estaba flanqueada en su totalidad por chalés. Cuando llamó al timbre, no abrió nadie. Eran las nueve y media de la mañana y Mikael supuso que el tal Burman se encontraría en el trabajo o que, si era pensionista, habría salido a realizar alguna gestión.

La siguiente parada fue la ferretería de Storgatan. Si vives en Norsjö, tarde o temprano acabas visitando la ferretería, razonó Mikael. En la tienda había dos dependientes; Mikael eligió al que le parecía mayor, de unos cincuenta años.

—Hola, estoy buscando a una pareja que probablemente viviera aquí, en Norsjö, en los años sesenta. Es posible que el hombre trabajara en la carpintería de Norsjö. No sé cómo se llaman, pero tengo dos fotografías hechas en 1966.

El dependiente pasó un buen rato estudiando las fotos, pero al final negó con la cabeza lamentando no reconocer ni al hombre ni a la mujer.

A la hora de comer, Mikael se tomó un perrito caliente en el quiosco de comida rápida, junto a la estación de autobuses. Había dejado atrás las tiendas y pasado por las oficinas del Ayuntamiento, por la biblioteca y por la farmacia. En la comisaría de policía no había nadie; ya en la calle, Mikael empezó a preguntar al azar a la gente mayor. Sobre las dos de la tarde dos mujeres jóvenes que, lógicamente, no reconocieron a la pareja de la foto, le dieron, sin embargo, una buena idea.

—Si la foto está hecha en 1966, esas personas tendrán, en la actualidad, unos sesenta años por lo menos. ¿Por qué no te acercas a la residencia de Solbacka y preguntas allí?

En la recepción de la residencia, Mikael se presentó a una mujer de unos treinta años y le explicó el tema. Ella le lanzó una mirada llena de desconfianza, pero al final se dejó convencer. Acompañó a Mikael al cuarto de estar, donde, durante una media hora, mostró las fotos a una gran cantidad de ancianos de diversa edad, pero todos mayores de setenta años. Fueron muy amables, aunque ninguno de ellos pudo identificar a las personas fotografiadas en Hedestad en 1966.

Hacia las cinco volvió de nuevo a Solvändan y llamó a la puerta de Burman. Esta vez corrió mejor suerte. Los Burman, tanto el señor como la señora, eran pensionistas y habían pasado el día fuera. Lo invitaron a entrar en la cocina, donde la mujer se puso de inmediato a preparar café, mientras Mikael explicaba el motivo de su visita. Igual que en los anteriores intentos de ese día, no hubo suerte. Burman se rascó la cabeza, encendió una pipa y al cabo de un rato constató que no conocía a las personas de la foto. La pareja hablaba un dialecto de Norsjö tan cerrado que, a ratos, le costaba mucho entenderlos. Ella empleaba palabras como *knövelhära* para referirse al pelo rizado.

—Pero tienes razón, se trata de una pegatina de la carpintería —comentó el marido—. Has sido muy astuto al reconocerla. El problema es que las repartíamos a diestro y siniestro. A transportistas, a gente que compraba o entregaba madera, a reparadores, a maquinistas y a muchos otros.

—Encontrar a esta pareja está resultando más complicado de lo que me figuraba.

—¿Por qué los buscas?

Mikael había decidido decir la verdad si alguien le preguntaba. Cualquier intento de inventar una historia alrededor de la pareja de la foto sólo sonaría a inverosímil y crearía confusión.

—Es una larga historia. Investigo un crimen que tuvo lugar en Hedestad en 1966 y creo que hay una posibilidad, aunque sea minúscula, de que las personas de la foto puedan haber visto lo que ocurrió. No son en absoluto sospechosos, ni conscientes, seguramente, de que tal vez posean la información que puede resolver este caso.

—¿Un crimen? ¿Qué tipo de crimen?

—Lo siento, pero no puedo revelar más datos. Comprendo lo misterioso que resulta que alguien aparezca, después de casi cuarenta años, buscando a estas personas, pero el crimen sigue sin resolverse. Y estas nuevas pistas han salido a la luz hace muy poco.

—Entiendo. Bueno, la verdad es que tienes entre manos un asunto bastante extraño.

—¿Cuánta gente trabajaba en la carpintería?

—Normalmente, la plantilla estaba formada por cuarenta personas. Yo trabajé allí desde que tenía diecisiete años, a mediados de la década de los cincuenta, hasta que se cerró la carpintería. Luego me hice transportista.

Burman reflexionó un rato.

—Lo que sí te puedo decir es que el chaval de la fotografía nunca trabajó en la carpintería. Quizá fuera transportista, pero creo que en tal caso le reconocería. Claro que también existe otra posibilidad: puede que su padre o algún otro familiar trabajara en la carpintería y que el coche no fuera suyo.

Mikael asintió.

—Es verdad que hay muchas posibilidades. ¿Se te ocurre con quién podría hablar?

—Sí —dijo Burman, asintiendo—. Pásate mañana por la mañana: daremos una vuelta y charlaremos con algunos compañeros.

Lisbeth Salander se encontraba ante un problema metodológico de cierta importancia. Era experta en sacar información sobre quien fuera, pero su punto de partida siempre había sido un nombre y el número de identificación personal de alguien vivo. Si el individuo en cuestión aparecía en algún registro informático —donde necesariamente figuraba todo el mundo—, la presa caería de inmediato en su telaraña. Si tenía un ordenador conectado a Internet, una dirección de correo electrónico o, incluso, quizá, una página *web* propia —como casi todas las personas que eran objeto de las investigaciones especiales de Lisbeth Salander—, podía revelar sus secretos más íntimos.

El trabajo que le había encargado Mikael Blomkvist era completamente diferente. Ahora la tarea consistía, sencillamente, en intentar averiguar cuatro números de identificación personal partiendo de unos datos extremadamente pobres. Además, esas mujeres vivieron hacía varias décadas; lo más probable es que no constaran en ningún registro informático.

La tesis de Mikael, basada en el caso Rebecka Jacobsson, consistía en que todas ellas habían sido víctimas de un asesino. Aparecerían, por tanto, en diversas investigaciones policiales no resueltas. No había ninguna indicación sobre cuándo ni dónde tuvieron lugar esos supuestos homicidios; tan sólo que debían haberse producido antes de 1966. Se hallaba, pues, ante una situación completamente nueva.

«Bueno, ¿cómo lo haré?»

Encendió el ordenador, entró en la página de Google y escribió «Magda + asesinato», la forma más sencilla de búsqueda. Para su gran asombro, encontró un resultado de inmediato. La primera página que apareció fue la programación de TV Värmland, la televisión regional de Karlstad, anunciando un episodio de la serie *Los crímenes de Värmland* que se emitió en 1999. Luego encontró una breve presentación en el *Värmlands Folkblad*:

> Dentro de la serie *Los crímenes de Värmland* le ha llegado el turno al caso de Magda Lovisa Sjöberg, de Ranmoträsk, un misterioso y desagradable homicidio que tuvo ocupada a la policía de Karlstad hace varias décadas. En abril de 1960 se encontró a la granjera Lovisa Sjöberg, de cuarenta y seis años, brutalmente asesinada en el esta-

blo de la granja familiar. El reportero Claes Gunnars describe las últimas horas de su vida y la infructuosa búsqueda del asesino. En su día, el crimen causó un gran revuelo, al tiempo que se presentaron numerosas teorías sobre la identidad del culpable. En el programa participa un joven pariente de la víctima, que cuenta cómo las acusaciones hechas contra él le arruinaron la vida. 20.00 h.

Lisbeth encontró más información de utilidad en un artículo titulado «El caso Lovisa conmocionó a un pueblo entero», publicado en *Värmlandskultur*, cuyos textos se colgaron íntegramente en la red algún tiempo después de su publicación en la revista. Con evidente deleite, y en un tono coloquial que incitaba a la curiosidad, se explicaba cómo el marido de Lovisa Sjöberg, el leñador Holger Sjöberg, encontró muerta a su esposa al volver del trabajo, a eso de las cinco de la tarde. Había sido víctima de una extrema violencia sexual; luego la apuñalaron y finalmente la asesinaron clavándole una horquilla de campesino. El crimen se cometió en el establo, pero lo que más llamó la atención del caso fue que el asesino, tras consumar el acto, la obligó a arrodillarse en uno de los compartimentos destinados a los caballos y la amarró.

Posteriormente se descubrió que uno de los animales de la granja, una vaca, mostraba en el cuello una herida provocada por un navajazo.

Al principio se sospechó del marido, pero éste pudo presentar una coartada perfecta: desde las seis de la mañana estuvo talando árboles, a unos cuarenta kilómetros de la casa, con sus compañeros de trabajo. Quedó demostrado que Lovisa Sjöberg seguía con vida a las diez de la mañana, cuando recibió la visita de una vecina. Nadie había oído ni visto nada; la granja se hallaba a casi cuatrocientos metros del vecino más cercano.

Después de descartar al marido como principal sospechoso, la investigación policial se centró en un sobrino de la víctima, de veintitrés años de edad. Éste había tenido problemas con la ley en repetidas ocasiones y había sufrido dificultades económicas; de hecho, su tía le tuvo que prestar varias veces pequeñas sumas de dinero. La coartada del sobrino era considerablemente más débil. Estuvo detenido un tiempo, pero al final lo soltaron por falta de pruebas. A pesar de eso, mucha gente del pueblo consideraba muy probable que fuera culpable.

La policía también siguió otras numerosas pistas. Gran parte de la investigación giró en torno a la búsqueda de un misterioso vendedor ambulante que había sido visto por la zona. Tampoco ignoraron un rumor sobre un grupo de «gitanos ladrones» que, supuestamente, estuvieron rondando por aquellas tierras. Pero ¿qué motivo les iba a llevar a cometer un brutal asesinato de carácter sexual sin robar nada? Eso nunca les quedó muy claro.

Durante un tiempo, el interés se centró en un vecino del pueblo, un soltero que en su juventud había sido sospechoso de un delito homosexual —esto ocurrió en una época en la que la homosexualidad era ilegal— y que, según varios testimonios, tenía fama de «raro». Pero tampoco quedaba claro el motivo por el que un homosexual cometería un crimen sexual contra una mujer. Ni éstas ni otras pistas condujeron jamás a una detención o a una sentencia judicial.

Lisbeth Salander concluyó que la vinculación con la lista de la agenda telefónica de Harriet Vanger resultaba evidente. La cita bíblica del tercer libro del Pentateuco (20:16) rezaba: «Si una mujer se acerca a una bestia para unirse con ella, matarán a la mujer y a la bestia: ambas serán castigadas con la muerte y su sangre caerá sobre ellas». No podía ser casual que una granjera llamada Magda hubiera sido encontrada muerta en un establo, con el cuerpo atado e intencionadamente colocado en un compartimento destinado a caballos.

La pregunta era por qué Harriet Vanger apuntó el nombre de Magda en vez del de Lovisa, como se conocía a la víctima. Si no hubiese aparecido el nombre completo en el anuncio del programa televisivo, Lisbeth lo habría pasado por alto.

Y, por supuesto, la cuestión más importante: ¿había un vínculo entre el asesinato de Rebecka en 1949, el de Magda Lovisa en 1960 y la desaparición de Harriet Vanger en 1966? Y en tal caso, ¿cómo diablos se habría enterado Harriet Vanger?

El sábado Burman se llevó a Mikael a dar un infructuoso paseo por Norsjö. A lo largo de la mañana visitaron a cinco de los antiguos empleados de la carpintería, que vivían cerca: tres en el centro de Norsjö y dos en Sörbyn, a las afueras. Todos les invitaron a tomar café. Y todos negaron con la cabeza tras contemplar las fotos.

Después de una sencilla comida en casa de los Burman, cogieron el coche para dar otra vuelta. Visitaron cuatro pueblos en los alrededores de Norsjö, donde algunos ex trabajadores de la carpintería tenían fijada su residencia. En cada parada, Burman fue recibido con simpatía, pero nadie pudo ayudarles con la identificación. Mikael empezó a desesperarse y a preguntarse si el viaje a Norsjö no habría sido más que un callejón sin salida.

Hacia las cuatro de la tarde, Burman aparcó delante de una típica granja pintada de rojo de la comarca de Västerbotten, en Norsjövallen, al norte de Norsjö, donde Mikael fue presentado a Henning Forsman, maestro carpintero jubilado.

—Pero ¡si es el chaval de Assar Brännlund! —exclamó Henning Forsman en el mismo momento en que Mikael le enseñó la foto.

«Bingo.»

—Anda, ¿así que ése es el chico de Assar? —dijo Burman, y añadió dirigiéndose a Mikael—: Era comprador.

—¿Dónde podría localizarle?

—¿Al chaval? Bueno, tendrías que remover mucha tierra. Se llamaba Gunnar y trabajaba en una de las minas de Boliden. Murió en una explosión que hubo a mediados de los setenta.

«Maldita sea.»

—Pero su mujer está viva. Es la de la foto. Se llama Mildred y vive en Bjursele.

—¿Bjursele?

—Está a unos diez kilómetros de aquí, cogiendo la carretera que va a Bastuträsk. La encontrarás en la casa roja alargada que hay a mano derecha nada más entrar en el pueblo. Es la tercera casa. Conozco muy bien a la familia.

—Hola, me llamo Lisbeth Salander y estoy trabajando en una tesis de criminología sobre la violencia sufrida por las mujeres durante el siglo XX. Me gustaría visitar el distrito policial de Landskrona para leer los informes de un caso de 1957. Se trata del asesinato de una mujer llamada Rakel Lunde, de cuarenta y cinco años de edad. ¿Tiene alguna idea de dónde se podrían encontrar esos documentos actualmente?

Bjursele parecía un póster turístico que promocionaba la vida rural de la comarca de Västerbotten. El pueblo estaba compuesto por una veintena de casas, más o menos apiñadas en semicírculo y a lo largo de la orilla de un lago. En medio del pueblo había un cruce de caminos con una flecha apuntando hacia Hemmingen, a once kilómetros, y otra señalando hacia Bastuträsk, a diecisiete kilómetros. Junto al cruce había un pequeño puente con un riachuelo; Mikael supuso que era el de Bjur. En pleno verano resultaba muy bonito, como una postal.

Mikael aparcó en la explanada de un supermercado Konsum abandonado, al otro lado de la carretera y casi enfrente de la tercera casa a mano derecha. Llamó a la puerta, pero no había nadie.

Durante una hora estuvo paseando por el camino de Hemmingen. Pasó por un sitio donde el riachuelo se convertía en una corriente rápida. Se cruzó con dos gatos y divisó un ciervo a lo lejos, pero no vio ni a una sola persona antes de dar la vuelta. La puerta de Mildred Brännlund permanecía cerrada.

De un poste que se levantaba junto al puente colgaba un viejo y descolorido cartel que invitaba a participar en el BTCC 2002, algo que debería leerse como «Bjursele Tukting Car Championship 2002». Al parecer, se trataba de un entretenimiento invernal que consistía en hacer carreras de coches, sobre el hielo del lago, hasta destrozarlos. Mikael contempló pensativo el póster.

Esperó hasta las diez de la noche antes de rendirse y volver a Norsjö, donde cenó y se acostó para leer el desenlace de la novela de Val McDermid.

Fue espeluznante.

Sobre las diez de la noche, Lisbeth Salander adjuntó otro nombre a la lista de Harriet Vanger. Lo hizo con grandes dudas y tras haber meditado el tema durante horas y horas.

Había descubierto un atajo. A intervalos relativamente regulares se publicaban textos sobre casos de crímenes no resueltos, y en un suplemento dominical de un periódico vespertino encontró un artículo de 1999 titulado «Varios asesinos de mujeres andan todavía sueltos». El artículo era recopilatorio, de modo que allí figuraban los nombres y las fotografías de unas cuantas víctimas de llamativos crímenes: el caso Solveig de Norrtälje, el asesinato de Anita en Norrköping, el de Margareta en Helsingborg, y otros similares.

El más antiguo de los casos recogidos era uno de los años sesenta; ninguno encajaba con los de la lista que Mikael le había dado a Lisbeth. Sin embargo, uno le llamó la atención.

En el mes de junio de 1962, una prostituta de Gotemburgo de treinta y dos años de edad, llamada Lea Persson, viajó a Uddevalla para visitar a su hijo de nueve años, que vivía con su abuela. Un par de días después, un domingo por la noche, Lea abrazó a su madre, se despidió y se marchó para coger el tren de regreso a Gotemburgo. La encontraron dos días más tarde, detrás de un contenedor abandonado en el solar de un polígono industrial. La habían violado y su cuerpo había sido sometido a una violencia extremadamente salvaje.

El asesinato de Lea dio lugar a una serie de artículos por entregas publicados por el periódico durante aquel verano, que despertaron gran interés. Pero nunca se llegó a identificar al culpable. En la lista de Harriet no había ni una sola Lea. Y el crimen tampoco encajaba con ninguna de las citas bíblicas.

Sin embargo, existía una circunstancia tan peculiar que el radar de Lisbeth Salander se activó inmediatamente. A unos diez metros del lugar donde se encontró el cadáver había una maceta con una paloma. Alguien había colocado una cuerda alrededor del cuello del ave y la había pasado por el agujero de la base de la maceta. Luego, el tiesto fue colocado encima de un pequeño fuego encendido entre dos ladrillos. No hallaron pruebas que vincularan la tortura del animal con el asesinato de Lea; podría tratarse de algún cruel juego de niños, pero en los medios de comunicación el caso fue conocido como «el asesinato de la paloma».

Lisbeth Salander no había leído nunca la Biblia —ni

siquiera poseía un ejemplar—, pero por la tarde subió a la iglesia de Högalid y, tras no poco esfuerzo, consiguió que le prestaran una. Se sentó en un banco del parque delante de la iglesia y se puso a leer el Levítico. Al llegar al capítulo 12, versículo 8, arqueó las cejas. El capítulo 12 trataba de la purificación de la parturienta:

> Si no le alcanza para presentar una res menor, tome dos tórtolas o dos pichones, uno para el holocausto y otro para el sacrificio por el pecado; y el sacerdote hará por ella el rito de expiación y quedará pura.

Lea podría haber figurado perfectamente en la agenda de Harriet como Lea: 31208.

Lisbeth Salander se dio cuenta de que ninguna investigación de las que había llevado a cabo con anterioridad poseía ni una mínima parte de las dimensiones que presentaba esta misión.

Mildred Brännlund, casada por segunda vez y cuyo actual apellido era Berggren, abrió cuando Mikael Blomkvist llamó a la puerta de su casa hacia las diez de la mañana del domingo. La mujer era casi cuarenta años más vieja y tenía aproximadamente el mismo número de kilos de más, pero Mikael la reconoció inmediatamente por la fotografía.

—Hola, me llamo Mikael Blomkvist. Usted debe de ser Mildred Berggren.

—Sí, efectivamente.

—Le pido disculpas por presentarme así, sin avisar, pero llevo un tiempo intentando localizarla para un asunto que me resulta bastante complicado explicar —dijo Mikael, sonriendo—. ¿Podría entrar y pedirle que me dedicara un momento de su tiempo?

Tanto el marido como el hijo, este último de treinta y

cinco años, estaban en casa, así que Mildred no tuvo ningún reparo en dejar pasar a Mikael y lo condujo hasta la cocina. Les dio la mano a todos. Durante los últimos días Mikael había tomado más café que en toda su vida, pero a estas alturas había aprendido que en Norrland resultaba descortés rechazar una invitación. Cuando las tazas de café estuvieron en la mesa, Mildred se sentó y preguntó con curiosidad en qué podía servirle. A Mikael le costó entender su dialecto y ella cambió al sueco estándar.

Mikael inspiró profundamente.

—Se trata de una extraña y larga historia. En el mes de septiembre de 1966, usted se encontraba en Hedestad en compañía del que era entonces su marido, Gunnar Brännlund.

Ella pareció asombrarse. Mikael esperó a que la mujer asintiera con la cabeza para ponerle la fotografía de Järnvägsgatan sobre la mesa.

—Fue entonces cuando se hizo esta foto. ¿Se acuerda usted?

—¡Oh, Dios mío! —exclamó Mildred Berggren—. De eso hace ya una eternidad…

Su actual marido y su hijo se acercaron y miraron la foto.

—Era nuestra luna de miel. Habíamos ido en coche a Estocolmo y Sigtuna, y ya estábamos de regreso; recuerdo que nos paramos en algún sitio. ¿Ha dicho Hedestad?

—Sí, Hedestad. Esta fotografía se hizo aproximadamente a la una del mediodía. Llevo mucho tiempo intentando identificarla; no ha sido fácil.

—Encuentra una vieja foto mía y me busca. No entiendo cómo lo ha conseguido.

Le enseñó la foto del aparcamiento.

—He podido localizarla gracias a ésta, que se sacó un poco más tarde ese mismo día.

Mikael le explicó cómo había dado con Burman, a

través de la carpintería de Norsjö, lo que, a su vez, lo llevó hasta Norsjövallen y Henning Forsman.

—Supongo que tiene una buena razón para su extraña búsqueda.

—La tengo. Esta chica que está delante de usted en esta foto se llamaba Harriet. Desapareció aquel día y la opinión general es que fue víctima de un asesinato. Déjeme que le enseñe lo que pasó.

Mikael sacó su iBook y puso a Mildred Berggren en antecedentes mientras el ordenador arrancaba. Luego mostró la serie de imágenes que revelaban cómo la cara de Harriet iba cambiando de expresión.

—Fue al repasar estas viejas fotos cuando la descubrí a usted. Con la cámara en la mano, detrás de Harriet. Parece ser que está haciendo una foto justamente de lo que ella está viendo, de lo que desencadenó su reacción. Sé que se trata de una apuesta muy arriesgada, pero la razón de mi visita es preguntarle si todavía conserva las fotos de aquel día.

Mikael estaba preparado para oír que habían desaparecido, que la película nunca llegó a revelarse o que la habían tirado. Sin embargo, Mildred Berggren miró a Mikael con unos ojos azul claro y dijo, con la mayor naturalidad del mundo, que, por supuesto, conservaba todas las viejas fotos de sus vacaciones.

Se dirigió a otra habitación y al cabo de un par de minutos volvió con una caja donde guardaba una gran cantidad de fotos, metidas en distintos álbumes. Le llevó un rato encontrar las de aquel viaje. Había hecho tres en Hedestad. Una, borrosa, mostraba la calle principal. En otra salía su ex marido. La tercera era de los payasos del desfile del Día del Niño.

Mikael se inclinó hacia delante ansiosamente. Vio una figura al otro lado de la calle. Pero no le decía absolutamente nada.

Capítulo 20

Martes, 1 de julio –
Miércoles, 2 de julio

Al volver a Hedestad, lo primero que hizo Mikael por la mañana fue pasar a ver a Dirch Frode para interesarse por la salud de Henrik Vanger. Se enteró de que el viejo había mejorado mucho a lo largo de la semana anterior. Seguía estando débil y delicado, pero al menos podía incorporarse en la cama. Su estado ya no se consideraba crítico.

—Gracias a Dios —dijo Mikael—. Me he dado cuenta de que le tengo mucho cariño.

Dirch Frode asintió con la cabeza.

—Ya lo sé. Henrik también te aprecia. ¿Qué tal el viaje por el norte?

—Exitoso e insatisfactorio. Ya te lo contaré, pero primero necesito preguntarte algo.

—Adelante.

—¿Qué pasará con *Millennium* si se muere Henrik?

—Nada. Martin entrará en la junta.

—¿Existe algún riesgo, hipotéticamente hablando, de que Martin pueda crearnos problemas en *Millennium* si no abandono la investigación sobre la desaparición de Harriet?

Dirch Frode le clavó la mirada.

—¿Qué ha pasado?

—En realidad, nada.

Mikael le refirió la conversación mantenida con Martin Vanger el día de *Midsommar*.

—Cuando volvía de Norsjö, Erika me llamó y me contó que Martin había hablado con ella pidiéndole que insistiera en que me necesitaban en la redacción.

—Entiendo. Habrá sido cosa de Cecilia. Pero no creo que Martin te vaya a chantajear. Es demasiado honrado para hacer una cosa así. Y recuerda que yo también estoy en la junta de esa pequeña filial que creamos al entrar en *Millennium*.

—Y si las cosas llegaran a complicarse, ¿cuál sería, entonces, tu postura?

—Los contratos están para cumplirlos. Yo trabajo para Henrik. Nuestra amistad dura ya cuarenta y cinco años, y somos bastante parecidos cuando se trata de ese tipo de cosas. Si Henrik muriera, la verdad es que sería yo, no Martin, quien heredaría la parte que Henrik posee en la empresa. Tenemos un contrato completamente blindado donde nos comprometemos a apoyar a *Millennium* durante tres años. Si Martin quisiera hacernos una jugarreta, cosa que no creo, como mucho podría disuadir a unos cuantos anunciantes.

—Que son la base de la existencia de *Millennium*.

—Vale, pero míralo de esta manera: dedicarse a ese tipo de mezquindades requiere mucho tiempo. En la actualidad Martin está luchando por la supervivencia industrial del Grupo y trabaja catorce horas diarias. No tiene demasiado tiempo para nada más.

Mikael se quedó pensativo un rato.

—¿Puedo preguntarte algo? Sé que no es asunto mío, pero ¿cuál es la situación general del Grupo?

El semblante de Dirch Frode se tornó serio.

—Tenemos problemas.

—Sí, bueno; hasta ahí llega incluso un periodista económico normal y corriente como yo. Pero ¿hasta qué punto son serios esos problemas?

—¿Entre nosotros?

—Sólo entre nosotros.

—Durante las últimas semanas hemos perdido dos importantes encargos en la industria electrónica, y, además, están a punto de echarnos del mercado ruso. En septiembre nos veremos obligados a despedir a mil seiscientos empleados en Örebro y Trollhättan. ¡Menudo regalo para la gente que lleva trabajando tantos años en el Grupo! Cada vez que cerramos una fábrica, la confianza en el Grupo se reduce un poco más.

—Martin Vanger se encuentra bajo mucha presión.

—Está llevando la carga de un buey andando sobre huevos.

Mikael volvió a casa y llamó a Erika, que no se encontraba en la redacción. En su lugar habló con Christer Malm.

—La situación es ésta: ayer, cuando regresaba de Norsjö en coche, me llamó Erika. Martin Vanger había contactado con ella y, por decirlo de alguna forma, la animaba a proponer que yo asumiera una mayor responsabilidad en la redacción.

—Completamente de acuerdo —dijo Christer.

—Muy bien. Pero el caso es que tengo un contrato con Henrik Vanger que no puedo romper, y Martin actúa por encargo de una persona que quiere que yo deje de husmear y desaparezca del pueblo. O sea, su propuesta no es más que un intento de echarme de aquí.

—Entiendo.

—Dile a Erika que volveré a Estocolmo cuando haya terminado lo de aquí. No antes.

—Vale. Estás loco de remate, pero se lo diré.

—Christer, aquí pasa algo y no estoy dispuesto a abandonar el barco.

Christer suspiró profundamente.

Mikael se acercó hasta la casa de Martin Vanger. Eva Hassel abrió la puerta y lo saludó amablemente.

—Hola. ¿Está Martin?

Como respuesta a la pregunta, Martin Vanger salió con un maletín en la mano. Le dio un beso a Eva Hassel en la mejilla y saludó a Mikael.

—Me iba ya a la oficina. ¿Querías hablar conmigo?

—Puedo esperar si tienes prisa.

—Dime.

—No voy a regresar a Estocolmo ni empezar a trabajar en la redacción de *Millennium* hasta que haya terminado el encargo de Henrik. Te informo de esto ahora para que no cuentes conmigo en la junta antes de fin de año.

Martin Vanger se quedó pensativo.

—Ya veo. Crees que deseo quitarte de en medio. —Martin hizo una pausa—. Mikael, ya hablaremos de esto en otra ocasión. No tengo tiempo para dedicarme a *hobbies* como la junta de *Millennium*; ojalá no hubiera accedido a la propuesta de Henrik. Pero créeme, haré lo que esté en mi mano para que *Millennium* sobreviva.

—Nunca he dudado de eso —contestó Mikael educadamente.

—Si nos reunimos la semana que viene, repasaremos las cuentas y te diré lo que pienso de la situación. Pero mi postura no ha cambiado; creo sinceramente que *Millennium* no puede permitirse que uno de sus personajes clave esté aquí en Hedeby de brazos cruzados. Me gusta la revista y opino que juntos la fortaleceremos, pero para llevarlo a cabo te necesitamos a ti. Eso me ha provocado un conflicto de intereses: o complacer los deseos de Henrik o ser consecuente con mi trabajo en la junta de *Millennium*.

Mikael se puso un chándal y salió a correr a campo través, pasando por La Fortificación, hasta la cabaña de Gottfried.

Luego dio la vuelta y regresó a un ritmo más moderado a lo largo de la costa. Dirch Frode lo esperaba sentado junto a la mesa del jardín. Aguardó pacientemente mientras Mikael bebía agua de una botella y se secaba el sudor de la cara.

—Eso no parece muy sano en medio de este calor.

—Grrr —contestó Mikael.

—Estaba equivocado. No es Cecilia la que más presiona a Martin; es Isabella. Está movilizando al clan Vanger para untarte de brea y plumas y, posiblemente, también quemarte en la hoguera. Birger la apoya.

—¿Isabella?

—Es una mujer malvada y mezquina cuyos deseos hacia el prójimo no suelen ser precisamente buenos. Ahora mismo parece odiarte a ti en particular. Está haciendo correr la voz de que eres un estafador porque has engañado a Henrik para que te contrate, y lo has alterado de tal manera que le has provocado un infarto.

—¿Y alguien se lo cree?

—Siempre hay gente dispuesta a creer en las malas lenguas.

—Estoy intentando averiguar lo que le pasó a su hija y me odia por ello. Si se hubiera tratado de la mía, creo que yo habría reaccionado de otra manera.

Hacia las dos de la tarde, sonó el móvil de Mikael.

—Hola, me llamo Conny Torsson y trabajo en el *Hedestads-Kuriren*. ¿Tienes tiempo para contestar a unas preguntas? Alguien nos ha informado de que vives aquí, en Hedeby.

—Pues tus informadores son un poco lentos; llevo aquí desde Año Nuevo.

—No lo sabía. ¿Y qué haces en Hedestad?

—Escribo. Tengo una especie de año sabático.

—¿En qué andas trabajando?

—*Sorry*. Eso lo verás cuando se publique.

—Acabas de salir de la cárcel…

—¿Sí?

—¿Qué piensas de los periodistas que falsifican material?

—Que son idiotas.

—¿Así que quieres decir que tú eres un idiota?

—¿Por qué iba a pensar eso? Yo nunca he falsificado nada.

—Pero fuiste condenado por difamación.

—¿Y?

El periodista Conny Torsson dudó durante tanto tiempo que Mikael se vio obligado a ayudarle un poco.

—Fui condenado por difamación, no por falsificación.

—Pero publicaste ese material.

—Si llamas para hablar de la sentencia, no tengo ningún comentario al respecto.

—Me gustaría verte para hacerte una entrevista.

—Lo siento, pero no tengo nada que decir relacionado con ese tema.

—¿Así que no quieres hablar del juicio?

—Eso es —contestó Mikael, dando por zanjada la conversación.

Se quedó pensativo un largo rato antes de volver al ordenador.

Lisbeth Salander siguió las instrucciones que le habían dado y cruzó el puente con su Kawasaki hasta la isla de Hedeby. Se detuvo junto a la primera casa a mano izquierda. Se encontraba en un pueblo perdido, pero mientras el arrendatario de sus servicios le pagara, no le importaba tener que ir al Polo Norte. Además, le encantaba conducir a toda pastilla por la autopista E4. Aparcó la moto y quitó la correa que sujetaba la bolsa de viaje.

Mikael Blomkvist abrió la puerta y la saludó con la mano. Salió y examinó la moto con verdadero asombro.

—¡Anda! Tienes una moto.

Lisbeth Salander no dijo nada, pero lo observó atentamente cuando tocó el manillar y probó el acelerador. No le gustaba que nadie toqueteara sus pertenencias. Luego se fijó en la cara de niño que puso Mikael, lo cual le pareció un rasgo reconciliador. La mayoría de los aficionados a las motos solían menospreciar su moto ligera con un bufido.

—Yo tuve una moto cuando tenía diecinueve años —comentó—. Gracias por venir. Entra e instálate.

Mikael había cogido prestada una cama plegable de los Nilsson, sus vecinos de enfrente, y la había colocado en el estudio. Lisbeth Salander dio una vuelta por la casa con cierta desconfianza, pero pareció relajarse al no descubrir indicios inmediatos de ninguna trampa insidiosa. Mikael le enseñó el baño.

—Si quieres, puedes darte una ducha y refrescarte un poco.

—Tengo que cambiarme. No voy a llevar el mono de cuero por aquí…

—Vale. Entretanto haré la cena.

Mikael preparó unas chuletas de cordero con salsa de vino tinto. Mientras Lisbeth se duchaba y se cambiaba, él puso la mesa fuera, al sol de la tarde. Ella salió descalza, con una camiseta de tirantes negra y una falda vaquera, corta y desgastada. La comida olía bien y Lisbeth se zampó dos buenos platos. Mikael, fascinado, miraba de reojo el tatuaje que llevaba ella en la espalda.

—Cinco más tres —dijo Lisbeth Salander—. Cinco casos de la lista de Harriet y tres casos más que creo que deberían haber estado allí.

—Cuéntamelo.

—Sólo llevo once días con esto y, simplemente, no me ha dado tiempo a investigarlo todo. En algunos casos, las investigaciones policiales acabaron en el archivo provincial, y en otros se siguen conservando en el distrito policial correspondiente. He ido a tres de ellos, pero aún no me ha dado tiempo a ver los demás. Sin embargo, las cinco están identificadas.

Lisbeth Salander depositó una considerable pila de papeles encima de la mesa de la cocina, más de quinientas páginas de tamaño folio. Rápidamente distribuyó el material en distintos montones.

—Vayamos por orden cronológico.

Le dio una lista a Mikael.

1949 – Rebecka Jacobsson, Hedestad (30112)
1954 – Mari Holmberg, Kalmar (32018)
1957 – Rakel Lunde, Landskrona (32027)
1960 – (Magda) Lovisa Sjöberg, Karlstad (32016)
1960 – Liv Gustavsson, Estocolmo (32016)
1962 – Lea Persson, Uddevalla (31208)
1964 – Sara Witt, Ronneby (32109)
1966 – Lena Andersson, Uppsala (30112)

—El primer caso de esta serie parece ser el de Rebecka Jacobsson, de 1949, cuyos detalles ya conoces. El siguiente que he encontrado es el de Mari Holmberg, una prostituta de treinta y dos años de Kalmar que fue asesinada en su domicilio en octubre de 1954. No se pudo determinar la hora exacta del crimen porque ya llevaba un tiempo muerta cuando la descubrieron, probablemente unos nueve o diez días.

—¿Y por qué la has relacionado con la lista de Harriet?

—Estaba atada y había sido salvajemente maltratada, pero murió por asfixia. El asesino le introdujo en la boca una de sus propias compresas usadas.

Mikael se quedó callado un rato antes de buscar el correspondiente pasaje de la Biblia: capítulo 20, versículo 18 del Levítico: «Si un hombre se acuesta con una mujer en su período menstrual y tiene relaciones con ella, los dos serán extirpados de su pueblo, porque él ha puesto al desnudo la fuente del flujo de la mujer y ella la ha descubierto».

Lisbeth asintió.

—Harriet Vanger también hizo esa misma conexión. Vale. La siguiente.

—Mayo de 1957, Rakel Lunde, cuarenta y cinco años. Esta mujer trabajaba como señora de la limpieza y era algo así como el bicho raro del pueblo. Era pitonisa y se dedicaba a echar las cartas, leer las manos y cosas por el estilo. Rakel vivía en las afueras de Landskrona en una casa bastante aislada, donde la asesinaron a primera hora de la mañana. La encontraron fuera, detrás de la casa, desnuda y atada al poste de un tendedero y con la boca tapada con celo. La muerte le sobrevino porque alguien lanzó, una y otra vez, una pesada piedra contra ella. Sufrió innumerables heridas y fracturas.

—Joder, Lisbeth, esto es tremendamente desagradable.

—No ha hecho más que empezar. Las iniciales RL encajan; ¿encuentras la cita bíblica?

—Está clarísima: «El hombre o la mujer que consulten a los muertos o a otros espíritus serán castigados con la muerte: los matarán a pedradas, y su sangre caerá sobre ellos».

—Luego tenemos a Lovisa Sjöberg en Ranmo, cerca de Karlstad. Es la que Harriet apuntó como Magda. Su nombre completo era Magda Lovisa, pero la llamaban Lovisa.

Mikael escuchaba atentamente mientras Lisbeth relataba los extraños detalles del asesinato de Karlstad. Al encender ella un cigarrillo, él señaló inquisitivamente el paquete de tabaco. Ella se lo acercó.

—O sea, ¿el asesino también atacó al animal?

—El pasaje bíblico dice que si una mujer mantiene relaciones sexuales con un animal, morirán los dos.

—La probabilidad de que aquella mujer tuviera relaciones con una vaca debe de ser prácticamente inexistente.

—La cita bíblica puede interpretarse al pie de la letra. Es suficiente con que *se una* al animal, lo cual es algo que una granjera tiene que hacer todos los días.

—De acuerdo. Sigue.

—El siguiente caso según la lista de Harriet es el de Sara. La he identificado como Sara Witt, de treinta y siete años, residente en Ronneby. La asesinaron en enero de 1964 y apareció atada en su cama. Había sido objeto de una salvaje violencia sexual, pero murió por asfixia. La estrangularon. Además, el asesino provocó un incendio. Sin duda, tenía la intención de quemar la casa hasta los cimientos, pero, por una parte, el fuego se apagó por sí solo y, por otra, los bomberos se presentaron de inmediato en el lugar.

—¿Y cuál es la conexión?

—*Listen to this*. Sara Witt no sólo era hija de un pastor luterano sino que también estaba casada con uno. Su marido estaba de viaje precisamente ese fin de semana.

—«Si la hija de un sacerdote se envilece a sí misma prostituyéndose, envilece a su propio padre, y por eso será quemada.» Vale; entra en la lista. Pero has dicho que hay más casos.

—He encontrado a otras tres mujeres asesinadas en circunstancias tan raras que deberían figurar en la lista de Harriet. El primer caso habla de una mujer joven llamada Liv Gustavsson. Tenía veintidós años y vivía en Farsta. Le encantaban los caballos; competía en carreras y era toda una promesa. También llevaba una pequeña tienda de animales junto a su hermana.

—¿Y?

—La hallaron en la tienda. Estaba sola porque se había quedado a hacer cuentas. Seguramente dejó entrar al asesino voluntariamente. Fue violada y estrangulada.

—No suena muy en la línea de la lista de Harriet.

—No mucho, si no fuera por un detalle: el asesino terminó metiendo un periquito en su vagina y luego soltó a todos los animales de la tienda: gatos, tortugas, ratones blancos, conejos, pájaros… Incluso a los peces del acuario. Así que fue un cuadro bastante desagradable el que se encontró la hermana por la mañana.

Mikael asintió con la cabeza.

—Fue asesinada en agosto de 1960, cuatro meses después del asesinato de la granjera Magda Lovisa, de Karlstad. En los dos casos se trataba de mujeres que trabajaban con animales y en ambos se sacrificó a animales. Es cierto que la vaca de Karlstad sobrevivió, pero me imagino que resulta bastante complicado matar a una vaca con un arma blanca. Un periquito no opone tanta resistencia. Además, aparece otro sacrificio de animales.

—¿Cuál?

Lisbeth le comentó el peculiar «asesinato de la paloma» de Lea Persson en Uddevalla. Mikael permaneció callado durante tanto rato que incluso Lisbeth se impacientó.

—De acuerdo —dijo finalmente—. Acepto tu teoría. Queda un caso.

—Uno que haya encontrado. Pero no sé cuántos se me habrán pasado.

—Cuéntame.

—Febrero de 1966, Uppsala; la víctima más joven: una estudiante de instituto de diecisiete años llamada Lena Andersson. Desapareció después de una fiesta con los de su clase y fue encontrada tres días más tarde en una zanja de la llanura de Uppsala, a una buena distancia de la ciudad. La asesinaron en otro lugar y luego la trasladaron allí.

Mikael asintió.

—Los medios de comunicación le prestaron mucha atención a ese asesinato, pero nunca se informó sobre las circunstancias exactas de la muerte. La chica sufrió una tortura atroz. He leído el informe del forense. La torturaron con fuego. Sus manos y pechos presentaban graves quemaduras, pero la quemaron por todo el cuerpo repetidas veces. Encontraron rastros de estearina que demostraban que habían usado una vela, pero sus manos estaban tan carbonizadas que seguramente fueron sometidas a un fuego más intenso. Finalmente, el asesino le cortó la cabeza con una sierra y la lanzó junto al cuerpo.

Mikael se puso pálido.

—Dios mío —dijo.

—No he encontrado ningún pasaje bíblico que se corresponda con este caso, pero hay varios que hablan de holocaustos y sacrificios; y en algunos sitios se dice que el animal sacrificado —por regla general, un buey— debe ser cortado de manera que «se separe la cabeza del sebo». La utilización del fuego también recuerda al primer asesinato, el de Rebecka, aquí, en Hedestad.

Cuando, ya por la noche, los mosquitos empezaron a atacar, recogieron la mesa del jardín y se sentaron en la cocina para continuar hablando.

—El que no hayas podido encontrar una cita bíblica exacta no significa nada. No se trata de citas. Esto es una grotesca parodia del contenido de la Biblia; son más bien asociaciones establecidas con pasajes sueltos, sacados de contexto.

—Ya lo sé. Y ni siquiera son exactas. Por ejemplo, el pasaje que dice que los dos deben morir si alguien mantiene una relación con una mujer que tenga la menstruación. Si eso se interpreta literalmente, el asesino tendría que haberse suicidado.

—Bueno, ¿adónde nos conduce todo esto? —se preguntó Mikael.

—Tu Harriet, o tenía un *hobby* bastante peculiar que consistía en recopilar citas bíblicas y asociarlas a víctimas de asesinatos de los que había oído hablar... o sabía que existía un vínculo entre los casos.

—Entre 1949 y 1966; es posible que incluso antes y también después. O sea, un asesino en serie, un sádico loco de atar, estuvo merodeando por allí con una Biblia bajo el brazo matando mujeres durante diecisiete años sin que nadie relacionara los crímenes. Suena completamente increíble.

Lisbeth Salander corrió la silla hacia atrás y fue a ponerse otro café de la cafetera que estaba sobre la hornilla. Encendió un cigarrillo y echó el humo. Mikael se maldijo por dentro, pero cogió otro cigarrillo más.

—No, tampoco me parece tan increíble —replicó ella, levantando un dedo—. En Suecia, tan sólo en el siglo XX, han quedado sin resolver decenas de asesinatos de mujeres. Aquel catedrático de criminología, Persson, explicó una vez en la tele, en el programa *Se busca,* que los asesinos en serie no son muy habituales en nuestro país, pero que seguramente hemos tenido algunos que no han sido descubiertos.

Mikael asintió. Lisbeth levantó otro dedo.

—Estos asesinatos se cometieron durante un largo período y en sitios muy distantes entre sí. Dos de los crímenes tuvieron lugar muy seguidos el uno del otro, en 1960, pero las circunstancias diferían bastante: una granjera de Karlstad y una joven de Estocolmo, de veintidós años, aficionada a los caballos.

El tercer dedo.

—No siguen una lógica aparente. Los asesinatos se cometieron de distintos modos y, en realidad, no tienen ninguna firma. Sin embargo, hay varias cosas que se repiten en los diversos casos: animales, fuego, violencia sexual extrema... Y, como acabas de señalar, una parodia de los textos bíblicos. Pero, evidentemente, ningún investigador policial ha interpretado estos asesinatos partiendo de la Biblia.

Mikael asintió. La miró de reojo. Con su delgado cuerpo, la camiseta de tirantes negra, los tatuajes y los *piercings* en la cara, Lisbeth Salander desentonaba en esa casa de invitados de Hedeby. Durante la cena, cuando Mikael intentó ser amable, ella apenas si le había contestado con monosílabos. Sin embargo, cuando se ponía a trabajar lo hacía como una verdadera profesional. Su piso de Estocolmo era un caos, pero Mikael concluyó que se trataba de una chica dotada de una mente extremadamente ordenada. «¡Qué curioso!»

—Es difícil ver la relación existente entre una prostituta de Uddevalla asesinada detrás de un contenedor situado en medio de un polígono industrial y la mujer de un pastor luterano de Ronneby a la que estrangulan para luego prenderle fuego. A no ser que uno tenga la clave que nos ha dado Harriet, claro.

—Lo cual nos lleva a la siguiente pregunta —comentó Lisbeth.

—¿Cómo diablos se metería Harriet en todo esto? Una chica de dieciséis años que vivía en un ambiente tan protegido...

—Sólo existe una explicación —puntualizó Lisbeth.

Mikael volvió a asentir con la cabeza.

—Tiene que haber un vínculo con la familia Vanger.

A las once de la noche llevaban ya tanto tiempo devanándose los sesos con aquella serie de asesinatos, analizando posibles conexiones y extraños detalles, que a Mikael le empezó a dar vueltas la cabeza. Se frotó los ojos y se estiró; acto seguido le preguntó a Lisbeth si quería dar un paseo. Ella puso una cara extraña, como si considerara que ese tipo de actividades eran una pérdida de tiempo, pero, tras un breve momento de reflexión, asintió. Mikael le sugirió que se pusiera unos pantalones largos para protegerse de los mosquitos.

Caminaron por el puerto deportivo; luego pasaron por debajo del puente enfilando el camino que conducía hasta la punta, donde vivía Martin Vanger. Mikael iba señalando las casas contando cosas sobre los que vivían en ellas. Al pasar por delante de la de Cecilia Vanger le costó expresarse. Lisbeth lo miró de reojo.

Dejaron atrás el ostentoso yate de Martin Vanger y llegaron hasta el final de la punta, donde se sentaron sobre una roca a fumarse un cigarrillo a medias.

—Hay otra conexión entre las víctimas —soltó Mikael de buenas a primeras—. A lo mejor ya has pensado en ello.

—¿Cuál?

—Los nombres.

Lisbeth Salander reflexionó un instante. Luego negó con la cabeza, dando a entender que no lo entendía.

—Todos los nombres son bíblicos —le aclaró él.

—No es verdad —se apresuró a decir Lisbeth—; ni Liv ni Lena están en la Biblia.

Mikael negó con la cabeza.

—Te equivocas. Liv significa 'vida', que es el significado bíblico de Eva. Y ahora estrújate el cerebro, Sally: ¿de qué es abreviatura Lena?

Lisbeth Salander cerró los ojos indignada y se maldijo por dentro. Mikael había sido más rápido que ella. Y eso no le gustó nada.

—Magdalena —pronunció.

—La prostituta, la primera mujer, la virgen María… están todas. Todo esto resulta tan descabellado que a un psicólogo se le haría la boca agua. Pero la verdad es que estaba pensando en otra cosa relativa a los nombres.

Lisbeth esperaba pacientemente.

—También son nombres tradicionales judíos. La familia Vanger ha dado al mundo un grupo más que considerable de fanáticos antisemitas, de nazis y de teóricos de la conspiración. Harald Vanger tiene ahora más de noventa años, pero en los años sesenta estaba en su mejor momento. La única vez que me encontré con él, me espetó que su propia hija era una puta. Al parecer, tiene problemas con las mujeres.

De nuevo en casa, se prepararon unos sándwiches y calentaron el café. Mikael echó un vistazo de reojo a las cerca de quinientas páginas que la investigadora favorita de Dragan Armanskij le había preparado.

—Has hecho un fantástico trabajo en un tiempo récord. Gracias. Y gracias también por tener la amabilidad de subir hasta aquí para informarme personalmente.

—¿Y ahora qué? —preguntó Lisbeth.

—Mañana hablaré con Dirch Frode para gestionar el pago.

—No me refería a eso.

Mikael la miró.

—Bueno…, la investigación que te encargué ya está hecha —dijo con cierta prudencia.

—Pero yo no he terminado todavía con esto.

Mikael se reclinó en el arquibanco de la cocina y cruzó su mirada con la de Lisbeth. No pudo leer nada en sus ojos. Llevaba seis meses trabajando solo en el caso de la desaparición de Harriet y de pronto había otra persona presente, una experimentada investigadora, que entendía la envergadura del caso. Tomó la decisión siguiendo un impulso.

—Ya lo sé. A mí también me ha calado hondo toda esta historia. Hablaré con Dirch Frode mañana. Te contrataremos una semana más, o dos, como… mmm, ayudante de la investigación. No sé si te querrá pagar la misma tarifa que le paga a Armanskij, pero seguro que podemos sacarle una buena suma.

Lisbeth Salander le obsequió con una repentina sonrisa. No quería en absoluto quedarse fuera del caso y no le habría importado hacer el trabajo gratis.

—Me está entrando sueño —dijo ella, y sin pronunciar una palabra más se marchó a su cuarto y cerró la puerta.

Al cabo de dos minutos, la volvió a abrir y asomó la cabeza.

—Creo que te equivocas. No se trata de un loco asesino en serie que haya enloquecido de tanto leer la Biblia. Simplemente es uno más de esos cabrones que siempre han odiado a las mujeres.

Capítulo 21

Lisbeth Salander se despertó alrededor de las seis de la mañana, antes que Mikael. Puso agua a hervir para preparar café y se metió en la ducha. Cuando Mikael se levantó, a las siete y media, ella estaba en la cocina leyendo el resumen del caso Harriet Vanger en el iBook de Mikael. Entró en la cocina con una sábana alrededor de la cintura frotándose los ojos para quitarse el sueño.

—Hay café —dijo ella.

Mikael la miró de reojo por encima del hombro.

—Ese documento estaba protegido con una contraseña.

Ella giró la cabeza y levantó la mirada.

—Se tarda treinta segundos en bajar de la red un programa que rompe la protección criptográfica de Word —le respondió.

—Tenemos que hablar acerca de lo que es tuyo y lo que es mío —dijo Mikael para, acto seguido, meterse en la ducha.

Al volver, Lisbeth ya había cerrado el ordenador y lo había puesto en su sitio, en el cuarto de trabajo. Tenía encendido su propio PowerBook. Mikael estaba convencido de que Lisbeth ya habría copiado el contenido en su portátil.

Lisbeth Salander era una adicta a la información con ideas sumamente laxas sobre la moral y la ética.

Mikael acababa de sentarse a desayunar cuando llamaron a la puerta. Se levantó y fue a abrir. Martin Vanger tenía un gesto tan contenido que, por un segundo, Mikael creyó que venía a comunicarle la muerte de Henrik Vanger.

—No, Henrik está igual que ayer. Vengo por otro asunto completamente distinto. ¿Puedo pasar un momento?

Mikael lo dejó entrar y le presentó a la «colaboradora de la investigación», Lisbeth Salander, quien le echó un rápido vistazo acompañado de un breve movimiento de cabeza antes de volver a su ordenador. Martin Vanger saludó por puro reflejo, pero dio la impresión de estar tan ausente que apenas pareció reparar en su presencia. Mikael le sirvió una taza de café y le invitó a sentarse.

—¿De qué se trata?

—¿No eres suscriptor del *Hedestads-Kuriren*?

—No. Lo leo a veces en el Café de Susanne.

—¿Así que no lo has leído esta mañana?

—Me da la sensación de que debería haberlo hecho.

Martin Vanger depositó el *Hedestads-Kuriren* encima de la mesa. Le habían dedicado dos columnas en la portada y una continuación en la página cuatro. Examinó el titular:

AQUÍ SE ESCONDE EL PERIODISTA
CONDENADO POR DIFAMACIÓN

El texto estaba ilustrado con una fotografía hecha con teleobjetivo desde la iglesia; en ella se veía a Mikael justo cuando salía por la puerta de su casa.

El reportero Conny Torsson había efectuado, con gran habilidad, un malintencionado retrato de Mikael. Retomaba el caso Wennerström y subrayaba que Mikael había abandonado *Millennium* por vergüenza y que acababa de cumplir su condena penitenciaria. El reportaje finalizaba con la habitual afirmación de que Mikael había rechazado hacer declaraciones para el *Hedestads-Kuriren*. El tono era tal que difícilmente se le podría pasar por alto a ningún habitante de Hedestad que un chulo de Estocolmo tremendamente sospechoso rondaba por esos lares. Ninguna de las afirmaciones del texto se podría llevar a los tribunales, pero todo estaba enfocado de un modo que dejaba a Mikael muy mal parado; la composición de las fotografías y la tipografía seguían el mismo patrón que se utilizaba al presentar a terroristas políticos. *Millennium* era descrita como una «revista agitadora» de poca credibilidad, y el libro de Mikael sobre el periodismo económico se despachaba como una colección de «controvertidas afirmaciones» sobre respetados periodistas.

—Mikael…, me faltan palabras para expresar lo que siento leyendo este artículo. Es asqueroso.

—Es un encargo —contestó Mikael con tranquilidad.

Miró inquisitivamente a Martin Vanger.

—Espero que entiendas que no tengo nada que ver con esto. Se me atragantó el café del desayuno al verlo.

—¿Quién?

—He hecho unas llamadas esta mañana. Conny Torsson es un sustituto de verano. Pero lo hizo por mandato de Birger.

—¿Birger influyendo en la redacción? Pero si es político y, además, presidente del consejo municipal…

—Formalmente no tiene influencia. Pero el editor jefe es Gunnar Karlman, hijo de Ingrid Vanger, de la rama familiar de Johan Vanger. Birger y Gunnar son íntimos amigos desde hace muchos años.

—Ahora lo entiendo.

—Torsson será despedido de inmediato.

—¿Cuántos años tiene?

—Sinceramente, no lo sé. No lo conozco.

—No lo despidas. Cuando me llamó me dio la impresión de que se trataba de un reportero bastante joven e inexperto.

—Ya, pero esto no puede quedar así.

—Si quieres mi opinión, me parece un poco absurdo que el redactor jefe de un periódico perteneciente a la familia Vanger ataque a una revista de la que Henrik Vanger es socio y en cuya junta figuras tú. Por lo tanto, el redactor Karlman os está atacando a ti y a Henrik.

Martin Vanger sopesó las palabras de Mikael, pero negó lentamente con la cabeza.

—Entiendo lo que quieres decir. Debo pedir responsabilidades a quien corresponda. Karlman es copropietario del Grupo y siempre que ha tenido ocasión ha emprendido una guerra sucia contra mí, pero esto más bien parece ser la venganza de Birger sobre ti por haberle dejado con la palabra en la boca en el pasillo del hospital. Tú eres una *persona non grata* para él.

—Ya lo sé. Por eso creo que Torsson, a pesar de todo, es más trigo limpio que los otros. Es muy difícil que un joven sustituto se niegue a escribir lo que su jefe le ordena.

—Puedo exigir que mañana te pidan disculpas públicamente en un sitio destacado.

—No, no lo hagas. Sólo conseguiríamos prolongar la pelea y empeorar la situación.

—¿Así que no quieres que haga nada?

—No merece la pena. Karlman traerá problemas y en el peor de los casos te describirá como un canalla que, al ser dueño del periódico, intenta de manera ilegítima ejercer influencia sobre la libre creación de opinión.

—Perdóname, Mikael, pero no estoy de acuerdo. La verdad es que yo también tengo derecho a crear opinión: la mía es que ese reportaje apesta, y lo pienso dejar muy claro. Al fin y al cabo, soy el sustituto de Henrik en la junta de *Millennium* y, como tal, no puedo dejar impunes este tipo de insinuaciones.

—Vale.

—Voy a exigir el derecho a réplica. En ella tacharé a Karlman de idiota. La culpa es suya.

—Está bien, tienes que actuar de acuerdo con tus propias convicciones.

—También es importante para mí que sepas que no tengo nada que ver con este infame ataque.

—Te creo —contestó Mikael.

—Es más: realmente no quería sacar el tema ahora, pero esto pone de actualidad el asunto sobre el que ya hemos intercambiado nuestras opiniones. Resulta fundamental que te reincorpores a la redacción de *Millennium* para que podamos mostrar un frente unido. Mientras te mantengas al margen seguirán las habladurías. Creo en *Millennium* y estoy convencido de que, juntos, ganaremos esta batalla.

—Entiendo tu postura, pero ahora me toca a mí estar en desacuerdo contigo. No puedo romper el contrato con Henrik, y la verdad es que tampoco deseo hacerlo. ¿Sabes?, le tengo mucho aprecio, la verdad. Y esto de Harriet…

—¿Sí?

—Entiendo que te resulte difícil y sé que ha sido la obsesión de Henrik durante muchos años.

—Entre nosotros, Henrik es mi mentor y lo quiero mucho. Pero su obsesión por el caso de Harriet es tal que ha estado a punto de perder el juicio.

—Cuando empecé este trabajo, pensé que sería una pérdida de tiempo. Pero lo cierto es que, contra todo pronóstico, hemos encontrado nuevo material. Creo que hemos avanzado algo y que quizá sea posible darle una respuesta a lo sucedido.

—¿No me quieres contar lo que habéis encontrado?

—Según el contrato, no puedo hablar con nadie sobre el tema sin el expreso consentimiento de Henrik.

Martin Vanger apoyó la barbilla en la mano. Mikael vio una sombra de duda en sus ojos. Al final, Martin tomó una decisión.

—Vale. En ese caso, lo mejor es esclarecer el misterio de Harriet lo más rápidamente posible. Te lo diré de la siguiente manera: te apoyaré por completo para que puedas terminar cuanto antes el trabajo de manera satisfactoria y luego reincorporarte a *Millennium*.

—Muy bien. No querría verme obligado a luchar también contra ti.

—No será necesario. Tienes todo mi apoyo. Puedes acudir a mí cuando quieras si te topas con algún problema. Voy a darle su merecido a Birger para que no obstaculice tu camino ni lo más mínimo. E intentaré hablar con Cecilia para que se calme.

—Gracias. Necesito hacerle algunas preguntas y lleva ya un mes ignorando mis intentos de hablar con ella.

De repente Martin Vanger sonrió.

—Tal vez también tengáis otras cosas que aclarar. Pero eso no es asunto mío.

Se dieron la mano.

Lisbeth Salander escuchó el intercambio de palabras entre Mikael y Martin Vanger en silencio. Cuando Martin se fue, cogió el *Hedestads-Kuriren* y le echó un vistazo al reportaje. Acto seguido, dejó de lado el periódico sin realizar ningún comentario.

Mikael permanecía en silencio, reflexionando. Gunnar Karlman había nacido en 1942 y, por consiguiente, tenía veinticuatro años en 1966. También se encontraba en la isla el día de la desaparición de Harriet.

Después del desayuno, Mikael puso a su colaboradora a estudiar la investigación policial. Seleccionó las carpetas que se centraban en la desaparición de Harriet y le pasó todas las fotos del accidente del puente, así como el largo resumen de las pesquisas personales de Henrik.

Luego, Mikael se fue a ver a Dirch Frode y le hizo redactar un contrato en el que se hacía constar que Lisbeth sería su colaboradora durante el próximo mes.

Cuando Mikael regresó a la casa de invitados, encontró a Lisbeth en la mesa del jardín, completamente enfrascada en la investigación policial. Mikael entró y calentó el café. La contemplaba a través de la ventana de la cocina. Le dio la impresión de que sólo hojeaba la investigación, pues empleaba un máximo de diez o quince segundos por página. Pasaba las hojas mecánicamente y Mikael se sorprendió al ver que, de esa manera, descuidaba la lectura; le resultaba contradictorio, ya que su propia investigación era muy profesional. Sacó dos tazas de café y se sentó con ella.

—Lo que has escrito sobre la desaparición de Harriet lo hiciste antes de descubrir que buscamos a un asesino en serie.

—Correcto. Apunté lo que me parecía importante, preguntas que quería hacerle a Henrik Vanger, entre otras cosas. Como seguramente habrás advertido, está bastante desestructurado. En realidad, hasta ahora no he hecho más que avanzar a tientas en la penumbra, intentando escribir una historia, un capítulo de la biografía de Henrik Vanger.

—¿Y ahora?

—Antes toda la investigación se centraba en la isla de Hedeby. Ahora estoy convencido de que la historia comienza en Hedestad ese mismo día, aunque un poquito antes. Eso cambia la perspectiva.

Lisbeth asintió y se quedó reflexionando un instante.

—Estuviste genial con lo de las fotografías —dijo acto seguido.

Mikael arqueó las cejas. Lisbeth Salander no daba la impresión de ser una persona pródiga en cumplidos, de modo que se sintió extrañamente halagado. Por otra parte, desde un punto de vista puramente periodístico, se trataba, de hecho, de una hazaña poco habitual.

—Ahora tienes que darme los detalles. ¿Qué pasó con aquella foto que buscabas por el norte, en Norsjö?

—¿Quieres decir que *no* has mirado las fotos de mi ordenador?

—No me ha dado tiempo. Prefería leer tus ideas y conclusiones.

Mikael suspiró, encendió su iBook y abrió la carpeta de fotos.

—Es fascinante. La visita a Norsjö resultó, a la vez, un éxito y una decepción total. Encontré la foto, pero no aporta gran cosa. Aquella mujer, Mildred Berggren, guardaba absolutamente todas las fotografías de sus vacaciones escrupulosamente pegadas en un álbum. Allí estaba la foto. Fue hecha con una película barata en color. Al cabo de treinta y siete años, la copia presentaba un aspecto amarillento y casi había perdido los colores, pero la señora conservaba los negativos en una caja de zapatos. Me dejó todos los que tenía de Hedestad y los he escaneado. Esto es lo que vio Harriet.

Mikael hizo *clic* y abrió una foto de un archivo que se llamaba HARRIET/bd-19.eps.

Lisbeth comprendió su decepción. Vio una imagen ligeramente borrosa hecha con un gran angular donde se apreciaba a los payasos del desfile del Día del Niño. Al fondo, la esquina de la tienda de confección Sundströms Herrmode. En la acera, entre los payasos y la parte frontal del siguiente camión, había una decena de personas.

—Creo que éste es el individuo al que descubrió. En

parte porque he intentado triangular lo que miraba guiándome por la orientación de su cara (he dibujado con exactitud el cruce de calles), y en parte porque es la única persona que parece dirigir la mirada directamente a la cámara. O sea, a Harriet.

Lo que vio Lisbeth fue una figura borrosa situada algo detrás de los espectadores y un poco metida en la calle perpendicular. Llevaba una cazadora oscura con una franja roja en los hombros y pantalones también oscuros, posiblemente vaqueros. Mikael hizo un *zoom*, de manera que la figura, de cintura para arriba, cubrió toda la pantalla. Al instante la foto se volvió aún más borrosa.

—Es un hombre de complexión normal. Mide aproximadamente un metro y ochenta centímetros. Tiene el pelo castaño, ni corto ni largo, y está afeitado. Pero resulta imposible apreciar sus rasgos faciales y, mucho menos, estimar su edad. Podría tratarse tanto de un adolescente como de un señor de mediana edad.

—Se puede manipular la imagen…

—Ya lo he hecho. Incluso mandé una copia a *Millennium*, a Christer Malm, que es un hacha en el tratamiento de fotografías.

Mikael hizo clic y abrió otra foto.

—Ésta es la máxima calidad que he podido obtener: la cámara es mala y la distancia, demasiado grande.

—¿Se la has enseñado a alguien? Tal vez la gente reconozca la postura…

—Se la he mostrado a Dirch Frode. No tiene ni idea de quién puede ser.

—No creo que Dirch Frode sea la persona más espabilada de Hedestad.

—No, pero trabajo para él y para Henrik Vanger. Quiero enseñarle la foto a Henrik antes de empezar a difundirla.

—Tal vez sólo sea un espectador más.

—Es posible. Pero, en cualquier caso, fue capaz de desencadenar una reacción muy extraña en Harriet.

Durante la semana siguiente, Mikael y Lisbeth consagraron todo su tiempo al caso Harriet, desde la primera hora de la mañana hasta la última de la noche. Lisbeth seguía leyendo los informes de la investigación y lanzaba una pregunta tras otra; Mikael intentaba contestarlas. Sólo existía una verdad y cualquier respuesta vaga o ambigua los conducía a una discusión más profunda. Dedicaron un día entero a examinar los horarios de todos los implicados mientras tuvo lugar el accidente del puente.

A medida que pasaba el tiempo, Mikael iba encontrando cada vez más contradictoria a Lisbeth Salander. A pesar de que sólo hojeaba los textos de la investigación, siempre parecía fijarse en los detalles más oscuros y ambiguos.

Por las tardes, cuando el calor hacía insoportable la estancia en el jardín, se tomaban algún que otro descanso. Algunas veces bajaban al canal a bañarse; otras, subían andando a la terraza del Café de Susanne, quien, de buenas a primeras, empezó a tratar a Mikael con una cierta y manifiesta frialdad. Él se dio cuenta de que Lisbeth tenía el aspecto de una niña apenas mayor de edad, que, además, vivía en su casa, lo cual, a ojos de Susanne, lo convertía en un viejo verde. Era una sensación desagradable.

Mikael seguía saliendo a correr cada noche. Lisbeth no comentaba nada al respecto cuando volvía jadeando a la casa. Correr atravesando el bosque distaba bastante, al parecer, de su idea de diversión veraniega.

—He pasado de los cuarenta —le dijo Mikael—. Tengo que hacer ejercicio; si no, echaré una barriga tremenda.

—Muy bien.

—¿Tú no practicas nada?

—A veces boxeo.

—¿Boxeo?

—Sí, ya sabes, con guantes.

Mikael se metió en la ducha intentando imaginarse a Lisbeth en el cuadrilátero. Igual le estaba tomando el pelo. Bastaba con hacerle una pregunta:

—¿Y en qué categoría de peso boxeas?

—En ninguna. De vez en cuando hago de *sparring* para unos chicos en un club de Söder.

«¿Por qué no me sorprende?», pensó Mikael. Pero constató que, por lo menos, le había contado algo sobre sí misma. Seguía sin saber prácticamente nada de ella, cómo había empezado a trabajar para Armanskij, qué formación tenía o a qué se dedicaban sus padres. En cuanto intentaba averiguar datos de su vida privada, se cerraba como una ostra y le contestaba con monosílabos o lo ignoraba por completo.

Una tarde, Lisbeth Salander dejó súbitamente de lado una de las carpetas y miró a Mikael, frunciendo el ceño.

—¿Qué sabes de Otto Falk, el párroco?

—Poco. Conocí a la nueva reverenda en la iglesia a principios de año; me contó que Falk todavía vive, pero que está en una residencia geriátrica de Hedestad. Alzheimer.

—¿De dónde era?

—De aquí, de Hedestad. Estudió en Uppsala y regresó a su tierra natal cuando tenía unos treinta años.

—Era soltero. Y Harriet se relacionaba con él.

—¿Por qué lo preguntas?

—Me he dado cuenta de que el madero ese, Morell, no le presionaba mucho en los interrogatorios.

—En los años sesenta, los párrocos seguían disfrutando de una posición social completamente distinta a la de ahora. Que él viviera aquí, en la isla, o sea, cerca del poder, era natural.

—Me pregunto si la policía realmente registraría la casa rectoral con meticulosidad. En las fotos se ve que era una casa de madera muy grande; sin duda, habría muchos sitios para esconder un cadáver durante algún tiempo.

—Es verdad. Pero no hay nada en el material que indique que el pastor estuviera vinculado a los asesinatos en serie ni a la desaparición de Harriet.

—Sí que lo hay —dijo Lisbeth Salander, mirando con una sonrisa torcida a Mikael—. Primero, era pastor; y si alguien tiene una relación especial con la Biblia, son ellos. Segundo, fue el último que vio a Harriet y habló con ella.

—Pero bajó inmediatamente al lugar del accidente y se quedó allí durante horas. Se le ve en muchísimas fotos, especialmente durante los momentos en los que Harriet desapareció.

—Bah, yo puedo echar por tierra su coartada. Pero la verdad es que estaba pensando en otra cosa. Esta historia es la de un sádico asesino de mujeres.

—¿Sí?

—Yo estuve…; la pasada primavera tuve unos días libres y estudié el tema de los sádicos, en un contexto completamente distinto. Uno de los textos que leí pertenecía a un manual estadounidense del FBI. En él se afirmaba que una llamativa mayoría de los asesinos en serie detenidos proceden de familias disfuncionales, y que muchos de ellos se dedicaban en su infancia a torturar animales. Además, gran parte de los asesinos en serie estadounidenses también habían sido arrestados por provocar incendios intencionadamente.

—Sacrificios de animales y holocaustos, ¿es eso lo que quieres decir?

—Sí. Tanto los animales torturados como el fuego aparecen en varios de los casos de Harriet. Pero, en realidad, estaba pensando en el hecho de que la casa rectoral se quemara a finales de los años setenta.

Mikael reflexionó un rato.

—Demasiado vago —dijo finalmente.

Lisbeth Salander asintió.

—Estoy de acuerdo. Pero merece la pena tenerlo en cuenta. No encuentro nada en la investigación que hable de la causa del fuego, y sería interesante saber si hubo otros misteriosos incendios en los años sesenta. Además, deberíamos averiguar si en aquella época hubo casos de torturas o mutilaciones de animales por estas tierras.

Cuando Lisbeth se fue a la cama la séptima noche de su estancia en Hedeby, se sentía ligeramente irritada por culpa de Mikael. Durante una semana había pasado con él prácticamente cada minuto del día; en circunstancias normales, siete minutos en compañía de otra persona solían ser más que suficientes para darle dolor de cabeza.

Hacía mucho que había constatado que las relaciones sociales no eran su fuerte, y ya se había acostumbrado a ello en su solitaria vida. Se encontraba perfectamente resignada a ello, a condición de que la gente la dejara en paz y no se metiera en sus asuntos. Desgraciadamente, su entorno no se mostraba ni inteligente ni comprensivo; tenía que defenderse de los servicios sociales, los servicios de atención a menores, las comisiones de tutelaje, hacienda, los policías, los educadores, los psicólogos, los psiquiatras, los profesores y los porteros que —exceptuando a los del Kvarnen, que ya la conocían— nunca querían dejarla entrar en los bares a pesar de haber cumplido ya veinticinco años. Había todo un ejército de gente que parecía no tener nada mejor que hacer que pretender gobernar su vida y, si se le diese la oportunidad, corregir la manera que había elegido de vivirla.

Pronto aprendió que no merecía la pena llorar. También aprendió que siempre que intentaba que alguien se interesara por un aspecto de su vida, la situación no hacía más que empeorar. Por consiguiente, resolver los problemas era algo que debía hacer por sí misma, con los métodos que considerara necesarios, cosa que el abogado Nils Bjurman ya había sufrido en sus propias carnes.

Mikael Blomkvist poseía la misma irritante costumbre que todos los demás de husmear en su vida privada y formularle preguntas que a ella no le apetecía contestar. En cambio, no reaccionaba en absoluto como la mayoría de los hombres que había conocido.

Cuando Lisbeth ignoraba sus preguntas, él sólo se encogía de hombros, abandonaba el tema y la dejaba en paz. «Asombroso.»

Lo primero que hizo cuando echó mano de su iBook aquella primera mañana en la casita fue, por supuesto, transferir toda la información a su propio ordenador. De esa manera, no le importaría tanto que Mikael pudiera dejarla al margen del caso, pues tendría acceso al material de todos modos.

Luego lo había provocado intencionadamente leyendo los documentos de su iBook cuando él se despertó. Esperaba un ataque de rabia. En su lugar pareció más bien resignado, murmuró algo irónico, se metió en la ducha y luego se puso a hablar sobre lo que ella había leído. Un tío raro. Lisbeth casi estaba tentada de creer que Mikael confiaba en ella.

Pero el hecho de que conociera sus destrezas como *hacker* era grave. Lisbeth Salander sabía muy bien que el término jurídico para designar sus actividades, tanto en su vida profesional como en la privada, era intrusión informática ilícita, de modo que podía ser sancionada con dos años de cárcel. Se trataba de un tema delicado: no quería ser encarcelada; además, una condena, con gran probabilidad, también significaría que le quitarían sus ordenadores y con ello la privarían de lo único que hacía realmente bien. Ni siquiera se le había pasado por la cabeza contarle a Dragan Armanskij, ni a nadie, de dónde sacaba la información por la que le pagaban.

A excepción de Plague y unas pocas personas en la red que, al igual que ella, se dedicaban al *hacking* profesionalmente —y la mayoría de ellos sólo la conocían como Wasp, no sabían quién era realmente ni dónde vivía—, sólo *Kalle* Blomkvist había tropezado con su secreto. La descubrió porque cometió un error que ni siquiera los principiantes de doce años cometen, lo cual constituía una señal más que evidente de que su cerebro ya estaba siendo devorado por los gusanos y de que merecía ser castigada con una buena tunda de latigazos. Sin embargo, él ni se enfureció ni puso el grito en el cielo; en su lugar la contrató.

Así que se sentía ligeramente irritada con él.

Cuando se estaban tomando un sándwich, poco antes de que ella se fuera a acostar, él le había preguntado, sin venir a cuento, si era una buena *hacker*. Para su propio asombro, Lisbeth contestó espontáneamente a la pregunta:

—Probablemente la mejor de Suecia. Puede que haya dos o tres personas de un nivel similar al mío.

Lisbeth no dudaba de la veracidad de su respuesta. En su día Plague fue mejor, pero hacía ya mucho tiempo que ella le había superado.

Sin embargo, le resultaba raro pronunciar esas palabras. No lo había hecho nunca. Ni siquiera había tenido a nadie con quien entablar ese tipo de conversación, y de repente encontró placentero el hecho de que él pareciera estar impresionado por sus conocimientos. Luego Mikael rompió la magia preguntando cómo había aprendido a piratear.

No supo qué contestar. «Siempre lo he sabido hacer.» En su lugar, se fue a la cama sin darle las buenas noches.

Pero para su irritación, el haberse retirado a la habitación de aquella manera no pareció provocar reacción alguna en él. Permaneció tumbada escuchando cómo

Mikael se movía por la cocina, quitaba la mesa y fregaba. Él siempre se quedaba despierto hasta más tarde que ella, pero hoy, al parecer, ya se iba a acostar. Lo oyó en el cuarto de baño y al entrar en su dormitorio y cerrar la puerta. Al cabo de un rato oyó el chirrido que produjo la cama cuando se acostó, a medio metro de ella, pero al otro lado de la pared.

Durante la semana que llevaba en su casa, no había intentado ligar con ella. Trabajaban juntos, le preguntaba su opinión, la recriminaba cuando se equivocaba y le daba la razón cuando ella lo reprendía. Maldita sea, la verdad es que Mikael Blomkvist la había tratado como a una persona.

De repente, se dio cuenta de que le gustaba su compañía, tal vez, incluso, de que confiaba en él. Nunca había confiado en nadie, a excepción, probablemente, de Holger Palmgren, aunque por razones completamente diferentes. Palmgren había sido un *do gooder* previsible.

Se levantó, se acercó a la ventana e, inquieta, se puso a contemplar la oscuridad. Para Lisbeth, lo más difícil de todo era mostrarse desnuda ante otra persona por primera vez. Estaba convencida de que su delgaducho cuerpo resultaba repulsivo. Sus pechos eran patéticos. Prácticamente no tenía caderas. A su juicio, no podía ofrecer gran cosa. Pero aparte de eso, era una mujer normal, con exactamente el mismo deseo e instinto sexual que todas las demás. Permaneció de pie junto a la ventana casi veinte minutos antes de decidirse.

Mikael estaba en la cama leyendo una novela de Sara Paretsky cuando escuchó el picaporte de la puerta y, al levantar la mirada, vio a Lisbeth Salander. Una sábana le envolvía el cuerpo. Se quedó un rato callada en la entrada; daba la impresión de estar pensando en algo.

—¿Te pasa algo? —preguntó Mikael.

Negó con la cabeza.

—¿Qué quieres?

Se acercó a él, le cogió el libro y lo dejó sobre la mesilla de noche. Luego se inclinó y le besó en la boca. Sus intenciones no podían estar más claras. Se subió rápidamente a la cama y se quedó sentada mirándole con ojos inquisitivos. Puso una mano sobre la sábana que cubría su estómago. Como no protestó, ella se inclinó y le mordió un pezón. Mikael Blomkvist estaba completamente perplejo. Al cabo de unos segundos la cogió de los hombros y la apartó para poder ver su cara. Él no parecía indiferente.

—Lisbeth…, no sé si esto es una buena idea. Trabajamos juntos.

—Quiero acostarme contigo. Y eso no será ningún problema para trabajar juntos, pero si ahora me echas de aquí, voy a tener un problema gordo contigo.

—Pero apenas nos conocemos.

De repente se rió, secamente, como tosiendo.

—Cuando hice mi investigación sobre ti, advertí que eso nunca te ha echado para atrás. Todo lo contrario: perteneces a esa clase de hombres que son incapaces de mantenerse alejados de las mujeres. ¿Qué pasa? ¿No soy lo suficientemente *sexy* para ti?

Mikael negó con la cabeza intentando pensar en algo inteligente que decir. Al no contestar, ella le quitó la sábana y se puso a horcajadas encima de él.

—No tengo condones —dijo Mikael.

—A la mierda los condones.

Cuando Mikael se despertó, Lisbeth ya se había levantado. La oyó en la cocina haciendo ruido con la cafetera. Eran las siete menos algo. Sólo había dormido dos horas y se quedó en la cama con los ojos cerrados.

No alcanzaba a comprender a Lisbeth Salander. Ni

en una sola ocasión le había dado a entender, ni siquiera con una mirada, que tenía el más mínimo interés por él.

—Buenos días —dijo Lisbeth desde la puerta, incluso con un asomo de sonrisa.

—Hola —contestó Mikael.

—Se nos ha acabado la leche. Subo a la gasolinera. Abren a las siete.

Se dio la vuelta tan rápidamente que Mikael no tuvo tiempo de contestar. La oyó ponerse los zapatos, coger el bolso y el casco y salir por la puerta principal. Mikael cerró los ojos. Acto seguido escuchó cómo la puerta se volvía a abrir, y un instante después estaba de nuevo en la puerta del dormitorio. Esta vez no sonreía.

—Es mejor que vengas a ver esto —dijo con una voz rara.

Mikael se levantó enseguida y se puso los vaqueros. Durante la noche, alguien se había acercado a la casa con un indeseado regalo. En el porche yacía el cadáver medio carbonizado de un gato descuartizado. Le habían cortado la cabeza y las piernas; luego fue despellejado y le extrajeron las tripas y el estómago; los restos estaban tirados junto al cadáver, que parecía haber sido asado sobre fuego. La cabeza estaba intacta y colocada encima del sillín de la moto de Lisbeth Salander. Mikael reconoció el pelaje pardo rojizo.

Capítulo 22

Jueves, 10 de julio

Desayunaron en el jardín en silencio y sin leche para el café. Antes de que él fuera a buscar una bolsa de basura para quitar a la gata de allí, Lisbeth sacó una pequeña cámara digital Canon para hacer unas fotos del macabro espectáculo. Sin saber muy bien qué hacer con el cadáver, Mikael lo metió en el maletero del coche. Debería poner una denuncia a la policía por maltrato de animales y posiblemente también por amenazas, pero no sabía muy bien cómo explicar el motivo de esas amenazas.

A las ocho y media, Isabella Vanger pasó caminando en dirección al puente. No los vio, o fingió no verlos.

—¿Cómo estás? —le preguntó finalmente Mikael a Lisbeth.

—Bien.

Ella le observaba desconcertada. «De acuerdo. Quiere que esté indignada.»

—Cuando encuentre al cabrón que tortura y mata a una gata inocente sólo para hacernos una advertencia, cogeré un bate de béisbol y...

—¿Crees que se trata de una advertencia?

—¿Se te ocurre algo mejor? Esto significa algo.

Mikael asintió con la cabeza.

—Sea cual sea la explicación, hemos conseguido inquietar a alguien lo suficiente como para que cometa una verdadera locura. Pero también hay otro problema.

—Ya lo sé. Esto es un sacrificio animal al estilo de los de 1954 y 1960. Pero no parece probable que un asesino de hace ya cincuenta años venga ahora merodeando por aquí para dejar cadáveres de animales torturados delante de la puerta de tu casa.

Mikael asintió.

—En tal caso, los únicos sospechosos serían Harald Vanger e Isabella Vanger. Hay otros parientes mayores, también de la rama familiar de Johan Vanger, pero ninguno vive por aquí.

Mikael suspiró.

—Isabella es una cabrona muy malvada, y seguro que sería capaz de matar a una gata, pero dudo que en los años cincuenta se dedicara a asesinar en serie a mujeres. En cuanto a Harald Vanger... no sé, parece tan decrépito que apenas puede andar; me cuesta creer que haya salido a escondidas por la noche para buscar a la gata y hacer todo eso.

—A no ser que se trate de dos personas. Una mayor y otra joven.

Mikael oyó pasar un coche. Levantó la mirada y vio a Cecilia Vanger desaparecer por el puente. «Harald y Cecilia», pensó. Pero había algo que no encajaba muy bien: el padre y la hija no se veían y apenas se dirigían la palabra. A pesar de la promesa de Martin Vanger de hablar con ella, Cecilia seguía sin devolverle las llamadas.

—Tiene que ser alguien que sepa que estamos investigando y que hemos hecho avances —dijo Lisbeth Salander.

Acto seguido, se levantó y entró en la casa. Cuando salió ya llevaba puesto su mono de cuero.

—Me voy a Estocolmo. Volveré esta noche.

—¿Qué vas a hacer?

—Ir a por unos trastos. Si alguien está tan loco como para matar a una gata de esa manera, la próxima vez puede que venga a por nosotros. O que provoque un incendio mientras estamos durmiendo. Quiero que hoy mismo vayas a Hedestad y compres dos extintores y dos detectores de humos. Uno de los extintores debe ser de halón.

Sin despedirse, se puso el casco, arrancó la moto de una patada y desapareció por el puente.

Mikael tiró el cadáver en el cubo de basura de la gasolinera antes de continuar hacia Hedestad, donde compró los extintores y los detectores de humo. Los metió en el maletero del coche y se fue al hospital. Había quedado con Dirch Frode en la cafetería.

Le contó lo sucedido. Dirch Frode se puso pálido.

—Mikael, no había contado con que esta historia pudiera ser peligrosa.

—¿Por qué no? Al fin y al cabo, la tarea consistía en desenmascarar a un asesino.

—Pero quién iba a… Esto es una locura. Si tu vida y la de la señorita Salander corren peligro, debemos parar esto ya. Yo puedo hablar con Henrik.

—No. En absoluto. No quiero que sufra otro infarto.

—No deja de preguntar por ti.

—Dile que sigo intentando desenredar el ovillo.

—¿Y ahora qué hacemos?

—Tengo algunas preguntas. El primer incidente ocurrió poco después del infarto de Henrik; ese día me encontraba en Estocolmo. Alguien registró mi estudio. Yo ya había descifrado el código bíblico y descubierto las fotos de Järnvägsgatan. Os lo conté a ti y a Henrik. Martin también estaba al tanto e hizo la gestión que me permitió entrar en la redacción del *Hedestads-Kuriren*. ¿Cuántas personas más lo sabían?

—Bueno, ignoro con quién hablaría Martin exactamente. Pero tanto Birger como Cecilia estaban al corriente; han comentado tu búsqueda de fotos. Alexander también lo sabía. Y, por cierto, Gunnar y Helena Nilsson, habían subido a ver a Henrik y se vieron metidos en la conversación. Y Anita Vanger.

—¿Anita? ¿La de Londres?

—La hermana de Cecilia. Acompañó a Cecilia en el vuelo de vuelta cuando Henrik sufrió el infarto, pero se alojó en un hotel y, que yo sepa, no ha pisado la isla. Al igual que Cecilia, no quiere ver a su padre. Pero regresó a Londres hace una semana, cuando Henrik salió de la UVI.

—¿Y dónde está Cecilia? La vi esta mañana cuando cruzó el puente, pero su casa permanece cerrada y a oscuras.

—¿Sospechas de ella?

—No, sólo me preguntaba dónde se alojaba.

—En casa de su hermano Birger, a un paso de la casa de Henrik.

—¿Y sabes dónde se encuentra ahora?

—No. De todos modos, con Henrik no está.

—Gracias —dijo Mikael, y se levantó.

Los miembros de la familia Vanger iban y venían por el hospital de Hedestad. En el vestíbulo principal, Birger Vanger se dirigía hacia los ascensores. Mikael no tenía ganas de cruzarse con él, así que esperó hasta que desapareció de su vista. En su lugar, se topó con Martin Vanger justo en la puerta del hospital, casi exactamente en el mismo sitio en el que se había encontrado con Cecilia Vanger en la anterior visita. Se saludaron y se dieron la mano.

—¿Has visto a Henrik?

—No, sólo he pasado a ver a Dirch Frode un momento.

Martin Vanger estaba ojeroso y parecía cansado. De repente, Mikael se fijó en lo mucho que había envejecido Martin desde que se conocieron, hacía ya seis meses. La lucha por salvar al imperio Vanger era costosa y la enfermedad de Henrik no le había animado mucho.

—¿Cómo te va? —preguntó Martin Vanger.

Mikael dejó claro enseguida que no tenía ninguna intención de abandonar y volver a Estocolmo.

—Bien, gracias. A medida que pasan los días esto se va poniendo cada vez más interesante. Cuando Henrik mejore, espero poder satisfacer su curiosidad.

Birger Vanger vivía en un chalé adosado de ladrillo blanco al otro lado del camino, a sólo cinco minutos andando desde el hospital. Tenía vistas al mar y al puerto de Hedestad. Cuando Mikael llamó al timbre, no abrió nadie. Telefoneó al móvil de Cecilia, pero no obtuvo respuesta. Permaneció un rato en el coche tamborileando en el volante con los dedos. Birger Vanger era una página en blanco en su colección; nació en 1939 y por lo tanto sólo tenía diez años cuando se cometió el asesinato de Rebecka Jacobsson. En cambio, tenía veintisiete cuando desapareció Harriet.

Según Henrik Vanger, Birger y Harriet apenas tuvieron relación. Birger se crió con su familia en Uppsala y se mudó a Hedestad para trabajar en el Grupo Vanger, pero al cabo de un par de años lo abandonó para dedicarse a la política. Sin embargo, se encontraba en Uppsala cuando se cometió el asesinato de Lena Andersson.

Mikael no sabía por dónde coger toda esa historia, pero el incidente de la gata le había provocado un sentimiento de amenaza inminente y la sensación de que empezaba a faltarle tiempo.

Otto Falk, el viejo pastor de Hedeby, tenía treinta y seis años cuando Harriet desapareció. Ahora tenía setenta y dos; era más joven que Henrik Vanger, pero se encontraba en unas condiciones mentales considerablemente peores. Mikael fue a verlo a la residencia Svalan, un edificio de ladrillo amarillo al otro lado de la ciudad, a orillas del canal de Hede. Mikael se presentó en la recepción y solicitó hablar con Falk. Explicó que sabía perfectamente que el reverendo sufría de Alzheimer y quiso saber si estaba lo suficientemente lúcido como para mantener una conversación. Una enfermera jefe le contestó que hacía tres años que le diagnosticaron la enfermedad y que su evolución había sido bastante agresiva. Se podía hablar con él, pero su memoria a corto plazo era pésima; no reconocía a algunos familiares y, en general, estaba a punto de adentrarse en una espesa niebla. También le advirtió de que el viejo podía sufrir ataques de angustia si se le presionaba con preguntas a las que no supiera responder.

El viejo pastor estaba sentado en un banco del jardín junto con otros tres pacientes y un enfermero. Mikael pasó una hora intentando conversar con Falk.

Falk recordaba muy bien a Harriet Vanger. Se le iluminó la cara y la describió como una chica encantadora. Sin embargo, Mikael no tardó en darse cuenta de que el pastor había olvidado que llevaba casi treinta y siete años desaparecida. Hablaba de ella como si la acabara de ver; le pidió a Mikael que le diera recuerdos de su parte y que le dijera que subiera a visitarlo. Mikael se comprometió a hacerlo.

Cuando Mikael habló de lo que había sucedido el día en el que Harriet desapareció, Otto Falk se quedó desconcertado. Al parecer, no recordaba el accidente del puente. Fue al final de la conversación cuando el pastor mencionó algo que hizo que Mikael aguzara el oído.

Mikael había conducido la charla hacia el interés de Harriet por la religión; de repente, el pastor Falk pareció pensativo, como si una nube ensombreciera su rostro. Empezó a mecerse hacia delante y atrás durante un rato.

Luego levantó la vista y, mirando a Mikael, le preguntó quién era. Mikael volvió a presentarse y el viejo se quedó meditando otro rato más. Finalmente movió negativamente la cabeza con un gesto irritado.

—Todavía está buscando la verdad. Ha de tener cuidado y tú debes advertirla.

—¿De qué?

El pastor Falk se alteró. Sacudió la cabeza con el ceño fruncido.

—Debe leer *sola scriptura* y entender *sufficientia scripturae*. Sólo de esa manera podrá mantener la *sola fide*. José los excluyó definitivamente. Nunca estuvieron recogidos en el canon.

Mikael no entendió nada, pero lo apuntó todo aplicadamente. Luego el pastor Falk se inclinó hacia Mikael y le susurró en tono confidencial:

—Creo que es católica. Siente fascinación por la magia y sigue sin encontrar a su Dios. Hay que guiarla.

Al parecer, la palabra «católica» encerraba un matiz negativo para el reverendo.

—Yo creía que estaba interesada por el movimiento pentecostal.

—No, no; los pentecostales no. Ella busca la verdad prohibida. No es una buena cristiana.

Acto seguido, el pastor pareció olvidarse tanto de Mikael como del tema y se puso a hablar con uno de los demás pacientes.

Pasadas las dos de la tarde, Mikael ya estaba de vuelta en la isla de Hedeby. Se acercó hasta la casa de Cecilia Vanger y llamó a la puerta sin éxito alguno. Intentó localizarla mediante el móvil, pero no obtuvo respuesta.

Instaló un detector de humos en la cocina y otro en el recibidor. Colocó un extintor junto a la cocina de hierro, al lado de la puerta del dormitorio, y el otro cerca del baño.

Después se preparó el almuerzo —café y sándwiches—, se sentó en el jardín e introdujo en su iBook las notas de la conversación mantenida con el pastor Falk. Meditó un buen rato y luego levantó la vista hacia la iglesia.

La nueva casa rectoral de Hedeby era un chalé moderno normal y corriente, situado a tiro de piedra de la iglesia. A eso de las cuatro, Mikael llamó a la puerta de la casa de la pastora Margareta Strandh y le explicó que venía a pedirle consejo sobre un asunto teológico. Margareta Strandh, una mujer morena de su misma edad, le abrió en vaqueros y camisa de franela. Iba descalza y llevaba las uñas de los pies pintadas. Había coincidido con ella en el Café de Susanne un par de veces en las que hablaron del pastor Falk. Recibió a Mikael amablemente y le invitó a sentarse en el jardín.

Mikael le contó que acababa de ver a Otto Falk y le comentó lo que éste le había dicho, cuyo significado no entendía. Margareta Strandh escuchó y luego le pidió que repitiera con exactitud las palabras pronunciadas por Falk. Ella se quedó pensativa un instante.

—Llegué a Hedeby hace sólo tres años y la verdad es que no conozco personalmente al pastor Falk. Se jubiló varios años antes, pero tengo entendido que se trataba, en el amplio sentido de la palabra, de un hombre bastante ortodoxo. Lo que te ha dicho significa, más o menos, que hay que atenerse a las Escrituras y nada más (*sola scriptura*) y que la Biblia es *sufficientia scripturae*. Esto último es una expresión que establece la suficiencia de las Escrituras entre los creyentes muy ortodoxos. *Sola fide* significa «la fe única» o «la fe pura».

—Entiendo.

—Son, por decirlo de alguna manera, dogmas fundamentales. Constituyen la base de la Iglesia, y lo cierto es que no tiene nada de raro. Las palabras de Falk se traducirían simplemente como «Lee la Biblia: te da suficientes conocimientos y te garantiza la fe pura».

Mikael se sintió un poco avergonzado.

—Pero ahora debes contarme en qué contexto se ha producido esa conversación.

—Le he preguntado sobre una persona que él conoció hace muchos años y sobre la que yo escribo.

—¿Alguien que está buscando respuestas religiosas?

—Algo así.

—De acuerdo; creo que lo entiendo. Falk ha dicho dos cosas más: que «José los excluyó categóricamente» y que «nunca estuvieron recogidos en el canon». ¿Es posible que lo oyeras mal y que dijera Josefus en vez de José? En realidad, se trata del mismo nombre.

—Es posible —dijo Mikael—. He grabado la entrevista; si quieres escucharla…

—No, no creo que sea necesario. Estas dos frases determinan de manera bastante clara a qué se refería. Josefus era un historiador judío y la frase «nunca estuvieron recogidas en el canon» debe referirse a que nunca estuvieron incluidas en el canon hebreo.

—¿Y eso qué quiere decir?

Ella se rió.

—El pastor Falk te ha dicho que esta persona sentía fascinación por las fuentes esotéricas, en concreto por los apócrifos. La palabra *apokryphos* significa 'oculto' y los apócrifos son, por lo tanto, los libros ocultos que unos tachan de muy controvertidos y que otros consideran que deben formar parte del Antiguo Testamento. Son los libros de Tobías, Judit, Ester, Baruc, la Sirácida, los Macabeos y algunos más.

—Perdona mi ignorancia. He oído hablar de los apócrifos, pero nunca los he leído. ¿Qué tienen de especial?

—En realidad, nada; tan sólo el hecho de que fueron escritos un poco más tarde que el resto del Antiguo Testamento. Por eso los apócrifos se han eliminado de la Biblia hebrea; no porque los escribas judíos desconfiaran de su contenido, sino simplemente porque se escribieron después de que las revelaciones de Dios hubieran concluido. En cambio, los apócrifos se incluyen en la vieja traducción griega de la Biblia. Para la Iglesia católica, por ejemplo, no son polémicos.

—Entiendo.

—Sin embargo, para la Iglesia protestante son sumamente controvertidos. Durante la Reforma, los teólogos volvieron a la antigua Biblia hebrea. Lutero sacó los apócrifos de la Biblia de la Reforma y más tarde Calvino declaró que los apócrifos no podían constituir, en absoluto, la base de la fe. O sea, contienen textos que contradicen o que, de alguna manera, no aceptan lo dicho en la *Claritas Scripturae*, la claridad de las Escrituras.

—En otras palabras: libros censurados.

—Exacto. Los apócrifos sostienen, por ejemplo, que se puede practicar la magia, que la mentira puede ser permitida en ciertos casos y afirmaciones por el estilo, cosa que, naturalmente, crispa a los exégetas dogmáticos de las Escrituras.

—Entiendo. Así que si alguien se entusiasma por la religión, no resulta del todo impensable que los apócrifos aparezcan en su lista de libros de lectura, para gran indignación de alguien como el pastor Falk.

—Exactamente. Resulta casi imposible no toparse con los apócrifos si te interesa la Biblia o la fe católica; y es igual de probable que alguien interesado en temas esotéricos los lea.

—¿No tendrás por casualidad algún ejemplar de los apócrifos?

Se volvió a reír. Una risa clara, amable.

—Naturalmente. De hecho, los apócrifos fueron publicados como un informe oficial estatal, realizado por la Comisión Bíblica en los años ochenta.

Cuando Lisbeth Salander le pidió una entrevista en privado, Dragan Armanskij se preguntó qué estaba pasando. Cerró la puerta y la invitó a sentarse. Lisbeth le comunicó que ya había acabado el trabajo que Mikael Blomkvist le encomendó y que Dirch Frode le pagaría antes de fin de mes, pero que ella había decidido seguir con la investigación. Mikael le había ofrecido un salario considerablemente más bajo.

—Trabajo como autónoma —dijo Lisbeth Salander—. Hasta ahora, respetando nuestro acuerdo, nunca había aceptado ningún encargo que no me hubieras hecho tú. Pero lo que quiero saber ahora es qué pasaría con nuestra relación profesional si cogiera un trabajo por mi cuenta.

Dragan Armanskij hizo un gesto levantando las manos.

—Eres autónoma, puedes hacer los trabajos que quieras y cobrar por ellos lo que te plazca. Me parece estupendo que ganes más dinero. En cambio, sería desleal por tu parte que nos robaras clientes que nosotros te hemos dado.

—No tengo ninguna intención de hacerlo. He llevado a cabo el trabajo según el contrato que redactamos con Blomkvist. Está terminado. Lo que ocurre es que *yo* quiero seguir con el caso. Lo haría gratis.

—Nunca hagas nada gratis.

—Ya sabes a lo que me refiero. Quiero averiguar adónde nos lleva toda esta historia. He persuadido a Mikael Blomkvist para que le pida a Dirch Frode un contrato complementario como ayudante de la investigación.

Le entregó el contrato a Armanskij. Éste le echó un vistazo.

—Por ese sueldo podrías hacerlo gratis; total... Lisbeth, tú tienes talento. No tienes por qué trabajar por cuatro duros. Ya sabes que ganarías mucho más conmigo a jornada completa.

—No me interesa la jornada completa. Pero mi lealtad está contigo, Dragan. Siempre me has tratado muy bien. Quiero saber si le das tu visto bueno a un contrato como éste; no quiero que haya mal rollo entre nosotros.

—Entiendo —dijo Dragan, y meditó su respuesta—. Está bien. Gracias por preguntar. Si surgen situaciones de este tipo en el futuro, quiero que me consultes para que no haya malentendidos.

Lisbeth Salander permaneció callada unos minutos mientras pensaba si faltaba añadir algo. Miró fijamente a Dragan Armanskij sin pronunciar palabra. Acto seguido, asintió con la cabeza, se levantó y se marchó; no hubo frases de despedida, como ya era habitual. Al obtener la respuesta que quería, perdió por completo el interés por Armanskij. Él sonrió sosegadamente. El hecho de que ella le hubiese consultado marcaba un nuevo hito en el proceso de socialización de Lisbeth.

Dragan abrió una carpeta que contenía un informe sobre la seguridad de un museo donde en breve se inauguraría una gran exposición sobre impresionistas franceses. Luego la cerró y dirigió la mirada hacia la puerta por la que Lisbeth Salander acababa de salir. Se quedó pensando en el día en el que la vio reírse con Mikael Blomkvist en su despacho; Dragan se preguntó si eso se debía a que ella estaba madurando o a que Blomkvist la atraía. También sintió una repentina inquietud. Nunca se había podido librar de la sensación de que Lisbeth Salander constituía una víctima perfecta. Y ahora ella estaba persiguiendo a un loco en un pueblucho perdido.

De camino al norte, Lisbeth Salander, guiada por un impulso, se desvió y pasó por la residencia de Äppelviken para ver a su madre. Exceptuando la visita que le hizo a principios de verano, no la veía desde Navidad y tenía remordimientos de conciencia por dedicarle tan poco tiempo. Una nueva visita en el transcurso de un par de semanas constituía todo un récord.

La encontró sentada en la sala de estar. Lisbeth se quedó poco más de una hora y la llevó a pasear hasta el estanque del parque que había junto al hospital. Su madre seguía confundiendo a Lisbeth con su hermana. Como de costumbre, estaba algo ausente, pero, aun así, la visita pareció inquietarla.

Cuando Lisbeth se despidió, su madre no quiso soltarle la mano. Lisbeth prometió volver pronto, pero la madre le lanzó una mirada llena de preocupación y tristeza.

Era como si hubiese tenido el presentimiento de que se avecinaba una desgracia.

Mikael pasó dos horas en el jardín trasero de su casa hojeando los apócrifos, sin llegar a otra conclusión que la de estar perdiendo el tiempo.

No obstante, se le ocurrió una idea. Se preguntó si Harriet Vanger habría sido realmente tan religiosa. Su interés por los estudios bíblicos había surgido durante el año anterior a su desaparición. Vinculó una serie de asesinatos con citas bíblicas y luego no sólo leyó la Biblia detenidamente, sino también los apócrifos; y, además, se sintió atraída por el catolicismo.

En realidad, ¿habría llevado a cabo la misma investigación a la que Mikael Blomkvist y Lisbeth Salander se dedicaban ahora, treinta y siete años después? ¿Era más bien la persecución de un asesino lo que motivó su interés, y no la religiosidad? El pastor Falk había dado a entender que, desde su punto de vista, se trataba más bien de una persona en busca de algo, y no de una buena cristiana.

Una llamada de Erika al móvil interrumpió sus reflexiones.

—Sólo quería decirte que Greger y yo nos vamos de vacaciones la próxima semana. Estaremos fuera cuatro semanas.

—¿Adónde vais?

—A Nueva York. Greger tiene una exposición y luego queríamos ir al Caribe. Un amigo de Greger nos ha dejado una casa en Antigua; nos quedaremos allí dos semanas.

—Suena de maravilla. Que lo paséis bien. Y recuerdos a Greger.

—Llevo tres años sin unas verdaderas vacaciones. El nuevo número ya está, y también casi todo el siguiente. Ojalá pudieras hacerte cargo tú de la edición, pero Christer me ha prometido que él se ocupará de todo.

—Que me llame si necesita ayuda. ¿Qué tal con Janne Dahlman?

Ella dudó un instante.

—También se va de vacaciones la semana que viene. He puesto a Henry como secretario de redacción en funciones. Christer y él llevarán el timón.

—De acuerdo.

—No me fío de Dahlman. Pero de momento se porta bien. Volveré el 7 de agosto.

A eso de las siete, Mikael ya había intentado hablar por teléfono con Cecilia Vanger en cinco ocasiones. Además, le había enviado un mensaje pidiéndole que lo llamara, pero no obtuvo respuesta.

Decidido, dejó los apócrifos, se puso el chándal y cerró la puerta con llave antes de salir a correr.

Cogió el estrecho sendero que discurría en paralelo a la orilla para luego girar y adentrarse en el bosque. Se abrió camino entre la maleza tan deprisa como pudo. Saltó por encima de árboles caídos arrancados de cuajo y llegó agotado hasta La Fortificación, con el pulso demasiado acelerado. Se detuvo junto a una de las viejas trincheras para hacer estiramientos durante un par de minutos.

De repente, oyó un fuerte disparo y una bala impactó en el muro de hormigón, a pocos centímetros de su cabeza. Luego sintió un dolor en el cuero cabelludo, donde algunos fragmentos del muro le hicieron un profundo corte.

Durante lo que parecía una eternidad, Mikael permaneció paralizado, incapaz de comprender lo que había ocurrido. Acto seguido se arrojó de cabeza a la trinchera, dándose un tremendo golpe al aterrizar sobre el hombro. El segundo tiro llegó en el mismo instante en el que se lanzaba. La bala alcanzó los cimientos del muro de hormigón, justo donde acababa de estar.

Mikael se puso de pie y miró a su alrededor. Se hallaba más o menos en el centro de La Fortificación. A derecha e izquierda se extendían unos estrechos pasadizos, de un metro de profundidad, comidos por la vegetación, que conducían a unas trincheras distribuidas a lo largo de algo más de doscientos cincuenta metros. Agachado, echó a correr en dirección sur a través de aquel laberinto.

De pronto, en su interior resonó el eco de la inimitable voz del capitán Adolfsson en una maniobra invernal en la Escuela de Infantería de Kiruna: «Joder, Blomkvist, baja la cabeza si no quieres que una bala te vuele la tapa de los sesos». Veinte años después, todavía se acordaba de los ejercicios especiales que el capitán Adolfsson les solía mandar.

Con el corazón palpitando, se detuvo sesenta metros más allá para recobrar el aliento. Sólo pudo oír su propia respiración. «El ojo humano percibe los movimientos mucho antes que las formas y las siluetas. Muévete despacio cuando estés reconociendo el terreno.» Lentamente levantó la mirada un par de centímetros por encima del borde de la trinchera. El sol le daba de frente y le resultaba imposible apreciar los detalles, pero no percibió ningún movimiento.

Mikael volvió a bajar la cabeza y continuó hasta la última trinchera. «Por muy buenas armas que tenga el enemigo, si no te ve, no te podrá dar. A cubierto, a cubierto, a cubierto. Asegúrate de no ponerte nunca a tiro.»

Ahora Mikael se encontraba a aproximadamente trescientos metros de la granja de Östergården. A cuarenta metros había un bosque de maleza prácticamente impenetrable, lleno de arbustos y broza por doquier. Pero para llegar hasta allí tenía que salir de la trinchera y bajar por una pendiente en la que estaría completamente expuesto. Era la única salida. El mar quedaba a sus espaldas.

Mikael se agachó y reflexionó. De repente reparó en que le dolía la sien y descubrió que sangraba abundantemente y que su camiseta estaba empapada de sangre. Fragmentos de la bala o de los cimientos del muro de hormigón le habían producido un profundo corte en el nacimiento del pelo. «Las heridas del cuero cabelludo no dejan de sangrar nunca», pensó antes de volver a concentrarse en su situación. Le podrían haber disparado una vez por accidente, pero dos significaba que alguien intentaba matarle. No sabía si el tirador seguía allí fuera con el arma cargada esperando a que él se dejara ver.

Intentó calmarse y pensar racionalmente. La elección consistía en esperar o salir de allí de alguna manera. Si el tirador permanecía todavía en su lugar, la segunda alternativa era decididamente desaconsejable. Pero si se quedaba esperando en el mismo sitio, el tirador podría acercarse tranquilamente a La Fortificación, buscarle y pegarle un tiro de cerca.

«Él (¿o ella?) no puede saber si me he desplazado a la derecha o a la izquierda.» Tal vez se trate de una escopeta para cazar alces, probablemente con mira telescópica. Eso quería decir que, si estaba acechando a Mikael a través del objetivo, el tirador tenía un campo de visión limitado.

«Si estás en un aprieto, toma la iniciativa. Es mejor que esperar.» Aguardó aguzando el oído durante dos minutos; luego se encaramó a la trinchera, la saltó y bajó la pendiente tan de prisa como pudo.

Cuando estaba a medio camino en dirección al bosque de maleza se produjo un tercer disparo, pero impactó lejos de él. Acto seguido, se tiró de cabeza cuan largo era a través de la cortina de vegetación, y rodó por un mar de ortigas. Se levantó de inmediato y, medio agachado, empezó a correr alejándose del tirador. Cincuenta metros más allá se detuvo a escuchar. De repente oyó el crujido de una ramita que se rompía en algún sitio entre él y La Fortificación. Se dejó caer boca abajo con sumo cuidado.

«Arrastraos con los codos», había sido otra de las máximas favoritas del capitán Adolfsson. Mikael recorrió los siguientes ciento cincuenta metros pegado al suelo. Avanzaba sin hacer ruido, muy atento a ramas y ramitas. En dos ocasiones oyó repentinos crujidos dentro del bosque. El primero parecía proceder de su cercanía más inmediata, tal vez a unos veinte metros del lugar donde se encontraba. Se quedó petrificado, completamente quieto. Al cabo de un rato, levantó la cabeza con mucho cuidado y oteó el terreno sin descubrir a nadie. Durante un tiempo que se le antojó una eternidad permaneció inmóvil y en máxima alerta, preparado para emprender la huida o, tal vez, para realizar un desesperado contraataque en el caso de que «el enemigo» fuera derecho hacia él. El segundo crujido venía de más lejos. Luego silencio.

«Sabe que estoy aquí. Pero ¿se ha colocado en algún sitio y está esperando a que yo me mueva, o ya se ha retirado?»

Continuó arrastrándose a través de la vegetación hasta que llegó al cercado de los pastos de Östergården.

Aquí comenzaba el siguiente momento crítico. Una senda se extendía paralelamente al cercado por la parte exterior. Seguía tumbado boca abajo en el suelo. Recorrió el terreno con la mirada y, justo enfrente, a unos cuatrocientos metros al final de una ligera pendiente, divisó unas casas. A la derecha vio unas cuantas vacas pastando. «¿Por qué nadie ha oído los disparos y se ha acercado para averiguar qué pasaba? Es verano. Puede que no haya nadie en casa ahora mismo.»

Salir a los pastos no constituía una opción —allí estaría completamente expuesto—, pero, por otra parte, la senda paralela al cercado era el lugar donde él se habría colocado para tener el campo libre y disparar. Arrastrándose, se adentró en la maleza hasta que ésta terminó y un ralo bosque de pinos tomó el relevo.

De regreso a casa, Mikael tomó el camino más largo, rodeando los terrenos de Östergården y atravesando Söderberget. Al dejar atrás Östergården se percató de que el coche no estaba. Se detuvo en la cima de Söderberget y contempló Hedeby. En las viejas casetas de pescadores del puerto había varios veraneantes. Algunas mujeres en bañador hablaban sentadas en el embarcadero; a su lado, unos niños chapoteaban en el agua. Percibió el olor a barbacoa.

Mikael consultó su reloj: las ocho pasadas. Habían transcurrido cincuenta minutos desde los disparos. Gunnar Nilsson, en pantalones cortos y con el torso desnudo, estaba regando el césped de su casa. «¿Cuánto tiempo llevas ahí?» En la casa de Henrik Vanger no había nadie, a excepción de Anna Nygren, el ama de llaves. La casa de Harald Vanger, como siempre, daba la impresión de hallarse abandonada. De pronto descubrió a Isabella Vanger en el jardín trasero de su casa. Estaba sentada hablando con alguien. Mikael tardó un segundo en darse cuenta de que se trataba de la enfermiza Gerda Vanger, nacida en 1922, que vivía con su hijo Alexander Vanger en una de las casas situadas más allá de la de Henrik. No habían sido presentados, pero en varias ocasiones la había visto en ese mismo jardín. La casa de Cecilia Vanger parecía desierta; de repente, Mikael vio una luz encenderse en la cocina. «Está en casa. ¿El tirador había sido una mujer?» No le cabía la menor duda de que Cecilia Vanger sabía manejar una escopeta. Más allá pudo apreciar el coche de Martin Vanger en el patio de su chalé. «¿Cuánto tiempo llevas ahí?»

¿O se trataba de otra persona? ¿Alguien en el que ni siquiera había pensado todavía? ¿Frode? ¿Alexander? Demasiadas posibilidades.

Bajó de Söderberget, siguió el camino hasta el pueblo y se fue inmediatamente a su casa sin encontrarse con nadie. Lo primero que vio fue que la puerta estaba entreabierta. Se agachó casi de manera instintiva. Luego sintió el olor a café y vislumbró a Lisbeth Salander a través de la ventana de la cocina.

Lisbeth oyó a Mikael entrar en el recibidor y salió a su encuentro. Se quedó de piedra. Su rostro, manchado de sangre que había empezado a coagularse, presentaba un aspecto horrible. La parte izquierda de su camiseta blanca estaba empapada de sangre. Presionaba un trapo contra la cabeza.

—Es una herida en el cuero cabelludo que sangra que no veas, pero no pasa nada —dijo Mikael antes de que a ella le diera tiempo a abrir la boca.

Lisbeth se volvió y fue a buscar el botiquín a la despensa. Sólo contenía dos cajas de tiritas, una barrita para las picaduras de mosquito y un pequeño rollo de cinta adhesiva quirúrgica. Mikael se quitó la ropa y la dejó caer en el suelo; luego entró en el baño y se miró en el espejo.

La herida de la sien era un corte de unos tres centímetros de longitud tan profundo que Mikael pudo levantar un buen trozo de carne. Seguía sangrando y necesitaba unos puntos de sutura, pero pensó que probablemente se curaría con la cinta quirúrgica. Humedeció una toalla y se limpió la cara.

Apretó la toalla contra la sien mientras se metía bajo la ducha con los ojos cerrados. Luego golpeó con el puño los azulejos del baño con tanta fuerza que se desolló los nudillos. «*Fuck you* —pensó—. Te voy a coger.»

Cuando Lisbeth tocó su brazo él se retorció como si hubiera recibido una descarga eléctrica y le lanzó una mirada con tanta rabia que ella, instintivamente, dio un paso atrás. Lisbeth le entregó una pastilla de jabón y volvió a la cocina sin pronunciar palabra.

Después de ducharse, Mikael se puso tres capas de cinta quirúrgica. Entró en el dormitorio, se vistió con una camiseta y unos vaqueros limpios, y cogió la carpeta con las fotos impresas. Estaba tan enfadado que casi temblaba.

—Quédate aquí —le gritó a Lisbeth Salander.

Se dirigió a casa de Cecilia Vanger. Puso la mano en el timbre y la mantuvo durante minuto y medio hasta que ella abrió.

—No quiero verte —dijo.

Luego se fijó en su cara, en la sangre que ya empezaba a empaparle la cinta.

—¿Qué te has hecho?

—Déjame pasar. Tenemos que hablar.

Ella dudó.

—No tenemos nada de que hablar.

—Ahora sí tenemos de que hablar y lo podemos hacer aquí, en la escalera o en la cocina.

La voz de Mikael sonó con tanto aplomo que Cecilia

Vanger se apartó y lo dejó entrar. Con pasos decididos se dirigió a la cocina.

—¿Qué te has hecho? —volvió a preguntar.

—Andas diciendo que mi búsqueda de la verdad sobre la desaparición de Harriet Vanger es una especie de absurdo pasatiempo terapéutico de Henrik. Es posible. Pero hace una hora alguien ha intentado volarme la cabeza de un tiro, y anoche alguien dejó una gata descuartizada encima de mi porche.

Cecilia Vanger abrió la boca, pero Mikael la interrumpió.

—Cecilia, me importan una mierda tus historias, tus traumas y por qué, de buenas a primeras, no me puedes ni ver. Jamás volveré a acercarme a ti y no tienes por qué temer que vaya a molestarte o perseguirte. Ahora mismo desearía no haber oído nunca hablar de ti ni de nadie más de la familia Vanger. Pero quiero que respondas a mis preguntas. Cuanto antes contestes, antes te librarás de mí.

—¿Qué quieres saber?

—Uno: ¿dónde estabas hace una hora?

El rostro de Cecilia se ensombreció.

—En Hedestad. Volví hace media hora.

—¿Hay alguien que pueda corroborarlo?

—No, que yo sepa. Pero tampoco tengo por qué justificarme ante ti.

—Dos: ¿por qué abriste la ventana del cuarto de Harriet Vanger el día de su desaparición?

—¿Qué?

—Ya has oído la pregunta. Durante todos estos años Henrik ha intentado averiguar quién abrió esa ventana justo durante los minutos críticos en los que ella desapareció. Todo el mundo niega haberlo hecho. Alguien miente.

—¿Y qué coño te hace creer que fui yo?

—Esto —le espetó Mikael, tirándole la borrosa foto sobre la mesa de la cocina.

Cecilia Vanger se acercó a la mesa y contempló la foto. Mikael creyó leer una mezcla de miedo y asombro en su rostro. Ella levantó la vista y lo miró. De repente Mikael sintió cómo un pequeño reguero de sangre corría por su mejilla y le goteaba sobre la camiseta.

—Aquel día había en la isla unas sesenta personas —dijo él—. Veintiocho eran mujeres. Cinco o seis tenían el pelo rubio y largo. Sólo una llevaba un vestido claro.

Ella miró fijamente la fotografía.

—¿Y tú crees que esa persona soy yo?

—Si no eres tú, estoy muy ansioso por saber quién crees que es. Hasta ahora nadie conocía la existencia de esta foto. La tengo en mi poder desde hace semanas, intentando comentarla contigo. Probablemente soy un idiota, pero no se la he enseñado a Henrik ni a nadie porque me aterraba convertirte en sospechosa o hacerte daño. Pero necesito una respuesta.

—Y la tendrás.

Sostuvo la foto en alto y, acto seguido, se la devolvió.

—Aquel día no entré en el cuarto de Harriet. No soy yo. No tuve absolutamente nada que ver con su desaparición. —Se acercó a la puerta—. Ya tienes tu respuesta. Ahora quiero que te vayas. Creo que debes ir a un médico para que te mire la herida.

Lisbeth Salander lo llevó al hospital de Hedestad. Bastaron dos puntos de sutura y una buena tirita para cerrar la herida. Le recetaron una crema con cortisona para las erupciones que las ortigas le habían provocado en el cuello y las manos.

Tras abandonar el hospital, Mikael estuvo un largo rato dándole vueltas a si debía ir a la policía o no. De pronto se imaginó los titulares: «El periodista condenado por difamación, tiroteado». Sacudió la cabeza.

—Vamos a casa —le dijo a Lisbeth.

Cuando volvieron, en la isla de Hedeby ya reinaba la oscuridad, cosa que a Lisbeth Salander le venía muy bien. Puso una bolsa de deporte encima de la mesa.

—He cogido prestado un equipo de Milton Security y ya va siendo hora de usarlo. Prepara café mientras tanto.

Colocó cuatro detectores de movimiento alrededor de la casa y le explicó que si alguien se acercara a una distancia inferior a siete metros, una señal de radio activaría una pequeña alarma instalada en el dormitorio de Mikael. Al mismo tiempo, dos cámaras de vídeo fotosensibles, colocadas en unos árboles de delante y de detrás de la casa, empezarían a emitir señales a un ordenador portátil que había metido en el armario del recibidor. Camufló las cámaras con una tela oscura, de manera que sólo pudiera verse el objetivo.

Sobre la puerta de entrada instaló una tercera cámara en una casita para pájaros. Para introducir el cable taladró la pared. El objetivo miraba hacia la calle y al camino que iba desde la verja hasta la puerta. Cada segundo hacía una foto de baja resolución que se almacenaba en el disco duro de otro portátil, también instalado en el armario.

Luego colocó en el vestíbulo un felpudo sensible a la presión. Si alguien consiguiera sortear los detectores de movimiento y se introdujera en la casa, se pondría en marcha una sirena de 115 decibelios. Lisbeth le enseñó a Mikael cómo desconectar los detectores con una llave que había que introducir en una cajita colocada en el armario. También había cogido prestados unos prismáticos nocturnos que depositó encima de la mesa del cuarto de trabajo.

—No dejas nada al azar —dijo Mikael al servirle café.

—Otra cosa. Nada de salir a correr hasta que hayamos resuelto todo esto.

—Créeme: he perdido el interés por el ejercicio.

—No es una broma. Esto empezó siendo un misterio histórico, pero esta mañana había una gata muerta en la escalera del porche y esta noche han intentado volarte la cabeza de un tiro. Estamos pisándole los talones a alguien.

Cenaron fiambre y ensalada de patatas. De repente, Mikael se sintió hecho polvo y comenzó a notar un tremendo dolor de cabeza. No tenía fuerzas para hablar y se fue a la cama.

Lisbeth Salander se quedó despierta y continuó estudiando la investigación hasta las dos de la madrugada. La misión de Hedeby había tomado el cariz de algo complicado a la vez que amenazador.

Capítulo 23

Viernes, 11 de julio

Mikael se despertó a las seis de la mañana a causa del sol que se colaba a través de una rendija de las cortinas y le daba de lleno en la cara. Le dolía un poco la cabeza y sintió una punzada de dolor al tocar la cinta quirúrgica. A su lado, Lisbeth Salander dormía boca abajo con su brazo sobre él. Mikael contempló el dragón que se extendía diagonalmente por su espalda, desde el omoplato derecho hasta la nalga izquierda.

Le contó los tatuajes. Aparte del dragón y de una avispa en el cuello, tenía tatuado un brazalete alrededor de uno de los tobillos, otro alrededor del bíceps del brazo izquierdo, un signo chino en la cadera y una rosa en la pantorrilla. Excepto el dragón, se trataba de tatuajes pequeños y discretos.

Mikael salió con cuidado de la cama y corrió las cortinas. Fue al baño y luego volvió sigilosamente a la cama, intentando meterse bajo las sábanas sin despertarla.

Un par de horas más tarde desayunaron en el jardín. Lisbeth Salander miró a Mikael.

—Tenemos un misterio que resolver. ¿Cómo lo vamos a hacer?

—Reuniendo los datos que poseemos e intentando obtener más.

—Uno de los datos es que alguien cercano a nosotros va a por ti.

—La cuestión es ¿por qué? ¿Porque estamos a punto de resolver el misterio de Harriet o porque nos hemos topado con un asesino en serie que no ha sido todavía descubierto?

—Las dos cosas tienen que estar relacionadas.

Mikael asintió con la cabeza.

—Si Harriet consiguió averiguar que existía un asesino en serie, es que éste era alguien de su entorno. Si estudiamos la galería de personajes de los años sesenta, hay, por lo menos, una veintena de candidatos posibles. En la actualidad apenas si contamos con Harald Vanger, y me cuesta mucho creer que sea él, con casi noventa y cinco años de edad, quien vaya corriendo por el bosque con un rifle. No tendría fuerzas ni para levantar una escopeta de las de cazar alces. Todas las personas son o demasiado viejas para ser consideradas peligrosas hoy en día, o demasiado jóvenes para haber participado en los años cincuenta. Así que eso nos devuelve a la casilla de salida.

—A no ser que se trate de dos personas que trabajan juntas. Una mayor y otra más joven.

—Harald y Cecilia. No creo. Estoy convencido de que me dijo la verdad cuando me aseguró que no era ella la de la foto de la ventana.

—Entonces, ¿quién era?

Abrieron el iBook de Mikael y dedicaron la siguiente hora a examinar en detalle, una vez más, a todas las personas que se veían en las imágenes del accidente del puente.

—Me imagino que todos los del pueblo bajaron a ver la catástrofe. Era septiembre. La mayoría lleva cazadoras o jerséis. Sólo hay una persona con pelo rubio largo y un vestido claro.

—Se ve a Cecilia Vanger en muchas fotos. Parece andar de un lado para otro, entre las casas y la gente que mira el accidente. Aquí está hablando con Isabella. Aquí, al lado del pastor Falk. En esta otra con Greger Vanger, el hermano mediano.

—Espera —exclamó Mikael de pronto—. ¿Qué sostiene Greger en la mano?

—Algo cuadrado. Parece algún tipo de caja.

—Pero ¡si es una cámara Hasselblad! Él también tenía cámara.

Repasaron las fotos una vez más. Se veía a Greger en varias, pero a menudo estaba oculto. En una de ellas quedaba claro que llevaba una cajita cuadrada en la mano.

—Creo que tienes razón. Es una cámara.

—Lo que quiere decir que tenemos que salir a la caza de más fotos.

—Vale, pero ignorémoslas de momento —dijo Lisbeth Salander—. Déjame formular una hipótesis.

—Adelante.

—¿Cómo te suena la idea de que alguien de la nueva generación sabe que una persona de la vieja era un asesino en serie y no quiere que eso salga a la luz? El honor de la familia y todo ese rollo. Significaría que hay dos personas implicadas, pero que no trabajan juntas. El asesino puede llevar muchos años muerto, mientras que nuestro atormentador sólo pretende que lo dejemos todo y nos vayamos a casa.

—Ya he pensado en eso —contestó Mikael—. Pero en tal caso, ¿por qué poner una gata descuartizada en la escalera de nuestra casa? Es una referencia directa a los anteriores asesinatos.

Mikael golpeó la Biblia de Harriet.

—Otra parodia del rito del holocausto.

Lisbeth Salander se echó hacia atrás y, con aire pensativo, levantó la mirada hacia la iglesia mientras citaba la Biblia. Sonaba como si se hablara a sí misma:

—«Inmolará al novillo ante Yahveh; los hijos de Aarón, los sacerdotes, ofrecerán la sangre y la derramarán alrededor del altar situado a la entrada de la Tienda del Encuentro. Desollará después a la víctima y la des-cuartizará.»

Se calló y, de repente, advirtió que Mikael la estaba observando con un gesto tenso. Él buscó el inicio del Levítico.

—¿Te sabes también el versículo 12?

Lisbeth permaneció callada.

—Luego, lo despedazará... —empezó diciendo Mikael mientras le hacía un gesto con la cabeza.

—«Luego, lo despedazará en porciones, y el sacerdote las dispondrá, con la cabeza y el sebo, encima de la leña colocada sobre el fuego del altar.»

La voz de Lisbeth sonó completamente gélida.

—¿Y el versículo siguiente?

Ella se levantó.

—¡Lisbeth, tienes memoria fotográfica! —exclamó Mikael, perplejo—. Por eso lees las páginas de los informes en diez segundos.

Su reacción fue casi explosiva. Le lanzó una mirada tan cargada de rabia que Mikael se quedó boquiabierto. Luego sus ojos se llenaron de desesperación; repentinamente, se dio la vuelta y se fue corriendo hacia la verja.

—¡Lisbeth! —gritó Mikael, asombrado.

Ella desapareció camino arriba.

Mikael metió el ordenador de Lisbeth en la casa, conectó la alarma y cerró con llave la puerta de la calle antes de salir a buscarla. Veinte minutos más tarde, la encontró en un muelle del puerto, sentada con los pies metidos en el agua y fumando un cigarrillo. Ella lo oyó aproximarse y Mikael advirtió cómo los hombros de Lisbeth se tensaron. Se detuvo a dos metros de ella.

—No sé qué he hecho mal, pero no ha sido mi intención alterarte.

Ella no contestó.

Se acercó y se sentó a su lado, poniéndole cuidadosamente la mano sobre el hombro.

—Por favor, Lisbeth, dime algo.

Giró la cabeza y lo miró.

—No hay nada de qué hablar —dijo—. No soy más que una *freak*.

—Si yo tuviera la mitad de tu memoria, sería feliz.

Ella tiró la colilla al agua.

Mikael permaneció callado un largo rato. «¿Qué le puedo decir? Eres una chica completamente normal. ¿Qué más da si eres un poco diferente? ¿Qué imagen tienes de ti misma en realidad?»

—La primera vez que te vi ya me pareciste diferente —dijo él—. ¿Y sabes una cosa? Hacía mucho tiempo que nadie me caía tan bien desde el primer momento.

Unos niños salieron de una cabaña al otro lado del puerto y se tiraron al agua. Eugen Norman, el pintor al que Mikael seguía sin conocer, estaba sentado en una silla delante de su casa chupando una pipa y contemplando a Mikael y Lisbeth.

—Deseo ser tu amigo, si tú me dejas —dijo Mikael—. Pero eso lo tienes que decidir tú. Me voy a casa a preparar más café. Ven cuando te apetezca.

Se levantó y la dejó en paz. Sólo había subido la mitad de la cuesta cuando oyó los pasos de ella detrás. Regresaron juntos sin pronunciar palabra.

Al llegar a la casa, ella le detuvo.

—Estaba formulando una hipótesis… Comentábamos que todo parecía ser una parodia de la Biblia. Es cierto que se ha descuartizado a una gata, supongo que no resultaba fácil conseguir un buey, pero la esencia de la historia se sigue respetando. Me pregunto… —Levantó la vista hacia la iglesia—. «… ofrecerán la sangre y la derramarán alrededor del altar situado a la entrada de la Tienda del Encuentro…»

Cruzaron el puente y subieron a la iglesia para echar un vistazo. Mikael intentó abrir la puerta, pero estaba cerrada con llave. Dieron una vuelta por allí mirando las lápidas funerarias del cementerio y llegaron a la capilla situada más abajo, cerca del mar. De pronto, Mikael abrió los ojos de par en par. No se trataba de una capilla, sino de una cripta funeraria. Por encima de la puerta podía leerse el nombre Vanger inscrito en la piedra, más una cita en latín que no sabía qué significaba.

—Descansar hasta el fin de los tiempos —dijo Lisbeth Salander.

Mikael la miró. Ella se encogió de hombros.

—Es que he visto esa frase en algún sitio —dijo.

De pronto Mikael se echó a reír a carcajadas. Ella se puso tensa y al principio pareció enfadarse, pero luego se dio cuenta de que no se reía de ella, sino de lo cómico de la situación, y se relajó.

Mikael intentó abrir la puerta. Estaba cerrada con llave. Meditó un rato y le dijo a Lisbeth que se sentara a esperarle. Mikael se acercó a la casa de Henrik Vanger para hablar con Anna Nygren y llamó a la puerta. Le explicó que quería echar un vistazo a la capilla funeraria de la familia Vanger y le preguntó dónde guardaba Henrik la llave. Anna dudó, pero accedió cuando Mikael le recordó que él trabajaba directamente para Henrik. Ella fue a buscar la llave a la mesa de trabajo de Henrik.

En cuanto abrieron supieron que llevaban razón. El hedor a cadáver quemado y a restos carbonizados flotaba pesadamente en el aire. Pero el torturador de gatas no había encendido ningún fuego; en un rincón había un soplete de esos que los esquiadores de fondo utilizan para encerar sus esquíes. Lisbeth sacó su cámara digital de un bolsillo de la falda vaquera e hizo unas fotos. Se llevó el soplete consigo.

—Podría ser una prueba. Quizá haya dejado huellas dactilares —dijo.

—Claro, podemos pedir a todos los miembros de la familia Vanger que nos dejen tomar sus huellas —respondió Mikael con sarcasmo—. Me encantaría verte intentando conseguir las de Isabella.

—Existen modos de hacerlo —contestó Lisbeth.

En el suelo había abundante sangre y una cizalla, usada supuestamente para degollar a la gata.

Mikael recorrió la estancia con la mirada. La tumba principal, situada en la parte superior, pertenecía a Alexandre Vangeersad, mientras que las cuatro del suelo contenían los restos de los primeros miembros de la familia. Al parecer, después los Vanger se pasaron a la cremación. En una treintena de nichos de la pared se leían los nombres de diversos miembros del clan. Mikael siguió la historia familiar por orden cronológico y se preguntó dónde enterrarían a los parientes que no cabían en la capilla, los que tal vez no fueran considerados lo suficientemente importantes.

—Entonces, ya lo sabemos —dijo Mikael al cruzar el puente—. Estamos persiguiendo a una persona completamente loca.

—¿Qué quieres decir?

Mikael detuvo sus pasos en medio del puente y se apoyó contra la barandilla.

—Si se hubiese tratado de un chalado más, que simplemente nos quería asustar, se habría llevado la gata al garaje o incluso al bosque. Pero fue a la capilla funeraria de la familia. Actúa de manera compulsiva. Imagínate el riesgo que corrió. Es verano y la gente sale a pasear por la noche. El camino por el cementerio es un atajo entre el norte y el sur de Hedeby. Aunque el tipo cerrara la puerta, la gata debió de darle mucha guerra y aquí debió de oler a quemado.

—¿El tipo?

—No me imagino a Cecilia Vanger rondando a escondidas por ahí, en mitad de la noche, con un soplete.

Lisbeth se encogió de hombros.

—No me fío de ninguna de esta gente, incluyendo a Frode y a tu Henrik. Es una familia perfectamente dispuesta a jugártela si se presenta la oportunidad. Bueno, ¿y qué hacemos ahora?

Permanecieron callados un rato. Luego Mikael tuvo que preguntar:

—He averiguado bastantes cosas sobre ti. ¿Cuántas personas saben que eres una *hacker*?

—Nadie.

—Nadie excepto yo, querrás decir.

—¿Adónde quieres ir a parar?

—Quiero saber si hay confianza. Si te fías de mí.

Ella lo contempló durante un buen rato. Al final se volvió a encoger de hombros.

—No puedo hacer nada al respecto.

—¿Te fías de mí? —insistió Mikael.

—De momento sí —contestó Lisbeth.

—Bien. Venga, vamos a hacerle una visita a Dirch Frode.

La mujer de Dirch Frode veía a Lisbeth Salander por primera vez. La observó con grandes ojos mientras le sonreía educadamente y les indicaba el camino al jardín trasero. A Frode se le iluminó la cara al ver a Lisbeth. Enseguida se levantó y les saludó con cortesía.

—Me alegro de verte —dijo—. Tengo remordimientos de conciencia por no haberte expresado suficientemente mi gratitud por los excelentes servicios que nos has prestado. Tanto el invierno pasado como ahora.

Lisbeth lo miró airada y sospechosamente.

—Bueno, ya me habéis pagado.

—No se trata de eso. Te juzgué mal cuando te conocí. Te pido disculpas.

Mikael se sorprendió. Dirch Frode era capaz de pedir disculpas a una chica de veinticinco años llena de *piercings* y tatuajes cuando, en realidad, no había motivo alguno para hacerlo. De pronto, el abogado escaló un par de posiciones en la consideración de Mikael. Lisbeth Salander le ignoró.

Frode se dirigió a Mikael.

—¿Qué te has hecho en la frente?

Se sentaron. Mikael resumió el desarrollo de los acontecimientos de las últimas veinticuatro horas. Al contarle cómo alguien le había disparado tres tiros en los alrededores de La Fortificación, Frode se levantó de un salto. Su indignación parecía sincera.

—Esto es una auténtica locura —soltó, haciendo una pausa y mirando fijamente a Mikael—. Lo siento mucho, pero esto tiene que acabar. No puedo poner en riesgo vuestras vidas. Voy a hablar con Henrik para rescindir el contrato.

—Siéntate —dijo Mikael.

—No lo comprendes...

—Lo único que comprendo es que Lisbeth y yo nos hemos acercado tanto a la verdad que la persona que está detrás de todo esto actúa de manera irracional, presa del pánico. Queríamos hacerte algunas preguntas. Primero: ¿quién tiene llave de la capilla funeraria de la familia y cuántas copias hay?

Frode meditó la respuesta.

—La verdad es que no lo sé. Me imagino que varios miembros de la familia tienen acceso a la capilla. Sé que Henrik tiene una llave y que Isabella suele ir allí a veces, pero no sé si ella tiene su propia llave o si se la presta Henrik.

—Vale. Sigues formando parte de la junta directiva del Grupo Vanger. ¿Existe algún archivo de la empresa? ¿Una biblioteca o algo parecido, donde archiven los recortes de prensa e información de la empresa a lo largo de la historia?

—Sí, lo hay. En las oficinas principales de Hedestad.

—Necesitamos acceder a él. ¿También hay viejas revistas de ámbito interno y ese tipo de publicaciones?

—Me temo que me veo obligado a repetir que no lo sé. Llevo por lo menos treinta años sin ir al archivo. Debes hablar con una mujer que se llama Bodil Lindgren, que es la responsable de la conservación de todos los papeles del Grupo.

—¿Podrías llamarla y pedirle que reciba a Lisbeth en el archivo esta misma tarde? Quiere leer todos los viejos recortes de prensa acerca del Grupo Vanger. Es extraordinariamente importante que tenga acceso a todo lo que pueda ser de interés.

—No creo que eso suponga un problema. ¿Algo más?

—Sí. Greger Vanger llevaba una cámara Hasselblad en la mano el día que ocurrió el accidente. Significa que también él podría haber hecho fotos. ¿Dónde podrían haber acabado esas fotos después de su muerte?

—Es difícil de decir, pero supongo que estarán en manos de su viuda o de su hijo.

—¿Podrías…?

—Llamaré a Alexander y se lo preguntaré.

—¿Qué quieres que busque? —preguntó Lisbeth Salander mientras cruzaban el puente de regreso a la isla, tras despedirse de Frode.

—Recortes de prensa, revistas y boletines informativos para los empleados de la empresa. Quiero que repases todo lo que puedas encontrar en relación con las fechas en las que se cometieron los crímenes en los años cincuenta y sesenta. Apunta todo lo que te llame la atención o te parezca mínimamente curioso. Creo que es mejor que tú te dediques a eso; es que tu memoria…

Ella le dio un puñetazo en un costado. Cinco minutos más tarde, volvió a cruzar el puente en su moto ligera.

Mikael estrechó la mano de Alexander Vanger. Durante la mayor parte del tiempo que Mikael llevaba en Hedeby, Alexander había estado fuera y Mikael sólo se había cruzado con él muy rápidamente. «Tenía veinte años cuando Harriet desapareció.»

—Dirch Frode me dijo que querías ver viejas fotos.

—Tu padre tenía una cámara Hasselblad.

—Sí, es cierto. Todavía la conservamos, pero nadie la usa.

—¿Sabes que estoy investigando lo que le ocurrió a Harriet por encargo de Henrik?

—Tengo entendido que así es. Y hay muchas personas que no están precisamente contentas con ese tema.

—Es posible. Naturalmente, no estás obligado a enseñarme nada.

—Bah… ¿Qué es lo que quieres ver?

—Si tu padre hizo algunas fotos el día en que Harriet desapareció.

Subieron al desván. Alexander tardó unos minutos en conseguir localizar una caja de cartón con una gran cantidad de fotografías sin ordenar.

—Llévatela —dijo—. Si hay algo, estará ahí.

Mikael dedicó una hora a ordenar las fotos de Greger Vanger. Como ilustraciones para la crónica de la familia, la caja contenía verdaderas joyas, entre ellas numerosas imágenes de Greger Vanger en compañía del gran líder nazi sueco de los años cuarenta Sven Olof Lindholm. Mikael las dejó a un lado.

Encontró varios sobres con fotos que, evidentemente, fueron hechas por el propio Greger Vanger. Instantáneas de diferentes personas y encuentros familiares, así como típicas fotos de vacaciones: unas pescando en la montaña y otras durante un viaje a Italia con la familia, donde visitaron, entre otros lugares, la torre inclinada de Pisa.

Unos segundos después encontró cuatro fotos del accidente del puente. A pesar de poseer una cámara sumamente profesional, Greger era un fotógrafo pésimo. Las imágenes o se centraban en el camión cisterna propiamente dicho, o representaban a personas vistas desde atrás. Encontró una sola foto donde se veía, casi de perfil, a Cecilia Vanger.

Mikael las escaneó, aunque sabía de antemano que no iban a aportar nada nuevo. Volvió a meterlas en la caja y se comió un sándwich mientras reflexionaba. A eso de las tres, subió a ver a Anna Nygren.

—Me pregunto si Henrik tiene más álbumes de fotos que los que forman parte de su investigación sobre Harriet.

—Bueno, Henrik siempre ha demostrado mucho interés por la fotografía, desde joven, según he oído. Guarda muchos álbumes arriba, en su despacho.

—¿Me los podría enseñar?

Anna Nygren dudó. Una cosa era dejarle la llave de la capilla funeraria —al fin y al cabo, allí mandaba Dios— y otra completamente diferente era permitirle entrar en el despacho de Henrik Vanger. Porque allí mandaba alguien que estaba por encima de Dios. Mikael le propuso que llamara a Dirch Frode. Al final, no sin cierta desgana, accedió. En el estante inferior, aproximadamente un metro de la biblioteca estaba ocupado por carpetas llenas de fotografías. Mikael se sentó a la mesa de trabajo de Henrik y abrió el primer álbum.

Henrik Vanger había guardado todo tipo de fotos familiares. Evidentemente, muchas databan de una época anterior a él. Algunas de las más antiguas eran de la década de 1870 y representaban a hombres de semblante serio y mujeres encorsetadas. Había fotos de los padres de

Henrik y de otros parientes. En una se veía cómo el padre de Henrik celebraba en Sandhamn la fiesta de *Midsommar* con unos buenos amigos en 1906. Otra foto del mismo pueblo representaba a Fredrik Vanger y a su mujer Ulrika junto a Anders Zorn y Albert Engström, sentados a una mesa con botellas abiertas. Encontró a un Henrik Vanger adolescente y trajeado montando en bici. Otras fotos mostraban a empleados en fábricas y despachos. Vio al capitán Oskar Granath, el que llevó a Henrik y a su amada Edith Lobach hasta Karlskrona y los puso a salvo en plena guerra mundial.

Anna le subió una taza de café. Él le dio las gracias. Llegó a la época moderna y pasó unas páginas con fotos de Henrik Vanger en la flor de la vida, inaugurando fábricas o estrechando la mano al primer ministro Tage Erlander. Una foto de principios de los años sesenta mostraba a Henrik en compañía de Marcus Wallenberg. Los dos capitalistas se miraban con gesto adusto; resultaba obvio que no había mucha cordialidad entre ellos.

Siguió pasando las páginas del álbum; de pronto, se detuvo en una hoja donde Henrik, a lápiz, había escrito «Consejo de familia de 1966». Dos fotos en color mostraban a unos señores hablando y fumando puros. Mikael reconoció a Henrik, Harald, Greger y varios hombres casados con mujeres de la rama familiar de Johan Vanger. Otras dos fotografías correspondían a la cena: unas cuarenta personas, hombres y mujeres, miraban a la cámara sentadas a la mesa. Mikael advirtió que fueron hechas después de la catástrofe del puente, pero antes de que alguien se percatara de que Harriet había desaparecido. Estudió las caras. Ésta era la cena en la que ella debería haber participado. ¿Alguien sabía ya que Harriet no estaba? Las fotos no ofrecían respuesta alguna.

De repente, a Mikael se le atragantó el café. Tosió y se incorporó en la silla bruscamente.

Al fondo, en uno de los extremos laterales de la mesa,

descubrió a Cecilia Vanger, con su vestido claro, sonriendo a la cámara. A su lado, otra mujer rubia de pelo largo y un vestido idéntico. Se parecían tanto que podrían haber sido gemelas. Y automáticamente la pieza del rompecabezas encajó. No fue Cecilia Vanger la que estuvo en la ventana de Harriet, sino su hermana Anita, dos años menor, la que ahora vivía en Londres.

¿Qué era lo que había dicho Lisbeth? «Se ve a Cecilia Vanger en muchas fotos. Parece andar de un lado para otro entre diferentes grupos de gente.» En absoluto. Eran dos personas distintas y, por pura casualidad, nunca habían coincidido en la misma foto. En todas aquellas fotos en blanco y negro hechas a distancia, parecían idénticas. Probablemente, Henrik siempre diferenció a las hermanas, pero Mikael y Lisbeth dieron por hecho que se trataba de la misma persona. Nadie les aclaró el malentendido, ya que nunca se les ocurrió preguntar nada al respecto.

Mikael pasó la hoja y sintió cómo se le ponía el vello de punta, como si un soplo de aire frío hubiese pasado por la habitación.

Eran fotos del día siguiente, cuando se inició la búsqueda de Harriet. Un joven inspector Gustaf Morell daba instrucciones a una pareja de uniformados agentes y a una decena de hombres con botas, dispuestos a iniciar la búsqueda. Henrik Vanger llevaba un impermeable que le llegaba hasta las rodillas y un sombrero inglés de ala corta.

En el extremo izquierdo de la foto se hallaba un hombre joven, algo regordete y con una media melena rubia. Llevaba una cazadora con una franja roja a la altura de los hombros. La foto era nítida. Mikael lo reconoció enseguida, pero, por si acaso, extrajo la foto y bajó a preguntarle a Anna Nygren si lo reconocía.

—Sí, claro; ése es Martin. Ahí tendría unos dieciocho años.

Lisbeth Salander repasó año tras año los recortes de prensa sobre el Grupo Vanger. Empezó en 1949 y continuó en orden cronológico. El problema era que se trataba de un archivo gigantesco. Durante el período en cuestión, el Grupo aparecía en los medios prácticamente a diario, no sólo en la prensa nacional, sino, sobre todo, en la local. Se hablaba de análisis económicos, sindicatos, negociaciones y amenazas de huelga, inauguraciones y cierres de fábricas, balances anuales, sustituciones de directores, introducción de nuevos productos… una avalancha de noticias. Clic. Clic. Clic. El cerebro de Lisbeth trabajaba a pleno rendimiento, concentrado en esos viejos y amarillentos recortes, asimilando toda la información.

Al cabo de un par de horas tuvo una idea. Se dirigió a Bodil Lindgren, la jefa del archivo, y le preguntó si existía alguna lista de los lugares en los que el Grupo Vanger tenía fábricas o empresas durante los años cincuenta y sesenta.

Bodil Lindgren observó a Lisbeth Salander con desconfianza y una manifiesta frialdad. No le gustaba nada que una completa desconocida tuviera acceso a lo más sagrado de los archivos del Grupo para mirar los papeles que le diera la gana. Y para más inri, una chavala que parecía una loca anarquista de quince años. Pero Dirch Frode le había dado instrucciones que no se prestaban a interpretaciones erróneas. Lisbeth Salander podía mirar todos los documentos que quisiera. Y era urgente. Bodil Lindgren tuvo que ir a buscar los informes anuales de los años solicitados por Lisbeth; cada informe contenía un mapa de Suecia marcado con los lugares en los que el Grupo estuvo presente.

Lisbeth echó un vistazo a los mapas y constató que el Grupo contaba con muchas fábricas, oficinas y puntos de venta. Advirtió que en todos los sitios donde se había cometido un asesinato también aparecía un punto rojo, a veces varios, indicando la presencia del Grupo Vanger.

El primer vínculo databa de 1957. Rakel Lunde, de Landskrona, fue encontrada muerta el día después de que la empresa Construcciones V&C llevara a buen puerto un gran encargo de muchos millones de coronas para construir un nuevo centro comercial en la ciudad. V&C eran las iniciales de Vanger y Carlén, una de las empresas del Grupo. El periódico local había entrevistado a Gottfried Vanger, quien acudió a la ciudad para firmar el contrato.

Lisbeth se acordó de algo que leyó en la vieja investigación policial del archivo provincial de Landskrona. Rakel Lunde, pitonisa en su tiempo libre, trabajaba como señora de la limpieza. En Construcciones V&C.

A las siete de la tarde Mikael ya había llamado a Lisbeth una docena de veces, constatando, otras tantas, que tenía el móvil apagado. No quería que la interrumpieran mientras indagaba en el archivo.

Andaba inquieto, de un lado para otro de la casa. Había sacado los apuntes de Henrik sobre lo que hacía Martin Vanger cuando Harriet desapareció.

En 1966 Martin Vanger cursaba su último año de instituto en Uppsala. «Uppsala. Lena Andersson, diecisiete años, estudiante en el instituto. La cabeza separada del sebo.»

Henrik lo había mencionado en alguna ocasión, pero Mikael tuvo que consultar sus apuntes para encontrar el pasaje. Martin había sido un chico introvertido. Estuvieron preocupados por él. Tras morir ahogado su padre, Isabella decidió enviarlo a Uppsala para que cambiara de ambiente; allí se instaló en casa de Harald Vanger. «¿Harald y Martin?» No pegaban.

Martin Vanger no cabía en el coche de Harald para ir a la reunión familiar de Hedestad. Encima, perdió el tren y no apareció hasta bien entrada la tarde. Por consiguiente, pertenecía al grupo de los que se quedaron aislados al otro lado del puente. No llegó a la isla hasta las seis de la tarde, en barco, y fue recibido por el propio Henrik Vanger, entre otros. Por esa razón, Henrik había colocado a Martin muy abajo en la lista de personas presuntamente implicadas en la desaparición de Harriet.

Martin Vanger sostenía que aquel día no vio a Harriet. Mentía. Había llegado a Hedestad por la mañana y se había encontrado cara a cara con su hermana, en Järnvägsgatan. Mikael podía demostrar la mentira con fotografías que habían permanecido enterradas durante casi cuarenta años.

Harriet Vanger descubrió a su hermano y fue un *shock* para ella. Regresó a la isla de Hedeby para intentar hablar con Henrik Vanger, pero desapareció antes de que esa conversación tuviera lugar. «¿Qué pensabas contar? ¿Lo de Uppsala? Pero Lena Andersson, de Uppsala, no estaba en tu lista. No lo sabías.»

Las otras piezas del rompecabezas seguían sin encajar. Harriet desapareció hacia las tres. Estaba demostrado que a esa hora Martin se encontraba al otro lado del puente. Se le veía en las fotografías de la colina de la iglesia. Resultaba imposible que llegara hasta la isla para hacer daño a Harriet Vanger. Todavía faltaba otra pieza del rompecabezas. «¿Un cómplice? ¿Anita Vanger?»

Gracias a los archivos, Lisbeth pudo constatar que la posición de Gottfried Vanger dentro del Grupo había cambiado a lo largo de los años. Nació en 1927. A la edad de veinte años, conoció a Isabella Vanger y pronto la dejó embarazada. Martin Vanger nació en 1948; ya no cabía duda de que los jóvenes se tenían que casar.

A los veintidós años, Henrik Vanger le ofreció un puesto en la oficina principal del Grupo Vanger. Resultaba obvio que Gottfried era inteligente; quizá lo viera como el futuro delfín. Con veinticinco ya se había asegurado un puesto en la junta directiva, como jefe adjunto del departamento de desarrollo. Una estrella en ascenso.

En un momento dado, a mediados de los años cincuenta, su carrera se estancó. «Bebía. El matrimonio con Isabella estaba en las últimas. Los niños, Harriet y Martin, lo pasaron mal.» Hasta que Henrik dijo basta. La carrera profesional de Gottfried había llegado a su punto culminante. En 1956 se creó otro puesto como jefe adjunto del departamento de desarrollo. Dos jefes adjuntos: uno que hacía el trabajo mientras el otro, Gottfried, empinaba el codo y se ausentaba durante largos períodos de tiempo.

Pero Gottfried seguía siendo un Vanger; además, era encantador y tenía don de palabra. A partir de 1957, su misión parecía haber consistido en viajar por todo el país para inaugurar fábricas, resolver conflictos locales y difundir la imagen de que la dirección del Grupo se preocupaba realmente por los suyos. «Enviamos a uno de nuestros hijos para escuchar sus problemas. Les tomamos en serio.»

El segundo vínculo lo encontró a las seis y media de la tarde. Gottfried Vanger había participado en una negociación en Karlstad, donde el Grupo Vanger había comprado una empresa local de madera. Al día siguiente, la granjera Magda Lovisa Sjöberg fue encontrada muerta.

El tercer vínculo lo halló tan sólo quince minutos después. Uddevalla, 1962. El mismo día en que desapareció Lea Persson, el periódico local había entrevistado a Gottfried Vanger sobre una posible ampliación del puerto.

A las siete, cuando Bodil Lindgren quiso cerrar e irse a casa, Lisbeth Salander le espetó que todavía no había terminado. Que se fuera ella; no le importaba. Bastaba con que le dejara una llave para poder cerrar. A esas alturas, a la jefa del archivo le molestaba tanto que la joven le diera órdenes de esa manera que llamó a Dirch Frode para pedirle instrucciones. Frode decidió en el acto que Lisbeth podía quedarse toda la noche si quería. ¿Podría la señora Lindgren tener la amabilidad de comunicárselo al vigilante de la oficina para que la dejaran salir cuando quisiera irse?

Tres horas más tarde, Lisbeth Salander pudo constatar que Gottfried Vanger estuvo presente en el escenario de, al menos, cinco de los ocho asesinatos los días inmediatamente anteriores o posteriores a los crímenes. No tenía, sin embargo, ninguna información sobre los de 1949 y 1954. Estudió una foto de Gottfried de un recorte de prensa. Un hombre delgado y guapo con el pelo castaño, parecido a Clark Gable en *Lo que el viento se llevó*.

«En 1949, Gottfried tenía veintidós años. El primer asesinato ocurrió en su tierra. En Hedestad. Rebecka Jacobsson, oficinista del Grupo Vanger. ¿Dónde la conociste? ¿Qué le prometiste?»

Lisbeth Salander se mordió el labio inferior. Obviamente, el problema era que Gottfried Vanger se había ahogado, borracho, en 1965, mientras que el último asesinato se cometió en Uppsala en febrero de 1966. Se preguntaba si no se habría equivocado al introducir el nombre de Lena Andersson, la estudiante de diecisiete años, en la lista. «No. No se trataba exactamente del mismo *modus operandi*, pero sí de la misma parodia de la Biblia. Tiene que estar relacionado.»

A las nueve ya había empezado a oscurecer. Hacía más frío y lloviznaba. Mikael estaba sentado junto a la mesa de la cocina tamborileando con los dedos cuando el Volvo de Martin Vanger pasó por el puente y desapareció en dirección a la punta de la isla. Fue eso, en cierta medida, lo que condujo el asunto hasta sus últimas consecuencias.

Mikael no sabía qué hacer. Todo su cuerpo ardía en deseos de hacerle preguntas, de enfrentarse a él. No se trataba de una actitud muy inteligente si sospechaba que Martin Vanger era un asesino loco, autor del crimen de su hermana y de una chica de Uppsala, y que, además, había intentado matarle a tiros. Pero Martin Vanger le atraía como un imán. E ignoraba lo que Mikael sabía, así que podía acercarse a verle con el pretexto de… bueno, por ejemplo, ¿para devolverle la llave de la casita de Gottfried? Mikael cerró la puerta con llave y se fue paseando lentamente hacia la punta.

Como ya era habitual, la casa de Harald Vanger estaba a oscuras. La de Henrik Vanger tenía todas las luces apagadas, excepto la de una habitación que daba al patio. Anna ya se había acostado. En la casa de Isabella también reinaba la oscuridad. Cecilia no estaba. Había luz en la planta superior de la casa de Alexander Vanger, pero no en las dos casas habitadas por personas que no pertenecían a la familia Vanger. No se veía ni un alma.

Indeciso, se detuvo ante la casa de Martin Vanger, sacó el móvil y marcó el número de Lisbeth Salander. Seguía sin contestar. Apagó el teléfono para que no sonara.

Había luz en la planta baja. Mikael cruzó el césped y se paró a unos pocos metros de la ventana de la cocina, pero no percibió ningún movimiento. Continuó rodeando la casa deteniéndose en cada ventana sin ver a Martin Vanger. En cambio, descubrió que la puerta lateral del garaje estaba entreabierta. «No seas idiota.» Pero no pudo resistir la tentación de echar un rápido vistazo.

Lo primero que apreció, encima de un banco de carpintería, fue una cajita abierta con munición de escopeta para cazar alces. Luego, justo debajo, vio dos bidones de gasolina. «¿Preparándote para hacer otra visita nocturna, Martin?»

—Entra, Mikael. Te he visto en el camino.

El corazón de Mikael se paró. Volvió la cabeza lentamente y vio a Martin Vanger en la penumbra, junto a la puerta que llevaba al interior de la casa.

—No puedes evitar meter tus narices donde no te llaman, ¿a que no?

La voz resultó tranquila, casi amable.

—Hola, Martin —contestó Mikael.

—Entra —repitió Martin Vanger—. Por aquí.

Dio un paso hacia delante y otro a un lado, y le hizo un gesto con la mano izquierda invitándole a entrar. Levantó la mano derecha y Mikael descubrió el apagado reflejo de un metal.

—Llevo una Glock en la mano. No hagas ninguna tontería. A esta distancia no fallaría.

Mikael se acercó despacio. Al llegar donde estaba Martin Vanger se detuvo y le miró a los ojos.

—Tenía que venir. Hay muchas preguntas.

—Lo entiendo. Por esta puerta.

Mikael entró lentamente en la casa. El pasadizo conducía a la cocina, pero, antes de llegar, Martin Vanger le detuvo poniéndole ligeramente una mano en el hombro.

—No, hasta la cocina no. A la derecha, allí. Abre la puerta lateral.

El sótano. Cuando Mikael había bajado ya la mitad de la escalera, Martin Vanger accionó un interruptor y se encendieron varias luces. A la derecha estaba el cuarto de la caldera. Desde enfrente le vino un olor a detergente. Martin Vanger lo guió por la izquierda, hasta un trastero con muebles viejos y cajas. Al fondo, otra puerta. Una puerta blindada de acero con cerradura de seguridad.

—Es aquí —dijo Martin Vanger mientras le lanzaba un juego de llaves—. Abre.

Mikael abrió la puerta.

—Hay un interruptor a la izquierda.

Mikael acababa de abrir la puerta del infierno.

A eso de las nueve, Lisbeth se fue a por un café y un sándwich de la máquina del pasillo. Seguía hojeando viejos papeles buscando algún rastro de Gottfried Vanger en Kalmar en 1954. Sin éxito.

Pensó en llamar a Mikael, pero decidió repasar también los boletines informativos antes de retirarse.

La habitación medía aproximadamente cinco por diez metros. Mikael supuso que, geográficamente, se extendía bajo el lado norte del chalé.

Martin Vanger había decorado su cámara de tortura privada con esmero. A la izquierda, cadenas, argollas metálicas en el techo y el suelo, una mesa con cuerdas de cuero para atar a sus víctimas. Y un equipo de vídeo. Un estudio de rodaje. Al fondo había una jaula de acero en la que podía encerrar a sus invitados durante mucho tiempo. A la derecha de la puerta, una cama y un rincón para ver la televisión. Sobre una estantería, Mikael pudo ver numerosas películas de vídeo.

En cuanto entraron en la habitación, Martin Vanger apuntó con la pistola a Mikael y le ordenó que se tumbara boca abajo en el suelo. Mikael se negó.

—Vale —dijo Martin Vanger—. Entonces, te pegaré un tiro en la rodilla.

Apuntó. Mikael cedió. No tenía elección.

Había esperado a que Martin bajara la guardia durante una décima de segundo; sabía que ganaría una pelea contra él. Se le presentó una pequeña oportunidad en el pasadizo de arriba, cuando Martin le puso una mano en el hombro, pero en ese preciso momento dudó. Luego Martin no se había vuelto a acercar. Sin rodilla estaría perdido. Se tumbó en el suelo.

Martin se aproximó por detrás y le dijo que pusiera las manos en la espalda. Se las esposó. Luego le pegó una patada en la entrepierna, seguida de una buena tunda de violentos puñetazos.

Lo que ocurrió después parecía una pesadilla. Martin

Vanger oscilaba entre la racionalidad y la enfermedad mental. Por momentos, en apariencia, estaba tranquilo. Acto seguido caminaba de un lado para otro del sótano como una fiera enjaulada. Pateó a Mikael repetidas veces. Mikael no pudo hacer otra cosa que intentar protegerse la cabeza y encajar los golpes en las partes blandas del cuerpo. Al cabo de unos minutos, el cuerpo de Mikael presentaba un buen número de dolorosas heridas.

Durante la primera media hora, Martin no pronunció ni una palabra y resultó imposible comunicarse con él. Luego pareció tranquilizarse. Fue a por una cadena, se la puso a Mikael alrededor del cuello y la cerró con llave en torno a una argolla del suelo. Le dejó solo durante aproximadamente un cuarto de hora. Al volver, traía una botella de agua mineral de un litro. Se sentó en una silla observando a Mikael mientras bebía.

—¿Me das un poco de agua? —preguntó Mikael.

Martin Vanger se inclinó hacia delante y le dejó beber generosamente de la botella. Mikael tragó con avidez.

—Gracias.

—Siempre tan educado, *Kalle* Blomkvist.

—¿A qué han venido esas patadas? —preguntó Mikael.

—Es que me cabreas mucho. Mereces ser castigado. ¿Por qué no volviste a casa? Te necesitaban en *Millennium*. Yo lo decía en serio: la habríamos convertido en una gran revista. Podríamos haber colaborado durante muchos años.

Mikael hizo una mueca mientras intentaba poner el cuerpo en una posición más cómoda. Estaba indefenso. Lo único que le quedaba era su voz.

—Supongo que quieres decir que ya he perdido esa oportunidad —dijo Mikael.

Martin Vanger se rió.

—Lo siento, Mikael. Pero creo que sabes perfectamente que vas a morir aquí abajo.

Mikael asintió con la cabeza.

—¿Cómo diablos me habéis descubierto, tú y esa fantasma anoréxica a la que has metido en todo esto?

—Mentiste sobre lo que hiciste el día en que desapareció Harriet. Puedo probar que estabas en Hedestad en el desfile del Día del Niño. Te sacaron una foto allí, mirando a Harriet.

—¿Fue eso lo que te llevó a Norsjö?

—Sí, para buscar la foto. La hizo una pareja que se encontraba en Hedestad por pura casualidad. Sólo realizaron una parada en el camino.

Martin Vanger negaba con la cabeza.

—No me lo puedo creer —dijo.

Mikael pensó frenéticamente en qué decir para intentar, por lo menos, aplazar su ejecución.

—¿Dónde está la foto ahora?

—¿El negativo? En mi caja de seguridad en Handelsbanken, aquí en Hedestad... ¿No sabías que tenía una caja de seguridad en el banco? —dijo Mikael, mintiendo desenfadadamente—. Las copias están un poco por todas partes. Tanto en mi ordenador y en el de Lisbeth, como en el servidor de fotos de *Millennium* y el de Milton Security, donde trabaja Lisbeth.

Martin Vanger lo escuchaba intentando adivinar si Mikael se estaba marcando un farol o no.

—¿Cuánto sabe Salander de todo esto?

Mikael dudó. De momento, Lisbeth Salander constituía su única esperanza de salvación. ¿Qué haría ella cuando llegara a casa y descubriera que había desaparecido? Sobre la mesa de la cocina Mikael había dejado la foto de Martin Vanger vestido con el abrigo de plumas de la franja roja. ¿Establecería Lisbeth la conexión? ¿Daría la alarma? «Ella no pertenece a ese tipo de personas que acuden a la policía.» La pesadilla sería que le diera por acercarse a casa de Martin Vanger, llamar a la puerta y exigir que le dijera dónde estaba Mikael.

—Contesta —insistió Martin Vanger con voz gélida.

—Estoy pensando. Lisbeth sabe más o menos lo mismo que yo, quizá, incluso, un poco más. Yo diría que sabe más. Es lista. Fue ella quien te relacionó con Lena Andersson.

—¿Lena Andersson? —Martin Vanger se quedó perplejo.

—La chica de diecisiete años de Uppsala a la que torturaste hasta la muerte, en febrero de 1966. No me digas que se te ha olvidado.

La mirada de Martin Vanger se aclaró. Por primera vez pareció un poco alterado. No sabía que nadie hubiese hecho esa conexión: Lena Andersson no figuraba en la agenda de Harriet.

—Martin —dijo Mikael con la voz más firme que fue capaz de sacar—. Martin, se acabó. Puede que me mates, pero se acabó. Hay demasiada gente que lo sabe y esta vez te van a coger.

Martin Vanger se puso de pie rápidamente y empezó a deambular de nuevo por la habitación. De repente golpeó la pared con el puño. «Tengo que recordar que es irracional. La gata. Podría haberla bajado hasta aquí, pero la llevó a la capilla funeraria. No actúa de manera racional.» Martin Vanger se detuvo.

—Creo que mientes. Sólo tú y Lisbeth Salander sabéis algo. No habéis hablado con nadie; si no, la policía ya estaría aquí. Un buen incendio en la casita de invitados y las pruebas desaparecerán.

—¿Y si te equivocas?

De repente Martin sonrió.

—Si me equivoco, realmente todo habrá acabado. Pero no creo. Apuesto a que te estás marcando un farol. ¿Qué puedo hacer? —dijo, y se quedó callado reflexionando—. Esa maldita puta es el eslabón débil. Tengo que encontrarla.

—Se fue a Estocolmo a la hora de comer.

Martin Vanger se rió.

—¿Ah, sí? Entonces, ¿por qué ha pasado toda la tarde en el archivo del Grupo Vanger?

El corazón de Mikael dio un vuelco. «Lo sabía. Lo ha sabido todo el tiempo.»

—Cierto. Iba a pasar por el archivo antes de salir para Estocolmo —contestó Mikael con todo el sosiego que fue capaz de reunir—. No sabía que se fuera a quedar tanto tiempo.

—Déjalo ya. La jefa del archivo me comunicó que Dirch Frode le había dado orden de dejarla todo el tiempo que quisiera. Eso significa que volverá esta noche. El vigilante me va a llamar en cuanto abandone el archivo.

CUARTA PARTE

Hostile Takeover

Del 11 de julio al 30 de diciembre

En Suecia el noventa y dos por ciento
de las mujeres que han sufrido
abusos sexuales en la última agresión
no lo han denunciado a la policía.

Capítulo 24

Viernes, 11 de julio –
Sábado, 12 de julio

Martin Vanger se agachó y cacheó los bolsillos de Mikael. Encontró la llave.

—Ha sido muy inteligente por vuestra parte cambiar las cerraduras —comentó—. Me ocuparé de tu novia cuando llegue a casa.

Mikael no contestó. Tenía presente que Martin Vanger contaba con una dilatada experiencia como negociador en numerosas batallas industriales y que sabía reconocer cuándo alguien se tiraba un farol.

—¿Por qué?

—¿Por qué qué?

—¿Por qué todo esto? —Mikael señaló la habitación con la cabeza.

Martin Vanger se inclinó, cogió con una mano la barbilla de Mikael y le levantó la cabeza hasta que sus miradas se encontraron.

—Porque resulta muy fácil. Las mujeres desaparecen siempre. Nadie las echa de menos. Inmigrantes. Putas de Rusia. Miles de personas pasan por Suecia todos los años.

Le soltó la cabeza y se levantó, como orgulloso de todo aquello.

Encajó las palabras de Martin Vanger como puñetazos.

«Dios mío. Esto no es un misterio histórico. Martin Vanger asesina a mujeres hoy en día. Y yo me he metido en medio como un idiota...»

—Ahora mismo no tengo ninguna invitada. Pero quizá te interese saber que mientras tú y Henrik os pasasteis todo el invierno y toda la primavera perdiendo el tiempo con vuestras absurdas historias, había una chica aquí abajo. Se llamaba Irina y era de Bielorrusia. La noche en la que cenamos juntos estuvo encerrada en esta jaula. Fue una agradable velada, ¿verdad?

De un salto, Martin Vanger se subió a la mesa y se sentó con las piernas colgando. Mikael cerró los ojos. Sintió un reflujo ácido en la garganta e hizo un esfuerzo por tragárselo.

—¿Qué haces con los cuerpos?

—Tengo el barco en el muelle, justo aquí abajo. Los llevo mar adentro. A diferencia de mi padre, no dejo huellas. Pero él también era listo. Repartió a sus víctimas por toda Suecia.

A Mikael le empezaron a encajar las piezas del rompecabezas.

«Gottfried Vanger. De 1949 a 1965. Luego, en 1966, Martin Vanger tomó el relevo en Uppsala.»

—Admiras a tu padre.

—Fue él quien me enseñó. Me inició cuando yo tenía catorce años.

—Uddevalla. Lea Persson.

—Exacto. Yo estuve allí. Sólo miraba, pero estuve.

—1964. Sara Witt, en Ronneby.

—Tenía dieciséis años. Fue la primera vez que poseí a una mujer. Gottfried me enseñó. Fui yo quien la estranguló.

«Está alardeando. ¡Joder, qué puta familia de enfermos!»

—¿Te das cuenta de que todo esto es patológico?

Martin Vanger se encogió ligeramente de hombros.

—No creo que puedas entender lo divino que resulta tener el control absoluto de la vida y de la muerte de una persona.

—Disfrutas torturando y matando a mujeres, Martin.

El jefe del Grupo Vanger reflexionó un instante, con la mirada puesta en un punto fijo de la pared que había detrás de Mikael. Luego mostró su deslumbrante y encantadora sonrisa.

—No, la verdad es que no creo que sea eso. Si tuviera que hacer un análisis intelectual de mi condición, diría que soy más bien un violador en serie que un asesino en serie. En realidad, soy un secuestrador en serie. El matar llega, por decirlo de alguna manera, como una consecuencia natural de la necesidad de ocultar mi delito. ¿Entiendes?

Mikael no supo qué contestar y sólo asintió con la cabeza.

—Naturalmente, mis actos no son aceptados por la sociedad, pero mi crimen es ante todo un crimen contra las convenciones de la sociedad. La muerte tiene lugar cuando la visita de mis invitadas llega a su fin, una vez me he cansado de ellas. Siempre resulta fascinante ver su decepción.

—¿Decepción? —preguntó Mikael, asombrado.

—Exacto: decepción. Creen que si me complacen, sobrevivirán. Se adaptan a mis reglas. Empiezan a confiar en mí, desarrollan una complicidad conmigo y, hasta el último momento, esperan que esa complicidad signifique algo. La decepción surge cuando de repente descubren que han sido engañadas.

Martin Vanger rodeó la mesa y se apoyó en la jaula de acero.

—Tú, con tus convenciones de pequeñoburgués, no lo entenderías nunca, pero la excitación reside en la planificación del secuestro. No pueden ser actos impulsivos: los secuestradores así siempre acaban siendo arrestados. Es ciencia pura, con miles de detalles a los que hay que prestar atención. Tengo que identificar a una presa y estudiar minuciosamente su vida. ¿Quién es? ¿De dónde viene? ¿Cómo puedo llegar hasta ella? ¿Qué debo hacer para quedarme solo con mi *presa*, sin que mi nombre se vea involucrado ni aparezca jamás en una futura investigación policial?

«Para», pensó Mikael. Martin Vanger hablaba de los secuestros y asesinatos en un tono casi académico, como si defendiera una opinión divergente en alguna cuestión de teología esotérica.

—¿Realmente te interesa esto, Mikael?

Se inclinó y le acarició la mejilla. Su tacto fue delicado, casi tierno.

—Te das cuenta de que esto sólo puede terminar de una manera, ¿no? ¿Te molesta si fumo?

Mikael negó con la cabeza.

—¿Me invitarías a uno?

Martin Vanger accedió a su deseo. Encendió dos cigarrillos y, cuidadosamente, colocó uno entre los labios de Mikael. Le dejó dar una calada y se lo sostuvo.

—Gracias —dijo Mikael automáticamente.

Martin Vanger volvió a reírse.

—¿Ves? Ya has empezado a adaptarte al principio de la sumisión. Tengo tu vida en mis manos, Mikael. Sabes que te puedo matar en cualquier momento. Apelas a mi bondad para mejorar tu calidad de vida, y lo haces empleando un argumento racional y dándome un poco de coba. Y has recibido una recompensa.

Mikael asintió. Su corazón palpitaba a un ritmo casi insoportable.

A las once y cuarto, Lisbeth Salander bebió agua de su botella mientras seguía pasando páginas. A diferencia de Mikael —ese mismo día, pero un poco antes—, no se le atragantó la bebida. En cambio, abrió los ojos de par en par al establecer la conexión.

¡Clic!

Llevaba dos horas repasando los boletines informativos de la empresa desde todos los frentes del Grupo Vanger. El boletín principal se llamaba simplemente *Información de la empresa* y llevaba el logo del Grupo Vanger: un banderín sueco ondeando al viento con la punta formando una flecha. Al parecer, la publicación corría a cargo del departamento de *marketing* del cuartel general del Grupo y contenía una propaganda que contribuiría a que los empleados se sintieran como miembros de una gran familia.

Con motivo de las vacaciones de la semana blanca de febrero de 1967, Henrik Vanger, en un gesto de generosidad, invitó a cincuenta empleados de la oficina central, con sus respectivas familias, a pasar esos días esquiando en Härjedalen. La invitación se debió a que el Grupo, el año anterior, había alcanzado un resultado récord; se trataba, por tanto, de una muestra de agradecimiento por las muchas horas de trabajo. El departamento de relaciones públicas les acompañó y realizó un reportaje fotográfico en la estación de esquí, alquilada para la ocasión.

Muchas de las fotos ofrecían divertidos comentarios y habían sido hechas en las pistas. Algunas se sacaron en el bar y mostraban a empleados con las caras ateridas de frío, riéndose y levantando alguna que otra jarra de cerveza. Dos fotos representaban una pequeña ceremonia matutina en la que Henrik Vanger eligió a la secretaria Ulla-Britt Mogren, de cuarenta y un años, como la empleada del año. Se le concedió una prima de quinientas coronas y se le regaló una fuente de cristal.

La entrega del premio había tenido lugar en la terraza del hotel, justo antes, al parecer, de que la gente pensara lanzarse de nuevo a las pistas. En una de las fotos se veía a una veintena de personas.

En el extremo derecho, exactamente detrás de Henrik Vanger, había un hombre con el pelo claro y largo. Llevaba una cazadora oscura con una franja más clara a la altura de los hombros. Como la foto era en blanco y negro no se apreciaba el color, pero Lisbeth Salander estaba dispuesta a jugarse la cabeza a que esa franja era roja.

Al pie de la foto había un pequeño texto: «En el extremo derecho, Martin Vanger, de diecinueve años, que estudia en Uppsala. Ya se habla de él como una futura promesa en la dirección de la empresa».

—*Got you* —dijo Lisbeth Salander en voz baja.

Apagó la lámpara de la mesa y dejó las revistas sobre la mesa, todas revueltas. «Así esa cerda de Bodil Lindgren tendrá algo que hacer mañana.»

Salió al aparcamiento a través de una puerta lateral. A medio camino hacia la moto se acordó de que había prometido avisar al vigilante cuando se fuera. Se detuvo y entornó los ojos mirando el aparcamiento. El vigilante estaba justo en el otro lado; tendría que dar la vuelta y rodear todo el edificio. «*Fuck that*», sentenció.

Al llegar a la moto, encendió el móvil y telefoneó a Mikael. Saltó una voz informando de que en ese momento el abonado no estaba disponible. Descubrió, sin embargo, que Mikael había intentado llamarla no menos de trece veces entre las tres y media y las nueve. Sin embargo, durante las dos últimas horas no lo había hecho.

Lisbeth marcó el número del teléfono fijo de la casita de invitados, pero no obtuvo respuesta. Frunció el ceño, enganchó el maletín de su ordenador a la moto, se puso el casco y arrancó de una patada. Tardó diez minutos en recorrer el trayecto desde las oficinas, situadas cerca de la entrada de la zona industrial de Hedestad, hasta la isla de Hedeby. Había luz en la cocina, pero la casa estaba vacía.

Lisbeth Salander salió para echar un vistazo por los alrededores. Lo primero que se le ocurrió fue que Mikael había ido a ver a Dirch Frode, pero, ya desde el puente, advirtió que las luces del chalé de Frode, en la otra orilla, estaban apagadas. Miró su reloj: faltaban veinte minutos para la medianoche.

Regresó a casa, abrió el armario y sacó los dos ordenadores que almacenaban las imágenes de las cámaras de vigilancia que había instalado. Le llevó un rato seguir los acontecimientos.

Mikael había llegado a las 15.32.

A las 16.03 salió al jardín a tomarse un café y se puso a estudiar una carpeta. Durante la hora que permaneció sentado allí realizó tres breves llamadas. Las tres se correspondían, minuto a minuto, con las llamadas que ella tenía en su móvil.

A las 17.21, Mikael dio un paseo. Volvió menos de un cuarto de hora después.

A las 18.02 salió a la verja y miró hacia el puente.

A las 21.03 salió. No había vuelto.

Lisbeth echó un rápido vistazo a las imágenes del otro ordenador, que almacenaba las fotos de la verja y del camino de entrada. Pudo ver a las personas que pasaron por allí durante el día.

A las 19.12, Gunnar Nilsson regresó a casa.

A las 19.42 un Saab que pertenecía a la granja de Östergården pasó en dirección a Hedestad.

A las 20.02 el coche volvió: ¿una visita a la gasolinera?

Luego no sucedió nada hasta las 21.00 horas en punto, cuando pasó el coche de Martin Vanger. Tres minutos después, Mikael abandonaba la casa.

Apenas una hora más tarde, a las 21.50, Martin Vanger entró repentinamente en el campo de visión de la cámara. Permaneció al lado de la verja durante más de un minuto contemplando la casa, y posteriormente echó un vistazo por la ventana de la cocina. Subió al porche, intentó abrir la puerta y sacó una llave. Luego debió de descubrir que había una nueva cerradura; se quedó quieto un momento para, acto seguido, darse la vuelta e irse de allí.

De repente, Lisbeth Salander sintió cómo un frío polar invadía su estómago.

Martin Vanger dejó otra vez solo a Mikael durante un buen rato. Permanecía inmóvil en su incómoda posición, con las manos esposadas por detrás y el cuello sujeto con una fina cadena a la argolla del suelo. Toqueteaba las esposas, pero sabía que no conseguiría abrirlas. Le apretaban tanto que perdió la sensibilidad en las manos.

No podía hacer nada. Cerró los ojos.

Ignoraba cuánto tiempo había transcurrido cuando oyó de nuevo los pasos de Martin Vanger. El empresario entró en su campo de visión. Parecía preocupado.

—¿Incómodo? —preguntó.

—Sí —contestó Mikael.

—Es culpa tuya. Deberías haberte vuelto a casa.

—¿Por qué matas?

—Es una elección propia. Podría pasarme toda la noche debatiendo contigo los aspectos morales e intelectuales de mis actos, pero eso no cambiaría los hechos. Intenta verlo de la siguiente manera: un ser humano es una envoltura de piel que mantiene en su sitio a las células, la sangre y las sustancias químicas. Unos pocos individuos terminan en los libros de historia. Pero la gran mayoría sucumbe y desaparece sin dejar rastro.

—Matas a mujeres.

—Los que matamos por placer, porque yo no soy el único que tiene este pasatiempo, vivimos una vida completa.

—Pero ¿por qué Harriet, tu propia hermana?

De repente la cara de Martin Vanger se desencajó. De una sola zancada se acercó a Mikael y lo agarró del pelo.

—¿Qué pasó con ella?

—¿Qué quieres decir? —jadeó Mikael.

Intentó girar la cabeza para reducir el dolor del cuero

cabelludo. La cadena se tensó enseguida alrededor del cuello.

—Tú y Salander. ¿Qué habéis encontrado?

—Suéltame. ¿No estábamos hablando?

Martin Vanger le soltó el pelo y se sentó con las piernas cruzadas delante de Mikael. Sostenía un cuchillo en la mano. Le puso la punta contra la piel, justo debajo del ojo. Mikael se obligó a desafiar la mirada de Martin Vanger.

—¿Qué coño pasó con ella?

—No te entiendo. Creía que la habías matado tú.

Martin Vanger miró fijamente a Mikael durante un buen rato. Luego se relajó. Se levantó y se puso a deambular por la habitación reflexionando. Dejó caer el cuchillo al suelo, se rió y se volvió hacia Mikael.

—Harriet, Harriet; siempre esa Harriet. Intentamos… hablar con ella. Gottfried procuró educarla. Pensamos que era una de los nuestros, que aceptaría su deber, pero no era más que una simple… puta. Creía que la tenía bajo control, pero se lo pensaba contar todo a Henrik y comprendí que no me podía fiar de ella. Tarde o temprano se chivaría.

—La mataste.

—Quería matarla. Tuve la intención de hacerlo, pero llegué tarde. No pude cruzar hasta la isla.

El cerebro de Mikael intentaba asimilar la información, pero era como si apareciera un letrero con el texto *information overload*. Martin Vanger no sabía lo que había pasado con su hermana.

De repente, Martin Vanger se sacó el teléfono móvil de la americana, examinó la pantalla y lo colocó encima de la silla, junto a la pistola.

—Ya va siendo hora de que terminemos con todo esto. Necesito tiempo para encargarme también de tu urraca anoréxica esta misma noche.

Abrió un armario, sacó una estrecha correa de cuero

y se la puso a Mikael alrededor del cuello, a modo de soga, con un nudo corredizo. Soltó la cadena que mantenía a Mikael encadenado al suelo, lo levantó y lo empujó contra la pared. Introdujo la correa de cuero en una argolla del techo, sobre la cabeza de Mikael, y la tensó de tal modo que éste se vio obligado a ponerse de puntillas.

—¿Te aprieta demasiado? ¿No puedes respirar?

La aflojó unos centímetros y enganchó el extremo de la correa en la pared, un poco más abajo.

—No quiero que te ahogues tan pronto.

La soga le apretaba el cuello con tanta fuerza que no era capaz de pronunciar ni una palabra. Martin Vanger lo contempló con atención.

De repente le desabotonó los pantalones y se los bajó junto con los calzoncillos. Cuando se los sacó, Mikael perdió el contacto con el suelo y durante unos segundos estuvo colgando de la soga antes de que los dedos de sus pies volvieran a tocar tierra. Martin Vanger se acercó a un armario y buscó unas tijeras. Hizo jirones la camiseta de Mikael y la tiró al suelo. Luego se alejó un poco y se puso a contemplar a su víctima.

—Es la primera vez que tengo a un chico aquí —dijo Martin Vanger con voz seria—. Nunca he tocado a otro hombre… aparte de mi padre. Era mi deber.

Las sienes de Mikael palpitaban. No podía dejar caer su peso corporal sobre los pies sin estrangularse. Palpando con los dedos la pared de hormigón intentó agarrarse a algo, pero allí no había nada a lo que asirse.

—Es la hora —dijo Martin Vanger.

Puso la mano en la correa y tiró hacia abajo. Mikael sintió de inmediato cómo la soga cortaba su cuello todavía más.

—Siempre me he preguntado qué sabor tendrá un hombre.

Aumentó la presión de la soga y, acto seguido, se inclinó hacia delante y besó a Mikael en la boca. En ese mismo instante se oyó una gélida voz retumbar en la habitación.

—Oye, tú, jodido cerdo asqueroso; en este puto pueblo sólo yo tengo derecho a eso.

Mikael oyó la voz de Lisbeth a través de una roja niebla. Consiguió enfocar la mirada y la vio al lado de la puerta. Observaba a Martin Vanger con unos ojos inexpresivos.

—No… ¡Corre! —graznó Mikael.

Mikael no vio la expresión de Martin Vanger, pero pudo sentir su *shock* al darse éste la vuelta. Por un segundo el tiempo se detuvo. Luego Martin Vanger alargó la mano hasta la pistola que había dejado sobre la silla.

Lisbeth Salander dio tres rápidos pasos hacia delante y levantó un palo de golf que llevaba escondido en la espalda. El hierro dibujó en el aire un amplio arco y le dio a Martin Vanger en toda la clavícula. Fue un golpe brutal y Mikael pudo oír cómo algo se rompía. Martin Vanger aulló.

—¿Te gusta el dolor? —preguntó Lisbeth Salander.

Su voz sonaba áspera como el papel de lija. Mikael no olvidaría en la vida la cara de Lisbeth cuando se lanzó al ataque. Enseñaba los dientes como una fiera. Los ojos le brillaban con un intenso negro azabache. Se movía como una araña, rápida como un rayo, y parecía totalmente centrada en su presa cuando volvió a levantar el palo de golf y le dio a Martin Vanger en las costillas.

Martin Vanger tropezó con la silla y se cayó. La pistola fue a parar al suelo, ante los pies de Lisbeth, quien la apartó de una patada, lejos de él.

Luego le asestó un tercer golpe, justo cuando Martin Vanger intentó incorporarse. Con un chasquido seco le alcanzó la cadera. De la garganta de Martin Vanger surgió un espeluznante grito. El cuarto golpe, dado desde atrás, le alcanzó el omoplato.

—Lis… errth… —graznó Mikael.

Estaba a punto de perder la conciencia; el dolor de las sienes le resultaba casi insoportable.

Lisbeth se volvió hacia él y vio que su cara estaba roja como un tomate; tenía los ojos desorbitados y la lengua a punto de salírsele de la boca.

Miró rápidamente a su alrededor y descubrió el cuchillo en el suelo. Luego le echó una mirada a Martin Vanger, quien había conseguido ponerse de rodillas e intentaba alejarse arrastrándose con un flácido brazo colgando. No iba a causarle el menor problema durante los próximos segundos. Lisbeth dejó caer el palo de golf y recogió el cuchillo. Tenía una buena punta, pero no estaba muy afilado. Se puso de puntillas y empezó a cortar frenéticamente para desgastar la correa de cuero. Transcurrieron varios segundos hasta que Mikael, por fin, se desplomó sobre el suelo. Pero la soga se había cerrado alrededor de su cuello.

Lisbeth Salander miró de nuevo a Martin Vanger. Se había puesto de pie, pero estaba encorvado. Lo ignoró e intentó meter los dedos por dentro de la soga. Al principio no se atrevió a usar el cuchillo, pero después metió la punta y, al intentar ensanchar la cuerda, hirió levemente el cuello de Mikael. Finalmente la soga cedió, y Mikael pudo tomar aire con unas ruidosas y roncas inspiraciones.

Por un instante, Mikael experimentó una increíble sensación, como si su cuerpo y su alma se unieran. Veía con total nitidez y pudo discernir hasta la más mínima mota de polvo de la habitación. Oía perfectamente; percibía cada respiración o cada roce de ropa, como si el sonido procediera de unos auriculares puestos en sus orejas. Sintió el olor a sudor de Lisbeth Salander y el del cuero de su cazadora. Luego la sensación desapareció cuando la sangre empezó a fluir nuevamente hasta su cabeza, y su cara recuperó su color habitual.

Lisbeth Salander giró la cabeza en el mismo momento en que Martin Vanger desaparecía por la puerta. Se levantó rápidamente y buscó la pistola; examinó el cargador y le quitó el seguro. Mikael advirtió que no debía de ser la primera vez que manejaba armas de fuego. Miró a su alrededor y descubrió las llaves de las esposas sobre la mesa.

—Le cogeré —dijo, y se fue corriendo hacia la puerta.

Cogió las llaves a la carrera y, con un revés, las tiró al suelo, donde estaba Mikael.

Mikael intentó gritarle que esperara, pero no le salió más que un áspero sonido apagado cuando ella ya había desaparecido por la puerta.

A Lisbeth no se le había olvidado que Martin Vanger tenía una escopeta en algún sitio, y, al llegar al pasadizo que conducía del garaje a la cocina, se detuvo con la pistola en la mano, lista para disparar. Aguzó el oído, pero no pudo apreciar ni el más mínimo ruido que revelara dónde se hallaba su presa. Por puro instinto se fue acercando a la cocina; casi había llegado cuando oyó un coche arrancar en el patio.

Salió corriendo por la puerta lateral del garaje. Desde el camino vio cómo un par de luces traseras pasaban la casa de Henrik Vanger y giraban hacia el puente; echó a correr todo lo que le permitieron sus piernas. Se metió la pistola en el bolsillo de la cazadora y no se preocupó del casco al montarse en la moto. Unos pocos segundos más tarde ya estaba cruzando el puente.

Tal vez él le llevara una ventaja de unos noventa segundos cuando ella llegó a la rotonda del acceso a la E4. No lo pudo ver. Paró, apagó el motor y se quedó escuchando.

El cielo estaba lleno de pesadas nubes. En el horizonte se adivinaba el amanecer. Luego percibió el sonido de un motor y divisó el destello del coche de Martin Vanger en la E4 en dirección sur. Lisbeth volvió a arrancar la moto, metió una marcha y pasó por debajo del viaducto. Al salir de la curva de la cuesta que accedía a la autopista iba ya a 80 kilómetros por hora. Por delante tenía una recta. No había tráfico: le dio gas a tope y salió volando. Cuando la carretera empezó a encorvarse a lo largo de una larga loma, Lisbeth iba a 170, más o menos la máxima velocidad que su moto ligera, trucada por ella misma, era capaz de alcanzar cuesta abajo. Al cabo de dos minutos descubrió el coche de Martin Vanger a unos cuatrocientos metros por delante.

«Análisis de consecuencias. ¿Qué hago ahora?»

Redujo a unos razonables 120 kilómetros por hora y se mantuvo a la misma velocidad que él. Al pasar por unas curvas muy cerradas lo perdió de vista durante algunos segundos. Luego salieron a una larga recta. Ella se hallaba a unos doscientos metros del coche.

Él debió de ver el faro de su moto porque aumentó la velocidad en un largo tramo.en curva. Ella le dio más gas, pero Martin ganó terreno en las curvas.

A lo lejos, Lisbeth divisó los faros de un camión que venía de frente. Martin Vanger también los vio. De repente, él aumentó aún más la velocidad y pasó al carril contrario apenas unos ciento cincuenta metros antes del encuentro. Lisbeth vio cómo el camión frenaba y hacía señas desesperadamente con los faros, pero recorrió la distancia en pocos segundos y la colisión resultó inevitable. Martin Vanger se estampó frontalmente contra el camión produciendo un horrible estruendo.

Lisbeth Salander frenó de manera instintiva. Luego vio cómo el remolque del camión empezaba a invadir su carril cerrándole el paso. Con la velocidad que llevaba le quedaban unos dos segundos para recorrer el tramo que la separaba del lugar del accidente. Aceleró y se metió por el arcén, pasando a tan sólo un metro del remolque. Por el rabillo del ojo vio salir las llamas por debajo de la cabina del camión.

Avanzó otros ciento cincuenta metros antes de parar y darse la vuelta. Vio cómo el camionero saltaba por el lado del copiloto. Entonces volvió a acelerar. En Åkerby, dos kilómetros más al sur, se desvió a la izquierda y regresó hacia el norte por la vieja carretera paralela a la autopista E4. Pasó el lugar del accidente por una elevación del terreno y observó que dos vehículos se habían parado. Los restos del coche ardían en llamas, completamente empotrados bajo el camión. Un hombre intentaba apagar el fuego con un pequeño extintor.

Ella aceleró y pronto estuvo de vuelta en Hedeby, donde cruzó el puente con el motor a pocas revoluciones. Aparcó delante de la casita de invitados y volvió andando a casa de Martin Vanger.

Mikael seguía luchando con las esposas. Sus manos estaban tan dormidas que no podía agarrar la llave. Lisbeth le abrió las esposas y le abrazó mientras la sangre volvía a circular por las venas de sus manos.

—¿Y Martin? —preguntó Mikael con voz ronca.

—Muerto. Se estampó de frente contra un camión, a unos cuantos kilómetros hacia el sur, cuando iba por la E4 a ciento cincuenta por hora.

Mikael la miró fijamente. Sólo llevaba un par de minutos fuera.

—Tenemos que… llamar a la policía —graznó Mikael. De repente le invadió un intenso ataque de tos.

—¿Por qué? —preguntó Lisbeth Salander.

Durante diez minutos, Mikael fue incapaz de levantarse. Desnudo, permaneció en el suelo apoyado contra la pared. Se masajeó el cuello y, con dedos torpes, levantó la botella de agua. Lisbeth esperó pacientemente hasta que Mikael empezó a recuperar la sensibilidad. Ella aprovechó para reflexionar.

—Vístete.

Usó la camiseta, hecha jirones, para borrar las huellas dactilares de las esposas, el cuchillo y el palo de golf. Se llevó la botella de agua.

—¿Qué haces?

—Vístete. Está amaneciendo. Date prisa.

Mikael se puso de pie sobre sus temblorosas piernas y consiguió ponerse los calzoncillos y los vaqueros. Introdujo los pies en sus zapatillas de deporte. Lisbeth se metió los calcetines en el bolsillo y lo detuvo.

—Exactamente, ¿qué es lo que has tocado aquí?

Mikael miró a su alrededor. Intentó recordar. Al final dijo que no había tocado nada más que la puerta y las llaves. Lisbeth encontró las llaves en la americana de Martin Vanger, colgada en la silla. Limpió meticulosamente el picaporte y el interruptor y apagó la luz. Condujo a Mikael por la escalera del sótano y le pidió que esperara en el pasillo mientras ella devolvía el palo de golf a su sitio. Al volver traía una camiseta oscura que perteneció a Martin Vanger.

—Póntela. No quiero que nadie te vea esta noche andando con el torso desnudo.

Mikael se dio cuenta de que se hallaba en estado de *shock*. Lisbeth había asumido el mando y él obedecía sus órdenes totalmente falto de voluntad. Lo llevó fuera de la casa de Martin Vanger. Siempre abrazada a él. En cuanto cruzaron la puerta de la casa de invitados lo detuvo.

—Si resulta que alguien nos ha visto y nos pregunta qué es lo que hacíamos fuera a estas horas de la noche, estuvimos en la otra punta de la isla dando un paseo nocturno y haciendo el amor.

—Lisbeth, no puedo…

—Métete en la ducha. Ahora.

Le ayudó a desnudarse y lo mandó al cuarto de baño. Luego puso la cafetera y rápidamente preparó media docena de gruesas rebanadas de pan con queso, paté y pepinillos en vinagre. Estaba sentada junto a la mesa de la cocina sumida en una intensa reflexión cuando Mikael volvió cojeando de la ducha. Ella examinó las heridas y las magulladuras de su cuerpo. La soga le había producido una rozadura tan fuerte que tenía una marca de color rojo oscuro alrededor de todo el cuello, y el cuchillo le había causado un sangrante corte en la parte izquierda.

—Ven —dijo ella—. Túmbate en la cama.

Buscó tiritas y le taponó la herida con una compresa. Luego sirvió café y le alcanzó una rebanada.

—No tengo hambre —dijo Mikael.

—Come —ordenó Lisbeth, dándole un buen mordisco a una rebanada de pan con queso.

Mikael cerró los ojos un momento. Acto seguido se incorporó y tomó un bocado. El cuello le dolía tanto que a duras penas conseguía tragar.

Lisbeth se quitó la cazadora de cuero y fue a buscar un botecito de bálsamo de tigre a su neceser.

—Deja que el café se enfríe un rato. Túmbate boca abajo.

Dedicó cinco minutos a masajearle la espalda con el bálsamo. Luego le dio la vuelta e hizo lo mismo en la parte delantera del cuerpo.

—Vas a tener unos buenos moratones durante bastante tiempo.

—Lisbeth, tenemos que llamar a la policía.

—No —contestó Lisbeth con tanta fuerza en la voz que Mikael abrió los ojos asombrado—. Si llamas a la policía, yo me largo. No quiero tener nada que ver con ellos. Martin Vanger está muerto. Murió en un accidente de tráfico. Iba solo en el coche. Hay testigos. Deja que la policía o cualquier otra persona descubra esa maldita cámara de tortura. Tú y yo ignoramos su existencia tanto como los demás habitantes del pueblo.

—¿Por qué?

No le hizo caso y siguió masajeando sus doloridos muslos.

—Lisbeth, no podemos…

—Si me sigues dando la lata, te arrastro a la cueva de Martin y te vuelvo a encadenar.

Mientras ella hablaba, Mikael se durmió tan súbitamente como si se hubiese desmayado.

Capítulo 25

Hacia las cinco de la mañana, Mikael se despertó de un sobresalto llevándose las manos al cuello para quitarse la soga. Lisbeth se acercó, le cogió las manos y permaneció a su lado hasta que se tranquilizó. Mikael abrió los ojos y la contempló con la mirada desenfocada.

—No sabía que jugaras al golf —murmuró para, acto seguido, volver a cerrar los ojos.

Ella se quedó junto a la cama un par de minutos hasta que estuvo segura de que había vuelto a conciliar el sueño. Mientras Mikael dormía, Lisbeth había vuelto al sótano de Martin Vanger para examinar el lugar del crimen. Aparte de los instrumentos de tortura, encontró una gran colección de revistas de porno violento y numerosas fotos *polaroid* en un álbum.

No había ningún diario. En cambio, descubrió dos carpetas con fotografías de tamaño carné y unas notas manuscritas sobre distintas mujeres. Se lo llevó todo en una bolsa de nailon, junto con el portátil Dell de Martin Vanger que halló en la mesa del vestíbulo de la planta superior. En cuanto Mikael se quedó dormido, Lisbeth continuó repasando el contenido del portátil y de las carpetas de Martin Vanger. Eran más de las seis de la mañana cuando apagó el ordenador. Encendió un cigarrillo y, pensativa, se mordió el labio inferior.

Junto con Mikael Blomkvist había emprendido la

caza de alguien que presuntamente era un asesino en serie del pasado. Y se toparon con algo completamente diferente. Le costó imaginarse los horrores que habrían tenido lugar en el sótano de Martin Vanger, en medio de ese idílico pueblo. Intentó comprender todo aquello.

Martin Vanger llevaba asesinando a mujeres desde la década de los sesenta; durante los últimos tres lustros lo había hecho con una periodicidad de aproximadamente una o dos víctimas por año. Los crímenes habían sido tan bien planeados y se realizaron tan discretamente que nadie en absoluto advirtió que existía un asesino en serie en activo. ¿Cómo era posible?

Las carpetas le ofrecían parte de la respuesta.

Sus víctimas eran mujeres anónimas, a menudo chicas inmigrantes recién llegadas que carecían de amigos y contactos en Suecia. También había prostitutas y marginadas sociales con serios problemas de fondo, como el abuso de drogas y de alcohol.

De sus estudios de psicología sobre el sadismo sexual, Lisbeth Salander había aprendido que ese tipo de criminales suele presentar una tendencia a coleccionar *souvenirs* de sus víctimas. El asesino usaba esos recuerdos para recrear parte del placer experimentado. Martin Vanger había llevado esa peculiaridad mucho más allá, anotando todas las muertes en una especie de cuaderno de bitácora. Había catalogado y evaluado a sus víctimas meticulosamente, comentando y describiendo con detalle sus sufrimientos. Además, documentó su actividad asesina con películas de vídeo y fotografías.

La violencia y el asesinato constituían el fin último, pero Lisbeth sacó la conclusión de que, en realidad, la caza era el mayor interés de Martin Vanger. En su portátil había creado una base de datos con cientos de mujeres. Allí había empleadas del Grupo Vanger, camareras de restaurantes adonde solía acudir, recepcionistas de hoteles, personal de la Seguridad Social, secretarias de hombres de negocios que él conocía, y otras muchas mujeres. Parecía registrar y catalogar a prácticamente todas las mujeres con las que entraba en contacto.

Martin Vanger sólo había asesinado a una pequeña parte de ellas, pero todas las mujeres de su entorno eran víctimas potenciales. La documentación tenía el carácter de un apasionado pasatiempo, al cual dedicaría, sin duda, innumerables horas.

«¿Está casada o soltera? ¿Tiene niños y familia? ¿Dónde trabaja? ¿Dónde vive? ¿Qué coche conduce? ¿Qué educación ha tenido? ¿Color de pelo? ¿Color de la piel? ¿Forma del cuerpo?»

Lisbeth sacó la conclusión de que la recopilación de datos personales sobre las potenciales víctimas debía de haber representado una parte significativa de sus fantasías sexuales. Ante todo, era un cazador; en segundo lugar, un asesino.

Cuando Lisbeth terminó de leer, descubrió un pequeño sobre en una de las carpetas. Con la punta de los dedos sacó dos manoseadas y amarillentas fotografías *polaroid*. La primera retrataba a una chica morena sentada junto a una mesa. La chica llevaba pantalones oscuros y estaba desnuda de cintura para arriba, mostrando unos pechos pequeños y puntiagudos. Tenía la cara vuelta y estaba a punto de alzar un brazo para protegerse, como si el fotógrafo la hubiese sorprendido al levantar la cámara. En la otra foto aparecía completamente desnuda, tumbada boca abajo en una cama con una colcha azul. Seguía con la cara vuelta.

Lisbeth se metió el sobre con las fotos en el bolsillo de la cazadora. Luego llevó las carpetas hasta la cocina de hierro y encendió una cerilla. Al terminar de quemarlo todo removió las cenizas. Continuaba lloviendo a cántaros cuando salió a dar un corto paseo y, desde el puente, tiró discretamente el portátil de Martin Vanger al agua.

Cuando Dirch Frode abrió de un tirón la puerta, a las siete y media de la mañana, Lisbeth se encontraba sentada a la mesa de la cocina fumando un cigarrillo y tomándose un café. La cara de Frode estaba lívida; parecía haber tenido un terrible despertar.

—¿Y Mikael? —preguntó.

—Sigue durmiendo.

Dirch Frode se sentó en una silla de la cocina. Lisbeth le sirvió café y le acercó la taza.

—Martin... Acabo de enterarme de que Martin se mató anoche en un accidente de tráfico.

—Es una pena —dijo Lisbeth Salander tomando, acto seguido, un sorbo de café.

Dirch Frode levantó la mirada. Al principio la observó fijamente sin comprender nada. Luego sus ojos se abrieron y se le pusieron como platos.

—¿Qué...?

—Tuvo un accidente. Qué infortunio.

—¿Sabes lo que pasó?

—Empotró su coche frontalmente contra un camión. Un suicidio. La presión, el estrés y un imperio financiero que se tambaleaba... Demasiado para él. Eso, al menos, es lo que sospecho que van a poner en los titulares.

Dirch Frode parecía estar a punto de sufrir un derrame cerebral. Se levantó rápidamente, se acercó al dormitorio y abrió la puerta.

—Déjale dormir —soltó Lisbeth tajantemente.

Frode contempló el cuerpo dormido de Mikael. Le vio los moratones de la cara y las heridas del torso. Luego descubrió la parte del cuello, en carne viva, donde había tenido la soga.

Lisbeth le tocó el brazo y cerró la puerta. Frode retrocedió y se dejó caer lentamente en el arquibanco de la cocina.

Lisbeth Salander le contó brevemente lo ocurrido durante la noche. Le hizo una detallada descripción de la cámara de tortura de Martin Vanger y de cómo halló a Mikael colgando de una soga, con el director ejecutivo del Grupo Vanger, de pie, delante de él. Le contó lo que había encontrado en el archivo del Grupo durante el día anterior y cómo vinculó al padre de Martin con, al menos, siete asesinatos de mujeres. Dirch Frode no la interrumpió ni una sola vez. Cuando ella dejó de hablar, permaneció mudo durante varios minutos; luego soltó un profundo suspiro y movió despacio la cabeza de un lado para otro.

—¿Qué vamos a hacer?

—No es mi problema —contestó Lisbeth con una inexpresiva voz.

—Pero...

—Por lo que a mí respecta, yo nunca he puesto mis pies en Hedestad.

—No entiendo.

—Bajo ninguna circunstancia quiero figurar en un informe policial. Yo no existo. Si se relaciona mi nombre con toda esta historia, negaré haber estado aquí y no contestaré ni una sola pregunta.

Dirch Frode la observó inquisitivamente.

—No lo entiendo.

—No hace falta que entiendas nada.

—Entonces, ¿qué quieres que haga?

—Eso lo decides tú, con tal de que nos dejes a mí y a Mikael fuera.

Dirch Frode estaba lívido.

—Míralo así: lo único que sabes es que Martin Vanger ha fallecido en un accidente de tráfico. Ignoras que se trataba de un loco asesino y no sabes nada de la cámara de tortura que hay en su sótano.

Ella puso la llave encima de la mesa.

—Tienes tiempo antes de que alguien limpie el sótano de Martin y la descubra. Puede tardar lo suyo.

—Debemos ir a la policía.

—Nosotros no. Tú puedes ir si quieres. Es decisión tuya.

—Esta historia no se puede silenciar.

—No estoy diciendo que se silencie, sino que nos dejes fuera a mí y a Mikael. Cuando descubras la habitación, podrás sacar tus propias conclusiones y decidir a quién contárselo.

—Si lo que dices es verdad, significa que Martin ha secuestrado y asesinado…; debe de haber familias enteras desesperadas por saber dónde se encuentran sus hijas. No podemos…

—Correcto. Pero hay un problema. Los cuerpos ya no están. Tal vez encuentres pasaportes o carnés en algún cajón. Posiblemente se pueda identificar a algunas de las víctimas por las películas de vídeo. Pero no hace falta que tomes ninguna decisión hoy. Piénsatelo bien.

Dirch Frode parecía presa del pánico.

—Oh, Dios mío. Esto va ser el golpe de gracia definitivo para el Grupo Vanger. Cuántas familias se van a quedar en el paro si sale a la luz que Martin…

Frode se mecía adelante y atrás, acorralado por ese dilema moral.

—Es un modo de verlo. Supongo que Isabella Vanger heredará de su hijo. No me parece muy apropiado que ella sea la primera a la que se le informe del pasatiempo de Martin.

—Tengo que ir a ver…

—Creo que hoy debes mantenerte alejado de esa habitación —dijo Lisbeth severamente—. Antes te quedan muchas cosas por hacer. Has de ir a informar a Henrik, convocar a la junta directiva para una reunión extraordinaria y hacer lo mismo que habrías hecho si el director ejecutivo hubiera fallecido en circunstancias normales.

Dirch Frode meditó esas palabras. Su corazón palpitaba. De él, el viejo abogado que siempre resolvía los problemas, siempre se esperaba que tuviera un plan preparado para todas las eventualidades, pero ahora se sentía paralizado. Se dio cuenta de que estaba recibiendo instrucciones de una niña. De alguna manera ella había asumido el control de la situación y proponía unas líneas de actuación que él no era capaz de formular.

—¿Y Harriet…?

—Mikael y yo no hemos terminado todavía. Pero puedes decirle a Henrik Vanger que vamos a resolver el misterio.

El inesperado fallecimiento de Martin Vanger abrió las noticias radiofónicas de las nueve, justo mientras Mikael se despertaba. Lo único que se mencionaba sobre los acontecimientos de la noche anterior era que el industrial conducía a una gran velocidad y que, por razones desconocidas, invadió el carril contrario.

Iba solo en el coche. La radio local realizó una crónica más amplia, marcada por la inquietud ante el futuro del Grupo Vanger y por las posibles consecuencias económicas que el suceso tendría para la empresa.

Un teletipo de mediodía de la agencia TT, apresuradamente redactado, llevaba el titular «Una región en estado de *shock*» y resumía los agudos problemas del Grupo Vanger. A nadie se le escapaba que, tan sólo en Hedestad, más de tres mil de los veintiún mil habitantes de la ciudad trabajaban en el Grupo o dependían indirectamente de la prosperidad de la empresa. El director ejecutivo del Grupo acababa de fallecer y el anterior estaba ingresado tras sufrir un grave infarto. Hacía falta un heredero natural. Todo esto en una época considerada como la más crítica en la historia de la empresa.

Mikael Blomvkist había tenido la oportunidad de ir a la comisaría de Hedestad y explicar lo sucedido durante la noche anterior, pero Lisbeth Salander ya había puesto en marcha un proceso. Al no haber llamado a la policía inmediatamente, resultaba cada vez más difícil hacerlo a medida que las horas iban transcurriendo. Pasó la mañana en un triste silencio tirado en el arquibanco de la cocina, desde donde contempló la lluvia y las oscuras nubes del cielo. A eso de las diez hubo otra intensa tormenta, pero a mediodía dejó de llover y el viento cesó de soplar. Mikael salió, secó los muebles del jardín y se sentó con un tazón de café. Llevaba una camisa con el cuello levantado.

Naturalmente, la muerte de Martin ensombreció la vida diaria de Hedeby. Los coches paraban delante de la casa de Isabella Vanger según iban llegando los miembros del clan. Todo el mundo presentó sus condolencias. Lisbeth observaba la procesión fríamente. Mikael estaba sumergido en un profundo silencio.

—¿Cómo te encuentras? —preguntó Lisbeth finalmente.

Mikael meditó la respuesta durante un rato.

—Creo que sigo en estado de *shock* —contestó—. Me hallaba indefenso. Durante horas estuve convencido de que iba a morir. Sentía la angustia de la muerte y no podía hacer absolutamente nada. —Extendió una mano y se la puso a ella en la rodilla—. Gracias —dijo—. Si tú no hubieses aparecido, me habría matado.

Lisbeth le devolvió una sonrisa torcida.

—Aunque… no me entra en la cabeza cómo diablos fuiste tan idiota de enfrentarte tú solita a él. Yo estaba tumbado en el suelo rezando para que vieras la foto, sumaras dos más dos y llamaras a la policía.

—Si hubiera esperado a la policía, no habrías sobrevivido. No podía dejar que ese cabrón te matara.

—¿Por qué no quieres hablar con la policía? —preguntó Mikael.

—No hablo con las autoridades.

—¿Por qué no?

—Cosas mías. Pero, en tu caso, no creo que sea muy positivo para tu carrera profesional aparecer en los titulares como el periodista que fue desnudado por Martin Vanger, el célebre asesino en serie. Si ya no te gusta *super-detective Kalle* Blomkvist, imagínate los nuevos apodos que te pondrían.

Mikael la observó detenidamente y dejó el tema.

—Tenemos un problema —dijo Lisbeth.

Mikael asintió.

—¿Qué pasó con Harriet?

Lisbeth depositó las dos fotos *polaroid* en la mesa. Le explicó dónde las había encontrado. Mikael las estudió minuciosamente antes de levantar la vista.

—Puede ser ella —dijo finalmente—. No lo puedo jurar, pero su constitución y su pelo coinciden con todas las fotos que he visto de ella.

Mikael y Lisbeth estuvieron sentados en el jardín durante una hora intentando encajar las piezas del rompecabezas. Se percataron de que los dos, cada uno por su lado, habían identificado a Martin Vanger como la que les faltaba.

Ella nunca descubrió la foto que Mikael había dejado sobre la mesa de la cocina. Tras estudiar las imágenes de las cámaras de vigilancia, llegó a la conclusión de que Mikael había hecho alguna tontería. Así que Lisbeth tomó el camino de la orilla del estrecho hasta la casa de Martin Vanger, donde miró por todas las ventanas sin ver ni una sola alma. Comprobó cuidadosamente todas las puertas y ventanas de la planta baja. Al final subió trepando al piso superior y entró por un balcón abierto. Se movió con sumo cuidado al registrar la casa habitación por habitación, lo cual le llevó mucho tiempo. Al cabo de un rato encontró la puerta que bajaba al sótano. Martin había cometido una negligencia: había dejado entreabierta la puerta de la cámara del terror, con lo cual Lisbeth se dio perfectamente cuenta de la situación.

Mikael le preguntó qué había oído de lo que dijo Martin.

—No mucho. Llegué cuando te estaba haciendo preguntas sobre lo que le ocurrió a Harriet, justo antes de que te colgara en la soga. Os dejé durante algunos minutos mientras subí a buscar un arma. Encontré los palos de golf en un armario.

—Martin Vanger no tenía ni idea de lo que ocurrió con Harriet —dijo Mikael.

—¿Le crees?

—Sí —afirmó Mikael sin el menor atisbo de duda—. Martin Vanger estaba más loco que un turón rabioso…, ¿de dónde diablos sacaré yo todas estas metáforas…?, pero confesó todos los crímenes que había cometido. Sin tapujos. La verdad es que creo que quería impresionarme. Pero cuando hablamos de Harriet se mostró tan ansioso como Henrik Vanger por averiguar lo sucedido.

—Así que… ¿adónde nos lleva eso?

—Sabemos que Gottfried Vanger fue el autor de la primera serie de asesinatos, entre 1949 y 1965.

—Vale. E instruyó a Martin Vanger.

—¡Vaya familia más disfuncional! —dijo Mikael—. En realidad, Martin nunca tuvo una oportunidad.

Lisbeth Salander le echó una extraña mirada.

—Lo que me contó Martin, aunque de manera fragmentada, fue que su padre lo inició cuando entró en la pubertad. En 1962 presenció el asesinato de Lea, la de Uddevalla. Por aquel entonces tenía catorce años. Estuvo también en el asesinato de Sara en 1964. En aquella ocasión participó activamente. Ahí ya tenía dieciséis.

—¿Y?

—Dijo que no era homosexual y que, a excepción de

su padre, nunca había tocado a un hombre. Eso me hace pensar que... bueno, lo único que podemos concluir es que su padre lo violaba. Seguramente los abusos se prolongarían durante mucho tiempo. Fue, por decirlo de alguna manera, educado por su padre.

—¡Y una mierda! ¡Eso son gilipolleces! —dijo Lisbeth Salander.

De repente su voz sonó extremadamente dura. Mikael la contempló perplejo. La mirada de Lisbeth era firme. Allí no había ni una pizca de compasión.

—Martin tuvo exactamente las mismas oportunidades que cualquiera para rebelarse. Fue su propia decisión. Asesinaba y violaba porque le gustaba.

—Vale, de acuerdo. No digo que no. Pero Martin era un chico sometido a la autoridad de su padre, quien lo marcó de por vida, al igual que Gottfried fue subyugado por el suyo, el nazi.

—¿Ah, sí? Entonces estás partiendo del principio de que Martin no tenía voluntad propia y de que la gente se convierte en aquello para lo que ha sido educada.

Mikael sonrió prudentemente:

—¿He tocado un punto sensible?

De repente, los ojos de Lisbeth se encendieron con una rabia contenida. Mikael se apresuró a continuar.

—No quiero decir que las personas se vean marcadas únicamente por su educación, pero creo que ésta desempeña un papel fundamental. Gottfried sufrió las constantes palizas de su viejo durante muchos años. Eso deja huella.

—Gilipolleces —insistió Lisbeth—. Gottfried no es el único niño que ha sido maltratado. Y eso no le da carta blanca para ir matando mujeres. Esa elección la hizo él mismo. Y Martin también.

Mikael levantó una mano.

—No discutamos por eso. No te enfades conmigo.

—No me enfado contigo. Es sólo que me parece

patético que los cabrones siempre echen la culpa a los demás.

—Vale. Tienen una responsabilidad personal. Luego lo hablaremos. A lo que iba era que Martin tenía diecisiete años cuando Gottfried murió, de modo que nadie pudo guiar sus pasos e intentó seguir los de su padre. En febrero de 1966, en Uppsala... —Mikael alargó la mano para coger uno de los cigarrillos de Lisbeth—. No pienso ponerme a especular sobre los instintos que Gottfried procuraba satisfacer ni sobre cómo él mismo interpretaba sus propios actos. Tal vez un psiquiatra podría interpretar esa especie de empanada mental bíblica que, en cualquier caso, trata sobre el castigo y la purificación. Y me importa una mierda de cuál de las dos se trate. Era un asesino en serie.

Meditó un segundo antes de continuar.

—Gottfried quería matar a mujeres y disfrazaba sus actos con algún tipo de razonamiento seudorreligioso. Pero Martin ni siquiera fingía tener una excusa. Estaba organizado y asesinaba sistemáticamente. Además, poseía dinero de sobra para invertir en su pasatiempo. Y era más listo que su padre. Cada vez que Gottfried dejaba un cadáver tras de sí, significaba que una investigación policial se abría y existía un riesgo de que alguien lo descubriera o, por lo menos, relacionara los distintos asesinatos.

—Martin Vanger construyó su chalé en los años setenta —dijo Lisbeth, pensativa.

—Creo que Henrik mencionó el año 1978. Probablemente encargó una cámara de seguridad para archivos importantes o cosas similares. Le construyeron una habitación sin ventanas, insonorizada, con una puerta blindada.

—Ha tenido la habitación durante veinticinco años.

Permanecieron callados un rato mientras Mikael pensó en los horrores que seguramente habrían tenido lugar en la idílica isla de Hedeby durante el último cuarto de siglo. Lisbeth no necesitó imaginarse nada de eso: había visto la colección de películas de vídeo. Advirtió que Mikael se estaba tocando el cuello inconscientemente.

—Gottfried odiaba a las mujeres y enseñó a su hijo a odiarlas también, al mismo tiempo que lo violaba. Pero eso escondía algo más... Creo que Gottfried fantaseaba con la idea de que sus hijos compartieran su pervertida, por no decir algo peor, visión del mundo. Al preguntarle sobre Harriet, su propia hermana, Martin dijo: «Intentamos hablar con ella. Pero no era más que una simple puta; pensaba contárselo a Henrik».

Lisbeth asintió con la cabeza.

—Ya lo oí. Fue más o menos entonces cuando llegué al sótano. Eso significa que ya sabemos de qué iba a tratar su misteriosa conversación con Henrik.

Mikael frunció el ceño.

—No del todo. —Reflexionó un rato y prosiguió—: Piensa en la cronología. Ignoramos cuándo violó Gottfried a su hijo por primera vez, pero se lo llevó cuando asesinó a Lea Persson en Uddevalla, en 1962. Se ahogó en 1965. Antes, él y Martin intentaron «hablar» con Harriet. ¿Qué se deduce de ello?

—Que Gottfried no sólo abusó de Martin. También de Harriet.

Mikael asintió.

—Gottfried era el profesor. Martin el alumno. Harriet era su... ¿qué?... ¿su juguete?

—Gottfried le enseñó a Martin a follarse a su hermana —dijo Lisbeth, señalando las fotos *polaroid*—. Resulta difícil determinar su actitud partiendo de estas fotos, ya que no se le puede ver la cara, pero está claro que intenta ocultarse.

—Digamos que empezó cuando tenía catorce años, en 1964. Ella se opuso, «no podía aceptarlo», dicho con la expresión de Martin. Fue eso lo que amenazaba con contar.

Martin, sin duda, no tendría mucho que decir; se sometería a la voluntad de su padre, pero ambos habían creado algún tipo de… pacto en el que intentaron iniciar a Harriet.

Lisbeth asintió con la cabeza.

—En tus notas has escrito que Henrik Vanger dejó que Harriet se instalara en su casa durante el invierno de 1964.

—Henrik se dio cuenta de que algo no iba bien en su familia. Creía que se debía a las peleas y al desgaste de la relación entre Gottfried e Isabella, de modo que se la llevó consigo para que tuviera paz y tranquilidad y se concentrara en sus estudios.

—Un fastidio para Gottfried y Martin. Ya no les resultaba tan fácil dar con ella y controlar su vida. Pero de vez en cuando sí… y ¿dónde se produjeron los abusos?

—Tuvo que ser en la cabaña de Gottfried. Estoy casi seguro de que las fotos se hicieron allí; será fácil comprobarlo. Además, la ubicación de la cabaña es perfecta: aislada y muy apartada del pueblo. Luego, Gottfried se emborrachó por última vez y se ahogó de la manera más estúpida.

Lisbeth, pensativa, asentía con la cabeza.

—El padre de Harriet mantenía o intentaba mantener relaciones sexuales con ella, pero no creo que la iniciara en los asesinatos.

Mikael reconoció que eso constituía un punto débil en su razonamiento. Harriet apuntó los nombres de las víctimas de Gottfried y los relacionó con citas bíblicas, pero su interés por la Biblia no surgió hasta el último año, cuando Gottfried ya estaba muerto. Reflexionó un instante intentando hallar una explicación lógica.

—En algún momento, Harriet descubrió que Gottfried no sólo cometía incesto, sino que también era un loco asesino en serie —dijo.

—No sabemos cuándo descubrió los asesinatos. Quizá fuera justo antes de morir Gottfried. Incluso puede que fuera después, si es que él llevaba un diario o guardaba recortes de prensa sobre los crímenes. Algo la debió poner sobre la pista.

—Pero no fue eso lo que amenazó con contar a Henrik —puntualizó Mikael.

—Fue por Martin —dijo Lisbeth—. Su padre estaba muerto, pero Martin seguía acosándola.

—Exacto —asintió Mikael.

—Pero tardó un año en decidirse.

—¿Qué harías tú si de repente descubrieras que tu padre es un asesino en serie que se folla a tu hermano?

—Matar a ese hijo de puta —dijo Lisbeth con una voz tan serena que dejó bien claro que no estaba bromeando.

Automáticamente, Mikael vio ante sí la cara de Lisbeth atacando a Martin Vanger. Una triste sonrisa se dibujó en su rostro.

—De acuerdo, pero Harriet no era como tú. Gottfried murió en 1965, antes de que a ella le diera tiempo a hacer algo. También resulta lógico. Al morir Gottfried, Isabella envió a Martin a Uppsala. Puede que volviese a casa por Navidad y otras vacaciones, pero durante el año siguiente no vio a Harriet con mucha frecuencia. Ella pudo distanciarse un poco de él.

—Y empezó a estudiar la Biblia.

—Y a la luz de lo que sabemos ahora, no tiene por qué haber sido por razones religiosas. Tal vez quisiera, simplemente, comprender lo que había hecho su padre. Le estuvo dando vueltas hasta el Día del Niño de 1966. Es entonces cuando, de repente, ve a su hermano en Järnvägsgatan y sabe que ha vuelto. Ignoramos si hablaron, o si él le dijo algo. Pasara lo que pasase, Harriet tuvo el impulso de ir directamente a casa para hablar con Henrik.

—Y luego desapareció.

Tras repasar la cadena de acontecimientos no resultaba muy difícil comprender cómo iban a encajar el resto de las piezas del rompecabezas. Mikael y Lisbeth hicieron las maletas. Antes de marcharse, Mikael llamó a Dirch Frode y le explicó que tenían que ausentarse durante un tiempo, pero que le gustaría ver a Henrik antes de irse.

Mikael quería saber qué era lo que Frode le había contado a Henrik. La voz del abogado sonó tan tensa que Mikael empezó a preocuparse. Al cabo de un rato Frode reconoció que sólo le había dicho que Martin había muerto en un accidente de coche.

Cuando Mikael aparcó delante del hospital de Hedestad, el cielo estaba de nuevo cubierto por oscuras y pesadas nubes y se volvió a escuchar un trueno. Cruzó apresuradamente el aparcamiento en el mismo instante en que se ponía a lloviznar.

Henrik Vanger iba vestido con una bata y estaba sentado junto a la mesa que había delante de la ventana de su habitación. No cabía duda de que la enfermedad le había dejado huella, pero el viejo había recuperado el color de la cara y, por lo menos, parecía estar recuperándose. Se dieron la mano. Mikael le pidió a la enfermera que los dejara solos un par de minutos.

—Hace mucho que no vienes a verme —dijo Henrik Vanger.

Mikael asintió con la cabeza.

—Intencionadamente. Tu familia no quiere que aparezca por aquí, pero hoy están todos en casa de Isabella.

—Pobre Martin —dijo Henrik.

—Henrik, me encargaste la misión de averiguar la verdad de lo ocurrido con Harriet. ¿Esperabas que esa verdad estuviera exenta de dolor?

El viejo lo observó. Luego se le pusieron los ojos como platos.

—¿Martin?

—Es parte de la historia.

Henrik Vanger cerró los ojos.

—Ahora tengo una pregunta que hacerte.

—¿Cuál?

—¿Todavía quieres saber lo que sucedió? ¿Aunque duela y aunque la verdad sea peor de lo que te podías imaginar?

Henrik Vanger observó a Mikael durante un largo instante. Luego asintió con la cabeza.

—Quiero saberlo. Ése era el objetivo de tu trabajo.

—De acuerdo. Creo que sé lo que pasó con Harriet. Pero me falta encajar una última pieza para terminar el rompecabezas.

—Cuéntame.

—No. Hoy no. Lo que quiero que hagas ahora es descansar. El doctor dice que la crisis ha pasado y que te estás recuperando.

—No me trates como a un niño.

—Todavía no he llegado a puerto. De momento no tengo más que conjeturas. Voy a salir e intentar encontrar la última pieza del rompecabezas. La próxima vez que venga a verte, te contaré toda la historia. Puede que tarde algún tiempo. Pero quiero que sepas que volveré y que vas a saber la verdad.

Lisbeth cubrió la moto con una lona, la dejó al lado de la casita de invitados, en un lugar donde daba la sombra, y subió con Mikael al coche que le habían prestado. La tormenta había vuelto con renovadas fuerzas; al sur de Gävle les sorprendió una lluvia tan torrencial que Mikael apenas pudo distinguir la carretera. Mikael no quiso arriesgarse y paró en una gasolinera. Tomaron café mientras esperaban a que escampara. No llegaron a Estocolmo hasta las siete de la tarde. Mikael le dio a Lisbeth el código del portal de su edificio y la dejó en la estación de metro T-centralen. Cuando él entró por la puerta, su propio apartamento le resultó extraño.

Pasó la aspiradora y limpió mientras Lisbeth se encontraba con Plague en Sundbyberg. Hasta la medianoche no apareció por casa de Mikael. Nada más entrar, se pasó diez minutos escudriñando meticulosamente cada rincón del apartamento. Luego permaneció un largo rato ante la ventana contemplando las vistas sobre Slussen.

Una serie de armarios y estanterías de Ikea separaban la cama del resto del apartamento. Se desnudaron y durmieron unas horas.

A eso de las doce del día siguiente aterrizaron en Gatwick, Londres. Les recibió la lluvia. Mikael había reservado una habitación en el hotel James, cerca de Hyde Park; un excelente hotel en comparación con todos esos hoteluchos en ruinas de Bayswater adonde siempre había ido a parar en todas sus anteriores visitas a la ciudad. La cuenta corría a cargo de Dirch Frode.

Eran las cinco de la tarde y se encontraban en el bar cuando un hombre de unos treinta años se les acercó. Estaba casi calvo, tenía una barba rubia y vestía unos vaqueros y una americana demasiado grande. Calzaba náuticos.

—¿Wasp? —preguntó él.

—¿Trinity? —replicó Lisbeth.

Se saludaron con un movimiento de cabeza. No le preguntó el nombre a Mikael.

El compañero de Trinity fue presentado como Bob the Dog. Les esperaba en una vieja furgoneta Volkswagen, a la vuelta de la esquina. Abrieron las puertas correderas, entraron y se sentaron en unas sillas plegables sujetas a la pared. Mientras Bob sorteaba el tráfico londinense, Wasp y Trinity estuvieron hablando.

—Plague dijo que se trataba de un *crash-bang job*.

—Escucha telefónica y control del correo electrónico

de un ordenador. Puede ser muy rápido o llevarnos unos días, dependiendo de la presión que meta éste. —Lisbeth señaló con el pulgar a Mikael—. ¿Podéis hacerlo?

—¿Tienen pulgas los perros? —contestó Trinity.

Anita Vanger vivía en un pequeño chalé adosado en el señorial barrio residencial de Saint Albans, al norte de Londres, a poco más de una hora en coche. Desde la furgoneta pudieron verla llegar a casa y entrar a eso de las siete de la tarde. Esperaron a que se duchara, se preparara algo de cenar y se sentara delante de la tele. Luego Mikael llamó al timbre.

Una réplica casi idéntica de Cecilia Vanger abrió la puerta con un educado gesto inquisitivo en el rostro.

—Hola, Anita. Me llamo Mikael Blomkvist. Henrik Vanger me ha pedido que te haga una visita. Supongo que ya sabes lo de Martin.

Su cara pasó de manifestar sorpresa a ponerse en guardia. Nada más escuchar su nombre supo perfectamente de quién se trataba. Había estado en contacto con Cecilia Vanger, quien, sin duda, le habría comentado el enfado que tenía con Mikael. Pero el hecho de que lo hubiera enviado Henrik Vanger implicaba que se veía obligada a abrirle la puerta. Lo invitó a sentarse en el salón. Mikael miró a su alrededor. La casa de Anita Vanger estaba amueblada con mucho gusto y se notaba que era una persona con dinero y un buen trabajo, pero que llevaba una vida de lo más discreta. Por encima de una chimenea reconvertida en radiador de gas, Mikael advirtió un grabado firmado por Anders Zorn.

—Discúlpame por molestarte de manera tan imprevista; he intentado llamarte durante todo el día. Como estaba en Londres...

—Entiendo. ¿De qué se trata?

Su voz había tomado un tono defensivo.

—¿Piensas ir al entierro?

—No, Martin y yo no estábamos muy unidos y no puedo permitirme abandonar el trabajo.

Mikael asintió. Anita Vanger llevaba treinta años manteniéndose, en la medida de lo posible, alejada de Hedestad. Desde que su padre regresó a la isla de Hedeby ella apenas había vuelto a poner el pie por allí.

—Quiero saber qué pasó con Harriet Vanger. Ha llegado la hora de la verdad.

—¿Harriet? No entiendo lo que quieres decir.

Mikael se rió de su fingida ingenuidad.

—De toda la familia eras la que tenía una relación más íntima con Harriet. Fue a ti a quien se dirigió con su terrible historia.

—Estás loco —dijo Anita Vanger.

—En eso probablemente tengas razón —admitió Mikael despreocupadamente—. Anita: aquel sábado estuviste en la habitación de Harriet. Hay fotografías que lo prueban. Dentro de unos días informaré a Henrik de todo esto; luego, que él saque sus propias conclusiones. ¿Por qué no me cuentas lo que pasó?

Anita Vanger se levantó.

—Márchate de mi casa inmediatamente.

Mikael se levantó.

—Vale, pero tarde o temprano deberás hablar conmigo.

—No tengo nada que decirte.

—Martin está muerto —dijo Mikael con énfasis—. Nunca te cayó bien. Creo que te trasladaste a Londres no sólo para no ver a tu padre, sino también para no ver a Martin. Significa que estabas al tanto de todo, y la única que podría habértelo contado es Harriet. La cuestión es qué hiciste con esa información.

Anita Vanger le dio con la puerta en las narices.

Satisfecha, Lisbeth Salander sonrió a Mikael mientras lo liberaba del micrófono que llevaba debajo de la camisa.

—Tras cerrarte la puerta no ha tardado ni treinta segundos en descolgar el teléfono —dijo Lisbeth.

—El prefijo del país es Australia —informó Trinity, dejando caer los auriculares en la pequeña mesa de la furgoneta—. Tengo que comprobar el *area code* —dijo, tecleando en su portátil—. Muy bien; ha llamado a un número que pertenece a un teléfono de un pueblo que se llama Tennant Creek, al norte de Alice Springs, en el Territorio del Norte. ¿Quieres escuchar la conversación?

Mikael asintió.

—¿Qué hora es en Australia ahora?

—Aproximadamente las cinco de la mañana.

Trinity activó el lector digital y conectó un altavoz. Mikael pudo oír ocho tonos de llamada antes de que alguien descolgara el teléfono. La conversación se mantuvo en inglés.

—Hola. Soy yo.

—Mmm, es cierto que soy madrugadora, pero…

—Pensaba llamarte ayer… Martin está muerto. Se mató anteayer en un accidente de tráfico.

Silencio. Luego, algo que sonó como un carraspeo, pero que podía interpretarse como «Bien».

—Pero tenemos un problema. Un detestable periodista que Henrik ha contratado acaba de llamar a mi puerta. Está haciendo preguntas sobre lo que ocurrió en 1966. Sabe algo.

Silencio de nuevo. Luego, una voz autoritaria.

—Anita: cuelga ahora mismo. No podemos tener contacto durante algún tiempo.

—Pero…

—Escríbeme una carta. Cuéntame lo que ha pasado.

La llamada se cortó.

—Una tía lista —dijo Lisbeth Salander con admiración.

Regresaron al hotel poco antes de las once de la noche. En la recepción les ayudaron a conseguir billetes en el primer avión que hubiera para Australia. Un momento después tenían reservas en un vuelo que no saldría hasta las 19.05 del día siguiente, con destino Canberra, Nueva Gales del Sur.

Solucionados todos los detalles, se desnudaron y cayeron rendidos en la cama.

Era la primera vez que Lisbeth Salander visitaba Londres, de modo que estuvieron toda la mañana paseando por Tottenham Court Road y por el Soho. Pararon a tomar un *caffè latte* en Old Compton Street. A eso de las tres volvieron al hotel para recoger las maletas. Mientras Mikael pagaba la factura, Lisbeth encendió su móvil y descubrió que tenía un mensaje.

—Dragan Armanskij quiere hablar conmigo.

Usó un teléfono de la recepción para llamar a su jefe. Mikael estaba un poco alejado y de repente vio cómo Lisbeth se volvía hacia él con el rostro petrificado. Se acercó inmediatamente.

—¿Qué?

—Mi madre ha muerto. Tengo que volver a casa.

Lisbeth parecía tan desamparada que Mikael la abrazó. Ella lo rechazó.

Tomaron un café en el bar del hotel. Cuando Mikael dijo que iba a cancelar los billetes para Australia y acompañarla a Estocolmo, ella negó con la cabeza.

—No —dijo secamente—. No podemos mandar el trabajo a la mierda ahora. Pero tendrás que viajar solo.

Se despidieron delante del hotel y cada uno cogió un autobús hasta su respectivo aeropuerto.

Capítulo 26

Martes, 15 de julio –
Jueves, 17 de julio

Mikael llegó a Canberra por la tarde y la única alternativa que tuvo fue coger un vuelo nacional hasta Alice Springs. Luego podía elegir entre fletar un avión o alquilar un coche para recorrer los restantes cuatrocientos kilómetros hacia el norte. Optó por esto último.

Cuando aterrizó en Canberra, una persona desconocida que firmaba con el bíblico nombre de Joshua y pertenecía a la misteriosa red internacional de Plague, o tal vez de Trinity, le había dejado un sobre en el mostrador de información del aeropuerto.

El número de teléfono que Anita había marcado pertenecía a un sitio llamado Cochran Farm. Un breve informe le ofrecía más información: se trataba de una granja de ovejas.

Un resumen sacado de Internet daba detalles acerca de la industria ovina del país:

> Australia tiene 18 millones de habitantes, de los cuales 53.000 son granjeros de ovejas que crían, aproximadamente, 120 millones de cabezas. Sólo con la exportación de lana se facturan al año más de 3.500 millones de dólares. A esto se le suma la exportación de 700 millones de toneladas de carne de cordero, así como pieles para la industria textil. La producción de carne y lana constituye una de las industrias más importantes del país.

Cochran Farm, fundada en 1891 por un tal Jeremy Cochran, era la quinta empresa agrícola de Australia, con alrededor de sesenta mil ovejas merinas, cuya lana se consideraba especialmente valiosa. Aparte de las ovejas, la empresa también se dedicaba a la cría de vacas, cerdos y gallinas.

Mikael constató que Cochran Farm constituía una importante empresa con un impresionante volumen de ventas basado en la exportación, entre otros lugares, a Estados Unidos, Japón, China y Europa.

Las biografías personales que se adjuntaban le resultaron aún más fascinantes.

En 1972 una persona llamada Raymond Cochran le dejó en herencia Cochran Farm a un tal Spencer Cochran, educado en Oxford, Inglaterra. Spencer falleció en 1994 y desde entonces su viuda llevaba la granja. Ella aparecía en una foto borrosa de baja definición descargada desde la página *web* de Cochran Farm. Mostraba a una mujer rubia de pelo corto que estaba de pie, con la cara medio tapada, acariciando a una oveja. Según Joshua, la pareja se casó en Italia en 1971.

Su nombre era Anita Cochran.

Mikael pasó la noche en un pueblo de mala muerte que llevaba el esperanzador nombre de Wannado. En el único bar existente en aquel árido rincón del mundo comió asado de cordero y se tomó tres pintas de cerveza con unas glorias locales que le llamaban *mate* y que hablaban inglés con un curioso acento. Se sentía como si hubiese entrado en el rodaje de *Cocodrilo Dundee*.

Por la noche, antes de acostarse, telefoneó a Erika Berger a Nueva York.

—Lo siento, Ricky, he estado tan ocupado que no he tenido tiempo de llamarte.

—¿Qué diablos ocurre en Hedestad? —explotó

ella—. Christer me ha telefoneado para contarme que Martin ha muerto en un accidente de coche.

—Es una historia muy larga.

—¿Y por qué no coges el móvil? Llevo días llamándote como una loca.

—Aquí no hay cobertura.

—¿Dónde estás?

—Ahora mismo a unos doscientos kilómetros al norte de Alice Springs. O sea, en Australia.

Mikael raras veces conseguía sorprender a Erika. Esta vez ella permaneció callada durante más de diez segundos.

—¿Y qué haces en Australia? Si se puede saber, claro...

—Estoy terminando el trabajo. Volveré a Suecia dentro de unos días. Sólo quería contarte que me falta poco para cumplir la misión que me encargó Henrik Vanger.

—¿Quieres decir que has averiguado lo que pasó con Harriet?

—Creo que sí.

Llegó a Cochran Farm alrededor de las doce del día siguiente, y lo único que pudo averiguar fue que Anita Cochran se encontraba en una zona de producción situada en un lugar llamado Makawaka, a unos ciento veinte kilómetros al oeste.

Eran ya las cuatro de la tarde cuando Mikael, finalmente, consiguió llegar tras haberse abierto camino por innumerables carreteras secundarias. Detuvo el coche junto a una verja, donde un grupo de granjeros descansaban tomando café en torno al capó de un *jeep*. Mikael se bajó del coche, se presentó y les dijo que andaba buscando a Anita Cochran. Ellos miraron de reojo a un musculoso hombre de unos treinta años que, al parecer, era el que mandaba. Mostraba un torso desnudo muy bronceado excepto allí donde la camiseta le había protegido del sol. En la cabeza llevaba un sombrero de vaquero.

—*Well, mate*, la jefa está a unos diez kilómetros en esa dirección —dijo, señalando con el dedo pulgar.

Le echó una mirada escéptica al coche de Mikael y añadió que, probablemente, no sería muy buena idea continuar el camino en un coche japonés de juguete. Al final, el bronceado y atlético hombre dijo que como él iba hacia allá, podría llevar a Mikael en su *jeep*, el medio de transporte más adecuado para ese accidentado terreno. Mikael le dio las gracias y se llevó consigo su ordenador portátil.

El hombre se presentó como Jeff y contó que era *Studs Manager at the Station*. Mikael pidió que se lo tradujera. Jeff observó de reojo a Mikael y concluyó que no debía ser de por allí. Le explicó que *Studs Manager* equivaldría más o menos al jefe de la caja de un banco, aunque él gestionaba ovejas, y que *Station* era la palabra australiana para rancho.

Siguieron hablando mientras Jeff, de muy buen humor, conducía el *jeep* a veinte kilómetros por hora bajando por un barranco que tenía una inclinación lateral de veinte grados. Mikael le dio las gracias a su estrella de la suerte por no haber intentado llevar su coche alquilado. Le preguntó qué había abajo del todo y se enteró de que eran unos pastos para setecientas ovejas.

—Tengo entendido que Cochran Farm es una de las granjas más grandes que hay por aquí.

—Somos una de las más grandes de Australia —contestó Jeff no sin cierto orgullo en la voz—. Aquí, en el distrito de Makawaka, contamos con unas nueve mil ovejas más o menos, pero tenemos *Stations* tanto en Nueva Gales del Sur como en Australia Occidental. En total poseemos más de sesenta y tres mil cabezas.

Salieron del barranco para entrar en un paisaje montañoso, aunque algo menos accidentado. De repente, Mikael oyó unos disparos. Vio cadáveres de ovejas, grandes hogueras y una docena de trabajadores. Todos parecían llevar escopetas en la mano. Evidentemente, se dedicaban a la matanza de ovejas.

Sin querer, le vinieron a la mente los corderos del sacrificio bíblico.

Luego vio a una mujer en vaqueros, con camisa a cuadros rojos y blancos, y el pelo rubio y corto. Jeff aparcó a unos pocos metros de ella.

—*Hi boss. We got a tourist* —dijo.

Mikael bajó del *jeep* y la miró. Ella le devolvió la mirada con ojos inquisitivos.

—Hola, Harriet. Ha pasado mucho tiempo desde que nos vimos la última vez —dijo Mikael en sueco.

Ninguno de los hombres que trabajaban para Anita Cochran entendieron las palabras de Mikael, pero a nadie se le escapó la reacción de la mujer. Ella dio un paso hacia atrás con cara aterrorizada. Los hombres de Anita Cochran mostraron una actitud protectora hacia ella. Al advertir la reacción de su jefa, borraron la sonrisa de sus rostros y se pusieron en guardia, prestos a intervenir contra el extraño forastero, quien, obviamente, le había causado cierta incomodidad a su jefa. De pronto, Jeff borró la amabilidad de su rostro y se acercó un paso más a Mikael.

Mikael era consciente de que se hallaba en un barranco inaccesible en la otra punta del mundo, rodeado por una cuadrilla de sudorosos criadores de ovejas con escopetas en las manos. Una palabra de Anita Cochran y lo coserían a balazos.

El momento de tensión se disipó. Harriet Vanger les hizo una seña apaciguadora y los hombres retrocedieron. Se acercó a Mikael y, con la cara sucia y empapada de sudor, le miró a los ojos. Mikael advirtió que su pelo rubio escondía unas raíces más oscuras. Había envejecido y tenía la cara más delgada, pero se había convertido en la bella mujer que prometía la foto de su primera comunión.

—¿Nos conocemos? —preguntó Harriet Vanger.

—Sí. Me llamo Mikael Blomkvist. Fuiste mi canguro durante un verano, cuando yo tenía tres años. Tú tendrías doce o trece.

Transcurrieron unos segundos hasta que su mirada se aclaró y Mikael vio que se acordaba de él. Parecía asombrada.

—¿Qué quieres?

—Harriet, no soy tu enemigo. No estoy aquí para hacerte daño. Pero tenemos que hablar.

Ella se volvió hacia Jeff, le dijo que se quedara al mando y le hizo señas a Mikael para que la acompañara. Caminaron unos doscientos metros hasta un grupo de blancas tiendas de lona instaladas en una pequeña arboleda. Señaló una silla plegable que había junto a una desvencijada mesa, echó agua en una palangana y se lavó la cara antes de entrar para cambiarse de camisa. Fue a buscar dos cervezas a una nevera portátil y se sentó frente a Mikael.

—Tú dirás…

—¿Por qué estáis matando a las ovejas?

—Tenemos una epidemia contagiosa. Tal vez la mayoría de ellas esté sana, pero no podemos arriesgarnos a que se propague la epidemia. Vamos a tener que sacrificar a más de seiscientas durante la próxima semana. Así que no estoy de muy buen humor.

Mikael asintió con la cabeza.

—Tu hermano se mató en un accidente de coche hace unos días.

—Ya me he enterado.

—Gracias a la llamada de Anita Vanger.

Le observó inquisitivamente durante un buen rato. Luego asintió con la cabeza. Comprendió que no tenía sentido negar la evidencia.

—¿Cómo me has encontrado?

—Pinchamos el teléfono de Anita. —Mikael tampoco le encontró sentido a no decir la verdad—. Estuve con tu hermano unos minutos antes de que muriera.

Harriet Vanger frunció el ceño. Sus miradas se cruzaron. Luego él se quitó aquel ridículo pañuelo que llevaba, se bajó el cuello de la camisa y le enseñó la marca dejada por la soga. Estaba roja e inflamada y probablemente le dejaría de por vida una cicatriz como recuerdo de Martin Vanger.

—Tu hermano me había colgado de una soga cuando mi compañera apareció y le dio una buena paliza.

Un destello apareció en los ojos de Harriet.

—Creo que es mejor que me cuentes la historia desde el principio.

Le llevó más de una hora. Mikael empezó contando quién era y a qué se dedicaba. Describió cómo Henrik Vanger le había encargado el trabajo y por qué le convenía pasar una temporada en Hedeby. Resumió los motivos del estancamiento de la investigación policial y habló de cómo Henrik, durante todos esos años, había realizado otra por su cuenta, convencido de que alguien de la familia mató a Harriet. Encendió su ordenador y le explicó cómo encontró las fotos de Järnvägsgatan, y cómo él y Lisbeth empezaron a seguir el rastro de un asesino en serie que resultaron ser dos personas.

Anocheció mientras hablaba. Los hombres se prepararon para la noche; encendieron unos cuantos fuegos y pusieron ollas a hervir. Mikael advirtió que Jeff permanecía cerca de su jefa en todo momento, mirando desconfiadamente a Mikael. El cocinero les sirvió la comida. Abrieron otra cerveza. Cuando Mikael acabó de contar su historia, Harriet se quedó un rato en silencio.

—Dios mío —dijo de pronto.

—Pasaste por alto el asesinato de Uppsala.

—Ni siquiera lo descubrí. Estaba tan contenta por la muerte de mi padre y porque la violencia se había acabado que… Nunca se me ocurrió que Martin… —Se calló—. Me alegro de que esté muerto.

—Te entiendo.

—Pero tu historia no explica cómo comprendisteis que yo seguía viva.

—Una vez dedujimos lo que ocurrió, no resultó muy difícil sacar la conclusión del resto. Para poder desaparecer necesitabas ayuda. Anita Vanger era tu confidente y realmente la única opción lógica. Os habíais hecho amigas y ella pasó el verano contigo. Os alojasteis en la cabaña de Gottfried. Si confiabas en alguien, tenía que ser en ella; además, ella acababa de sacarse el carné de conducir.

Harriet Vanger lo observó sin inmutarse.

—Y ahora que sabes que estoy viva, ¿qué vas a hacer?

—Se lo contaré a Henrik. Merece saberlo.

—¿Y luego? Eres periodista.

—Harriet, no voy a descubrirte. Ya he cometido tantas negligencias profesionales en todo este lío que, sin duda, la Asociación de Periodistas me echaría de sus filas si se enterara. Una falta más o menos no importa, y no quiero enfadar a mi vieja canguro —dijo, intentando bromear.

Ella no le encontró la gracia.

—¿Quiénes saben la verdad?

—¿De que estás viva? Ahora mismo sólo tú, yo, Anita y mi compañera Lisbeth. Dirch Frode estará enterado de unos dos tercios de la historia, pero todavía cree que moriste en los años sesenta.

Harriet Vanger pareció reflexionar sobre algo. Dirigió la mirada a la oscuridad. De nuevo Mikael tuvo la desagradable sensación de encontrarse en una situación de peligro, y se acordó de que Harriet Vanger tenía una escopeta, a medio metro de ella, apoyada contra la lona de la tienda. Luego sacudió la cabeza y dejó de imaginarse cosas. Cambió de tema.

—Pero ¿cómo has acabado como criadora de ovejas en Australia? Imagino que Anita Vanger te sacó de la isla de Hedeby cuando abrieron el puente un día después del accidente; quizá te escondieras en el maletero de su coche.

—La verdad es que sólo estuve tumbada en el suelo del asiento trasero con una manta encima. Pero nadie miró allí. En cuanto Anita llegó a la isla fui a verla y le conté que tenía que huir. Has acertado en eso de que yo confiaba en ella. Me ayudó. Y se ha mantenido como una leal amiga durante todos estos años.

—¿Cómo viniste a parar a Australia?

—Al principio, antes de abandonar Suecia, me alojé un par de semanas en la habitación de la residencia de estudiantes de Anita, en Estocolmo. Ella tenía dinero y me lo prestó generosamente. También me dejó su pasaporte. Nos parecíamos mucho y lo único que yo debía hacer era teñirme el pelo de rubio. Durante cuatro años viví en un monasterio de Italia. No es que me metiera a monja; existen monasterios donde uno puede alquilar habitaciones baratas simplemente para estar en paz y pensar. Luego conocí a Spencer Cochran por casualidad. Era unos cuantos años mayor que yo, acababa de terminar sus estudios en Inglaterra y estaba viajando por Europa. Me enamoré. Él también. Fue así de simple. *Anita* Vanger se casó con él en 1971. Nunca me he arrepentido. Era un hombre maravilloso. Desgraciadamente, murió hace ocho años y de repente me convertí en la dueña de la granja.

—Pero ¿y el pasaporte? ¿Nadie descubrió que había dos Anitas Vanger?

—No, ¿por qué? Una sueca que se llama Anita Vanger y está casada con Spencer Cochran... Poco importa si vive en Londres o Australia. En Londres es la esposa separada de Spencer Cochran. En Australia es la auténtica esposa, la que realmente se casó con él. Nadie compara los registros informáticos de Canberra con los de Londres. Además, pronto tuve un pasaporte australiano con el apellido Cochran. El engaño funcionó perfectamente. La historia sólo se habría estropeado si Anita se hubiera querido casar. Mi matrimonio consta en el registro civil sueco.

—Algo que ella nunca ha hecho.

—Dice que no ha conocido a nadie. Pero yo sé que ha renunciado por mí. Es una amiga de verdad.

—¿Qué hacía en tu habitación?

—Aquel día yo no actué de manera muy racional. Tenía miedo de Martin, pero mientras él estuviera en Uppsala el problema quedaba aparcado. Luego apareció allí, en esa calle de Hedestad, y me di cuenta de que nunca jamás viviría segura. Dudé entre contárselo a Henrik y huir. Como Henrik no tenía tiempo para escucharme me puse a dar vueltas por todo el pueblo sin saber qué hacer. Entiendo, naturalmente, que aquel accidente acaparara la atención de todo el mundo, pero no la mía. Tenía mis propios problemas y apenas me enteré de la tragedia. Todo me resultaba irreal. Y me crucé con Anita, que vivía en la pequeña casa de invitados del jardín de Gerda y Alexander. Fue entonces cuando me decidí y le pedí que me ayudara. Me quedé en su casa todo el tiempo sin atreverme a salir. Pero había una cosa que debía llevarme: el diario en el que tenía apuntado lo ocurrido hasta ese momento; además, necesitaba un poco de ropa. Anita fue a buscármelo todo.

—Supongo que no podría resistir la tentación de abrir la ventana para mirar el lugar del accidente. —Mikael reflexionó un instante—. Lo que no entiendo es por qué no acudiste a Henrik, tal y como tenías pensado.

—¿Tú qué crees?

—La verdad es que no lo sé. Estoy convencido de que Henrik te habría ayudado; se habría encargado en el acto de que Martin no le hiciera daño a nadie más y, claro está, no te habría puesto en evidencia. Lo habría llevado todo discretamente con algún tipo de terapia o tratamiento.

—No has entendido lo que ocurrió.

Hasta ese momento, Mikael sólo se había referido a los abusos sexuales que Gottfried cometió con Martin, dejando en el aire lo sucedido con Harriet.

—Gottfried abusó de Martin —dijo Mikael cuidadosamente—. Sospecho que también abusó de ti.

Harriet Vanger no movió ni un solo músculo. Luego inspiró profundamente y se ocultó el rostro con las manos. Jeff no tardó ni tres segundos en acercarse para preguntarle si todo estaba *all right*. Harriet Vanger lo miró y le mostró una tímida sonrisa. Luego Mikael se sorprendió cuando ella se levantó y le dio a su *Studs Manager* un abrazo y un beso en la mejilla. Harriet se volvió hacia Mikael rodeando con el brazo el hombro de Jeff.

—Jeff, éste es Mikael, un viejo… amigo del pasado. Ha venido a traer problemas y malas noticias, pero no vamos a matar al mensajero. Mikael, éste es Jeff Cochran. Mi hijo mayor. Tengo otro hijo y una hija.

Mikael lo saludó con un movimiento de cabeza. Jeff tendría unos treinta años; Harriet Vanger debía de haberse quedado embarazada muy poco tiempo después de casarse con Spencer Cochran. Mikael se levantó, le tendió la mano y se disculpó por haber alterado a su madre, algo que, desgraciadamente, había resultado inevitable. Harriet intercambió unas palabras con Jeff y luego le dijo que se fuera. Volvió a sentarse junto a Mikael con aspecto de haber tomado una decisión.

—No más mentiras. Supongo que ya ha terminado todo. En cierto sentido llevo esperando este día desde 1966. Durante muchos años mi gran terror ha sido que alguien como tú se acercara y me llamara por mi verdadero nombre. Y, ¿sabes?, de repente me trae sin cuidado. Mi crimen ha prescrito. Y me importa una mierda lo que la gente piense de mí.

—¿Crimen? —preguntó Mikael.

Ella lo miró fijamente a los ojos, pero, aun así, él no pareció entender de qué estaba hablando.

—Tenía dieciséis años. Tenía miedo. Estaba avergonzada. Desesperada. Estaba sola. Los únicos que conocían la verdad eran Anita y Martin. A Anita le había contado lo de los abusos sexuales, pero no fui capaz de decirle que, además, mi padre era un loco asesino de mujeres. Eso Anita no lo sabe. En cambio, le confesé el crimen que yo misma cometí; un crimen tan terrible que, a la hora de la verdad, no me atreví a contárselo a Henrik. Recé a Dios para que me perdonara. Y me refugié en aquel monasterio durante años.

—Harriet, tu padre era un violador y un asesino. Tú no tenías ninguna culpa.

—Ya lo sé. Mi padre abusó de mí durante un año. Hice todo lo que estuvo en mis manos para evitar que… pero era mi padre y no podía negarme de repente a tener nada que ver con él sin explicar por qué. Así que mostré mi mejor sonrisa, interpreté mi papel e intenté dar la sensación de que todo estaba bien; pero me aseguraba de que siempre hubiera más gente cerca cada vez que lo veía. Mi madre sabía lo que él hacía, claro, pero a ella no le importaba.

—¿Isabella lo sabía? —exclamó Mikael con estupefacción.

La voz de Harriet Vanger adquirió un tono severo.

—Claro que lo sabía. Nada de lo que pasaba en nuestra familia era ignorado por Isabella. Pero no se daba por enterada si se trataba de alguna cosa desagradable o que ofreciera una mala imagen de su persona. Mi padre podría haberme violado en medio del salón ante sus propios ojos sin que ella lo reconociera. Era incapaz de admitir que algo no iba bien en mi vida o en la suya.

—La he conocido. Es una bruja.

—Y lo ha sido toda su vida. A menudo he reflexionado sobre la relación entre ella y mi padre. He llegado a la conclusión de que, después de mi nacimiento, nunca, o muy raramente, mantuvieron relaciones sexuales. Mi padre tenía otras mujeres, pero, por alguna extraña razón, Isabella le daba miedo. Se distanció de ella, pero fue incapaz de divorciarse.

—En la familia Vanger nadie se divorcia.

Ella se rió por primera vez.

—Sí, es verdad. Pero el tema es que yo era incapaz de contar todo aquello. Todo el mundo se enteraría. Mis compañeros de clase, toda la familia...

Mikael puso una mano sobre la de ella.

—Harriet, lo siento de verdad.

—Yo tenía catorce años cuando me violó por primera vez. Y durante el año siguiente me llevó a su cabaña. En varias ocasiones Martin estuvo presente. Mi padre nos forzaba a mí y a Martin a hacer cosas con él. Y me sujetaba los brazos para que Martin pudiera... satisfacerse encima de mí. Cuando mi padre murió, Martin ya estaba preparado para tomar el relevo. Esperaba que yo me convirtiera en su amante, y consideraba natural que yo me sometiera a él. Y a esas alturas yo ya no tenía elección. Estaba obligada a obedecerle. Me había deshecho de un verdugo sólo para acabar en las garras de otro, y todo lo que podía hacer era asegurarme de que nunca surgiese una ocasión en la que me encontrara a solas con él.

—Henrik habría...

—Sigues sin entenderlo.

Ella elevó la voz. Mikael vio que algunos de los hombres de las tiendas contiguas lo miraron de reojo. Volvió a bajar la voz y se inclinó hacia él.

—Todas las cartas están sobre la mesa. Tienes que deducir el resto.

Se levantó y fue a por otras dos cervezas. Al volver, Mikael le dijo una sola palabra.

—¿Gottfried?

Ella asintió con la cabeza.

—El 7 de agosto de 1965 mi padre me obligó a ir a su cabaña. Henrik se había ido de viaje. Mi padre estaba borracho, al borde del coma etílico. Intentó forzarme, pero ni siquiera se le levantó. Siempre se mostraba… grosero y violento hacia mí cuando nos encontrábamos a solas, pero esta vez se pasó de la raya. Se me orinó encima. Luego me dijo lo que quería hacer conmigo. Durante la noche me habló de las mujeres que había asesinado. Empezó a alardear de ello. Citó la Biblia. Siguió durante horas. No entendía ni la mitad de lo que decía pero me di cuenta de que estaba completamente enfermo. —Ella tomó un trago de cerveza—. En un momento dado, a eso de la medianoche, le dio un arrebato. Se volvió completamente loco. Nos hallábamos arriba, en el *loft*. Me puso una camiseta alrededor del cuello y apretó todo lo que pudo. Se me nubló la vista. No me cabe la menor duda de que realmente me quería matar y aquella noche, por primera vez, consiguió consumar la violación.

Harriet Vanger miró a Mikael con ojos suplicantes.

—Pero su borrachera era tal que, no sé cómo, conseguí escapar. Salté del *loft* al suelo y hui presa del pánico. Estaba desnuda y, sin pensármelo dos veces, eché a correr y acabé en el embarcadero. Él venía detrás, haciendo eses, persiguiéndome.

De repente, Mikael deseó que ella no le contara nada más.

—Fui lo suficientemente fuerte como para empujar a un viejo borracho al agua. Usé un remo para mantenerlo bajo la superficie hasta que dejó de moverse. Sólo fue cuestión de unos pocos segundos. —Harriet hizo una pausa y el silencio resultó ensordecedor—. Cuando levanté la vista, allí estaba Martin. Parecía aterrorizado, pero a la vez sonreía burlonamente. No sé cuánto tiempo llevaba allí, fuera de la cabaña, espiándonos. Desde aquel momento me encontré a merced de su voluntad. Se acercó a mí, me cogió del pelo y me llevó de nuevo a la cabaña y a la cama de Gottfried. Me ató y me violó mientras nuestro padre seguía flotando en el agua, junto al embarcadero. Ni siquiera tuve fuerzas parar oponer resistencia.

Mikael cerró los ojos. De pronto sintió vergüenza y deseó haber dejado a Harriet Vanger en paz. Pero la voz de ella recobró la energía.

—Desde aquel día yo estuve bajo su poder. Obedecía a todas sus órdenes. Como paralizada. Lo que me salvó de la locura fue que a Isabella se le ocurriera que Martin necesitaba un cambio de aires después del trágico fallecimiento de su padre. Y lo mandó a Uppsala, evidentemente porque sabía lo que Martin hacía conmigo. Fue su manera de resolver el problema. Imagínate la decepción de Martin.

Mikael asintió.

—Durante el siguiente año Martin sólo vino a casa por Navidad, de modo que conseguí apartarme bastante de él. Entre Navidad y Año Nuevo acompañé unos días a Henrik en un viaje a Copenhague. Y cuando llegaron las vacaciones de verano, recurrí a Anita. Confié en ella; se quedó conmigo todo el tiempo y se aseguró de que Martin no se acercara a mí.

—Le descubriste en Järnvägsgatan.

Ella asintió con la cabeza.

—Me habían dicho que no iba a acudir a la reunión familiar, sino que se quedaría en Uppsala. Pero, al parecer, cambió de opinión y, de repente, allí estaba, al otro lado de la calle, mirándome fijamente. Con una sonrisa en los labios. Fue como una pesadilla. Yo había matado a mi padre y me di cuenta de que nunca me libraría de mi hermano. Hasta ese mismo momento había pensado en quitarme la vida. Finalmente opté por huir.

Harriet observó a Mikael con cierta felicidad en la mirada.

—La verdad es que me ha sentado bien contar la verdad. Ahora ya lo sabes todo. ¿Qué piensas hacer con esa información?

Capítulo 27

Sábado, 26 de julio –
Lunes, 28 de julio

A las diez de la mañana, Mikael recogió a Lisbeth Salander en la puerta de su casa, en Lundagatan, y la llevó al crematorio del cementerio norte. La acompañó durante el funeral. Lisbeth y Mikael eran, junto con la oficiante, los únicos allí presentes hasta que, al comenzar la ceremonia, Dragan Armanskij entró repentina y sigilosamente por la puerta. Saludó a Mikael con un movimiento de cabeza y se situó detrás de Lisbeth poniéndole cuidadosamente una mano sobre el hombro. Ella inclinó la cabeza sin mirarle, como si supiera quién se hallaba a sus espaldas. Luego los ignoró a los dos.

Lisbeth no había contado nada sobre su madre, pero, al parecer, la reverenda había hablado con alguien de la residencia donde falleció; Mikael comprendió que la causa de la muerte había sido un derrame cerebral. Lisbeth no pronunció palabra durante todo el acto. La reverenda perdió el hilo dos veces al dirigirse a Lisbeth, quien la miró fijamente a los ojos sin contestar. Al terminar el funeral, Lisbeth se dio la vuelta y se marchó sin dar las gracias ni despedirse de nadie. Mikael y Dragan tomaron aire profundamente y se miraron de reojo. No tenían ni idea de lo que estaba pasando por la cabeza de Lisbeth.

—Se encuentra muy mal —dijo Dragan.

—Ya me he dado cuenta —contestó Mikael—. Qué bien que hayas venido.

—No estoy tan seguro. —Armanskij clavó la mirada en Mikael—. ¿Os vais otra vez para el norte? Échale un ojo.

Mikael se lo prometió. Se despidieron delante de la puerta de la iglesia. Lisbeth ya esperaba en el coche.

Ella tenía que ir a Hedestad para buscar su moto y el equipo que tomó prestado de Milton Security. No rompió el silencio hasta que pasaron Uppsala, cuando le preguntó por el viaje a Australia. Mikael había aterrizado en Arlanda la noche anterior, muy tarde, y sólo había dormido un par de horas. Durante el trayecto le relató la historia de Harriet Vanger. Lisbeth Salander permaneció callada durante media hora antes de abrir la boca.

—*Bitch* —soltó.

—¿Quién?

—La Harriet Vanger de los cojones. Si hubiese hecho algo en 1966, Martin Vanger no habría seguido asesinando y violando a mujeres durante treinta y siete años.

—Harriet conocía los asesinatos de su padre, pero no tenía ni idea de que Martin estuviera involucrado. Huyó de un hermano que la violaba, y que amenazaba con revelar que ella había ahogado a su padre si no hacía lo que él le decía.

—*Bullshit.*

No hablaron más hasta que entraron en Hedestad. Lisbeth estaba de un humor particularmente sombrío. Mikael llegaba tarde a la reunión acordada, así que la dejó en el cruce del camino que llevaba a la isla de Hedeby y le preguntó si todavía se hallaría en casa cuando él volviera.

—¿Piensas pasar la noche aquí? —preguntó ella.

—Supongo que sí.

—¿Quieres que yo esté cuando regreses?

Él se bajó, bordeó el coche y la abrazó. Lisbeth le apartó de un empujón, casi violentamente. Mikael se echó hacia atrás.

—Lisbeth, somos amigos, ¿no?

Ella lo contempló con inexpresivos ojos.

—¿Quieres que me quede para tener con quien follar esta noche?

Mikael le devolvió una larga mirada. Luego se dio la vuelta, subió al coche y arrancó el motor. Bajó la ventanilla. La hostilidad de Lisbeth era palpable.

—Quiero ser tu amigo —dijo él—. Si no me crees, no hace falta que estés cuando vuelva esta noche.

Henrik Vanger estaba levantado y vestido cuando Dirch Frode hizo pasar a Mikael a la habitación del hospital. Nada más entrar le preguntó al viejo por su salud.

—Mañana van a dejarme salir para el entierro de Martin.

—¿Qué es lo que te ha contado Dirch?

Henrik Vanger bajó la mirada.

—Me ha contado lo que hicieron Martin y Gottfried. Ahora sé que esto es mucho peor de lo que me había imaginado.

—Sé lo que ocurrió con Harriet.

—¿Cómo murió?

—Harriet no está muerta. Sigue viva. Tiene muchas ganas de verte, si tú quieres.

Tanto Henrik Vanger como Dirch Frode miraron perplejos a Mikael, como si el mundo se hubiera puesto patas arriba.

—Me llevó un rato convencerla para que hiciera el viaje, pero vive, se encuentra bien y ha venido a Hedestad. Llegó esta mañana y estará aquí en menos de una hora. Si es que quieres verla, claro.

Mikael tuvo que contar otra vez la historia de principio a fin. Henrik Vanger lo escuchó con suma atención, como si se tratara del sermón de la colina de Jesucristo en versión moderna. En momentos muy concretos, le hacía una pregunta a Mikael o le pedía que repitiera algo. Dirch Frode no pronunció ni una sola palabra.

Cuando Mikael concluyó su relato, el viejo se quedó en silencio. Por mucho que los médicos le hubiesen asegurado que Henrik Vanger estaba recuperado de su infarto, Mikael había temido ese momento; tenía miedo de que la historia fuese demasiado para el anciano. Pero, al margen de que su voz tal vez sonara algo pastosa, Henrik no dio muestra alguna de emoción cuando rompió su silencio.

—Pobre Harriet. Ojalá hubiera acudido a mí.

Mikael miró el reloj. Eran las cuatro menos cinco.

—¿Quieres verla? Ahora que sabes lo que ha hecho, ella teme que la rechaces.

—¿Y las flores? —inquirió Henrik.

—Se lo pregunté en el avión. Había una sola persona en la familia a la que ella quería: tú. Naturalmente, quien enviaba las flores era ella. Esperaba que entendieras que seguía viva y que se encontraba bien sin que fuera preciso aparecer. Pero como su único canal de información era Anita, que salió del país en cuanto terminó sus estudios y jamás visitaba Hedestad, sus conocimientos sobre lo que aquí ocurría han sido muy limitados. Nunca supo de tu terrible sufrimiento, ni que creías que su asesino se burlaba de ti enviando las flores.

—Supongo que era Anita quien echaba los sobres al correo.

—Trabajaba en una compañía aérea y volaba por todo el mundo. Los enviaba desde donde se encontrara en ese momento.

—Pero ¿cómo supiste que fue precisamente Anita la que la ayudó?

—Por la fotografía; era ella la que se veía en la ventana del cuarto de Harriet.

—Pero podría haber estado implicada, ella podría haber cometido el crimen. ¿Cómo te diste cuenta de que Harriet estaba viva?

Mikael miró a Henrik durante un largo rato. Luego sonrió por primera vez desde que volvió a Hedestad.

—Anita estaba involucrada en la desaparición de Harriet, pero no podía haberla matado.

—¿Cómo podías estar tan seguro?

—Porque esto no es ninguna de esas malditas novelas de detectives donde todas las piezas tienen que encajar. Si Anita hubiese asesinado a Harriet, hace ya mucho tiempo que habrías encontrado el cuerpo. Por lo tanto, lo único lógico era que ella la ayudara a huir y a mantenerse escondida. ¿Quieres verla?

—Claro que quiero ver a Harriet.

Mikael fue a buscar a Harriet hasta los ascensores de la entrada. Al principio, no la reconoció; desde que se despidieron en Arlanda el día anterior, había recuperado su original y oscuro color de pelo. Llevaba pantalones negros, una blusa blanca y una elegante chaqueta gris. Estaba deslumbrante. Mikael se inclinó hacia delante y le dio un beso de ánimo en la mejilla.

Cuando Mikael le abrió la puerta a Harriet, Henrik se levantó de su silla. Ella inspiró profundamente.

—Hola, Henrik —dijo.

El viejo la examinó de pies a cabeza. Luego Harriet se le acercó y le dio un beso en la mejilla. Mikael le hizo un movimiento de cabeza a Dirch Frode y cerró la puerta para dejarlos solos.

Lisbeth Salander no estaba en la casita cuando Mikael volvió a la isla de Hedeby. Tampoco el equipo de video-vigilancia, la moto ni la bolsa con su ropa. Sus artículos de aseo personal habían desaparecido del cuarto de baño. Sintió un gran vacío.

Mikael recorrió la casa con cierta tristeza. De repente, le resultó extraña e irreal. Echó una mirada a los montones de papeles del estudio, que iba a meter en cajas para devolvérselos a Henrik Vanger, pero fue incapaz de ponerse a recogerlos. Subió a Konsum y compró pan, leche, queso y algo para cenar. Al volver preparó café y se sentó en el jardín a leer los periódicos vespertinos, sin pensar absolutamente en nada.

Hacia las cinco y media, un taxi atravesó el puente. Volvió a pasar, de vuelta, tres minutos después. Mikael descubrió a Isabella en el asiento de atrás.

Se quedó dormido en la silla del jardín. Alrededor de las siete Dirch Frode llegó y lo despertó.

—¿Qué tal Henrik y Harriet? —preguntó Mikael.

—La verdad es que esta triste historia tiene su punto —contestó Dirch Frode con una sonrisa contenida—. Isabella ha irrumpido inesperadamente en la habitación de Henrik. Se había enterado de tu vuelta y estaba completamente fuera de sí. Ha empezado a gritar que ya va siendo hora de que acaben todas esas estupideces de Harriet, y que tú, metiéndote donde no te llamaban, has provocado la muerte de su hijo.

—Bueno, sí; supongo que tiene razón.

—Le ha ordenado a Henrik que te despida y que se asegure de que desaparecerás; y que deje, de una vez por todas, de buscar fantasmas.

—Uy, Dios.

—Ni siquiera ha mirado a la mujer que estaba sentada en la habitación hablando con Henrik. Pensaría, sin duda, que era alguien del hospital. En la vida se me olvidará el momento en el que Harriet se ha levantado, ha mirado a Isabella y le ha dicho: «Hola, mamá».

—¿Y qué ha pasado?

—Hemos tenido que llamar a un médico para reanimar a Isabella. Ahora niega que realmente sea Harriet; dice que se trata de una impostora que tú has contratado.

Dirch Frode estaba sólo de paso; se dirigía a casa de Cecilia y de Alexander para darles la noticia de que Harriet había resucitado de entre los muertos. Apresurado, continuó su camino y volvió a dejar solo a Mikael.

Lisbeth Salander llenó el depósito en una gasolinera al norte de Uppsala. Había ido conduciendo algo tensa y ensimismada, con la mirada fija en la carretera. Pagó con prisas y se volvió a montar en la moto. Arrancó y se acercó a la salida, donde, indecisa, volvió a parar.

Seguía sintiéndose mal. Se enfureció al abandonar Hedeby, pero su rabia había ido disminuyendo a lo largo del viaje. No sabía muy bien por qué estaba tan furiosa con Mikael Blomkvist, ni siquiera si su enfado era con él.

Pensó en Martin Vanger, en la Harriet Vanger de los cojones, en el Dirch Frode de los cojones y en toda la maldita familia Vanger, que se hallaba en Hedestad gobernando su pequeño imperio y conspirando unos contra otros. Se habían visto obligados a recurrir a su ayuda, pero lo cierto es que en circunstancias normales ni siquiera se habrían dignado a saludarla y, mucho menos aún, a confiarle sus secretos.

¡Maldita chusma de mierda!

Inspiró profundamente pensando en su madre, a quien acababan de incinerar esa misma mañana. Ya nada tenía remedio; la muerte de su madre significaba que la herida no se curaría en la vida, porque Lisbeth jamás tendría respuestas a las preguntas que le habría querido hacer.

Pensó en Dragan Armanskij, que permaneció tras ella durante el funeral. Debería haberle dicho algo. Al menos haberle confirmado que sabía que él se encontraba allí. Pero si lo hubiera hecho, Dragan habría tenido una excusa para empezar a organizarle la vida. Si le diera un dedo, él le cogería el brazo entero. Y Armanskij nunca entendería nada.

Pensó en el abogado Nils Bjurman de los cojones, que era su administrador y que, al menos de momento, estaba controlado y hacía lo que se le decía.

La invadió un odio implacable y apretó los dientes.

Pensó en Mikael Blomkvist y se preguntó qué diría cuando se enterara de que ella tenía un administrador y de que toda su vida apestaba como un puto nido de ratas.

Se dio cuenta de que realmente no estaba enfadada con él. Simplemente fue la persona en la que descargó su rabia cuando, más que otra cosa, le entraron unas ganas terribles de matar a alguien. Cabrearse con él no tenía sentido.

Se sentía extrañamente ambivalente ante Mikael.

Porque metía sus narices en todo y husmeaba en su vida privada… Pero también había estado a gusto trabajando a su lado. Eso en sí mismo ya le resultaba raro: trabajar *con* alguien. No estaba acostumbrada, pero la verdad es que, para su sorpresa, no había sido demasiado doloroso. Él no se ponía pesado. No intentaba decirle cómo debía vivir su vida.

Fue ella quien lo sedujo a él, no al revés.

Además, había sido satisfactorio.

Entonces, ¿por qué se sentía con ganas de darle una patada en la cara?

Lisbeth suspiró e, infeliz, levantó la mirada para contemplar un tráiler que pasaba haciendo ruido por la E4.

A las ocho de la tarde, Mikael continuaba sentado en el jardín cuando oyó el motor de una moto y vio a Lisbeth Salander atravesar el puente. Ella aparcó y se quitó el casco. Se acercó a la mesa del jardín y tocó la cafetera, que estaba fría y vacía. Mikael la observó asombrado. Ella se fue a la cocina con la cafetera. Al salir ya no llevaba el mono de cuero, sino unos vaqueros y una camiseta con el texto: *I can be a regular bitch. Just try me.*

—Pensé que te habías largado —dijo Mikael.

—Me di la vuelta en Uppsala.

—Menudo paseíto.

—Me duele el culo.

—¿Por qué has vuelto?

Ella no contestó. Mikael no insistió; simplemente, esperó y al cabo de diez minutos Lisbeth rompió el silencio.

—Me gusta estar contigo —reconoció con desgana.

Era la primera vez que esas palabras salían de su boca.

—Ha sido… interesante trabajar contigo en este caso —añadió.

—A mí también me ha gustado llevar a cabo esta tarea contigo —dijo Mikael.

—Mmm.

—La verdad es que nunca he colaborado con una investigadora tan condenadamente buena. Vale, sé que eres una maldita *hacker* y que te mueves en círculos sospechosos, donde, al parecer, uno puede coger el teléfono y, en tan sólo veinticuatro horas, organizar una escucha telefónica ilegal en Londres. Pero la verdad es que al final obtienes resultados.

Ella le miró por primera vez desde que se sentó a la mesa. Él conocía muchos secretos suyos. ¿Cómo era posible?

—Es así, sencillamente. Entiendo de ordenadores. Y nunca he tenido problemas para leer un texto y comprender exactamente qué es lo que dice.

—Tu memoria fotográfica —dijo él tranquilamente.

—Supongo. Simplemente sé cómo funciona. No sólo se trata de ordenadores y redes telefónicas, sino del motor de mi moto, de televisores y aspiradoras, y de procesos químicos y fórmulas astrofísicas. Soy una chalada. Una *freak*.

Mikael frunció el ceño. Permaneció callado un buen rato.

«El síndrome de Asperger —pensó—. O algo así. Un talento para ver estructuras y entender razonamientos abstractos allí donde los demás sólo ven el caos más absoluto.»

Lisbeth tenía la mirada bajada, fija en la mesa.

—La mayoría de la gente daría cualquier cosa por tener un don así.

—No quiero hablar de eso.

—Vale, lo dejamos. ¿Por qué has vuelto?

—No lo sé. Tal vez haya sido un error.

Él la miró inquisitivamente.

—Lisbeth, ¿puedes definir la palabra amistad?

—Es cuando quieres a alguien.

—Vale, pero ¿qué es lo que te hace querer a alguien?

Ella se encogió de hombros.

—La amistad, o al menos mi definición de ella, se basa en dos cosas: respeto y confianza —continuó él—. Y deben ser mutuas. Además, se tienen que dar los dos factores; puedes respetar a alguien, pero si no hay confianza, la amistad se desmorona.

Ella seguía callada.

—Ya sé que no quieres hablar de ti, aunque alguna vez habrás de decidir si confiar en mí o no. Quiero que seamos amigos, pero esto es cosa de dos.

—Me gusta acostarme contigo.

—El sexo no tiene nada que ver con la amistad. Claro que los amigos pueden acostarse, pero, Lisbeth, si me veo obligado a elegir entre el sexo y la amistad en lo que se refiere a ti, sé perfectamente lo que elegiría.

—No lo entiendo. ¿Quieres acostarte conmigo o no?

Mikael se mordió el labio. Al final suspiró.

—Uno no debe mantener relaciones sexuales con la gente con la que trabaja —murmuró—. Sólo acarrea problemas.

—Me he perdido algo. ¿Acaso no folláis Erika Berger y tú cada vez que se presenta la ocasión? Además, ella está casada.

Durante un momento Mikael permaneció en silencio.

—Erika y yo… tenemos una historia que iniciamos mucho antes de que empezáramos a trabajar juntos. Que ella esté casada no es asunto tuyo.

—Vaya; así que de repente eres tú el que no desea hablar de sí mismo… ¿No era la amistad una cuestión de confianza?

—Sí, pero lo que quiero decir es que no hablo de un amigo a sus espaldas. Porque entonces traicionaría su confianza. Tampoco hablaría de ti con Erika.

Lisbeth Salander meditó acerca de esas palabras. Se había convertido en una conversación complicada. Y a ella no le gustaban las conversaciones complicadas.

—Me gusta acostarme contigo —repitió ella.

—Y a mí contigo…, pero ya tengo una edad, la suficiente como para ser tu padre.

—A la mierda tu edad.

—No puedes mandar a la mierda nuestra diferencia de edad. No es un buen punto de partida para una relación duradera.

—¿Y quién ha dicho que deba ser duradera? —replicó Lisbeth—. Acabamos de resolver un caso donde unos hombres con una sexualidad jodidamente retorcida han desempeñado el papel protagonista. Si yo pudiera decidir, ese tipo de hombres serían exterminados uno a uno.

—Una cosa está clara: no te gustan las medias tintas.

—Pues no —dijo ella, mostrando esa sonrisa torcida que más bien parecía otra cosa—. Pero no te preocupes: tú no eres uno de ellos.

Ella se levantó.

—Me voy a la ducha y luego pienso meterme desnuda en tu cama. Si te consideras demasiado viejo, vete a dormir a la cama plegable.

Mikael la siguió con la mirada. Fueran cuales fuesen los complejos que Lisbeth tuviera en la cabeza, estaba claro que la timidez no era uno de ellos. Mikael siempre acababa perdiendo todas las discusiones con ella. Al cabo de un rato recogió las tazas de café y se fue al dormitorio.

Se levantaron hacia las diez, se ducharon juntos y desayunaron en el jardín. A las once Dirch Frode llamó a Mikael. Le informó de que el entierro tendría lugar a las dos de la tarde y le preguntó si pensaban asistir.

—No creo —respondió.

Dirch Frode quiso saber si podría pasarse por la tarde, a las seis, para hablar con ellos. Mikael contestó que no había ningún problema.

Tardó unas cuantas horas en meter todos los papeles en las cajas y llevarlas al estudio de Henrik. Al final sólo quedaban sus propios cuadernos y las dos carpetas sobre el caso Wennerström, que llevaba seis meses sin abrir. Suspiró y lo metió todo en su bandolera.

Dirch Frode se retrasó; no llegó hasta las ocho. Todavía llevaba el traje del funeral y parecía estar destrozado cuando se sentó en el arquibanco de la cocina, aceptando con gratitud la taza de café que Lisbeth le sirvió. Ella se sentó a la otra mesa con su ordenador mientras Mikael se interesaba por cómo había recibido la familia la resurrección de Harriet.

—Se puede decir que ha eclipsado el fallecimiento de Martin. Y ahora también se han enterado los medios de comunicación.

—¿Y cómo habéis explicado la situación?

—Harriet ha hablado con un periodista del *Kuriren*. Su historia es que se escapó de casa porque no se llevaba bien con su familia, pero que evidentemente le ha ido muy bien en la vida, ya que dirige una empresa con el mismo volumen de negocios que el Grupo Vanger.

Mikael silbó.

—Ya sabía que las ovejas australianas daban dinero, pero no tenía ni idea de que llegara a tanto.

—El rancho va viento en popa, pero no es la única fuente de ingresos. Las empresas Cochran se dedican a la explotación de minas, ópalos, la industria manufacturera, transportes, electrónica y un montón de cosas más.

—¡Vaya! ¿Y qué va a pasar ahora?

—Si te soy sincero, no lo sé. Ha ido apareciendo gente a lo largo de todo el día; la familia se está reuniendo por primera vez en muchos años, tanto por la parte de Fredrik Vanger como por la de Johan Vanger. Y han venido muchos de la generación más joven: los que tienen en torno a veinte años. Ahora mismo habrá unos cuarenta miembros de la familia Vanger en Hedestad; la mitad está en el hospital fatigando a Henrik y la otra mitad en el Stora Hotellet hablando con Harriet.

—Harriet es la gran sensación. ¿Cuánta gente sabe lo de Martin?

—De momento, sólo Henrik, Harriet y yo. Hemos mantenido una larga conversación en privado. Lo de Martin y... sus perversiones es, en estos momentos, nuestra mayor preocupación. Su muerte ha ocasionado una colosal crisis en todo el Grupo.

—Lo entiendo.

—No hay un heredero natural, pero Harriet se va a quedar un tiempo en Hedestad. Entre otras cosas, hemos de resolver el tema de quién tiene derecho a qué, cómo repartir la herencia y cosas por el estilo. Porque, de hecho, a Harriet le corresponde una parte que, si hubiera vivido siempre aquí, sería bastante sustanciosa. Esto es una verdadera pesadilla.

Mikael se rió. Dirch Frode no.

—Isabella ha sufrido un colapso. Está ingresada en el hospital. Harriet se niega a visitarla.

—La entiendo.

—Anita va a venir de Londres. Hemos convocado un consejo de familia para la semana que viene. Será la primera vez en veinticinco años que Anita participe.

—¿Quién será el nuevo director ejecutivo?

—Birger anda detrás del puesto, pero no será tenido en cuenta. Lo que va a ocurrir es que Henrik, desde el hospital, tomará las riendas y entrará como director provisional hasta que contratemos a alguien ajeno a la familia, o hasta que alguno de sus miembros…

No terminó la frase. De repente, Mikael arqueó las cejas.

—¿Harriet? No lo dices en serio…

—¿Por qué no? Estamos hablando de una empresaria sumamente competente y respetada.

—Pero ya está al mando de una empresa en Australia.

—Cierto. Pero su hijo, Jeff Cochran, lleva el timón en su ausencia.

—Es *Studs Manager* de una granja de ovejas. Si no me equivoco, se encarga de que las ovejas más apropiadas se apareen.

—También tiene un título en económicas por la universidad de Oxford y otro de derecho por la de Melbourne.

Mikael pensó en el sudoroso y musculoso hombre con el torso desnudo que le había llevado barranco abajo, e intentó imaginárselo con un traje a rayas. ¿Por qué no?

—Esto no se va a resolver en un abrir y cerrar de ojos —siguió Dirch Frode—. Pero Harriet sería una directora perfecta. Con el apoyo apropiado podría darle un giro completamente nuevo al Grupo.

—Le faltan conocimientos…

—Es verdad. Está claro que Harriet no puede aparecer así como así después de varias décadas y ponerse a dirigir de inmediato hasta el más mínimo detalle. Pero el Grupo Vanger es internacional y podríamos traer un director americano que no supiera ni una palabra de sueco... El mundo de los negocios es así.

—Tarde o temprano, tendréis que ocuparos de lo que hay en el sótano de Martin.

—Ya lo sé. Pero si hablamos, habrá consecuencias para Harriet... Me alegro de no ser yo el que tome la decisión respecto a ese tema.

—Maldita sea, Dirch; no podéis ocultar que Martin era un asesino en serie.

Dirch Frode se calló y se rebulló, incómodo, en la silla. De repente, a Mikael le entró un mal sabor de boca.

—Mikael, me encuentro en una situación... muy incómoda.

—Cuenta.

—Tengo un mensaje de Henrik. Es muy simple. Te da las gracias por el trabajo que has hecho y dice que considera cumplido el contrato. Significa que te libra de las demás obligaciones, que ya no estás obligado a vivir y a trabajar en Hedestad, etcétera, etcétera. O sea, que puedes volver a Estocolmo inmediatamente y dedicarte a tus cosas.

—¿Quiere que desaparezca de la escena?

—En absoluto. Quiere que le hagas una visita para hablar del futuro. Dice que espera que su compromiso con la junta directiva de *Millennium* pueda continuar sin restricciones. Pero... —Dirch Frode parecía, si cabía, aún más incómodo—. Pero ya no desea una crónica sobre la familia Vanger.

Dirch Frode asintió con la cabeza. Sacó un cuaderno, lo abrió y se lo acercó a Mikael.

—Te ha escrito esta carta.

Querido Mikael,

Tengo el más profundo respeto por tu persona y no pienso insultarte intentando decirte qué es lo que debes escribir. Puedes escribir y publicar exactamente lo que quieras y no tengo intención de ejercer ningún tipo de presión sobre ti.

Nuestro contrato sigue vigente si quieres acogerte a él. Tienes suficiente material para terminar la crónica sobre la familia Vanger. Mikael, jamás le he suplicado nada a nadie en toda mi vida. Siempre he considerado que una persona debe actuar según su moral y sus convicciones. Sin embargo, en este momento no tengo elección.

Te pido, como amigo y como copropietario de *Millennium*, que renuncies a revelar la verdad sobre Gottfried y Martin. Sé que está mal, pero no veo otra forma de salir de esta oscuridad. Debo elegir entre dos males y en esta historia no hay más que perdedores.

Te pido que no escribas nada que pueda perjudicar a Harriet. Tú mismo has experimentado lo que significa ser objeto de una campaña mediática. La que se llevó a cabo contra ti fue de proporciones bastante modestas; sin duda, puedes imaginarte lo que representaría para Harriet que se conociera la verdad. Ella ya ha sufrido lo suyo durante cuarenta años y no tiene por qué sufrir también por los actos cometidos por su hermano y su padre. Te pido, igualmente, que reflexiones sobre las posibles consecuencias que esta historia podría tener para miles de empleados del Grupo. Destrozaría a Harriet y nos aniquilaría a nosotros.

HENRIK

—Henrik también dice que si exiges compensación por los daños económicos que se derivarían de renunciar a publicar la historia, está abierto a negociarlo. Puedes poner las condiciones económicas que quieras.

—Henrik Vanger intentando sobornarme… Dile que habría deseado que no me hubiera hecho esa oferta.

—Esta situación le resulta tan dolorosa a Henrik como a ti. Él te quiere mucho y te considera su amigo.

—Henrik Vanger es un cabrón muy listo —espetó Mikael, repentinamente furioso—. Quiere acallar toda la historia. Juega con mis sentimientos, sabe que yo también le tengo mucho aprecio. Y lo que dice significa, en la práctica, que tengo las manos libres para publicar, pero que, si lo hago, se verá obligado a reconsiderar su postura por lo que respecta a *Millennium*.

—Todo ha cambiado desde que Harriet ha entrado en escena.

—Y ahora Henrik tantea cuál es mi precio. No pienso poner en evidencia a Harriet, pero *alguien* tiene que decir algo sobre aquellas mujeres que fueron a parar al sótano de Martin. Dirch, no sabemos ni siquiera a cuántas mató. ¿Quién piensa hablar en nombre de ellas?

De repente, Lisbeth Salander levantó la vista de su ordenador. Su voz sonó con una espeluznante suavidad al dirigirse a Dirch Frode.

—¿No hay nadie en el Grupo Vanger que me quiera sobornar a mí?

Frode se quedó perplejo. Una vez más, él había conseguido ignorar su existencia.

—Si Martin Vanger estuviera vivo en este momento, yo lo habría sacado todo a la luz —prosiguió Lisbeth—. Fuera cual fuese el acuerdo que Mikael tuviera con vosotros, yo habría enviado todos los detalles sobre él al periódico más cercano. Y si hubiera podido, le habría arrastrado hasta su propia madriguera de tortura, le habría atado a la mesa y le habría clavado agujas en los cojones. Pero está muerto. —Se dirigió a Mikael—. Yo estoy satisfecha con el acuerdo. Nada de lo que hagamos puede reparar el daño que Martin Vanger causó a sus víctimas. En cambio, nos hallamos ante una situación interesante. Te encuentras en una posición desde la que puedes seguir infligiendo daño a mujeres inocentes, sobre todo a esa Harriet a la que defendías con tanto ardor en el coche cuando subíamos. Así que la pregunta que te hago es: ¿qué es peor, que Martin Vanger la violara en la cabaña o que tú lo hagas en los titulares? Ahí tienes un interesante dilema. A lo mejor la comisión ética de la Asociación de Periodistas te puede orientar. —Hizo una pausa. En ese momento Mikael no fue capaz de mirarla a los ojos y miró fijamente a la mesa—. Pero, claro, yo no soy periodista —concluyó Lisbeth.

—¿Qué es lo que quieres? —preguntó Dirch Frode.

—Martin grabó en vídeo a sus víctimas. Quiero que intentéis identificar a las que podáis y que os encarguéis de que las familias reciban una compensación apropiada. Y luego quiero que el Grupo Vanger haga una donación de dos millones de coronas anuales, y para siempre, a la Organización Nacional de Centros de Acogida para Mujeres y Chicas de Suecia.

Dirch Frode sopesó la suma durante uno o dos minutos. Luego asintió con la cabeza.

—¿Podrás vivir con eso, Mikael? —preguntó Lisbeth.

De repente, Mikael se sintió desesperado. Durante toda su vida profesional se había dedicado a sacar a la luz lo que otras personas intentaban ocultar; su moral le prohibía participar en la ocultación de los atroces crímenes cometidos en el sótano de Martin Vanger. La razón de ser de su labor profesional consistía precisamente en revelar lo que sabía. Siempre criticaba a sus colegas por no decir la verdad. Aun así, aquí estaba, discutiendo el *cover up* más macabro del que jamás había oído hablar.

Permaneció callado un buen rato. Luego también asintió con la cabeza.

—Vale —dijo Dirch Frode, y dirigiéndose a Mikael, prosiguió—: En cuanto a la compensación económica que Henrik ha ofrecido…

—Que se la meta por el culo —contestó Mikael—. Dirch, quiero que te vayas ahora. Entiendo tu situación, pero en estos momentos estoy tan cabreado contigo, con

Henrik y con Harriet que si te quedas más tiempo, vamos a convertirnos en enemigos.

Dirch Frode permaneció sentado junto a la mesa de la cocina sin intención de levantarse.

—Aún no me puedo marchar —respondió Dirch Frode—. No he terminado todavía. Tengo que comunicarte otra cosa que tampoco te va a gustar. Henrik insiste en que te lo cuente esta noche. Mañana podrás ir al hospital y despellejarlo si quieres.

Mikael levantó lentamente la mirada y lo miró a los ojos.

—Esto es sin duda lo más difícil que he hecho en toda mi vida —dijo Dirch Frode—. Pero creo que lo único capaz de salvar la situación ahora mismo es ir con la verdad por delante y poner todas las cartas sobre la mesa.

—¿Y de qué se trata?

—Cuando en las Navidades pasadas Henrik te convenció para que aceptaras el trabajo, tanto él como yo pensábamos que no te conduciría a nada. Era exactamente lo que él decía: un último intento. Había analizado minuciosamente tu situación basándose, sobre todo, en el informe redactado por la señorita Salander. Jugó con ese aislamiento en el que te encontrabas, te ofreció una buena recompensa económica y utilizó el cebo apropiado.

—Wennerström —dijo Mikael.

Frode asintió con la cabeza.

—¿Os marcasteis un farol?

—No.

Lisbeth Salander levantó una ceja mostrando interés.

—Henrik va a cumplir con todo lo prometido —le comunicó Dirch Frode—. Se prestará a una entrevista en la que lanzará un ataque frontal contra Wennerström. Luego, si quieres, te daré todos los detalles, pero en líneas generales lo que pasó fue que cuando Hans-Erik Wennerström estuvo vinculado al departamento financiero del Grupo Vanger, usó varios millones para especular con divisas. Eso fue mucho antes de que ese tipo de especulaciones se convirtiera en un fenómeno habitual. Lo hizo sin ninguna autorización y sin contar con el consentimiento de la dirección de la empresa. Esos negocios le salieron mal y, de la noche a la mañana, se encontró con unas pérdidas de siete millones de coronas que intentó ocultar, por una parte, maquillando las cuentas y, por otra, con especulaciones mucho más atrevidas. Le pillaron y fue despedido.

—¿Se quedó con algo?

—Sí, se metió en el bolsillo alrededor de medio millón de coronas, un dinero que, irónicamente, utilizó para fundar Wennerstroem Group. Tenemos documentos que dan fe de ello. Puedes usar la información como quieras; Henrik lo confirmará públicamente. Pero…

—Pero la información carece de todo valor —dijo Mikael, golpeando la mesa con la palma de la mano.

Dirch Frode asintió con la cabeza.

—Eso sucedió hace treinta años y es un capítulo cerrado —añadió Mikael.

—Tienes pruebas que atestiguan que Wennerström es un sinvergüenza.

—Si eso sale a la luz, Wennerström se molestará, pero no le hará más daño que si le dispararan un grano de arroz con un canuto. Se encogerá de hombros, lo liará todo enviando un comunicado de prensa en el que dirá que Henrik Vanger no es más que un pobre viejo que intenta quitarle algún negocio, y luego afirmará que en realidad actuó por orden de Henrik. Aunque sea incapaz de probar su inocencia, lanzará suficientes cortinas de humo para que la historia sea despachada con un simple encogimiento de hombros.

Dirch Frode parecía apesadumbrado.

—Me la habéis jugado —concluyó Mikael.

—Mikael…, no era nuestra intención.

—Es culpa mía. Me agarré a un clavo ardiendo y debería haberme dado cuenta de que se trataba de algo así. —De repente soltó una carcajada seca—. Henrik es un viejo tiburón. Me vendió el producto diciéndome justamente lo que yo quería oír.

Mikael se levantó y se acercó al fregadero. Se volvió hacia Dirch Frode y resumió sus sentimientos con una sola palabra:

—Esfúmate.

—Mikael… Lamento que…

—Dirch. Vete.

Lisbeth Salander no sabía si acercarse a Mikael o dejarlo en paz. Él solucionó el dilema cogiendo repentinamente su cazadora, sin pronunciar palabra, y cerrando la puerta tras de sí con un portazo.

Durante más de una hora, Lisbeth deambuló de un lado para otro de la cocina. Se sentía tan mal que se puso a recoger los platos y a fregar, una tarea que, por lo general, solía dejarle a él. De vez en cuando se acercaba a la ventana por si lo veía. Al final se preocupó tanto que se puso la cazadora de cuero y salió a buscarlo.

En primer lugar bajó hasta el puerto deportivo, donde las casetas todavía tenían las luces encendidas, pero no divisó a Mikael. Luego continuó por el sendero paralelo a la orilla, por donde acostumbraban a dar sus paseos nocturnos. La casa de Martin Vanger se hallaba a oscuras y ya daba la sensación de estar completamente deshabitada. Llegó hasta las rocas de la punta donde Mikael y ella se solían sentar, y luego volvió a casa. Él aún no había regresado.

Lisbeth subió a la iglesia. Ni rastro de Mikael. Permaneció allí un rato, indecisa, preguntándose qué hacer. Luego se acercó hasta su moto, buscó una linterna debajo del sillín y echó a andar de nuevo en paralelo a la orilla. Le llevó un rato avanzar serpenteando por el camino, medio invadido por la vegetación, y tardó aún más tiempo en encontrar la senda que llevaba a la cabaña de Gottfried; surgió de pronto de entre la oscuridad, cuando ya casi había llegado, justo detrás de unos árboles. No se veía a Mikael en el porche y la puerta estaba cerrada con llave. Ya había dado la vuelta para regresar hacia el pueblo cuando se detuvo y regresó andando hasta el final de la punta. De repente descubrió la silueta de Mikael en la penumbra del embarcadero donde Harriet Vanger ahogó a su padre. Lisbeth suspiró aliviada.

La oyó acercarse por el embarcadero y se volvió. Ella se sentó a su lado sin decir nada. Al final él rompió el silencio:

—Perdóname. Es que necesitaba estar solo un momento.

—Ya lo sé.

Lisbeth encendió dos cigarrillos y le dio uno. Mikael la observó: era la persona menos sociable que había conocido en su vida. Solía ignorar cualquier intento que él hiciera por hablar de algo personal y jamás había aceptado ni una sola muestra de simpatía. Ella le había salvado la vida y ahora había salido en plena noche a buscarlo en medio de la nada. Él le pasó un brazo por la espalda.

—Ahora ya sé el precio que tengo. Hemos abandonado a esas mujeres —dijo Mikael—. Van a silenciar toda la historia. Todo lo que hay en el sótano de Martin desaparecerá.

Lisbeth no contestó.

—Erika tenía razón —continuó—. Habría sido mejor irme a ligar a España un mes entero y luego volver y ocuparme de Wennerström. He perdido un montón de meses para nada.

—Si te hubieras ido a España, Martin Vanger todavía estaría en plena acción en su sótano.

Silencio. Durante un buen rato permanecieron sentados uno junto al otro hasta que él se levantó y propuso regresar a casa.

Mikael se durmió antes que Lisbeth. Ella permaneció despierta escuchando su respiración. Un instante después entró en la cocina, preparó café y, a oscuras, se sentó en el arquibanco y se puso a fumar un cigarrillo tras otro mientras meditaba seriamente. Daba por hecho que Vanger y Frode se la habían querido jugar a Mikael. Lo llevaban en la sangre. Pero eso era problema de Mikael y no de ella. ¿Verdad?

Al final tomó una decisión. Apagó el cigarrillo, entró en el dormitorio, encendió la lamparita de la mesilla y zarandeó a Mikael hasta que lo despertó. Eran las dos y media de la madrugada.

—¿Qué pasa?

—Tengo una pregunta. Incorpórate.

Mikael se incorporó mirándola medio dormido.

—Cuando fuiste procesado, ¿por qué no te defendiste?

Mikael movió negativamente la cabeza y su mirada se cruzó con la de Lisbeth. De reojo, consultó su reloj.

—Es una larga historia, Lisbeth.

—Cuéntamela. Tengo tiempo.

Permaneció callado un buen rato sopesando lo que debería decir. Finalmente se decidió por la verdad.

—No podía defenderme. El contenido del artículo era erróneo.

—Cuando me metí en tu ordenador y leí tu correspondencia con Erika Berger había bastantes referencias al caso Wennerström, pero siempre hablabais de los detalles prácticos del juicio y nunca de lo que sucedió en realidad. Explícame qué fue lo que salió mal.

—Lisbeth, no puedo revelar la verdadera historia. Me la jugaron bien. Erika y yo estamos totalmente de acuerdo en que dañaría aún más nuestra credibilidad si intentáramos contar lo que verdaderamente pasó.

—Oye, *Kalle* Blomkvist, ayer por la tarde estuviste

predicando sobre la amistad, la confianza y sobre no sé qué más. No pienso colgar tu historia en Internet.

Mikael protestó. Le recordó a Lisbeth que eran las tantas de la noche y le aseguró que no tenía fuerzas para pensar en eso. Ella se quedó sentada a su lado obstinadamente hasta que cedió. Mikael fue al baño, se echó agua en la cara y puso otra cafetera. Luego volvió a la cama y le contó cómo, dos años antes, su viejo compañero de colegio Robert Lindberg consiguió despertar su curiosidad en un Mälar-30 amarillo en el puerto deportivo de Arholma.

—¿Quieres decir que tu compañero mintió?

—No, en absoluto. Me contó exactamente lo que sabía y pude verificar cada palabra suya con documentos de la auditoría del CADI. Incluso viajé a Polonia y le hice fotos al cobertizo de chapa donde estuvo instalada la gran empresa Minos. Y entrevisté a varias personas que trabajaban en la empresa. Todos decían lo mismo.

—No entiendo.

Mikael suspiró. Tardó un poco en retomar la palabra.

—Tenía una historia cojonuda. Aún no me había enfrentado a Wennerström, pero el material no tenía fisuras; si lo hubiera publicado en aquel momento, le habría asestado un buen golpe. Probablemente no habría sido procesado por estafa porque el negocio ya había sido aprobado por la auditoría, pero habría dañado su reputación.

—¿Y qué es lo que salió mal?

—En algún momento alguien se enteró de que estaba hurgando en algo y Wennerström supo de mi existencia. De la noche a la mañana empezaron a suceder muchas cosas extrañas. Primero recibí amenazas. Llamadas anónimas desde cabinas telefónicas, imposibles de rastrear. Erika también fue amenazada. Se trataba de las gilipolleces de siempre, del tipo «abandona o clavaremos tus tetas en la puerta de un establo» y cosas similares. Ella, por supuesto, estaba muy jodida. —Le cogió un cigarrillo a Lisbeth—. Luego ocurrió una cosa muy desagradable. Una noche, ya tarde, cuando salía de la redacción, dos hombres vinieron directos hacia mí, me atacaron y me propinaron una buena paliza. Me pillaron totalmente desprevenido; me partieron el labio y me caí en medio de la calle. No pude identificarlos, pero uno de ellos tenía pinta de viejo motero.

—Vale.

—Todas estas muestras de simpatía tuvieron como consecuencia que Erika cogiera un cabreo de mil demonios y yo me obstinara aún más. Reforzamos las medidas de seguridad en *Millennium*. El problema era que las fechorías no guardaban proporción con el contenido de la historia. No entendíamos por qué ocurría todo aquello.

—Pero la historia que publicaste fue totalmente distinta.

—Exacto. De repente abrimos una brecha. Conseguimos una fuente, una *Garganta Profunda* en el círculo de Wennerström. Ese contacto estaba literalmente aterrorizado y sólo nos permitió verle a escondidas en habitaciones anónimas de hotel. Nos contó que el dinero del caso Minos se había utilizado para traficar con armas en la guerra de Yugoslavia. Wennerström había hecho negocios con la Ustasja. Y no sólo eso; también podía darnos copias de esos documentos como prueba.

—¿Le creísteis?

—Era muy hábil. Nos ofreció la suficiente información como para llevarnos hasta otra fuente que confirmaba la historia. Incluso nos dio una foto que mostraba a uno de los colaboradores más cercanos de Wennerström estrechando la mano del comprador. Aquello era un material explosivo y parecía que todo se podía confirmar. Y lo publicamos.

—Y todo resultó ser falso.

—De principio a fin—confirmó Mikael—. Los documentos eran hábiles falsificaciones. El abogado de Wennerström pudo demostrar que la foto del subalterno de Wennerström y del líder de la Ustasja no era más que un simple montaje: la unión de dos imágenes diferentes retocadas con Photoshop.

—Fascinante —dijo Lisbeth Salander serenamente, asintiendo para ella misma.

—¿A que sí? A toro pasado fue muy fácil ver cómo nos habían manipulado. La historia de la que partíamos en un principio habría dañado a Wennerström, pero ahora se había ahogado en un mar de falsedades; caí en una trampa, la peor de mi vida. Publicamos una historia que Wennerström podía desmontar punto por punto para demostrar su inocencia. Con una maestría diabólica.

—No podíais batiros en retirada y contar la verdad. Ni probar que Wennerström estaba detrás de todo.

—Peor aún. Si hubiéramos intentado contar la verdad, señalando a Wennerström como el autor del montaje, nadie nos habría creído. Habría parecido un desesperado intento de echarle la culpa a un inocente empresario. Nos habrían tomado por unos chiflados, completamente obsesionados con alguna conspiración descabellada.

—Entiendo.

—Wennerström estaba doblemente protegido. Si la verdadera maniobra hubiera salido a la luz, él podría haber afirmado que todo había sido montado por algún enemigo suyo para mancillar su honor con un escándalo. Y nosotros, en *Millennium*, al dejarnos engañar por algo que resultó ser falso, habríamos perdido de nuevo toda credibilidad.

—Así que elegiste no defenderte y asumir una pena de cárcel.

—Me merecía la condena —dijo Mikael con amargura en la voz—. Fui culpable de difamación. Ya lo sabes. ¿Puedo dormir ahora?

Mikael apagó la luz y cerró los ojos. Lisbeth se acostó a su lado. Permaneció un rato en silencio.

—Wennerström es un gánster.

—Ya lo sé.

—No; quiero decir que *sé* que es un gánster. Trabaja con todos, desde la mafia rusa hasta los cárteles colombianos de la droga.

—¿Qué quieres decir?

—Cuando le entregué mi informe a Dirch Frode, me encargó otra tarea. Me pidió que intentara averiguar lo que realmente pasó en el juicio. Acababa de empezar cuando Frode llamó a Armanskij y canceló el encargo.

—¿Ah, sí?

—Supongo que pasaron de la investigación en cuanto tú aceptaste el trabajo de Henrik. Ya no tenía interés.

—¿Y?

—Bueno, no me gusta dejar las cosas a medias. La pasada primavera tuve unas semanas... libres, cuando Armanskij no tenía trabajo para mí, así que empecé a indagar en la persona de Wennerström para entretenerme.

Mikael se incorporó en la cama, encendió la luz y miró a Lisbeth Salander. Su mirada se topó con los grandes ojos de ella. En efecto, tenía cara de culpable.

—¿Sacaste algo?

—Tengo todo su disco duro en mi ordenador. Puedo darte todas las pruebas que quieras de que se trata de un verdadero gánster.

Capítulo 28

Martes, 29 de julio –
Viernes, 24 de octubre

Durante tres días, Mikael estuvo inmerso en los documentos impresos del ordenador de Lisbeth: cajas repletas de papeles. El problema era que los detalles iban cambiando constantemente. Un negocio de opciones en Londres. Otro de divisas en París, hecho con la ayuda de intermediarios. Una sociedad buzón en Gibraltar. El saldo de una cuenta en el Chase Manhattan Bank de Nueva York que inesperadamente se multiplicaba por dos.

Y luego estaban los signos de interrogación más desconcertantes: una sociedad con doscientas mil coronas en una cuenta sin movimientos, abierta cinco años antes en Santiago de Chile —una más de las casi treinta sociedades similares distribuidas en doce países— y ni un solo dato sobre las actividades a las que se dedicaban. ¿Sociedades durmientes? ¿En espera de qué? ¿Empresas tapadera que ocultaban otros asuntos? El ordenador no ofrecía ninguna información sobre las cosas que Wennerström podía tener en su cabeza, las cuales, tal vez, le resultarían tan obvias que nunca habrían sido formuladas en un documento electrónico.

Salander estaba convencida de que la mayoría de esas preguntas nunca obtendría respuesta. Podían ver el mensaje, pero sin una clave no serían capaces de interpretar el significado. El imperio de Wennerström era como una cebolla compuesta de múltiples capas, un laberinto de empresas donde unas eran propietarias de otras. Sociedades, cuentas, fondos, valores. Constataron que nadie, ni siquiera el propio Wennerström, podía tener una visión global de todo. El imperio tenía vida propia.

Existía una estructura o, al menos, un indicio de ello. Un laberinto de empresas interdependientes. El imperio de Wennerström estaba valorado en una absurda horquilla de entre cien mil y cuatrocientos mil millones de coronas. Dependía de a quién se consultara y de cómo se calculara. Pero si unas empresas eran dueñas de los bienes de las otras, ¿cuál sería, entonces, el valor conjunto de todas ellas?

Cuando Lisbeth se lo preguntó, Mikael Blomkvist la miró con una atormentada expresión en el rostro.

—Eso es pura cábala —contestó, y siguió clasificando las cuentas bancarias.

Habían salido de la isla de Hedeby por la mañana, muy temprano y a toda prisa, después de que Lisbeth Salander dejara caer esa bomba informativa que ahora ocupaba todo el tiempo de Mikael Blomkvist. Fueron derechos a casa de Lisbeth y pasaron cuarenta y ocho horas delante del ordenador mientras ella le guiaba por el universo de Wennerström. Él tenía muchas preguntas. Una de ellas se debía a la simple curiosidad:

—Lisbeth, ¿cómo es posible que puedas controlar, prácticamente, su ordenador?

—Es un pequeño invento de mi amigo Plague. Wennerström tiene un portátil IBM en el que trabaja tanto en casa como en su oficina. Eso quiere decir que toda la información está en un único disco duro. En su casa tiene banda ancha. Plague ha inventado una especie de manguito que se sujeta alrededor del propio cable de la banda ancha y que yo estoy probando para él; todo lo que ve Wennerström es registrado por el manguito, que envía la información a un servidor instalado en algún lugar.

—¿No tiene cortafuegos?

Lisbeth sonrió.

—Sí, tiene uno. Pero la idea es que el manguito también funciona como una especie de cortafuegos. Por eso piratear el ordenador lleva su tiempo. Pongamos que Wennerström recibe un mensaje de correo electrónico; primero va a parar al manguito de Plague y puede ser leído por nosotros antes de que ni siquiera haya pasado por su cortafuegos. Pero lo ingenioso es que el correo se reescribe y recibe unos *bytes* de un código fuente. Esto se repite cada vez que él se baja algo a su ordenador. Funciona aún mejor con las fotos. Wennerström navega muchísimo por Internet. Cada vez que descarga una imagen porno o abre una nueva página *web*, le añadimos unas líneas al código. Al cabo de un tiempo, unas horas o unos días, dependiendo de lo que use el ordenador, se ha descargado un programa entero de unos tres *megabytes* en el que cada nuevo fragmento se va añadiendo al anterior.

—¿Y?

—Cuando las últimas piezas están en su sitio, el programa se integra en su navegador de Internet. A él le da la impresión de que su ordenador se queda colgado y debe reiniciarlo. Durante el reinicio se instala un programa completamente nuevo. Usa Microsoft Explorer. La siguiente vez que el Explorer se pone en marcha lo que en realidad está arrancando es otro programa, invisible en su escritorio; se parece al Explorer y funciona como él, pero también hace muchas otras cosas. Primero asume el control de su cortafuegos y se asegura de que todo parezca funcionar perfectamente. Luego empieza a escanear el ordenador enviando fragmentos de información cada vez que navega y hace clic con el ratón. Al cabo de un tiempo —depende de lo que navegue por Internet—, nos hemos hecho con un espejo completo del contenido de su disco duro en un servidor que se encuentra en algún sitio. Así llega la hora del HT.

—¿HT?

—*Sorry*. Plague lo llama HT: *Hostile Takeover*.

—De acuerdo.

—Lo realmente ingenioso es lo que ocurre a continuación. Cuando la estructura está lista, Wennerström tiene dos discos duros completos: uno en su portátil y otro en nuestro servidor. En cuanto inicia su equipo, en realidad lo que está arrancando es el otro, el espejo. Ya no está trabajando en su ordenador, sino en nuestro servidor. Su PC se vuelve un poco más lento, pero apenas resulta perceptible. Y cuando yo estoy conectada al servidor puedo pinchar su portátil a tiempo real. Cada vez que Wennerström pulsa una tecla yo lo veo en mi equipo.

—Supongo que tu amigo también es un *hacker*.

—Fue él quien organizó la escucha telefónica de Londres. Es un pelín incompetente socialmente y nunca ve a nadie, pero en la red es toda una leyenda.

—De acuerdo —dijo Mikael, mostrándole una resignada sonrisa—. Segunda pregunta: ¿por qué no me has contado todo esto antes?

—Nunca me lo has preguntado.

—Y si nunca te hubiera formulado la pregunta, pongamos que nunca te hubiese conocido, ¿te habrías guardado la información de que Wennerström era un gánster mientras *Millennium* se iba a la quiebra?

—Nadie me ha pedido que descubra a Wennerström —replicó Lisbeth con una sensatez no exenta de chulería.

—¿Y si te lo hubiesen pedido?

—Bueno; ya te lo he contado, ¿no? —contestó Lisbeth, poniéndose a la defensiva.

Mikael dejó el tema.

Mikael estaba completamente absorto en el contenido del ordenador de Wennerström. Lisbeth había copiado el contenido del disco duro, más de cinco *gigabytes*, en una decena de cedés. Ella ya tenía la sensación de haberse instalado, más o menos, en el apartamento de Mikael; esperaba pacientemente y contestaba a todas las preguntas que él le hacía sin cesar.

—No entiendo cómo puede haber sido tan tremendamente estúpido como para reunir todo el material sobre sus sucios trapicheos en un disco duro —dijo Mikael—. Si esto llega a caer en manos de la policía…

—La gente no actúa de manera racional. Yo diría que simplemente no le entra en la cabeza que la policía pueda confiscar su ordenador.

—Pensará que está por encima de cualquier sospecha. Es cierto que se trata de un arrogante cabrón, pero debe de estar rodeado de consultores de seguridad que le aconsejan en temas informáticos. Hay archivos que incluso datan de 1993.

—El ordenador es bastante nuevo. Fue fabricado hace un año, pero, en vez de almacenar en cedés toda la correspondencia antigua y cosas por el estilo, Wennerström parece haberlo transferido todo al nuevo disco duro. Por lo menos sí usa un programa de encriptación.

—Lo cual no sirve para absolutamente nada si ya estás dentro del ordenador y puedes leer las contraseñas cada vez que las teclea.

Una noche, a las tres, cuando ya llevaban cuatro días en Estocolmo, Christer Malm llamó al móvil de Mikael y lo despertó.

—Henry Cortez ha salido con una amiga esta noche.

—¿Ah, sí? —contestó Mikael, adormilado.

—De camino a casa han parado en el bar de la Estación Central.

—Menudo garito para seducir a una mujer.

—Escúchame. Janne Dahlman está de vacaciones. Henry lo ha pillado sentado en una mesa en compañía de otro hombre.

—¿Y?

Henry reconoció al hombre gracias a su *byline*: Krister Söder.

—Me suena el nombre, pero...

—Trabaja en *Finansmagasinet Monopol*, propiedad del Grupo Wennerström —continuó Malm.

Mikael se incorporó.

—¿Sigues ahí?

—Sigo aquí. No tiene por qué significar nada. Söder es un periodista normal y corriente; puede que sea un viejo amigo de Dahlman.

—De acuerdo. Me he vuelto paranoico. Hace tres meses *Millennium* compró el reportaje de un *freelance*. La semana antes de publicarlo, Söder escribió uno casi idéntico. Se trataba de la misma historia: un fabricante de telefonía móvil ocultaba un informe que revelaba que el empleo de un componente erróneo podría causar un cortocircuito.

—Ya, pero eso son cosas que pasan. ¿Has hablado con Erika?

No, sigue fuera; no vuelve hasta la semana que viene.

—No hagas nada. Te vuelvo a llamar —dijo Mikael, y apagó el móvil.

—¿Problemas? —preguntó Lisbeth Salander.

—*Millennium* —respondió Mikael—. Tengo que darme una vuelta por allí. ¿Te apetece acompañarme?

A las cuatro de la mañana la redacción estaba desierta. Lisbeth tardó unos tres minutos en dar con la contraseña para entrar en el ordenador de Janne Dahlman, y dos más para transferir su contenido al iBook de Mikael.

Sin embargo, la mayoría de los correos electrónicos de Dahlman estaban en su portátil, al que no tenían acceso. Pero a través del ordenador de sobremesa de *Millennium* Lisbeth pudo averiguar que Dahlman, aparte de la dirección de millennium.se, tenía una cuenta privada de Hotmail. Le llevó seis minutos descifrar el código de acceso a la cuenta y descargar la correspondencia del último año. Cinco minutos más tarde, Mikael tenía pruebas de que Janne Dahlman no sólo filtraba información sobre la situación de *Millennium*, sino que también mantenía informado al redactor de *Finansmagasinet Monopol* acerca de los reportajes que Erika Berger tenía previstos para los sucesivos números de la revista. El espionaje se remontaba, por lo menos, al otoño anterior.

Apagaron los ordenadores y volvieron al apartamento de Mikael para dormir unas horas. A las diez de la mañana llamó a Christer Malm.

—Tengo pruebas de que Dahlman trabaja para Wennerström.

—Ya lo sabía. De acuerdo, voy a despedir a ese cerdo ahora mismo.

—No lo hagas. No hagas absolutamente nada.

—¿Nada?

—Christer: confía en mí. ¿Dahlman sigue de vacaciones?

—Sí, se reincorpora el lunes.

—¿Cuánta gente hay en la redacción hoy?

—Pues... está medio vacía.

—Convoca una reunión para las dos. No les digas de qué va. Voy para allá.

En la mesa de reuniones había seis personas sentadas frente a Mikael. Christer Malm parecía cansado. Henry Cortez mostraba esa cara de recién enamorado que sólo un chico de veinticuatro años puede tener. Monika Nilsson daba la impresión de mantenerse a la expectativa; Christer Malm no había dicho nada sobre el contenido de la reunión, pero ella llevaba el suficiente tiempo en la redacción como para darse cuenta de que se estaba tramando algo fuera de lo habitual, y se sentía irritada por haber sido mantenida al margen del *information loop*. La única que mostraba el mismo aspecto de siempre era Ingela Oskarsson, que trabajaba dos días a la semana como administrativa, ocupándose de las suscripciones y cosas por el estilo, y que, desde que se convirtió en madre, hacía ya dos años, no parecía demasiado relajada. La otra integrante de la redacción a tiempo parcial era la periodista *freelance* Lotta Karim, que tenía un contrato similar al de Henry Cortez y que acababa de reincorporarse tras las vacaciones. Christer también había conseguido convocar a Sonny Magnusson, que se encontraba de vacaciones.

Mikael empezó saludándolos a todos y pidiendo disculpas por haber estado ausente durante ese año.

—Ni Christer ni yo hemos tenido tiempo de comunicarle a Erika lo que aquí se va a tratar, pero os puedo asegurar que en este caso hablo también en su nombre. Hoy decidiremos el futuro de *Millennium*.

Hizo una pausa retórica para que asimilaran sus palabras. Nadie hizo preguntas.

—Este último año ha sido duro. Me sorprende que ninguno de vosotros haya ido a buscar trabajo a otra parte. Saco la conclusión de que o estáis locos de atar o sois excepcionalmente leales y da la casualidad de que os gusta trabajar precisamente en esta revista. Por eso voy a poner las cartas sobre la mesa y pediros una última contribución.

—¿Una última contribución? —preguntó Monika Nilsson—. Eso suena a que piensas cerrar la revista.

—Exacto —contestó Mikael—. Después de las vacaciones, Erika convocará a la redacción a una reunión de lo más triste en la que se os comunicará que *Millennium* se cerrará para Navidad y que todos seréis despedidos.

En ese mismo instante cierta preocupación se apoderó de los allí presentes. Incluso Christer Malm creyó por un momento que Mikael hablaba en serio. Luego todos advirtieron en él una sonrisa de satisfacción.

—Durante este otoño tendréis que representar un doble papel. Resulta que nuestro querido secretario de redacción, Janne Dahlman, hace un trabajillo extra como informante de Hans-Erik Wennerström. Por lo tanto, el enemigo está continuamente informado de lo que ocurre en la redacción, lo cual explica gran parte de los contratiempos que hemos sufrido en el último año. Sobre todo tú, Sonny, cuando todos esos anunciantes tan predispuestos se echaron atrás de la noche a la mañana.

—Maldita sea; lo sabía —dijo Monika Nilsson.

Janne Dahlman nunca había sido muy popular en la redacción y, al parecer, la revelación no supuso un *shock* para nadie. Mikael silenció el murmullo emergente.

—Si os cuento esto, es porque confío plenamente en vosotros. Llevamos varios años trabajando juntos y sé que tenéis la cabeza en su sitio. Por eso también sé que os vais a prestar al juego de este otoño. Es de vital importancia que le hagamos creer a Wennerström que *Millennium* está a punto de cerrar. Ése será vuestro cometido.

—¿Cuál es nuestra verdadera situación? —preguntó Henry Cortez.

—Sé que ha sido duro para todos y aún no hemos llegado a buen puerto. Cualquiera con un poco de sentido común diría que *Millennium* ya tiene un pie en la tumba. Os doy mi palabra de que eso no va a pasar. Hoy en día *Millennium* es más fuerte que hace un año. Después de esta reunión volveré a desaparecer durante más de dos meses. Regresaré a finales de octubre. Entonces le cortaremos las alas a Hans-Erik Wennerström.

—¿Cómo? —preguntó Cortez.

—*Sorry*. No os lo pienso decir. Voy a escribir otro reportaje sobre Wennerström. Esta vez se hará bien. Luego prepararemos una fiesta de Navidad en la revista. Había pensado en Wennerström asado de primero y unos cuantos críticos de postre.

El ambiente se distendió. Mikael se preguntó qué habría sentido él si hubiese estado sentado escuchándose a sí mismo: ¿desconfianza? Sí, sin duda. Pero, al parecer, seguía gozando de mucha confianza entre su reducido grupo de empleados. Levantó la mano.

—Para que esto tenga éxito es importante que Wennerström piense que *Millennium* se está yendo a pique. No podemos arriesgarnos a que ponga en marcha ningún plan de ataque o que elimine pruebas en el último instante. Por eso vamos a redactar un guión que deberéis seguir al pie de la letra durante este otoño. Primero: es de crucial importancia que nada de lo que estamos abordando hoy aquí sea puesto por escrito, se envíe por correo electrónico o se comente con alguien de fuera. No sabemos hasta qué punto husmea Dahlman en nuestros ordenadores, y ahora sé que, por lo visto, resulta bastante sencillo leer el correo electrónico privado de los colaboradores. O sea, lo trataremos todo verbalmente. Si tenéis necesidad de hablar sobre el tema durante las próximas semanas, dirigíos a Christer, pero en su casa. Con la máxima discreción.

Mikael escribió «nada de correos electrónicos» en la pizarra.

—Segundo: debéis cabrearos unos con otros. Quiero que empecéis a hablar mal de mí cada vez que Janne Dahlman esté cerca. No lo exageréis. Sólo es cuestión de dar rienda suelta a vuestra natural mala leche. Christer: quiero que tú y Erika tengáis un serio conflicto. Usad la imaginación y sed misteriosos con el motivo, pero haced que parezca que la revista está a punto de derrumbarse y que todos estáis cabreados con todos.

Escribió «mala leche» en la pizarra.

—Tercero: cuando vuelva Erika, tú, Christer, la pondrás al corriente de lo que se está tramando. Su trabajo será asegurarse de que Janne Dahlman crea que nuestro acuerdo con el Grupo Vanger, lo que nos mantiene a flote de momento, se ha ido al traste debido a que Henrik Vanger está gravemente enfermo y a que Martin Vanger se ha matado en un accidente de tráfico.

Escribió la palabra «desinformación».

—Pero ¿el acuerdo sigue siendo vigente? —preguntó Monika Nilsson.

—Creedme —dijo Mikael con severidad—. El Grupo Vanger irá muy lejos para asegurarse la supervivencia de *Millennium*. Dentro de unas semanas, digamos a finales de agosto, Erika convocará una reunión y dará el preaviso de los despidos. Es imprescindible que todos comprendáis que es falso y que el único que va a desaparecer de aquí es Janne Dahlman. Pero continuad con el juego. Poneos a hablar de los nuevos trabajos que habéis solicitado y quejaos de la pésima referencia que representa *Millennium* en vuestro currículum.

—¿Y tú crees que este juego salvará a *Millennium*? —preguntó Sonny Magnusson.

—Sé que lo hará. Sonny, quiero que redactes un informe mensual falso donde se haga constar que el mercado de anunciantes ha bajado durante los últimos meses, así como el número de suscriptores.

—Suena divertido —dijo Monika—. ¿Lo guardamos en la redacción o lo filtramos también a otros medios?

—Que no salga de la redacción. Si la historia aparece en algún lugar, ya sabremos quién lo ha filtrado. Si alguien nos pregunta dentro de unos meses, le contestaremos: «Pero ¿qué dices?, has oído rumores sin fundamento; nunca ha estado en nuestras mentes cerrar *Millennium*». Lo mejor que nos puede pasar es que Dahlman filtre la historia a otros medios. Entonces quedará como un idiota. Si se os presenta la ocasión de darle un soplo a Dahlman sobre algún chisme totalmente descabellado pero creíble, adelante.

Dedicaron dos horas a tramar un guión y repartirse los papeles.

Después de la reunión, Mikael se fue con Christer Malm al Java de la cuesta de Hornsgatan para tomar un café.

—Christer, es muy importante que vayas a buscar a Erika al aeropuerto de Arlanda para ponerla al corriente de la situación. Tienes que convencerla de que participe en este juego. La conozco bien: sé que deseará ocuparse de Dahlman inmediatamente y eso no es posible. No quiero que Wennerström tenga ni la más mínima idea de lo que ocurre para que no haga desaparecer ninguna prueba.

—De acuerdo.

—Y asegúrate de que Erika no use el correo electrónico hasta que instale el programa de encriptación PGP y aprenda a usarlo. Tal vez Wennerström pueda leer toda nuestra correspondencia electrónica gracias a Dahlman. Quiero que tú y el resto de la redacción también tengáis el PGP. Hazlo de forma natural. Te voy a dar el nombre de un asesor informático con el que debes contactar para que revise la red y los ordenadores de toda la redacción. Deja que sea él quien instale el programa como si se tratara de un servicio más.

—Haré lo que pueda. Pero Mikael, ¿a qué viene todo esto?

—Wennerström. Pienso clavarlo en la puerta de un establo.

—¿Cómo?

—*Sorry*. De momento es mi secreto. Lo que sí te

puedo decir es que tengo un material que hará que nuestra anterior revelación parezca un juego de niños.

Christer Malm dio la impresión de incomodarse.

—Siempre he confiado en ti, Mikael. ¿Eso significa que no confías en mí?

Mikael se rió.

—No, hombre. Lo que pasa es que ahora me dedico a actividades seriamente delictivas que me pueden ocasionar hasta dos años de cárcel. Son los procedimientos que utilizo en mi investigación, por decirlo de alguna manera, los que son un poco dudosos… Juego con métodos más o menos tan legales como los de Wennerström. No quiero que tú o Erika, o alguien de la redacción, os veáis involucrados.

—Tienes un modo de preocuparme…

—Tranquilo. Y puedes decirle a Erika que esta historia va a ser algo gordo. Muy gordo.

—Erika querrá saber lo que te traes entre manos…

Mikael meditó un instante. Luego sonrió.

—Dile que me dejó muy claro esta primavera, al firmar el contrato con Henrik Vanger a mis espaldas, que actualmente yo soy un simple *freelance* sin ningún puesto en la junta directiva y sin influencia en la política de *Millennium*. Así que supongo que tampoco tengo la obligación de informarla. Pero si se porta bien, prometo ofrecerle el reportaje a ella antes que a nadie.

Christer Malm se echó a reír.

—Se pondrá furiosa —dijo con regocijo.

Mikael sabía muy bien que no había sido del todo sincero con Christer Malm. Evitaba a Erika conscientemente. Lo más lógico habría sido telefonearla de inmediato y ponerla al corriente. Sin embargo, no quería hablar con ella. En decenas de ocasiones tuvo el móvil en la mano y buscó su número. Sólo le faltaba apretar la tecla de llamada, pero en el último instante siempre se arrepentía.

Sabía cuál era el problema. No la podía mirar a los ojos.

El *cover up* al que él se había prestado en Hedestad era imperdonable desde un punto de vista periodístico. No tenía ni idea de cómo explicárselo sin mentir, y si había algo que no pensaba hacer nunca, era mentirle a Erika Berger.

Sobre todo, no tenía fuerzas para enfrentarse a ello al mismo tiempo que iba a ocuparse de Wennerström. Por lo tanto, pospuso el encuentro, apagó el móvil y renunció a hablar con ella. Sabía que sólo se trataba de un aplazamiento temporal.

Inmediatamente después de que tuviera lugar el encuentro de la redacción, Mikael se trasladó a su casita de Sandhamn, donde hacía más de un año que no ponía los pies. Llevaba consigo dos cajas de documentos impresos y los cedés que Lisbeth Salander le había proporcionado. Se abasteció bien de comida, se encerró, abrió el iBook y empezó a escribir. Cada día daba un corto paseo para ir a buscar los periódicos y hacer la compra. El puerto deportivo seguía lleno de veleros, y los jóvenes que habían cogido el barco de papá estaban, como siempre, en el Dykarbaren emborrachándose hasta más no poder. Mikael apenas prestaba atención a su entorno. Se sentaba delante de su ordenador prácticamente desde que abría los ojos por la mañana hasta que caía rendido por la noche.

Correo electrónico encriptado de la redactora jefe <erika.berger@millennium.se> al editor jefe en excedencia <mikael.blomkvist@millennium.se>:

Mikael: necesito saber qué está pasando. Dios mío, vuelvo de vacaciones y me encuentro con un caos absoluto, con la noticia sobre Janne Dahlman y este doble juego que te has inventado. Martin Vanger muerto. Harriet Vanger vive. ¿Qué está pasando en Hedeby? ¿Dónde te has metido? ¿Hay alguna historia que publicar? ¿Por qué no coges el móvil? E.

P.S. He cogido la indirecta que Christer me comunicó con sumo placer. Esto me lo pagarás. ¿Estás enfadado conmigo de verdad?

De <mikael.blomkvist@millennium.se>
a <erika.berger@millennium.se>:

Hola, Ricky. No, por Dios, no estoy enfadado. Perdona que no haya tenido tiempo para mantenerte informada, pero durante los últimos meses mi vida ha sido una montaña rusa. Te lo contaré todo cuando nos veamos, pero no por correo. Ahora mismo me encuentro en Sandhamn. Hay material para publicar, pero la historia no va de Harriet Vanger. Voy a estar pegado a esta silla durante algún tiempo. Luego, todo habrá terminado. Confía en mí. Besos. M.

De <erika.berger@millennium.se>
a <mikael.blomkvist@millennium.se>:

¿Sandhamn? Iré a verte enseguida.

De <mikael.blomkvist@millennium.se>
a <erika.berger@millennium.se>:

Ahora no. Espera un par de semanas; por lo menos hasta que tenga un texto en condiciones. Además, espero otra visita.

De <erika.berger@millennium.se>
a <mikael.blomkvist@millennium.se>:

De acuerdo, entonces me mantendré alejada. Pero necesito saber qué está pasando. Henrik Vanger ha vuelto como director ejecutivo y no me coge el teléfono. Si el acuerdo con Vanger se ha roto, me lo tienes que decir. Ahora no sé qué hacer. Necesito saber si la revista va a sobrevivir o no. Ricky.
P.S. ¿Quién es ella?

De <mikael.blomkvist@millennium.se>
a <erika.berger@millennium.se>:

Primero: puedes estar perfectamente tranquila; Henrik Vanger no va a dar marcha atrás. Pero ha sufrido un grave infarto y sólo trabaja un poco cada día; supongo que el caos generado tras la muerte de Martin y la resurrección de Harriet absorbe todas sus energías.
Segundo: *Millennium* sobrevivirá. Estoy trabajando en el reportaje más importante de nuestras vidas; cuando lo publiquemos, hundiremos a Wennerström para siempre.
Tercero: ahora mismo mi vida está patas arriba, pero nada ha cambiado entre tú, yo y *Millennium*. Confía en mí. Besos. Mikael.
P.S. Os presentaré en cuanto haya ocasión. Te va a dejar con la boca abierta.

Cuando Lisbeth Salander llegó a Sandhamn se encontró con un Mikael Blomkvist sin afeitar y con ojeras que le dio un breve abrazo y le dijo que preparara café y lo esperara mientras él terminaba lo que estaba escribiendo.

Lisbeth paseó la mirada por la casita y casi enseguida constató que allí se encontraba a gusto. La vivienda se asentaba directamente sobre un embarcadero y tenía el agua a dos metros de la puerta. Sólo medía seis por cinco metros, pero el techo era tan alto que, sobre una plataforma, se había habilitado un *loft* dormitorio al final de una escalera de caracol. En él Lisbeth podía estar de pie, pero Mikael tenía que agacharse unos centímetros. Le echó un vistazo a la cama y concluyó que era lo suficientemente ancha para los dos.

La casita tenía una ventana grande que daba al mar, justo al lado de la puerta. La mesa de la cocina de Mikael hacía las veces de lugar de trabajo. En la pared junto a la mesa había una estantería con un reproductor de cedés, una gran colección de discos de Elvis Presley y unos cuantos de *rock* duro que no se encontraban precisamente entre las preferencias musicales de Lisbeth.

En un rincón se levantaba una chimenea de esteatita con puerta de cristal. Por lo demás, el mobiliario consistía en un gran armario empotrado para la ropa personal y la de cama, y un fregadero situado tras una cortina de ducha, que también servía como pila de lavar. Junto al fregadero había una pequeña ventana y, debajo de la escalera de caracol, un espacio donde Mikael había construido un retrete. Aquello parecía el camarote de un barco, con prácticos compartimentos por todas partes.

En su investigación personal sobre Mikael Blomkvist, Lisbeth llegó a la conclusión de que él mismo había renovado la caseta de pescadores y había decidido toda la decoración; una conclusión extraída a partir de comentarios de un conocido que, tras haberlo visitado, le envió un correo electrónico, impresionado de que Mikael fuera tan manitas. Todo estaba limpio y resultaba modesto y sencillo, casi espartano. Lisbeth entendió perfectamente por qué a Mikael le encantaba esa casita.

Al cabo de dos horas consiguió distraer tanto la atención de Mikael que él, frustrado, apagó el ordenador, se afeitó y se la llevó de visita guiada por Sandhamn. Llovía y hacía mucho viento, de modo que pronto acabaron en la fonda. Mikael le contó lo que había escrito y Lisbeth le dio un cedé con las últimas novedades del ordenador de Wennerström.

Luego ella lo arrastró de vuelta a la casita, consiguió quitarle la ropa y lo distrajo aún más. Lisbeth se despertó por la noche, ya tarde, sola en la cama; desde allí miró hacia abajo y descubrió a Mikael inclinado sobre el teclado. Se quedó contemplándole mucho tiempo, con la cabeza entre las manos. Parecía feliz, y ella misma, de repente, se sintió extrañamente en paz con la vida.

Lisbeth permaneció sólo cinco días en Sandhamn antes de volver a Estocolmo. Tenía que ocuparse de un trabajo para el que Dragan Armanskij la había buscado desesperadamente por teléfono. Le dedicó once días a aquel encargo, entregó el informe y volvió a Sandhamn. La pila de páginas impresas junto al iBook de Mikael había crecido.

Esta vez se quedó cuatro semanas. Establecieron una rutina. Se levantaban a las ocho, desayunaban y estaban juntos más o menos una hora. Luego Mikael trabajaba intensamente hasta la tarde, momento en el que daban un paseo y hablaban. Lisbeth se pasaba la mayor parte del día en la cama, donde o leía novelas o navegaba por Internet con el módem ADSL de Mikael. Evitaba molestarle a lo largo de la jornada. Cenaban bastante tarde y luego Lisbeth tomaba la iniciativa y le obligaba a subir al dormitorio, donde se aseguraba de que él le dedicara toda la atención imaginable.

Lisbeth estaba viviendo aquello como si fueran las primeras vacaciones de su vida.

Correo electrónico encriptado de <erika.berger@mille nnium.se> a <mikael.blomkvist@millennium.se>:

Hola, M. Ya es oficial: Janne Dahlman ha dimitido y empieza en *Finansmagasinet Monopol* dentro de tres semanas. He hecho lo que querías; no he dicho nada y todo el mundo está haciendo el payaso. E.

P.S. Sea como fuere, parecen pasárselo bien. Hace un par de días Henry y Lotta se enfrascaron en una discusión y terminaron por tirarse los trastos a la cabeza. Se están riendo tanto de Dahlman que no entiendo cómo no se da cuenta de que todo es una farsa.

De <mikael.blomkvist@millennium.se>
a <erika.berger@millennium.se>:

Deséale buena suerte y deja que se vaya. Pero mete la cubertería de plata en un armario y échale la llave. Besos. M.

De <erika.berger@millennium.se>
a <mikael.blomkvist@millennium.se>:

Me encuentro sin secretario de redacción a dos semanas de imprimir. Mi periodista de investigación está en Sandhamn y se niega a hablar conmigo. Micke, no puedo más. ¿Vienes a ayudarme? Erika.

De <mikael.blomkvist@millennium.se>
a <erika.berger@millennium.se>:

Aguanta un par de semanas más. Para entonces habremos llegado a buen puerto y podremos empezar a pensar en el número de diciembre, que va a ser diferente de todo lo que hemos hecho hasta ahora. Mi texto ocupará unas cuarenta páginas de la revista. M.

De <erika.berger@millennium.se>
a <mikael.blomkvist@millennium.se>:

¡40 PÁGINAS! Pero ¿tú estás mal de la cabeza?

De <mikael.blomkvist@millennium.se>
a <erika.berger@millennium.se>:

Va a ser un número temático. Necesito tres semanas más. Me podrías hacer lo siguiente: 1: registra una empresa con el nombre de *Millennium*; 2: consigue un ISBN; 3: pídele a Christer que diseñe un logo bonito para nuestra nueva editorial; y 4: busca una buena imprenta capaz de hacer libros de bolsillo de un modo rápido y barato. Y, por cierto, vamos a necesitar dinero para imprimir nuestro primer libro. Besos. Mikael.

De <erika.berger@millennium.se>
a <mikael.blomkvist@millennium.se>:

Número temático. Editorial. Dinero. *Yes, master*. ¿Quieres que haga algo más? ¿Bailar desnuda en la plaza de Slussen? E.

P.S. Supongo que sabes dónde te metes. Pero ¿qué hago con Dahlman?

De <mikael.blomkvist@millennium.se>
a <erika.berger@millennium.se>:

No hagas nada con Dahlman. Deja que se vaya. A *Finansmagasinet Monopol* no le queda mucho tiempo. Introduce más material *freelance* en este número. Y búscate otro secretario de redacción, por Dios. M.

P.S. Me gustaría mucho verte desnuda en la plaza de Slussen.

De <erika.berger@millennium.se>
a <mikael.blomkvist@millennium.se>:

¿La plaza de Slussen? *In your dreams*. Pero Mikael, siempre hemos contratado juntos a la gente nueva. Ricky.

De <mikael.blomkvist@millennium.se>
a <erika.berger@millennium.se>:

Y siempre hemos estado de acuerdo en a quién contratar. Así será también esta vez, elijas a quien elijas. Vamos a darle un buen golpe a Wennerström. Y ya está, eso es todo. Déjame que termine mi trabajo tranquilamente. M.

A principios de octubre, Lisbeth Salander leyó una noticia publicada en la edición electrónica del *Hedestads-Kuriren*. Se la comentó a Mikael. Isabella Vanger había fallecido después de una breve enfermedad. Harriet Vanger, su recién resucitada hija, lamentaba lo sucedido.

Correo electrónico encriptado de <erika.berger@millennium.se> a <mikael.blomkvist@millennium.se>:

Hola, Mikael.
Hoy Harriet Vanger ha venido a visitarme a la redacción. Me ha llamado cinco minutos antes de subir y me ha cogido completamente desprevenida. Una mujer guapa con ropa elegante y una mirada fría.
Ha venido a comunicarme que sustituía a Martin Vanger como la representante de Henrik en la junta directiva. Se ha mostrado educada y amable y me ha asegurado que el Grupo Vanger no tiene intención de dar marcha atrás al acuerdo, sino todo lo contrario: que la familia apoya completamente el compromiso que Henrik tiene para con la revista. Me ha pedido que le enseñe la redacción y se ha interesado por saber cómo estaba viviendo yo la situación.

Le he dicho la verdad: que me siento como si no estuviera pisando suelo firme, que me has prohibido ir a visitarte a Sandhamn y que ignoro en qué estás trabajando; que lo único que sé es que piensas asestarle un buen golpe a Wennerström. (Supongo que podía contárselo; al fin y al cabo, está en nuestra junta directiva.) Arqueó una ceja, sonrió y me preguntó si dudaba de que fueras capaz de hacerlo. ¿Qué contestas a una cosa así? Le dije que estaría infinitamente más tranquila si supiera lo que se está tramando. Bueno, claro que me fío de ti. Pero es que me sacas de quicio.

Le he preguntado si ella sabía lo que te traes entre manos. Me ha contestado que no, pero me ha dicho que le has dado la impresión de ser una persona de notables recursos, altamente perspicaz e imaginativa. (Ésas fueron literalmente sus palabras.)

También le he dicho que tenía entendido que algo muy dramático había ocurrido en Hedestad y que me estaba volviendo loca de curiosidad con toda la historia de Harriet Vanger. En resumen, que me sentía como una idiota. Ella me ha contestado con otra pregunta: si tú realmente no me habías comentado nada. Me ha soltado que sabe que tú y yo tenemos una relación especial y que, sin duda, me lo contarás en cuanto puedas. Luego me ha preguntado si podía confiar en mí. ¿Qué podía responderle? Ella está en la junta directiva de *Millennium* y tú me has abandonado sin dejarme nada con lo que negociar.

Luego dijo algo raro. Me pidió que yo no os juzgara ni a ti ni a ella con demasiada acritud. Dijo que tenía una deuda de gratitud contigo y que le gustaría mucho que nosotras también pudiéramos ser amigas. Después prometió contarme la historia en cuanto se presentara la oportunidad, si tú no eras capaz. Se ha despedido de mí hace apenas media hora y me ha dejado bastante aturdida. Me ha caído bien, pero no sé si puedo fiarme de ella. Erika.

P.S. Te echo de menos. Me da la sensación de que algo terrible ocurrió en Hedestad. Christer dice que tienes una marca rara —¿de estrangulamiento?— en el cuello.

De <mikael.blomkvist@millennium.se>
a <erika.berger@millennium.se>:

Hola, Ricky. La historia de Harriet es tan desgraciada y tan triste que no te la puedes ni imaginar. Me parece estupendo que te la cuente ella misma. Apenas soy capaz de pensar en ello.

En espera de eso, te garantizo que puedes confiar en Harriet Vanger. Ella decía la verdad cuando hablaba de su deuda conmigo; y créeme: nunca hará nada para dañar a *Millennium*. Hazte su amiga si te cae bien. Y si no, no lo hagas. Sea como fuere, se merece un respeto. Se trata de una mujer que lleva una pesada carga a sus espaldas y siento una gran simpatía por ella. M.

Al día siguiente Mikael recibió otro correo.

De <harriet.vanger@vangerindustries.com>
a <mikael.blomkvist@millennium.se>:

Hola, Mikael. Llevo varias semanas intentando encontrar un momento para ponerme en contacto contigo, pero las horas no me cunden. Desapareciste tan apresuradamente de Hedeby que no tuve ocasión de despedirme.

Todo este tiempo que llevo en Suecia, lleno de duro trabajo, he estado bastante aturdida. En las empresas Vanger reina el caos más absoluto y tanto Henrik como yo hemos trabajado con gran empeño intentando poner orden en los negocios. Ayer visité *Millennium*; entro como la representante de Henrik en la junta. Henrik me ha puesto al día de tu situación y la de la revista.

Espero que aceptes que entre de esa manera. Si no me quieres a mí (ni a nadie más de la familia) en la junta directiva, te entenderé, pero te aseguro que haré todo lo posible para ayudar a *Millennium*. Tengo una gran deuda contigo y te garantizo que mis intenciones al respecto siempre serán las mejores.

He conocido a tu amiga Erika Berger. No sé muy bien qué impresión le habré causado y me ha sorprendido que no le hayas contado lo que ocurrió. Me gustaría mucho ser tu amiga, si es que aguantas a alguien de la familia Vanger de ahora en adelante. Saludos cordiales. Harriet.

P.S. Me he enterado por Erika de que piensas atacar a Wennerström de nuevo. Dirch Frode me ha contado cómo te engañó Henrik. No sé qué decir. Lo siento. Si hay algo que yo pueda hacer, dímelo, por favor.

De <mikael.blomkvist@millennium.se>
a <harriet.vanger@vangerindustries.com>:

Hola, Harriet. Es cierto que desaparecí muy precipitadamente de Hedeby. Ahora estoy trabajando en aquello a lo que realmente debería haberme dedicado este año. Tendrás información con la suficiente antelación antes de que el texto vaya a imprenta, pero me atrevo a decir que el problema de este último año pronto se habrá acabado.

Espero que tú y Erika seáis amigas, y claro que no tengo inconveniente en que formes parte de la junta de *Millennium*. Le contaré a Erika lo que pasó. Pero ahora mismo no tengo ni fuerzas ni tiempo; antes de hacerlo quiero dejar reposar el tema un poco más.

Estaremos en contacto. Saludos. Mikael.

Lisbeth no le prestó mucha atención a lo que Mikael estaba escribiendo. Levantó la mirada del libro cuando él dijo algo que, al principio, ella no comprendió.

—Perdón. Estoy pensando en voz alta. He dicho que esto es muy fuerte.

—¿Qué es lo que es fuerte?

—Wennerström mantuvo una relación con una camarera de veintidós años a la que dejó embarazada. ¿No has leído su correspondencia con el abogado?

—Por favor, Mikael. Tienes diez años de correspondencia, de correos electrónicos, de acuerdos, de documentos de viajes y de Dios sabe qué en ese disco duro. No estoy tan fascinada por Wennerström como para leerme seis *gigabytes* de chorradas. He leído una pequeña parte, más que nada para satisfacer mi curiosidad; lo suficiente para constatar que se trata de un gánster.

—Vale. Bueno, la dejó embarazada en 1997. Cuando ella le pidió una compensación, el abogado contrató a alguien para convencerla de que abortara. Supongo que la intención era ofrecerle una suma de dinero, pero la chica no estaba interesada. Entonces la persuasión se hizo de la siguiente manera: el matón le metió la cabeza en una bañera llena de agua hasta que ella accedió a dejar en paz a Wennerström. Y todo esto se lo escribe a Wennerström el idiota del abogado en un correo electrónico; encriptado, es cierto, pero de todos modos… Bueno, no es que el nivel de inteligencia de esta gentuza me sorprenda demasiado.

—¿Qué pasó con la chica?

—Abortó. Para satisfacción de Wennerström.

Lisbeth Salander no dijo nada en diez minutos. De repente sus ojos se ennegrecieron.

—Otro hombre que odia a las mujeres —murmuró finalmente. Mikael no la oyó.

Ella cogió los cedés y dedicó los siguientes días a leer detenidamente el correo electrónico de Wennerström, así como otros documentos. Mientras Mikael seguía trabajando, Lisbeth estaba sentada en la cama con su Power-Book en las rodillas, reflexionando sobre el extraño imperio de Wennerström.

Se le había ocurrido una peculiar idea que no conseguía quitarse de la cabeza; más que nada se preguntaba por qué no había pensado en ello antes.

Una mañana, a finales de octubre, Mikael imprimió una página y luego apagó el ordenador ya a las once de la mañana. Sin pronunciar palabra, subió al dormitorio y le entregó a Lisbeth un buen tocho de papeles. Acto seguido, se durmió. Ella le despertó por la tarde para darle sus opiniones sobre el texto.

Poco después de las dos de la madrugada, Mikael hizo una última copia de seguridad de su reportaje.

Al día siguiente, cerró los postigos de la casita y le echó la llave a la puerta. Las vacaciones de Lisbeth se habían acabado. Se fueron juntos a Estocolmo.

Antes de llegar a Estocolmo, Mikael tenía que tratar con Lisbeth un tema bastante delicado. Lo sacó en el *ferry* de Waxholm, cuando estaban tomando café en vasos de papel.

—Tenemos que ponernos de acuerdo sobre lo que le voy a contar a Erika. Si no puedo explicarle cómo he conseguido el material, se negará a publicarlo.

Erika Berger. La amante de toda la vida y la redactora jefe de Mikael. Lisbeth no la conocía y tampoco estaba segura de quererlo hacer; le parecía una interferencia poco definida, aunque molesta, en su vida.

—¿Qué sabe ella de mí?

—Nada —suspiró Mikael—; llevo todo el verano evitándola. No soy capaz de contarle lo que pasó en Hedestad porque me da una tremenda vergüenza. Se siente enormemente frustrada por la parquedad de mis informaciones. Sabe, por supuesto, que he estado en Sandhamn escribiendo este texto, pero ignora su contenido.

—Mmm.

—Se lo daré dentro de un par de horas. Entonces, me hará un interrogatorio en tercer grado. No sé qué decirle.

—¿Qué quieres decirle?

—Quiero contarle la verdad.

Una arruga apareció en el entrecejo de Lisbeth.

—Lisbeth, Erika y yo discutimos casi siempre. En cierto modo forma parte de nuestra manera de entendernos. Pero nos tenemos una confianza absoluta. Es totalmente fiable. Tú eres una fuente y ella moriría antes de descubrirte.

—¿A cuántos más tendrás que contárselo?

—A nadie más. Esto me lo llevaré a la tumba; y Erika hará lo mismo. Pero si me dices que no, no le revelaré tu secreto. Lo que no pienso hacer es mentirle e inventarme una fuente que no existe.

Lisbeth reflexionó durante todo el trayecto hasta que atracaron en el muelle delante del Grand Hotel. «Análisis de consecuencias.» Al final, a regañadientes, aceptó ser presentada a Erika. Mikael encendió el móvil y llamó.

Erika Berger recibió la llamada en plena comida de negocios con Malin Eriksson, candidata al puesto de secretaria de redacción. Malin tenía veintinueve años y llevaba cinco haciendo sustituciones y suplencias. Nunca había tenido un empleo fijo y estaba empezando a dudar si lo tendría alguna vez. La oferta de trabajo no había sido publicada; un viejo conocido de Erika había recomendado a Malin. Erika la llamó el mismo día en que terminó su última suplencia para saber si estaba interesada en solicitar un puesto en *Millennium*.

—Se trata de una suplencia de tres meses —dijo Erika—, pero si funciona bien, puede llegar a ser algo fijo.

—Se rumorea que *Millennium* va a cerrar dentro de poco.

Erika Berger sonrió.

—No deberías hacer caso a los rumores.

—Ese Dahlman al que voy a sustituir... —Malin Eriksson dudó— va a una revista que es propiedad de Hans-Erik Wennerström...

Erika asintió con la cabeza.

—A nadie del gremio se le habrá escapado que estamos en conflicto con Wennerström. No les tiene mucha simpatía a los empleados de *Millennium*.

—Así que si acepto el puesto, yo también perteneceré a ese grupo.

—Es bastante probable, sí.

—Pero Dahlman ha conseguido un puesto en *Finansmagasinet Monopol*.

—Podríamos decir que es la manera que Wennerström tiene de compensar ciertos servicios que Dahlman le ha prestado. ¿Sigues interesada?

Malin Eriksson meditó la respuesta un instante. Luego asintió con la cabeza.

—¿Cuándo quieres que empiece?

Fue en ese preciso momento cuando Mikael Blomkvist llamó e interrumpió la entrevista.

Erika usó sus propias llaves para abrir la puerta del apartamento de Mikael. Era la primera vez que se veían cara a cara desde aquella breve visita a la redacción a finales de junio. Ella entró en el salón y encontró en el sofá a una chica de una delgadez anoréxica, vestida con una desgastada chupa de cuero y con los pies encima de la mesa. Al principio pensó que la joven tendría unos quince años, pero eso fue antes de ver sus ojos. Seguía observando aquella aparición cuando Mikael irrumpió con una cafetera y unas pastas.

Mikael y Erika se examinaron.

—Perdóname por haber pasado de ti de esta manera —dijo Mikael.

Erika inclinó la cabeza a un lado. Algo había cambiado en Mikael. Lo veía demacrado, más delgado de lo que recordaba. Sus ojos se mostraban avergonzados y por un breve instante él evitó su mirada. Erika le observó el cuello. Tenía marcada una línea roja leve, aunque claramente perceptible.

—Te he estado esquivando. Es una historia muy larga y no me siento muy orgulloso de mi papel. Pero luego lo hablamos... Ahora te quiero presentar a esta joven. Erika, Lisbeth Salander. Lisbeth, ésta es Erika Berger, la redactora jefe de *Millennium* y mi mejor amiga.

Lisbeth examinó la ropa elegante y el aplomo con el que Erika Berger actuaba, y decidió, cuando todavía no habían pasado ni unos diez segundos, que no resultaría probable que Erika se convirtiera en su mejor amiga.

La reunión duró cinco horas. Erika hizo dos llamadas para cancelar otras citas. Dedicó una hora a leer partes del manuscrito que Mikael puso en sus manos. Tenía mil preguntas y se dio cuenta de que le llevaría semanas dar respuesta a todas ellas. Lo importante era aquel texto que finalmente dejó de lado. Si tan sólo una pequeña parte de esas afirmaciones fuese verdadera, la situación habría cambiado por completo.

Erika miró a Mikael. Nunca había dudado de que se trataba de una persona sincera, pero durante un breve segundo sintió vértigo y se preguntó si el caso Wennerström no le habría trastornado, si el reportaje no habría sido más que un producto de su imaginación. En ese instante, Mikael se presentó con dos cajas de documentos impresos. Erika palideció. Quería saber, naturalmente, cómo había conseguido todo aquel material.

Hizo falta un buen rato para convencerla de que aquella curiosa chica que seguía sin pronunciar una sola palabra tenía acceso libre al ordenador de Hans-Erik Wennerström. Y no sólo a ése, también había entrado en varios de los ordenadores de sus abogados y colaboradores más cercanos.

La reacción espontánea de Erika fue decir que no podían usar el material por haberlo conseguido a través de una intrusión informática ilegal. Pero claro que podían. Mikael señaló que no estaban obligados a dar cuenta de cómo se habían hecho con el material. Podrían haber contado perfectamente con una fuente que hubiera accedido al ordenador de Wennerström y que hubiera copiado su disco duro a unos cuantos cedés.

Al final, Erika fue consciente del arma que tenían en las manos. Se sentía agotada y le quedaban muchas preguntas, pero no sabía por dónde empezar. Acabó por dejarse caer contra el respaldo del sofá e hizo un resignado gesto con los brazos.

—Mikael, ¿qué pasó en Hedestad?

Lisbeth Salander levantó la mirada de inmediato. Mikael permaneció callado durante mucho tiempo. Contestó con otra pregunta.

—¿Qué tal te llevas con Harriet Vanger?

—Bien. Creo. La he visto dos veces. La semana pasada Christer y yo subimos a Hedestad para una reunión. Nos emborrachamos con vino.

—¿Y cómo salió la reunión?

—Ella mantiene su palabra.

—Ricky, sé que te sientes frustrada porque te he estado evitando y porque me he inventado excusas para no explicarte nada. Tú y yo nunca hemos tenido secretos el uno para el otro y de repente hay seis meses de mi vida que yo… no soy capaz de contarte.

Erika cruzó su mirada con la de Mikael. Lo conocía como nadie, pero lo que leía en sus ojos era algo que no había visto jamás. Parecía implorarle. Le suplicaba que no le preguntara. Ella abrió la boca y lo contempló desamparada. Lisbeth Salander observaba su silenciosa conversación con una mirada neutra. No se metió.

—¿Tan terrible ha sido?

—Peor aún. Le temía a esta conversación. Prometo contarte lo ocurrido, pero es que he dedicado meses a reprimir mis sentimientos mientras Wennerström acaparaba todo mi interés… y todavía no estoy completamente preparado. Preferiría que Harriet te lo contara en mi lugar.

—¿Qué es esa marca que llevas alrededor del cuello?

—Lisbeth me salvó la vida allí arriba. Si ella no hubiese aparecido, yo estaría muerto.

Los ojos de Erika se abrieron de par en par. Miró a la chica de la chupa de cuero.

—Y ahora tienes que redactar un acuerdo con ella; es nuestra fuente.

Erika Berger permaneció callada un buen rato mientras lo meditaba. Luego hizo algo que dejó perplejo a Mikael, que fue un *shock* para Lisbeth y que incluso a ella misma le asombró. Durante todo el tiempo que llevaba sentada en el sofá de Mikael había sentido la mirada de Lisbeth. Una taciturna chica con vibraciones hostiles.

Erika se levantó, bordeó la mesa y abrazó a Lisbeth Salander. Lisbeth se defendió como una lombriz a la que estaban a punto de clavar en el anzuelo.

Capítulo 29

Lisbeth Salander navegaba por el ciberimperio de Hans-Erik Wennerström. Llevaba más de once horas pegada a la pantalla del ordenador. Aquella incipiente idea que tuvo en Sandhamn y que se había materializado en algún recóndito rincón de su cerebro durante la última semana se había convertido en una obsesión. Durante cuatro semanas se aisló en su apartamento haciendo caso omiso a todas las llamadas de Dragan Armanskij. Se pasaba doce o quince horas al día delante de su portátil, y el resto del tiempo meditaba sobre ese mismo problema.

Durante el último mes había mantenido un esporádico contacto con Mikael Blomkvist, que estaba igualmente ocupado y obsesionado con su trabajo en la redacción de *Millennium*. Hablaban por teléfono un par de veces por semana y ella le mantenía al día de la correspondencia de Wennerström y los demás asuntos.

Por enésima vez repasó todos los detalles. No es que temiera haberse perdido alguno, pero no estaba segura de haber comprendido la relación entre todas esas intrincadas conexiones.

El célebre imperio de Wennerström era como un organismo deforme que latía con vida propia y cambiaba constantemente de forma. Estaba compuesto de opciones, obligaciones, acciones, participaciones en sociedades, intereses por préstamos, intereses por ingresos, depósitos, cuentas, transferencias y miles de cosas más. Una parte extraordinariamente grande del capital se había invertido en empresas buzón donde unas eran dueñas de otras.

Los análisis más optimistas del Wennerstroem Group, realizados por economistas de poca monta, calculaban que su valor ascendía a más de novecientos mil millones de coronas. Una simple mentira o, por lo menos, una cifra tremendamente exagerada. Pero Wennerström no era un muerto de hambre. Lisbeth Salander estimó que en realidad la cifra se situaba en torno a unos noventa o cien mil millones, lo cual no era moco de pavo. Hacer una inspección seria de todo el grupo llevaría años. En total, Salander había identificado cerca de tres mil cuentas diferentes y activos bancarios distribuidos por todo el mundo. Wennerström se dedicaba al fraude con tal magnitud que sus actividades no se consideraban ya delictivas, sino simplemente negocios.

En alguna parte de ese deforme organismo también había sustancia. Tres recursos aparecían constantemente en la jerarquía. Los bienes suecos fijos, inatacables y auténticos, se encontraban expuestos a la inspección pública, a consultas de balances anuales y auditorías. Las actividades americanas eran sólidas, y un banco de Nueva York conformaba la base de operaciones de todos los movimientos de dinero. Lo interesante de la historia residía en las actividades que las empresas buzón realizaban en lugares como Gibraltar, Chipre y Macao. Wennerström era como un supermercado de tráfico ilegal de armas, blanqueo de dinero de sospechosas empresas de Colombia y negocios muy poco ortodoxos en Rusia.

Un punto y aparte lo constituía una cuenta anónima abierta en las islas Caimán; la controlaba Wennerström personalmente, pero se mantenía al margen de todos los negocios. Un continuo chorreo de dinero —en torno al diez por mil de cada negocio que Wennerström realizaba— entraba sin cesar en las islas Caimán a través de las empresas buzón.

Salander trabajaba sumida en un estado hipnótico. Cuentas: clic; correo electrónico: clic; balances: clic. Se enteró de las últimas transferencias. Le siguió el rastro a una pequeña transacción hecha de Japón a Singapur que luego continuó hasta las islas Caimán vía Luxemburgo. Comprendió cómo funcionaba. Era como si en ella confluyeran los impulsos del ciberespacio. Pequeños cambios. El último correo electrónico. Un único y pobre mensaje electrónico de muy limitado interés enviado a las diez de la noche. El programa de encriptación PGP, *trrrr, trrrr*; una ridiculez para alguien que ya estaba dentro de su ordenador y podía leer claramente el mensaje:

> Berger ha dejado de dar guerra sobre el tema de los anuncios. ¿Se ha rendido o está tramando algo? Tu fuente asegura que se encuentran al borde de la ruina, pero parece ser que han contratado a una nueva persona. Averigua qué está pasando. Durante las últimas semanas Blomkvist se ha encerrado en su casa de Sandhamn para escribir como un loco, pero nadie sabe en qué anda trabajando. En los últimos días lo han visto por la redacción. ¿Puedes conseguir las pruebas del próximo número? HEW.

Nada de lo que preocuparse. Déjale que se coma el coco. «Ya estás vendido, tío.»

A las cinco y media de la mañana se desconectó, apagó el ordenador y se puso a buscar otro paquete de tabaco. Esa noche ya había bebido cuatro —no, cinco— Coca-Colas; fue a por la sexta y se sentó en el sofá. Sólo llevaba unas bragas y una camiseta promocional de *Soldier of Fortune Magazine*, con estampado de camuflaje, desgastada de tanto lavarla, y con el texto *Kill them all and let God sort them out*. Se dio cuenta de que tenía frío y cogió una manta para abrigarse.

Le dio un subidón, como si se hubiese tomado alguna sustancia inapropiada y, probablemente, ilegal. Concentró la mirada en una farola de la calle y permaneció inmóvil mientras su cerebro trabajaba a pleno rendimiento. Mamá, clic; Mimmi, clic. Holger Palmgren. Evil Fingers. Y Armanskij. El trabajo. Harriet Vanger. Clic. Martin Vanger. Clic. El palo de golf. Clic. El abogado Nils Bjurman. Clic. Por mucho que lo intentara no podía olvidar ninguna de esas malditas imágenes.

Se preguntó si Bjurman volvería a desnudarse alguna vez delante de una mujer y, en tal caso, cómo le explicaría el tatuaje de la barriga. ¿Y cómo evitaría quitarse la ropa la próxima vez que acudiera al médico?

Y Mikael Blomkvist. Clic.

Lo consideraba una buena persona, pero posiblemente pecara de un exacerbado complejo de don Perfecto. Y, por desgracia, era insoportablemente ingenuo en lo referente a ciertos temas elementales de moral. Tenía un carácter tolerante y comprensivo, y siempre le buscaba explicaciones y excusas psicológicas al comportamiento humano. Por lo tanto, Mikael nunca entendería que los animales depredadores del mundo sólo hablaran un único lenguaje. Le invadía un incómodo instinto de protección cuando pensaba en él.

No recordaba cuándo se durmió, pero se despertó al día siguiente, a las nueve de la mañana, con tortícolis y con la cabeza mal apoyada contra la pared de detrás del sofá. Se fue dando tumbos hasta la habitación y se volvió a dormir.

Sin duda, se trataba del reportaje más importante de su vida. Por primera vez en año y medio, Erika Berger era feliz como sólo lo sería un redactor con un *scoop* espectacular haciéndose en el horno. Estaba puliendo el texto con Mikael por última vez cuando Lisbeth Salander llamó al móvil.

—Se me ha olvidado decirte que Wennerström empieza a preocuparse por lo que has estado escribiendo últimamente; ya ha pedido las pruebas del último número.

—¿Cómo te has enter… Bah, olvídalo. ¿Sabes cómo lo va a hacer?

—No. Sólo tengo una suposición lógica.

Mikael reflexionó unos segundos.

—La imprenta —exclamó.

Erika arqueó las cejas.

—Si no hay filtraciones desde la redacción, no le quedan muchas más alternativas. A no ser que piense mandar a uno de sus matones a haceros una visita nocturna.

Mikael se dirigió a Erika.

—Reserva otra imprenta para este número. Ahora. Y llama a Dragan Armanskij: quiero que esta semana haya aquí vigilantes por las noches.

Volvió a Lisbeth:

—Gracias, Sally.

—¿Cuánto vale?

—¿Qué quieres decir?

—¿Cuánto vale la información?

—¿Qué quieres?

—Te lo diré tomando un café. Ahora mismo.

Se vieron en Kaffebar, en Hornsgatan. Cuando Mikael se sentó a su lado, Salander tenía una cara tan seria que sintió una punzada de inquietud. Ella, como era habitual, fue directamente al grano.

—Necesito que me prestes dinero.

Mikael mostró una de sus sonrisas más ingenuas buscando la cartera.

—Claro. ¿Cuánto?

—Ciento veinte mil coronas.

—Ufff —dijo Mikael, guardando de nuevo la cartera—. No llevo tanto dinero encima.

—No estoy bromeando. Necesito que me dejes ciento veinte mil coronas durante… digamos seis semanas. Se me ha presentado la oportunidad de hacer una inversión y no tengo a nadie más a quien acudir. Ahora mismo tienes unas ciento cuarenta mil en tu cuenta. Te las devolveré.

Mikael ni siquiera comentó el hecho de que Lisbeth Salander hubiera violado la confidencialidad bancaria para averiguar el saldo de su cuenta. Él utilizaba un banco por Internet, así que la respuesta resultaba obvia.

—No hace falta que me lo pidas prestado —contestó él—. No hemos hablado de tu parte todavía, pero cubre de sobra la suma que quieres.

—¿Mi parte?

—Sally, voy a cobrar de Henrik Vanger una remuneración de descabelladas dimensiones; haremos cuentas a finales de año. Sin ti, yo estaría muerto y *Millennium* se habría ido a pique. Pienso compartir el dinero contigo. *Fifty-fifty*.

Lisbeth Salander le observó inquisitivamente. Una arruga apareció en su frente. Mikael ya estaba acostumbrado a sus silencios. Finalmente, negó con la cabeza.

—No quiero tu dinero.

—Pero…

—No quiero ni una sola corona tuya —dijo, mostrando su sonrisa torcida—. A menos que llegue en forma de regalo por mi cumpleaños.

—Nunca me has dicho cuándo es tu cumpleaños.

—Tú eres el periodista. Averígualo.

—Sinceramente, Salander: lo de compartir el dinero lo digo en serio.

—Yo también hablo en serio. No quiero tu dinero. Quiero que me prestes ciento veinte mil coronas. Y las necesito mañana.

Mikael Blomkvist permaneció callado. «Ni siquiera me ha preguntado cuánto dinero le correspondería.»

—Sally, no me importa ir contigo al banco hoy mismo para dejarte lo que quieras. Pero a finales de año hablaremos en serio acerca de tu parte —respondió, levantando la mano—. Bueno, ¿cuándo cumples años?

—En Walpurgis —contestó ella—. Muy apropiado, ¿a que sí? Es entonces cuando salgo por ahí con una escoba entre las piernas.

Lisbeth aterrizó en Zúrich a las siete y media de la tarde y cogió un taxi hasta el turístico hotel Matterhorn. Había reservado una habitación a nombre de Irene Nesser, con el cual se identificó gracias a un pasaporte noruego. Irene Nesser tenía el pelo rubio y largo. Había comprado la peluca en Estocolmo y utilizó diez mil coronas del préstamo de Mikael Blomkvist para adquirir dos pasaportes a través de los oscuros contactos de la red internacional de Plague.

Se fue inmediatamente a su habitación, cerró la puerta con llave y se desnudó. Se tumbó en la cama y se puso a mirar el techo de la estancia, que costaba mil seiscientas coronas por noche. Se sentía vacía. Ya se había gastado la mitad del dinero que Mikael Blomkvist le había dejado; a pesar de haberle añadido hasta la última corona de sus propios ahorros, su presupuesto era escaso. Dejó de pensar y se durmió casi enseguida.

Se despertó a las cinco y pico de la mañana. Lo primero que hizo fue ducharse y dedicar un buen rato a ocultar el tatuaje del cuello con una espesa capa de base de maquillaje y unos polvos en los bordes. El segundo punto de su lista era reservar hora para las seis y media de la mañana en el salón de belleza de un hotel considerablemente más caro. Se compró otra peluca rubia, ésta con un corte a lo paje; luego le hicieron la manicura y le pusieron unas uñas postizas rojas encima de sus mordidos muñones, así como pestañas postizas, más polvos, colorete y finalmente carmín y otros potingues. Total: más de ocho mil coronas.

Pagó con una tarjeta de crédito a nombre de Monica Sholes y presentó un pasaporte inglés para identificarse.

La próxima parada era el Camille's House of Fashion, a ciento cincuenta metros más abajo en la misma calle. Salió al cabo de una hora llevando botas y medias negras, una falda de color arena con una blusa a juego, una chaqueta corta y una boina. Todo de marca. Se lo había dejado elegir al vendedor. También se llevó un exclusivo maletín de cuero y una pequeña maleta Samsonite. Para coronar la obra, unos discretos pendientes y una sencilla cadena de oro alrededor del cuello. Le hicieron un cargo de cuarenta y cuatro mil coronas en la tarjeta de crédito.

Además, por primera vez en su vida, Lisbeth Salander lucía un pecho que, al contemplarse en el espejo de la puerta, la dejó sin aliento. Aquel pecho era igual de falso que la identidad de Monica Sholes. Estaba hecho de látex y lo había adquirido en una tienda de Copenhague donde hacían sus compras los travestis.

Ya estaba preparada para entrar en combate.

Poco después de las nueve, caminó dos manzanas hasta el prestigioso hotel Zimmertal, donde tenía una habitación reservada a nombre de Monica Sholes. Le dio el equivalente a cien coronas de propina al chico que le subió la nueva maleta, la cual contenía su bolsa de viaje. La *suite* era pequeña y sólo costaba veintidós mil coronas por día. Había reservado una noche. Tras quedarse sola, echó un vistazo a su alrededor. Desde la ventana disfrutaba de una fantástica vista sobre Zürich See, cosa que no le interesaba lo más mínimo. En cambio, pasó cinco minutos delante de un espejo contemplándose a sí misma con unos ojos como platos. Estaba viendo a una persona completamente extraña. La rubia Monica Sholes, de generoso pecho y melena de paje, llevaba más maquillaje del que usaba Lisbeth en un mes. Tenía un aspecto… diferente.

A las nueve y media pudo, por fin, desayunar en el bar del hotel: dos tazas de café y un *bagel* con mermelada. Coste: doscientas diez coronas. *Are these people nuts?*

Poco antes de las diez, Monica Sholes dejó la taza de café, abrió su móvil y marcó un número que la conectó con un módem ubicado en Hawai. A los tres tonos, sonó la señal de conexión. El módem se inició. Monica Sholes contestó introduciendo un código de seis cifras en su móvil y envió un mensaje que daba la orden de poner en marcha un programa que Lisbeth Salander había diseñado especialmente para ese fin.

El programa dio señales de vida en Honolulú, en una página *web* anónima de un servidor que pertenecía formalmente a la universidad. Era sencillo. Su única función consistía en enviar instrucciones para activar otro programa en otro servidor; en este caso, una página *web* normal y corriente que ofrecía servicios de Internet en Holanda. El objetivo era buscar el espejo del disco duro de Hans-Erik Wennerström, y asumir el comando sobre el programa que informaba del contenido de sus más de tres mil cuentas bancarias en todo el mundo.

Sólo le interesaba una en concreto. Lisbeth Salander había notado que Wennerström la consultaba un par de veces por semana. Si él encendiera su ordenador y entrara precisamente en ese archivo, todo tendría un aspecto perfectamente normal. El programa presentaría pequeños cambios esperables, calculados según los movimientos habituales producidos en la cuenta durante los últimos seis meses. Si durante las próximas cuarenta y ocho horas Wennerström diera una orden de pago o transferencia, el programa le informaría de que su petición se había realizado. En realidad, el movimiento sólo se habría hecho en el espejo del disco duro que estaba en Holanda.

Monica Sholes apagó el móvil en el momento en que

escuchó cuatro breves tonos confirmando que el programa estaba en marcha.

Abandonó el Zimmertal y se dirigió al Bank Hauser General, justo enfrente, donde había concertado una cita con un tal Wagner, el director, a las diez de la mañana. Llegó tres minutos antes, tiempo que dedicó a posar delante de la cámara de vigilancia, que le sacó una foto al pasar a la zona de despachos para consultas más privadas y discretas.

—Necesito ayuda con una serie de transacciones —dijo Monica Sholes en un impecable inglés de Oxford. Al abrir su maletín dejó caer, como por casualidad, un bolígrafo publicitario que revelaba que se alojaba en el hotel Zimmertal y que el director Wagner recogió educadamente. Ella le dedicó una pícara sonrisa y escribió el número de la cuenta en el cuaderno de la mesa que tenía enfrente.

El director Wagner le echó una mirada y le colocó la etiqueta de «hija consentida de quién sabe quién».

—Se trata de una serie de cuentas en el Bank of Kroenenfeld de las islas Caimán. Transferencia automática contra códigos de *clearing* en secuencia.

—*Fräulein* Sholes: imagino que ha traído todos los códigos de *clearing* —dijo él.

—*Aber natürlich* —contestó ella con un acento tan fuerte que resultó evidente que tenía un pésimo alemán de colegio.

Empezó a recitar series de números de dieciséis cifras sin servirse, ni una sola vez, de ningún papel. El director Wagner se dio cuenta de que iba a ser una mañana laboriosa, pero por el cuatro por ciento de comisión en las transferencias estaba dispuesto a saltarse la comida.

Tardaron más de lo que ella había calculado. Hasta poco después de las doce, con algo de retraso según el horario previsto, Monica Sholes no dejó el Bank Hauser General. Volvió al hotel Zimmertal andando. Se dejó ver por la recepción antes de subir a su habitación para quitarse la ropa que acababa de comprar. Continuó con el pecho de látex puesto, pero sustituyó la peluca de paje por el largo pelo rubio de Irene Nesser. Se vistió con ropa más cómoda: botas con tacones muy altos, pantalones negros, un sencillo jersey y una clásica cazadora de cuero negro comprada en el Malungsboden de Estocolmo. Se examinó detenidamente ante el espejo. No presentaba, en absoluto, un aspecto desaliñado, pero tampoco era ya una rica heredera. Antes de que Irene Nesser abandonara la habitación, seleccionó unas cuantas obligaciones y las guardó en una fina carpeta.

A la una y cinco, con unos pocos minutos de retraso, entró en el Bank Dorffmann, situado a unos setenta metros del Bank Hauser General. Irene Nesser tenía concertada una reunión con un tal Hasselmann, que era el director. Ella pidió disculpas por su retraso. Hablaba un impecable alemán, aunque con acento noruego.

—No se preocupe, *Fräulein* —contestó el director Hasselmann—. ¿En qué puedo serle útil?

—Quiero abrir una cuenta. Tengo unas obligaciones que me gustaría convertir.

Irene Nesser colocó la carpeta sobre la mesa.

El director Hasselmann hojeó el contenido, primero con rapidez, luego más despacio. Arqueó una ceja y sonrió cortésmente.

Abrió cinco cuentas que podría manejar a través de Internet y que tenían como titular a una empresa buzón anónima de Gibraltar que un agente local le había montado por cincuenta mil de las coronas que Mikael Blomkvist le prestó. Convirtió cincuenta obligaciones en dinero que ingresó en esas cuentas. Cada obligación valía un millón de coronas.

Su gestión en el Bank Dorffmann se prolongó tanto que se retrasó aún más en el horario. Le resultó imposible terminar sus últimas transacciones antes de que los bancos cerraran. Por eso, Irene Nesser regresó al hotel Matterhorn, donde se dejó ver durante una hora para que advirtieran su presencia. Sin embargo, le dolía la cabeza y se retiró pronto. Compró aspirinas en la recepción, pidió que la despertaran a las ocho de la mañana y subió a la habitación.

Eran casi las cinco y todos los bancos europeos habían cerrado. En cambio, los del continente americano estaban abiertos. Encendió su PowerBook y se conectó a la red a través de su móvil. Tardó una hora en vaciar las cuentas que acababa de abrir en el Bank Dorffmann.

Dividió el dinero en pequeñas cantidades y lo usó para pagar supuestas facturas de un gran número de empresas ficticias distribuidas por todo el mundo. Por curioso que pueda parecer, al final todo ese capital acabó siendo transferido al Bank of Kroenenfeld de las islas Caimán, pero esta vez a una cuenta completamente distinta a aquellas de las que había salido esa misma mañana.

Irene Nesser consideró esta primera parte del dinero asegurada y prácticamente imposible de rastrear. Efectuó un solo pago de la cuenta; transfirió poco más de un millón de coronas a una cuenta conectada a una tarjeta de crédito que llevaba en su cartera. El titular: una sociedad anónima llamada Wasp Enterprises, registrada en Gibraltar.

Unos minutos más tarde una chica rubia con melena a lo paje abandonó Matterhorn a través de una de las puertas laterales del bar. Monica Sholes se fue andando hasta el hotel Zimmertal, saludó cortésmente al recepcionista con un movimiento de cabeza y subió en ascensor a su habitación.

Luego se tomó su tiempo para ponerse el uniforme de batalla de Monica Sholes, retocarse y cubrir el tatuaje con una capa extra de base de maquillaje antes de bajar al restaurante para cenar un plato de pescado absolutamente extraordinario. Pidió una botella de un vino añejo del que no había oído hablar en su vida, pero que costaba mil doscientas coronas. Apenas se tomó una copa; dejó el resto con manifiesto descuido antes de dirigirse al bar. Entregó más de quinientas coronas de propina, lo cual hizo que el personal se fijara en ella.

Pasó tres horas dejándose conquistar por un joven italiano borracho con un apellido aristócrata que no se molestó en recordar. Compartieron dos botellas de champán, de las cuales ella consumió aproximadamente una copa.

A eso de las once, su ebrio admirador se inclinó hacia delante y le tocó el pecho descaradamente. Ella, satisfecha, le puso la mano en la mesa: no parecía haber notado que estaba manoseando látex blando. De vez en cuando eran lo suficientemente ruidosos como para provocar cierta irritación entre los demás clientes. Cuando Monica Sholes, poco antes de la medianoche, advirtió que un vigilante empezaba a lanzarles serias miradas, ayudó a su amigo italiano a subir a su habitación.

Mientras él visitaba el baño, ella le sirvió una última copa de tinto. Sacó un papelito, lo desdobló y le echó en el vino una pastilla machacada de Rohypnol. Tan sólo un minuto después de haber brindado, él se desplomó como un miserable saco encima de la cama. Ella le aflojó el nudo de la corbata, le quitó los zapatos y lo tapó con el edredón. Antes de abandonar la habitación lavó las copas en el baño y las secó.

A la mañana siguiente, a las seis, Monica Sholes desayunó en su habitación. Dejó una generosa propina y se fue del Zimmertal antes de las siete. Previamente dedicó cinco minutos a limpiar las huellas dactilares de las manivelas de las puertas, de los armarios, del váter, del auricular del teléfono y de otros objetos de la habitación que había tocado.

Irene Nesser se fue del Matterhorn a las ocho y media, poco después de que la recepción la despertara. Cogió un taxi y dejó las maletas en una consigna de la estación de tren. Luego dedicó unas horas a visitar nueve bancos privados donde ingresó una parte de las obligaciones de las islas Caimán. A las tres de la tarde ya había convertido un diez por ciento en dinero que ingresó en una treintena de cuentas numeradas. Reunió el resto de las obligaciones y las depositó en la caja fuerte de un banco.

Irene Nesser tendría que hacer algunas visitas más a Zúrich, pero eso no le urgía.

A las cuatro y media de la tarde, Irene Nesser cogió un taxi hasta el aeropuerto. Una vez allí se metió en los servicios, cortó en pedazos el pasaporte y la tarjeta de crédito de Monica Sholes y los echó por el retrete. Las tijeras las tiró en una papelera. Después del 11 de septiembre de 2001 no resultaba muy apropiado ir llamando la atención con objetos puntiagudos en el equipaje.

Irene Nesser cogió el vuelo GD 890 de Lufthansa hasta Oslo y luego el autobús a la estación central de la capital, en cuyos lavabos entró para ordenar la ropa. Colocó todos los efectos personales de Monica Sholes —la peluca de corte a lo paje y la ropa de marca— en tres bolsas de plástico que depositó en distintos cubos de basura y en papeleras de la estación de tren. La maleta Samsonite, vacía, la dejó en la taquilla de una consigna que no cerró. La cadena de oro y los pendientes, objetos de diseño que podrían ser rastreados, desaparecieron por un sumidero.

Tras un momento de angustiosa duda, Irene Nesser decidió conservar el pecho postizo de látex.

Luego, viendo que iba muy mal de tiempo, entró en MacDonald's y se zampó a toda prisa una hamburguesa a modo de cena. Mientras comía, transfirió el contenido del exclusivo maletín de cuero a su bolsa de viaje. Al marcharse dejó el maletín vacío debajo de la mesa. Pidió un *caffè latte* para llevar en un quiosco y se fue corriendo a coger el tren nocturno para Estocolmo. Llegó justo antes de que cerraran las puertas. Tenía reservado un compartimento de coche-cama individual.

Tras echarle el cerrojo a la puerta, sintió cómo, por primera vez en cuarenta y ocho horas, el nivel de adrenalina descendía a su nivel normal. Abrió la ventana y desafió la prohibición de fumar encendiendo un cigarrillo; mientras el tren salía de Oslo, permaneció junto a la ventana fumando y tomándose el café a pequeños sorbos.

Repasó mentalmente su lista para asegurarse de que no había descuidado ningún detalle. Luego frunció el ceño y rebuscó en los bolsillos de la chaqueta. Sacó el bolígrafo del hotel Zimmertal, lo examinó un momento y, acto seguido, lo tiró por la ventana.

Quince minutos más tarde se metió bajo las sábanas y se durmió casi en el acto.

Epílogo
Informe anual

Jueves, 27 de noviembre –
Martes, 30 de diciembre

El número temático de *Millennium* sobre Hans-Erik Wennerström comprendía no menos de cuarenta y seis páginas y estalló como una auténtica bomba de relojería la última semana de noviembre. El texto principal lo firmaban, conjuntamente, Mikael Blomkvist y Erika Berger. Durante las primeras horas, los medios de comunicación no supieron cómo manejar el *scoop*; el año anterior, un texto similar provocó que Mikael Blomkvist fuera condenado a prisión por difamación y que, aparentemente, se le despidiera de la revista *Millennium*. Por lo tanto, su credibilidad se consideraba relativamente baja. Ahora, *Millennium* volvía con una historia que, escrita por el mismo periodista, contenía afirmaciones mucho más graves que el texto por el que había sido condenado. Parte del contenido resultaba tan absurdo que desafiaba al sentido común. Los medios de comunicación suecos aguardaban desconfiados.

Pero, por la tarde, «la de TV4» abrió las noticias con un resumen de once minutos sobre los principales puntos de la acusación de Blomkvist. Un par de días antes, Erika Berger había almorzado con ella y le había adelantado en exclusiva la información.

El contundente enfoque realizado por TV4 eclipsó las noticias de los canales públicos, que no se subieron al tren hasta la emisión del telediario de las nueve. Entonces, también la agencia TT emitió un primer comunicado con un prudente titular: «Periodista condenado acusa de serios delitos a financiero». El texto era un breve refrito del reportaje televisivo, pero el mero hecho de que la agencia TT sacara el tema desencadenó una febril actividad en el conservador periódico matutino y en una docena de grandes periódicos provinciales, al cambiar apresuradamente la primera página antes de que la imprenta se pusiera en marcha. Hasta ese momento, los periódicos habían decidido ignorar, aunque a medias, las afirmaciones de *Millennium*. Anteriormente, esa misma tarde, el periódico matutino liberal había comentado el *scoop* de *Millennium* en un editorial, escrito por el redactor jefe en persona. Luego, cuando el telediario de TV4 comenzó, éste ya se había marchado a una cena durante la cual despachó las insistentes llamadas de su secretario de redacción —que opinaba que «podría haber algo» en las afirmaciones de Blomkvist— con unas palabras que más tarde se convertirían en clásicas: «Chorradas; nuestros reporteros de economía lo habrían descubierto hace mucho tiempo». Por consiguiente, el editorial del liberal redactor jefe constituía la única voz mediática del país que destrozaba completamente el reportaje de *Millennium*. El redactor jefe empleó expresiones como «persecución personal» y «periodismo basura delictivo», al tiempo que exigía «medidas legales para esas personas que lanzaban acusaciones contra honrados ciudadanos». El redactor jefe no haría ninguna aportación más al debate que se generó a continuación.

Esa noche la redacción de *Millennium* estaba al completo. Según los planes, sólo iban a quedarse Erika Berger y la recién incorporada secretaria de redacción, Malin Eriksson, para atender posibles llamadas. Sin embargo, a las diez de la noche todos los colaboradores permanecían en sus puestos; además, les acompañaban no menos de cuatro antiguos colaboradores, así como media docena de periodistas *freelance* habituales. A medianoche, Christer Malm descorchó una botella de champán, pues un viejo conocido le había enviado un ejemplar anticipado de uno de los periódicos vespertinos, que dedicaba dieciséis páginas al caso Wennerström bajo el título de «La mafia de las finanzas». Al día siguiente, cuando salieron todos los diarios, se puso en marcha una persecución mediática de unas proporciones raramente vistas con anterioridad.

Malin Eriksson, la nueva secretaria de redacción, llegó a la conclusión de que se iba a encontrar a gusto en *Millennium*.

Durante la semana siguiente, la Suecia bursátil tembló cuando el departamento de delitos económicos de la policía empezó a investigar y los fiscales tomaron cartas en el asunto, lo cual provocó un pánico general, que se tradujo en una venta masiva de acciones. Dos días después de las revelaciones, el caso Wennerström se convirtió en un caso gubernamental, que obligó al mismísimo ministro de Industria a comparecer públicamente.

La persecución mediática no significaba que los medios de comunicación se tragaran las afirmaciones de *Millennium* sin efectuar preguntas críticas; las alegaciones eran simplemente demasiado graves para que eso ocurriera. Pero, a diferencia del primer caso Wennerström, esta vez *Millennium* era capaz de presentar pruebas muy convincentes: el mismísimo correo electrónico de Wennerström y copias del contenido de su ordenador, así como balances de fondos ocultos en bancos de las islas Caimán y en una veintena de países, acuerdos secretos y otras tonterías que un gánster algo más cauteloso no habría dejado jamás de los jamases en un disco duro. Pronto quedó claro que si las afirmaciones de *Millennium* se sostuviesen hasta llegar al Tribunal de Segunda Instancia —y todo el mundo estaba de acuerdo en que el asunto, tarde o temprano, iría a parar allí—, se trataría, sin comparación, de la burbuja más grande que estallaría en el mundo financiero sueco desde el *crack* de Kreuger de 1932. El caso Wennerström dejaba a la altura del betún todo aquel enmarañado lío del Banco de Gota y las estafas del escándalo Trustor. Se trataba de un fraude de tal magnitud que nadie se atrevía a especular ni siquiera con el número de veces que se habría violado la ley.

Por primera vez en el periodismo económico sueco se empleaban palabras como «actividad delictiva sistemática», «mafia» y «reino de gánsteres». Wennerström y su más allegado círculo de jóvenes corredores de bolsa, de socios y de abogados enfundados en trajes de Armani fueron retratados como cualquier banda de atracadores de bancos o traficantes de droga.

Durante los primeros días de la persecución mediática, Mikael Blomkvist estuvo desaparecido. No contestaba al correo electrónico y no se pudo contactar con él por teléfono. Todas las declaraciones fueron hechas por Erika Berger, quien ronroneaba como una gata al ser entrevistada por los medios de comunicación nacionales y los más importantes periódicos provinciales, así como, algún tiempo después, por un número cada vez mayor de periodistas extranjeros. Siempre que le preguntaban sobre cómo *Millennium* se había hecho con toda esa documentación interna sumamente privada, contestaba con una misteriosa sonrisa que no tardó en convertirse en una cortina de humo:

—Evidentemente, no podemos revelar nuestras fuentes.

Al preguntarle por qué las revelaciones del año anterior habían sido un fiasco tan rotundo, Erika se volvió aún más misteriosa. Nunca mentía, aunque tal vez no siempre dijera toda la verdad. *Off the record*, cuando no tenía un micrófono delante, se le escapaban palabras enigmáticas, las cuales, al ser ensambladas como las piezas de un rompecabezas, conducían a unas precipitadas conclusiones. Nació así un rumor, que pronto adquirió proporciones legendarias, según el cual se afirmaba que Mikael Blomkvist no había presentado ninguna defensa en el juicio y había aceptado voluntariamente que lo condenaran a prisión y a pagar una sustanciosa multa porque, de lo contrario, la documentación que debería haber presentado habría conducido irremediablemente a la identificación de su fuente. Se le empezó a comparar con esos periodistas americanos que prefieren ir a la cárcel antes que revelar una fuente; y le pusieron la etiqueta de héroe con unas palabras tan halagüeñas que le producían sonrojo. Pero no era el momento de desmentir el malentendido.

Todo el mundo estaba de acuerdo en una cosa: la persona que había entregado los documentos tenía que ser alguien del círculo más íntimo y de más confianza de Wennerström. Así se inició un largo debate paralelo sobre la identidad de *Garganta Profunda*; como posibles candidatos se especulaba con algún colaborador descontento, uno de los abogados o, incluso, la hija cocainómana de Wennerström o algún otro miembro de su familia. Ni Mikael Blomkvist ni Erika Berger dijeron nada. Nunca comentaron el tema.

Erika sonrió contenta, a sabiendas de que habían ganado, cuando uno de los periódicos vespertinos, el tercer día de la persecución mediática, publicó un artículo titulado «La venganza de *Millennium*». El texto realizaba un adulador retrato de la revista y de sus colaboradores, ilustrado, además, con una foto extremadamente favorecedora de Erika Berger. Empezó a ser conocida como la reina del periodismo de investigación. Ese tipo de cosas daba puntos en el *ranking* de la sección de Gente, y ya se hablaba del Gran Premio de Periodismo.

Cinco días después de que *Millennium* disparara la primera salva, el libro de Mikael Blomkvist *El banquero de la mafia* fue distribuido en las librerías. Lo escribió en Sandhamn, entre septiembre y octubre, durante aquellos días de febril actividad, y fue impreso apresuradamente y con gran secretismo por Hallvigs Reklam, en Morgongåva. Se trataba del primer libro publicado en la nueva editorial con el logo de Millennium. Llevaba una dedicatoria un tanto misteriosa: «A Sally, que me enseñó los efectos benéficos del golf».

Se trataba de un tocho de seiscientas quince páginas en edición de bolsillo. La pequeña tirada inicial de no más de dos mil ejemplares prácticamente garantizaba que no iba a ser un negocio rentable, pero resultó que todos los libros se agotaron en tan sólo un par de días. Erika encargó inmediatamente unos diez mil ejemplares más.

Los críticos constataron que en esta ocasión Mikael Blomkvist no tenía intención de guardarse ni una bala en la recámara en lo referente a las fuentes de su información. Una observación muy acertada. Dos tercios del libro consistían en anexos que eran copias directas de la documentación del ordenador de Wennerström. Al mismo tiempo que se publicaba el libro, *Millennium* colgó en su página *web* los textos de aquel material del disco duro de Wennerström en archivos descargables en formato PDF. Cualquiera que tuviera un mínimo interés por el caso podría estudiar la documentación con sus propios ojos.

La extraña desaparición de Mikael Blomkvist formaba parte de la estrategia mediática diseñada por Erika y él. Todos los periódicos del país lo estaban buscando. Mikael no hizo acto de presencia hasta el lanzamiento del libro, cuando participó en una entrevista exclusiva realizada por «la de TV4», quien, así, fulminó a la televisión pública una vez más. Sin embargo, no se trataba de ninguna reunión de amigos: las preguntas eran cualquier cosa menos complacientes.

Al ver la grabación del programa en vídeo, Mikael estuvo particularmente satisfecho con uno de los intercambios de palabras. La entrevista se hizo en directo en un momento en el que la bolsa de Estocolmo se encontraba en caída libre y más de uno de esos mocosos corredores amenazaba con tirarse por la ventana. Mikael fue preguntado por la responsabilidad que tenía *Millennium* en el estado de la economía de Suecia, a la sazón a punto de irse a pique.

—Decir que la economía de Suecia está a punto de naufragar es una auténtica tontería —replicó Mikael rápido como un rayo.

«La de TV4» se quedó perpleja. La respuesta no seguía el patrón que ella esperaba, de modo que se vio obligada a improvisar. Acto seguido le formuló la pregunta que él había estado esperando:

—Ahora mismo estamos pasando por la peor caída bursátil de la historia de Suecia… ¿Quieres decir que eso es una tontería?

—Hay que distinguir entre dos cosas: la economía sueca y el mercado de la bolsa sueca. La economía sueca está constituida por la suma de todos los servicios y mercancías que se producen en el país día tras día. Son los teléfonos de Ericsson, los coches de Volvo, los pollos de Scan y todos los transportes del país, desde Kiruna hasta Skövde. Eso es la economía sueca. Y hoy se encuentra igual de fuerte que hace una semana. —Hizo una pausa retórica y bebió un trago de agua—. La bolsa es algo completamente diferente. Ahí no hay economía que valga, ni producción de mercancías, ni de servicios. Simples fantasías; de una hora a otra se decide si esta empresa o la de más allá vale no sé cuántos miles de millones más o menos. No tiene absolutamente nada que ver con la realidad ni con la economía sueca.

—¿Así que quieres decir que no importa nada que la bolsa esté cayendo en picado?

—No, no importa absolutamente nada —contestó Mikael con una voz tan cansada y resignada que sonó como un oráculo. (Esas palabras suyas iban a ser citadas no pocas veces durante el año.) Mikael continuó—: Sólo significa que un montón de especuladores están trasladando sus carteras bursátiles de las empresas suecas a las alemanas. Verdaderas ratas financieras a las que un reportero algo más valiente debería poner en evidencia e identificar como los traidores del país. Son ellos los que sistemática y, tal vez, incluso conscientemente dañan la economía sueca para satisfacer los ánimos de lucro de sus clientes.

Luego «la de TV4» cometió el error de formular exactamente la pregunta que Mikael quería oír.

—¿Quieres decir, entonces, que los medios de comunicación no tienen ninguna responsabilidad?

—Todo lo contrario, tienen una responsabilidad muy grande. Durante más de veinte años un gran número de reporteros de economía han renunciado a controlar a Hans-Erik Wennerström. Más bien al contrario: han contribuido a consolidar su prestigio mediante absurdos retratos en los que lo idolatraban. Si hubiesen hecho su trabajo durante todos aquellos años, hoy en día no nos hallaríamos en esta situación.

Su aparición televisiva marcó un antes y un después. *A posteriori*, Erika Berger estaba convencida de que hasta aquel momento —cuando Mikael defendió tranquilamente sus afirmaciones en la televisión— la Suecia de los medios de comunicación, a pesar de que *Millennium* llevaba una semana acaparando los titulares, no se había dado cuenta de que la historia realmente se sostenía y de que todas las fantasiosas alegaciones de la revista eran, de hecho, verdaderas. La actitud de Mikael dio un cambio de rumbo a la historia.

Tras la entrevista, el caso Wennerström, de la noche a la mañana, saltó de las manos de los periodistas de economía a la sección de sucesos. Marcó una nueva manera de pensar en las redacciones. Antes, los reporteros de sucesos raramente, o nunca, habían escrito sobre actividades económicas delictivas, a no ser que se tratara de la mafia rusa o de contrabandistas de tabaco yugoslavos. No se esperaba de este tipo de reporteros que investigaran los intrincados líos de la bolsa. Un periódico vespertino siguió al pie de la letra lo que había dicho Mikael y llenó cuatro páginas con retratos de algunos de los corredores de bolsa de las principales casas financieras, inmersas en plena actividad de compra de valores alemanes. El titular rezaba: «Venden su país». A todos los corredores se les invitaba a realizar las pertinentes aclaraciones. Todos declinaron la oferta. Pero aquel día el comercio de acciones disminuyó considerablemente y algunos corredores, deseosos de ofrecer una imagen de patriotas progresistas, empezaron a ir contra corriente. Mikael Blomkvist se tronchaba de risa.

La presión resultó ser tan grande que algunos de esos hombres serios vestidos con trajes oscuros fruncieron el ceño preocupados y rompieron la regla más importante de aquella exclusiva sociedad constituida por el círculo más selecto de la Suecia de las finanzas: no pronunciarse sobre un colega. De pronto, jefes retirados de Volvo, líderes industriales y directores de banco aparecieron en la tele contestando a una serie de preguntas para paliar los daños. Todos se dieron cuenta de lo grave de la situación; se trataba de distanciarse rápidamente de Wennerstroem Group y de deshacerse cuanto antes de posibles acciones. Al fin y al cabo, Wennerström, constataron casi al unísono, nunca fue un industrial y nunca había sido aceptado de verdad en «el club». Alguien recordó que, en el fondo, no era más que un simple chaval de una familia obrera de Norrland, cuyos éxitos tal vez se le hubiesen subido a la cabeza. Otro describió su actividad como «una tragedia personal». Y unos cuantos descubrieron que llevaban años dudando de Wennerström; era demasiado fanfarrón y pecaba de otros muchos vicios.

Durante las semanas siguientes, a medida que se examinaba con lupa la documentación de *Millennium* y las piezas del rompecabezas iban encajando, el imperio de Wennerström, con sus oscuras empresas, fue vinculado al corazón de la mafia internacional, que lo abarcaba todo, desde el tráfico ilegal de armas y el lavado de dinero procedente del narcotráfico latinoamericano hasta la prostitución de Nueva York e, incluso, aunque indirectamente, hasta el mercado sexual de niños en México. Una empresa de Wennerström, registrada en Chipre, provocó un gran escándalo al descubrirse que había intentado comprar uranio enriquecido en el mercado negro de Ucrania. Por todas partes, una u otra de las innumerables empresas buzón de Wennerström aparecían metidas en los asuntos más turbios.

Erika Berger constató que el libro sobre Wennerström era lo mejor que Mikael había escrito jamás. El contenido pecaba de cierta desigualdad desde un punto de vista estilístico, y en algunas partes el lenguaje resultaba pésimo —no había tenido tiempo para cuidar el estilo—, pero Mikael había disfrutado de lo lindo con su venganza; todo el libro estaba impregnado de una rabia que no le pasaba desapercibida a ningún lector.

Por casualidad, Mikael se topó con su viejo antagonista, el antiguo reportero de economía William Borg. Se cruzaron en la puerta del Kvarnen, cuando Mikael, Erika Berger y Christer Malm, en compañía del resto del personal de la revista, salieron la noche de Santa Lucía para agarrar una cogorza de muerte a costa de la empresa. Borg iba acompañado de una chica, borracha como una cuba, de la misma edad que Lisbeth Salander.

Mikael se paró en seco. William Borg siempre había conseguido sacar su lado más negativo, de modo que Mikael tuvo que controlarse para no decir o hacer nada inapropiado. Él y Borg permanecieron callados, uno frente a otro, midiéndose con las miradas.

El odio de Mikael hacia Borg resultaba físicamente palpable. Erika interrumpió aquel juego de machos cogiendo a Mikael por el brazo y llevándoselo a la barra.

Mikael decidió pedir a Lisbeth Salander, cuando se presentara la oportunidad, que hiciera una de sus investigaciones personales sobre Borg. Sólo por incordiar.

Durante la tormenta mediática, el protagonista del drama, el financiero Hans-Erik Wennerström, permaneció prácticamente invisible. El día en que se publicó el artículo de *Millennium*, el financiero comentó el texto en una rueda de prensa anunciada con anterioridad y relacionada con otro asunto completamente distinto. Wennerström declaró que las acusaciones carecían de fundamento y que la documentación a la que se hacía referencia era falsa. Recordó que el mismo periodista, un año antes, había sido condenado por difamación.

Luego, sólo los abogados de Wennerström contestaron a las preguntas de los medios de comunicación. Dos días después de que se distribuyera el libro de Mikael Blomkvist, un insistente rumor afirmaba que Wennerström había abandonado Suecia. Los periódicos vespertinos emplearon en sus titulares la palabra «huida». Durante la segunda semana, cuando la policía de delitos económicos intentó contactar con Wennerström de manera oficial, se constató que, en efecto, éste no se hallaba en el país. A mediados de diciembre, la policía confirmó que estaba buscando a Wennerström, y un día antes de Nochevieja una orden formal de búsqueda y captura se difundió a través de las redes policiales internacionales. Ese mismo día detuvieron en Arlanda a uno de los consejeros más cercanos de Wennerström justo cuando intentaba subir a bordo de un avión con rumbo a Londres.

Varias semanas más tarde, un turista sueco informó de que había visto a Hans-Erik Wennerström subir a un coche en las Antillas, concretamente en Bridgetown, la capital de Barbados. Como prueba, el turista adjuntó una fotografía, hecha a bastante distancia, que mostraba a un hombre blanco con gafas de sol, camisa blanca con el cuello abierto y pantalones claros. El hombre no podía ser identificado a ciencia cierta, pero los periódicos vespertinos enviaron a unos reporteros que, en vano, intentaron dar con Wennerström en las islas caribeñas. Fue el primero de una larga serie de avistamientos del fugitivo millonario.

Al cabo de seis meses la persecución policial se interrumpió. Entonces, Hans-Erik Wennerström fue hallado muerto en un piso de Marbella, España, donde residía bajo la identidad de Victor Fleming. Le habían disparado tres tiros a bocajarro en la cabeza. La policía española trabajaba con la teoría de que había pillado *in fraganti* a un ladrón.

La muerte de Wennerström no supuso ninguna sorpresa para Lisbeth Salander. Ella tenía sus buenas razones para sospechar que el fallecimiento estaba relacionado con el hecho de que él ya no tuviera acceso al dinero de cierto banco de las islas Caimán, dinero que habría necesitado para pagar algunas deudas colombianas.

Si alguien se hubiese molestado en pedirle ayuda a Lisbeth Salander para dar con Wennerström, ella podría haber informado, casi a diario, del lugar exacto en el que se encontraba. Gracias a Internet había seguido su desesperada huida a través de una docena de países y había advertido un creciente pánico en su correo electrónico cuando conectaba su portátil en alguna parte del mundo. Pero ni siquiera Mikael Blomkvist pensaba que el fugitivo ex archimillonario iba a ser tan estúpido como para servirse del ordenador pirateado de manera tan exhaustiva.

Al cabo de seis meses, Lisbeth se cansó de seguirle los pasos a Wennerström. La cuestión que quedaba por resolver era hasta dónde llegaba su propio compromiso. Aunque Wennerström fuera un cabrón de enormes proporciones, no era su enemigo personal y no tenía ningún interés particular en intervenir contra él. Podría decírselo a Mikael Blomkvist, pero éste seguramente no haría más que publicar otro artículo. También podría darle el soplo a la policía, pero la probabilidad de que alguien avisara a Wennerström y volviera a desaparecer era bastante alta. Además, por principios, ella no hablaba con la policía.

Pero había otras deudas por saldar. Pensaba en la camarera embarazada de veintidós años a la que le habían sumergido la cabeza bajo el agua de la bañera.

Cuatro días antes de que encontraran a Wennerström muerto, Lisbeth se decidió. Abrió su teléfono móvil y llamó a un abogado de Miami, Florida, quien parecía ser una de las personas de las que Wennerström más se escondía. Habló con una secretaria y le pidió que transmitiera un misterioso mensaje. El nombre Wennerström y una dirección en Marbella. Eso fue todo.

Apagó las noticias de la tele a mitad del dramático relato sobre el fallecimiento de Wennerström. Se preparó café y una rebanada de pan con paté y unas rodajas de pepino.

Erika Berger y Christer Malm se dedicaron a los preparativos anuales de Navidad mientras Mikael, sentado en el sillón de Erika, bebía *glögg* y los observaba. Todos los colaboradores y algunos de los *freelance* fijos recibieron un regalo: ese año tocaba una bandolera con el logo de *Millennium*. Después de envolver los regalos, se sentaron a escribir y franquear más de doscientas postales navideñas para la imprenta, los fotógrafos y los colegas de profesión.

Durante el mayor tiempo posible Mikael intentó resistir la tentación, pero al final no pudo más. Cogió la última tarjeta y escribió: «Feliz Navidad y próspero año nuevo. Gracias por tu espléndida colaboración durante todo este año». Firmó con su nombre y lo dirigió a la redacción de *Finansmagasinet Monopol*, a la atención de Janne Dahlman.

Cuando Mikael llegó a casa por la noche el aviso de un paquete le estaba esperando. A la mañana siguiente, recogió el regalo y lo abrió una vez llegó a la redacción. El paquete contenía una barrita antimosquitos y una botella de aguardiente Reimersholm. Mikael abrió la tarjeta y leyó el texto: «Si no tienes otros planes, yo atracaré en Arholma el día de *Midsommar*». Lo firmaba su antiguo compañero de estudios Robert Lindberg.

Tradicionalmente, *Millennium* solía cerrar sus oficinas la semana antes de Navidad hasta después de Año Nuevo. Ese año no resultaba tan fácil; en la pequeña redacción la presión había sido colosal, y seguían llamando periodistas, a diario, desde todos los rincones del mundo. La víspera de Nochebuena, casi por casualidad, Mikael leyó un artículo en el *Financial Times* que resumía la situación actual de la comisión bancaria internacional, designada apresuradamente para investigar el imperio de Wennerström. El artículo decía que la comisión barajaba la hipótesis de que tal vez en el último momento alguien pusiera sobre aviso a Wennerström de la inminente revelación.

Sus cuentas en el Bank of Kroenenfeld de las islas

Caimán, con doscientos sesenta millones de dólares estadounidenses —aproximadamente dos mil quinientos millones de coronas suecas— fueron vaciadas la víspera de la publicación de la revista *Millennium*.

Hasta ese momento el dinero había estado en una serie de cuentas a las que sólo Wennerström tenía acceso. Ni siquiera hacía falta que se presentara en el banco; era suficiente con que indicara una serie de códigos de *clearing* para transferir la cantidad que quisiera a cualquier otro banco del mundo. El dinero había sido transferido a Suiza, donde una colaboradora lo convirtió en anónimas obligaciones privadas. Todos los códigos de *clearing* estaban en orden.

Europol había emitido una orden de búsqueda de aquella desconocida mujer que usó un pasaporte inglés, robado, con el nombre de Monica Sholes, y de la que se decía que había llevado una vida por todo lo alto en uno de los hoteles más lujosos de Zúrich. Una foto relativamente nítida para ser de una cámara de vigilancia retrató a una mujer de baja estatura con una melena al estilo paje, boca ancha, pecho prominente, ropa exclusiva de marca y joyas de oro.

Mikael Blomkvist estudió la foto, al principio de una ojeada y luego con creciente incredulidad. Al cabo de unos segundos buscó una lupa en el cajón de su mesa e intentó distinguir los detalles de las facciones entre los puntos de la imagen.

Al final, dejó el periódico y se quedó mudo durante varios minutos. Luego se echó a reír de manera tan histérica que Christer Malm asomó la cabeza preguntando qué pasaba. Mikael hizo un gesto con la mano dándole a entender que no tenía importancia.

La mañana de Nochebuena Mikael se fue a Årsta para visitar a su ex mujer y a su hija Pernilla, y para intercambiarse los regalos. Mikael y Monica le habían comprado a Pernilla el ordenador que tanto descaba. Monica le regaló a Mikael una corbata y la niña le dio una novela policíaca de Åke Edwardsson. A diferencia de las pasadas Navidades, todos estaban excitados por aquel drama mediático que había tenido lugar en torno a *Millennium*.

Comieron juntos. Mikael miró de reojo a Pernilla. No veía a su hija desde que ella lo visitó en Hedestad. Se dio cuenta de que no había comentado con su madre el entusiasmo por aquella secta bíblica de Skellefteå. Y tampoco podía contarle que fue el conocimiento bíblico de la niña lo que finalmente lo puso sobre la pista correcta en el tema de la desaparición de Harriet. No había hablado con su hija desde entonces y sintió una punzada de mala conciencia.

No era un buen padre.

Después de la comida se despidió de Pernilla con un beso y luego se encontró con Lisbeth Salander en Slussen para irse juntos a Sandhamn. Apenas se habían visto desde que estalló la bomba de *Millennium*. Llegaron tarde, la misma Nochebuena, y se quedaron durante los días de fiesta.

Como siempre, Mikael resultaba una compañía agradable y entretenida, pero Lisbeth Salander tuvo la desagradable sensación de ser analizada con una mirada particularmente rara cuando le devolvió el préstamo con un cheque de ciento veinte mil coronas. Pero él no dijo nada.

Dieron un paseo hasta Trovill —lo cual a Lisbeth le pareció una pérdida de tiempo—, cenaron en la fonda y luego se retiraron a la casita de Mikael, donde encendieron la estufa de esteatita, pusieron un disco de Elvis y se entregaron al sexo sin mayores pretensiones. En los momentos en los que Lisbeth bajaba de su nube intentaba comprender sus propios sentimientos.

No tenía problemas con Mikael como amante. Se lo

pasaban bien en la cama. Se trataba de una relación palpablemente física. Y él nunca intentaba adiestrarla.

Su problema era que no sabía interpretar lo que sentía por Mikael. Desde antes de la pubertad, no había bajado la guardia para dejar que otra persona se acercara a ella tanto como lo había hecho Mikael Blomkvist. Él tenía una capacidad sinceramente fastidiosa para penetrar en sus mecanismos de defensa y engañarla para que hablara, una y otra vez, de asuntos privados y sentimientos personales. Aunque todavía conservaba la suficiente cordura como para ignorar la mayoría de sus preguntas, le contaba cosas de sí misma que no habría explicado a otra persona, ni siquiera bajo amenaza de muerte. Aquello la asustaba y hacía que se sintiera desnuda y abandonada a la voluntad de Mikael.

Al mismo tiempo, mientras miraba su cuerpo dormido y escuchaba sus ronquidos, sentía que jamás había confiado de manera tan incondicional en nadie. Estaba absolutamente segura de que Mikael Blomkvist nunca usaría lo que sabía sobre su persona para hacerle daño. No formaba parte de su naturaleza.

Lo único de lo que no hablaban nunca era de su relación. Ella no se atrevía y Mikael no sacó el tema ni una sola vez.

El día después de Navidad, en algún momento de la mañana, llegó a una aterradora conclusión. No entendía cómo podía haber ocurrido, ni tampoco cómo iba a manejar la situación. Por primera vez en su vida estaba enamorada.

Que él tuviera casi el doble de edad no le preocupaba. Tampoco que en ese momento se tratara de una de las personas más famosas de Suecia, que incluso había aparecido en la portada de *Newsweek*. Todo eso no era más que un culebrón mediático. Sin embargo, Mikael Blomkvist no representaba ni una fantasía erótica ni un sueño inalcanzable. Aquello tenía que acabar, no podía funcionar. ¿Qué le aportaba ella a él? Posiblemente no fuera más que un pasatiempo, mientras Mikael esperaba a alguien cuya vida no fuera un puto nido de ratas.

Repentinamente comprendió que el amor era ese momento en el que el corazón quiere salirse del pecho.

Al despertarse Mikael, bien entrada la mañana, ella había preparado café y puesto la mesa con el pan del desayuno. La acompañó y pronto advirtió que algo en su actitud había cambiado: Lisbeth se mostraba un poco más reservada. Cuando le preguntó si le pasaba algo, Lisbeth puso cara de no saber de qué iba la cosa.

Al día siguiente, Mikael Blomkvist cogió el tren a Hedestad. Esta vez iba bien abrigado y llevaba unos buenos zapatos de invierno. Dirch Frode fue a buscarlo a la estación y lo felicitó en voz baja por su éxito mediático. Mikael no visitaba Hedestad desde agosto; ya había pasado prácticamente un año desde la primera vez. Se estrecharon la mano y conversaron educadamente. Pero Mikael se sentía incómodo: quedaban bastantes cosas por resolver.

Todo estaba preparado; la transacción en casa de Dirch Frode no les llevó más de un par de minutos. Frode se había ofrecido a ingresar el dinero en una cuenta extranjera que no le daría problemas, pero Mikael insistió en que se le pagara como si fuesen unos honorarios normales que se le hacían a su empresa.

—No me puedo permitir otra forma de pago —contestó con un tono seco cuando Frode le preguntó.

La visita no sólo era de naturaleza económica. En la casita de invitados Mikael todavía tenía ropa, libros y algunas otras pertenencias personales que se quedaron allí cuando él y Lisbeth abandonaron Hedeby apresuradamente.

Después de su infarto, Henrik Vanger seguía estando delicado, pero ya había salido del hospital y se encontraba en casa. Una enfermera particular —que se negaba a dejarle dar largos paseos, subir escaleras y hablar de temas que pudieran alterarlo— cuidaba constantemente de él. Para más inri, Henrik acababa de coger un leve catarro, por lo que la enfermera le había ordenado que guardara cama.

—Encima es cara —se quejó Henrik Vanger.

Los honorarios de la mujer indignaron más bien poco a Mikael Blomkvist, quien opinó que el viejo debería poder afrontar el gasto sin problema considerando todo el dinero que había defraudado a Hacienda a lo largo de su vida. Henrik Vanger le contempló malhumorado antes de echarse a reír.

—Maldita sea. Tú sí que valías cada corona; lo sabía.

—Sinceramente, nunca pensé que sería capaz de resolver el misterio.

—No pienso darte las gracias —dijo Henrik Vanger.

—No las esperaba —contestó Mikael.

—Has recibido una buena recompensa.

—No me quejo.

—Hiciste un trabajo y el sueldo debe ser suficiente agradecimiento.

—Sólo estoy aquí para decirte que lo considero terminado.

Henrik Vanger torció la boca.

—No lo has acabado.

—Ya lo sé.

—No has escrito lo que acordamos: la crónica sobre la familia Vanger.

—Ya lo sé. Y no voy a escribirla.

Permanecieron en silencio un rato meditando sobre el incumplimiento de esa parte del contrato. Luego Mikael prosiguió:

—No puedo escribir la historia. No puedo hablar de la familia Vanger y omitir conscientemente los acontecimientos más importantes de las últimas décadas: sobre Harriet, su padre, su hermano y los asesinatos. ¿Cómo podría redactar un capítulo sobre la época de Martin como director ejecutivo fingiendo que no sé lo que había en su sótano? Tampoco puedo escribir la historia sin volver a destrozar la vida de Harriet.

—Entiendo tu dilema y te estoy muy agradecido por la decisión que has tomado.

—Así que dejo la historia.

Henrik Vanger asintió.

—Felicidades. Has conseguido corromperme. Voy a destruir todas las notas que escribí y todas las grabaciones que te hice.

—La verdad es que a mí no me parece que te hayas dejado corromper —dijo Henrik Vanger.

—Es lo que siento. De modo que es muy probable que sea así.

—Tenías que elegir entre tu trabajo como periodista y tu trabajo como persona. Estoy convencido de que si Harriet hubiese estado implicada o si me consideraras un cabrón, no habría sido posible comprar tu silencio. Seguro que entonces habrías elegido el papel de periodista y nos habrías puesto en la picota.

Mikael no dijo nada. Henrik se quedó mirándolo.

—Ya se lo hemos contado todo a Cecilia. Dirch Frode y yo pronto habremos desaparecido y Harriet necesitará el apoyo de algún familiar. Cecilia va a participar activamente en la junta directiva. Serán ella y Harriet las que dirijan el grupo de ahora en adelante.

—¿Y cómo se lo tomó?

—Fue todo un *shock* para ella, claro. Se fue al extranjero una temporada. Durante algún tiempo pensé que no iba a volver.

—Pero ha vuelto.

—Martin era una de las pocas personas de la familia con las que Cecilia siempre se había llevado bien. Fue muy duro descubrir la verdad sobre él. Ahora también sabe lo que has hecho tú por la familia.

Mikael se encogió de hombros.

—Gracias, Mikael —dijo Henrik Vanger.

Mikael volvió a encogerse de hombros.

—¿Sabes? La verdad es que no tendría fuerzas para escribir la historia —dijo—. Estoy de la familia Vanger hasta la coronilla.

Se quedaron un momento pensando en ello antes de que Mikael cambiara de tema.

—¿Cómo llevas lo de volver a ser director ejecutivo después de veinticinco años?

—Es una solución sumamente provisional, pero… ojalá fuera más joven. Ahora sólo trabajo tres horas al día. Todas las reuniones se hacen en esta habitación y Dirch Frode se ha vuelto a incorporar como mi matón por si alguien nos causa problemas.

—Que tiemblen los jóvenes. Tardé mucho tiempo en darme cuenta de que Dirch Frode no sólo era un discreto consejero económico, sino también una persona que te soluciona los problemas.

—Exacto. Pero todas las decisiones se toman de común acuerdo con Harriet; es ella la que está al pie del cañón en la oficina.

—¿Qué tal le va? —preguntó Mikael.

—Ha heredado las partes tanto de su hermano como de su madre. Juntos controlamos más del treinta y tres por ciento del grupo.

—¿Es suficiente?

—No lo sé. Birger no se rinde e intenta ponerle la zancadilla. De pronto, Alexander se ha dado cuenta de que puede llegar a ser alguien importante y se ha aliado con Birger. Mi hermano Harald tiene cáncer y no vivirá mucho tiempo. El único paquete de acciones importante que queda, un siete por ciento, lo tiene él pero lo heredarán sus hijas. Cecilia y Anita se aliarán con Harriet.

—Entonces, controlaréis más del cuarenta por ciento.

—No ha existido nunca en la familia semejante cártel de voces. Ya habrá suficientes accionistas con un uno o un dos por ciento que voten igual que nosotros. En febrero Harriet me sucederá como directora ejecutiva.

—No la hará muy feliz.

—No, pero es necesario. Necesitamos nuevos socios y sangre fresca. Además, tenemos la posibilidad de colaborar con su propio grupo en Australia. Hay posibilidades.

—¿Dónde está Harriet hoy?

—Mala suerte. Está en Londres. Pero tiene muchas ganas de verte.

—Si ella te sustituye, la veré en enero en la junta directiva.

—Ya lo sé.

—Dile que nunca hablaré con nadie, excepto con Erika Berger, de lo que ocurrió en los años sesenta.

—Lo sé y Harriet también lo sabe. Eres una persona de ley.

—Pero dile también que todo lo que ella haga a partir de ahora podría ir a parar a la revista si no tiene cuidado. El grupo Vanger no estará exento de vigilancia periodística.

—Se lo advertiré.

Mikael dejó a Henrik Vanger cuando el viejo, al cabo de cierto tiempo, empezó a adormilarse.

Mikael metió sus pertenencias en dos maletas. Al cerrar por última vez la puerta de la casita de invitados dudó un instante, pero luego se acercó a casa de Cecilia Vanger y llamó. No había nadie. Sacó su agenda, arrancó una hoja y le escribió unas palabras: «Perdóname. Te deseo todo lo mejor». Dejó la hoja, junto con su tarjeta de visita, en el buzón. El chalé de Martin Vanger estaba vacío. Un candelabro eléctrico iluminaba la ventana de la cocina.

Cogió el tren de la tarde de vuelta a Estocolmo.

Desde el día de Navidad hasta el de Nochevieja, Lisbeth Salander estuvo desconectada del mundo. No cogió el teléfono y no encendió el ordenador. Dedicó dos días a lavar ropa, fregar el suelo y arreglar un poco la casa. Amontonó cajas de pizza y pilas de periódicos de hacía más de un año y los tiró. En total, seis grandes bolsas negras de basura y una veintena de bolsas de papel llenas de periódicos y revistas. Era como si se hubiese decidido a empezar una nueva vida. Pensaba comprarse una nueva casa —cuando encontrara algo que le gustara—, pero hasta ese momento la que tenía estaría más limpia y reluciente que nunca.

Luego se quedó paralizada, pensando. Nunca antes en su vida había sentido una añoranza así. Quería que Mikael Blomkvist llamara a su puerta y… ¿qué? ¿Que la cogiera en sus brazos? ¿Que la llevara apasionadamente al dormitorio y le arrancara la ropa? No, en realidad, sólo quería su compañía. Quería oírle decir que la quería por ser quien era, que era especial en su mundo, en su vida. Quería que le diera una prueba de amor, no sólo de amistad y compañerismo. «Me estoy volviendo loca», pensó.

Dudaba de sí misma. Mikael Blomkvist vivía en un mundo poblado de gente con profesiones respetables y vidas ordenadas; todo muy maduro y adulto. Sus amigos hacían cosas, aparecían por la tele y salían en los titulares. «¿Para qué te serviría yo?» El terror más grande de Lisbeth Salander, tan grande y tan negro que había adquirido dimensiones fóbicas, era que la gente se riera de sus sentimientos. Y de repente le pareció que tenía toda su autoestima, la que tanto trabajo le había costado levantar, por los suelos.

Fue entonces cuando tomó una decisión. Le llevó horas reunir todo el coraje necesario, pero tenía que verlo y contarle cómo se sentía.

Cualquier otra cosa resultaba insoportable.

Necesitaba una excusa para llamar a su puerta. Todavía no le había regalado nada por Navidad, pero sabía lo que le iba a comprar. En una tienda de cosas antiguas había visto una serie de carteles publicitarios de hojalata de los años cincuenta, con figuras en relieve. Uno representaba a Elvis Presley con una guitarra en la cadera. Le salía un bocadillo, como los de los cómics, que contenía la frase *Heartbreak Hotel*. Lisbeth no tenía el más mínimo gusto para la decoración de interiores, pero incluso ella se dio cuenta de que el cartel quedaría estupendamente en la casita de Sandhamn. Costaba setecientas ochenta coronas, pero ella, por principios, regateó el precio, que se quedó en setecientas. Se lo envolvieron para regalo, lo cogió bajo el brazo y se fue paseando hacia su casa de Bellmansgatan.

En Hornsgatan, por casualidad, le echó un vistazo al Kaffebar y, de repente, descubrió a Mikael saliendo en compañía de Erika Berger. Él le decía algo a Erika y ella se reía poniéndole un brazo alrededor de la cintura y dándole un beso en la mejilla. Desaparecieron por Brännkyrkagatan en dirección a Bellmansgatan. Sus gestos no dejaban lugar a malentendidos: resultaba obvio lo que tenían en mente.

El dolor fue tan inmediato y detestable que Lisbeth se detuvo en seco, incapaz de moverse. Una parte de ella quiso correr tras ellos. Quería coger el cartel de hojalata y usar el afilado borde para cortar en dos la cabeza de Erika Berger. Sin embargo, no hizo nada. Los pensamientos se arremolinaban en su mente. «Análisis de consecuencias.» Al final, se tranquilizó.

«Salander, eres una idiota deplorable», se dijo en voz alta.

Dio la vuelta y se fue a casa, a su recién limpiado apartamento. Cuando pasaba por Zinkensdamm se puso a nevar. Tiró a Elvis en un contenedor de basura.